탄생 100주년 문학인 기념문학제
논문집

2015

격동기,
단절과 극복의 언어

탄생 100주년 문학인 기념문학제
논문집

2015

격동기,
단절과 극복의 언어

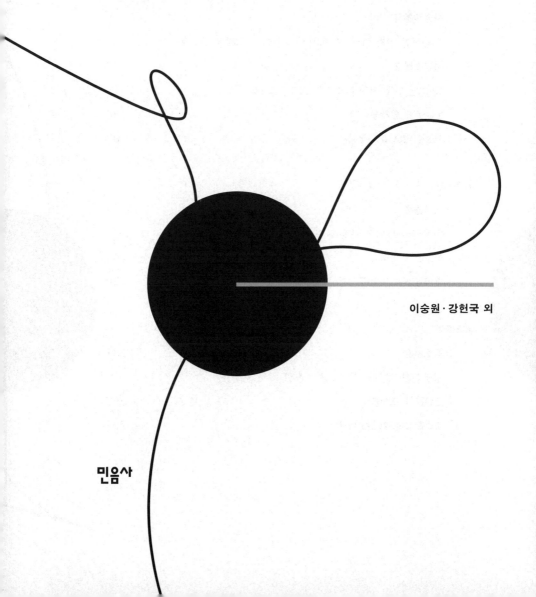

이숭원 · 강헌국 외

민음사

차례

【총론】

역사의 변환과 신생의 창조

이숭원(서울여대 교수)

1 1915년 출생의 사회·문화적 의미

1915년에 태어나 금년에 탄생 100주년 문학 행사에 초대된 문인은 강소천, 곽종원, 박목월, 서정주, 임순득, 임옥인, 함세덕, 황순원 등이다.[1] 이들은 일제 강점기에 태어나 20대에 한글로 작품 활동을 시작하고, 해방을 맞아 본격적인 문학 활동을 전개하여 문학사에 뚜렷한 업적을 남겼다는 공통점을 지닌다. 이들이 등단했을 때 20대였으며 해방을 맞았을 때 30세이니, 청춘의 나이에 문학의 꿈을 키우다가 조선어 사용이 금지됨으로써 작품 발표에 제약을 당하고, 사회인으로 정착할 시기에 나라와 모국어를 되찾아 감격의 심정으로 문학에 집중한 사람들이다. 그리고 다시 6·25 전쟁을 겪어 참화의 쓰라림을 함께 경험한 공통점도 있다. 이 중 강소천, 서정주, 황순원은 해방 전 작품집을 발간하여 작가로 공인을 받았으며, 이들을 포함한 곽종원, 박목월, 임옥인 등은 해방 후 문단과 대학에서 중요한 직

---

[1] 이 중 임옥인은 그의 자전적인 글에서 1911년 출생이라고 밝힌 바 있으나 공식적인 자료에 1915년이라고 되어 있고 1911년에 탄생 100주년 문학인으로 포함된 바 없어서 금년도 문학 행사 대상에 포함했다.

책을 맡아 후진 양성에도 힘을 기울여 후배와 제자를 길러 냄으로써 남한 문단을 건설하는 데 구심점 역할을 했다. 요컨대 이들 문인들은 국권 상실, 해방, 전쟁, 분단, 재건으로 이어진 한국 현대사의 파란의 시대에 문학인으로 출발하고 성장한 공통점을 지니고 있는 것이다.

이들은 분단과 전쟁으로 빚어진 민족 재편성의 과정을 압축적으로 보여 주는 문화적 축도의 역할도 한다. 함경남도 고원 출신의 강소천, 함경북도 길주 출신의 임옥인, 평안남도 대동 출신의 황순원은 해방기와 전쟁 중에 월남하여 남한에서 문학 활동을 벌였고, 전라남도 목포와 경기도 인천에서 성장한 함세덕은 해방 후 월북하여 활동하다가 6·25 전쟁 때 사망했으며, 전라북도 고창 출신인 임순득은 해방 후 평양에 정착하여 창작 활동을 벌였다. 경상북도 고령 출신의 곽종원은 남한 문단에서 순조로운 활동을 전개했고, 경상북도 월성 출신의 박목월과 전라북도 고창 출신의 서정주 역시 6·25 전쟁 때 피난의 고초를 겪기는 했지만 남한 문단에서 활발한 문학 활동을 전개했다.

이들은 뚜렷한 문학사적 자취를 남겼을 뿐만 아니라 후진에게도 강력한 영향력을 행사하여 그의 이름으로 문학사의 한 시대를 운위할 정도의 업적을 남겼다. 이처럼 문학적 비중이 큰 문인이 한꺼번에 출현한 것은 전례가 없는 일이다. 이것은 이들이 태어난 시기가 그러한 문학적 성장과 활동에 중요한 상징적 계기로 작용했다는 사실을 반증한다. 시대의 운명이 문학의 운명과 결합하는 문학사의 특징적 국면이다. 박목월, 서정주, 황순원에 대해서야 더 이상의 설명이 필요 없을 정도이고 윤석중의 뒤를 이어 아동 문학의 발판을 마련한 강소천, 창작 희곡 극작술의 모범적 전례를 보여 준 함세덕, 사소설적 여성 장편 소설을 개척한 임옥인, 여성 주체적 문학 태도를 일관되게 견지한 임순득 등도 중요하게 살펴보아야 할 문인들이다.

2 개성적 서정의 두 측면

미당 서정주만큼 한국 시의 중심부에 서서 여러 사람들에게 영향을 준 시인은 그렇게 많지 않다. 그는 시집을 낼 때마다 독특한 개성으로 문단의 주목을 받았으며, 중·고등학교 교과서에 작품이 수록되어 일반인들에게도 널리 알려졌다. 그의 대표작 몇 편은 모르는 사람이 없을 정도로 사람들 입에 오르내렸고 김소월과 더불어 가장 많은 독자를 가진 시인이 되었다.

그의 시는 그리 어렵지 않으면서도 우리의 상상을 자극하고 생각을 풍요롭게 하는 특징이 있다. 그것은 그의 시가 인생과 자연에 대한 깊은 사색을 담고 있기에 가능한 일이다. 1947년에 발표한 「국화 옆에서」는 요즘 말하는 자연 융합의 상상력, 이른바 생태학적 상상력을 담고 있다. 한 송이 국화꽃이 따로 존재하는 것이 아니라 소쩍새의 울음, 천둥의 울음과 관련되어 있고 그러한 시련과 고뇌의 과정 속에 비로소 하나의 생명체가 탄생한다는 생각이 바로 그것이다. 더 나아가 인간과 무관해 보이는 생명체의 탄생이 인식 주체인 화자의 내면과도 연관되어 있다는 사유를 드러낸다. 이것은 불교적 세계관에 기반을 둔 것이지만 자연의 모든 생명체가 밀접하게 연결된 평등하고 가치 있는 존재라는 생태학적 세계관의 표현이기도 하다.

서정주가 1937년 가을에 쓴 「자화상」은 『화사집』(1941. 2)의 첫 장을 장식한 작품인데 이 당시 시인의 내면을 가장 잘 드러낸 작품이다. 이 시는 "애비는 종이었다"라는 첫 구절의 상징적 맥락 때문에 시대의 압박 속에 살아가는 사람들에게 깊은 인상을 남겼다. "스물세 해 동안 나를 키운 건 팔할이 바람이다"의 격동적 상징성도 충격을 주었다. 이 시의 핵심은 "찬란히 틔워 오는 어느 아침에도/ 이마 위에 얹힌 시(詩)의 이슬에는/ 몇 방울의 피가 언제나 섞여 있어"에 있다. 병든 수캐처럼 헐떡이면서도 무엇인가를 찾아 헤매게 하는 내부의 동력이 바로 '피'이고, 몇 방울의 피가 섞여 있을 때 진정한 시가 창조된다는 생각을 한 것이다. 이것은 고난과 굴욕의 삶 속에서도 시인의 길을 갈 수밖에 없다는 자기 선언이다. 삶에 대한 실존적 고민에서 그의 시가 출발했음을 분명히 알려 주는 작품이기도 하다.

서정주는 1950년 6·25 전쟁이 터지자 전쟁의 공포 때문에 정신적 충격을 받게 되어 환청과 실어증에 시달리고 피난지에서 자살을 시도하기도 한다. 그 이후 『삼국유사』와 동양의 고전을 읽으며 생의 허무와 공포를 극복해 갔다. 특히 『삼국유사』에서 영생주의라고 할 수 있는 신화적 상상력을 얻어 내면서 그의 시는 영원과 초월의 세계로 비상하게 된다. 그러한 정신적 탐색의 결실이 『신라초』(1960)와 『동천』(1968)으로 엮였다. 이러한 초월적 영생주의가 신라라는 과거의 시간에 몰입해 있다는 비판을 받기도 했다. 이것을 간파한 그의 시적 탐구는 『질마재 신화』(1975)에서 매우 찬란한 변신을 꾀한다. 그는 기억 속에 남아 있는 고향의 이야기들을 떠올리며 시인 특유의 자유로운 상상을 통하여 인간 정신의 신비로운 영역을 펼쳐 보였다.

　1980년대에 들어와서 그는 민중 운동에 대한 부정적 발언을 한 것이 계기가 되어 일제 강점기 말의 친일 활동과 그 후의 정치적 성향에 대한 비판과 성토가 휘몰아쳐 상당한 곤경에 처했다. 그러나 미당 시의 가치는 묘하게도 그가 보인 현실 대응 방식과 사뭇 멀리 떨어진 자리에 놓여 있다. 그의 시작품 중 눈앞에 펼쳐진 일상적 삶을 노래한 것은 거의 없다. 미당은 갈등과 번민이 가득한 현실의 삶을 어깨너머로 관조하며 영원과 초월의 세계로 눈길을 돌렸다. 6·25 전쟁 때 그에게 닥쳤던 마음의 불안을 신라 정신의 탐구를 통해 극복했듯, 신화적 융합의 사고를 통해 넓고 여유 있는 마음을 되살리려 했다.

　박목월의 초기 시는 자연에서 출발했다. 그 자연은 객관적으로 실재하는 대상이 아니라 시인의 주관에 의해 변형되거나 재구성된 자연이다. 그것은 시인의 심정과 긴밀하게 연결되어 있다. 그의 초기 시에 빈번하게 등장하는 길의 영상은 그의 심정 양태를 그대로 반영한다. "길은 외줄기/ 남도 삼백리"(「나그네」)라든가, "가느른 가느른 들길에/ 머언 흰 치맛자락"(「가을 어스름」), "아지랑이 어른대는/ 머언 길을"(「춘일」) 등에서 쉽게 확인할 수 있는 가늘게 사라지는 길의 영상이 그것이다.

가늘게 사라지는 것, 멀리 홀로 떨어져 있는 것, 그러한 자연 정경을 애호했다는 것은 시인의 내면이 그런 상태에 있었음을 암시한다. 그는 자신의 내면을 대변할 수 있는 정경을 선별하고 그것을 재조정하여 그의 시에 배치했다. 그의 내면이 멀리 사라지는 길의 영상으로 표현된 것은 현실의 중압감 때문이다. 현실의 광포한 힘에 대처할 길 없는 자아는 그의 내면을 가늘게 사라지는 길의 영상으로 표현한 것이다.

이러한 초기 시의 특징은 그의 후기 시에까지 지속적으로 나타난다. 일제 강점기의 시대적 중압감은 해방 후 사라졌지만, 전쟁의 혼란과 경제적 난관을 헤쳐 가야 하는 가장으로서의 의무감, 각박한 삶 속에서도 올바른 자리를 지켜야 한다는 시인으로서의 결벽성은 시인을 둘러싼 외부 상황을 억압적 힘으로 생각하게 했으며, 현실의 중압감에 대처하기 힘든 자아는 약하고 외로운 존재로 자신의 위상을 설정했다. 그의 시가 초기에는 자연을 대상으로 하다가 가족과 자신의 삶에 대한 관심으로 변하고 후기에는 내면 의식이나 인간 존재에 대한 탐구로 변화했다고 보는데, 그러한 변화의 과정 속에 지속된 것은 고독한 존재로서의 자기 인식이다.

초기 시의 자연 심상들은 풍족하고 충만한 근원의 상태에서 멀리 떨어진 것이기 때문에 그것은 정신의 갈증을 불러일으킨다. 정신의 갈증이 심화될 경우 공허감을 메우기 위한 환상의 창조로 전환된다. 그것은 '청노루'와 '암사슴'으로 대표되는 자연의 신비로운 정점을 환상하는 것으로 현현되었다. 시에 사용된 언어들은 의미보다 음악성에 비중을 두고 선택되었다. "청노루"도 푸른 빛깔보다는 '청'이라는 말이 갖는 음악적 울림 때문에 선택되었을 것이고 "머언 산 청운사", "산은/ 구강산", "사슴은/ 암사슴" 같은 구절도 음악적 효과를 고려하여 구성되었을 것이다. 이러한 음악적 울림을 통해 시인이 보여 주고자 한 것은 현실과 절연된 환상 세계의 신비로운 아름다움이다. 환상의 아름다움을 그려 내기 위해 현실 반대편에 있는 자연이 시의 소재로 선택되었다.

박목월의 실제적인 두 번째 시집인 『난·기타』(1959)에 수록된 시편들은 초기의 시편과는 확실히 다른 양상을 보인다. 자연보다는 그의 실제 체험이 반영된 작품이 많다. 생활과 부딪치면서 그의 시는 중요한 변화를 겪게 되는데 그것은 음악적 효과에 대한 관심이 이미지에 대한 관심으로 변환된다는 점이다. 이것은 『청담(晴曇)』(1964)의 시편인 「우회로」, 「가정」, 「나무」 등에까지 그대로 이어진다. 그리고 『경상도의 가랑잎』(1968)에 이르러 경상도 방언과 결부되어 음악성이 다시 복원된다.

음악성이 배제된 이미지의 조합은 토속성과는 아주 다른 현대적 시구조의 완성으로 이어진다. 이것은 어느 면에서 인간의 의미가 배제된 냉정하고 견고한 결정물의 창조이기도 하다. 그의 「사력질(砂礫質)」 연작은 '싸늘한 질서'로 표상되는 이미지 구사에 의해 현대성이 더욱 철저하게 획득된 예다. 생에 대한 사색의 표현을 '사력질'이라는 난해한 단어로 내세운 것에서부터 새로운 시를 써 보겠다는 기획 의도를 엿볼 수 있다. 「무한 낙하」, 「빈 컵」, 「사력질」 계열의 시는 '정결한 옥쇄'와 '싸늘한 질서'로 표상되는 기하학적 미의식이 작용하고 있다. 현실과 단절된 상태에서 맑고 깨끗한 상태를 추구한다는 것은 동일하지만, 환상임을 드러내어 현실로 돌아올 문을 열어 놓았던 자연미의 세계와는 달리, 깨어진 접시가 갖는 기하학적 미의 세계에는 싸늘하고 정결한 거리감으로 인해 현실로 통하는 문은 닫혀 있다. 모가 날카롭게 빛나는 파편 하나로 실존의 냉엄함을 표상하는 절제의 정신이 빛을 발한다. 절제의 미학으로 현대성을 살리려는 시도를 보여 준 것이다.

3 현실과 성찰의 서사

황순원은 1930년부터 시를 쓰기 시작하여 이미 20대 초에 두 권의 시집 『방가(放歌)』(1934)와 『골동품』(1936)을 출간했다. 이후 단편을 더 집중적으로 써서 1940년 8월 『황순원 단편집』을 간행했고 해방 후 본격적인 소설 창작을 전개하여 장편과 단편집을 연이어 간행했으며 70세 이후까지 작품 활동을 지속했다. 각각의 작품들은 시대와 인간의 중심 문제를 진지하게 탐구하는 서사적 진실성을 지니고 있으며 소설의 문장 역시 산문 구사의 다양한 가능성을 두루 포용하는 문체의 전범을 보여 주었다. 이런 점에서 그에 대해 "소설가 황순원을 말하는 것은 해방 이후 한국 소설사의 전부를 말하는 것과 다름없다"[2]라는 말이 나오기도 했다. 그뿐 아니라 작가는 오직 작품으로 말한다는 기본적인 신념을 초지일관 실천하여 생전과 사후에 걸쳐 존경받는 문학적 염결성의 사표가 되었다.[3]

해방 후 처음으로 간행한 단편집 『목넘이 마을의 개』(1948)는 소설가로서 그의 지향이 어디에 있는가를 알려 주는 중요한 작품집이다. 여기 수록된 7편의 단편은 모두 해방 이후에 쓴 작품으로 시대 배경도 「목넘이 마을의 개」를 제외하면 모두 해방 직후다. 요컨대 당대의 삶의 문제를 다룬 소설을 묶어 소설가로서의 존재감을 문단에 분명히 드러내기 위해 간행된 작품집이다. 이 소설들은 황순원의 6·25 전쟁 이후의 작품과는 달리 "현실에 대한 구체적인 관심"을 드러내고 있다. 이 중에는 당시 민감한 현실 문제인 대구 10·1사건(10월 항쟁)과 관련된 언급이 나오는 것도 있고, 해방 이후의 적산 처리 문제나 토지 문제를 다룬 작품도 있다. 이후 전집에 수록되면서 이 작품들의 현실적 연계성이 희석되고 시대의 문제보다는 "인물의 내면을 탐구하는 방향으로"[4] 개작이 이루어졌다. 그렇다 하더라도 첫 창작집에 담긴 작가의 현실 인식은 원본 출간의 당대적 관점에서 파악할 필요가 있다. 우리는 이 작품집을 통해 황순원의 소설이 해방 전의 서정적 소설과는 달리 현실에 대한 관찰에서 출발하고 있음을 확인할 수 있다.

한국 전쟁이 아직 끝나지 않았을 때 간행한 단편집 『곡예사』(1952)는 작가의 피난 체험을 다룬 작품이 들어 있어서 주목할 만하다.[5] 작품집 끝에

---

2) 권영민, 「황순원의 문체, 그 소설적 미학」, 『말과 삶과 자유』(문학과지성사, 1985), 148쪽.
3) 박덕규, 「황순원, 순수와 절제의 극을 이룬 작가」, 《한국사 시민강좌》 50, 2012, 335쪽.
4) 김한식, 「해방기 황순원 소설 재론」, 《우리문학연구》 44, 2014, 530쪽.
5) 박덕규, 「6·25 피난 공간의 문화적 의미」, 《비평문학》 39, 2011, 115~123쪽 참고.

붙인 작가의 말을 보면 이 작품들이 1·4 후퇴 때 작가가 직접 보고 들은 이야기를 토대로 허구적 윤색을 하여 창작한 작품임을 알 수 있고, 특히 「곡예사」에 대해서는 자신의 개인적 반감이나 증오심, 분노 같은 것을 억제하려고 노력했다는 고백을 첨언하고 있다. 작가가 실제로 겪은 일이기 때문에 작가 자신의 피난 일정이 손에 잡힐 듯 그려져 있고, 상황의 핍진성이 깊은 공감을 준다. 특히 피난의 참상을 담담하면서도 정확하게 그려 내는 작가의 서술은 사실 이상의 감동을 준다. "신변의 경험담을 대폭적인 허구적 윤색 없이 담담하게 적고 있는" 이 작품들의 문학성에 주목하면서 「곡예사」를 "이런 계열의 작품 가운데서 가장 감동적인 완벽한 단편"[6]이라고 평가하기도 했다. 이러한 평가를 받은 데에는 개인적 감정을 절제하고 사실을 그대로 쓰겠다는 작가 의식이 중요한 요인으로 작용했을 것이다. 이 점도 그 이후 전개된 황순원 문학을 검토하는 의미 있는 관건 역할을 할 것이다.

그의 장편 소설에 나타난 주제와 인물 형상화의 방법, 전반적인 작가 의식의 변화 양상에 대해 많은 연구가 이루어졌거니와,[7] 이 다양한 연구의 중심점에 초기 소설에 보인 현실 인식의 측면과 사태를 객관화하려는 절제의 정신이 중요한 시금석으로 놓여야 한다고 생각한다. 이것이 30대의 젊은 작가 황순원을 추동한 내면의 중요한 질료로 보이기 때문이다. 황순원의 장편 소설이 후기로 갈수록 사색적 경향을 보이는 것은 사실이지만 당대의 현실에서 소재를 취하여 인간 문제를 다루는 방법은 크게 달라지지 않았다. 이것은 해방 후의 첫 단편집 『목넘이 마을의 개』에 설정된 방법론이 자연스럽게 진화한 과정이라고 해석할 수 있다.

---

6) 유종호, 『동시대의 시와 진실』(민음사, 1982), 316쪽.
7) 장현숙, 『황순원 문학 연구』(시와시학사, 1994); 박혜경, 『황순원 문학의 설화성과 근대성』(소명출판, 2001); 김종회, 「소설의 조직성과 해체의 구조」, 《한국 문학 이론과 비평》 18, 2003; 정영훈, 「황순원 장편 소설에 나타난 악의 문제」, 《한국현대문학연구》 21, 2007 등의 논저를 참고할 수 있다.

임옥인도 초기에는 시를 습작하여 투고하다가 1939년에 《문장》에 단편 「봉선화」가 추천됨으로써 소설가의 길로 들어섰다. 이태준의 호평을 받으며 추천작 3편과 이후 2편을 합하여 《문장》에 5편을 발표하고 암흑의 3년을 보낸 후 해방을 맞아 다시 본격적인 작가 활동을 전개했다. 그는 자신의 자전적 체험을 바탕으로 수기나 르포에 가까운 소설을 창작했기 때문에 여성 화자가 여성의 이야기를 토로하는 내용이 주를 이룬다. 이 때문에 《문장》의 추천자인 이태준도 남성 작가들이 다루지 못할 여성의 고유한 세계를 드러내고 있다고 하면서 '여류 작가'라는 명명을 부여했다. 이 말에는 여성만이 다룰 수 있는 고유한 영역을 형상화한다는 의미가 담겨 있지만 여성적 한계에 갇혀 있다는 부정적 의미도 내포되어 있는 듯하다. 임옥인도 이 말의 복합적 의미를 이해했는지 추천 완료 소감에서 자신을 진실하게 표현하다 보니 여성의 언어로 여성의 세계를 그리게 된다는 말을 했다.

　《문장》에 발표한 임옥인의 단편은 모두 여성의 결혼 문제와 가정 문제를 다룬 것들이다. 불행한 처지에 있는 여성이 등장해서 남성 중심 사회의 불합리한 측면을 은근히 드러내면서 고난 속에 자신의 길을 개척하는 모습을 보여 준다. 그러나 남성중심주의에 대한 비판이 그렇게 뚜렷하지 않고 개척의 의지도 그렇게 강하지 않다. 불행한 여인이 자신의 억울한 처지를 고백하며 그래도 힘을 내서 살아야 하지 않느냐고 토로하는 수준에 멈춘다. 이것은 사건의 단편성과 함께 여성 취향의 감상성을 드러낸다.

　여기에 비해 같은 여성 작가인 임순득의 한글 소설 「일요일」(1937)과 일본어 소설 3편(1942~1943)은 여성 지식인을 주인공으로 내세워 "외부를 비판하고 자신을 성찰하는" 특징적 단면을 드러낸다. 남성에 종속되지 않는 여성의 주체적 지위에 대한 관심을 보이며 당시의 민족 문제에 대한 언급도 포함되어 있다. 그가 남긴 당시의 수필과 평론을 함께 고려할 때 "논리적으로 사물을 성찰하는 지성적인 여성 작가"의 선구적인 모습을 보여 준다.[8]

---

8) 이 부분에 대해서는 이상경, 『임순득, 대안적 여성 주체를 향하여』(소명출판, 2009),

임옥인이 해방 후에 발표하여 그의 출세작이 된 『월남 전후』는 해방 이전의 작품들과 큰 차이를 보인다. 이 소설에는 그의 자전적 체험이 더욱 전면에 부각되어 있는데 월남에 성공하고 입지를 마련한 작가의 작품이라 그런지 "부정적 현실에 압도되지 않으며 강인한 생명 의지를 분출하는 여성 인물"9)을 설정하여 생생한 사실성과 절실한 주제 의식을 드러낸다. 이 작품에 나타난 반공 의식은 전후의 사회적 분위기와도 부합되어 그의 다른 작품도 주목을 받기 시작했다. 그의 작품이 방송으로 낭독되기도 하고 영화의 원작으로 채택되어 인기를 얻으면서 기독교적 사랑과 희생을 주제로 한 일련의 장편 소설이 연이어 창작되었다.

그의 여성 소설이 지닌 보수적 윤리관과 기독교적 주제의 유형성에 대해 비판이 제기되었고, 여성의 현실을 다루면서도 여성 주체의 독자성을 부각하지 못하고 수동적이고 순응적인 인물만 설정했다는 비판도 적지 않게 떠올랐다. 그의 장편 『힘의 서정』(1961)은 기독교의 금욕적 윤리를 강화하여 연애는 건강한 정신을 무너뜨려 광기에 빠지게 하는 질병이자 병원체로 서술하고 있다. 이 문제와 관련하여 이 작품의 연애 서사가 "유혹하는 가해 여성과 유혹받는 남성 피해자로 남녀 관계를 차별적으로 설정하고, 여성을 육체와 성으로만 재현하며, 그것을 죄의 원인으로 처벌함으로써 프로테스탄티즘 윤리의 성차별적 금욕성을 완성하고 있다."10)라는 비판을 받았다. 그 결과 이 소설은 가부장적 지배담론을 강화하는 작품으로 평가되었다.

그러나 이러한 비판은 임옥인이 살았던 당대의 보수적 분위기를 제대로 고려하지 않고 연구자 자신의 여성주의적 시각을 앞세운 해석이라고 볼 수 있다. 임옥인은 성장 과정에서 기독교 윤리를 뿌리 깊게 교육받고 그것을 일생의 생활신조로 삼고 살아온 사람이다. 교육과 문학과 신앙이 자기 인생의 세 가지 축임을 강조하며 그 길을 벗어나지 않고 산 것을 보람으로 내

107~119쪽 참고.

9) 정재림, 「임옥인의 삶과 문학」, 『임옥인 소설 선집』(현대문학, 2010), 459쪽.

10) 송인화, 「프로테스탄티즘 윤리와 질병의 수사학」, 《비평문학》 38, 2010, 276쪽.

세웠다. 이런 점에서 본다면 지금의 시각에서 고루해 보이는 그의 보수적 윤리관이 당시 사회의 혼란에 맞서 그가 처방할 수 있는 최선의 유효한 처방이 아니었을까 하는 생각이 든다. "약자에 대한 연민과 사랑, 이들과의 연대 의식"[11]을 그의 소설의 중요한 주제로 받아들일 수 있으며, 그의 폐쇄적 연애관도 "아버지의 법이 지배하는 상징계 이전의 원초적인 어머니의 것 코라"[12]에 해당하는 모성적 생명 의식으로 해석할 수 있을 것이다.

4 아동 문학과 희곡 문학의 문학사적 정립

강소천도 1931년부터 동시를 써서 동시집을 간행했고 해방 후에는 동화를 많이 써서 동화 작가로서 입지를 굳혔다. 그의 동시집 『호박꽃초롱』(1941)은 노래의 가사인 동요가 아니라 문학 작품으로서의 동시를 묶은 것으로 윤석중의 『잃어버린 댕기』(1933) 이후 두 번째의 동시집이다.[13] 이 시집은 영생고보에서 사제의 인연을 맺은 시인 백석의 서시가 들어 있어 더욱 널리 알려졌다. 강소천의 영생고보 졸업 일자가 1937년 3월로 되어 있는 것으로 보아 1936년 한 해 동안 백석의 가르침을 받았을 것이다. 동시집을 낸 1941년 2월에는 백석이 만주에 있었기 때문에 두 사람은 서신으로 교환하여 서시를 받았을 것이다. 그런데도 백석의 서시는 강소천의 시집 내용을 충분히 이해하고 있는 듯이 내용의 흐름이 자연스럽고 정갈하다. 백석은 형식적인 축시가 아니라 서정의 명편을 지어 강소천의 시집 간행을 축하한 것이다.

강소천은 기독교를 믿는 지주 집안 출신으로 북한에 동화될 수 없는 처지였기 때문에 1951년 흥남 철수 때 가족을 남겨 둔 채 단신 월남했다. 6·25 전쟁으로 가족을 잃은 월남 실향민의 내면에 자연스럽게 형성된 분

---

11) 정재림, 앞의 글, 463쪽.
12) 전혜자, 「코라(Chora)로의 회귀」, 《현대소설연구》 7, 1997, 298쪽.
13) 박덕규, 「강소천의 『호박꽃초롱』 발간 배경 연구」, 《한국문예창작》 13권 3호, 2014, 223쪽.

단 의식과 반공 의식은 그의 아동 문학에도 투영되어 나타났다. 그러나 한편으로 독실한 기독교 신자였기 때문에 기독교적 사랑의 정신이 아동 문학의 더 깊고 넓은 바탕을 이루었다. 그가 동시보다 동화를 더 많이 쓴 것에 대해 두 가지 이유를 들어 설명한 바 있다. 한 글에서는 동화에다 우리나라 사람들이 일제 치하에서 고생한 이야기를 써 보고 싶었다고 했고[14] 다른 곳에서는 단신으로 월남한 동포들의 심정을 어린이들에게 말해 주려는 의식적인 목적에서 동화를 썼다고 밝힌 바 있다.[15] 전자의 경우는 마음에 담아 두었을 뿐 창작으로 실현될 기회는 없었고, 해방 후의 혼란과 전쟁, 월남을 거친 후 후자의 주제가 동화 창작에 실현될 수 있었다.

　그러나 그는 자신의 이념을 동화에 생경하게 노출하는 일은 하지 않았다. 그는 전쟁이 안겨 준 상실감과 박탈감을 고향에 대한 그리움으로 표현하면서 동화적 환상성과 결부된 꿈 모티프를 통해 그것의 극복을 모색했다.[16] 상실과 그리움을 동화적 환상으로 승화하고자 한 것이다. 그의 동화는 현실의 불행을 알레고리적으로 표현하면서 후기로 갈수록 기독교적 사랑과 희생으로 고난을 넘어서고자 하는 주제 의식을 드러냈다.[17] 강소천이 건강을 잃고 병석에서 구상한 문학 전집의 꿈은 그의 사후 『강소천 아동 문학 전집』(1963)의 간행으로 실현되었다. 이 전집은 개인의 이름을 걸고 나온 아동 문학 전집으로 최초의 것이다. 이 작품집은 "한국 아동 문학사에서 정전의 계보를 형성하는 데 중요한 작가 전집으로 인정받게"[18] 되었다. 1965년에 제정된 강소천문학상은 강소천 문학과 전집의 위상을 더욱

---

14) 조태봉, 「강소천 동화에 나타난 전쟁 체험과 꿈의 상관성 연구」, 《한국문예창작》 6권 1호, 2007, 378쪽 참고.
15) 장수경, 「강소천 전후 동화에 나타난 현실 인식과 기독교 의식」, 《비평문학》 51, 2014, 227쪽 참고.
16) 조태봉, 앞의 글, 387쪽.
17) 장수경, 앞의 글, 239쪽.
18) 장수경, 「해방 후 방정환 전집과 강소천 전집의 존재 양상」, 《아동청소년문학연구》 14, 2014, 306쪽.

굳건히 하는 초석 역할을 했다.

함세덕은 1947년경 월북했고 6·25 전쟁 때 인민군 선무반의 일원으로 진입하다가 부상을 당해 사망한 것으로 알려져 있다. 1947년에 출간된 희곡집 『동승』의 작품들은 당시로서는 보기 드문 세련된 극작술과 언어 구사력을 보여 주고 있어 희곡사의 중요한 성과로 평가된다. 그는 『동승』의 작가 후기에서 희곡 작가로서 자신의 이력을 그의 희곡 작품의 대사처럼 간명하면서도 세련되게 서술했다. 그의 처녀작은 《조선문학》에 발표한 「산허구리」이며, 등단하자마자 "강압적 연극 통제 정책에 동원되는 비극에 봉착"했고, 일반 문학과 달리 검열이 심한 공연의 특성 때문에 낭만극으로 민족 감정에 호소하는 방법을 취하기도 했지만, 결과적으로는 "조선 문화의 정한 발전에 역행적 역할을 한 것에 불과"하다고 스스로 비판했다. 이 희곡집은 "전시대의 유물"에 불과하며 8·15 광복 이후에는 이 세계에서 완전히 탈피했다고 단언했다.

이 발언은 해방 전의 친일 연극을 반성하고 해방 후의 좌파 연극 활동을 본령으로 내세우는 일종의 선언문 같기도 하다. 그러면서도 자신이 창작해 온 희곡 작품의 가치를 부정하지 않으려는 내적 심리가 엿보인다. 친일의 과오를 씻으려는 현실적 처세로 인민을 위한 문학의 대오에 서긴 했지만 그의 본령이 서정성에 바탕을 둔 소년적 천진성의 추구에 있음을 그 자신 부정할 수는 없었을 것이다. 이런 점에서 "순수한 존재로서의 소년(또는 청년) 이미지"가 그의 희곡의 일관된 흐름을 이룬다는[19] 지적에 공감하게 된다. 그의 대표작은 일제 강점기의 작품인 「동승」과 「해연」, 「무의도 기행」 등으로 귀결될 수밖에 없다. "민족 감정에 호소하여 일제에 소극적이나마 반항"했다는 작가의 말을 확대 해석해서, 작가 스스로 조선 문화 발전에 역행적 역할을 했다고 자인한 그의 역사 대중극을 심층 분석하여 "표면에는 일제의 지배 담론을 드러내고, 이면에는 식민지 조선의 저항 담론

---

19) 이상우, 「함세덕과 아이들」, 《한국극예술연구》 29, 2009, 116~118쪽.

을 숨겨 두는 방식"을 취했다고 옹호하는 논리는[20] 온당치 않아 보인다. 그 보다는 이 작품들을 친일 연극으로 위장한 대중적 공연물로 보는 것이 타당할 것이다.

함세덕의 「무의도 기행」(1941)은 그의 작품 중 주제가 가장 선명하고 완성도가 높은 작품으로 알려져 있다. 이 작품은 "1930년대 후반 식민지 조선의 어업 자본과 노동자의 현실을 탁월하게 형상화한 작품"[21]으로 평가된다. 주동 인물의 파멸이 무리한 승선과 조급한 출어에 있는 것이 아니라 근대화된 일본 어선과 불리한 상태에서 경쟁해야 했던 조선 어민들의 취약한 어로 현실 때문이라는 점을 작품의 문면에서 추출할 수 있기 때문이다. 당대 현실을 구체적으로 포착한 이 작품을 함세덕은 몇 년 후 「황해」(1943)라는 친일 연극으로 개작하여 공연하는 오류를 범한다. 희곡은 줄거리를 조정하고 갈등 구조만 바꾸면 다른 주제로 변신이 가능하기 때문에 이러한 개작이 가능했던 것이다.

함세덕의 광복 후 작품인 「고목」은 남쪽의 주장을 비판하고 좌파 주장의 정당성을 드러내면서 결과적으로 북한의 이상적인 모습을 소개하고 있다는 점에서 전형적인 좌파 선전극이라고 할 수 있다. 그러나 이 작품도 일제 강점기에 일본어로 쓴 친일극 「거리는 쾌청한 가을 날씨」의 개작이다. 요컨대 희곡은 공연을 전제로 한다는 특성 때문에 주제를 바꾼 개작이 용이한 것이다. 일제 강점기 말 군국주의 시대에 국책에 순응하고 국가에 봉사해야 한다는 주장이 담긴 연극 공연이 주를 이루었다. 여기서 국책을 당의 노선으로 대치하고 국가를 인민으로 대치하면 별로 힘들이지 않고 친일 선전극이 좌파 선전극으로 변모하게 된다.[22] 이것은 함세덕과 유사하게

---

20) 김재석, 「함세덕 역사 소재극의 창작 전략과 그 의미」, 《어문학》 108, 2010, 391~392쪽.

21) 윤진현, 「함세덕 「무의도 기행」에 나타난 일제 강점기 조선 어민의 사회사」, 《한국학연구》 15, 2006, 186쪽.

22) 「고목」의 희곡사적 의의를 구명한 논문에도 이러한 문제점에 대해 "일제 말 국가주의에 우선한 함세덕의 사상은 해방 이후에도 국가의 내용만 바뀐 채 고스란히 이어져서 작품에 반영되었던 것이다."라고 언급했다.

일제 강점기 말 친일 선전극에 열중하던 조영출이 해방 후 좌파 선전극으로 전향한 것과 같은 궤적이다. 다른 점이 있다면 조영출은 월북 후 그의 노선을 더욱 견고하게 밟아 국가의 훈장을 받고 사망 후 애국열사릉에 안치되었고, 함세덕은 6·25 때 사망하여 망우리 공동묘지에 묻혔다는 사실이다.

5 문학 비평의 선도성과 계몽성

임순득은 단편 「일요일」을 발표한 후 세 편의 평론을 발표했다. 그는 선배 비평가를 비판하며 자신의 비평관을 뚜렷이 내세웠다. "사회적 역사적 존재로서의 인간의 문제를 다룬 문학을 추구하겠다."[23]라는 소신을 밝혔다. 이것은 학창 시절부터 지속된 그의 사회 참여적 이념을 신인 비평가로서 분명히 밝힌 것이다. 앞에서 임옥인의 소설을 추천한 이태준이 여성 고유의 영역을 표현했다고 해서 '여류 작가'라는 명칭을 부여했다는 설명을 했다. 임순득은 이 '여류 작가'라는 말에 이미 여성에 대한 차별적 의미가 들어 있다고 비판하면서 '부인 작가'라는 명칭의 사용을 제안했다. 여성도 남성과 동등한 '인간'으로 대우하고 존중해야 한다는 뜻을 담은 것이다. 이러한 관점에 의해 당시 간행된 『현대 조선 여류 문학 선집』에 대한 서평을 쓰면서 강경애, 박화성, 이선희의 작품에 대한 기대와 아쉬움을 동시에 표명했다. 그로부터 2년 후에 쓴 평론에서는 여성 문학의 부진과 침체를 지적하면서 여성 작가들이 '부인 문학'으로서의 자각을 갖지 못하고 있음을 구체적인 작품을 들어 비판했다. 여성 문학에 대한 그의 관심은 해방 후에 쓴 강경애 작품집 『인간 문제』에 대한 서평에서 다시 한 번 확인된다. 그는 일관되게 여성 주체의 입장에서 인간의 사회적 현실을 묘파하는 소설이 나

백승숙, 「함세덕 「고목」에 나타난 민족 담론의 형상화 전략」, 《한민족어문학》 51, 2007, 682쪽.
23) 이상경, 앞의 책, 125쪽.

오기를 기대하면서 그러한 소설의 가능성을 옹호했다.[24]

곽종원은 1940년부터 《매일신보》에 독자 투고 형식으로 문학의 의미와 역할에 대한 글을 발표하는 것으로 평론 활동을 시작했다. 일제 강점기 말에는 전란이 벌어진 위기의 시대에 국가와 국민을 생각하는 적극적 사고를 작품에 함축해야 한다는 글을 일본어로 연이어 발표했다. 광복이 되자 광복 전부터 몸담아 왔던 교직에 머물면서 평론 활동을 새롭게 전개했다. 그가 발표한 첫 평론은 「문학과 혁명」(1946)인데 이 글은 뜻밖에도 '정론(政論) 문학'의 등장을 예견하면서 순문학의 융성을 바랄 수 없는 실정이니 혁명 완수를 위한 문학적 투쟁의 필요성을 인정하고 정론 문학에 충실을 기할 것을 주장하고 있다. 이 글은 광복 후 좌우가 격돌하고 신탁 통치 찬반론이 충돌하는 격동기에 비평가 자신도 혼란에 빠져 자신의 본령과는 이질적인 주장을 한 것으로 보인다. 그와 비슷한 시기에 결성된 청년문학가협회의 기관지인 《청년신문》에도 문학자가 되기 전에 국민이자 사회인으로서 충실한 인간이 될 것을 요구하고 있다. 이것은 일제 강점기 말 국가와 국민에게 충실한 창작을 하자는 주장과 상통하는 내용이다. 이것으로 볼 때 곽종원은 어떤 이념에 종속된 문학을 하는 것은 옳지 않지만 국가와 사회 발전에 기여하는 밝고 건전한 문학은 필요하다는 주장은 일관되게 견지한 것 같다. 이것은 문학에 대한 계몽적 윤리관으로 정착되었다.

그는 김동석의 좌파 문학론을 비판하는 글에서 문학은 정치의 시녀가 될 수 없다는 우파의 주장을 옹호하며 당면한 현실 문제를 예술성과 어떻게 결합시킬 것인가를 고민해야 한다고 주장했다. 문학의 예술성을 추구하면서도 인간성에 충실하고 사회 발전에 기여할 수 있는 인간상을 창조해야 한다고 말했다. '국난 극복'과 '국가 건설'에 기여할 수 있는 윤리적인 문학, 그러면서도 독자적 예술성을 보여 줄 수 있는 감동적인 문학을 설계한 것인데 이러한 구상이 말처럼 쉽게 실현될 수 있는 것도 아니고 실례에 해당하는

___
24) 임순득의 평론에 대한 설명은 위의 책에 의존했음.

작품을 찾을 수도 없었다. 따라서 그의 주장은 추장적인 계몽적 담론으로 반복될 수밖에 없었다. 어지러운 현실 속에서는 새로운 인간형의 창조라는 주장도 공허한 언술로 떠돌았다. 그렇기 때문에 당시의 현실을 비교적 충실하게 묘파한 황순원의 「곡예사」나 안수길의 「제3인간형」도 확고한 신념을 제시하지 못했다는 점에서 비판의 대상이 되었다. 이로 볼 때 예술성의 추구라는 것은 겉으로 내세운 포장이고 실제로는 낙관적 신념을 가진 능동적 휴머니스트가 작품에 나타나기를 바라는 마음임을 알 수 있다.[25]

이런 의미에서 그는 윤리 의식에 바탕을 둔 전형적인 계몽주의 비평가라고 할 수 있다. 그가 지닌 건전하고 유익한 공리주의적 문학관은 전후 국가 건설과 사회 발전이라는 프로젝트에 긴밀하게 부합했다. 이후 학계와 문단에서 그의 입지는 강화되었고 교수와 문인으로 전혀 구김이 없는 탄탄대로를 걸었다. 어디에도 치우치지 않는 균형 잡힌 태도는 그의 문학론만이 아니라 일상의 삶에도 그대로 이어졌다.

5 맺음말

금년처럼 문학적 비중이 큰 문인을 한꺼번에 기념하게 되는 일은 앞으로도 드물 것이다. 그런 점에서 1915년은 문학사의 특별한 해로 기록될 만하다. 1915년에 왜 이런 문학적 천재들이 동시에 출현했는지 묻는 사람들이 있다. 사주명리학에 문외한인 나는 아무 대답도 하지 못했다. 궁여지책으로 일제 강점기인 청년기에 문학인으로 출발하고 성년기인 해방 공간에서 신생 문학의 전기를 맞이한 점을 내세웠지만, 그것은 1914년이나 1916년 출생자에게도 해당하는 사례라 말발이 서지 않는다. 이유야 어찌 되었든 이들은 일제 강점기에 문학 활동을 시작하고 해방 조국에서 새로운 문학 활

---

25) 이상 곽종원 비평의 전개와 특성에 대해서는 서승희, 「해방 이후 곽종원 비평의 주체성 모색」,《한국문학이론과 비평》 49, 2010; 이미정, 「곽종원의 비평적 세계관과 신인간형의 논리」,《시학과 언어학》 22, 2012 참고.

동을 전개한 공통점을 지닌다. 그중 대한민국에서 활동한 문학인들은 강력한 영향력을 행사하여 남한 문학과 문단의 주류가 되었다.

그런 점에서 이들은 계승과 창조, 극복과 변화라는 이중의 의미를 지닌다. 광복 이전의 문학 유산을 계승하여 새로운 문학을 창조하고, 해방 이전 문학의 한계를 극복하여 전향적 변환을 모색한 신생의 문학인을 우리는 이상형으로 내세운다. 시각에 따라 다르겠지만 오늘 거론한 문학인들의 반 정도가 그런 유형에 들 것으로 판단된다. 이 비율도 예년에 비해 높은 것이어서 1915년이 갖는 아우라는 당분간 이대로 유지될 것 같다.

모든 문학 행사가 그렇듯이 과거의 문학적 업적을 기리는 것은 이 결실을 미래의 문학 건설에 자양으로 삼기 위해서다. 극복과 창조는 문학사의 운명이다. 오늘 기념하는 문학인들은 그들의 강력한 영향력에도 불구하고 이미 후속 세대 문학인들에게 극복의 대상이 되어 왔다. 이것은 자랑스럽고 복된 일이다. 스스로 극복의 대상이 되는 것을 자랑스럽게 여기는 자세가 우리 문학의 전통이 되기를 나는 바란다. 문학과 정치는 이런 점에서도 명백히 구분된다.

동양적인 것의 슬픔, 또는 시적 초월의 이율배반[1]

미당 문학을 읽는 한 가지 방식

고봉준(경희대 교수)

1

작가는 언제나 '작품'으로만 기억되기를 희망한다. 실제로 작가에 대한 독자의 기억 또한 '작품'에 관한 것이 대부분이다. 하지만 작가의 희망과 달리 작가가 항상 작품으로만 기억되는 것은 아니다. 특히 작가에 대한 기억이 부정적인 평가를 포함할 때, 작가는 '작품'보다 삶이나 행동으로 기억되는 경향이 있다. 동서고금을 막론하고 작가가 부정적으로 기억될 때, 거기에는 '작품'만이 아니라 언제나 '삶'의 문제가 따라다닌다. 물론, 그것이 긍정적인 것이든 부정적인 것이든, 작가를 기억한다는 것, 특히 수많은 사람들이 집단적으로 작가를 기억하고 작가에 관해 이야기한다는 것은 먼저 해당 작가가 유명하고 훌륭한 작가라는 것을 의미한다. 단적으로 삶이 문제가 되는 작가 가운데 저명하지 않은 사람이 없는데, 그것은 작품 세계가 훌륭하지 않으면 그의 '삶'조차 관심의 대상이 되지 못한다는 것을 의미

---

1) 이 글은 '2015 탄생 100주년 문학인 기념 문학제' 심포지엄에서 발표한 발제문을 수정·보완한 것임.

한다. 가령 지난 4월 13일 87세의 일기로 세상을 떠난 전후 독일 문학의 대표 작가 귄터 그라스(Gunter Grass), 1940~1942년 독일 점령기의 브뤼셀에서 나치의 영향권에 있던 신문에 100여 편의 논설을 기고한 전력이 사후(1987년)에 알려져 수많은 독자들로부터 '나치 부역자'라는 비판을 받아야 했던 미국 해체주의의 대부 폴 드 만(Paul de man), 여전히 나치 부역 전력과 반유대주의적 시각이 비판과 논쟁의 대상이 되고 있는 철학자 하이데거(Martin Heidegger) 등이 대표적인 사례이다. 이러한 스캔들의 공통적인 특징은 쉽게 수그러들지 않고 반복된다는 점이다. 그것은 프랑스의 정치학자 알랭 가리구(Alain Garrigu)가 최근 《르몽드 디플로마티크》에 발표한 글에서 "마르틴 하이데거에 대한 논란이 반복되는 것은 하이데거의 나치 부역 전력과 반유대주의의 입장을 증명하는 수많은 증거를 놀라울 정도로 고집스럽게 거부하는 하이데거 옹호자들 때문이다."라고 썼듯이 옹호자들이 나치에 협력하고 가담한 경력을 "수동적 방관자" 수준으로 축소하거나, "전체 1200쪽 가운데 반유대주의 내용은 열두 쪽밖에 되지 않는다."라는 식으로 "사안의 심각성을 단어의 수로 평가"하는 계량적 태도로 일관하기 때문이며, 무엇보다도 "철학과 정치 활동은 분리시켜 생각"해야 한다는 식의 생각을 고집하기 때문이다.[2] 식민지 상황에서 생산된 친일 문학의 문제 또한 이와 전혀 다른 상황이 아니다. 무엇보다도 그것은 '문학'의 문제이면서도 '삶'에 면죄부를 주지 않고, 더구나 그것을 계량적인 방식으로 평가하거나 정당화 내지 부인할수록 반복적으로 제기되는 특징을 지니고 있다. 한 가지 분명한 사실은 이들 철학자와 이론가가 나치에 협력, 가담한 사실을 비판하더라도 그들의 철학적·이론적 업적 전체가 부정되지는 않는다는 사실이다. 문학에서든 철학에서든 한 사람의 글쓰기 전체를 부정하는 것은 불가능하다. 아울러 작가에 대해 비판적인 문제를 제기하는 것이 곧 그 작

---

2) 알랭 가리구, 임영주 옮김, 「하이데거가 감옥에 갔다면」, 《르몽드 디플로마티크》(한국판) 76호, 2014. 12. 29.

가의 문학적 업적 모두를 부정하는 일도 아니다. 반대로 예술에서는 비판받는다는 것이 곧 존중받고 있다는 의미이기도 하다. 왜냐하면 존중이 선행되지 않는 비판이란 사실상 무가치하기 때문이다.

2

서정주의 '친일 문학'에 관한 선행 연구의 주요한 논점은 그의 친일이 자의에서 행해진 것인지 타의, 즉 강요에 의해 행해진 것인지의 문제, 그리고 친일의 길로 접어든 시기가 언제인지를 확정하는 문제에 집중되어 있다. 여기에서는 먼저 두 번째 문제부터 살펴보기로 한다. 친일 문학에 관해 오랫동안 연구한 김재용은 「전도된 오리엔탈리즘으로서의 친일 문학」에서 친일 문학의 성격을 시기에 따라 '내선일체의 황민화'와 '대동아 공영권의 전쟁 동원'의 두 가지로 구분한다. 그에 따르면 전자는 중일 전쟁이 발발하고 일본의 승세가 분명해지는 1938년 10월 이후에 나타나기 시작했고, 후자는 태평양 전쟁 발발 직전인 1941년 9월 무렵에 나타나기 시작했다. 이러한 구분에 근거해 그는 서정주의 친일 문학이 후자에 속한다고 주장하면서 "서정주가 친일을 하게 되는 시점은 태평양 전쟁이 난 후 일본이 싱가포르를 공략한 1942년 2월 이후"[3]이고, 더 구체적으로는 "1942년 중반에 들어서면서 친일의 글을 발표하기 시작"했다고 기술하고 있다. 구체적으로 언급하고 있지는 않지만 여기에서 김재용이 친일의 증거로 간주하고 있는 것은 서정주가 1942년 7월 《매일신보》(1942. 7. 13~17)에 발표한 평론 「시의 이야기 ─ 주로 국민시가에 대하여」인 듯하다. 이 글은 비슷한 시기 일본에서 등장한 '국민문학'의 운문적 버전에 해당하는 '국민시가'에 관해서 쓴 글이기 때문에 '국민문학=친일 문학'이라는 관점에서 보면 친일 문학이라고 말할 수 있다. 특히 김재용이 "이들을 사로잡은 것은 바로 근대를 지배

---

3) 김재용, 「전도된 오리엔탈리즘으로서의 친일 문학」, 《실천문학》 2002년 여름호, 59쪽.

한 서구 세계에 대한 대타 의식으로서의 동양의 설정이고 이 '동양'에 입각하여 서구의 근대를 비판하는 것이었다. …… 서정주가 친일을 하는 경로는 바로 이 대동아 공영론으로서, 서양에 대한 동양의 반발이 그 기본 축을 이루고 있다."⁴⁾라고 지적했듯이 당시 일본과 조선에서 유행한 '동양' 담론은 민족주의적인 것과는 무관하게 일본주의-근대초극론의 맥락을 벗어나지 않는 것이었다. 비단 김재용만이 아니라 상당히 많은 연구자들이 이 글을 서정주 친일 문학의 원점으로 간주하고 있다. "미당이 보편과 동양 정신으로의 회귀를 선언한 것은 「시의 이야기 ─ 주로 국민시가에 대하여」(《매일신보》 1942. 7. 13~17)를 통해서였다."⁵⁾라는 오성호의 지적도 그 하나일 것이다.

'국민문학'이란 대정익찬회가 주도한 '고쿠민분가쿠'의 산물이다. 1940년 10월 제2차 고노에 내각은 7월에 결정된 기본 국책 요강에 기초해 신체제 운동을 추진하기 위한 국민 조직으로서 '대정익찬회'를 결성한다.⁶⁾ 대정익찬회 문화부는 태평양 전쟁 개전 직후인 1941년 12월 문학자애국대회를 개최, 이후 1926년에 창립된 작가의 직능 단체인 문예가협회를 모체로 대정익찬회 산하에 일본문학보국회(1942. 5)를 설립했다. 1943년 4월 조선에서도 조선문인보국회가 결성되었다. 이 시기에 일본에서는 《국민시》라는 제명의 잡지가 발간되기 시작했고, '국민시'에 관한 논의가 등장했다. 이 운동을 주도한 문학인은 미요시 다쓰지(三好達治)를 중심으로 한 과거의 모더니스트와 오에 미츠오(大江滿雄)로 대표되는 전향 공산주의자들이었다. 이러한 움직임은 곧장 조선 문단에 영향을 끼쳐 1941년 9월에 월간 《국민시가》가 창간되기도 했다. 서정주가 1942년에 발표한 「시의 이야기 ─ 주로 국민

---

4) 같은 글, 63쪽.

5) 오성호, 「시인의 길과 '국민'의 길 ─ 미당의 친일 시에 대하여」, 《배달말》 32권, 2003, 114쪽.

6) 여기에 대해서는 고봉준, 「일제 후반기 국민시의 성격과 형식」, 한국시학회 편, 《한국시학연구》 37집, 2013 참고.

시가에 대하여」는 이러한 논의의 흐름에 놓여 있었기 때문에 태생 자체가 '친일'의 범위를 벗어나기 어렵다. 하지만 이 글의 문제성을 정확히 이해하기 위해서는 '국민시' 담론이 등장하기까지의 과정을 조금 면밀히 살필 필요가 있다.

국문학 연구자들이 주목하지는 않았지만 일본인들은 꽤 이른 시기부터 조선에서 문학 활동을 했다.[7] 한 연구에 따르면 1905~1907년 무렵 부산에서 발행된 《조선지실업》(일문), 러일 전쟁을 전후한 1902~1906년 사이에 간행된 《한국교통회지》, 《한반도》(일문) 등의 잡지에는 재조선 일본인들의 단카나 하이쿠가 상당수 발표되었다.[8] 이때 단카나 하이쿠를 창작하는 사람을 '가진(歌人)'과 '하이진(俳人)'이라고 부른다. 그리고 전자의 행위를 작가(作歌), 후자의 행위를 작구(作句)라고 말한다. 1920년대에 접어들면서 재조선 일본인들의 문학 수준은 내지(內地) 일본에 뒤지지 않을 정도로 높았고, 일본 내에서의 평가 또한 동일했다. 실제로 1933년에 작성된 한 자료를 살펴보면 당시 조선에는 단카를 창작하는 네 유파가 경쟁하면서 독자적으로 활동했을 정도로 창작 활동이 활발했음을 알 수 있다. 이들 유파에 속했던 미치히사 료(道久良)와 스에다 아키라(末田晃)는 훗날 각각 《국민시가》의 편집·발행인과 조선문인보국회 단카부 회장을 맡을 정도의 유명인이었다. 하지만 중일 전쟁이 시작되면서 상황이 달라진다. 물자 부족과 사상적인 문제가 전면에 등장한 것이다. 이 맥락에서 일본은 1940년에는 《조선일보》와 《동아일보》를 강제 폐간시켰고, 1941년에는 문예지 《문장》과 《인문평론》을 《국민문학》으로 통합시켰다. 일본은 1941년 국가총동원법에 이어 무역통제법을 실시하면서 모든 물자를 국가가 관리하는 완전한 통제 체제

---

7) 재조선 일본인들의 문학 활동에 대해서는 나카네 다카유키, 「조선 시가의 하이쿠 권역」, 고려대 일본학연구센터, 《일본연구》 16집, 2011; 엄인경, 「일제 말기 한반도에서 창작된 단카 연구」, 한국일본학회 편, 《일본학보》 97집, 2013; 구인모, 「단가로 그린 조선의 풍속지」, 국제한국문학문화학회 편, 《사이》 창간호, 2006 참고.
8) 여기에 대해서는 엄인경, 「1940년대 초 한반도의 일본어 국민시가론」, 《일본문화연구》 48집, 2013 참고.

로 진입했다. 중일 전쟁은 조선에서 독자적인 영역을 갖추고 있었던 '가단'과 '하이단'에도 직접적인 영향을 끼쳤다. 1930년대 중반까지 조선에서는 여러 종류의 일본 전통 시가 잡지가 출간되고 있었으나[9] 전쟁이 장기화 국면에 접어들면서 1941년 하이쿠는 '조선하이쿠작가협회'로, 단카는 시 장르와 함께 '국민시가연맹'으로 통합된 것이다. 하지만 알려지지 않은 이유로 최재서가 주재한 《국민문학》은 상당한 공백기를 거쳐 11월에야 창간호를 출간할 수 있었고, 그사이 그보다 두 달 앞서 '국민시가연맹'이 기관지 《국민시가》의 창간호를 발행했다. '국민시가연맹'은 1943년 4월 '조선문인보국회'가 결성될 때 '조선문인협회', '조선하이쿠작가협회', '조선센류협회', '조선가인협회'와 함께 통폐합되어 조선문인보국회를 결성한 단체이다. '국민시가연맹'은 1941년 7월 국민총력조선연맹 문화부의 지도 아래 결성되었고, 단카와 시 장르를 통합한 성격을 띠었다. 그런데 왜 하필이면 '국민시가연맹'이라는 단체가, 그리고 《국민시가》라는 이름의 기관지가 등장해야 했을까? 왜 그것은 '국민시'가 아니라 '국민시가'였을까? 그것은 이 단체가 '시단'과 '가단'의 통폐합을 상징했기 때문이다. 즉 '시가'는 '시'와 '가'의 결합을 의미했고, 그것은 근대적인 것과 전(前)근대적인 것, 또는 외래적인 것과 전통적인 것의 결합을 뜻했다. 실제로 재조선 일본인들이 주도한 이 잡지는 '단카'와 '시'를 적절한 비중으로 실었다. 하지만 잡지(기관지)의 편집과 발행을 주도한 것은 '단카', 즉 '가(歌)' 쪽이었다. "이 잡지는 기본적으로 단카 작품과 그 이론(가론)을 중심적으로 취급하고 있으므로, 일본 최고(最古)의 문학서 『만요슈(萬葉集)』에서 시작하는 일본의 고전과 전통 세계에서 '국민시가'의 보편성을 찾으려고 하였다."[10] 요컨대 이 시기의 '국민시가론'은 '단카'가 중심이었고, 이것은 최재서가 주도한 《국민문학》의 입장과는 조금 다른 것이었다. 바로 이 시기에 이광수는 자신의 첫 '국민시'

9) 자세한 잡지명과 내용에 대해서는 엄인경, 「식민지 조선의 일본 고전 시가 장르와 조선인 작가」, 영남대 민족문화연구소 편, 《민족문화논총》 53집, 2013 참고.
10) 같은 글, 297쪽.

를 '와카'로 지었고,[11] 김억은 『만엽집』을 초역하고, 국민시가발행소가 『만요슈』 시대부터 다이쇼 시대에 이르기까지 천황에 대한 충성심을 읊은 유명 단카를 모아서 편집한 『애국백인일수』를 시조 형식으로 번역하는 작업을 했다. 이상의 논의를 정리하자면 1940년대에 등장한 '국민시가'의 핵심은 일본의 전통 단형 서정시인 '단카'를 중심으로 한 논의였던 셈이다.

왜 이런 논의가 필요한가? 그것은 '단카'를 중심으로 한 '국민시(가)' 담론이 이 무렵 일본의 역사철학적 입장과 무관하지 않았기 때문이다. 알다시피 일본은 메이지 유신을 통해 근대 국가로 발돋움했다. 그것은 '일본적인 것'을 부정하고 '서구적인 것'을 전폭적으로 수용하는 과정이기도 했다. 1882년(메이지 15년) 일본에서는 영미 시의 번역과 번역자들의 창작 시를 함께 수록한 『신체시초(新体詩抄)』가 출간되었다. 당시는 '근대'라는 개념이 사용되던 시기가 아니었기에 '근대 시'라는 명칭이 쓰이지는 않았지만, 이 책의 출간은 일본이 근대 시를 창안하는 과정에서 '서양적인 시'를 모델로 삼았다는 것을 말해 준다. 이때의 서양적인 시란 곧 '근대 시=장시'라는 관념에 의해 지배되었고, 이 기준에서 보면 일본의 전통 시형들은 길이가 너무 짧았던 것이다. 이때부터 일본은 근대적인 의미의 '시(poetry)'를 창안하기 위해 자신들의 고유 시형(詩形) 대부분을 부정하기 시작했다. 일본에게 근대는 곧 전통에 대한 부정이었고, 서구적 모델에 자신들을 맞추는 변화였다. "『신체시초』의 저자들은 근대 장시에 어울리는 매체를 마련하기 위해서 한시, 와카(和歌), 하이카이(俳諧) 등 예전부터 전해진 시적 장르의 정형을 모두 버리고 그 폐물 속에서 단지 전통적 운율인 7·5조만을 '쓸모 있는 과거'로서 취급하여 거기에다가 이중의 근대적 '가공'을 베풀었다."[12] 일종의 근대 콤플렉스에서 시작된 전통에 대한 부정은 중일 전쟁을 전후한 시기부터 의문시되기 시작했고, 마침내 1940년대에 접어들어 '근대의 초극'

---

11) 이광수의 '국민시'에 대해서는 최현식, 「이광수와 국민시」, 상허학회 편, 《상허학보》 22호, 2008 참고.
12) 가와모토 고지, 「일본 시가에서 전통과 근대의 상호 관계」, 《한국학논총》 43집, 27쪽.

이라는 역사철학적 비전이 제시되면서 완전히 역전되었다. 이런 흐름의 한 가운데에서 등장한 것이 바로 '국민시' 담론이었는데, 그것은 정확하게 말하면 일본이 근대화 과정에서 부정했던 전통 시형을 복원하는 것, 상식처럼 통용되던 '시=자유시'라는 관념을 넘어서는 기획이었다. 그래서 일본은 '시'보다는 '시가'라는 단어를 전면에 내세웠는데, 이는 곧 음악적인 요소의 복원을 뜻하는 것이었다. 그 음악적 요소에 대한 것이 곧 낭송/낭독 문제로 담론화된 것이 1940년대였다. 이러한 방향 전환의 사상적·이론적 근거를 제공한 것이 1930년대 중반에 등장하여 미학적인 분야에서 '근대의 초극'과 '일본 민족의 기념비로서의 민족 예술의 창출'을 주장한 야스다 요주로(保田與重郎)와 일본 낭만파였다. 자신의 '국민시'를 자유시가 아니라 '와카'로 지은 이광수야말로 '국민시' 담론의 핵심을 가장 정확하게 인식하고 있었던 것이다.

3

그렇다면 서정주도 '국민시'를 그렇게 이해했을까? 회고에 따르면 서정주는 1941년 만주에서 고향으로 돌아가는 길에 서울에 들렀고, 그때부터 서울에 거주하면서 이용악, 최재서, 오장환 등과 지속적으로 교류했고, 때때로 일본인 저자들의 책을 조선어로 번역하는 일로 생계를 해결했다. 최재서의 인문사와 잡지 《국민문학》이 주요 교류처였다. 서정주는 1942년 여름 부친이 위독하여 잠시 고향에 다녀왔으나 가을에는 흑석동에 주거지를 마련했다. 이러한 삶의 궤적을 고려하면 그가 당시의 문학적 흐름, 즉 '국민시'에 관해 알지 못했을 가능성은 거의 없다.

우리는 항용 '독창(獨創)'이라든가 '개성(個性)'이라든가 하는 말을 애용해 왔다. 생명이 유동하는 순간순간에서 일(一)의 자기의 언어, 자기의 색채, 자기의 음향(音響)만을 찾아 헤매었던 것이다. 그러나 아무와도 닮지 않은 독창이라든가 개성이란 어떤 것일까? 중심에서의 도피, 전통의 몰각, 윤리의 상실 등이 먼저 재래(齎來)되었다. 할 수 없는 무질서와 혼돈 속에서 작가들은 아무와도 닮지 않은 자기의 유령들을 만들어 놓고 또 오래지 않아서는 자기가 자기를 모방하여야 했던 것이다. 이러는 동안에 먼저 심심해진 건 작가 자신이었던 것이다. ······ 국민문학이라든가, 국민시가라는 말이 기왕에 나왔거든 이제부터라도 전일(全日)의 경험을 되풀이하지 말고, 정말로 민중의 양식이 될 수 있는 시가 내지 문학을 만들어 내기에 일평생을 바치려는 각오를 가져야 할 것이다. 이것은 심히 전통의 계승─동방 전통의 계승과, 보편성에의 지향과 밀접한 관계가 없을 수 없는 것이다. 그렇게 생각한 까닭에 나는 이상에 개성과 보편 등의 수개 조목을 들어 내가 생각하는 대로 개진했음에 불과하다.[13]

서정주의 이 글은 1940년대에 조선에서 발표된 시에 관한 평문들 가운데 최고 수준에 해당한다. 1930년대 후반 《인문평론》에 발표된 몇몇 비평을 제외하면 1940년대에 이 정도의 치밀한 논리와 안정적인 문체로, 그것도 상당한 분량의 비평문을 쓴 사람은 찾기 힘들다. 이는 서정주가 이 글을 쓰기 위해 상당한 노력을 기울였음을 말해 준다. 이 글의 첫머리에서 서정주는 "국민시가라는 새로 생긴 술어의 연역(演繹)을 하기 전"에 먼저 문학을 '독창'과 '개성'의 산물로 이해하는 태도를 비판하고, 대신 '보편'과 '일반성'의 가치에 대해 질문한다. 앞에서 언급한 김재용의 구분에 따른다면 서정주의 친일 문학은 대동아 공영론, 즉 "근대를 지배한 서구 세계에 대한 대타 의식으로서의 동양의 설정"에 해당하며, 따라서 이 글에 등장하는 '보편'과 '일반성'의 가치에 대한 주장 역시 '동양' 담론의 맥락에서 이해되어야 한다. 실제로 이 글은 서구 근대 문학을 추종하는 태도를 비판하고 동양─전통의 중요성을 강조하는 내용을 포함하고 있다. 요컨대 그는 '국

---

13) 서정주, 「시의 이야기 ─ 주로 국민시가에 대하여」, 김병걸·김규동 편, 『친일 문학 작품 선집 2』(실천문학사, 1986), 285~287쪽.

민시가'에 관해 이야기할 때, 먼저 서구적인 것을 추종하는 데 "몇 십 년을 소모하고도 아직껏 민중의 항심(恒心)에 침투하지 못한 서러운 경험"을 잊지 말아야 한다고 말하려는 것이다. 다음으로 그는 '문학'을 사상으로 환원하는 태도를 경계해야 한다는 주장을 펼친다. "문학을 문학으로서 하지 않는 한 대체 누구의 작품이 아직도 우리를 위로할 수 있을 것인가. 아무리 사상에서 출발한다 하여도 그것이 시 문학으로 존재하려면 역시 어쩔 수 없이 감성의 관문을 통해 나와야 된다."

이상의 두 가지를 전제한 후 서정주는 "문제의 국민시가란 어떠한 시가여야 할까?"라고 묻는다. 이 질문에 대한 서정주의 답은 "구라파의 지성과 사상에 종사했던 우리"의 과거를 뛰어넘어 "개성의 삭감, 많은 사상의 취사선택과 그것의 망각, 전통의 계승 속에서 우러나는 전체의 언어 공작"이어야 한다는 것이다. 물론 이때의 전통과 언어는 동양=일본과 일본어를 의미한다. 그리고 이 맥락에서 그는 괴테와 푸시킨이 대표적인 '국민시인'임을 환기한다. "나는 국민문학이란 전연히 괴테나 푸시킨 같은 태도의 보편적이요 건실한 작가에게 의하여 씌어지는 문학이어야 한다고 생각하였다." 여기서 말하는 '보편적 태도'란 무엇일까? 괴테의 경우에 그것은 "독일 사람들이 오랫동안 기려 오던 전설에다 착색하여 『파우스트』라는 실로 그 후의 독일 문학을 위하여 한 전통이 될 수 있는 작품을 써서 그것이 독일의 국민성의 향상에 적지 않게 공헌"한 것을 가리키고, 푸시킨의 경우에 그것은 "『오네긴』 등의 시작으로 하여 노문학의 성격을 비로소 확립하여 그 후의 자국 문학이 의거하는바, 한 개의 커다란 원천이 되었다."는 것을 의미한다. 그런데 국민문학과 국민시가에 대한 이러한 설명은 대정익찬회가 결성되면서 제기된 국민문학의 이념은 물론 근대 국가 건설 과정에서 부정한 전통을 복원하고 긍정하는 '일본적인 것'의 추구로서의 국민시가 담론과는 거의 관계가 없다. 서정주는 지금 문학은 '사상' 이전에 '언어 공작'이라는 것, 개성과 독창성을 중시한 유럽의 근대 문학과 달리 "자국민의 성격의 발견과 이것의 고양"에 기여하는 국민 문화로서의 보편=국민문학이 필요하다는 원론적 입장을 개진하고 있는 것이다.

　동아 공영권이란 또 좋은 술어가 생긴 것이라고 나는 내심 감복하고 있다. 동양에 살면서도 근세에 들어 문학자의 대부분은 눈을 동양에 두지 않았다. 몇몇 동양학자들이 따로 있어 자기들이 일상 사용하는 한자의 낡은 문헌들을 자의적으로 해석해 내는 정도에 그쳤었다. 시인은 모름지기 이 기회에 부족한 실력대로도 좋으니 먼저 중국의 고전에서 비롯하여 황국의 전적들과 반도 옛것들을 고루 섭렵하는 총명을 가져야 할 것이다. 동양에의 회귀가 성히 제창되는 금일이다. 그것은 작가의 태도 여하에 따라서는 결코 어려운 일도 아닐 것이나, 자네가 이렇게 공부하는 동안에 그건 취사될 것이요 또한 선택될 것이다.[14]

　서정주는 유럽 문화는 희랍·로마 문화"에 근거하는 반면, 동양 문화는 "한자를 중심으로 하는 일환의 문화"에 기초한다는 틀 속에서 사고하고 있다. 그런 점에서 '동양'은, 밀란 쿤데라가 "모든 민족은 자신을 찾는 과정에서, 자기 집과 세상 사이의 중간 경계가 어디에 위치하는지를, 내가 중앙 배경이라고 부르는 것이 국가적 배경과 세계적 배경 사이 어느 곳에 위치하는지를 자문하기 때문이다."[15]라고 말할 때의 중간 경계, 즉 상대적인 보편의 지평이라고 말할 수 있다. 일본 제국주의는 이 상대적인 보편의 지평을 '서구'라는 대타적 항에 대립하는 실체적인 것이라고 주장하고, 나아가 그것을 '동양=일본'이라는 단일한 중심과 동일시했다. 그런 점에서 "동아 공영권이라는 술어"는 명백하게 '친일'의 기호이다. 그런데 서정주는 '국민시가'를 당시 일본과 조선에서 공식적으로 통용되던 '국민시가' 담론과는 전혀 다른 맥락에서 이해하고 있다. 예컨대 '국민시가'는 단카나 하이

---

14) 서정주, 「시의 이야기 — 주로 국민시가에 대하여」, 김병걸·김규동 편, 『친일 문학 작품 선집 2』(실천문학사, 1986), 289~290쪽.
15) 밀란 쿤데라, 한용택 옮김, 『만남』(민음사, 2013), 139~140쪽.

쿠 같은 일본의 전통 시형을 복원하는 문화적 전통의 문제였음에도 불구하고 서정주는 자유시의 범위를 벗어나지 않는다. 또한 같은 시기에 친일 문학자들이 강조했던 천황제 파시즘과 죽음에 대한 예찬도 수락하지 않고, 위의 인용에서 확인되듯이 심지어 '일본'과 '중국'과 '조선'을 '동양 — 고전 — 한자'라는 프레임에서 같은 수준에 놓는다. 만일 서정주가 '친일'할 것을 작정하고 이 글을 썼다면, 그것도 《매일신보》에 발표하는 글에 친일 문학의 클리셰인 천황, 일본, 국민의 자세, 『만엽집』 등을 언급하지 않은 까닭은 무엇일까. 우리는 태평양 전쟁 개전 이후에 발표된 비평에서 이런 시각을 견지한 글이 또 있었는지 살펴야 한다.

그렇다면 문제는 여기에 등장하는 '동양'과 '보편'이 근대초극론에 등장하는 그것과 동일한 것인지의 여부를 살피는 일이다. 알다시피 서정주는 1930년대 등단 무렵의 잠깐을 제외하고 매우 이른 시기부터 '동양적인 전회'를 주장해 왔다. 물론 이때의 '동양', 즉 전회의 동기가 일본 낭만파의 등장에서 식민지 후반기로 이어지는 시국적 변화와 그에 따른 문학의 주조 변화에서 받은 영향에서 비롯되었을 가능성이 높다. 또한 거기에는 출생과 성장 과정에서 그가 경험한 것들의 영향도 개입되어 있었을 것이다. 한 가지 분명한 사실은 서정주가 매우 일찍부터, 그리고 문학적인 절정을 구가할 때조차도 '동양'과 '보편'을 포기하지 않았다는 점이다. 물론 서정주가 초기에 '보편'을 강조할 때, 그것은 "영원히 사람들에게 매력이 되고 문젯거리가 될 수 있는 내용을 골라 써야 한다. 그러니 그러려면 한 시대성의 한계 안에서 소멸되고 말 그런 내용이 아니라 어느 때가 되거나 거듭거듭 문제가 되는 그런 내용만을 골라 써야 한다."[16]라고 쓴 것처럼 '개인'이나 '시대'를 뛰어넘는 보편적인 것으로서의 인간 문제 정도의 소박한 수준이었다. 그것은 "남녀의 사랑을 비롯한 사람들 사이의 여러 사랑에서 파생하는 환희와 비애, 절망과 희망 …… 이별·상봉·질투·화목 또 생과 사 — 이런 어

---

16) 서정주, 『미당 산문』(민음사, 1993), 118쪽.

느 시대에나 공통될 인생의 문제"였지 그것을 넘어서는 이데올로기의 문제
가 아니었다. 서정주는 「시의 이야기」에서 '보편'을 "괴테나 푸시킨과 같은
이들의 본을 받아서 커다란 보편적인 작가 태도를 가져야 할 것이다.", "스
스로 수영할 때의 해양의 넓이와 같이 자네들의 전신을 둘러싸게 되는 것
이라야 할 것"라고 말한 것처럼 '개인'을 넘어선 문화적 지평의 문제로 간주
한다. 그는 "우리의 안전(眼前)에 있는 것 전체에 명명하여, 이걸 오랫동안
의 사회(死灰)로부터 소생시킬 수 있는 그러한 작가"가 되어야 한다고 강조
한다. 그 안전의 것이란 "풀이파리 하나, 하잘것없는 팔만이나 요시오의 아
내 하나, 해안의 돌멩이 하나" 등이다. 이런 관점에서 서정주는 오히려 '국
민시가'라는 이름을 달고 발표된 작품들, 「인도양이여! 남방의 신화여!」 등
의 작품들에 대해 "그건 시가 아니요"라고 평가한다. 그런 작품들을 접할
때마다 '환멸'을 경험한다는 것이다. 그래서 서정주는 시는 "먼저 언어로서
의 많은 세련을 통과해 온 것이다. 언어를 그렇게 홀대하는 사람들이 시를
쓰는 것이라면 가두의 인단(仁丹) 장수나 옛날 무성 영화의 변사도 넉넉히
시를 썼겠다."라고 지적한다. 이 글의 후반부에서 서정주는 "시는 무엇보담
도 먼저 언어 해조인 것이다.", "시는 무엇보다도 먼저 언어의 문제인 것이
다."라고 '시=언어'라는 태도를 반복해 강조하며, 이것은 광복 이후에도 그
가 포기하지 않았던 태도였다. 이렇게 보면 서정주의 「시의 이야기 — 주로
국민시가에 대하여」를 '국민시가'라는 제목만으로 친일 문학이라고 판단하
는 것은 부당하다.[17] 서정주가 '국민시가'의 진의를 몰랐는지, 아니면 그것
과는 별개로 당시의 시 작품에 대한 자신의 불만을 '국민시가'라는 첨단의
개념을 빌려 표현한 것인지는 알 수 없지만, 당대의 국민시가 담론의 핵심
과는 전혀 동떨어진 글을 '국민시가'라는 부제가 붙었다는 이유만으로 친
일 문학으로 예단할 수는 없는 것이다.

---

17) 김춘식은 "미당의 '국민시'에 대한 생각은 '파시즘'이나 '총동원 체제'와 관련된 것이 아
   니라 미학적인 보편이나 시적 전체성에 대한 지향에 가까운 것이었다."라고 주장하는데,
   전적으로 타당한 의견이라고 생각한다.

4

일찍이 서정주는 『미당 자서전』에서 자신의 친일은 1944년 6월부터 1945년 봄까지의 "반 해 남짓한 동안의 일들"[18]이라고 기술한 바 있다. 하지만 확인된 작품 목록에 따르면 서정주는 1943년 하반기부터 친일 작품을 발표하기 시작했다. 서정주의 친일 문학 작품 목록을 연도별로 제시하면 다음과 같다. 「인보정신」(산문, 《매일신보》 1943년 9월 1~10일), 「징병 적령기의 아들을 둔 조선의 어머니에게」(산문, 《춘추》 1943년 10월), 「항공일에」(시, 《국민문학》 1943년 10월호), 「스무 살 된 벗에게」(산문, 《조광》 1943년 10월호), 「최체부의 군속지망」(소설, 《조광》 1943년 11월호), 「경성사단 대연습 종군기」(르포, 《춘추》 1943년 11월호), 「헌시 — 반도학도 특별지원병 제군에게」(시, 《매일신보》 1943년 11월 16일), 「보도행 — 경성사단 추계 연습의 뒤를 따라서」(르포, 《조광》 1943년 12월호), 「무제 — 사이판 섬에서 전원 전사한 영령을 맞이하며」(시, 《국민문학》 1944년 8월), 「송정오장 송가」(시, 《매일신보》 1944년 12월 9일). 친일 문학으로 분류되는 서정주의 작품들은 그 문학적 수준 자체가 다른 문학인들의 친일 문학과는 비교가 되지 않을 정도로 높다. 하지만 이들 작품은 그 미학적 수준에도 불구하고 이견(異見)이 있을 수 없는 친일 성격을 띠고 있으며, 그 내용 역시 "벗이여, 한 피는 진실로 어머니에게서 받았으나 벌써 어머니의 것은 아닌 우리의 몸뚱이를 어디에다가 던져야 할 것인가를 다시 한 번 생각해 보자."(산문, 「스무 살 된 벗에게」)처럼 천황제 파시즘의 특징이라고 말할 수 있는 죽음의 미학화에 근접해 있다. 그러므로 이들 작품의 '친일'적 성격에 관해서는 재론의 여지가 없는데, 다만 이 시기가 서정주의 시집 『자화상』과 『귀촉도』[19]

---

18) "그것은 1944년 유월 내가 민족주의극 공연 사건에 영향을 주었다는 혐의로 석 달 동안의 구치소 신세를 진 뒤 풀려나와서부터 이듬해, 즉 1945년 봄까지의 반 해 남짓한 동안의 일들로서, 제목은 친일적 업적 또는 전범 여부에 대한 것이다." 서정주, 『미당 자서전 2』(민음사, 1994), 153쪽.

19) 『귀촉도』에 실린 작품의 절반 이상이 1943년 이전에 창작된 작품이다.

에 실린 작품들을 창작한 시기와 겹친다는 점, 따라서 이들 시집에 포함된 '고향', '동양', '전통' 등의 주제 의식이 일본 파시즘의 '동양' 담론이나 '근대 초극'과 어떻게 구별될 수 있는지가 문제일 듯하다.

잠시 미당의 친일 문학과 그의 시 세계의 연관성에 대한 기존 연구를 살펴보자.[20] 이 연구들을 '친일' 문제와 연관해 대별해 보면 먼저 김재용은 서정주가 "보들레르로 대표되고 있는 서구의 세계"에서 "서구의 근대가 이 세계를 휩쓸기 이전의 비서구의 삶에 대한 관심"으로 나아간 초기 시의 동양적·전통적 세계의 발견 사이에 놓여 있는 획기적인 단절을 '서구'와 '동양', '근대'와 '근대 초극'이라는 당시의 동양 담론의 영향으로 이해하는 듯하다. 친일의 여부와는 별개로 '고향─전통─신라─영원'으로 변화해 간 서정주의 시 세계는 '일본적인 미'를 주장하면서 천황제 파시즘에 복무한 야스다 요주로의 일본 낭만파와 상당히 흡사한 면모를 지니고 있다.[21] '전통'과 '새로움'은 어느 시대에나 예술의 주요 논점이 되지만, 그것이 본질이나 실체로 간주되어 다른 하나를 배척하는 근거가 될 때, 그것은 쉽게 이데올로기가 되고 만다. 예술에서 이러한 이데올로기의 특징은 본질의 가치를 내세워 현실로부터 눈을 돌리게 만드는 것이다. 가령 불안의 시대를 배경으로 등장한 일본 낭만파 미학은 아이러니의 미학을 강조하면서 젊은이들의 지지를 받았지만 어느 순간 국수주의적 태도를 취하면서 예술 창작의 주체를 예술가가 아닌 민족과 국가로 이동시켜 버렸다. 그 결과 일본 낭만파는 "선조로부터 내려온 신화"와 "우리의 역사와, 민족이라는 영웅과, 시인들에게 그려진, 일본의 미적 이상"에 대해 관심을 집중하기 시작했고,

---

20) 이들 선행 연구에 대해서는 이숭원, 「서정주 초기 시의 친일과 시정신 재고」, 서울여대 인문과학연구소 편,《인문논총》 24집, 2012에 정리되어 있다.

21) 미당의 초기 시 「수대동시」는 흔히 '동양에의 전회'를 이야기할 때 가장 많이 인용되는 작품이다. 김윤식은 이 작품을 "보들레르 시학과의 결별을 선언한 것"(『미당의 어법과 김동리의 문법』, 41쪽)으로 평가하지만, 이숭원은 이 시가 "서정주 시의 전환을 알려 주는 작품이 아니라 일제 강점기 서정주의 시 중 매우 이질적인 작품"(「서정주 초기 시의 친일과 시정신 재고」, 48쪽)이라고 평가, 상징적인 의미를 부여하지 않는다.

그것은 "그들에게 있어 주체 창조의 근거가 되는 것은 '생명[삶]', 단독적으로 일회적인 현재의 나의 '생명[삶]'이기 때문이다. 하지만 야스다에게 있어서는 나의 '생명[삶]'은 문제가 되지 않는다. 창조의 주체는 문화이고 전통이며, 개인은 이미 창조할 힘과 능력을 잃어버렸으며, 그 대신에 '나'는 공허한 주관성이 되어, 미적으로 장엄한 세계를 돌아다니는 것이다."[22]라는 지적처럼 개인의 삶을 부정하고 민족과 국가의 일원으로 사는 삶을 긍정하는 국가주의 이데올로기로 귀결되고 말았다. 따라서 서정주의 초기 시를 친일 문학의 흔적이라고 말할 수는 없지만, 그 초월적 비전의 위험성은 충분히 일본 낭만파의 미학과 비교할 만하다.

반면 김춘식은 "미당 서정주의 친일 행적과 광복 이후의 영원성, 영통주의, 신라의 발견 등을 연속적인 관계로 보는 시각"을 경계하면서 "대동아 공영권의 동양주의와 서정주의 동양적 영원성이 동일한 정신 구조를 지니고 있"다는 김재용, 박수연 등의 주장을 반박한다. 이 반박 논리의 핵심은 식민지 시대의 친일 문학과 광복 이후의 국가주의, 국민문학 논리가 구조적인 상동성을 띠고 있지만, "애국의 최종적 목표점"이 무엇인지에 따라 그 궁극적 의미는 달라진다는 것이다.[23] 이숭원 또한 1942년까지의 시에는 토속적·전통적 요소는 나타나지만 "신라 정신에 해당하는 단면"은 나타나지 않으며, 따라서 서정주의 신라 정신은 "해방 전의 토속적·전통적 경향과 영원성에 대한 탐구가 광복 이후 서정주의 새로운 모색에 의해 결합하면서 새로운 시정신으로 완성"된 것이라고 주장한다.[24]

이들 외에도 서정주의 친일 문학에 관한 흥미로운 시각들이 있다. 박성필은 미당의 생애와 작품 연보에 기초해 서정주가 1942년 6월 「거북이」를 발

---

22) 일본 낭만파의 미학에 관해서는 구라카즈 시게루, 한태준 옮김, 『나 자신이고자 하는 충동』(갈무리, 2015), 277~279쪽 참고.
23) 김춘식, 「자족적인 '시의 왕국'과 '국민시인'의 상관성」, 《한국문학연구》 37집, 2009, 342쪽.
24) 이숭원, 앞의 글, 50쪽.

표한 후 "1년 4개월 동안 단 한 편의 시도 발표하지 않았"고, 「시의 이야기」 이후 "해방 이전까지 발표한 시는 오직 「항공일에」뿐"임에 주목해 "미당은 친일에 나서면서도 시인의 자격으로는 나서고 싶지 않았던 것이다. 결과적으로 미당 연보에서 '시의 부재'는 친일 행적을 암시하는 것이라 말할 수 있다."[25]라고 주장한다. 하지만 서정주는 「항공일에」를 발표한 이후에도 광복 때까지 「헌시 — 반도학도 특별지원병 제군에게」(1943), 「무제 — 사이판 섬에서 전원 전사한 영령을 맞이하며」(1944), 「송정오장 송가」(1944) 등을 발표했기에 이 가설을 그대로 받아들이기는 어려울 듯하다. 한편 김승구는 서정주가 《국민문학》에 여러 작품을 발표하지 않은 것은 "일어로 창작을 한다는 기술적인 어려움과 더불어 전시 체제 관여의 '욕됨'에 대한 어느 정도의 부정적 인식이 개입"[26]되었기 때문이라고 설명하고 있지만 이는 서정주 자신의 회고와도 모순된다. 서정주는 1942~1943년 무렵 최재서의 인문사를 포함한 몇몇 출판사에서 번역을 의뢰받아 생계를 꾸릴 정도로 일본어 실력이 뛰어났고, 특히 일문으로 쓴 「항공일에」는 《국민문학》에 발표되자마자 일본인들로부터 상당한 호평을 받았다[27]고 기억하고 있기에 그의 일본어 실력이 문제였다고 단정하기는 어렵다. 박정선은 파시즘과 리리시즘의 내적 유사성, 가령 동일성의 원리, 초월성, 근대에 대한 부정적 태도에 기초하여 일제 강점기 말 친일 서정시에 대한 새로운 시각을 제시한다.[28] "주체와 객체의 합일이라는 리리시즘의 동일성은 파시즘의 전체주의와 원리적으로 유사

---

25) 박성필, 「미당 서정주의 친일 기점에 관한 연구」, 《국어교육》 142호, 2013, 170쪽.

26) 김승구, 「일제 말기 서정주의 자전적 기록에 나타난 행동의 논리와 상황」, 《대동문화연구》 65집, 2009, 476쪽.

27) "내가 《국민문학》에 발표한 내 맨 처음의 일본어 시 「항공일에」라는 것은 내 예상과는 달리 일본인 문학인들의 눈에도 상당히 좋게 보였던 모양으로, 則武三雄이라는 시인은 내가 인문사에 입사하자 바로 찾아와서 '오래 만나기를 기다렸다'고 했다. …… 그는 내 「항공일에」라는 것을 그가 근래에 읽은 시 중에 제일 좋은 것이라고 말하고, 자기들한테 없는 묘한 유통력이 있다고 칭찬해 대더니……", 서정주, 『미당 자서전』(민음사, 1994), 160쪽

28) 박정선, 「파시즘과 리리시즘의 상관성 연구」, 《한국시학연구》 26호, 2009.

하며, 현실에 대한 서정적 초월이라는 리리시즘의 초월성은 파시즘의 근대 초극 논리와 원리적으로 유사하다."라는 주장이다. 박용찬 또한 '친일 시' 문제를 서정시의 장르적 특성에서 찾는다는 점에서 유사한 태도를 취한다.[29] 하지만 이러한 본질주의적 접근은 경험적인 차원에서의 반증 가능성에 부딪힌다는 점에서 설득력이 높지는 않다. 오히려 초월성의 다양한 모델들 가운데 특정한 모델, 예컨대 '동양', '신화', '민족/국가' 등을 연구 대상으로 삼는다면 한층 흥미로운 결론을 도출할 수 있을 듯하다. 가령 이광수의 계몽주의, 백철의 서구 지향주의, 박영희의 계급주의 등이 대표적인 사례가 될 것이다. 유럽의 낭만주의 또한 여기에서 자유롭지 않다. 왜냐하면 낭만주의란 18세기 이래 계몽주의에 의해 종교가 부정되면서 등장한 것이고, 그것은 "네이션을 위해 살고 그것을 위해 죽음으로써 영원한 동일성과 연결된다는 의식"[30]과 연결되어 있기 때문이다. 낭만주의는 곧 국가주의이다.

5

서정주의 문학을 둘러싼 논란은 '친일 문학' 문제가 전부는 아니다. 서정주 문학을 재론하는 이유가 '국민시인'이라는 명예에 흠집을 내기 위한 것이 아니라면, 그의 문학에서 '친일'만을 문제 삼는 협소한 시각은 하루빨리 극복되어야 한다. 알다시피 서정주는 '국가 만들기'를 놓고 좌우익이 첨예하게 갈등한 해방기에는 우익 진영에 투신했고, 윤보선의 소개로 이승만의 전기를 집필하기도 했다. 그 공로로 정부 수립 후 초대 문교부 예술과장 자

---

29) "시의 주관적, 순간적 특성은 시인을 감성화시켜 현실에 쉽게 굴복, 순응하게 만들기도 한다. 그러므로 시인의 경우 시대의 대세에 이끌려 들어가기 쉽다. 일제 강점기 말 친일 시의 경우도 바로 이런 경우라고 생각한다. 역사를 전체적 구도하에서 파악하지 못하고 주관적 감성으로 대했을 때 군국주의의 그늘이란 작가들에게 매우 매혹적인 대상이 아닐 수 없다." 박용찬, 「친일 시의 양상과 자기비판의 문제」, 국어교육학회 편, 《국어교육연구》 35집, 2003, 97~98쪽.

30) 가라타니 고진, 조영일 옮김, 『문자와 국가』(도서출판 b, 2011), 28쪽.

리에 올랐다. 한국 전쟁 시기에는 문총구국대 결성을 주도했고, 1960년대에는 월남전 참전을 독려하는 작품을 쓰기도 했다. 그리고 1980년대 신군부가 등장하자 통일주체국민회의 대통령 선거 당시 전두환 지지 연설을 했고, 1987년 1월에는 "이 민족기상의 모범이 되신 분이여!// 이 겨레의 모든 선현들의 찬양과/ 시간과 공간의 영원한 찬양과/ 하늘의 찬양이 두루 님께로 오시나이다."로 끝나는 송가(頌歌)를 바쳤다. 전두환에게 '일해'라는 호를 지어 준 것도 그였다. 이처럼 서정주는 정치적·역사적 갈림길에 직면할 때마다 '권력'을 선택했고, 그 때문에 역사적 흐름을 판단하는 일에는 매번 실패했다. 서정주의 이러한 삶과 문학의 궤적을 문학하는 자의 단견에서 비롯된 착오, 목숨이 위태로운 상황을 모면하기 위해 선택한 고육지책이라고 옹호하는 사람들도 있지만, 언제나 역사와 문화의 객관적인 관찰자임을 자청해 온 그였고, 상당한 학식과 지식을 자랑하던 그였다. 심지어 생(生)과 사(死)의 경계를 초월한 시적 영원주의의 주창자였기에 논란은 클 수밖에 없다. 그는 자신의 문학 세계와는 정반대의 세계를 지향하며 살았던 것이다.

서정주는 왜 자신의 문학을 부정하는 삶을 살았을까? 이 문제에 관하여 서정주를 옹호하려는 사람들은 외부적 강제 때문에 어쩔 수 없었다거나 문학과 삶은 별개라는 주장을 펼친다. 하지만 서정주에게 쏟아지는 비판의 대부분은 친일 '문학'에 관한 것이기에 그다지 설득력이 없고, 특히 그의 '친일 문학'이 1940년대의 친일 작품들 가운데 최고 수준이기에 '강제' 그 이상의 동기가 있을 수 있다는 의심 또한 합리적이다. 앞에서 언급했듯이 몇몇 연구자들은 서정시의 근본 원리가 동일성과 초월성에 기초하고 있는 일본의 파시즘과 구조적 상동성이 있어서 서정시인들의 다수가 친일에로 경사되었다는 가설을 제기하지만, 그 또한 반대 사례가 많기에 선뜻 받아들이기는 어렵다. 오히려 서정시의 주관성은 때로 정신분석학이 주장하는 대타자의 권위를 무시하는 개인주의적 아나키즘의 동력으로 전화되기도 하지 않는가. 그렇다면 왜 이런 문제가 발생했을까? 이 글은 그 한 가지 원인으로 '초월적 원리'의 문제를 지적하고자 한다.[31] 즉 예술이나 철학, 심지어 일상적 생활 세계에서조차 '초월적 원리'를 전제하면 발생할 수 있는 문제라는 것이다. 여기에서 말하는 초월적 원리란 현실적/현재적 존재보다 상위의 존재, 즉 초월적 존재가 있다는 발상, 궁극적으로는 그것이 중요하며, 그 원리를 관철시키는/현실화하는 것이 곧 현실이라는 사고방식이다. 플라톤의 이데아 이래로 이러한 초월적 원리는 끊임없이 다른 개념으로 변주되면서 철학이나 예술에 현실을 부정하는 알리바이를 제공했다. 이것의 현대적 변형이 근본주의, 본질주의라고 말할 수도 있겠다. 이러한 초월적 원리의 특징은 발화되는 순간부터 그것 아닌 모든 것을 무의미한 것, 무가치한 것으로 만든다는 데 있다. 가령 박종홍이 만든 "우리는 민족중흥의 역사적 사명을 띠고 이 땅에 태어났다."로 시작되는 국민교육헌장이 대표적인 사례다. 이 헌장을 수락하는 순간 우리의 삶의 목표와 목적은 선험적으로 결정되며, 그 목적과 무관하거나, 그 목적을 위배하는 일체의 행위/삶은 반(反)민족적인 것이 된다. 이러한 초월성은 종교에도, 이데올로기에도, 계급주의에도, 민족주의에도 있다. 뒤집어 말하면 이러한 믿음이 분명하고 강렬할수록 대타자의 욕망을 욕망하는 행위는 증대된다. 이러한 초월성은 초월적 원리 자체를 의심하거나 성찰하기보다는 그것을 정당화하고 미화하는 '정치의 심미화'를 선호한다. 이때의 대타자는 그것을 믿고 발화하는 주체가 자신의 존재의 일관성을 유지할 수 있도록 만들어 주는 질서이지만, 사실은 주체의 믿음/발화에 선행하여 존재하는 현실적 실체가 아니라 주체가 만들어 낸/구성한 '거짓말의 질서'이다. 정신분석학이 대타자를 텅 빈 실체이면서 현실과 주체를 생산하고 지탱시키는 원동력이라고 설

---

31) 2015년 5월 7일 '탄생 100주년 문학인 기념문학제' 심포지엄에 토론자로 참석한 윤재웅 (동국대) 선생은 미당의 시 세계를 '초월적 원리'에 한정하는 태도는 후기 시를 포괄하기 어렵다고 지적하면서 그것은 서정주의 시와 삶에 미친 샤머니즘의 영향으로 설명되는 것이 타당하다고 조언했다. 설득력이 있는 지적이라고 생각되지만 이 글에 반영하지는 못했음을 밝혀 둔다.

명하는 이유도 여기에 있다. 그것은 '상상'의 산물이다. 대타자가 현행하는 실체가 아니라 텅 빈 실체라는 말은 그것의 '자리'만이 준비되어 있다는 의미인데, 역사적으로 존재해 온 많은 초월적 원리와 근본주의, 본질주의 등은 각기 이 '자리'에 부여된 상이한 기표의 이름이었다.

1930년대에 일본의 담론장에 등장한 일본 낭만파는 이 '자리'에 '일본의 미적 이상'을 배치했다. 사람들의 오해와 달리 그들은 일본의 미적 이상, 즉 '미' 이외의 것에는 관심을 기울이지 않았다. 그들은 단순한 이데올로그가 아니었고, 예술을 천황제 파시즘을 정당화하는 수단으로 사용하지도 않았다. 그럼에도 불구하고 그들은 가장 국수적인 미를 옹호했고, 그것을 통해 천황제 파시즘을 정당화했다. 야스다 요주로는 일본의 고전에 대해 "나는 여기에서 역사를 전하기보다도, 미를 이야기하고 싶은 것이다. 일본의 미가 어떠한 형태로 다리로 나타나고, 또한 다리에 의해 고찰되고, 그다음에는 드러날 것인지, 그러한 일반 생성의 미학이란 문제를 가장 가련하고 애처로운 일본의 것부터 늘어놓아, 오늘날 가장 젊은 일본 사람들에게 호소하고 싶은 것이다."라고 말했다. 일본 낭만파는 당대의 예술을 "고전에 머물고 있는 옛사람들의 감정을 순수의 소리로서 무매개적으로 듣고 파악하는 것, 그리고 그 옛날 시인의 비애와 함께하는 것이 오늘의 시적 정신에 부과되고 있는 것"으로 이해한다. 이것이 그 유명한 야스다 요주로의 산문 「일본의 다리」(1936)의 핵심이다. 예술에 대한 이런 태도는 1940년대의 문장파는 물론 서정주의 시론에도 일부 나타난다.

서정주의 시적 변화 과정, 즉 '고향 — 전통 — 신라 — 영원'으로의 이동 과정은 이러한 초월적 원리의 시적 형상화라고 평가할 수 있다. 아이러니한 것은 이러한 초월적 원리의 구현 과정이 철저하게 그것을 부정하거나 그것과 상반되는 현실적인 정치권력의 힘을 용인하는 세속적 과정과 나란하게 진행된다는 사실이다. 그것은 이승만 — 박정희 — 전두환으로 이어지는 개발 독재와 산업화 세력이 서정주 자신이 지향한 시 세계를 위협하는 세계관의 소유자였음에서 분명하게 확인된다. 그럼에도 불구하고 서정주가 끝내 이 정치권력으로부터 자유롭지 못했던 것은, 일본 낭만파가 '미'라는 초월적 이상에 시선을 고정함으로써 현실에서 벌어지는 파시즘에 눈을 감을 수 있었듯이, 그 자신 영통주의라는 초월적 세계에만 시선을 고정함으로써 정치권력이 현실에서 그 초월성을 파괴하는 주요한 힘임을 성찰하지 못했기 때문이다. 이런 점에서 서정주의 초월주의적 태도는 그가 초기에 영향을 받은 보들레르나, 전후 시단에서 서정주와 함께 활동한 김수영의 시적 태도와 분명히 다르다. 일찍이 보들레르는 『악의 꽃』 서문에서 독자를 "위선자 독자여, 내 동류, 내 형제여"라고 호명하면서 부르주아에 대한 비판과 자신에 대한 비판을 동일화했고, 김수영 또한 자신의 삶을 시적 비판의 대상으로 간주함으로써 자기 비하와 혐오에 관해 말하기를 주저하지 않았다. 이들 시의 모더니티는 정확히 이 자기 성찰과 비판에 근거한다. 반면 이른 시기부터 서구적 모더니티와 다른 길을 선택한 서정주의 시는 좀처럼 자신의 삶을 시적 대상으로 설정하지 않는다. 특히 '전통―신라―영원'으로 이어지는 시기에는 더욱 그렇다. 서정주는 기회가 있을 때마다 시인, 작가의 자세는 자유에 있고, 어떠한 이념이나 사상에 만족하지 않아야 한다면서 '자유'를 강조했으나, 정작 공산주의 이외의 사상과 제도가 '자유'를 위협한다는 것을 깨닫지는 못했다. 또한 그는 문학은 오로지 '언어'의 문제라고 강조했지만, 바로 그 때문에 자신이 구체적 현실을 감각하지 못하고, 나아가 자신이 강조하는 영원주의가 그것을 부정하거나 파괴해 온 세계관에 의해 물질적으로 뒷받침되고 있다는 이율배반을 깨닫지 못했다. 이런 점에서 우리는 서정주의 신라 정신과 영원주의가 서구-근대의 횡포에 반(反)하는 전통주의 또는 반(反)근대주의가 아니라 근대가 낳은 두 명의 자식 가운데 한 명이 아닌지 되물어야 할 듯하다. 만일 그렇다면 '국민시인'이라고 칭호는 낭만주의적 의미의 '국가주의'의 또 다른 표현에 불과하다고 말해야 할지도 모른다.

1940년 전후 서정주의 시적 도정[1]

랭보, 릴케의 호명(呼名)과 '체험'에서 '순수'로의 변화, 그 의미

김진희(이화여대 교수)

1 일제 강점기, 서정주의 시적 모색과 그 방향

한국 근대시 문학사적 관점에서 서정주 시 세계의 변화에 주목할 때 중요하게 논의되어 온 시기는 1940년 전후이다. 이 시기와 관련한 서정주의 연구는 서구 시로 대표되던 보들레르─랭보와의 절연, 만주 체험, 동양 담론, 친일 시, 순수시, 릴케와의 만남, 영원성의 발견, 신라 정신의 기원 등의 주제로 소상히 연구되어 왔다. 이 중 릴케와의 관련성이 신라 정신과 관련하여 최근에 논의되었다.[2]

연구자들이 주목하고 있는 위의 개념과 논의들은 조금씩 차이를 가지면서 진행되었는데, 크게 보아 연구의 경향은 1940년 전후 서정주의 시와 산문에 드러난 사유의 구조가 친일 행위와 불가분의 관계가 있다는 논지로

---

1) 이 글은 '2015 탄생 100주년 문학인기념 문학제' 심포지엄에서 발표한 발제문을 수정 보완한 글임.

2) 김익균, 「서정주의 신라 정신과 남한 문학 장」, 동국대 대학원 박사 학위 논문, 2013; 최현식, 「'사실의 세기'를 건너는 방법 ─ 1940년 전후 서정주의 산문과 릴케에의 대화」, 《한국문학연구》 46, 2014.

서 친일 파시즘의 논리, 근대 국가적 주체 상승의 욕망 등을 매개로 하여 영원성의 시학이나 신라 정신 등이 일본 제국의 동양 담론 안에 포획되어 있다는 이해가 한 축을 이룬다면,[3] 전통과 보편에의 탐구와 순수시의 추구가 일제의 동양 담론과는 다른 차원에서 진행된 서정주 시의 논리였다는 연구,[4] 즉 신라 정신이나 영원성의 미학이 단지 동양 담론에 의해 촉발된 것이 아니라 시적 모색과 미학의 탐구라는 차원에서 이루어진 것임을 고찰하는 논의들이 그 한 축이다. 이 후자의 연구들은 1940년 전후 서정주에게 중요한 개념이었던 전통-고향, 보편-순수 등을 초기 시부터 일관된 의식으로 살피든가 혹은 1930년대 후반 보들레르와 랭보와의 절연 이후, 특히 릴케를 통한 동양적 영원의 만남을 통해서 이루어졌음을 강조함으로써 일제의 동양 담론과의 차이를 분명히 한다.[5] 본고의 관점 역시 이와 같은 논지에 서 있으면서, 특히 서구 문학과의 절연이 아니라 오히려 이 시기 서정주의 시적 모색에 서구 문학과의 관련성이 풍부하게 드러난다는 사실에 주목한다.[6]

---

3) 김재용, 「서정주 — 전도된 오리엔탈리즘」, 『협력과 저항』(소명출판, 2004); 박수연, 「친일과 배타적 동양주의」, 《한국문학연구》, 34, 2008 등.

4) 이승원, 「일제 강점기 서정주의 친일과 시정신 재론」, 『한국 현대시 연구의 맥락』(태학사, 2014), 김춘식, 「자족적인 시의 왕국과 국민시인의 상관성 — 서정주 시에 나타난 현재의 순간성과 영원한 미래, 과거」, 윤재웅 엮음, 『서정주 — 미당, 영원한 소년의 만족 없는 탐구의 시』(글누림, 2011) 등

5) 김익균(2013)은 「체험 시와 동양론의 교합 — 동양적 릴케의 탄생」으로 미당과 릴케의 미학적 연관성에 주목함으로써 서정주와 릴케와의 관련성을 처음 제기한다. 최현식(2014)은 미당과 릴케와의 시적 대화가 1930년대 중후반부터 시작되었을 것이라는 가설을 토대로 릴케와 미당의 시적 사유와 논리의 공통점을 탐구하고 있다. 직접 텍스트 비교보다는, 간접적 변주와 재해석을 통해 그 관련성을 탐구하는 이 연구는 랭보와의 미적 단절과 순수시에의 동경, 현실로부터의 탈출 의지, 릴케의 유년 시절의 시적 회귀와 미당의 유년기 질마재 신화로의 추억과 가치화 등의 유사성에 주목하고 있다. 김익균, 최현식의 연구는 서정주와 릴케의 직접적 관련성에 대한 탐구가 서정주의 독자적 시학을 설명하는 주요한 지점이 될 수 있음을 시사함으로써, 본고의 문제의식에 직접적 계기가 되었음을 밝힌다.

6) 이승원의 연구(2014)는 일제 강점기 서정주에 대한 이해가 학계에서 어떻게 개진되어 왔는가를 살핀 후, 이 연구들이 서정주의 산문을 중심으로 친일과 동양 담론과의 상관성

서정주에게 1940년 전후는 시인으로서 어떤 시를 써야 하는가에 대한 모색기였다. 내·외부적인 현실과 조건 속에서 시인 서정주는 자신의 시적 방향을 설정할 필요가 있었던 시기였기도 하다.[7] 이런 점에서 이 시기 서정주의 시와 산문을 보다 정치하게 읽으면서 시와 산문에서 달리 표현되고, 또 모순적이며 갈등하고 있는 시인의 의식에 대한 고찰을 통해 일제 강점기 말 서정주 시의 의미와 그 의의를 살피고자 한다.

　이 글에서는 다음과 같은 논의를 진행하고자 한다. 우선 전체적으로 이 연구는 비교 문학적 연구의 성격을 갖는다. 이는 1940년 전후 서정주를 이해하기 위해 랭보, 릴케, 박용철 등의 문학을 함께 보아야 하기 때문이다. 이런 관점에서 첫째, 서정주와 랭보와의 관련성을 보다 상세하게 다루고자 한다. 1940년 전후 서정주의 시적 변화를 설명하는 데에 보들레르와 랭보와의 단절, 혹은 서양에서 동양으로의 전환은 중요한 지점으로 논의되어 왔는데, 본고에서는 단절이 아니라 오히려 서구 문학과의 적극적인 관련성을 보인다는 점에 주목한다. 뿐만 아니라 주로 보들레르와의 관련성에 대한 언급이 이루어졌던 기존 연구에서 나아가 랭보 텍스트와의 구체적인 영

　등에 주목했음을 지적하면서 시인의 내면 풍경과 의식을 잘 드러내 주는 것이 작품이라는 전제하에 1939년에서 1943년 사이에 창작된 작품에 나타난, 서구적인 것과 토착적인 것의 혼재 그리고 '새로운 세계로 나아가려는 의식'을 읽는다. 새로운 세계로 나아가려는 의식이나 서양적인 것과 동양적인 것의 혼재를 통해 서정주의 시적 논리를 설명하는 이 연구의 논지는 서구 문학과의 적극적인 관련성이 서정주의 시적 모색의 일환이었음에 주목하는데, 이는 본고의 주제 의식에 중요한 시사점을 주었다.

7) 윤재웅의 연구는 「자화상」에 나타난 죄인과 천치의 이미지들에서 도스토옙스키의 불안한 캐릭터들을 읽는 한편 『화사집』 전체가 한글 리터러시와 한자 리터러시, 구체적으로는 불치의 슬픔과 충동적 광기, 토속적인 질마재 신화와 종로 네거리, 이백과 보들레르, 막달라 마리아와 관세음보살 등이 뒤섞여 있는 텍스트임에 주목한다. 이런 텍스트의 특성은 서정주에게 동서양의 문화적 체험이 작품 창작의 중요한 근거가 됨을 시사한다. 이 연구의 논지는, 1940년 전후 작품 내·외부의 다양한 조건들을 의식하며 서구 문학을 호명했고, 이를 통해 자신의 시학을 모색했음에 주목함으로써 본 연구 주제에 중요한 근거가 되었다. 윤재웅, 「벼락과 해일의 길」, 『서정주 — 미당, 영원한 소년의 만족 없는 탐구의 시』(글누림, 2011).

향 관계를 보고자 한다. 둘째, 릴케, 그리고 박용철과의 관련성이다. 잘 알려져 있듯이 박용철과 서정주는 막역한 지기(知己)를 넘어 시적으로도 동지였으며 그를 통해 서정주는 릴케에 대한 많은 이해에 이를 수 있었을 것이다. 본고는 이런 상황을 포괄하면서 서정주와 릴케의 텍스트, 그리고 당대 일본의 문예 잡지 《사계(四季)》에 대한 비교 이해를 통해 영향 관계를 고찰해 보고자 한다. 서정주가 수용한 릴케를 통해 서정주 시 의식의 특수성 역시 이해할 수 있을 것이다. 셋째, 서정주와 박용철, 릴케에 공통적으로 언급되었던 '체험'을 서정주의 시 세계를 이해하는 데 폭넓게 사용하여 시학과 관련시켜 보고자 한다. 릴케의 체험론은 서정주가 1950년대 자신의 시론에서 입론했지만, 사실 보다 일찍 서정주는 삶과 문학에서 '체험'에 주목했고, 이는 시인 상상력의 주요 동인이 되는 한편, 현실과 항상 길항하는 요소였기도 하다. 본고는 서정주에게 보들레르, 랭보, 릴케를 호명하게 만든 주요 요인이 '체험'이라 판단한다. 넷째, 서정주의 「시의 이야기 — 주로 국민시가에 대하여」는 일관되고 정치한 논리를 가진 글은 아니지만, 이 시기 시의 방향을 모색해 왔던 서정주 생각과 논리를 보여 주는 글이기도 하다. 1940년대 초 서정주는 왜 순수시에 이르게 되었는지, 그의 순수시는 왜 역사성을 탈각하게 되었는지 등의 과정이 시적 논리로는 체험에서 순수에 이르는 과정이기도 하다는 것을 동시대 역사와 문학의 방향을 고민했던 문인과 철학자의 글과 비교하면서 살펴보고자 한다.

2 체험의 시학: 삶과 시정신의 일치

이 연구에서 1930년대 후반 서정주가 릴케 시의 핵심을 '체험'으로 인식하고 있었다는 사실은 두 가지 의미를 갖는다. 우선 그가 보들레르나 랭보와 같은 수준으로 릴케를 이해하고 있었다는 사실이며, 둘째는 앞의 사실에 근거하여 서정주가 릴케 시학의 핵심 중 일부만을 이해 혹은 수용했을 가능성이다. 릴케 시의 핵심이 체험이라는 사실은 1930년대 초반부터 박용철을 통해 시단에 알려졌고, 박용철을 매개로 서정주에게도 영향을 주었을 것이다. 박용철은 「시적 변용에 대해서」[8]에서 시 창작에서 체험의 중요성을 강조하고자 릴케의 「브리게의 수기」(말테의 수기) 중 일부를 인용한다.

사람은 전 생애를 두고 될 수 있으면 긴 생애를 두고 참을성 있게 기다리며 의미와 감미를 모으지 아니하면 아니 된다. 그러면, 아마 최후에 겨우 열 줄의 좋은 시를 쓸 수 있게 될 것이다. 시는 보통 생각하는 것같이 단순히 애정이 아닌 것이다. 시는 체험인 것이다. 한 가지 시를 쓰는 데도 사람은 여러 도시와 사람들과 도시들을 봐야 하고, 짐승들과, 새의 날아감과, 아침을 향해 피어날 때의 작은 꽃의 몸가짐을 알아야 한다. 모르는 지방의 길, 뜻하지 않았던 만남, 오래전부터 생각된 이별, 이러한 것들과, 지금도 분명하지 않은 어린 시절로 마음 가운데로 돌아갈 수가 있어야 한다. 이런 것들을 생각할 수 있는 것만으로는 넉넉지 않다. 여러 밤의 사람의 기억(하나가 하나와 서로 다른), 진통하는 여자의 부르짖음과, 아이를 낳고 해쓱하게 잠든 여자의 기억을 가져야 한다. 죽어 가는 사람의 곁에도 있어 봐야 하고, 때때로 무슨 소리가 들리는 방에서 창을 열어 놓고 죽은 시체도 지켜봐야 한다.

박용철은 '시는 체험'이라는 릴케의 생각에 깊이 동조하고 있었다. 삶과 세계에 대한 다양한 체험들이 바로 시의 기본 토대가 된다는 생각이다. 서정주도 역시 1950년대 자신의 시론에서 체험론을 입론함으로써[9] 릴케의 체험 시론을 적극 수용했음을 보여 준다. 그는 릴케의 체험이 정신을 중요시하는 동양의 시학에 접근해 있음을 밝힌다. 릴케적 의미가 아니더라도 서정주에게 시가 '체험'과 관련되어 있다는 사실은 그의 시작(詩作) 초기부터 그의 삶과 의식을 지배해 온 주요 의식이었다. 그는 시작 초기에 '일종의

8) 박용철, 「시적 변용에 대해서」, 《삼천리문학》 1938. 1.
9) 서정주, 『시문학 개론』(정음사, 1959), 7쪽.

시적 생활이 시를 낳을 것이라는 잘못된 믿음이 있었다'라고 고백한 바 있다.[10] 이는 일상적, 관습적 삶을 거부하고, 저항하는 삶의 체험이야말로 시적인 삶이라는 낭만적 사유에 기인한 것이었다. 체험의 대상과 그 함의에 시기적으로 차이가 존재하지만 서정주의 이런 인식은 거의 1940년대 초반까지 지속된다. 그리고 이런 인식 속에서 그는 보들레르, 랭보, 그리고 릴케를 호명할 수 있었다.[11]

1) 랭보와 탈향의 의지: 방랑과 절대적 구원의 언어

서정주와 랭보와의 관련성은 보들레르와의 관련성에 비해 거의 논의되지 않았다. 서정주의 작품이 어떻게 서구적 상상력에서 벗어나 고향과 동양적 가치를 찾아가게 되었는가를 살피는 과정 속에서 랭보와의 단절이 오히려 의미화되는 방식이었다. 연구자들은 랭보와 서정주의 단절을 랭보의 죽음을 접한 서정주의 산문 「배회(徘徊)」(1938) 발표 그 전후로 잡고 있다. 그러나 서정주는 이후 1940년대 초까지도 랭보와 보들레르를 적극적으로 언급 및 수용하고 있으며, 릴케 수용과 이들이 겹치면서 시와 산문에서 복합적인 영향 관계를 드러낸다. 한국 시단에서 랭보는 보들레르와 함께 거론되면서 1920년대 후반부터 번역 소개되기 시작했는데, 전문이 번역된 것은 「감각(Sensation)」과 「나의 방랑(Ma Bohême)」뿐이다. 랭보에 관련한 소개는 문단에서는 주로 보들레르의 시적 위상을 강조하거나 앙드레 지드의 여행벽을 설명하면서 거론되었고,[12] 대중적으로는 베를렌과의 동성애, 그

---

10) 서정주, 「나의 시인 생활 약전(略傳)」, 『서정주 문학 전집 4』(일지사, 1972).

11) 확장해 이야기하면, 1930년대 초반 톨스토이주의를 실천하겠다는 거지 체험이나 금강산 참선, 기행 등은 모두 직접 삶의 현장에 육박하는 체험을 통해 시인이 되고자 했던 서정주의 의식과 관련된다.

12) 이하윤, 「현대시의 시왕(詩王)-포올포르: 현대 블란서 문단 시인(10)」, 《동아일보》, 1931. 10. 14; 이헌구, 「보들레르 사후 칠십 년 기념. 그의 심미적 세계(3)」, 《조선일보》, 1937. 9. 3 등. 한편 이원조는 서구의 작가 중 여행을 많이 한 작가로 랭보와 앙드레 지드를 들고 있다. 릴케 역시 앙드레 지드의 탕아 모티프를 차용한 것을 상기하면 이 세 작

52

리고 죽음을 알리는 기사 등을 싣는 정도였다.[13] 그러다 1938년 이헌구가 「나의 방랑」을 번역 소개하고, 최재서가 『해외 서정시집』에서 다시 소개함으로써 문단에 정식으로 알려진다.[14] 해방 이전까지 랭보의 시는 단 2편만이 전문 번역되었던 사정을 고려하면[15] 서정주의 랭보 이해는 일본을 매개로 이루어졌음을 알 수 있다. 랭보는 일본에서 1930년부터 본격적으로 시집 『지옥의 계절』과 『취한 배』 등이 번역 소개되었다.[16]

서정주는 시와 산문에서 자주 보들레르와 베를렌을 인용하고 있는데, 랭보를 언급한 경우는 산문 「배회」에서 그의 죽음을 이야기할 때와 「시의 이야기 — 주로 국민시가에 대하여」에서 보들레르와 함께 그를 비판적으로 인용했을 때였다.[17] 시와 산문에서 보들레르를 언급한 회수에 비하면 랭보의 이름 그 자체를 언급한 경우는 그 수가 적다. 그런데 「램보오의 두개골(頭蓋骨)」[18]을 쓴 1938년 전후, 랭보와의 영향 관계가 두드러지게 나타난다.

가들 간의 영향 관계는 물론 서정주와 랭보, 릴케의 관련성에도 주목할 수 있다.(이원조, 「앙드레 지드 연구 노트 서문」, 《조선일보》, 1934. 8. 9)

13) 「아르튜르 랑보」, 《동아일보》, 1925. 7. 10. 이 기사에서는 그가 생애를 마치면서 이슬람교의 신의 이름을 부르면서 죽었다는 소문 같은 소식도 전했는데, 그 대목이 "아라! 케림! 아라! 케림!"이었다는 내용도 전한다. 죽음에 접한 랭보의 이 절규는 마치 서정주가 시 「바다」에서 외친 "아라비아로 가라! 아라스카로 가라!"라는 구절을 떠올리게 한다.

14) 이헌구, 「나의 방랑(放浪)」, 《삼천리문학》, 1호, 1938. 1; 최재서, 『해외 서정시집』(인문학사, 1938). 「감각」은 당시 「산보」(1919), 「산책」(1924), 「선사시옹」(1930, 1933) 등으로 달리 번역되었는데, 작품의 주요 내용은 집 없는 나그네가 되어 자연과 함께 길을 떠나겠다는 것이다.

15) 선선·위효정, 「랭보(Arthur Rimbaud) 수용의 초기 현황」, 《프랑스어문교육》, 33집, 2010.

16) 『地獄の季節』, 小林秀雄 訳(白水社, 1930); 『ランボオ詩集』, 中原中也 訳(三笠書房 1933); 『酩酊船』, 堀口大学 訳(日本限定版倶楽部, 1934); 『地獄の季節』, 小林秀雄 訳(岩波書店 1938.(再刊)) 등을 포함하여 습작기의 시들도 번역 출간되었다.(日本國立國會圖書館 기준)

17) "우리의 선인들의 누가 랭보와 같이 자기의 바지에 구멍이 난 것을 싯(詩)줄 위에 얹었으며, 보들레르와 같이 보기 싫은 우리 장수의 등떼기에 화분을 메어 붙인 것을 글로 쓴 것이 있었던가. 그들은 그런 것을 벌써 사춘기의 어둠 속에 묻어 버리고 절대로 백일 아래에 드러내는 일이 없었다."

18) 서정주, 「램보오의 두개골(頭蓋骨)」, 《조선일보》, 1938. 8. 14.

1891년에 이미 사망한 랭보를 호명한 이유는 이 시점에 서정주의 랭보 독서가 보다 적극적으로 이루어졌음을 의미하는 한편, 그 소환의 계기에 '릴케'가 존재했었음을 의미한다.

우선 이 시기 서정주의 작품에서 랭보 독서의 흔적을 찾아볼 수 있는데 가장 대표적인 작품이 「자화상(自畵像)」[19]이다. 이 작품은 랭보의 「나의 방랑」, 「지옥의 계절 — 나쁜 혈통(Mauvais Sang)」과의 영향 관계를 보여 준다.

애비는 종이었다. 밤이 기퍼도 오지 않었다.
파뿌리같이 늙은 할머니와 대추꽃이 한 주 서 있을 뿐이었다.
어매는 달을 두고 풋살구가 꼭 하나만 먹고 싶다 했으나 …… 흙으로 바람벽한 호롱불 밑에
손톱이 까만 에미의 아들.
갑오년(甲午年)이라든가 바다에 나가서는 돌아오지 않는다 하는 외(外)할아버지의 숱 많은 머리털과
그 크다란 눈이 나는 닮었다 한다.

스물세 햇 동안 나를 키운 건 팔할(八割)이 바람이다.
세상은 가도가도 부끄럽기만 하드라
어떤 이는 내 눈에서 죄인(罪人)을 읽고 가고
어떤 이는 내 입에서 천치(天痴)를 읽고 가나

---

19) 「자화상」의 발표는 1939년 《시건설》 10월호에 게재되었으나 창작 일시는 1937년 음력 8월로 작품 말미에 표기되어 있다. 이외에도 이미 문단에 번역되어 소개되었던 「감각(sensation)」을 이하윤이 1933년 시문학사에서 출간한 번역 시집 『실향(失鄕)의 화원(花園)』에서 소개하고 있는데, 이때 제목은 '선사시웅'으로 번역되었다. 주목할 점은 이 작품의 주요 모티프인 '푸른 여름밤의 보리밭'이 서정주의 「맥하(麥夏)」의 주요 시공간이 되고 있으며, 「문둥이」에서도 주요 공간이 되고 있다는 점이다.(예: 이하윤 번역, 아르튜르 랭보, 「선사시웅」, 푸른 밤 여름저녁에 보리기 뒤엉킨 길을/ 가는 풀폭일 밟으면서 나는 가련다 — 1연 2행)

나는 아무것도 뉘우치진 않을란다.

찬란히 틔워오는 어느 아침에도
이마 우에 언친 시(詩)의 이슬에는
몇 방울의 피가 언제나 서껴 있어
볕이거나 그늘이거나 혓바닥 느러트린
병든 숳개만양 헐덕어리며 나는 왔다.

—「자화상」 전문

나는 간다 해여진 포켓 속에 두 손을 찔느고
외투(外套)마저 격(格)에 어울려
창공(蒼空)을 것는다, 뮤―즈여 나는 그대 충복(忠僕)이거니
오―, 내 꿈의 사랑은 얼마나 굉장(宏壯)한고!
단 한 벌에 바지엔 큰 구멍이 뚤어젓고
소인(小人) 몽상가(夢想家)는 길가에서 시(詩)를 읊은다
내 잠잘 곳은 대웅성좌(大熊星座)
별들은 정(情)답게 소곤거려
나는 노변(路邊)에 안저 별들의 이약이를 듯는다
쾌청(快晴)한 9월(九月)의 황혼(黃昏)
감로주(甘露酒)인 양 이마에 차가운 밤 이슬방울
환상적(幻想的)인 어둠 속에 조자(調子)를 마처
발뿌리를 가슴 우까지 치켜들고
칠현금(七絃琴)인 냥 상채기진 구두의 고무끈을 뜻는다.

—「나의 방랑(放浪)」[20]

---

20) 알튜―드 램보오, 이헌구 옮김, 《삼천리문학》, 1집, 1938. 1.

나는 내 갈리아 선조들로부터 푸르고 흰 눈과 좁은 두개골과 싸움에서의
서투름을 물려받았다. 내 옷차림은 그들의 옷차림만큼 야만스럽다. 그러나 나
는 머리칼에 버터를 바르지 않는다. 갈리아 사람들은 그 시대에 가장 무능한,
짐승 가죽을 벗기는 자들, 풀을 태우는 자들이었다. 그들로부터, 나는 얻었다.
우상 숭배와 신성 모독에 대한 사랑을. 오! 모든 악덕을, 분노, 음란―훌륭
하도다, 음란은―특히 거짓과 게으름을. (중략) 거지의 정직성은 나를 난처하
게 한다. 죄인들은 거세된 자들처럼 혐오감을 불러일으킨다. 나는 아무런 손
때를 입지 않았다. 그건 아무래도 좋다. 그러나! 누가 이렇게 배신의 혀를 만
들어, 그 혀로 하여금 나의 게으름을 안내하고 수호하게끔 했는가? 살기 위해
내 몸조차 이용하지도 않고, 두꺼비보다 더 한가롭게, 나는 도처에서 살았다.

―「나쁜 혈통」 부분[21]

「자화상」의 1연과 2연의 주요 모티프와 이미지는 「나쁜 혈통」의 '나'와
겹친다. 무능하고 야만스러운 갈리아 족의 후손은 종의 집 자손으로 치환
되고, 거짓, 게으름, 배신 등의 가치는 죄인, 천치 등의 이미지로 옮겨 온다.
그러나 랭보의 시에서 한가롭게 쏘다니며 자연과 하나를 꿈꾸는 시인이
순수한 이슬방울처럼 이마를 적시는 별들의 이야기에 취하여 길 위에 있
다면, 서정주에게는 헐떡거리며 힘겹게 살아가는 시인을 구원해 줄 절대적
존재로 순수한 언어―시의 이슬이 등장한다. 랭보의 시―이슬이 바람과 별,
자연과 우주와 함께 하면서 얻어진 존재임에 비해 서정주는 시를 얻기 위
한 고통스러운 시인의 삶과 체험을 보다 더 강조하고 있다.[22] 랭보가 자신
의 나쁜 혈통을 보수적이고 일상적인 삶의 관습에 대한 도전으로 시화하

---

21) 위의 책, 24~26쪽.
22) 황현산은 시의 이슬이 등장하는 구절을 보들레르와 비교하고 있다. "나는 아노라, 고뇌
   야말로 지상도 지옥도/ 결코 쏟아들지 못할 둘도 없이 고귀한 것임을./ 그리고 내 신비로
   운 관(冠)을 엮기 위해서는/ 모든 시간과 온 우주의 조력이 필요한 것을"(보들레르, 「축
   복」 부분)(황현산, 「농경 사회의 모더니즘」, 『미당 연구』(민음사, 1994), 480~481쪽).
   이 시에 등장한 신비로운 관은 서정주 시의 이슬과 연결된다.

고 있다면 서정주는 고통스러운 삶―가난과 비천함 등, 팔할이 바람인 삶의 조건으로 읽게 한다. 그런 실존의 고통스러운 체험을 뚫고 언어를 향해 가는 정신의 힘을 랭보의 삶에서 확인했고, 서정주 역시 시적 주체의 고독과 고통이라는 정신의 세계를 강조한다.

한편 서정주가 강조하는 삶의 조건은 무엇인가. 그 구체적 조건인 '현실'이 시에 등장하는 시기가 1938년 이후로 보인다.[23] 그리고 이런 현실을 인식하는 과정 속에서 릴케와의 적극적인 만남이 이루어지는 것으로 이해할 수 있다. 서정주는 「배회」[24]에서 "폐(肺)장에 피가 아조 말라버리지 아는 한 나는 아직도 비바람 속에 사는 기쁨을 찬미하는 사람이어야 한다."라고 고백한다. 방황과 방랑의 길 위에서 생을 마감한 랭보에게서 서정주는 꺼지지 않은 불멸의 정신을 본다. 그리고 그는 아직도 사막을 떠도는 랭보를 상상하며 "내 머리 속에 그의 묘지는 고향엔 잇지 안다. 네 지극한 취미는 그를 시체로도 고향에 보내지 아니하리라. 램보오는 아직도 사막 우에 잇다. 아무도 찾어가는 이 업는 무인의 사막 우에"라고 외친다.

램보오 꿋꿋내 귀향할 일이 아니엇다. 에미와 누이의 품으로 도라갈 일이 아니엇다. 반쯤 부지러진 다리를 끌고 그래도 그대는 그 패잔의 최후를 고향에서 마치고 도라가는가. 약한 인간. (중략) 고독한 램보오 …… 그의 의의는 다만 그의 현재의 보행과 그 유혈과 극복과 소생에만 잇다. 참으로 정열적인 어느 생와 가티 그 불절(不絕)의 비상 속에 자기를 연소(燃燒)하며 …… 통일하며, 분해하며, 망각하며, 수입하며, 날러가는 정열로만 존재하는 정신, 아조 죽어버리는 일 업는 퓌닉스 고독한 램보오.

---

23) 이숭원은 미당에게 긍정적이고 생활 친화적인 특성을 보이는 「수대동시」의 창작 배경에는 1938년 3월의 결혼식이 놓여 있음을 지적한다.(이숭원, 『미당과의 만남』(태학사, 2013), 37쪽) 결혼을 계기로 미당에게 가족에 대한 책임 의식과 도피 의식이 공존하게 된 것으로 보인다.

24) 서정주, 「배회」, 《조선일보》, 1938. 8. 13.

글의 앞부분에서 랭보의 귀향을 비판하고 있지만 서정주는 랭보가 성취하고자 했던 현실과 시의 경계를 지워 버리는 것, 시와 삶의 전일적 전체성과 그 정신을 지속시키고자 했다.[25] 즉 서정주는 육체적 고통과 정신의 위기를 통해 시의 절대적 경지에 이를 수 있으리라는 의식을 보인다. 이런 의식은 랭보와의 단절이 아니라 그가 추구했던 정신을 역으로 자신이 완성하고자 하는 의식으로 표현된다.

서정주의 시 「바다」와 「역려(逆旅)」[26]는 산문 「배회」와 「램보오의 두개골」의 시적 버전으로 읽힌다. 특히 「배회」의 끝에 시 「역려」를 붙이고 있는데, 이 네 작품은 모두 부모와 형제, 애인을 잊고 현실을 벗어난 방랑 — 랭보의 죽음을 비판할 때 사용한 '귀향'이라는 말과 반대되는 용어를 쓰자면 '탈향'을 주요 모티프로 삼고 있다.[27]

> 네구멍 뚫린 피리를 불고…… 청년아.
> 애비를 잊어버려
> 에미를 잊어버려
> 형제와 친척과 동모를 잊어버려,
> 마지막 네 게집을 잊어버려,
>
> 아라스카로 가라 아니 아라비아로 가라
> 아니 아메리카로 가라 아니 아프리카로

25) 한대균, 「아르뛰르 랭보(Arthur Rimbaud) — 시인의 운명과 문학의 앞날」, 《시와 세계》 10, 2005. 6.

26) 서정주, 「바다」, 《사해공론》, 1938. 10.

27) 최현식의 연구(2014)는 「역려(逆旅)」의 뜻을 '거꾸로 가는 여행'으로 의미화하여 이 시를 귀향 의식의 단초로 이해한다. '역려'는 통상적으로는 나그네, 혹은 나그네가 묵는 여관으로 이해되어 왔다. 시의 내용 역시 떠남과 망각에 대한 의지를 강조하고 있다는 점에서 '역려'는 이 시기 서정주가 자주 사용하는 배회나 방랑, 방황 등과 같은 의미의 체계 안에서 탈향을 의미하는 시어로 읽을 수 있다.

잊어 버리자. 잊어 버리자.

히부얀 종이등(燈)ㅅ불밑에 애비와, 에미와, 계집을,

그들의 슲은 습관(習慣), 서러운 언어(言語)를,

찌낀 흰옷과 같이 벗어 던져 버리고

이제 사실 나의 위장(胃腸)은 표(豹)범을 닮어야 한다.[28]

거리 거리 쇠창(窓)살이 나를 한때 가두어도

나오면 다시 한결 날카로워지는 망자!

열 번 붉은 옷을 다시 입힌대도

나의 소망은 열적(熱赤)의 사막(砂漠) 저편에 불타오르는 바다!

가리라 가리로다 꽃다운 이 연륜(年輪)을 천심(天心)에 던져,

옴기는 발ㅅ길마닥 청사(靑蛇)의 눈깔이 별처럼 총총히 무쳐 있다는 모래

언덕 넘어…… 모래언덕 넘어……

그 어디 한 포기 큰악한 꽃그늘,

부즐없이 푸르른 바람결에 씻기우는 한낱 해골(骸骨)로 노일지라도 나의

염원(念願)은 언제나 끝가는 열락(悅樂)이어야 한다.

—「역려」부분

---

28) 쇠창살에 갇힌 표범의 이미지는 이국적이다. 이 구절은 릴케의 대표작 「표범」이 차용된
것으로 보인다. "그의 시선은 지나쳐 가는 창살들로 인해/ 지쳐 버려서, 아무것도 붙들
지 못한다./ 그에게는 수천 개 창살만 있고/ 수천 개 창살 뒤에는 세상이 없는 듯하다"
(릴케, 「표범」) 이 작품은 비상하는 세계를 간직한 표범의 육체에 깃든 꿈과 좌절을 형
상화하고 있다. 김진희, 「언어의 조형화와 현대 시학의 탄생」, 『회화로 읽는 1930년대 시
문학사』(북코리아, 2012).

두 시에 등장한, 불타는 바다와 사막으로의 떠남과 방황은 두 산문의 주요 모티프와 겹친다. 그가 랭보의 죽음에서 한사코 강조하고 싶었던 불멸의 정신은 서정주에게 해골이 되는 죽음을 각오하고서라도 정신적 열락으로 추구되어야 한다는 염원으로 강조된다. 랭보는 1871년 여행 중 보낸 편지에서 시인은 미지의 세계, 마치 깊은 바다의 밑바닥을 탐험하는 잠수부처럼 새로운 것을 찾아 쟁취하는 사람이며 새로운 세계를 투시하기 위해 일상의 관습을 착란시키는 위대한 병자, 위대한 범죄자, 위대한 저주받은 자임을 주장한다. 또 낡은 기성의 세계를 본질적으로 부정함으로써 새로운 미래를 구성하는 언어의 세계를 보여 주는 예시자[Voyant]여야 한다고도 강조한다.[29] 랭보는 고통스러운 체험을 통해 현실적 가치와는 전혀 다른 새로운 언어의 세계를 꿈꾸었으며 그 언어가 역사적 현실성을 발휘하길 소망했다. 한편 서정주는 「배회」에서부터 애비, 에미, 애인 등이 환기하는 고향-현실과 절연한 시의 파촉(巴蜀)-순수시(純粹詩)로의 방랑을 꿈꾸기 시작하는데, 그 상상력의 근원에 릴케가 있었다.[30]

2) 릴케와 체험의 현실: 탕자와 시인의 운명

서정주는 일본의 시인 미요시 다츠지[31]의 시를 좋아했으며, 그가 편

---

29) 오생근, 「랭보와 1871년의 역사적 체험」, 《외국문학》 3, 1984. 12.

30) 릴케와 서정주 관련성을 제기한 김익균(2013)은 박용철의 「시적 변용에 대해서」가 릴케의 『말테의 수기』와 「젊은 시인에게 보내는 편지」의 영향 속에서 쓰인 글이며, 자신의 시 세계를 모색하던 서정주에게 어떤 영감을 주었을 것이라고 추측하면서 구체적인 영향의 시기를 1943년 이후로 잡는다. 최현식(2014)은 서정주와 릴케의 문학적 만남을 1930년대 중후반으로 예상한다. 정확히는 랭보와의 단절과 탕자의 귀향 의식의 단초를 1938년 전후로 보면서 서정주가 유년기의 기억을 바탕으로 한 질마재 신화를 떠올린 직접적 계기가 『말테의 수기』 결말에서 릴케가 제기한 유년 시절에의 동경과 맞닿아 있음을 주장한다.

31) 미요시 다츠지는 창작과 번역 활동을 병행했는데, 특히 1929년 그가 번역한 보들레르의 산문집 『파리의 우울』은 보들레르의 번역서 중 현재까지도 고전적 명역으로 평가받는다. 오석윤, 「실험 정신과 전통성의 조화 ― 미요시 다츠지의 시와 사상」, 『미요시 다츠

집 동인으로 있는 — 1930년대 중후반 일본 시단을 대표하던 —《사계(四季)》 역시 읽었을 것으로 추측된다. 특히 《사계》의 동인들에게 릴케의 영향이 컸다는 오무라 마스오의 견해에 기댄다면,[32] 미요시 다쓰지 —《사계》— 릴케 — 서정주와의 연결선을 생각해 볼 수 있다. 한편 《사계》에서는 1935년 6월 '릴케 연구' 특집을 꾸몄는데, 릴케의 시와 산문과 서한, 그리고 릴케 연구 등이 다양하게 구성되어 있다.[33] 특히 주목할 사실은 통상 『말테의 수기』로 번역되는 산문집을 이 책에서는 「브리게의 수기」로 번역했는데,[34] 이후 박용철도 「시적 변용에 대해서」에서 이 제목을 그대로 인용한다. 또한 《사계》 6월호가 나온 직후[35] 같은 해 7월 12일 《조선일보》에 김진섭이 「젊은 시인에게 보내는 편지」를 「어떤 젊은 문학 지원자에게」라는 제목으로 번역하여 실었다.[36] 이런 번역의 상황은 일본 문단이나 출판계의 흐름이 바로 조선의 문단에 영향을 주고 있음을 짐작하게 한다.

예술 창작상으로 릴케는 보들레르 및 플로베르 등의 영향으로 '문둥이 옆에 눕기'의 체험을 감행한다. 그는 모든 존재하는 것에 대한 예술가의 선택도 예외도 없는 헌신을 강조한다. 대상에 대한 무조건적인 헌신과 실존

지 시선집』(소화, 2006).

32) 오무라 마스오, 『윤동주와 한국 문학』(소명출판, 2001), 62쪽.

33) 《사계》에 실린 작품들은 다음과 같다. 우선 시 작품으로는 「旗手クリストフ・リルケの愛と死の歌(기수 크리스토프 릴케의 사랑과 죽음의 노래)」, 「Pieta(피에타)」, 「幼年三章(유년삼장)」, 『『新詩集』から(『신시집』으로부터)」, 서한집 중에서는 「或る若き詩人への手紙(어느 젊은 시인에게 보내는 편지)」, 「或る若き婦人への手紙(어느 젊은 부인에게 보내는 편지)」, 「或る女友達への手紙 (어느 여자 친구에게의 편지)」, 산문으로 「ブリッゲの手記(브리게의 수기)」, 「邂逅(해후)」, 「愛する(사랑하다)」, 「窓(창)」. 이외 릴케의 시와 삶에 관한 네 편의 논문, 작가 연보 등이 실렸다.

34) 원제: Die Aufzeichnungen des Malte Laurids Brigg, 당시 《사계》는 긴 제목에서 마지막 Brigg만을 브리게로 번역하여 제목을 붙였다.

35) 1935년 5월 20일 간행.

36) 이외에도 윤청우, 「라이너 마리아 릴케」, 《조선일보》 1938. 8. 8 등의 작가 소개문과 「릴케의 보헤미안담. 불란서 문단에서 대호평」, 《조선일보》 1940. 5. 15 등의 기사와 단신으로 릴케의 죽음이나 릴케 기념 문고 제작 소식 등이 알려졌다.

적 체험이 만나는 지점이다.[37] 릴케의 예술이 가진 이런 특성은 보들레르를 수용했던 서정주와 겹치면서 그의 방랑과 방탕의 삶에 무게를 더한다. 그러나 무엇보다 1930년대 후반 서정주와 릴케와의 관련성은 '탕자'의 모티프에서 읽을 수 있다. 랭보를 통해 서정주가 방황과 방랑을 통한 새로운 언어의 세계에 대한 탐구를 깨달을 수 있었다면, 릴케를 통해 그는 떠남을 가로막는 현실과 가족들에 대한 사랑과 속박이라는 양가적인 감정의 현존을 확인하게 된다. 즉 랭보의 방황이 시를 찾아 미지의 세계로의 떠남이었고, 그에게 가족을 포함한 공동체적 삶이 갖는 억압에 대한 인식이 특별히 등장하지 않는다면, 릴케에게 탕자는 자신의 삶과 문학을 위해서 가족과 그의 사랑, 혹은 나의 책무를 등지고 떠나는 것이었다. 이 시기 현실적으로 결혼한 가장인 서정주는 시인이기에 앞서 가족을 부양해야 했다. 따라서 시를 찾아 미지의 세계를 떠나는 랭보의 방황을 정당화할 예술적 모티프와 인식을 서정주는 릴케의 작품에서 만난다. 이런 고민과 갈등은 당시 시와 산문에 복합적으로 드러난다. 앞에서 언급했던 산문 「배회」나 시 「역려」, 「바다」 등은 랭보와 릴케가 함께 겹쳐 있는 작품들이다. 즉 랭보에게 떠난다는 것은 시의 언어를 찾아가는 것이므로 그 자체가 합목적적인 것이었다. 이런 특성은 서정주의 시 「자화상」에도 투영되어 있다. 시의 이슬이 그의 방황에 대해 윤리적으로도 승인해 주고 있기 때문이다. 그러나 현실적으로 이제 서정주에게 떠난다는 것은 문제적인 것이다.

　나는 대체 무엇으로 마음을 상하엿고 상햇다 하는가
　스물네 햇 동안 내가 기억해 온 오백 개쯤 되는 얼골, 가깝다면 가까운 스무 개쯤 되는 얼골, 그중에서도 부모형제, 죽마고우, 단하나뿐인 나의 애인─그들의 까닭인가 나의 상심은?
　마지막 애인마자 나는 혼연히 이별했다. 그 여(餘)는 물론…… (중략) 나의

---

37) 김재혁, 「예술의 여정을 떠나는 수도사」, 『영혼의 모험가』(책세상, 1997).

시선은 언제나 목전의 현실에선 저쪽이다.[38]

　서정주는 애비, 에미, 애인과도 이별했다고 한 후, 자신이 바라보는 것은 현실의 저쪽이라고 한다. 즉 서정주는 「배회」에서 가족 등 구체적인 삶의 현장을 모두 '현실'이라는 말로 추상화시키고, 이로부터 자신이 자유로워지길 바란다. 그리고 이런 '배회'가 바로 순수시(純粹詩), 시의 파촉을 향해 가는 길이라고 주장한다. 서정주에게 '파촉'의 상상력은 1936년 가을즈음 「귀촉도」에서 시작된다.[39] 그런데 고사(古事)에서 고향으로 돌아오는 길을 의미하는 '파촉'은 「배회」에서 실제 삶의 고향을 등지고 떠나야 도달할 수 있는 '시의 고향', 즉 시의 근원, 절대적 시의 세계라는 함의를 갖는다. 이런 점에서 이 시기 그의 파촉-순수시의 중심에는 가족, 고향, 현실이 존재하지 않는다.

　　그는 집안에 남아서 그들이 상상하고 있는 생활의 껍데기로만 살 것인가? 그들 모두의 얼굴까지도 닮게 될 것인가? 의지의 섬세한 성실성과 그 성실성을 그의 내부에까지 부패시키는 서투른 기만 사이에서 자신의 감정을 나누며 살아갈 것인가? 겁쟁이 같은 마음만을 가진 가족들을 해칠 수 있는 존재가 될 것을 단념할 것인가. 아니 그는 떠날 것이다. (중략) 그는 모든 사람의 발밑에 엎드리어 기도하는 자세를 취했다. 사랑해 주지 말아 달라. 애원하면서 몸을 엎드렸다.[40]

　릴케는 말테의 수기에서 새로운 삶을 위해 집을 떠나는, 탕아의 모티프를 소년을 통해 상징적으로 보여 준다. 소년은 가족-공동체의 관심과 사랑으로부터 벗어나고자 한다. 그들의 사랑을 받는 것은 그들 삶의 방식을 따

---

38) 서정주, 「배회」, 《조선일보》, 1938. 8. 13.
39) 이숭원(2013), 58쪽.
40) 라이너 마리아 릴케, 박환덕 옮김, 『말테의 수기』.(문예출판사), 274~280쪽.

르는 것을 의미하기 때문이다. 그는 모든 것을 규정하는 협소한 세계인 집 안을 떠나 자연 속에서 오랜 역사와 전설상의 영웅이 되어 보는 온갖 공 상을 한다. 그가 체험하게 될 자연의 무한한 넓이와 제한되지 않는 가능성 에 비하면 그가 좁은 삶에서 겪게 되는 인습이나, 도덕 등은 개인의 가능 성을 질식시키는 것으로 생각되었기 때문이다. 소년은 자신의 자유를 확장 하기 위해서는 가족도 애인도 결코 사랑하지 않기로 결정한다.[41] 릴케는 여 러 번에 걸쳐 탕아를 모티프로 시를 쓰거나 산문의 모티프로 다루었다. 그 는 1906년 「탕아의 집나감(Der Auszug des verlorenen Sohnes)」이라는 시에 서도

이제 이 모든 어수선한 것으로부터 떠나야지
우리 것인데도 우리 것이 아닌 그것으로부터,
오래된 우물 속 물처럼
우리를 일렁이며 비추어 모습을 망가뜨리는 그것으로부터

자신의 삶이 아닌 것, 또 자신을 망가뜨리는 것으로부터의 탈출을 꿈꾸 었다. 그러면서 그는 이 가출이 진정 "그것이 새로운 삶의 시작인가"라고 묻는다.[42] 즉 새로운 존재로의 고양이 없는 가출 혹은 방황이란 무의미한 것이기 때문이다. 릴케는 앙드레 지드의 『탕아의 귀환(Le Retour de l'enfant prodigue)』(1907)을 읽고 1913년 독일어로 번역한다. 종교적 알레고리와 아버 지(신)와 아들들(인간)의 관계와 탕아 모티프에 주목했던 이야기에서 릴케 가 주요하게 생각했던 것은 종교적 메시지가 아니라 가출이라는 행위, 즉 내면이 간절히 필요로 하는 결정이며 엄청난 실행력이 뒷받침되어야 하는 행위에 있었다. 릴케는 지드의 작품으로부터 '가출', '내가 누구인지 아는

---

41) 김창준, 「릴케의 『말테의 수기』에 나타난 자아와 정체성의 문제」, 《외국문학연구》 8호, 2001.
42) 위의 글.

것', 가족의 사랑, 그러나 자신을 옥죄는 가족으로부터의 도망, 그리고 나를 잃지 않는 사랑 등의 핵심을 가져와[43] 『말테의 수기』를 창작했다. 작품이 환기하는 이런 주제 의식은 『말테의 수기』를 실존적 차원에서 주목하게 되는 이유이기도 하다.

릴케가 제기하는 이런 문제의식을 서정주는 시인의 숙명으로 인식한다. 숙명이란 피할 수 없는 것이고 주체적으로 선택할 수 있는 것도 아니다. 서정주는 1930년대 말을 지나면서 가족-현실을 등지고 떠나는 것이 시인의 운명이라는 인식에 다다른다.

안해야 너잇는 전라도로 향하는 것은 언제나 나의 배면(背面)이리라. 나는 내등뒤에다 너를 버리리라.

그러나 오늘도 북향(北向)하는 동공을 달고 내 피곤한 육체가 풀밭에 누엇슬 때, 내 등짝에 내 척추신경(脊椎神經)에, 담뱃불처럼 뜨겁게 와닷는 것은 그 늘근 어머니의 파뿌리 같은 머리털과 누-런 잇발과 안해야 네 껌정손톱과 흰옷을 입은 무리 조선말. 조선말.

— 이저버리자!

— 서정주 「풀밭에 누어서」 부분[44]

혹은 어느 인사소개소의 어스컹컹한 방구석에서
속옷까지, 깨끗이 그 치마 뒤에 있는 속옷까지 베껴야만 하는 그러헌 순서(順序).
깜한 네 열 개의 손톱으로 쥐여뜨드며 쥐여뜨드며
그래도 끝끝내는 끌려가야만 하는 그러헌 너의 순서(順序)를.

43) 김윤미, 「독일 현대 문학 속의 돌아온 탕아들」, 《인문과학연구》 41집, 2013.
44) 《비판》 1939. 6.

숙(淑)아!

이 밤 속에 밤의 바람벽(壁)의 또 밤 속에서
한 마리의 산 귀똘이와 같이 가느다란 육성으로 나를 부르는 것
충청도에서, 전라도에서, 비나리는 항구의 어느 내외주점에서,

사실은 내 척추신경의 한가운데에서,
씻허연 두줄의 잇발을 내여노코 나를 부르는 것.
슲은 인류(人類)이 전신의 소리로서 나를 부르는 것.
한 개의 종소리와 같이 전선과 같이 끊임없이 부르는 것.

뿌랙·뿔류의 바닷물과 같이, 오히려 찬란헌 만세소리와 같이
피와 같이,
피와 같이,

내 칼 끝에 적시여 오는 것.

숙아. 네 생각을 인제는 끊고
시퍼런 단도(短刀)의 날을 닦는다.
                                        ─「밤이 깊으면」[45]

　위의 두 작품에서 서정주는 자신이 직면한 현실에 대한 인식을 보여 준
다. 늙고 노쇠한 어머니, 노동에 찌든 아내와 흰옷을 입은 동족들, 그리고
위기에 처한 조선말, 그리고 유린당하는 숙을 통해 보여지는 슬픈 인류인
조선인. 서정주는 1930년대 말을 통과하는 조선의 현실을, 마치 '척추신경

45)《인문평론》1940. 5.

에, 담뱃불'이 닿는 것처럼 고통스럽게, 아프게 진술한다. 그러나 서정주는 이런 현실을 잊어버리거나 절연하자고 한다. 이처럼 반복적으로 잊고자 한다는 진술은 잊지 못함 혹은 잊을 수 없음이라는 내면 의식을 환기한다.

부디 권고하노니 압골마리에다가 두손을 찌르고 방바닥에 번듯이 자빠저서 이상과 가튼 생각을 착실히 이십 일썩만 반복해 보아라. 나의 기특한 독자 제현이여 아직도 시가 쓰고시픈 호기심이 발(發)하지 안헛거든 꼭 한 번씩만 시험해 보아라. 아무리 미련한 사람일지라도 한 수에 삼십 일썩만 내가 보장(保藏)하노니 꼭 그러케만 한다면 너는 반듯이 시를 쓰게 될 것이고 (중략) 너는 순수시인이 지원(志願)이냐? 반듯이 게을르기를. 옆방에서 너의 아버지가 장작개비 귀신과 가치 되어가지고 작고하시거나 말거나 너의 안해가 마지막 인사소개소 가튼 데를 차저갓거나 말거나 네 신발이 다 떠러젓거나 말거나[46]

위의 글은 서정주가 「칩거자(蟄居子)의 수기」라는 제목으로 《조선일보》에 '주문(呪文)', '석모시(夕募詞)', '여백(餘白)' 등의 부제를 달아 연재한 산문이다.[47] 전체적으로 보면, 제목은 릴케의 『말테의 수기』를 차용했고, 첫 번째 글인 '주문' 편은 릴케의 「젊은 시인에게 보내는 편지」를 차용하고 있다.[48] 이외 두 번째 '석모시'에서는 해가 지는 장날을 보들레르의 빛깔에 비유하여 우울한, 누런색으로 표현하고, 사람들의 풍경과 술을 마시는 자신을 환각, 주정, 미친놈 등으로 비유하며 복잡한 내면을 표출하고 있다. '여백'은 아버지라는 상징적 인물을 통해 가족으로부터 도망친 자신의 삶에 대한 비난을 의식하면서도 시인으로 살아야 하는 자신의 저주받은 숙명성

---

46) 서정주, 「칩거자의 수기 — 주문」, 《조선일보》, 1940. 3. 2.
47) 《조선일보》 1940. 3. 2, 5~6.
48) 산문의 내용에서 서정주는 '순수시인이 지원이냐'라고 묻는데, 이는 이미 1935년에 김진섭이 릴케의 글을 「어떤 젊은 문학 지원자에게」라고 번역한 제목에서 차용한 것으로 보인다.

을 강조하는 것으로 끝을 맺는다.

앞에서 언급했던 「풀밭에 누어서」나 「밤이 깊으면」 등이 현실과 도피 사이에서 갈등하는 모습을 보였다면 위의 산문에서는 그의 고민이 보다 단순화되어 나타난다. 그는 순수시인이 될 사람에게 이런 현실과 단절하라고 힘써 말하고 있다. 이 글의 수신자는 순수시 지원자이지만, 서정주 자신일 수도 있다. 가난과 사투를 벌이는 아버지의 죽음, 인사소개서에 가는 안해, 다 해지고 떨어진 신발 등 가난하고 비참한 현실의 소재는 시에서와 유사하다. 그런데 서정주는 이런 현실에 대해 등을 돌려야 만이 순수시인이 될 수 있다고 한다. 앞서 이야기했던 잊지 못하는 내면을 향한 잊으라는 반복적인 진술은 순수시인에게 현실에 대한 감각을 둔화시킴으로써 현실과는 다른 세계를 경험하라는 주문(呪文), 주술로 읽힌다.

한편 릴케는 시를 쓰려는 젊은 시인에게 아래와 같이 말한다.

나는 글을 꼭 써야 하는가 깊은 곳에서 나오는 답을 얻으려면 당신의 가슴 깊은 곳으로 파고 들어가십시오. 만약 이에 대한 답이 긍정적으로 나오면, 즉 이 더없이 진지한 질문에 대해 당신이 '나는 써야만 해.'라는 강력하고도 짧막한 말로 답할 수 있으면, 당신의 삶을 이 필연성에 의거하여 만들어 가십시오. 당신의 삶은 당신의 정말 무심하고 하찮은 시간까지도 이 같은 열망에 대한 표시요 증거가 되어야 합니다.[49]

릴케는 젊은 시인에게 자신과 마주할 고독을 늘 강조했는데, 위의 글에서도 역시 고독 속에 마주한 자신에게 진정 시를 쓸 것인가를 치열하게 물어야 함을 강조한다. 그리고 그런 과정을 거친 후 자신의 삶이 시인으로서의 필연성으로 구성되도록 노력해야 함을 이야기한다. 그렇다면 자신이 선택하고 결정한 '필연성'은 '숙명'과는 다른 것이다. 서정주는 구체적으로 시

---

49) 라이너 마리아 릴케, 김재혁 옮김, 『젊은 시인에게 보내는 편지』(고려대 출판부, 2006), 14쪽.

인에게 이런저런 시상을 떠올려 보길 권하고, 열심히 삼십 일만 시 쓰기를 고민한다면 분명히 순수 시인이 될 수 있을 것이라 조언한다. 릴케에게 시인이 되느냐, 아니냐의 문제가 서정주에게는 시인이 이미 되기로 결심한 사람이 어떻게 하면 순수시를 쓸 수 있는가의 문제로 전환된다. 산문의 말미에 서정주는 "나에게 '사랑한다'는 동사를 다오 애인을 애인으로서, 벗을 벗으로서 어린 것들을 어린 것들로서 사랑할 수 있는 사람이 되게 하여 다오. 남들은 모두들 사랑이 스스로운가. 정말로 그러헌가 그럼 나도 그 사람들과 같게 하여 다오."라며 글을 끝맺는데, 다소는 어색한 이런 구성과 주제는 릴케가 같은 책에서 "사랑하는 것 역시 훌륭한 일입니다. 왜냐하면 사랑은 어려우니까요. 사람과 사람 사이의 사랑, 그것은 우리에게 부과된 과제 중에서 가장 힘든 과제인지도 모릅니다. 그것은 우리가 해야 할 최후의 과제이며 궁극적인 시험이자 시련입니다."라는 사랑에 대한 진지한 요청과 맞닿아 있다.[50]

서정주는 이런 고민과 갈등을 뒤로하고, 『말테의 수기』 속의 소년이 무한한 가능성을 만나기 위해 고향을 떠났듯이 1940년 가을, 만주로 향한다. 이런 선택의 근저에는 "이것은 일테면 나에겐 숙명과 갓다. 이 아마는 나의 탄생과 가치 탄생하여서 나의 돌아가는 날 돌아갈 모양인 털보……. 하늘은 기본적인 자양분이니라. 아마 그러케 기본적인 자양분이니라."[51]라고 하는 운명론이 자리 잡고 있었다. 이런 상황에 대해 지기(知己)였던 오장환은 "남에게 내세울 이렇다 할 자기의 생활이 없음으로 인하여, 나는 지금까지 만나는 청년에게마다 여행을 하겠노라 말해 온 것이었을까"라면서 자신에게는 "아무데로나 떠나려는 마음, 아무데로나 가 보려는 마음 이것밖에, 내게는 이게 피하려는 길인지 찾으려는 길인지 알아볼 기력도 없다."라며 현실 도피에 대한 반성과 무기력을 인식한다.[52] 그러면서 그는 서정주에

---

50) 위의 책, 68쪽.
51) 서정주, 「침거자의 수기 — 여백」, 《조선일보》, 1940. 3. 6.
52) 오장환, 「여정(旅情)」, 《문장》, 1940. 4.

게 분명 현실에 등을 돌리지 말 것을 요청한다.

　정주는 일찍이 그의 수필에서 랭보가 사경에 이르러 귀향한 것을 애석히 여기고 그가 임종에 향유를 바르며 일개의 기독 신도(基督信徒)의 의식으로 목숨을 마치었다는 데에 통탄했다. 우리가 정신상의 동류와 형제의 일을 이야기하고 과장하려고까지 하는 마당에 어찌 이런 사실을 안타까이 여기지 않으랴. 그러나 돌이켜 생각할 때 궤변이 아니라 정주와 나, 또는 여기에 공감을 갖는 사람이 이렇게 생각하는 것과 저열한 기독 신자가 유다, 열두 사도의 하나였던 유다를 몹시 욕하는 것과 같이 그러한 자기변호의 위선과 무엇이 다른가. 어찌 생각하면 역력히 보이는 것 같은 나의 길, 시인하기에는 너무나 무서운, 암담 속에서만 환히 빛나는 이 길이 어찌하여 돌아서는 길이 되고 마느냐.[53]

　통상적으로 체험의 대상은 구체적 현실을 의미한다. 그리고 그 현실을 통해 얻게 되는 감정의 조직화가 박용철이 말하는 체험에서 변용이 일어나는 과정일 것이다. 이때 이 과정을 추동하는 힘은 시인의 정신이다. 서정주가 초기에 강조했던 체험 역시 육체와 감정이 반응하는 구체적인 삶의 현장을 환기시킨다. 따라서 그가 정지용을 비판하며 한때 주목했던 '직정 언어(直情言語)'는 구체적인 체험을 표현하기 위한 언어였다. 그런데 1940년 전후 서정주의 체험 대상에서 현실이 탈락되면서 그는 더 이상 '체험'을 강조할 수 없게 된다. 그의 떠남과 언어가 현실을 담보하지 못하는 이유는 그의 내면과 정신이 현실을 직시하거나 탐구하지 못하기 때문이다.

---

53) 오장환, 「팔등잡문(八等雜文)」, 《조선일보》, 1940. 7. 20~25.

3 순수시의 발명: 전통 ― 보편의 언어와 탈역사성

1) 체험의 강조와 현실 역사성

박용철은 우리의 체험이 피 가운데로 용해되어 한 송이 꽃으로 피어나는 과정이 시의 창조 과정이라고 설명한다. 그는 「시적 변용에 대해서」에서 "기억을 가짐만으로는 넉넉지 않다. 기억이 이미 많아질 때, 기억을 잊어버릴 수가 있어야 한다. 그리고 그것이 다시 돌아오기를 기다리는 말할 수 없는 참을성이 있어야 한다. 기억만으로는 시가 아닌 것이다."라는 부분을 인용하고 있다.[54] 체험과 기억들이 우리의 피가 되고, 눈짓과 몸가짐이 되고, 우리 자신과 구별할 수 없는 이름 없는 것이 된 다음에라야 ― 그때에라야 우연히 가장 귀한 시간에 시의 첫말이 그 가운데서 생겨난다. 박용철이 말하는 체험은 단순한 체험을 넘어선다. 그것은 영혼의 가장 깊은 곳에서 체험을 하는 것이다. 박용철은 최후로 시인을 결정하는 것은 이러한 모든 깊이를 가진 체험을 한 송이 꽃으로, 한 마리 새로 변용시키는 능력을 가진 자가 바로 시인이라고 한다.[55]

체험은 언어와의 교호 작용을 통해서 시로 태어나고, 이때 교호 작용의 주체는 바로 시인이다. 박용철은 시란 언어를 매개로 하는 일종의 변설이라 볼 수 있다고 한다. 그 언어는 일상의 언어와 외관의 상이함은 없지만 결정되고 응축되어 시적 구성과 질서 사이에서 승화된 존재임을 강조한다. 즉 시적 표현은 체험에 구체적인 형상을 부여하는 행위이며 이를 매개하는 존재는 시인 주체이다. 따라서 체험이 시로 탄생하는 과정에는 언어를 기다리는 시인의 인내와 노력, 체험을 내면화하고 질서화하는 정신적 기투의 과정이 반드시 필요하다.[56] 이런 점에서 시란 단순히 체험만의 문제는 아닌

---

54) 박용철(1938).

55) 박용철, 「을해 시단 총평」, 《동아일보》, 1935. 12. 24~28.

56) 김재혁은 박용철의 이런 생각이 1930년대 초반 김영랑이나 정지용의 모더니즘과 달리 철학적 깊이를 가질 수 있었다고 평가한다.(김재혁, 「박용철의 릴케 문학 번역과 수용」,

것이며, 체험의 진정성이 시의 깊이를 담보해 주는 것도 아니다. 체험과 기억을 시로 탄생시키는 시인의 능력은 기억과 현재를 매개하는 고도의 정신성이며, 체험과 언어를 관련시키는 '예민한 촉감'이다. 박용철은 이런 단계에 다다른 시야말로 일상생활의 수평 정서보다 더 고상하고, 더 우아하며, 더 섬세하고, 장대한 존재, 시의 고처(高處)에 위치한 존재라고 강조한다.[57] 릴케는 경험과 감정을 토대로 시의 언어가 탄생한다는 점, 그러나 기억의 집적만으로는 시가 될 수 없으므로 망각 역시 필요하고 이런 과정을 통해 시인의 정체성은 새로워지고 새로운 문학 역시 탄생할 수 있다고 이야기한다. 이런 점에서 새로운 체험을 위해 집을 가출한 탕아는 미래의 시인이기도 하다.[58] 그러나 릴케는 탕아가 체험하게 될 현실이 구체적인 삶의 현장이어야 함을 강조한다. 그에게 현실은 그의 예술적 형상화에 있어서 끝없는 충성의 대상이고, 사실주의적인 의미에서는 가시적으로 시인이 꾸준히 투시해야 하는 탐구의 대상이었다. 릴케는 시의 언어를 통해 삶을 깊이 투시하는 눈을 강조했는데, 말하자면 체험을 토대로 탄생한 시인의 언어가 항상 현실에 관한 깊이 있는 통찰의 힘을 발휘하길 바랐다. 이런 점에서 박용철은 릴케의 작품에서 시인의 정신성과 통찰력을 읽을 수 있었다.

한편 이런 의미에서 1940년 전후 서정주의 체험과 순수시의 의미를 생각해 볼 수 있다. 서정주는 「배회」에서 자신의 배회의 중심에 파촉, 시의 고향, 순수시가 존재함을 이야기했으며, 앞에서 살펴본 산문에서도 순수시라는 표현을 사용하고 있다. 그러나 이후 1942년의 산문 「시의 이야기 ― 주로 국민시가에 대하여」에서 그는 '순수시'라는 용어를 폐기하고 국민시가를 사용하면서 그것이 갖추어야 할 두 요소, 전통의 발견과 언어 공작(言語工作)으로서의 시를 제안한다. 이런 변화에서 체험할 현실과의 단

『릴케와 한국의 시인들』(고려대 출판부, 2006)) 이는 시인의 내면성과 정신성이 체험을 통어하는 데 필수적임을 강조한다.

57) 박용철, 「《시문학》 창간에 대하여」, 《시문학》 1호, 1930.

58) 김윤미(2013).

절, 혹은 초월성을 읽게 된다.

우리의 선인들의 누가 랭보와 같이 자기의 바지에 구멍이 난 것을 싯(詩) 줄 위에 얹었으며, 보들레르와 같이 보기 싫은 우리 장수의 등떼기에 화분을 메어 붙인 것을 글로 쓴 것이 있었던가. 그들은 그런 것을 벌써 사춘기의 어둠 속에 묻어 버리고 절대로 백일 아래에 드러내는 일이 없었다. (중략) 나는 여기에서 결코 내가 일찍부터 즐기던 서구의 시인들을 폄하하려는 것이 아니다. (중략) 국민문학이라든가, 국민시가라는 말이 기왕에 나왔거든 이제부터라도 전일의 경험을 되풀이하지 말고, 정말로 민중의 양식이 될 수 있는 시가 내지 문학을 만들어 내기에 일생을 바치려는 각오를 가져야 할 것이다. 이것은 심히 전통의 계승 ― 동방 전통의 계승과, 보편성에의 지향과 밀접한 관계가 없을 수 없는 것이다. (중략) 개성의 전람이나 울긋불긋한 사상의 진열을 토대로 한 것이 아니라 오히려 개성의 삭감, 많은 사상의 취사선택과 그것의 망각, 전통의 계승 속에서 우러나온 전체의 언어 공작이어야 할 것이다. (중략) 동아 공영권(東亞共榮圈)이란 또 좋은 술어가 생긴 것이라고 나는 내심 감복하고 있다.[59]

시인에게 체험이란 육체적인 것이고, 유기적인 것이다.[60] 또한 이런 점에서 시인 개성과 밀접한 것이다. 서정주가 랭보와 보들레르를 직접 거론하며 비판하는 상황은 서구 문학과의 단절만이 아니라 자신이 추구해 왔던 체험(시)을 더 이상 의미화하지 않겠다는 뜻을 내포한다. 이는 개성의 삭감과 망각을 요청함으로써 개별적인 시인의 체험과 언어에 대한 경계를 의미한다. 시인의 개성 대신 보편을 강조하고, 구체적 현실의 체험 대신 과거의 전통을 소환함으로써 그는 국민시가의 이상이 완성될 수 있으리라 생각한다.

---

59) 서정주, 「시의 이야기 ― 주로 국민시가에 대하여」, 《매일신보》, 1942. 7. 13~17.
60) 김재혁(2006), 28쪽.

문학 작품에서 그 주제와 소재가 '전통'에서 차용되는 것은 지속되어 왔다. 그런 점에서 서정주가 전통을 강조하는 것 자체가 문제 될 수는 없을 것이다. 그러나 문제는 전통이 왜 현재 소환되는가, 그리고 그 현재적 의미는 무엇인가에 대한 진지한 물음과 선택이 내재되어 있어야 하며, 이러한 때 작품은 단지 '언어 공작'의 산물을 넘어서게 된다.

서정주가 감복하고 있는 동아 공영권의 논리가 1937년 중일 전쟁 이후 '동아 협동체론'으로 부각되고, 일본이 자국의 전통을 세계사의 보편 원리로 정초하려는 움직임에 대해 조선의 지식인들은 비판과 우려의 시선을 보내고 있었다.[61] 당대 역사철학자 서인식은 "고전의 비판이 문헌학적 비판이 아니고 '현대적 의의의 비판'인 이상 그 비판의 기준은 과거, 즉 고전에 있는 것이 아니고 끝까지 '현재의 요청'에 있어야 할 것"이라고 강조한다. 왜냐하면

승의(勝義)의 고전은 인간의 꿈과 현실이 격별히 조화된 세계이다. 그만큼 양자가 완전히 배치되는 세계에 사는 현대 인간의 심안(心眼)에는 그 자체가 곧 한낱의 꿈의 세계로 나타나지 않을 수 없다. 더구나 그것은 현재의 역사가 아니고 과거의 역사에 속하는 만큼 모든 인터레스트(interest)를 떠나서 백 퍼센트 관상적 태도를 갖고 대향할 수 있는 정일(靜溢)한 세계.[62]

라는 점에서 전통이 현재 삶에 맞도록 '모디파이즈' 되지 않는 한 퇴보와 묵수만이 있을 것이라고 비판한다.[63] 그리고 이런 현재적 가치를 찾는다는 의미에서 전통의 선택은 주체적이어야 한다. 전통이란 미리 정해져 있거나 자연스럽게 계승되는 것이 아니라 과거의 것들 가운데서 가치 있는 것으로

---

61) 김진희, 「동아 협동체(東亞協同體)의 논리와 조선 문학의 과제」, 《아시아문화연구》, 37집, 2015.

62) 서인식, 「고전과 현대」, 《비판》, 1939. 4.

63) 서인식, 「전통론」, 《조선일보》, 1938. 10. 22~30.

서 선별되는 것이다. 그러므로 전통을 선택하고 활성화하는 과정에는 주체의 현재적 삶에 대한 시선과 대응의 문제, 즉 지금 어떻게 살 것인가라는 가치가 내재해 있다. 때문에 서정주가 시적 모색 속에서 전통을 선택하게 되는 주체적 계기에 주목해야 하는 것이기도 하다.[64]

2) 순수시의 세계와 탈역사성

서정주는 「시의 이야기 ─ 주로 국민시가에 대하여」에서 언어 공작, 언어 해조 등의 용어를 사용하면서 시란 곧 언어 기술이라는 말을 강조하고 있다. 특히 1940년 이전 그가 비판하던 정지용을 인용하면서 시의 문제는 언어의 문제라는 논지를 펼친다.

> 무능한 속세의(말이란 이렇게 부족하다.) 언어의 잡초 무성한 삼림을 헤매면서 일(一)의 태초의 말씀에 해당하는 언어의 원형을 찾아내어 내부의 전투의 승리 위에 부단히 새로 불을 밝히는 사람, 이것을 또한 분화(噴火)할 수 있는 능수를 이름인 것이다. (중략) 이러한 점에서는 그래도 우리는 김영랑 씨나 정지용 씨의 노력을 높이 사 주어야 할 것이다. 물론 그것은 두 분의 작가 경지의 협착을 묵시하려는 말은 아니다. 아까도 말했지만 시는 무엇보다도 먼저 언어의 문제인 것이다.[65]

시의 문제가 언어의 문제라는 사실은 시의 기본 명제이다. 그러나 이 글에서 서정주가 진술하는 언어 공작의 의미를 생각해 볼 필요가 있다. 서정

---

64) 최현식(2014)은 서정주가 릴케에게 영향을 받아 유년으로의 귀향을 통해 질마재 신화를 구성할 수 있었음을 이야기한다. 이런 가능성은 「말테의 수기」에서의 유년의 발견에 대한 함의와는 다소 차이가 있다. 릴케가 유년으로 가고자 한 것은 그것이 비어 있어서였다. 즉 공동체의 기억이 집적된 곳이 아니었으므로 새로운 정체성을 시작할 수 있는 가능성의 세계를 의미한다.

65) 서정주(1942), 앞의 글.

주는 체험을 중요하게 생각했고, 이를 드러내기 위해 직정 언어(直情言語)를 사용했다. 그에게 정지용의 언어 예술은 인생의 진수(眞髓)와는 거리가 있어 보인다고 생각했다.[66] 그 당시 의도적인 방탕과 방랑을 통해 새로운 언어를 탐구하고 창조하고자 했던 서정주의 판단에는 정지용에게는 절실한 체험이 빠져 있었고, 치열한 시정신이 부족해 보였던 것이었다. 아래 윤곤강의 평문은 서정주의 직정 언어가 추구했던 의미와 그 가치가 무엇이었는지 보여 준다.

> 시에 있어서의 방법이란 항상 부차적인 것이다. 람보가 위대한 인간인 것은 그의 방법이 아니라 그의 시에 번득이는 생의 원형이다. 우리의 젊은 시인 중에 람보적인 시인을 나는 지금 상념하야 본다. 한 사람도 없다. 아쉬운 대로 서정주를 꼽아 본다. — 서 씨의 시, 「화사」를 비롯한 일련의 그의 역작 「입맞춤」, 「맥하」 등등에서 볼 수 있는 람보적인 것을 나는 크게 기대를 가지고 주목하는 까닭이다. — 람보가 통찰한 것은 생의 원형이거니와 이 시인도 람보처럼 온갖 풍속, 온갖 습관 이전에 있는 생의 원형을 보여 주고 있다.[67]

생의 원형에 대한 탐구, 이는 현실을 가로지르는 시인의 통찰력이며, 정신력이다. 윤곤강은 시 쓰기의 방법이나 기술은 부차적인 것이라고 단정한 후, 시인 랭보와 서정주가 공유할 수 있는 요소는 바로 삶에 대한 통찰과 이를 드러내는 번뜩이는 언어임을 이야기한다. 앞에서 살펴보았던 「자화상」에서 서정주는 고통스러운 삶의 바람을 헤치며 얻게 된 시의 언어를 이야기한 바 있다. 윤곤강은 서정주의 일련의 작품들이 언어의 기술이 아니라 시인 정신의 차원에서 훌륭한 성과를 거둔 것으로 평가한다. 윤곤강이 랭보를 포함한 상징주의 작품에서 정신성을 읽고 있다면 비슷한 시기 정지

---

66) 서정주, 「고대 그리스적 육체성」, 『서정주 문학 전집 5』(일지사, 1972), 267쪽.
67) 윤곤강, 「람보적(的)·에세닌적(的): 시에 관한 변해(辨解)」, 《동아일보》, 1940. 7. 5.

용 역시 상징주의에서 고도의 정신성을 가져온다.

> 시작(詩作)이란 언어 문자의 구성이라기보담도 먼저 성정(性情)의 참담한 연
> 금술이오 생명의 치열한 조각법인 까닭이다. (중략) 시의 Point d'appui(策源
> 地)를 고도의 정신주의에 두는 시인이야말로 시적 상지(上智)에 속하는 것이
> 다. 보드레르, 베르렌 등이 구극에 있어서 퇴당방일(頹唐放逸)한 무리의 말기
> (末期) 왕이 아니요 비푸로페셔날의 종교인이었던 소이도 이에 있는 것이다.[68]

> 시인은 구극에서 언어 문자가 그다지 대수롭지 않다. 시는 언어의 구성이
> 기보다 더 정신적인 것의 열렬한 정황 혹은 왕일(旺溢)한 상태 혹은 황홀한 사
> 기임으로 시인은 항상 정신적인 것에서 정신적인 것을 조준한다. 언어와 종
> 장(宗匠)은 정신적인 것까지의 일보 뒤에서 세심할 뿐이다. 표현의 기술적인
> 것은 차라리 시인의 타고난 재간 혹은 평생 숙련한 완법(腕法)의 부지중의 소
> 득이다.[69]

정지용은 정신주의란 성정을 다스린다는 것, 즉 마음을 가다듬고 정신적
자기중심을 세워야만이 시를 쓸 수 있으리라는 전통적인 시성정론(詩性情
論)을 의미하는 것으로 설명한다. 그리고 시인의 높은 정신적 수준에서 우
주와 삶을 꿰뚫는 진실을 볼 수 있다는 점에서 상징주의 시인 보들레르와
베를렌 역시 그러함을 견주어 이야기하고 있다. 보들레르와 베를렌을 종교
인으로 평가할 수 있는 이유도 바로 그들의 삶의 진실을 꿰뚫어 볼 수 있기
때문이다. 정지용은 이 당시 동양의 시학과 관련하여 정신성을 강조하고,
상징주의 시에서 정신성을 읽는다. 그런데 서정주는 광복 후, 1950년대 '정
신'을 강조하는 체험 시가 동양시학과 만날 수 있는 이유로 철학적 종교적

---

68) 정지용, 「시와 감상 — 영랑과 그의 시」, 《여성》, 1938. 8~9.
69) 정지용, 「시의 옹호」, 《문장》 5, 1939. 5.

성격을 제기하고 있다.[70] 서정주가 체험으로부터 시인 주체의 정신을 분리시키고 현실을 소거시키는 방향으로 진전하면서 시의 존재론을 순수-언어 공작으로 정초할 때, 동시대의 시인들은 애써 언어보다 시인의 정신을 강조하고 있음이 주목된다.[71] 전통이 현재에 가치화, 혹은 현재에도 보편의 의미를 갖기 위해서는 현재적 가치를 탐구하는 시인의 주체적 개성과 정신이 필요하다. 오늘의 삶에 대한 철학적 성찰 속에서 전통은 현재에도 보편의 힘을 발휘한다. 서정주가 말한바 괴테가 전통을 가져와 근대 문학을 가능케 했다면 전통을 재해석하는 시인의 정신이 필요하다. 그것은 단지 언어 기술의 차원이 아닌 것이다. 그러나 서정주가 「시의 이야기」에서 전통을 소환하는 작가적 정신과 개성을 삭감하라는 논리를 설정한 이상, 그는 언어적 구성물로서의 시적 본질에 주목할 수밖에 없었다. 한편 이런 변화의 근거로 릴케 수용의 매개가 되었던 《사계》의 릴케 수용의 특수성 역시 생각해 볼 수 있다. 《사계》는 정통적으로 내면성에 주목했던 문예지였다고 평가되는데, 잡지의 이런 특성은 릴케의 수용에 있어서도 독일 본국에서의 문학적 평가와는 전혀 다른 방식으로 수용의 방향을 결정했다는 사실이다.[72] 이에 의해 릴케 시가 가진 '실천적, 사회적 현실에 참고'할 수 있는 부분은 우리 자신과 무관계하다고 릴케 특집에서 단언할 수 있었다.[73] 1940년 전후 일본

---

70) 서정주(1959), 8쪽.

71) 1930년대, 폴 발레리의 『정신의 위기』(1919)는 동아시아의 많은 지식인들에게도 영향을 주었다. 각국의 차이는 있었겠지만, 《사계》의 동인들이 발레리의 평론을 특히 애독했다는 이야기는 시대적 상황을 극복하는 정신의 가치에 대한 공유가 있었던 것으로 보인다. 그러나 점진적으로 이들이 전쟁의 공포와 위기로부터 단절된 내면성을 강조하는 방향으로 변화했다는 점 역시 생각해 보아야 한다.

72) 黒子康弘, 「リルケとゲーテ」という主題について: リルケ受容史に関する批判的考察」, 《史艸》 54, 東京: 日本女子大学史学研究会, 2013. 11; 岩本晃代, 「堀辰雄『風立ちぬ』の方法 — '四季派'と リルケ」, 《国語国文学研究》37, 熊本大学文学部国語国文学会, 2002. 2.

73) 앞에서 언급했던 《사계》의 릴케 특집에는 릴케 연구 4편 片山敏彦, 「릴케의 그림자」, 에드몽 잘루(Edmond Jaloux), 「릴케의 사명」(辻野久憲 訳), 富士川英郎, 「『뒤노(독: Duineser Elegien)의 비가』의 유래」, 笹沢美明, 「릴케의 가계」 등이 실려 있다.

사회 문화계의 변화 속에서 탈현실성에 주목하는 방향으로 수용된 릴케 수용의 특수성은 서정주의 시적 모색의 과정에서도 일정하게 강조적으로 드러난다고 할 수 있다.

1950년대 서정주는 릴케의 시론 '시는 체험'에 깊이 주목하면서 모방적 기술과는 달리, 시를 체험이라 강조했고 시를 '사는 정신(情神)의 길'로 의미화했다.[74] 이는 시인의 체험에서 그의 정신을 분리할 수 없음을 서정주 역시 인식했음을 의미한다. 그러나 적어도 1940년 전후, 서정주의 시적 모색 속에서는 체험의 정신성이 탈각되었고, 순수-언어의 세계에 주체는 은폐되었다.

---

74) 서정주(1959), 7쪽.

제1주제에 관한 토론문

윤재웅(동국대 교수)

1 동양적인 것의 슬픔, 또는 시적 초월의 이율배반(고봉준)

텍스트와 텍스트 생산자로서의 '시인'의 관계를 문제 삼을 때, 미당만큼 논란이 되는 경우도 많지 않을 것이다. 미당만큼 뛰어난 시인이 그 삶에 있어서는 자신의 시가 지향하는 미적 이상과 일치하지 않는 모습을 보임으로써 이율배반의 사례가 된다는 점은 발표자의 견해만이 아니더라도 다양한 방식으로 논의가 전개되어 온 편이다. 이제는 문제 접근 과정에 새로운 관점이 중요한데, 이 발표문은 '초월적 원리'를 주요 논제로 하여 미당의 이율배반적 현상을 설명한다는 점에서 그 새로움의 단초가 보이는 듯하다.

요점은 서정주의 시적 변화 과정을 "고향 — 전통 — 신라 — 영원"으로 모형화하고 이것이 바로 미당의 시력(詩歷)을 전관하는 "초월적 원리의 시적 형상화" 과정이라고 전제한 다음, 실제의 삶은 "초월적 원리의 구현 과정이 철저하게 그것을 부정하거나 그것과 상반되는 현실적인 정치권력의 힘을 용인하는 세속적 과정과 나란하게 진행된다."라는 주장이다. 그리고 그 이유는 시인 자신이 "영통주의라는 초월적 세계에만 시선을 고정함으로써 정치권력이 현실에서 그 초월성을 파괴하는 주요한 힘임을 성찰하지 못했기 때문"이라고 진단한다. 또한 미당이 '언어'를 강조한 나머지 "바로 그 때문에 자신이 구체적 현실을 감각하지 못하고, 나아가 자신이 강조하는 영원주의가 그것을 부정하거나 파괴해 온 세계관에 의해 물질적으로 뒷받침되고 있다는 이율배반을 깨닫지 못했다."라는 결론이다.

날카로운 비평적 지혜가 있고 풍성한 정보와 자료가 있으며 세련된 문체가 더해져 이 발표문은 비판적 성찰로서의 적절한 기품을 유지하고 있다. 서정주의 친일 문제로 시작한 논의가 이율배반론으로 귀착되는 구조인데, 전반부에 대한 논의는 일정 정도 그 치밀성이 담보되는 반면 후반부 논의는 비평적 직감이 정치한 논리로 안착하는 데 부족함이 보인다. 논문과 비평 사이를 자유롭게 오가는 재능은 희귀한 것이지만, 주장의 근거가 보다 정밀하게 보완되었으면 더 좋을 듯하다.

예컨대 서정주의 시적 변화 과정을 "고향—전통—신라—영원"으로 입론화하는 데에는 논리의 상당한 검증 과정을 거쳐야만 한다. 서정주는 68년간 시작 활동을 했으며 발표 작품만 1200편이 넘는다. 발표자가 생각하는 미당 시의 모형은 '초월적 원리'라는 미적 이데아를 위해 상정된 프레임으로는 적절할 수 있다. 그리고 그 초월적 원리는 미당의 삶을 설명하는 데 있어서 아이러니컬한 국면을 부조시키기에 좋은 측면이 있다. 그러나 이 모형을 서정주의 시적 변화 과정이라고 일반화하는 것은 다소 성급한 면이 있다.

제안을 하자면, '고향에서 영원에 이르는' 시적 형상화 과정의 단계를 그의 시력(詩歷)에서 추출해 보는 것이다. 그러면 놀랍게도 시의 생애 전반부, 그러니까 『동천』(1968)이나 『질마재 신화』(1975) 정도까지로 한정된다는 걸 발견하게 된다. 후반부의 시편들인 『서으로 가는 달처럼……』(1980), 『학이 울고 간 날들의 시』(1982), 『안 잊히는 일들』(1983), 『노래』(1984), 『팔할이 바람』(1988), 『산시』(1991), 『늙은 떠돌이의 시』(1993), 『80소년 떠돌이의 시』(1997)의 세계들은 '초월적 원리'로 설명할 수 없는 특성들이 많다.

미당의 시에 '초월적 원리'가 있다는 것은 여러 맥락으로 설명 가능하다. 특히 미당이 가지고 있는 시와 삶의 불일치 혹은 이율배반 문제를 천착하는 발표자에게 이 같은 착안은 매우 소중한 것이다. 이 착안을 보다 섬세하고 풍성하게 전개시키는 게 중요한데 논의의 보완을 위해서 토론자가 평소에 생각하는 의견을 말씀드리고자 한다.

그 하나가 바로 샤머니즘 문제다. 내용과 형식의 측면에서, 샤머니즘이 미당의 시와 삶에 미친 영향은 뿌리 깊다. 이 분야는 아마도 연구와 비평의 보고일 터다. 샤머니즘의 본질은 바로 초월적 원리다. 이 세상을 지배하는 힘은 현세를 초월하는 영적 존재들에게 있으며, 현세의 삶은 그들에게 복을 비는 방식으로 생활화된다. 내세의 극락이나 사후의 천국이 중요한 게 아니라 지금 내 삶의 안녕과 평화가 중요한 현세 기복의 성격이 그 본질이다.

이것을 미당에게 적용해 보면 미적 이념상으로는 영통, 혼교, 신라 정신, 영원주의를 이야기할 수 있지만, 실제의 삶은 그 초월적 존재와의 친연성이 내면화되어 나의 삶을 안착시키고자 하는 방식으로 변한다는 것이다. 자기의 시로는 영원을 노래하지만 막상 자신의 삶은 영원과 보편을 향한 선택이 아닌 지극히 현실 추수적인 방식이 되는 것이다.

현실 삶에서 미당에게 초월적 존재는 정치권력이었다. 일본 제국주의, 백범 김구, 이승만, 김좌진, 박정희, 전두환 등과의 인연과 경도는 권력 추수적 기질만으로 설명할 수 없는 다소 복잡한 국면이 있고, 또한 정신 분석의 측면에서 보아도 미당이 보여 주는 예의 그 '환청 사건'의 주요 인물들이 흐루쇼프, 엘리자베스 여왕, 박근혜 등 최고 권력자이거나 권력자가 될 인물들과의 영적 교통인 점을 감안해 보면 '초월적 원리의 현실 적용 방식'에 대한 보다 새로운 시각이 마련될 수도 있겠다.

이것은 매우 광범위하게 논의해야 하는 주제다. 한 시인의 시와 삶을 설명하는 데 보충해야 할 항목들이 너무나 많이 있다. 그의 가계, 성장 및 교육 환경, 시민 민주주의에 대한 관심, 한국 근대사의 역경들……. 그런 점에서 서정주 자신이 "영통주의라는 초월적 세계관에만 시선을 고정함으로써 (이승만─박정희─전두환으로 이어지는) 정치권력이 그 초월성을 파괴하는 주요한 힘임을 성찰하지 못했다."라는 분석 또한 제한된 맥락에서만 적용해야 하지 않을까 싶다. 그는 시선을 고정했다기보다 '떠돌이 정신'을 훨씬 강조했으며, 실제로 생의 후반부는 그런 정신으로 살아갔고 창작을 했다.

기타 사소한 문제 한두 가지만 언급한다.

3항 말미에 "알다시피 서정주는 1930년대 등단 무렵의 잠깐을 제외하고는 매우 이른 시기부터 '동양적 전회'를 주장해 왔다. …… 또한 거기에는 출생과 성장 과정에서 그가 경험한 것들의 영향력도 개입되어 있었을 것이다."에 대한 보충 설명이 필요하다. 근거와 논증이 보완되면 좋겠다.

4항 말미에 미당의 생애와 작품 연보에 기초한 박성필의 주장에 대한 반론 부분, "하지만 서정주는 「거북이」를 발표한 직후인 1942년 7월에 《조광》에 두 편의 시를 발표했고……"는 부분적으로 맞고 부분적으로 맞지 않는 측면이 있다. 「거북이」 발표 이후에 일정 기간 동안 신작을 쓰지 않은 것은 사실이 아니다. 그런 점에서 발표자의 지적은 옳다. 그러나 그것이 「여름밤」과 「감꽃」 발표 때문만은 아니다. 사실 이 두 작품은 기발표작을 재수록했다는 점에서 신작이 아니다. 전자는 《시건설》(1938. 12), 후자는 《동아일보》(1936. 8. 9)에 수록된 것을 재수록했다. 서정주 작품 연보를 보다 정밀하게 재구해 보면 1942년 7~9월에 세 편의 산문이 발표되는데, 「향토산화(鄕土散話)」(「무슨 꽃으로 문지르는 가슴이기에……」와 같은 작품. 처음엔 산문으로 발표했다가 『귀촉도』(1948)에 시로 수록. 《신세대》 7), 「고향(故鄕) 이야기」(《신세대》 8), 「엉겅퀴꽃」(《조광》 9) 등은 "미당은 친일에 나서면서도 시인의 자격으로는 나서고 싶지 않았던 것이다."라는 박성필의 논의에 대한 보완 자료로 활용할 가치가 있다.

2 1940년 전후 서정주의 시적 도정(김진희)

서정주 시력(詩歷)의 초기 시대를 비교 문학적 관점으로 접근하는 노력이 돋보인다. 특히 랭보나 릴케의 영향에 대한 논의는 보들레르 수용 등과 같은 기존 논의에서 진일보하려는 최근 학계의 움직임을 잘 보여 준다. 서구 문학 호명이라는 제한된 논점이긴 하지만 서정주 문학 형성 과정이 보다 섬세하게 다듬어지는 데 기여하고 있다고 보인다.

특별히, 서정주에게 '체험'의 개념이 형성되고 구현되는 과정을 주목한 점은 김익균(2013), 최현식(2014)의 연구 토대 위에서 한층 발전한 것이고, 1940년 전후의 서정주 문학을 '서양에서 동양으로의 전환'이 아닌 '서구 문학과의 적극적 관련성' 속에서 살펴야 한다는 입장은 윤재웅(2011), 이숭원(2014) 논의에서 주요한 시사점을 본 것이다.

이런 점에서 한국 시문학 학문 공동체의 건강한 상호 기여 모형을 보는 듯하다. 몇 가지 질의와 추가 설명 요청을 통해 이 발표문이 보다 좋은 논문으로 발전되기를 바란다.

첫째, '체험'에 대한 서정주의 인식이 시작(詩作) 초기부터 그의 삶과 의식을 지배해 온 주요 요소였으며, 이런 인식이 1940년대 초반까지 지속되고, 보들레르, 랭보, 릴케를 호명할 수 있었다는 주장으로 발전하는 데 대한 진술은 부정확하다고는 볼 수 없으나 문제를 단선적으로 접근하는 것이기도 하다. 발표자는 "일종의 시적 생활이 시를 낳을 것이라는 잘못된 믿음이 있었다."라는 서정주의 고백을 인용하면서 톨스토이주의자로서의 거지 체험, 금강산 참선, 기행 등을 "직접 삶의 현장에 육박하는 체험을 통해 시인이 되고자 했던 서정주의 의식과 관련"됨을 언급한다.

사실 이 부분은 서정주를 '랭보와 릴케'로 이어 주는 주요한 논점이라는 점에서 흥미롭다. 하지만 서정주 젊은 날의 '체험과 시인 의식 사이의 관련성'은 보다 광범위한 맥락에서 살펴볼 필요가 있다. 즉 랭보나 릴케의 체험론으로 이어질 수 있는 서정주 체험의 내적 계보들에 대한 정리가 보완되었으면 어떨까 싶다.

유년 시절 외할머니로부터 들어 온 구연, 당음(唐音) 구송을 비롯한 서당에서의 기초 한문 교양 습득, 줄포공립보통학교에서의 작문 칭찬, 중앙고보 및 고창고보 퇴학, 사회주의에 대한 경도와 회의, 독서 시대, 범애주의자 하마다 다쓰오의 영향으로 인한 넝마주의 생활과 이를 기특하게 여긴 석전 박한영 대종사와의 만남 등 일련의 과정을 살펴보면, "시적 생활이 시를 낳을 것이라는 잘못된 믿음"의 지점과 그 성격에 대한 규명이 보다 명백해지지 않을까 생각한다.

요컨대 토론자는 '체험을 통해 시인이 되고자 했던 서정주의 의식'은 작위적이라기보다 자연스러운 측면이 많다는 관점도 고려해야 한다는 것이다. 이 점에 대한 연구자의 입장을 듣고 싶다.

둘째, 서정주의 「자화상」과 랭보의 「나의 방랑」 및 「지옥의 계절—나쁜 혈통」과의 영향 관계에 대한 고찰은 흥미롭다. 기존 보들레르의 「축복」과의 관련성에 대한 논의에서 발전한 것이어서 반가운 면도 있다. 랭보 독서를 통한 영향 관계의 입증이 구체적으로 보완된다면 논지 전개가 훨씬 더 좋아질 것으로 본다. 「자화상」 초고를 탈고한 1937년 추석 무렵 이전에 접할 수 있는 랭보 텍스트를 조사해 보는 것도 한 방법이 될 것이다.

셋째, "랭보의 시-이슬이 바람과 별, 자연과 우주가 함께하면서 얻어진 존재임에 비해 서정주는 시를 얻기 위한 고통스러운 시인의 삶과 체험을 보다 더 강조하고 있다. 랭보가 자신의 나쁜 혈통을 보수적이고 일상적인 삶의 관습에 대한 도전으로 시화하고 있다면 서정주는 고통스러운 삶—가난과 비천함 등, 팔할이 바람인 삶의 조건으로 읽게 한다."라는 부분은 「자화상」 맥락 안에서 매우 훌륭하게 작동하는 해석이다.

이는 보들레르 수용 맥락, 노자 도덕경 속의 '화광동진(和光同塵)' 사상 수용 맥락, 톨스토이와 도스토옙스키 수용 맥락과 함께 '젊은 날 서정주의 고통스러운 삶의 체험'의 사상적 문화적 계보를 풍성하게 설명할 수 있는 좋은 재료이다. 발표 논문이 랭보와 릴케에 초점이 맞춰져 있긴 하지만 이런 논점들도 배려했으면 어떨까 한다.

넷째, 인용 시와 관련한 조언을 하나 덧붙이고자 한다. 발표문 7쪽의 「역려」 부분이다. 이 텍스트는 첫 빌표 지면이 확인되지 않은 채 『귀촉도』

(1948)에 수록된 것이다. 『서정주 시선』(1956)에 재수록되는 '귀촉도' 소재 14편에 포함되지 않았고, 일지사에서 간행한 『서정주 문학 전집』(1972)에 다시 수록되었다. 그 이후 민음사에서 간행한 서정주 시 전집(1983, 1991, 1994)에 들어가게 된다. 그러므로 「역려」를 확인하려면 세 가지 판본을 봐야 한다.

그런데 연구자들이 원전을 확인하지 않은 채 민음사 판본을 사용하게 되면 민음사 판 시 전집 오류를 그대로 답습하게 된다. 발표자의 인용 시 역시 민음사 판이어서 오류가 그대로 보인다. "열민 붉은옷을 다시 입힌대도"는 오직 민음사 판본에만 보이는 오류다. 1983, 1991, 1994년 판본 모두 똑같다.

『귀촉도』에는 "열번 붉은옷을 입힌대도"로, 『서정주 문학 전집』에는 "열번 붉은 옷을 입힌대도"로 띄어쓰기만 조정했다. '열민'은 '열 번'의 오식이고 그 책임은 전적으로 민음사 편집부에 귀속된다. '열민'은 사전에도 없으며 미당 특유의 조어도 아니다. 우리 출판계의 불성실과 무책임과 부끄러운 교양의 소치일 뿐이다.

참고삼아 말하면 민음사 판본은 『팔할이 바람』(1988) 재수록의 경우 한자를 한글로 음독하는 과정에서 20군데나 오류를 범하는 수준 이하의 편집이다. '능엄경'을 '화엄경'으로, '제주도 체류'를 '제주도 대유'로 읽는 판본은 연구용 정본으로 부적합하다. 대시인의 전집을 내면서 원전 확인이라는 출판의 기본 상식도 무시한 채 초판본 출판사인 혜원출판사의 오류를 그대로 답습하는 안이하고 어처구니없는 태도가 황당하고 안타깝다.

서정주 생애 연보*

1915년   6월 30일(음력 5월 18일), 전북 고창군 부안면(富安面) 선운리
           578번지에서 서광한과 김정현 사이의 장남으로 태어남. 호적
           에 1914년으로 기재된 것은 출생 신고 때 잘못된 것임. 이 때
           문에 동국대학교의 정년퇴직도 실제 나이 64세, 호적 나이 65
           세인 1979년 8월에 함.
1922년   1924년까지 마을 서당에서 한학 수업.
1924년   부안군(扶安郡) 줄포면으로 이사하고 4월에 줄포공립보통학교
           에 입학함. 6년 과정을 5년 만에 수료. 줄포면의 집은 부친이
           농감으로 일하던 동복 영감(김성수의 백부이자 양부(養父)인
           김기중)이 살던 곳으로 이곳에서 2년 정도 거주함. '동복'은 전
           남 화순의 옛 지명으로 김기중이 대한제국 시절 이곳 군수를
           지냈기 때문에 동복 영감으로 호칭됨.
1926년   3학년 때 일본인 담임교사 요시무라 아야코(吉村綾子)를 만
           남. 요시무라 선생은 학년이 끝난 후 일본으로 귀국함. 그녀는
           서정주의 무의식을 평생 지배한 가장 아름다운 여인의 표상이
           자 정화된 사랑과 그리움의 대상으로 남음.
1929년   3월, 줄포공립보통학교 졸업. 일본어와 조선어 성적이 특히 우
           수함. 서울로 상경하여 중앙고등보통학교(현 중앙중고등학교)
           에 입학함. 11월, 광주 학생 항일 운동으로 중앙고보에도 학생

---

* 서정수 생애 연보는 이숭원, 『미당과의 만남』(태학사, 2013)을 참고하여 정리함.

시위가 일어나 호기심으로 참가했다가 경찰서에 끌려가 얻어맞고 풀려남.

1930년 각종 독서를 통해 톨스토이 문학과 사회주의 사상을 접하며 다양한 체험을 함. 여름 석 달 동안 장티푸스에 걸려 고생하고 9월에 학교로 돌아옴. 11월, 광주 학생 항일 운동 1주년을 맞아 동맹 휴학을 일으켜 4명의 주동자 중 하나가 됨. 시위 과정에 교무실을 습격하고 기물을 파손하여 퇴학당함.

1931년 봄에 부친이 고창 읍내로 이사하고 서정주를 고창고등보통학교에 편입시킴. 그러나 학교생활에 만족하지 못하고 비밀 회합이나 백지 동맹 같은 모임을 주동하다가 교장의 권고로 자퇴서를 내고 학교에서 나와 떠돌이 건달 생활을 시작함. 그해 겨울 아버지의 장롱에서 300원(지금 돈으로 약 300만 원)을 훔쳐 서울로 올라와 도서관에 틀어박혀 닥치는 대로 책을 읽음.

1932년 하숙집 아들이자 중앙고보 선배인 미사 배상기와 친해져 각종 기행을 벌임. 독서와 방일로 세월을 보내다가 여름에 고향 고창으로 돌아와 이듬해 초가을까지 1년 동안 국내외의 문학 서적을 탐독하고 니체의 『차라투스트라는 이렇게 말했다』를 이때 읽어 깊은 인상을 받음.

1933년 가을이 되자 다시 방랑벽이 도져 서울로 올라와 일본의 박애주의자 하마다 다쓰오가 운영하는 마포 도화동의 빈민촌에서 넝마주이 노릇을 잠깐 하다가 와룡동의 어느 집 가정교사로 들어가 침식을 해결함. 동대문 밖 개운사 대원암의 불교 강원 원주인 석전 박한영이 배상기에게 서정주의 이야기를 듣고 서정주를 불러 만남. 중앙불교전문강원에 입학해서 불교 공부를 시작함. 12월 24일 《동아일보》에 시 「그 어머니의 부탁」을 처음으로 발표함.

1934년 금강산 만행(萬行)의 허락을 받고 금강산 일대를 관광하고 서울로 돌아옴.

1935년 4월, 박한영의 권유로 그가 교장으로 있는 중앙불교전문학교에 입학함. 이 모든 것이 석전 박한영 스님의 배려에 의한 것이고 이 인연으로 동국대학교 교수도 되었음을 여러 곳에서 회고하며 고마움을 표시함. 시인이 된 함형수를 만남.

1936년 다시 서울을 떠나 4월부터 7월까지 해인사에 머물며 근처 소학교에서 학생들을 가르침. 서울로 돌아와 중앙불교전문학교를 작파해 버리고 김동리, 김광균, 오장환, 함형수 등과 어울려 동인을 결성하고 11월에 《시인부락》을 간행함.(편집인 겸 발행인) 이후 1941년까지 매년 여러 편의 시를 발표함.

1937년 초여름에 제주도 서귀포로 건너가 한여름을 보내며 무위도식의 시간을 보냄. 여기에서 '지귀도 시' 4편을 지음. 6월에 고창의 집으로 돌아와 9월에 「자화상」을 씀.

1938년 3월, 전북 정읍의 19세 처녀 방옥숙과 결혼식을 올림. 가을에 남만서고를 경영하던 오장환에게 『화사집』 원고를 넘김.

1939년 봄에 고창 군청의 임시 사무원으로 들어갔으나 두어 달 만에 퇴직함. 서울과 고창을 왕래하며 따분한 무뢰한으로 공술이나 마시며 시간을 보냄.

1940년 1월 20일, 장남 승해 출생. 10월경 만주로 건너가 친구의 형님 소개로 11월부터 만주양곡회사 간도성 연길시 지점에 경리사원으로 취직하여 근무함.

1941년 1월에 용정출장소로 옮겨 근무하다가 만주의 매서운 겨울 추위와 삭막한 허무감을 견디지 못하고 2월에 귀국함. 그가 용정에 있을 때 함형수, 오장환 등이 찾아와 만남. 오장환은 서정주를 만나고 돌아와 「귀촉도」를 써서 발표함. 2월 7일자로 남만서고에서 첫 시집 『화사집』 간행. 시집을 출판하여 시인으로 이름을 알리게 되자 4월에 동대문여학교 교사로 취직하여

고향의 처자를 불러올려 행촌동 문간방에서 서울 살림을 시작
함. 10월, 다시 용두동의 동광학교로 직장을 옮김.

1942년   봄에 동광학교를 사직하고 연희동 궁골로 옮겨 낡은 초가집에
서 기거. 일본 서적 번역과 《춘추》 지에 「옥루몽」 번역 등으로
생활을 함.

1943년   10월, 일본의 강성한 힘을 도저히 이겨 낼 수 없을 것으로 판
단하여 이미 친일의 길에 접어든 최재서와 더불어 일본 군복을
입고 일본군 경성사단이 기동 연습을 하는 김제 평야에 종군
기자로 참가함. 이것이 인연이 되어 최재서가 운영하던 인문사
에 취직하여 《국민문학》 편집을 도움. 친일 시 「항공일에」를 발
표한 이후 1944년까지 10편 정도의 친일 시, 소설, 수필, 르포
등을 발표함.

1944년   4월, 《조선일보》 폐간 기념시인 「행진곡」을 연극 단원들(김방
수, 박형만 등)에게 읽어 주어 민족주의 사상을 고취시켰다는
혐의로 고창 경찰서에 연행되었다가 6월에 무혐의로 풀려남.

1945년   근로보국대의 징용을 피해 정읍군청 사무원 자리를 얻어 흑석
동 집을 팔고 이주하려던 차에 해방을 맞아 마포구 공덕동 301
번지의 일본인(노리가케 가즈오) 가옥을 양도 받아 이사함. 이
집에서 1970년 3월까지 거주함. 10월, 《춘추》 편집부장을 잠시
하다가 12월에 물러난 후 한국청년회에 가입함.

1946년   헌책을 싸게 사서 이익을 붙여 넘기는 일로 호구지책을 삼다가
최재서의 도움으로 남조선대학(현 동아대학교) 전임 강사가 되
어 11월에 부산으로 내려감.

1947년   윤보선의 주선으로 이승만 박사 전기 집필을 맡아 돈암장, 마
포장, 이화장 등에서 이승만 박사를 만나 구술 자료를 모음.

1948년   전기 집필이 거의 끝났으나 윤보선이 하던 《만중일보》가 폐간
됨으로써 발표 기회를 잃음. 봄에 《동아일보》 사회부장으로 임

명되어 근무하다가 곧 문화부장으로 자리를 옮김. 4월 1일, 선문사에서 『귀촉도』 간행. 정부 수립 이후 시행된 채용 시험에서 3급 갑에 합격하여 9월에 문교부 초대 예술과장이 됨. 12월 10일, 『김좌진 장군전』(을유문화사) 간행.

1949년   8월, 과음과 과로로 인한 장출혈로 예술과장 재임 11개월 만에 의병 사직함. 12월 17일 결성된 한국문학가협회의 시분과위원장이 됨.

1950년   2월 15일, 『현대 조선 명시선』(온문사) 간행. 이 선집은 근대시의 정전을 수록하여 위상을 확고히 했다는 의의를 지님. 3월 13일, 『작고시인선』(정음사) 간행. 6·25 전쟁이 발발하여 조지훈, 이한직과 간신히 한강을 건너 서울 탈출.

1951년   1·4 후퇴 때 가족들과 전주로 내려가 전주 전시연합대학 강사겸 전주고등학교 교사로 학생들을 가르침. 여름에 다량의 학질약을 먹고 자살을 기도했으나 살아남. 회복기에 『논어』와 『삼국유사』를 읽으며 마음을 다스림.

1952년   봄에 광주로 이주하여 김현승의 도움으로 조선대학 부교수로 취임함. 여름 방학 때 대흥사로 들어가 삭발을 하고 단식하며 마음을 다스림.

1953년   7월 27일, 휴전 협정이 조인되자 조선대학을 사직하고 9월에 서울로 올라와 공덕동 자택에 복귀함.

1954년   4월부터 남산에 있던 서라벌예술대학 문예창작과 강사로 출강. 이 강의는 서라벌예술대학이 중앙대학교에 병합되고 그가 동국대학교를 정년퇴직한 1980년대 중반까지 이어짐. 3월 25일에 예술원 창립을 위한 초대 회원 선출 투표가 진행되고 4월 7일에 결과가 발표되어 예술원 회원이 됨. 2학기부터 동국대학교 강사로 출강.

1956년   2월 21일, 미국 아시아재단이 주관하는 사유문학상 3회 수상자로 박목월과 함께 선정됨. 미당은 1955년에『서정주 시선』
으로 이 상을 받았다고 했으나, 1955년 업적을 대상으로 심사
한 것이고 시상식은 3월 2일에 개최됨. 11월 30일, 정음사에서
『서정주 시선』 간행.

1957년	2월 4일, 차남 윤 출생.
1959년	4월 1일, 동국대학교 전임 강사 부임.
1960년	문교부 교수 자격 심사 위원회에 「신라 연구」를 제출하여 7월 7일, 동국대학교 부교수로 임명됨.
1961년	5·16 군사 쿠데타가 일어난 3일 후 중부경찰서에 연행되어 조사를 받고 보름 만에 귀가함. 12월 25일, 정음사에서『신라초』 간행.
1962년	『신라초』로 5·16 기념으로 제정된 '5월문예상(5·16문예상)'을 받음. 전주 기전여고 교장 겸 선교사인 메리센트 하니카트(한국명 한미성)이 서정주의 시를 처음으로 영어로 번역함.
1963년	1학기부터 춘천 성심여자대학교 출강(1968년까지). 5월 5일, 장남 서승해 결혼.
1967년	7월 17일, 대한민국 예술원상 수상.
1968년	11월 30일, 민중서관에서『동천』 간행.
1969년	시집『동천』으로 서울시문화상에 지원했으나 박목월이 수상자로 결정되자 8월 11일에 어떠한 상도 받지 않겠다고 선언함.
1970년	3월 10일, 관악구 사당 1동(현재 남현동)의 예술인마을로 이사하여 당호를 '봉산산방(蓬蒜山房)'이라 하고, 이곳에서 타계할 때까지 30년 동안 거주함.
1971년	1월에 문인협회 이사장 선거에 참여했으나 김동리에게 패하자 2월에 부이사장직 사표를 제출함. 3월에 한국현대시인협회를 결성하고 이사장에 취임함.
1972년	10월 30일, 일지사에서『서정주 문학 전집』(전 5권) 간행.

1974년	5월 19일, 전북 고창 라이온스클럽이 주관하여 선운사 입구에 미당의 시비를 건립함.
1975년	《동아일보》 광고 탄압 사건 때 1월 13일자로 격려 광고를 게재함. 5월 20일, 일지사에서 『질마재 신화』 간행. 회갑기념시화전을 전국 대도시를 순회하며 개최함. 7월, 한국문화예술진흥원의 지원으로 『서정주 시선』을 데이비드 매캔이 영어로 번역하기로 결정함.
1976년	숙명여자대학교에서 명예문학박사 학위를 받음. 7월 25일, 민음사에서 『떠돌이의 시』 간행.
1977년	조연현의 강력한 권유로 한국문인협회 이사장으로 출마하여 1월 31일, 9대 이사장으로 선출됨. 11월 26일, 출국하여 세계 여행길에 오름.
1978년	1월 16일부터 《경향신문》에 「미당 세계 방랑기」가 18개월 동안 연재됨. 9월 8일, 280일간의 여행을 끝내고 귀국함.
1979년	8월 1일, 《경향신문》의 세계 방랑기 연재를 끝냄. 8월 31일, 동국대학교를 정년퇴직함.
1980년	4월, 《경향신문》에 연재한 세계 여행기를 동화출판공사에서 출판함. 5월 25일, 문학사상사에서 『서으로 가는 달처럼……』 간행. 중앙일보사 주관 문화대상본상 개인상을 받음.
1981년	2월, 민정당의 대통령 후보인 전두환 지지 연설을 함. 미국 《쿼털리 리뷰》 여름호에 데이비드 매캔이 번역한 서정주 시 56편이 합본 수록됨. 8월에 김동리와 함께 민정당 후원회에 참여함.
1982년	2월 10일, 소설문학사에서 『학이 울고 간 날들의 시』 간행. 11월, 일본에서 번역 시집 『조선 민들레꽃의 노래』(동수사) 간행.
1983년	5월 16일, 현대문학사에서 『안 잊히는 일들』 간행. 5월 25일, 민음사에서 『미당 서정주 시 전집』 간행.
1984년	3월 20일, 정음문화사에서 『노래』 간행. 3월 31일, 프랑스 정

부 초청으로 방옥숙 여사와 함께 세계 여행길에 오름. 11월, 대한민국문학상 수상. 고희 기념 강연회 및 시화전 개최. 범세계 한국예술인회 이사장 취임.

1985년   2학기부터 경기대학교 대학원 초빙 교수로 역임.

1986년   8월, 실천문학사에서 간행한 『친일 문학 작품 선집 2』에 서정주의 작품들이 전문 수록됨. 10월 월간문예지 《문학정신》 창간. 시사영어사에서 문화공보부의 지원으로 데이비드 매캔이 번역한 시집 『*Unforgettable Things*(안 잊히는 일들)』 간행.

1987년   1월, 전두환 대통령 생일 축하 시 봉정. 프랑스 파리에서 김화영이 번역한 시선집 『*Poémes du Vagabond*(떠돌이의 시)』 간행.

1988년   스페인과 독일에서 번역 시집이 간행됨. 5월 30일, 혜원출판사에서 『팔할이 바람』 간행. 12월, 운영비를 감당하지 못해 《문학정신》을 김수경에게 넘김. 세계의 산 이름 암송 시작.

1990년   9월, 산 이름 1,625개 모두 암송. 2월 하순에서 3월 초순까지 부인이 부산 '우리들병원'에 입원하여 간병함. 5월에서 6월까지 한 달간 동유럽과 러시아, 중국 등을 여행함.

1991년   1월 30일, 민음사에서 『산시』 간행. 10월 24일, 『화사집』 발간 50주년을 기념하는 시제가 크게 열림.

1992년   7월 16일, 러시아어를 공부하여 원어로 러시아 문학 작품을 읽고 코카서스 지역에서 자연 친화의 삶을 살겠다는 포부를 가지고 부인과 함께 러시아로 출국. 건강 악화로 여행을 포기하고 8월에 미국의 장남 집으로 가서 요양하다가 11월 초 귀국.

1993년   11월 10일, 민음사에서 『늙은 떠돌이의 시』 간행.

1994년   시베리아 여행. 부인과 함께 바이칼 호수와 캄차카 반도를 다녀옴. 1월, 펜클럽 한국본부(이사장 문덕수)에서 서정주를 노벨문학상 후보로 추천. 1990년에 이어 두 번째로 추천한 것이고, 이후에도 몇 차례의 추천이 있었음. 그러나 전두환 정권과 관련된 대목에서 부정적인 반응이 나왔다고 전해짐. 《창작과 비평》 봄호에 『늙은 떠돌이의 시』를 긍정적으로 평가한 민영의 평문 「그 겸허한 노년의 노래」가 실림. 12월 2일, 민음사에서 『미당 시 전집』(3권), 『미당 자서전』(2권) 출간.

1995년	6월, 영국의 디덜러스 출판사에서 케빈 오록의 번역으로 시선집 『*Poems of a Wanderer*(떠돌이의 시)』 간행.
1997년	미국의 아들 집을 방문했다가 차남 서윤의 권유로 종합 진단을 받은 결과, 심장에 이상이 있음을 발견하고 대외 활동을 자제하고 자택에서 근신함. 11월 1일, 열다섯 번째 시집이자 마지막 시집인 『80소년 떠돌이의 시』를 시와시학사에서 간행.
2000년	10월 10일, 부인 방옥숙 여사 타계. 미당은 문상 오는 제자들에게 아내는 불쌍한 사람이며 미안하게 생각한다고 거듭 말했다고 함. 이후 거의 곡기를 끊고 기력이 쇠약해져 입원과 퇴원을 반복함. 60년이 넘는 시작 기간 동안 1000편이 넘는 작품을 남기고, 12월 24일 밤 11시 7분, 한 시대를 풍미한 삶을 마침. 26일, 금관문화훈장이 추서됨. 28일, 오전 8시 많은 문인들의 애도 속에 영결식 거행. 유해는 고창군 부안면 선운리 선영에 안장됨.
2001년	6월, 《중앙일보》에서 미당문학상 제정. 10월 1일, 미당 생가 복원. 11월 3일, 미당시문학관 개관.

서정주 작품 연보*

발표일	분류	제목	발표지
1933. 12. 24	시	그 어머니의 부탁	동아일보
1934. 5. 8	시	서울 가는 순이에게	동아일보
1934. 6	시	동백/어촌의 등불	학등
1934. 8	시	님	학등
1934. 9	시	서쪽 하늘을 맡겨두고 왔건만	학등
1934. 11. 3	시	가을	동아일보
1934. 11. 23	시	비나리는 밤	동아일보
1935. 1	시	생각이여	학등
1935. 3. 30	시	새벽 송주(誦呪)	동아일보
1935. 8. 31	산문	죽방잡초(상) ― 방/오수(午睡) 깨인 때	동아일보
1935. 9. 3	산문	죽방잡초(하)	동아일보
1935. 10. 30	산문	필파라수초(상) ― 비밀	동아일보
1935. 11. 1	산문	필파라수초(중) ― 길거리	동아일보
1935. 11. 3	산문	필파라수초(하) ― 필파라수	동아일보
1935. 11. 5	산문	필파라수초(畢波羅樹抄)	동아일보
1936. 1. 3	시	벽(신춘문예 당선작)	동아일보

* 서정주 작품 연보는 『미당 서정주 전집』 4(은행나무, 2015)를 참고하여 정리함.

발표일	분류	제목	발표지
1936. 1. 29	시	수집은 누의야	매일신보
1936. 2. 4	산문	고창기(1) 방의 비극	동아일보
1936. 2. 5	산문	고창기(2) 장(市)	동아일보
1936. 8. 9	시	감꽃	동아일보
1936. 11	시	문둥이/옥야/대낮[正午]	시인부락 1
1936. 11	산문	후기	시인부락 1
1936. 11	시	절망의 노래 — 부흥이	시건설
1937. 1	시	화사/달밤/방	시인부락 2
1937. 1	시	입마춤/맥하/안즌뱅이의 노래	자오선
1937. 4	시	'주시(기행시)' 5편	사해공론
		안압지/시림/빙고/성대(1)/성대(2)	
1937. 9	시	흐르는 불/부흥아, 너는	시건설
1937. 12	시	와가의 전설	시건설
1938. 3	시	문	비판
1938. 6	시	수대동시	시건설
1938. 8	시	엽서 — 동리에게 주는 시	비판
1938. 8. 13	산문	배회	조선일보
1938. 8. 14	산문	램보오의 두개골	조선일보
1938. 10	시	바다	사해공론
1938. 10	시	모(母)	맥
1938. 11	시	처녀상	조광
1938. 12	시	여름밤	시건설
1939. 3	시	지귀도 — 정오의 언덕에서	조광
1939. 3	시	웅계	시학
1939. 5	시	웅계(상)	시학

발표일	분류	제목	발표지
1939. 5	시	고을나의 딸	조광
1939. 6	시	풀밭에 누어서	비판
1939. 7. 19	시	부활	조선일보
1939. 10	시	자화상	시건설
1939. 11	시	봄	인문평론
1940. 3. 2	산문	칩거자의 수기(상) ─주문(呪文)	조선일보
1940. 3. 5	산문	칩거자의 수기(중) ─석모사(夕暮詞)	조선일보
1940. 3. 6	산문	칩거자의 수기(하) ─ 여백	조선일보
1940. 3	자서전	나의 방랑기	인문평론
1940. 4	자서전	속 나의 방랑기	인문평론
1940. 4	시	서름의 강물	조광
1940. 5	시	귀촉도	여성
1940. 5	시	밤이 깊으면	인문평론
1940. 10	시	도화도화	인문평론
1940. 10	시	서풍부	문장
1940. 11	시	행진곡	신세기
1941. 1. 15~ 17, 21	일기	만주 일기(상), (중), (3), (4)	매일신보
1941. 2	시	만주에서	인문평론
1941. 2. 10	제1시집	화사집	남만서고
1941. 4	시	문들레꽃	삼천리
1941. 4	시	살구꽃 필 때	문장
1941. 7	시	조금(간조)	춘추
1942. 5. 13~21	산문	'질마재 근동 야화'(3편)	매일신보

발표일	분류	제목	발표지
		증운이와 가치/밋며누리와 근친/ 동채와 그의 처	
1942. 6	시	거북이	춘추
1942. 7. 3~17	평론	시의 이야기 ― 주로 국민시가에 대하야(1)~(5)	매일신보
1942. 7	시	여름밤/감꽃	조광
1942. 7	산문	향토산화 ― 네 명의 소녀 있는 그림	신시대
1942. 8	산문	고향 이야기	신시대
1942. 9	산문	엉겅퀴꽃	조광
1943. 9. 1~10	산문	인보의 정신	매일신보
1943. 10	산문	스무살 된 벗에게	조광
1943. 10	일문 시	항공일에	국민문학
1943. 10	시	귀촉도	춘추
1943. 10	산문	징병 적령기의 아들을 둔 조선의 어머니에게	춘추
1943. 10	산문	악서(樂西)의 고사(古事)	춘추
1943. 11	소설	최체부의 군속지망	조광
1943. 11. 16	시	헌시 ― 반도 학도 특별 지원병 제군에게	매일신보
1943. 11	산문	경성사단 대연습 종군기	춘추
1943. 12	산문	보도행 ― 경성사단 추계 연습의 뒤를 따라서	조광
1944. 3	번역 소설	옥루몽(1)	춘추
1944. 8	번역 소설	옥루몽(2)	춘추

발표일	분류	제목	발표지
1944. 8	일문 시	무제(사이판 섬에서 전원 전사한 영령을 맞이하여…)	국민문학
1944. 10	번역 소설	옥루몽(3)	춘추
1944. 12. 9	시	송정오장 송가	매일신보
1945. 11	시	꽃	민심
1946. 1. 20~24	평론	시의 표현과 그 기술 — 감각과 정서와 표현의 단계	조선일보
1946. 1	시	밤	개벽
1946. 1	시	골목	예술
1946. 1	시	노을	예술부락
1946. 1. 8	시	문 열어라 정 도령님아	조선주보
1946. 2	시	푸르른 날	생활문화
1946. 3	시	서귀로 간다	민심
1946. 4. 30	시	피 — 윤봉길 의사의 날에	동아일보
1946. 4	번역	범이 말하기를(중국 민화)	부인
1946. 5	시론	두목지(杜牧之)	민성
1946. 6	시	견우의 노래	신문학
1946. 6. 10	시	백옥루부	수산경제신문
1946. 6. 21	서평	월탄 시집『청자부』	민주일보
1946. 7	소설	장자의 탄식	민성
1946. 7. 8	산문	정통과 속류	가정신문
1946. 7. 12	평론	문학의 서사시 정신 (「서사시의 문제」로 개제,『시 창작법』 수록)	민주일보
1946. 7. 16	평론	문학자의 의무	동아일보
1946. 7. 21	시	누님의 집 — H 여사에게	민주일보

발표일	분류	제목	발표지
1946. 8. 25	평론	해방된 시단 1년	민주일보
1946. 12	시	통곡	해동공론
1946. 12. 1	시	석굴암 관세음의 노래	민주일보
1946. 12. 4	산문	밀가루와 생리	제3특보
1947. 3	시	밀어	백민
1947. 3. 30	시	봄(《인문평론》 재수록)	국제보도
1947. 4	시	신록	문화
1947. 4	평론	김소월 시론	해동공론
1947. 5	시	춘향 옥중가 — 이몽룡 씨에게	대조
1947. 5. 15	서평	옥비녀의 제양태 —『옥비녀』를 읽고	민중일보
1947. 8. 15	평론	문단 우(又) 1년 — 1946년 하반기 이후	민중일보
1947. 10	시	추천사 — 춘향의 말(1)	문화
1947. 11	평론	한글문학론 서장 — 누워 있는 시인 ㄷ 씨의 담화초	백민
1947. 11	시	춘향 옥중가(3)	대조
1947. 11. 9	시	국화 옆에서	경향신문
1948. 1	산문	나의 시인 생활(문학가의 자서)	백민
1948. 1	산문	평화와 애정만이 요청	구국
1948. 1. 1	평론	문화 1년의 회고와 전망 — 창작계의 측면 개관	경향신문
1948. 1. 25	평론	문화 1년의 회고와 전망 — 창작계의 측면(하)	경향신문
1948. 2	시	그날	예술조선

발표일	분류	제목	발표지
1948. 2. 15	시	곰	새한민보
1948. 2. 17	시	깐듸 송가	평화일보
1948. 2. 24	시	눈	평화일보
1948. 3	시	한강가에서	신천지
1948. 4. 1	제2시집	귀촉도	선문사
1948. 4·5	시	저녁노을처럼	백민 14
1948. 5	시	춘향 유문 — 춘향의 말 3	민성
1948. 8	평론	희랍의 여류시인 쌓포	대조
1948. 여름	산문	여름날의 꿈	이북통신
1948. 10	평론	시의 운율	학풍
1948. 12	산문	나의 작가 생활	예술조선
1948. 12	산문	과학 민주화의 길	새교육
1948. 12. 10	전기	김좌진 장군전	을유문화사
1948. 12. 26	서평	윤석중 동요집 『굴렁쇠』를 읽고	동아일보
1949. 1	서평	김동리 평론집 『문학과 인간』에 대하야	백민
1949. 1. 4	산문	정신적 기초의 확립	경향신문
1949. 3	수필	12월 9일의 감상	해동공론
1949. 4. 18	서평	생활의 탐구와 창조 — 김진섭의 『생활인의 철학』에 관하여	경향신문
1949. 7	평론	시와 시평을 위한 노트	민성
1949. 8	평론	시작 과정 — 졸작 「국화 옆에서」를 하나의 예로	민성
1949. 8. 15	시	8월 15일에	경향신문
1949. 8	평론	시 창작 방법론 서설 단고	문예

발표일	분류	제목	발표지
1949. 9	평론	최근의 시단	문예
1949. 9	수필	나무 그늘	민족문화
1949. 10. 15	전기	이승만 박사전	삼팔사
1949. 11	시선후평	시선(詩選)을 마치고 (손동인, 이원섭)	문예
1949. 12	산문	닥쳐오는 꿈	한국공론
1949. 12	평론	시 창작의 의욕	신태양
1949. 12	시선후평	시 추천사 (이형기, 김성림, 박양)	문예
1949. 12. 25	저서	시 창작법 (서정주, 조지훈, 박목월 공저)	선문사
1950. 1. 22~23	산문	내가 사숙해 온 것	국도신문
1950. 1	시선후평	시 추천사(전봉건, 이동주)	문예
1950. 2	평론	조선의 현대시 ― 그 회고와 전망	문예
1950. 2	시선후평	시 추천사(김성림)	문예
1950. 2. 15	선시집	현대조선시략사 ― 현대 조선 명시선(편저)	온문사
1950. 3	평론	영랑의 서정시	문예
1950. 3	시선후평	시 추천사 (송욱, 이동주, 전봉건)	문예
1950. 3. 13	선시집	작고시인선(편)	정음사
1950. 3	설문답	12월 9일의 감상 ― 문인화사집	해동공론
1950. 4	시선후평	시 추천사 (이동주, 송욱, 이형기, 최인희)	문예

발표일	분류	제목	발표지
1950. 4	시	귀촉도	부인경향
1950. 5	시	아지랑이	문예
1950. 5	편지	모윤숙 선생에게	혜성
1950. 6	시	선덕여왕 찬	문예
1950. 10	시	일선행차 중에서	진선문학
1950. 12	산문	곡 영랑 선생	문예
1950. 12	시	영도 일지(1)	문예
1953. 2	시선후평	시 추천사(이철균)	문예
1953. 6	시선후평	시 추천사(송욱, 이철균)	문예
1954. 3	시선후평	시 추천사(이철균, 이수복)	문예
1954. 6	시	기도	시정신 2
1954. 8	시	무등을 보며	현대공론
1954. 9. 20	저서	시 창작법 — 시 창작에 관한 노트	선문사 (재출간)
1954. 11	시	상리과원	현대공론
1955. 1	시	산중문답	현대문학
1955. 2	산문	간언	현대문학
1955. 2	시	'단편초'(3편) 입춘 가까운 날/2월/ 꽃 피는 것 기특해라	협동
1955. 2	시선후평	2월의 협동시단	협동
1955. 3	시선후평	시천후감 (이수복, 구자운, 윤혜승)	현대문학
1955. 3	시선후평	3월의 협동시단	협동
1955. 4	시	전주우거	현대문학

발표일	분류	제목	발표지
1955. 4	시선후평	시천후감(김최연)	현대문학
1955. 4. 22	산문	독심기(讀心機)에 대한 항언 (온고지신)	동아일보
1955. 4~5	수필	신라인의 천지	협동
1955. 5	시선후평	시천후감(김관식)	현대문학
1955. 6	시	산하일지초	문학예술
1955. 6	시선후평	시천후감(이수복, 김관식)	현대문학
1955. 7	시	나의 시	새벽
1955. 8	시	광화문	현대문학
1955. 8	시선후평	시 추천사(허연, 하희주)	현대문학
1955. 8. 1	산문	곡 영랑 선생	동아일보
1955. 9	시선후평	9월의 협동시단	협동
1955. 10	시선후평	10월의 협동시단	협동
1955. 10	시선후평	시천후감	학생문단
1955. 11	시선후평	시 추천사 (김관식, 신동준, 박재삼)	현대문학
1955. 11	시	고풍	동국문학
1955. 12	연평	시단의 총결산	협동
1956. 1	산문	민족과 인류에게 보내는 긴급 광고	현대문학
1956. 1	시선후평	금월의 협동 시단	협동
1956. 2	시선후평	시 추천사 (김최연, 송영택, 이성환)	현대문학
1956. 3	시선후평	금월의 협동시단	협동
1956. 4	심사 소감	김구용의 시험과 그 독자성	현대문학

발표일	분류	제목	발표지
		—제1회 현대문학상 신인상	
1956. 4. 4	시	학의 노래	동아일보
1956. 5	시선후평	시 추천사(구자운)	현대문학
1956. 7	저서	시 창작 교실	인간사
1956. 7	산문	『한하운 시 전집』 서문	인간사
1956. 8	시	우일즉흥	해군 44
1956. 9	시선후평	시 추천사	현대문학
		(이성환, 김정진, 이성교)	
1956. 9. 12	시	오히려 사랑할 줄 아는	경향신문
1956. 10	설문답	현하 한국 문학에 관한 동의	현대문학
1956. 11	시	신라의 상품	문학예술
1956. 11	시	어떤 새벽에	현대문학
1956. 11. 30	제3시집	서정주 시선	정음사
1956. 12	시선후평	시 추천사	현대문학
		(이성환, 이성교, 김기수, 김선현)	
1956. 12	시	씨받을 열매와 우리 지도자는	자유세계
1957. 1	시	백결가	현대문학
1957. 2	시	'근업초'(근작시 9편)	현대문학
		종이야 될 테지/	
		하여간 난 무언지 잃긴 잃었다/	
		어느 늦가을날/무제/	
		고조 1/고조 2/	
		재롱조/귓속말/진영이아재 화상(畵像)	
1957. 2	시선후평	시 추천사(이성교, 김정진)	현대문학
1957. 2	시	오갈피나무 상나무	새벽

발표일	분류	제목	발표지
1957. 3	시	쑥국새 타령	녹원 1
1957. 3	시	'근업초'(근작시 4편) 기대림/숙영이의 나비/사십/ 두 향나무 새이	문학예술
1957. 4	시	노인 헌화가	현대문학
1957. 5	시선후평	시 추천사 (김선현, 조진만, 조효송, 김선영)	현대문학
1957. 6	시선후평	시 추천사(구자운, 김정진)	현대문학
1957. 7	시	무제(마리아, 인제 내 사랑은…)	여원
1957. 7	시선후평	시 추천사(이범욱, 민영, 정규남, 이제하)	현대문학
1957. 8	번역시	바다의 미풍(말라르메)	불교세계
1957. 9	시	8월 15일의 편지/ 여수(旅愁)/바다	현대문학
1957. 9. 21	시	지낸 달의 접시꽃과 새달의 국화 새이	경향신문
1957. 10	시	구름	신태양
1957. 10	시선후평	시 추천사 (박명성, 박정숙, 박정희)	현대문학
1957. 11	시	진주 가서	영문(嶺文)
1958. 1	평론	신라 연구(1) — 신라인의 지성	현대문학
1958. 1	시선후평	시천후감 (하희주, 김선현, 이범욱, 김혜숙)	현대문학
1958. 2	시선후평	시천후감(황동규, 함동선)	현대문학
1958. 3	평론	신라 연구(2) — 신라인의 시성	현대문학

발표일	분류	제목	발표지
1958. 4. 15	시	어느 날 오후	한국평론 5
1958. 5	산문	오해에 대한 변명	현대문학
1958. 6	설문답	한국 시단의 현황과 현대시의 과제	현대문학
1958. 6	시	꽃밭의 독백	사조
1958. 6	시	두 번째의 사소의 편지 — 장시 '사소의 단장'	현대문학
1958. 8	시선후평	시 추천사 (박명성, 박정희, 김혜숙)	현대문학
1958. 8	시	'로서아 시초(1) — 비공산주의계 작품들 중에서' 무자(뮤즈)/눈물/그림자/ 마트료나 아가(雅歌)/무제/왈쓰/달빛	동국 2
1958. 9	시	모란꽃과 나의 인연의 기억	현대문학
1958. 9	시선후평	시 추천사(이제하)	현대문학
1958. 9	시	근교의 이녕 속에서	신문화
1958. 9	시	Triolet 시작(試作)	지성 2
1958. 9	번역 소설	첫사랑(투르게네프)	한국평론
1958. 10	시선후평	시 추천사(정규남)	현대문학
1958. 10. 18	산문	나의 시의 신인들 — 이어령 씨에게	경향신문
1958. 11	시선후평	시 추천사(황동규, 고은)	현대문학
1958. 12	시	가을의 편지	현대문학
1958. 12	시	사소단장 — 사소산중서신단편	예술원보
1958. 12	시	'민족예술의 정화 — 한국의 탑,	자유공론

발표일	분류	제목	발표지
		불상`(11편)	
		석굴암 본존/경주박물관 소재 석불/	
		은진미륵보살/안동 제비연 석불/	
		대흥사 천불/원각사지 석탑-빠고다공원내/	
		법주사 팔상전/다보탑/월정사 구층 석탑/	
		화엄사 삼층 사(四)사자탑/	
		경주 분황사 석탑	
1958. 12	평론	한국 시 정신의 전통	국어국문학보 1
1958. 12. 5	시	9월	동국시집 6
1959. 2	시	무의 의미	현대문학
1959. 2	시선후평	시 추천사(조진만, 함동선,	현대문학
		김기수, 조효송, 민영)	
1959. 3	시	서민의 호수	신문예
1959. 3	시	애가	신태양
1959. 4. 30	논저	시문학개론	정음사
1959. 5	산문	민족어의 진생맥을 찾자	신문예
		— 시작(詩作)에서의 한자 문제	
1959. 5	평론	소월의 자연과 유계(幽界)와 종교	신태양
1959. 5. 1	편지	서러운 행복	
		(박목월, 『다시 만나리)』	신태양사
1959. 5	시선후평	시 추천사	현대문학
		(추영수, 주정애, 추창영)	
1959. 6	서평	「두시언해」 비주	현대문학
1959. 6	평론	소월 시에 있어서의 정한의 처리	현대문학
1959. 7	시	마른 여울목	현대문힉

발표일	분류	제목	발표지
1959. 8	시	마흔 다섯	사상계
1959. 9	시선후평	시 추천사 (김기수, 함동선, 민영, 조효송)	현대문학
1959. 9	시	추일미음	사상계
1959. 10	시선후평	시 추천사 (박재삼, 김관식, 신동준)	현대문학
1959. 10	시	송년음	코멘트 41
1959. 10	평론	젊은 시인에게	문학 창간호
1959. 11	시선후평	시 추천사(무명여사, 김사목)	현대문학
1959. 11	시	대화	학생예술 창간호
1959. 12	시	어느 유생의 딸의 말씀	새벽
1959. 12	번역시	애인(엘류아르)	문학
1959. 12. 25	시	동지(冬至)의 시	예술원보
1960. 1	시	사소 두 번째의 편지(재수록)	사상계
1960. 1. 5~	자서전	내 마음의 편력(총 41회 연재)	세계일보
1960. 2	산문	40년간의 문예지 ─ 시인부락	사상계
1960. 3	시	내 영원은	현대문학
1960. 8. 16	논단	이러한 문화 정책을 문화 단체를 적극 원조하라	경향신문
1960. 9	시	4·19 혁명에 순국한 소년 시인 고 안종길 군의 영전에	예술원보
1960. 9	산문	후진 육성과 공동 이익에서 ─ 문단 대동 단결 시비	현대문학
1960. 9. 23~24	산문	속 문단 대동 단결론	동아일보

발표일	분류	제목	발표지
		─ 조지훈의 「문단 단결론에 앞서야 할 일을」을 읽고(상·하)	
1960. 12	평론	소월에게 있어서의 육친· 붕우·인인(隣人)·스승의 의미	현대문학
1960. 12	산문	질마재리의 사상들	예술원보 5
1961. 1	시	신라인의 통화	현대문학
1961. 6	시선후평	시 추천사 (추영수, 황갑주, 김사목, 백종구)	현대문학
1961. 8. 24	시	혁명찬	경향신문
1961. 9	시선후평	시 추천사 (추영수, 황갑주, 김사목, 김선영)	현대문학
1961. 10	시	그대는	여원
1961. 12	시	어느 가을날	사상계
1961. 12. 25	제4시집	신라초	정음사
1962. 2	시선후평	시 추천사 (김선영, 주정애, 김송희)	현대문학
1962. 2. 1	시	이 피의 정적 속에 ─ 3·1절에 부치는 시	경향신문
1962. 3	편지	남국엔 벌써 봄이 다 되었다 (김광주 엮음, 『너와 나』)	구문사
1962. 3. 5	산문	나의 1급 비밀 ─ '나스타샤'가 하품	경향신문
1962. 3. 13	수필	내 고향의 봄 ─ 고창 : 변산반도의 명암 속에	동아일보
1962. 4	시	봄치위	현대문학

발표일	분류	제목	발표지
1962. 4	시	재채기	사상계
1962. 4. 30	시	리라꽃 그늘	동아일보
1962. 6·7	산문	첫사랑(상·하)	현대문학
1962. 8	시	고요	현대문학
1962. 8	시선후평	시 추천사	현대문학
		(김송희, 백종구, 이우석)	
1962. 8	서평	『돌아온 날개』를 읽은 감회	현대문학
1962. 9	시	우리 님의 손톱의 분홍 속에는	신사조
1962. 11	시	추분 가까운 날	여상
1962. 11	시	미인을 찬양하는 신라적 어법	사상계
1962. 11	산문	만해 한용운 선사	사상계
1962. 12	산문	영랑의 일(작고 문인 회고)	현대문학
1963. 1	시선후평	시 추천사	현대문학
		(김송희, 백종구, 김춘배, 이수화)	
1963. 2	산문	함형수의 추억	현대문학
1963. 3	평론	시인으로서의 책무	현대문학
1963. 4	산문	시인 추천 17년의 소감	현대문학
1963. 7	시	외할머니네 마당에 올라온 해일	현대문학
1963. 7	평론	신라 문화의 정체	세대
1963. 7	시선후평	시 추천사	현대문학
		(이규호, 엄한정, 김춘배, 주정애)	
1963. 8	산문	학질 부작요법	세대
		— 풍속(8월의 노우트)	
1963. 8	시	무제(매가 꿩의 일로서…)	사상계
1963. 9	평론	김소월 시에 나타난 사랑의	예술원논문집

발표일	분류	제목	발표지
		의미	
1963. 10	평론	순수 문학이냐 참가 문학이냐	세대
		― 사회 참여와 순수 개념	
1963. 11	평론	팔도 사투리의 묘미	신사조
1963. 12	평론	조국 속의 이방인 ― 김삿갓론	세대
1963. 12	시	나를 다시 유랑해 가게	현대문학
		하는 것은	
1963. 12	시선후평	시 추천사	현대문학
		(이우석, 이수화, 강우식, 이향아)	
1963. 12	시	이 뵈인 금가락지 구멍에	사상계
1963. 12	산문	모란의 고향·영랑	사상계
1963. 12	시	여원에 주는 시	여원
1964. 1	평론	1963년 시단 개평	현대문학
1964. 3	평론	문학작품의 현실이란 것	세대
1964. 4	산문	노랑 저고리의 어여쁘신 누님	세대
		― 국화와 한국인의 절개	
1964. 4	산문	『중용』에 보면	문학춘추
1964. 4~1965. 3	평론	시의 변호 (1)~(9)	문학춘추
1964. 4. 26	평론	가슴을 뵈는 시와 낙서시	한국일보
1964. 5	산문	선운사	여원
		― 삼십삼천의 비경이런가	
1964. 6	산문	미당 ― 내 아호의 유래	현대문학
1964. 6	시	무제	현대문학
1964. 6	산문	그대 이름은 영원의 그리움	여원
1964. 7	시선후평	시 추천 후기	현대문학

발표일	분류	제목	발표지
		(김춘배, 이수화, 김현태, 김초혜)	
1964. 7	평론	한국적 전통성의 근원	세대
1964. 9	평론	역사 의식의 자각	
		— 나의 시의 정신과 방법	현대문학
1964. 9	평론	비평가가 가져야 할 시의 안목	문학춘추
1964. 9	평론	현대시 문학 개관	한국예술총람
			개관
1964. 9	시	여기는	신동아
1964. 11	산문	괴테의『빌헤름·마이스터』	여원
		— 여성에게 권하는 책	
1965. 2	시선후평	시 추천 후기	현대문학
		(이향아, 신동춘, 안혜초)	
1965. 2. 16	시	인촌 선생 생각	동아일보
1965. 3. 20	시	나그네의 꽃다발을 받는 아이	동국 4
1965. 4	평론	지혜의 세계로 확대	
		— 광복 20년의 문단 개관(시)	현대문학
1965. 4	시	기인 여행가	문학춘추
1965. 4. 18	시	봄볕	경향신문
1965. 5	시	나그네의 꽃다발	문예춘추
1965. 5	시	고요	예술원보 9
1965. 5	시	가벼히	시문학
1965. 5	시선후평	시 추천 후기	현대문학
		(강우식, 김초혜, 임웅수, 김남웅)	
1965. 6	산문	죽음의 교훈	세대
1965. 9	평론	고대 그리스의 육체성	

발표일	분류	제목	발표지
		― 나의 처녀작을 말한다	세대
1965. 11~1966. 2	평론	시어 (1)~(4)	문학춘추
1965. 11	산문	풍전세류와 풍류도(전라도)	세대
1965. 11	논문	한국 현대시문학의 사적 개관	동국대논문집
1965. 12. 5	평론	시정신과 재확인 ― 11월 시평	한국일보
1965. 12. 10	산문	나의 인생관 단장	실학사
		(정종 편, 『나의 청춘, 나의 이상』)	
1966. 3	시	피는 꽃	사상계
1966. 4	시	축시 ―《시문학》 창간 1주년에	시문학
		즈음하여	
1966. 4	심사평	시선후기(나승빈, 김차완)	시문학
1966. 4	시	무궁화 같은 내 애기야	자유공론
1966. 5	시	여행가 (2) ― 김상원 군에	문학
		화답하여	
1966. 5	시	동천	현대문학
1966. 5	시선후평	시 추천 후기(이향아, 강우식,	현대문학
		김초혜, 신동춘)	
1966. 5	시	춘천의 봄햇볕(「강릉의	신동아
		봄햇볕」으로 개제)	
1966. 5. 8	시	어머니	한국일보
1966. 5. 26	평론	5월의 시 ― 시의 눈	한국일보
1966. 6. 28	평론	이 달의 시	한국일보
		― 시는 단수필이 아니다	
1966. 8	시	여행가(3)(「내가 돌이	현대문학
		되면」 초고)	

발표일	분류	제목	발표지
1966. 8	시	칡꽃 위에 버꾸기 울 때	현대문학
1966. 8	산문	여관집에 간판 걸고 (나의 동인지 시대 회고)	현대문학
1966. 8. 14	시	다시 비정의 산하에	한국일보
1966. 9	산문	내 문학의 온상들	세대
1966. 9	평론	한국의 시, 한국의 시론	사상계
1966. 9	시선후평	시 추천 후기(신동춘, 안혜초)	현대문학
1966. 9	시	어느 신라승이 말하기를	자유공론
1966. 9. 29	시	추석	중앙일보
1966. 10	산문	고은(인물 데쌍)	현대문학
1966. 10	평론	석굴암 속의 대화(상) — 한국 시의 전통 문제	서라벌문학
1966. 10. 27	평론	10월의 시평 상상의 비약과 현대의 향가	한국일보
1966. 11	시	영산홍	문학
1966. 12. 29	평론	12월의 시평 — 시의 미학의 회복	한국일보
1966. 12. 1	시	동천(재수록)/여행가	예술원보 10
1967. 1	시	토함산 우중/경주소견/ 무제(피여, 피여…)	현대문학
1967. 1	시선후평	시 추천 후기(안혜초, 조운제)	현대문학
1967. 3	산문	석굴암 속의 대화	현대문학
1967. 3	시선후평	시 추천 후기(이규호, 조운제)	현대문학
1967. 4	시	무제(이슬 머금은…, 「삼경」으로 개제)/달밤/	현대문학

발표일	분류	제목	발표지
		봄볕(재수록)/오수(午睡)의 노래	
1967. 4	설문답	기대되는 대통령상	세대
1967. 6. 9	시	역사여 한국 역사여	한국일보
		— 전북 석류꽃	
1967. 10	산문	내 시와 정신에 영향을	현대문학
		주신 이들	
1967. 10	시선후평	시 추천 후기(조운제, 박주일)	현대문학
1967. 10	평론	시의 지성과 재반성	예술서라벌
1967. 10. 9	시	가을 손톱	경향신문
1967. 10. 29	시	님은 주무시고	한국일보
1967. 11	평론	해방 전의 한국 현대시	예술서라벌
1967. 12	시	연꽃 위의 방	신동아
1967. 12	시	국화 옆에서	현대문학
		(신문학 60년 기념 100인 시선)	
1967. 12. 15	시	선운사 동구	예술원보 11
1968. 2	시	마지막 그들의 무덤을 파고	자유공론
1968. 2	시	실한 머슴 — 마르끄·샤가르	사상계
		화풍으로	
1968	시	채권	법륜 1
1968. 6	시	'근작 시선'	현대문학
		님은 주무시고/나는 잠도 깨여 자도다/	
		내 그대를 남모르게 사랑하는 마음은/	
		여자의 손톱의 분홍 속에서는/새 인사	
1968. 7	시선후평	시 추천 후기(이규호, 박주일)	현대문학
1968. 7	논문	시의 제 문제	예술원 논문집

발표일	분류	제목	발표지
1968. 8	시	산수유 꽃나무에 말한 비밀	현대문학
1968. 8	산문	짝사랑의 역사	사상계
1968. 9	평론	시를 위한 단상초	세대
1968. 11	시	모란꽃 핀 오후	월간문학
1968. 11~1971. 3	자서전	천지유정 — 내 시의 편력	월간문학
1968. 11. 30	시	연꽃 속의 방/옛날의 시간/ 눈 오는 날/칡꽃 위에 뻐꾸기 울 때(재수록)/ 산나리꽃/채권/실한 머슴(재수록)/ 석류꽃/산수유꽃에 말해 둔 비밀(재수록)/ 부처님 오신 날에	예술원보 12
1968. 11. 30	제5시집	동천	민중서관
1968. 1. 5	시	바닷물은 반찹 때	한국일보
1969. 3	시	사경(四更)/ 방한암 선사의 죽음/ 겨울에 흰 무명 손수건으로 하는 기술/ 이십 대의 요술/음력설의 영상	세대
1969. 3	산문	한국의 미(1) — 토함산 석굴암찬	현대문학
1969. 4	산문	한국의 미(2) — 신라 여인의 미와 화장	현대문학
1969. 4	시	단상	월간중앙
1969. 4	악보	불교도의 노래 (서정주 작사, 김동진 작곡)	법륜 12
1969. 5	산문	한국의 미(3) — 한국어의 미학	현대문학
1969. 5. 15	논저	한국의 현대시	일지사

발표일	분류	제목	발표지
1969. 6	산문	한국의 미(4) — 옷과 육체	현대문학
1969. 6	시	모란 그늘의 돌	신동아
1969. 6. 20	논저	시문학 원론	정음사
1969. 7	산문	한국의 미(5) — 처용의 춤	현대문학
1969. 8. 20	시	보리고개	서라벌문학 5
1969. 9	산문	한국의 미(6) — 바람의 해석	현대문학
1969. 10	산문	한국의 미(7) — 동방의 무, 한국의 무	현대문학
1969. 10	산문	문학상의 단호 거부의 이유	월간중앙
1969. 11	산문	한국의 미(8) — 신라의 독수리	현대문학
1969. 겨울	산문	시 신인의 영상	예술계
1969. 11. 30	시	바닷물은 한참 때/ 이십 대의 요술(재수록)/ 구름은 동으로(「단상」으로 개제, 재수록)/내 아내/사경/ 방한암 선사의 죽음(재수록)/ 버꾹이는 섬을 만들고/춘궁/꽃/ 음력 설의 영상	예술원보 13
1970. 1. 1	시	설날의 영상	경향신문
1970. 1	시	석공 1	월간문학
1970. 1·2·3	장편 소설	거사 장이소의 산책 (1)·(2)·(3)	세대
1970. 1	산문	한국의 미(9) — 신라의 꽃다발	현대문학
1970. 1	산문	추천 작품 심사 15년의 소감 (세대 교체)	현대문학
1970. 1	산문	양하나물	월간중앙

발표일	분류	제목	발표지
		— 시인을 대접하는 맛	
1970. 2	산문	한국의 미(10)	현대문학
		— 신라의 피리 소리	
1970. 3	산문	3월이 오면	법륜
1970. 7	시조	비는 마음	현대시조 창간호
1970. 8	산문	만원 뻐스 속의 두 자리	법륜
1970. 8	강연초	만해의 문학 정신	법륜
		— '불청(佛青)' 창립 50주년 기념 강연	
1970. 8	산문	한국의 여인상 (1)	주부생활
		— 사소의 사랑과 영생	
1970. 8. 29	시	목백일홍 피는 날	서라벌문학 6
1970. 9	시	이조 백자를 보며	월간문학
1970. 9	산문	한국의 여인상(2)	주부생활
		— 연인들의 연인, 여왕 선덕	
1970. 10	시	서경(敍景)	신동아
1970. 10	산문	한국의 여인상(3)	주부생활
		— 하늘도 탐낸 미인 수로	
1970. 11	산문	한국의 여인상(4)	주부생활
		— 영생선녀의 고독한 상	
1970. 겨울	대담	멋과 미학(서정주, 김윤수)	예술계
1970. 12	산문	내가 만난 사람들(1)	월간중앙
		— 어머니 김정현과 그 둘레	
1971. 1	산문	한국의 여인상 (마지막회)	주부생활

발표일	분류	제목	발표지
		― 끝없이 흐르는 여자 나그네	
1971. 1	산문	내가 만난 사람들(2)	월간중앙
		― 아버지 서광한과 나	
1971. 1	시	새해의 소원	법륜
1971. 2	산문	내가 만난 사람들(3)	월간중앙
		― 내 뼈를 덥혀 준 석전 스님	
1971. 2	산문	자녀 중심주의로	법륜
1971. 3	산문	내가 만난 사람들(4)	월간중앙
		― 기인(奇人) 배상기의 회상	
1971. 3	산문	71년도 신춘시·시조 심사평	현대시학
1971. 3	산문	화장에 대하여	법륜
1971. 4	산문	내가 만난 사람들(5)	월간중앙
		― 도깨비 마누라	
1971. 4	산문	사용어	법륜
1971. 4	편지	이 세상 정 없이 어찌 사나	여성동아
1971. 5	산문	내가 만난 사람들(6)	월간중앙
		―「이승만 박사 전기」 시말	
1971. 5	시	'근작시'(5편)	현대문학
		뻐꾹새 울음: 이 시를 내 젊은	
		시의 벗 석지현에게 준다/낮잠/	
		그 애의 손톱/가만한 꽃: 김양식 여사에게/	
		산수유꽃	
1971. 5	산문	자녀에게 연민심을	법륜
1971. 6	산문	내가 만난 사람들(7)	월간중앙
		― 소도적 장억만 씨	

발표일	분류	제목	발표지
1971. 7	산문	내가 만난 사람들(8) ― 무의 시인·오상순	월간중앙
1971. 8	산문	내가 만난 사람들(9) ― 백성욱 총장	월간중앙
1971. 9	산문	내가 만난 사람들(10) ― 털보·소따라지 아재 소전	월간중앙
1971. 10	산문	내가 만난 사람들(11) ― 이상(李箱)의 일	월간중앙
1971. 11	산문	내가 만난 사람들(12) ― 김소월 부자	월간중앙
1971. 11	산문	내 시정신의 근황 ― 나의 시적 편력	시문학
1971. 11	시	무제(관악산에 내리는 눈은…)	월간문학
1971. 11. 20	시	발견/한라산/서경/ 그 애의 손톱(재수록)/낮잠/ 가만한 꽃/산수유꽃/뻐꾹새/ 울음/호남 광주	예술원보 15
1971. 12	산문	내가 만난 사람들(13) ― 처녀상궁 최순덕 할머니	월간중앙
1971. 12	시	무제('솔꽃이 피었다'고…)/ 남은 돌/바위옷/ 싸락눈 내리어 눈썹 때리니	지성
1972. 2~6	시선후평	주부 문단 ― 시를 뽑고 나서	주부생활
1972. 3	시	'속 질마재 신화' 신부/해일/상가수의 소리/	현대문학

발표일	분류	제목	발표지
		소자 이생원네 마누라의 오줌 기운	
1972. 3	시선후평	시 추천 후기(김남웅, 신규호, 하덕조, 김하인, 설용훈)	현대문학
1972. 5	산문	촉기 충만한 문우들	월간중앙
1972. 여름	시	신부/해일/상가수의 소리 (재수록)	문학과지성
1972. 8	시	곡 중화민국 여공사	월간문학
1972. 8	산문	씨족 영생의 강인한 의지	여성동아
1972. 10	시론	미정고의식(未定稿意識)	문학사상
1972. 10	시	숨쉬는 손톱	문학사상
1972. 10	시/산문	석남꽃	수필문학
1972. 10	산문	금강산	법륜
1972. 10. 30	전집	서정주 문학 전집(전5권)	일지사
1972. 12	산문	창작의 밀실	문학사상
1972. 12	평론	시집『동천』이후의 내 시편들 — 대표작 자선자평	문학사상
1972. 12	인터뷰	미당과의 대화	문학사상
1972. 12	축시	무애선생 고희유감	동악어문논집
1973. 1	시	새벽 애솔나무 1월령가 (정월의 노래)	월간중앙
1973. 1~1974. 2	연재소설	석사 장이소의 산책 — 보조사공	현대문학
1973. 1	시선후평	시 추천 후기(한신)	현대문학
1973. 1	번역시	만해 한용운 미발표 한시(1) — 서정주 역「치운 설날에	문학사상

발표일	분류	제목	발표지
		입을 옷이 없어」 외 18편	
1973. 2	시	2월의 향수 ― '포엠'·세시기	월간중앙
1973. 2. 1	시선집	국화 옆에서	삼중당
1973	시	바위와 난초꽃 ― 불기 2517년 첫날에 부쳐	법륜 2·3
1973. 3	산문	문치헌밀어(1) ― 하늘과 땅 사이의 사람들과 동물들의 시체 이야기	세대
1973. 3	시	매화 ― '포엠'·세시기	월간중앙
1973. 3	산문	어떤 음주서발	소설문예
1973. 4	산문	문치헌밀어(2) ― 내가 차지한 하늘	세대
1973. 4	시	아침 찬술	신동아
1973. 4	시	노자 없는 나그넷길 ― '포엠'·세시기	월간중앙
1973. 5	산문	문치헌밀어(3) ― 움직이지 않는 시계	세대
1973. 5	시	초파일의 버선코 ― '포엠'·세시기	월간중앙
1973. 6	산문	문치헌밀어(4) ― 새벽의 지성들	세대
1973. 5	번역시	만해 한용운 미발표 한시(2) ― 서정주 역「가을 밤비」 외 49편	문학사상
1973. 6	시	단오의 노래 ― '포엠'·세시기	월간중앙
1973. 7	시	유두날 ― '포엠'·세시기	월간중앙
1973. 7	산문	문치헌밀어(5) ― 정에 대하여	세대

발표일	분류	제목	발표지
1973. 7	시	동일우음	동국 9
1973. 7	자서전	국화와 뻐꾸기 — 나의 학문과 인생기(1933~1952)	동국 9
1973. 8	시	칠석 — '포엠'·세시기	월간중앙
1973. 8	산문	문치헌밀어(6) — 내 시와 사건들	세대
1973. 9	시	무궁화에 추석달 — '포엠'·세시기	월간중앙
1973. 9	산문	문치헌밀어(7) — 광주 학생 사건과 나	세대
1973. 9	산문	청담 스님과 나	법시
1973. 10	산문	문치헌밀어(8) — 낙향 전후기	세대
1973. 10	시	국화 향기 — '포엠'·세시기	월간중앙
1973. 10	시선집	서정주 시선	민음사
1973. 겨울	시	이조진사	기원 3
1973. 11	시	뻔디기	시문학
1973. 11	시	시월이라 상달되니 — '포엠'· 세시기	월간중앙
1973. 11	산문	깨끗한 체념과 슬기로운 처리	주부생활
1973. 12	시	오동지 할아버님 — '포엠'·세시기	월간중앙
1974. 1	시	김치 타령	주부생활
1974. 1	산문	제1화 선운사 침향을 사루며 — 봉산산방시화(1)	현대시학
1974. 2	시	북녘곰, 남녁곰	현대문학

발표일	분류	제목	발표지
1974. 2	산문	제2화 봉산산방의 의미 — 봉산산방시화(2)	현대시학
1974. 2	시	뻔디기(재수록)	현대시학
1974. 2	시	'속 질마재 신화(1)' 간통 사건과 우물/단골무당네 머슴아이/까치마늘	시문학
1974. 2	자서전	속 천지유정(총8회 연재)	월간문학
1974. 2	시	난초잎을 보며	동국교양 3
1974. 3	시	한 발 고여 해오리	심상
1974. 3~11	연재소설	석사 장이소의 산책 — 주인사공	현대문학
1974. 3	산문	제3화 종정문과 나 — 봉산산방시화(3)	현대문학
1974. 3	시	'속 질마재 신화(2)' 이삼만이라는 신/분지러 버린 불칼/박꽃 시간/말피	시문학
1974. 3	시선후평	시 추천 후기(김정웅, 조정자)	현대문학
1974. 4	산문	제4화 난(蘭)과 장사와 돌 — 봉산산방시화(4)	현대시학
1974. 4	시	산사꽃	심상
1974. 4	시	어느 늙은 수부(水夫)의 고백	신동아
1974. 4	희곡	영원의 미소(1)	문학사상
1974. 4	시	'속 질마재 신화(3)' 지연승부/마당방	현대시학
1974. 5	시	'속 질마재 신화(4)'	시문학

발표일	분류	제목	발표지
		알묏집 개피떡/소망(똥깐)	
1974. 5	산문	제5화 석가모니에게서 배운 것	현대시학
		― 봉산산방시화(5)	
1974. 5	희곡	영원의 미소(2)	문학사상
1974. 6	산문	제6화 내 시정신에 마지막	현대시학
		남은 것들 ― 봉산산방시화(6)	
1974. 6	시	'속 질마재 신화(5)'	시문학
		신선·재곤이	
1974. 6	희곡	영원의 미소(3)	문학사상
1974. 6	평론	시정신과 민족정신	월간문학
1974. 6	시/해설	서정주의 귀촉도 ― 명시의 고향	주부생활
1974. 7	산문	제7화 영산홍 이얘기(상)	현대시학
		― 봉산산방시화(7)	
1974. 7	시	고향 난초	세대
1974. 7	시	'속 질마재 신화(6)'	
		침향/추사와 백파와 석전	시문학
1974. 8	산문	현대 수필의 한 새로운 시험	현대문학
1974. 8	산문	속·제7화 영산홍 이 애기(하)	현대시학
		― 봉산산방시화(8)	
1974. 8	시	'속 질마재 신화(7)'	시문학
		― 석녀, 한물댁의 한숨	
1974. 9	산문	제8화 인연 ― 봉산산방시화(9)	현대시학
1974. 가을	시	'내소사 근처'	문학과지성
		없어진 목침 하나/바닷가에	
		내다버린 놈/청련암 곡차 노화상	

발표일	분류	제목	발표지
1974. 9	시	'속 질마재 신화(8)' 내소사 대웅전 단청	시문학
1974. 10	산문	제9화 내가 아는 영원성(상) — 봉산산방시화(10)	현대시학
1974. 10	시/산문	한국의 종소리	문학사상
1974. 10	시	'속 질마재 신화(9)' 2편 꽃/대흉년	시문학
1974. 11	산문	제9화 내가 아는 영원성(하) — 봉산산방시화(11)	현대시학
1974. 11	시	'속 질마재 신화(10)' 김유신풍	시문학
1974. 12	산문	제10화 난초 이얘기 — 봉산산방시화(12)	현대시학
1974. 12	시	'속 질마재 신화(11)' 2편 소x한 놈/풍편의 소식	시문학
1974. 12	산문	순원소전	현대문학
1974	시선집	서정주 시선	정음사
1975. 1	시	'속 질마재 신화(12)' — 죽창	시문학
1975. 1	축사	1천자 축사 — 창간 20주년 기념	현대문학
1975. 1	시선후평	시 추천 후기(김경희, 최일운)	현대문학
1975. 1~12	일기	문치헌 일기초	문학사상
1975. 2	시선후평	시 추천 후기(박화, 김수경)	현대문학
1975. 3	시	'속 질마재 신화(13)' 걸궁배미	시문학
1975. 3	심사평	1975년도 신춘시·시조·동시	현대시학

발표일	분류	제목	발표지
		심사평	
1975. 3	산문	현대 문학을 위한 불교의 효용	법륜
1975. 4	시	'속 질마재 신화(14)'	시문학
		심사숙고	
1975. 5. 19	시선집	서정주 육필시선	문학사상사
1975. 5. 20	제6시집	질마재 신화	일지사
1975. 6	시	'속 질마재 신화(15)'	시문학
		군자일언	
1975. 8	시	우중유제	한국문학
1975. 7	시	이마의 상흔	세대
1975. 8	산문	이화중선의 육자배기 한 가락	문학사상
		— 인간의 탐구	
1975. 8	산문	해방후사략	현대문학
		— 내가 살아온 광복 30년	
1975. 8	시	사경(재수록)	법륜
1975. 9	시	망향가/대구 교외의 주막에서/	창작과비평
		격포우중	
1975. 10	대담	방언으로 한글을 살린다	세대
		(서정주, 박재삼)	
1975. 10. 15	자서전	나의 문학적 자서전	민음사
1975. 11	시	거시기의 노래	여성동아
1975. 11	심사평	제6회 신인 당선작 심사기	한국문학
		(박춘휘)	
1975. 12	산문	내가 본 이상	시와 의식
1975. 12. 20	산문	신석초 영전의 뇌사(誄辭)	예술원보 19

발표일	분류	제목	발표지
1976. 1	시	박용래	문학사상
1976. 2	시	선운사 동구(시비 특집)	한국문학
1976. 4	시	구례구 화개	신동아
1976. 5	시	시론/곡/소나무 속엔	현대문학
1976. 6~1977. 2	평론	문장 강화	세대
1976. 6	대담	문학과 인생을 찾아서 (서정주, 이세룡)	월간문학
1976. 7	시/산문	통영의 미더덕찜	문학사상
1976. 7	시	개나리 유감	한국문학
1976. 7	산문	한국 문학과 불교 정신	법륜
1976. 7	산문	전라도 자랑	뿌리깊은나무
1976. 7. 25	제7시집	떠돌이의 시	민음사
1976. 7. 30	산문집	미당 수상록	민음사
1976. 8	시	댑싸릿잎 오손도손	신협 창간호
1976. 8	강연초	한국 시의 전통성	한국문학
1976. 9	시	노처소묘/ 1976년 여름의 목백일홍	세계의문학
1976. 9	산문	석전 박한영 선사	법륜
1976. 9	시	동국고희의 해에	동국 12
1976. 12	시	'홍도풍류초' 내 새 주민등록증/내 새로운 은사 사공부시 양에게/홍도 물나무/ 홍도 시간/늦가을 홍도	문학사상
1976. 12	시선후평	시 추천 후기(이상호, 원광스님, 손보순, 송동균)	현대문학

발표일	분류	제목	발표지
1976. 12	산문	인정이 넘치는 남도 음식	신동아
1976. 12. 15	시	내가 숙소에서 하룻밤 동안 담배를 피우지 못하게 지리산 호랑이가 만들어 놓은 계율 이야기	손과 손가락 동인시집
1977	축시	성봉 아우님 환갑날에	새국어교육 25~26
1977	시선집	한국 명시선	현암사
1977	시집	소월 시집(증보판)	현암사
1977. 1	시	메이드 인 코리아	심상
1977. 1	시	전단향에 부쳐 — 새해를 맞이하여	법륜
1977. 2	시	'동정이제(冬庭二題)' 홍시/아송(兒松)	월간대화
1977. 2	산문	잉어바람	문학사상
1977. 3	대담	한국 불교의 어제와 오늘 (서정주, 이후락)	법륜
1977. 4	산문	이 나라 사람의 마음	한국문학
1977. 4. 15	자서전	도깨비 난 마을 이야기	백만사
1977. 5	축시	옛 성현들의 말씀대로	월간문학 (100호 기념)
1977. 5	산문	소학교 삼학년 때의 어떤 작문	문학사상
1977. 5	시	보리고비	한국문학
1977. 6	시	궂은 날, 개인 날	신동아
1977. 6. 20	장편 소설	석사 장이소의 산책	삼중당
1977. 6	산문	과학 기술과 성신 문화	문예진흥

발표일	분류	제목	발표지
1977. 6	시	적멸위락(寂滅爲樂)	법륜 100
1977. 7	시	우리나라 돌무늬	시문학
1977. 7. 15	자서전	천지유정	동원각
1977. 9	시	효부(孝婦)/고려청자	세계의 문학
1977. 9	평론	작품 속에 나타난 샤머니즘 ― 질마재 신화	문학사상
1977. 9. 20	산문집	내 영원은 물빛 라일락	갑인출판사
1977. 10	산문	새것도 별 딴것은 아니다	문학사상
1977. 10	산문	시인부락(나의 동인지 시대)	한국문학
1977. 10. 10	산문집	나의 문학, 나의 인생	세종출판공사
1977. 10	산문집	아직도 우리에게 소중한 것 (공저)	청조사
1977. 10. 25	산문집	하느님의 에누리	문음사
1977. 12	시/산문	잔(盞)	문학사상
1978. 1	시	세계 떠돌잇길에 나서며	한국문학
1978. 1	시	그림으로 읽은 시(동천)	문학사상
1978. 1	산문	'사는 희열' 속의 작약	문학사상
1978. 1. 16~8. 1	기행문	미당 세계 방랑기	경향신문
1978. 2. 10	산문	까치야 까치야	생각하는 생활
1978. 3	시선후평	시 추천 후기 (원광스님, 박무화, 김수경)	현대문학
1978. 3. 5	일기	시인 일기(공저)	문학예술사
1978. 7	시선후평	시 추천 후기(임서경)	현대문학
1978. 7	시/산문	아내에게 ― 서정주가 방옥숙에게	문학사상

발표일	분류	제목	발표지
		(「밤이 깊으면」 재수록)	
1978. 8.	수필	고향의 아내에게	수필문학
		(「서러운 행복」 재수록)	
1978. 8	중역 시집	서정주 시집(허세욱 역)	여명문화사업 공업사
1978. 11. 1	축시	아무렴, 그런 학두루미 그림이 있었네	경향신문
1979. 1	시	연오 세오의 바른씨	신영 창간호
1979. 2	산문	'세계 방랑시초' 연재를 앞두고	문학사상
1979. 2	축시	새해의 금성에 부쳐	금성가족
1979. 2	산문	풍류도	법륜
1979. 3	산문	인도와의 교류	법륜
1979. 4	산문	불멸하는 정신 생명	법륜
1979. 4	산문	부운유수(浮雲流水) (세계 여행기 중 일부 수록)	동국 15
1979. 5	기행시	'서으로 가는 달처럼…(1)' 미국 편: 카우아이 섬에서 외 16편	문학사상
1979. 5. 10	논저	현대시인론(공편저)	형설출판사
1979. 6	기행시	'서으로 가는 달처럼…(2)' 캐나다 편: 오타와 60리 링크의 엄마와 애기의 스케이팅 외 2편, 남미 편: 멕시코에 와서 외 13편	문학사상
1979. 7	기행시	'서으로 가는 달처럼…(3)' 아프리카 편: 나이로비 시장의	문학사상

발표일	분류	제목	발표지
		매물 외 9편	
1979. 7	시	나의 시	한국문학
1979. 7. 15	산문집	바람과 별도 잊을 수 없는 사람들(공저)	도서출판 풀빛
1979. 8	기행시	'서으로 가는 달처럼…(4)' 유럽 편(상): 마드리드의 인상 외 11편	문학사상
1979. 9	기행시	'서으로 가는 달처럼…(5)' 유럽 편(중): '꼬끼오!' 울기도 하시는 스위스 회중 시계 외 17편	문학사상
1979. 10	기행시	'서으로 가는 달처럼…(6)' 유럽 편(하): 베르겐 쪽의 노르웨이 산중을 오르내리고 가며 외 13편	문학사상
1979. 10	산문	통곡하고 몸부림치던 시	문학사상
1979. 11. 5	시선집	서정주의 명시	한림출판사
1979. 11. 5	평론	나와 내 시의 주변	서정주의 명시
1979. 11	기행시	'서으로 가는 달처럼…(7)' 중·근동/호주 편: 예루살렘의 아이들과 소고와 향풀 외 12편	문학사상
1979. 11	대담	한국 문학 어떻게 해 왔나 (김동리, 서정주)	한국문학
1979. 12	기행시	'서으로 가는 달처럼…(8)' 동남아 편: 겁(劫)의 때 외 17편	문학사상
1979. 12. 20	심사 후기	심사 후기	새길
1980. 1	산문	내가 차지한 하늘	수필문학
1980. 2	시	'학이 울고 간 날들의 시(1)'	문학사상

발표일	분류	제목	발표지
		하느님의 생각/환웅의 생각/곰 색시	
1980. 2. 5	시선집	서정주	도서출판 연희
		(동국대 한국문학연구총서 2)	
1980. 3	시	'학이 울고 간 날들의 시(2)'	문학사상
		단군/조선/흰옷의 빛깔과 보선코의	
		곡선 이야기/신시와 선경/풍류	
1980. 3. 25	방랑기	떠돌며 머흘며 무엇을 보려느뇨	동화출판사
		(상, 하)	
1980. 4	시	'학이 울고 간 날들의 시(3)'	문학사상
		고인돌 무덤/동이/기자(箕子)의 내력	
1980. 5	시	'학이 울고 간 날들의 시(4)'	문학사상
		영고/무천/동맹	
1980. 5. 25	제8시집	서으로 가는 달처럼…	문학사상
1980. 6	시	'학이 울고 간 날들의 시(5)'	문학사상
		북부여의 풍류남아·해모수 가로대/	
		왕·금와의 사주팔자/	
		왕·금와부부의 첫날밤 사설/	
		박혁거세왕의 자당·사소선녀의 자기소개/	
		고구려 시조·동명성왕·고주몽의 사주팔자	
1980. 6	시	우거지 쌍판으로/마음에 든	세계의 문학
		여자의 손톱의 반달처럼만 하고/	
		대한민국 GNP가 억딸라가 되건 말건	
1980. 7	시	'학이 울고 간 날들의 시(6)'	문학사상
		8월이라 한가윗날 달이 뜨걸랑/	
		가야국 김수로왕 배의 그립던	

발표일	분류	제목	발표지
		사람들의 그립던 흔적/	
		처녀가 시집갈 때/고구려 민중왕의	
		마지막 3년간/도미네의 떠돌잇길의 노래/	
		술통촌 마을의 경사/소나무숲	
		일곱 겹으로 심어 내 눈앞을 가려라/	
		백제의 피리	
1980. 8	시	'학이 울고 간 날들의 시(7)'	문학사상
		이름/애를 밸 때, 낳을 때/	
		갈대에 보이는 핏방울 흔적/	
		신라 풍류 1/신라 풍류 2/	
		신라 풍류 3/지대로왕 부부의 힘	
1980. 8. 5	시선집	안 끝나는 노래	정음사
1980. 9	시	'학이 울고 간 날들의 시(8)'	문학사상
		이차돈의 목 베기 놀이/신라의	
		연애상/황룡사 큰 부처님상이 되기까지/	
		신라 사람들의 미래통/바보 온달 대형의	
		죽엄을 보고/원광스님의 고 여우/검군	
1980. 10	시	'학이 울고 간 날들의 시(9)'	문학사상
		지귀와 선덕여왕의 염문/신라	
		유가의 제일문사 강수선생 소전/	
		김유신 장군 1/김유신 장군 2/	
		대나무 통 속에다 넣어 가지고 다니는	
		애인/태종무열왕 김춘추가 꾸던 꿈/	
		우리 문무대황제 폐하의 호국룡에	
		대한 소감/삼국통일의 후렴	

발표일	분류	제목	발표지
1980. 10. 25	산문집	한 송이 국화꽃을 피우기 위해	민예사
1980. 11	시	'학이 울고 간 날들의 시(10)'	문학사상
		만파식적이란 피리가 생겨나는 이얘기(소창극)/	
		만파식적이란 피리가 긴히 쓰인 이얘기/	
		만파식적의 합죽 얘기에서 전주 합죽선이	
		생겨난 이얘기	
1980. 11	산문	자연인, 역사인, 사회인	동국 16
1980. 12	시	'학이 울고 간 날들의 시(11)'	문학사상
		원효가 겪은 일 중의 한 가지/	
		의상의 생사/신라 최후의 성인	
		표훈 대덕/천하복인 경문왕	
		김응렴 씨/저 거시기(居尸知)	
1981	논저	현대시인론	형설출판사
1981	산문집	아직도 우리에게 소중한 것	청조사
1981. 1	시	'학이 울고 간 날들의 시(12)'	문학사상
		수로 부인은 얼마나 이뻤는가?/	
		큰비에 불은 물은 불운인가? 행운인가?/	
		처용훈/백월산의 힘	
1981. 1	산문	내 시절보다 나은 자손의	주부생활
		때를 위해 ─ 500자 칼럼	
1981. 2	시	'학이 울고 간 날들의 시(13)'	문학사상
		신효의 옷/암호랑이와 함께 탑돌이를	
		하다가/월명스님/소슬산 두 도인의	
		상봉 시간/혜현의 정적의 빛깔/토함산	
		석굴암 불보살상의 선늘	

발표일	분류	제목	발표지
1981. 3	시	'학이 울고 간 날들의 시(14)' 왕건의 힘/현종의 가가대소/ 강감찬 장군/덕종 경강대왕의 심판/ 땅에 돋은 풀을 경축하는 역사/ 고려호일/옥색과 홍색/예종의 감각	문학사상
1981. 4	시	'학이 울고 간 날들의 시(15)' 매사는 철저하게/노극청 씨의 집값/ 유월 유두날의 고려조/고종 일행과 곰들의 피난/고려 고종 소묘/충렬왕의 마지막 남은 힘/고려 적 쇄설일석	문학사상
1981. 5	시	'학이 울고 간 날들의 시(16)' 셈은 바르게/기황후 완자홀도의 내심의 고백/노나 가진 금일랑은 강물에 집어넣고/상부(喪婦)의 곡성/ 권금 씨의 허리와 그 아내/정몽주 선생의 죽을 때 모양	문학사상
1981. 여름	영역시	서정주: 동천(Winter sky) (시 58편, 데이비드 매캔 역)	Ouarterly Review of Literature
1981. 6	시	'학이 울고 간 날들의 시(17)' 이성계의 하늘/세종과 두 형/ 황희/유비공소(有備公笑)/소년왕 단종의 마지막 모습	문학사상
1981. 7	시	'학이 울고 간 날들의 시(18)' 매월당 김시습 1/매월당 김시습 2/	문학사상

발표일	분류	제목	발표지
		매월당 김시습 3/칠휴거사 손순효의	
		편모(片貌)/돼지머리 쌍통 장순손의 운수	
1981. 8	시	'학이 울고 간 날들의 시(19)'	문학사상
		정암 조광조론/황진이/하서	
		김인후 소전/의적 두목 임꺽정의	
		편모(片貌)/홍의장군 곽재우 소묘	
1981. 9	시	'학이 울고 간 날들의 시(20)'	문학사상
		기허 스님/ 죽음은 산 것으로/	
		백사 이항복/율곡과 송강/논개의	
		풍류역학/점잔한 예모/새벽 닭소리/	
		학사 오달제의 유시/백파와 추사와	
		석전/추사 김정희/석전 스님/이조	
		무문백지송/단군의 약밥	
1981. 9	시	백여우꼬리꽃 — 세계방랑시	심상
		낙수 둘/히말라야 산중 소감	
1981. 9. 25	시선집	서정주(한국 현대시 문학대계 16)	지식산업사
1981. 11	시	'안 잊히는 일들(1)	현대문학
		— 유소년 시절에서①	
		마당/개울 건너 부안댁 감나무/	
		어린 집지기/백학명 스님/꾸어온	
		남의 첩의 권주가/당음/내 할머니/	
		처음 본 꽃상여의 인상	
1981. 12	시	'안 잊히는 일들(2)	현대문학
		— 유소년 시절에서②	
		용샘 옆의 남의 대기 집에서/	

발표일	분류	제목	발표지
		만 십 세/국화와 산돌/첫 질투/	
		서리 오는 달밤 길/첫 이별 공부/	
		어린 눈에 비친 줄포라는 곳/	
		반공일날 할머니집 찾아가는 길	
1982. 1	시	'안 잊히는 일들(3) — 소년행①'	현대문학
		중국인 우동집 갈보 금순이/	
		광주학생사건에 1/염병/	
		광주학생사건에 2/아버지의 밥숟갈/	
		광주학생사건에 3/동정상실/	
		혁명가냐? 배우냐? 또 무엇이냐?	
1982. 1	평론	존재의 발견	현대시학
		— 새로운 시의 지평을 위하여	
1982. 1	수필	시인은 언어로 옷을 지어 입는	소설문학
		재단사 — 내 시를 읽는 독자들에게	
1982. 1	시	화개라는 곳/	소설문학
		조화치 나들목에서/	
		지리산 청학동에서	
1982. 2	시	'안 잊히는 일들(4) — 소년행②'	현대문학
		미사와 나와 창경원 잉어/	
		넝마주이가 되어/얼어붙는 한밤에/	
		석전 박한영 대종사의 곁에서 1/	
		석전 박한영 대종사의 곁에서 2/	
		금강산으로 가는 길 1/단발령에서	
		장안사로-금강산으로 가는 길 2/	
		내 금강산의 영원암 작약 꽃밭	

발표일	분류	제목	발표지
		속의 송만공 대선사	
1982. 2. 10	제9시집	학이 울고 간 날들의 시	소설문학사
1982. 3	시	내 아내 2	한국문학
1982. 3	시	'안 잊히는 일들(5)	현대문학
		─ 20대에서①	
		성인선언/시인당선/ㅎ 양/	
		해인사, 1936년 여름/우리 시인부락파 일당/	
		제주도의 한여름/나의 결혼/『화사집』 초판본	
1982. 3	산문	이제는 달하고도 놀만 하여라	문학사상
1982. 3	대담	한국 시의 현재를 말한다	현대문학
		(서정주, 이승훈)	
1982. 4	시	'안 잊히는 일들(6)	현대문학
		─ 20대에서②	
		장남 승해의 이름에 부쳐서/	
		조선일보 폐간 기념시/만주에 와서/	
		동대문여학교의 운동장에서/	
		불더미 마을의 깐돌 영감과 함께/	
		진지리꽃 피걸랑 또 오소 또 오소/	
		학질 다섯 직 끝에 본 이조	
		백자의 빛/기우는 피사탑 위에서	
1982. 5	시	'안 잊히는 일들(7)	현대문학
		─ 30대에서①	
		해방/반공운동과 밥/대학의 전임강사로/	
		이승만 박사의 곁에서/	
		인촌 어른과 동아일보와 나/	

발표일	분류	제목	발표지
		3급 갑류의 행정서기관이 되어서	
1982. 5. 8	평론	현대시의 장래	예술원보
1982. 6	시	'안 잊히는 일들(8)	현대문학
		― 30대에서② '	
		1949년 가을, 플라워 다방/	
		1950년 6월 28일 아침 한강의 다이빙/	
		청산가리밖에는 안 남아서요/	
		생불여사/자살미수/조화연습/	
		막걸리송(頌)/명동 명천옥 친구들	
1982. 7	시	'안 잊히는 일들(9)	현대문학
		― 40대에서① '	
		미국 아세아재단의 자유문학상/	
		2차 단식/졸도/미아리 서라벌 시절/	
		불혹 때의 혹/되돌아온 내 시	
1982. 7. 10	논저	시 창작법(중판)	예지각
1982. 8	시	'안 잊히는 일들(10)	현대문학
		― 40대에서② '	
		1960년 4월 19일/4·19(2)/횡액/	
		하눌이 싫어할 일을 내가 설마 했겠나?/	
		만득지자와 수(壽)의 계산/	
		중년 사나이의 연정 해결책/경춘선의	
		5년 세월	
1982. 9	시	'안 잊히는 일들(11)	현대문학
		― 50대에서① ' 6편	
		공덕동 살구나뭇집과 택호 ― 청 서당/	

발표일	분류	제목	발표지
		주붕(酒朋) 야청 박기원/	
		울산바위 이애기/김치국만 또	
		마셔보기/여자들의 손톱 들여다보기/	
		또 한 개의 전화위복	
1982. 10	시	'안 잊히는 일들(12)	현대문학
		— 50대에서②	
		사당동과 봉천동의 힘/	
		자유중국의 시인 종정문이가 찾아와서/	
		선덕여왕의 돌/꿩 대신에 닭/	
		내 뜰에 와서 살게 된 개나리꽃나무 귀신/	
		내 시의 영역자 데이빗 맥캔과 경상도 안동	
1982. 11	시	'안 잊히는 일들(13)	현대문학
		— 60대에서'	
		회갑 1/회갑 2/진갑의 박사 학위와 노모/	
		먼 세계 방랑의 길/	
		지손란(知孫蘭)/명예교수	
1982. 11	일역 시집	조선 민들레꽃의 노래	일본 동수사
		(김소운, 시라카와 유타카,	
		고노 에이지 공역)	
1982	불역 시집	붉은 꽃(민희식 역)	룩셈부르크,
			유로에디터사
1982	논저	서정주	지식산업사
1983	논저	시문학원론	정음사
1983	축시	찬양 동국대 학우들에게	동국 19
1983. 1	시	'노래(1)'	현대문학

발표일	분류	제목	발표지
		눈이 오면/까치야/기럭아 기럭아/	
		겨울 여자 나그네/겨울 소나무	
1983. 2	시	'노래(2)'	현대문학
		설날의 노래/총각김치/연날리기/	
		돌미륵에 눈 내리네	
1983. 3	시	'노래(3)'	현대문학
		동백꽃 타령/상사초/	
		밤에 핀 난초꽃/매화꽃 필 때/	
		봄눈 오는 골목에서	
1983. 4	시	'노래(4)'	현대문학
		검은머리 아가씨/3월이라	
		한식날은/진달래와 갈매기/	
		두견새와 종달새/쑥국새 타령	
1983. 4	산문	신라인의 얼	대원회보
1983. 5	시	'노래(5)'	
		산그늘/찔레꽃 필 때/질마재의 노래/	
		우리나라 흰 그릇	현대문학
1983. 5	산문	영원한 목숨	
		― 나를 찾은 불경 한 귀절	문학사상
1983. 5. 16	제10시집	안 잊히는 일들	현대문학사
1983. 5. 25	시 전집	미당 서정주 시 전집	민음사
1983. 5. 31	번역 시집	만해 한용운 한시선역	예지각
1983. 6	시	'노래(6)'	현대문학
		돼지해의 돼지 이얘기/	
		동백꽃 제사/진부령 처갓집/	

발표일	분류	제목	발표지
		촌사람으로/늙은 논부의 자탄가	
1983. 6	대담	시에 머물고, 풍류로 떠돌며	광장
		(서정주, 허세욱)	
1983. 7	시	'노래(7)'	현대문학
		열무김치/구약	
1983. 8	시	'노래(8)'	현대문학
		비오는 날/땡감/석류꽃이 피었네	
1983. 9	시	'노래(9)'	현대문학
		대구 미인/불볕 더위/장미/	
		해당화밭 아가씨	
1983. 10	시	'노래(10)'	현대문학
		지금도 황진이는/우리나라 소나무/	
		박꽃이 피는 시간	
1983. 10	시	고대 유태풍(猶太風)/여자/	문학사상
		이뿐 이빨	
1983. 11	시	'노래(11)'	현대문학
		가는 구름/이 가을에 오신 손님/	
		대추 붉은 골에/고구마타령/	
		우체부 아저씨	
1983. 12	시	'노래(12)'	현대문학
		동짓날/섣달 그믐/총각김치 타령	
1984. 1.	산문	1984년을 맞이하여	현대문학
1984. 1	산문	이 땅의 참된 주부를 위하여	주부생활
1984. 1	산문	또와인 — 새해 아침의 첫마디 말	문학사상
1984. 3	선후감	심사평	현대시학

발표일	분류	제목	발표지
1984. 3	제11시집	노래	정음문화사
1984. 4	산문	꽃을 보고 배우는 것	문학사상
1984. 6. 30	시선집	눈이 부시게 푸르른 날은	열음사
1984. 9	시/산문	예수가 기술로 빵과 물고기를 몽땅 만들던 자리	문학사상
1985. 1. 1	추모시	구산스님 가신 날	불일회보
1985. 1	산문	새해 목소리를 듣는다(특집)	문학사상
1985. 1	시	점	월간조선
1985. 1	강연초	나의 시와 나의 뿌리 (고희 기념 강연)	금강 1
1985. 4	산문	창간호로부터 '학이 울고 간 날들의 시까지'	문학사상
1985. 5. 1	산문집	육자배기 가락에 타는 진달래	예전사
1985. 8. 20	산문집	젊은이여 무엇을 위해 사는가 (공저)	대우출판공사
1985. 10	시	가을 벌판에 서면―독경여록(3)	문학사상
1985. 10	산문	마음의 여유	건강 다이제스트
1985. 10	산문	현대 문학을 위한 불교의 효용	법륜
1986	영역 시집	안 잊히는 일들 (데이비드 매캔 역)	시사영어사
1986	일역 시집	신라 풍류(고노 에이지, 시라카와 유타카 공역)	각천서점
1986	논저	시와 시인의 말	창우사
1986. 1	설문답	새해 새아침의 한마디	문학사상

발표일	분류	제목	발표지
		— 화합과 친목으로	
1986. 1	시	노처와 수련과 나	문학사상
1986. 1	시	하늘의 눈동자	동서문학
1986. 2	산문	손오공 감투 이야기	법륜
1986. 2	산문	행운과 불운	법륜
1986. 4	산문	바보야 하얀 민들레가 피었다	문학사상
1986. 8	시	시론(재수록) — 시로 쓴 시론	문학사상
1986. 10	좌담	우리 문학의 내일을 생각한다	문학정신
1986. 10	문학 정담	1930년대 시단 회고	
		(김광균, 서정주)	문학정신
1986. 10	창간사	세계 문학 속에 한국 문학을	문학정신
1986. 11	권두언	문학자의 사관	문학정신
1986. 11	추천사	시 추천사(최종림)	문학정신
1986. 12	권두언	문학 작품의 현대성과 영원성	문학정신
1987. 1	시	혁명(재수록, 영역시 게재)	시문학
1987. 1	권두언	민중 문학 재고	문학정신
1987. 2	권두언	문학 작품과 독자	문학정신
1987. 2	대담	우리 문학의 오늘과 내일	문학정신
		(서정주, 유종호)	
1987. 2. 28	축시	공무원이 어디 따로 있는가?	지방행정 400
1987. 3	권두언	창작 문학의 지성	문학정신
1987. 3. 10	시선집	국화 옆에서	혜원출판사
1987. 3. 31	시선집	서정주 시집	범우사
1987. 4. 15	산문집	시인과 국화	갑인출판사
1987. 4	권두언	생의 매력과 감동	문학정신

발표일	분류	제목	발표지
1987. 5	권두언	쑥과 마늘	문학정신
1987. 6	권두언	문학 작품의 뉘앙스	문학정신
1987. 7	권두언	문학자와 사관	문학정신
1987. 7. 10	시선집	이런 나라를 아시나요	고려원 시문학 총서 21
1987	시선집	서정주의 명시	한림출판사
1987. 7. 18	산문	신기원 이룰 기틀을	성화봉을 드높이
1987. 8	권두언	문학과 한의 처리	문학정신
1987. 9	권두언	문학하는 정신의 자유	문학정신
1987. 10	권두언	두 개의 책임	문학정신
1987. 10	대담	오늘의 문학과 언어를 생각한다(서정주, 이어령)	문학정신
1987. 10. 5	산문집	한 사발의 냉수 (한국대표 에세이문고 9)	자유문학사
1987. 11	권두언	신성성의 부흥을 위하야	문학정신
1987. 11. 2	담시	팔할이 바람 ―6·25 민족상잔의 때를 만나서	일간스포츠
1987. 12	권두언	문인과 교양	문학정신
1987. 12	대담	한·불문학의 현황과 전망 (서정주, 에마뉘엘 로블레스)	문학정신
1987	불역 시집	떠돌이의 시(김화영 역)	생제르맹 데 프레사
1988	독역 시집	석류꽃 (조화선 역)	독일 부비어사
1988	스페인어 역	국화 옆에서(김현창 역)	마드리드 국립대

발표일	분류	제목	발표지
	시집		출판부
1988. 1	권두언	문학 작품의 새로운 매력 탐구를 위하여	문학정신
1988. 2	권두언	옛날이야기 하나	문학정신
1988. 2. 20	머리말	발사(跋辭)	영호대종사어록
1988. 3	권두언	생의 근본적 긍정	문학정신
1988. 4	권두언	매화와 민중	문학정신
1988. 5. 30	제12시집	팔할이 바람	혜원출판사 (1987. 7~12까지 일간스포츠에 게재)
1988. 7	산문	불경에서 배운 것들	법륜
1988. 10	권두언	문학과 자유	문학정신
1988. 12	권두언	영생에 대하여	문학정신
1988. 12	추천사	시 추천사(김수경, 정숙자)	문학정신
1989. 10	시	잠의 찬미	문학사상
1989. 11. 20	시선집	연꽃 만나고 가는 바람아	신원문화사
1989. 겨울	시	낙락장송의 솔잎송이들/ 비밀한 내 사랑이/ 포르투갈의 불꽃	세계의 문학
1989	영역 시집	서정주 시선 (데이비드 매캔 역)	컬럼비아대 출판부
1990	시집	서정주 시집	범우문고 46
1990. 1	시	어느 눈 내리는 날에	국회보 729
1990. 2	시	히말라야 산사람의 운명	월간문학
1990. 2. 1	시 선십	서정주 시신	세명문화사

발표일	분류	제목	발표지
1990. 하반기	시	부산의 해물잡탕	오늘의 시
1991. 1. 30	제13시집	산시	민음사
1991. 5. 1	민화집	서정주 세계 민화집(전5권)	민음사
1991. 6	시/산문	나의 시(재수록) ― 시 속의 공간 읽기(선운사)	현대시학
1991. 7	시	부다페스트에서 모스코로 날아가는 쏘련 여객기의 화장실에서	자유공론
1991. 7	산문	나의 화사집 시절	현대시학
1991. 10	시	에짚트의 연꽃/ 에짚트의 어떤 저승의 문 앞/ 나일강엔 연사흘 비만 내리어	현대시학
1991. 10	시 전집	미당 서정주 시 전집(전2권)	민음사
1991. 10. 24	녹음 시집	음향시 화사집 (윤정희 낭송, 백건우 연주)	민음사
1991. 11	시	'또다시 유랑길에서' 요즘의 나의 시/시월상달/ 부다페스트의 호텔 로비에서/ 중공 인민위원복의 대열/에짚트의 사막에서	문학사상
1991. 1	산문	석전 박한영 스님(1)	해인
1991. 11. 15	시선집	푸르른 날 (한국대표시인 100인 선집)	미래사
1991	논저	눈이 부시게 푸르른 날은 (한국의시인선 3)	열음사

발표일	분류	제목	발표지
1991. 11. 15	시선집	피는 꽃	백록
1991. 하반기	시	에짚트의 어떤 저승의 문 앞	오늘의 시
1991. 12	시	나의 목적지	자유공론
1991. 12	산문	석전 박한영 큰스님(2)	해인
1992	편저	학생 국제 펜팔	삼지사
1992. 1	대담	시집『산시』와『처용단장』 (서정주, 김춘수)	현대시학
1992. 1	산문	참마음 찾는 길	불광
1992. 1~3	산문	석전 박한영 스님	해인
1992. 봄	시	'구 만주제국 체류시' 만주제국 국자가의 1940년 가을/ 일본 헌병 고 쌍놈의 새끼/ 간도 용정촌의 1941년 1월 어느날/ 북간도의 총각 영어교사 김진수 옹	시와시학
1992. 봄	시	시인 함형수 소전	시와시학
1992. 3	시	석굴암 관세음(재수록)	불교세계
1992. 4. 25	산문집	노자 없는 나그네길	신원문화사
1992. 6	시	여행에의 유혹	현대문학
1992. 겨울	시	1992년 여름의 쌘페테르부르크/ 1992년 여름의 로서아 황소/ 롸씨야 미녀찬/마스크바에 안개 자욱한 날/ 쌘페테르부르크의 우리 된장국	세계의 문학
1993	영역 시집	MIDANG 서정주의 초기 시 (안선재 역)	파리, 유네스코
1993. 1	시	눝흐캐롤라이나의 수풀 속의	현대시학

발표일	분류	제목	발표지
		고양이/썬 댄스라는 곳에서/ 와이오밍의 기러기 소리/ 상리과원/신부(재수록)	
1993. 1	시	'속 러시아 시' 성 레오 톨스토이 선생 무덤 앞 에서/표도르 도스토예프스키 선생 댁에서/에또 푸로스또 말리나!/ 러시아 암무당/러시아에 살고지고	문학사상
1993. 1	산문	러시아 탐방기 — 러시아 유학의 길에 오른 미당 서정주의 육성	문학사상
1993. 3	수필	내 인생관	문예중앙
1993. 4	시	한솥에 밥을 먹고/ 쬐금밖엔 내릴 줄 모르는 아조 독한 눈/봄 가까운 날/ 부는 바람 따라서/ 우리나라의 열 두발 상무(上舞)	현대문학
1993. 4	평론	시와 사상 — 나의 시, 나의 사상	현대시학
1993. 5	시	메소포타미아(이라크) 신화를 읽고	자유공론
1993. 6	시	비가 내린다	동서문학
1993. 여름	시	쑥국새 울음 속에서/ (「쑥국새 소리 시간」으로 개제) 개울 건너 부안댁 감나무의 풋감들 시간/여름밤 솥작새와	시와시학

발표일	분류	제목	발표지
		개구리가 만들고 있던 시간/	
		맑은 여름밤 별하늘 밑을	
		아버지 등에 업히어서/	
		내가 처음 겪은 국선(國仙)의 시간	
		(「쑥국가 천자책을 다 배웠을 때」로 개제)	
1993. 7. 1	희곡, 소설	영원의 미소/	명문당
		석사 장이소의 산책	
1993. 8	산문	손톱 밑의 하얀 초생달	현대시학
		― 내 시 속의 중요한 이미지 하나	
1993. 가을	시	초가지붕에 박꽃이 필 때/	시와시학
		추석 전날 달밤에 송편 빚을 때/	
		윗마을의 키다리 최노적 씨/	
		뻐꾹새 소리뿐!	
1993. 10. 1	그림동화	우리나라의 선녀 이야기(5권)	민음사
1993. 10. 20	산문집	미당 산문	민음사
		― 문학을 공부하는 젊은 친구들에게	
1993. 11. 10	제14시집	늙은 떠돌이의 시	민음사
1993. 11	좌담	호프만과 미당, 그 만남의	현대문학
		현장(서정주, 로알드 호프만)	
1993. 12	시	낭디의 황혼의 산맥들의 주름살	현대시
1993. 12. 22	인터뷰	2백 살 목표로 공부하고	국민일보
		글 써요(김미숙)	
1993. 12. 26	작가론	서정주 문학앨범	웅진출판
1994. 1	시	니르바나 이야기	현대시학
1994. 2	산문	눈부신 발전을 바라는	월간문학

발표일	분류	제목	발표지
		마음으로 ─ 지령 300호 기념 특집	
1994. 봄	시	박동숙이의 꽃과 그네/	시와시학
		갈대밭 머리에서 ─ 첫사랑의 시(2)	
1994. 봄	시	서정주 특집:『화사집』에서	작가세계
		『늙은 떠돌이의 시』까지 신작시	
		산청, 함양의 콩꽃/안동 쐬주/	
		고창 선운사의 동백꽃 제사/	
		이화중선이 이얘기/충청도와 속리산 화양골에	
		자선시	
		풀리는 한강가에서/아지랑이/	
		춘궁/내 아내/기억(재수록)	
1994. 3. 5	산문	이 훤칠한 삶의 맛	조선일보사
		(『아! 고구려』에 수록)	
1994. 3. 18~9. 17	여행기	미당의 세계 방랑기	국민일보
		(총 25회 연재)	
1994. 여름	시	꽃상여/홍시/	시와시학
		콩을 볶아 먹으면서	
1994. 6. 28	인터뷰	팔순 맞은 미당 서정주(신효정)	문화일보
1994. 7	시	야채 장사 김종갑 씨	월간조선
1994. 7. 15	시집	민들레꽃	정우사
1994. 8	산문	거짓 없이 진실한 가장 순수한	문학사상
		문학청년 ─ 나의 젊었을 때 시의	
		친구 함형수	
1994. 가을	시	어린 집지기/	시와시학
		어린 집지기의 구름/	

발표일	분류	제목	발표지
		개울물 건네기와 떨어진	
		홍시 주워서 먹기	
1994. 11. 15	방랑기	미당 세계 방랑기(전3권)	민예당
1994. 12	시	우리나라 미인	신동아
1994. 12. 2	시 전집	미당 시 전집(전3권)	민음사
1994. 11. 15	산문집	미당 자서전(전2권)	민음사
1994. 12	시	안동 소주(재수록)	오늘의 시
1995. 1	시	'현대문학' 창간 40주년에 부쳐서	현대문학
1995. 1	시	보세 '묵란'꽃 핀 걸 보고	문학사상
		맡으며	
1995. 1	권두시	근황― 1995년 새해를 맞이하며	월간 에세이
1995. 1. 15	시	축시	문학아카데미
1995. 2. 1	전기	우남 이승만전	화산문화기획
1995. 2	시	'샘터' 300호를 맞이하여	샘터
1995. 3	시	'내 일상의 시'	현대문학
		한란 세배/늙은 아내의 손톱	
		발톱 깎아주기/지구 위의 산 이름들 세기/	
		생가복원	
1995. 4. 22	스페인어 역	서정주 시선(김현창 역)	마드리드 국립대
	시집		출판부
1995. 6. 30	시/산문	나의 시, 나의 시 쓰기(공저)	토담
1995. 7	시	무주공산/도로아미타불	현대문학
1995. 9	산문	영랑의 회상	
		― 김영랑 45주기 추모 특집	문학사상
1995. 12	산문	1995년, 기뻤던 일, 딱했던 일	현대문학

발표일	분류	제목	발표지
1995	영역 시집	떠돌이의 시(케빈 오록 역)	아일란드 디덜러스
1996. 1	시	당명황과 양귀비와 모란꽃	현대시학
1996. 1	시	1996년 새해 첫 아침에	문학사상
1996. 1. 23	산문	문학의 해에 부치는 글	한국일보
1996. 2	대담	미당과의 여행(서정주, 문덕수)	시문학
1996. 5	시	무제(유리창에 스미어오는…)	월간 에세이
1996. 봄·여름	시/산문	바이칼 호숫가의 비취의 돌칼	시와시학
1996. 여름	시	뼁상 반 고흐의 그림 「씨 뿌리는 사람」	시와반시
1996. 8	시	'쏠로몬 왕의 시적 구상' 쏠로몬 왕의 바다/쏠로몬 왕의 애인의 이빨	현대문학
1996. 8	산문	문학의 질적 향상을 위해 노력할 때	월간문학
1996. 가을	자서전	나의 문학 인생 7장 (등단 60주년 기념 특집)	시와시학
1997	스페인어 역 시집	신라초(김현창 역)	마드리드 국립대 출판부
1997. 1. 1	시선집	견우의 노래(100인의 시인 3)	좋은 날
1997. 1	시	한란 너는	현대문학
1997. 1	시	1997년 설날에	문학사상
1997. 봄호	시	석류 열매와 종소리	21세기문학
1997. 3. 15	산문	아 전라도 그 향토빛 이야기(공저)	세훈
1997. 5	강연초	나의 시 60년	문학사상

발표일	분류	제목	발표지
1997. 7. 20	수필 선집	인연	민족사
1997. 봄·여름	시	도로아미타불의 내 햇살/ 서울의 겨울 참새들에게	시와시학
1997. 11. 10	제15시집	80소년 떠돌이의 시	시와시학사
1997. 11. 25	시선집	국화 옆에서(이남호 선·해설)	민음사
1998. 1	시	관악구에 새해가 오면/ 결국은/여든세 살 때의 추석 명월/ 내 늙은 아내/ 페르시아 문명에서 제일 좋은 것	현대문학
1998. 봄	시	우리나라 아버지/ 우리나라 어머니	시와시학
1998. 봄·여름	시	이 세상에서 제일 키 큰 나무들의 수풀/ 미국의 껌정 사자 '휴우마'/ 미국의 가마귀와 한국 가마귀	문예중앙
1998. 4	축사	축하와 당부의 말씀	월간문학
1998. 가을	시	내 고향 선운리의 하늘/ 도로아미타불의 내 햇살(재수록)	시안
1998. 4. 30	영역 시집	밤이 깊으면 (한국문학 영역총서, 안선재 역)	답게
1999. 2	기획 특집	미당 서정주를 찾아서	시문학
1999. 2	시	자화상/수대동시/나의 시/학 외할머니의 뒤안 툇마루/곡(曲)(재수록)	시문학
1999. 5. 15	번역시집	만해 한용운 한시선(재출간)	민음사
2000. 1. 1	시	2000년 첫닐을 위한 시	중앙일보

발표일	분류	제목	발표지
2000	스페인어 역 시집	80 먹은 어린 방랑자의 시, 그리고 다른 시들(김현창 역)	스페인 베르붐사
2001	시선집	질마재로 돌아가다	미래문화사
2000. 봄	시	겨울 어느 날의 늙은 아내와 나	시와시학
2000. 4	대담	미당과의 대화(서정주, 문덕수)	시문학
2000. 겨울	시	내리는 눈발 속에서는(재수록)	문예중앙
2000. 12. 25	시집	80소년 떠돌이의 시(증보판)	시와시학사
2001	시선집	미당 서정주 시선집	시와시학사
2003	유고슬라비아 역 시집	정오의 언덕	취고야사
2005	폴란드어 역 시집	비단안개(김소월, 윤동주, 서정주)	베타보그스사
2006	번역 시집	석전 박한영 한시집	동국역경원
2013	시선집	서정주 시선	지식을만드는 지식
2014	시선집	무슨 꽃으로 문지르는 가슴이기에 나는 이리도 살고 싶은가: 미당 서정주 대표 시 100선	은행나무
2015	시 선집	미당 서정주 전집(1~5)	은행나무

서정주 연구서지*

1948	김동리, 「시집 『귀촉도』 발사」, 선문사
1949. 12	조연현, 「원죄의 형벌」, 『문학과 사상』, 세계문화사
1950. 1	조연현, 「서정주론」, 《주간서울》 71
1952. 10	김동리, 「서정주의 「추천사」」, 『문학과 인간』, 청춘사
1953. 10	송욱, 「서정주론」, 《문예》
1955	김양수, 「서정주의 영향」, 《현대문학》
1959. 8	이철범, 「신라 정신과 한국 전통론 비판: 서정주 씨의 지론에 대한」, 《자유문학》
1960. 5	최일남, 「「고향에 살자」의 서정주 선생」, 《현대문학》
1963. 10	김윤식, 「역사의 예술화 — 신라 정신이란 괴물을 폭로한다」, 《현대문학》
1963. 11	강우식, 「신라 정신의 고찰과 서정주 시」, 《성균》 17
1964. 4	김상일, 「「국화 옆에서」의 기적 — 시인에의 요망」, 《현대문학》
1964. 8	김종길, 「시와 이성: 서정주 사백(詞伯)의 「내 시정신의 현황」을 읽고」, 《문학춘추》
1964. 10	김운학, 「한국 현대시에 나타난 불교 사상」, 《현대문학》
1965	구중서, 「서정주와 현실 도피」, 《청맥》
1965. 3	이동주, 「서정주」, 《문학춘추》
1965. 11	원형갑, 「서정주론: 속·서정주의 신화」, 《현대문학》

---

* 서정주 연구서지는 윤재웅 엮음, 『서정주』(글누림, 2011)를 참고하여 정리함.

1966. 3   김종길, 「「추천사」의 형태」, 《사상계》

1966. 6   김학동, 「현대 시인 논고 — 시서정주의 시를 중심으로(상)/其
              十」, 《동해문화》

1966. 6   김학동, 「현대 시인 논고 — 서정주의 시를 중심으로(상)」, 《동
              양문화》 5

1966. 7   박성룡, 「서정주 작 「무등을 보며」」, 《문예수첩》

1967. 1   원형갑, 「서정주: 문제 작가 문제 작품」, 《현대문학》

1967. 5   김춘수, 「청마의 시와 미당의 시: 이달의 화제」, 《현대문학》

1967. 5   김학동, 「서정주 초기 시에 미친 영향」, 《어문학》 16

1967. 7   최광열, 「언어의 책사, 마신의 미학」, 『현 대한국 시 비판(상)』,
              예문관

1967. 8   이어령, 「한국 현대시의 두 갈래 길」, 『지성의 오솔길』, 문학사
              상사

1967. 9   고은, 「서정주: 현대 한국의 유아독존」, 《세대》

1968. 5   송재소, 「시적 방법으로서의 신화 — 서정주 씨에 보내는 각
              서」, 《아한》

1968. 7   김우창, 「한국 시와 형이상 하나의 관점 — 최남선에서 서정주
              까지」, 《세대》

1968. 9   원형갑, 「서정주의 신화: 현상학적 시 해명의 시험」, 《현대문학》

1969. 3   고은, 「실내작가론: 서정주」, 《월간문학》

1969. 3   김주연, 「시의 현실과 매체 — 『동천』, 『경상도의 가랑잎』」, 《현
              대문학》

1969. 6   이성부, 「삶의 어려움과 시의 어려움 — 『동천』, 『청록집』 이후
              를 중심으로」, 《창작과 비평》

1969. 7   김주연, 「서정주 시집 『동천』」, 《월간문학》

1969. 7   최광열, 「서정주 시의 변질과 정서 충동의 미학」, 『현대한국시
              비판(하)』, 예문관

1969. 8·9   김해성, 「미당의 신라 정신」, 《불교계제》 24

1969. 12   염무웅, 「서정주와 송욱의 경우」, 《시인》

1970   이용훈, 「개인적 생명 의식에의 집념 — 서정주론」, 《국어교육》 16

1970   최원규, 「서정주 연구 — '꽃'의 의미를 중심으로」, 《국어국문학》 49-50

1970. 6   이선영, 「서정주 『국화 옆에서』 — 작품 해설」, 《월간문학》

1970. 여름   전상렬, 「서정주론: 그의 시사적 공적(詩史的功過)」, 《문화비평》

1970. 9   김성욱, 「「상리과원」 해도」, 《현대문학》

1970. 12   최원규, 「서정주의 시정신 연구」, 《충남대 논문집》 9

1971   김학동, 「신라의 영원주의 — 서정주의 「신라초」를 중심으로」, 《어문학》 24

1971. 2   신동욱, 「시를 읽는 법 — 「추천사」의 해석」, 《현대문학》

1971. 6   한흑구, 「미당의 술과 시」, 《현대문학》

1971. 7   박철희, 「현대 한국 시와 그 서구적 잔상(5) 서정주와 자극시」, 《예술원논문집》 10

1971. 10   전상렬, 「서정주론」, 《시문학》

1971. 12   오규원, 「색채의 미학 — 이상·유치환·서정주를 중심으로」, 《시문학》

1972   김재홍, 「미당 서정주론 하늘과 땅의 변증법: 한국의 예술가, 그 작품과 인생의 전부」, 《동서문화》 3, 5

1972   이성부, 「서정주의 시 세계: 「서정주 전집」을 읽고」, 《창작과 비평》

1972. 4   박철희, 「「속 질마재 신화」고」, 《현대문학》

1972. 5   김인환, 「서정주의 시적 여정: 「화사」에서 「질마재 신화」까지의 거리」, 《문학과지성》

1972. 9   천이두, 「지옥과 열반: 서정주론」, 《시문학》

1972. 12   삼성출판사 편, 「미당과의 대화」, 《문학사상》

1973   김현, 「서정주 혹은 불교적 인생관의 천착」, 『한국문학사』, 민

음사

1973	조달곤, 「미당 시문학의 원형 연구: 신라초동천을 중심으로 한 신화 비평적 접근」, 동아대 대학원 석사 학위 논문
1973	정한모, 「미당 시의 이미저리와 방법」, 『현대시론』, 민중서관
1973	천이두, 「시인에 있어서의 이디엄고 — 서정주의 시 세계를 중심으로」, 《한국언어문학》 10
1973. 1	김해성, 「서정주론 — 불심경수의 「동천」 세계 고」, 『한국현대시인론』, 금강출판사
1973. 1	최하림, 「체험의 문제: 서정주에게 있어서의 시간성과 장소성」, 《시문학》
1973. 2	고은, 「서정주 시대의 보고, 서정주: 서정주 문학 전집 5권 「서평」」, 《문학과지성》
1973. 6	박희선, 「시와 선, 그리고 작품 — 『한국 불교 시선』」, 《풀과별》 12
1973. 7	조운제, 「150년대의 시맥 — 서정주의 시사적 위치」, 《풀과별》
1973. 8	김윤식, 「문학에 있어 전통 계승의 문제: 「질마재」(서정주)와 「농무」(신경림)를 발단으로 살펴본」, 《세대》
1973. 12	박진환, 「목화와 국화와 안여(雁旅)와: 서정주 '특집'」, 《현대시학》
1973. 12	조연현, 「전통의 개념과 그 가치 — 서정주와 김동리의 전통에 대한 태도를 중심으로」, 《보운》 3
1974	김윤식, 「전통과 예의 의미 — 서정주」, 『한국 근대 작가 논고』, 일지사
1974. 4	김윤식, 「시와 전통의 맥락, 이육사·유치환·서정주의 시: 시를 어떻게 읽을 것인가 '특집'」, 《심상》 7
1974. 4	박진환, 「「속 질마재 신화」 고」, 《현대시학》
1974. 5	정영일, 「반신(半神) 미당 서정주의 귀의」, 《풀과별》 21
1974. 5	정의홍, 「꽃을 통한 육성의 몸부림 — 서정주의 꽃」, 《현대문학》
1974. 9	박재삼, 「내 경험 위에서: 서정주의 「무제」」, 《심상》 12

1974. 10   홍신선, 「여성, 천상적 의미와 성당 — 서정주의 시」, 《현대시학》

1974. 12   박진환, 「삼교(三敎)의 혼융과 샤먼의 신화 창조, 서정주의 경
　　　　　　우: 시와 종교 '특집'」, 《현대시학》

1975   강희근, 「미당 서정주 연구」, 동아대 대학원 석사 학위 논문

1975   김영탁, 「서정주론 서설」, 《대동문화연구》 10

1975   장근호, 「문학과 전통 — 미당의 작품을 중심으로」, 《서라벌》 1

1975   허영자, 「현대시에 나타난 신화의 세계: 미당의 시를 중심으
　　　　　　로」, 《성신인문과학연구소 연구논문집》 8

1975   황동규, 「두 시인의 시선: 「질마재 신화」 서정주 저(著) 「초개
　　　　　　수첩(草芥手帖)」 김영태 저(著) '서평'」, 《문학과지성》 22

1975. 4   김시태, 「서정주의 역설적인 의미」, 《현대문학》

1975. 5   조병무, 「영원성과 현실성 — 미당 『질마재 신화』 고」, 《현대문학》

1975. 5   조연현, 『서정주 연구』, 동화출판공사

1975. 12   김윤식, 「「질마재 신화」 서정주 저 '서평'」, 《펜뉴스》

1976   김열규, 「중력을 벗어난 공간 — 서정주의 「학」」, 《문학사상》

1976   김용태, 「서정주론 — 불교적 성격의 시를 중심으로」, 《수련어
　　　　　　문논집》 4

1976   김종철, 「소나기를 보는 눈: 「떠돌이의 시」, 서정주 저 '서평'」,
　　　　　　《세계의문학》 1

1976   오규원, 「대가(大家)의 멋과 한계: 「떠돌이의 시」, 서정주 저
　　　　　　'서평'」, 《문학과 지성》 26

1976   조연현, 「미당 서정주론」, 《한국어문학연구》 9

1976. 3   김윤식, 「서정주의 질마재 신화 고(攷): 거울 화(化)의 두 양
　　　　　　상」, 《현대문학》

1976. 7   김우창, 「미당 선생의 시」, 『떠돌이의 시(해설)』, 민음사

1976. 12   송하선, 「미당의 「질마재 신화」 고찰」, 《한국언어문학》 14

1977   김용태, 「미당 시의 실상싱과 무애적 성격 고(考)」, 《하서 김종

우 박사 회갑 기념 논총》

1977 　　김우창, 「구부러짐의 형이상학 — 서정주, 「떠돌이의 시(詩)」」, 『궁핍한 시대의 시인』, 민음사

1977 　　송재갑, 「현대 불교시 연구: 한용운과 서정주의 두 작품」, 《한국어문학연구》 10

1977 　　송하선, 「서정주 시선 고찰」, 《한국언어문학》 15

1977 　　송하선, 「서정주 연구」, 고려대 교육대학원 석사 학위 논문

1977. 3 　김용태, 「서정주론」, 《현대문학》

1977. 12 　최원규, 「미당 시의 불교적 영향」, 《현대시학》

1978 　　구연식, 「시집 『떠돌이의 시』에 나타난 범인론적 미학」, 《국어국문학》 2

1978 　　김준오, 「신화주의와 체험의 공유: 「질마재 신화」의 문제」, 《국어국문학》 15

1978 　　이용훈, 「미당 시의 설화 수용의 양상」, 《해양대 논문집》 13

1978. 3 　윤석호, 「서정주」, 《현대문학》

1978. 9 　이용훈, 「미당 시의 설화 소재 작품고 — 「신라초」를 중심으로」, 《학술논총》

1978. 11 　김준오, 「인간 탐구와 미당의 신화」, 《심상》

1979 　　염무웅, 「서정주 소론」, 『민중 시대의 문학』, 창작과비평사

1979 　　이원구, 「서정주 연구」, 동국대 대학원 석사 학위 논문

1979 　　전정구, 「서정주 연구」, 전북대 대학원 석사 학위 논문

1979. 4 　정영자, 「원형의 재생 — 서정주론」, 《현대문학》

1980 　　박철석, 「미당 시학의 변천고」, 《한국문학논총》 3

1980 　　조창환, 「한국 시의 여성 편향적 성격: 영랑·소월·만해·미당의 시들을 대상으로」, 《국어문학》 21

1980 　　최동호, 「서정적 자아 탐구와 시적 변용 — 이상·윤동주·서정주를 중심으로」, 《고려대 어문논집》 21

1980. 3   최하림, 「신화와 시의 시계」, 《문예중앙》

1980. 5   박철석, 「서정주론」, 《현대시학》

1980. 12   박진숙, 「한국 근대 문학에서의 샤머니즘과 '민족지'의 형성」,
              《한국현대문학연구》 19

1981   김영수, 「서정주 시의 상징성에 관한 연구」, 경북대 대학원 석
              사 학위 논문

1981   김재홍, 「서정주의 「화사」」, 『한국 현대시 작품론』, 문장

1981   서우석, 「서정주 — 리듬의 완만한 대립」, 『시와 리듬』, 문학과
              지성사

1981   신동욱, 「「국화 옆에서」의 율격미」, 『우리 시의 역사적 연구』,
              새문사

1981   윤태수, 「미당 서정주론」, 《자하어문학》 1, 상명여사대

1981   이남호, 「윤동주와 서정주의 『자화상』 비교 분석」, 고려대 대
              학원 석사 학위 논문

1981   천이두, 「서정주의 「동천」」, 『한국 현대시 작품론』, 문장

1981   황미광, 「서정주 시에 나타난 사계의 의미 고찰: 꽃의 이야기를
              중심으로」, 《태능어문》 1

1981. 2   김선학, 「설화의 시적 수용 — 『질마재 신화』를 중심으로」, 《한
              국문학연구》 3

1981. 6   정금철, 「「화사집」의 심리 분석적 접근 — 「화사」 장의 시를 중
              심으로」, 《서강어문》

1981. 8   김해성, 「서정주론 — 그의 불교 사상을 중심으로」, 《월간문학》

1981. 9   황동규, 「탈의 완성과 해체 — 서정주의 정신과 시」, 《현대문학》

1982   감태준, 「미당과 목월의 초기 시 대비 연구」, 한양대 대학원 석
              사 학위 논문

1982   김경희, 「미당 시에 나타난 설화적 모티브 연구」, 동아대 대학
              원 석사 학위 논문

1982	김열규,「속신(俗信)과 신화의 서정주론」,《서강어문》 2
1982	김준오,「시와 설화」,『시론』, 문장사
1982	문찬식,「미당 서정주 연구」,《광주대 논문집》 2
1982	박재승,「'생명파' 연구: 서정주와 유치환을 중심으로」, 충북대 대학원 석사 학위 논문
1982	조달곤,「신바람의 시학: 서정주론」,《논문집》 3-1
1982	최동현,「서정주 시 연구 — 빛의 이미저리를 중심으로」, 전북대 교육대학원 석사 학위 논문
1982	하재봉,「서정주 시에 나타난 물질적 상상력 연구, 중앙대 대학원 석사 학위 논문
1982. 12	권영민,「시적 체험과 이야기조 — 서정주 연재시「안 잊히는 일들」을 읽고」,《현대문학》
1982. 12	김재홍,「생애사와 역사적 순응주의 — 서정주 연재시「안 잊히는 일들」을 읽고」,《현대문학》
1982. 12	박재삼,「자유자재한 것 — 서정주 연재시「안 잊히는 일들」을 읽고」,《현대문학》
1982. 12	오세영,「상상력과 개인사의 시화 — 서정주 연재시「안 잊히는 일들」을 읽고」,《현대문학》
1983	김해성,「서정주의 시 세계: 불교와 국문학」,《불광》 100
1983	박덕은,「서정주의「동천」연구」,《국어문학》 23
1983	송효섭,「「질마재 신화」의 서사 구조 유형 —『삼국유사』와의 비교를 통한 시론」, 김열규 편,『삼국유사와 한국 문학』, 학연사
1983	정신재,「미당시의 공간 의식」, 동국대 대학원 석사 학위 논문
1983	주옥,「서정주 시의 설화 수용 양상 연구」, 서강대 대학원 석사 학위 논문
1983	최원규,「서정주와 불교 정신」,『한국 현대시사 연구』, 일지사
1983	최원규,「서정주의「화사」」,『한국 대표 시 평설』, 문학세계사

| 1983 | 황인교, 「서정주 시의 상상력 연구」, 이화여대 대학원 석사 학위 논문 |

1983   황인교, 「서정주 시의 상상력 연구」, 이화여대 대학원 석사 학위 논문

1983. 1   정신재, 「미당 시에 나타난 신화적 의미」, 《시문학》

1983. 2   김해성, 「서정주의 시 세계 ― 불교와 국문학」, 《불광》

1983. 6   윤재근, 「인생 유전과 진언 ―『안 잊히는 일들』 서평」, 《현대문학》

1983. 10 정신재, 「미당 시의 공간 의식 ― 초기 시를 중심으로」, 《동악어문논집》

1984   강우식, 「서정주 시의 상징 연구 ― 초기 시집을 중심으로」, 한양대 대학원 석사 학위 논문

1984   구자성, 「한국 현대시에 나타난 불교 사상: 만해와 미당의 시를 중심으로」, 연세대 대학원 석사 학위 논문

1984   김봉군, 「서정주론」, 『한국 현대 작가론』, 민지사

1984   김영수, 「서정주 시의 상징성 고찰」, 《안동대 논문집》 6

1984   김화영, 『미당 서정주의 시에 대하여』, 민음사

1984   윤석호, 「서정주 연구 ― 특히 불교 정신의 영원성을 중심으로」, 세종대 대학원 석사 학위 논문

1984   이종윤, 「서정주 초기 시의 연구 ― 피의 심상을 중심으로」, 경희대 대학원 석사 학위 논문

1984   이진홍, 「서정주의 「국화 옆에서」에 대한 존재론적 해명」, 《한민족어문학》 11

1984   장보광, 「서정주의 자연 연구: 서정주 시선의 해방 후 시를 중심으로」, 한양대 교육대학원 석사 학위 논문

1984   정영호, 「서정주의 「떠돌이의 시」 연구」, 동아대 대학원 석사 학위 논문

1984. 1   강희근, 「서정주 시의 서술성에 대하여」, 《월간문학》

1984. 1~3 하현식, 「미당 또는 존재 의미의 변증법」, 《현대시학》

1984. 7   강우식, 「서정주 시의 상징 연구 ― 초기 시집을 중심으로」,

《한국문학》

1985   강희근, 「서정주 시 연구」, 『우리 시문학 연구』, 예지각

1985   김지향, 「서정주 시에 나타난 무속 신앙적 특성: 그 신화적 접근 시고」, 《한양여전 논문집》 8

1985   문정희, 「서정주의 시에 나타난 '물'의 이미지」, 《경기어문학》 5·6

1985   박재삼, 「미당을 찾아서」, 『서정주 시선: 눈이 부시게 푸르른 날은』, 열음사

1985   백수인, 「미당 서정주의 시에 나타난 전통성 추이」, 《인문과학 연구》 6·7

1985   유경순, 「미당 시에 나타난 여성상 — 여성주의를 중심으로」, 인하대 교육대학원 석사 학위 논문

1985   이광수, 「지훈과 미당의 시론 비교」, 고려대 대학원 석사 학위 논문

1985   조형순, 「현대시에 나타난 시적 화자와 청자의 연구 — 유치환과 서정주의 초기 시를 중심으로」, 경남대 대학원 석사 학위 논문

1986   김영수, 「「피」의 상징성과 그 기능: 서정주 초기 시에 있어서」, 《안동대 논문집》 8

1986   김옥순, 「서정주 시에 나타난 집과 우주의 대립 구조: 시 「자화상」을 중심으로」, 《국어국문학》 95

1986   김은자, 「한국 현대시의 공간 의식에 관한 연구: 김소월, 이상, 서정주를 중심으로」, 서울대 대학원 박사 학위 논문

1986   김장선, 「미당 서정주 시의 원형적 고찰」, 《조선대 교육대학원 교육논총》 2-2

1986   신달자, 「색채 의식과 영원성: 목월의 청색과 미당의 옥빛을 중심으로」, 원우논총 4

1986   이영희, 「서정주 시의 시간성 연구」, 《국어국문학》 95

1986   황인교, 「반복, 순환의 시적 체계 1: 「서정주 시선」의 시적 체

계 규명을 위한 시론(試論)」, 《이화어문논집》 8

1986. 6 임종찬, 「미당의 산문시와 그 시성(Poeticity)」, 부산대 인문논총

1986. 10 박재승, 「서정주 시의 변모 과정 ─ 「화사집」에서 「동천」까지」, 《동천 조건상 선생 고희 기념 논총》, 형설출판사

1986. 10 이청, 「서정주의 시와 무속과의 연관성에 관한 소고」, 《청천 강용권 박사 송수 기념 논총》

1986. 10 천경록, 「「화사집」의 이미지 연구」, 《선청어문》, 서울대 사범대학

1986. 11 김재홍, 「미당 서정주」, 『한국 현대시인 연구』, 일지사

1987 김장선, 「미당 서정주 시의 원형적 고찰」, 조선대 교육대학원 석사 학위 논문

1987 백수인, 「미당 서정주 시의 인물 고찰 ─ 초기의 시를 중심으로」, 《인문과학연구》 9

1987 변해숙, 「서정주 시의 시간성 연구」, 이화여대 대학원 석사 학위 논문

1987 이재운, 「서정주 시에 나타난 상상력의 세계 ─ 공간과 시간의 광대와 축소」, 《문예창작연구》 1

1987 한만수, 「서정주 「자화상」을 보는 한 시각: 제프리 리이취 방법론의 적용, 그 가능성과 한계」, 《동국대 대학원 연구논집》 17

1987. 3 남진우, 「남녀 양성의 신화 ─ 서정주 초기 시에 있어서 심층 탐험」, 《시운동》

1987. 4 김창근, 「현대시의 원형적 상상력에 관한 연구 ─ 미당 시를 중심으로」, 《동의어문논집》

1987. 10 이어령, 「피의 순환 과정 ─ 미당 시학」, 《문학사상》

1988 김순주, 「서정주 시 연구: 신라 정신을 중심으로」, 연세대 교육대학원 석사 학위 논문

1988. 8 이진홍, 「닫힌 세계의 갇힌 바람 ─ 미당의 『화사집』 해명」, 《영남어문학》 15

1988. 12   엄해영, 「미당 시에 나타난 신화적 세계」, 《세종어문연구》 5, 6

1989   김동일, 「서정주 시 연구 ─ 화자를 중심으로」, 성균관대 교육 대학원 석사 학위 논문

1989   오형엽, 「서정주 초기 시의 의미 구조 연구 ─ 이원성(二元性)과 그 융합 의 의지를 중심으로」, 고려대 대학원 석사 학위 논문

1989   이동하, 「'순수' 문학과 '독재' 정권: 김동리, 서정주, 김춘수의 경우」, 《대학문화》 12

1989   이진홍, 「서정주 시의 심상 연구: 『화사집』에서 『동천』까지」, 영남대 대학원 박사 학위 논문

1989   정치희, 「서정주의 시정신 연구: 인간애 사상을 중심으로」, 전북대 대학원 석사 학위 논문

1989   채명식, 「미당 시와 정념 통어(情念統御)의 방법: 『서정주 시선』을 중심으로」, 《한국어문학 연구》 24

1989. 2   오시열, 「「화사」의 기호학적 접근을 통한 미당의 초기 시 연구」, 《백록어문》

1989. 8   정신재, 「서정주론」, 『한국 현대시인 연구』, 태학사

1989. 12   박종철, 「언어학과 시학(1) ─ 미당의 「뻐디기」를 중심으로」, 《이정 정연찬 선생 회갑 기념 논문집》

1990   김선영, 「미당 서정주론: 시적 '가다' 의식을 통한 꽃과 영원의 의미」, 《세종대 논문집》 16

1990   김선학, 「한국 현대시의 시적 공간에 관한 연구」, 동국대 대학원 박사 학위 논문

1990   송하선, 「「자유인」과 만보(漫步)의 산책 정신: 미당의 후기 시」, 《우석어문》 6

1990   양금섭, 「미당 시의 발상법: 후기 시의 일고찰」, 《어문논집》 29

1990   이정원, 「서정주의 시 「동천」 작품 분석」, 《목원국어국문학》 1

1990   임종욱, 「미당 서정주 시에 나타난 불교 의식」, 《동원논집》 3

1990	정봉래, 「서정주론 서설」, 《비평문학》 4
1990. 5	송하선, 「백석의 「사슴」과 미당의 「질마재 신화」 대비 고」, 《한국어문학》 28
1990. 10	이성교, 「서정주 초기 시 연구 — 시적 발전 과정과 향토성을 중심으로」, 《평시민제 선생 환갑 기념 논문집》
1990. 11	김종대, 「한국 시에서의 민족 수용 양상 — 서정주의 『질마재 신화』를 중심으로」, 《돌곶 김상선 교수 회갑 기념 논총》
1991	육근웅, 「서정주 시 연구」, 한양대 대학원 박사 학위 논문
1991	임문혁, 「서정주 시와 설화 수용과 시적 효과」, 《국제어문》 12·13
1991. 7	김요섭 외, 「내가 읽은 『화사집』 1-7」, 《현대시학》
1991. 7	송희복, 「서정주 초기 시의 세계」, 《현대시학》
1991. 7	송하선, 『미당 서정주 연구』, 선일문화사
1991. 11	권영민, 「『화사집』 그 후 50년을 생각하며 — 미당의 신작 시 5편을 중심으로」, 《문학사상》
1991. 12	조화선, 「서정주의 시에 보이는 누님의 모습」, 《현대시학》
1992	강성자, 「서정주와 윤동주의 자의식 비교: 서정주의 초기 시와 윤동주의 시를 중심으로」, 《청람어문학》 7
1992	김성권, 「시의 언어학적 고찰 — 「연꽃 만나고 가는 바람 같이」를 중심으로」, 《서강어문》 8
1992	김신중, 「서정주 시에 나타난 물의 의미」, 영남대 교육대학원 석사 학위 논문
1992	김옥순, 「서정주 시에 나타난 우주적 신비 체험 — 화사집과 질마재 신화의 공간 구조를 중심으로」, 《이화어문논집》 12
1992	김용희, 「서정주 시의 욕망 구조와 그 은유의 정체 — 「서정주 시선」을 중심으로」, 《이화어문논집》 12
1992	박노균, 「1930년대 한국 시에 있어서의 서구 상징주의 수용 연구」, 서울대 대학원 박사 학위 논문

1992	변종태,「미당 초기 시의 연구 — 화제·초점·거리를 중심으로」,《교육논총》2
1992	심혜련,「서정주 시의 화자 청자 연구」, 이화여대 대학원 석사 학위 논문
1992	이경희,「서정주의 시「알묏집 개피떡」에 나타난 신비 체험과 공간: 달-바다(물)-여성 원형론」,《이화어문논집》12
1992	최두석,「서정주론」,《선청어문》20
1992. 11	김재홍,「존재의 거울, 모순의 거울: 서정주『화사집』」,《문학사상》
1993	강우식,「절망의 길, 조화의 길」,『서정주 문학 앨범』, 웅진출판
1993	김선영,「미당산, 광활한 정신의 숲」,『서정주 문학 앨범』, 웅진출판
1993	김윤식,「문협 정통파의 정신사적 소묘 — 서정주를 중심으로」,《펜문학》
1993	김지연,「서정주 시의 상징에 관한 연구 —『화사집』을 중심으로」, 제주대 교육대학원 석사 학위 논문
1993	김홍진,「서정주 시의 원형 이미지 연구」,《한남어문학》19
1993	문정희,「서정주 시 연구 — 물의 심상과 상징 체계를 중심으로」, 서울여대 대학원 박사 학위 논문
1993	신범순,「서정주에 있어서 '침묵'과 '풍류'의 시학」,《한국현대문학연구》2
1993	신상철,『『화사집』의 '님', 현대시와 '님'의 연구』, 시문학사
1993	신종호,「서정주의『화사집』연구」,《숭실어문》10
1993	육근웅,「서정주 시의 자기 원형상(自己原型像)」,《한국학논집》23
1993	이순옥,「서정주의『질마재 신화』연구」, 영남대 대학원 석사 학위 논문

1993	정효구, 「서정주의 시집 『화사집』에 나타난 육체성의 고찰」, 《어문논총》 2, 1
1993. 3	강윤후, 「미완의 사랑을 위하여: 서정주의 연시(戀詩) 세계」, 《현대시학》
1993. 8	박철희, 「신화적 체험과 시적 구현」, 《현대시》
1993. 10	문덕수, 「서정주론」, 《금정 최원규 박사 회갑 기념 논총》, 충남대 출판부
1993. 겨울	남진우, 「뱀, 미지의 부름 — 서정주, 김형영, 채호기를 중심으로」, 《작가세계》
1994	강우식, 「부조화 사이의 조화 — 미당 서정주의 「산시」를 중심으로」, 《인문과학》 24
1994	김석준, 「서정주 초기 시 연구 — 사상적 변화를 중심으로」, 서울대 대학원 석사 학위 논문
1994	김수이, 「서정주 시 고찰 II — 제1기 시에 나타난 세 가지 일탈 양상을 중심으로」, 《고황논집》 14
1994	김용균, 「일제 식민지 시대 시에 나타난 유랑 의식 연구 — 김소월, 박목월, 서정주, 유치환을 중심으로」, 공주대 교육대학원 석사 학위 논문
1994	김재홍, 「미당 서정주 — 대지적 삶과 생명에의 비상」, 『미당 연구』, 민음사
1994	김정신, 「미당 시에 나타난 '피'의 심상 연구」, 경북대 대학원 석사 학위 논문
1994	김훈, 「오줌통 속의 형이상학 — 질마재」, 『풍경과 상처』, 문학동네
1994	문정희, 「서정주 시에 나타난 물의 심상과 그 변화 양상」, 《서울여대 어문집》 1
1994	박미령, 「생명파의 낭만과 시정주의」, 《용인대 논문집》 10

1994   배경열, 「서정주 초기 시에 나타난 '상징'의 비교 문학적 연구」, 《비교문학》 19

1994   신종호, 「서정주 시의 표제 연구」, 《숭실어문》 11

1994   오세영, 「설화의 시적 변용」, 『미당 연구』, 민음사

1994   오탁번, 「서정주 시의 비유와 모성 심상 4」, 《사대논집》 19

1994   유병관, 「1930년대 후반 시인들의 '자화상'」, 《반교어문연구》 5

1994   이남호, 「겨레의 말, 겨레의 마음」, 『미당 연구』, 민음사

1994   이승훈, 「서정주의 초기 시에 나타난 미적 특성」, 『미당 연구』, 민음사

1994   정유화, 「서정주 시의 기호학적 공간 구조에 관한 일고찰: 시집 『귀촉도』를 중심으로」, 《어문론집》 23

1994   정효구, 「서정주 시에 나타난 여성 편향성 연구」, 《개신어문연구》 10

1994   정효구, 「서정주 시의 거울 이미지 고찰」, 《인문학지》 12

1994   정효구, 「서정주 시의 신화성에 관한 연구」, 《개신어문연구》 11

1994   조연현 외, 『미당 연구』, 민음사

1994   주세훈, 「서정주 시에 나타난 감탄어의 표출 성격」, 《청람어문학》 12

1994   주세훈, 「서정주 시의 감탄어 연구 ─ 감탄어의 표출 성격을 중심으로」, 한국교원대 대학원 석사 학위 논문

1994   진순애, 「신체어에 의한 서정주 시의 상징시학 연구」, 《수선논집》 19

1994   한수영, 「미당의 친일 시와 해방 이후의 활동」, 청산하지 못한 역사 2, 《반민족문제연구소》

1994. 1   이남호, 「자포자기와 자존심」, 《현대시학》

1994. 1   정효구, 「우주 공동체와 문학: 서정주」, 《현대시학》

1994. 3   민영, 「서정주 신작 시집 『늙은 떠돌이의 시』」, 《창작과비평》

1994. 3	이승훈, 「서정주와 김춘수 '좌담'」, 《현대시학》
1994. 4	신범순, 「질기고 부드럽게 걸러진 '영원' 2: 미당 서정주의 「떠돌이의 시」」, 《현대시》
1994. 5	박철희, 「서정주와 민간 전승」, 《화강 송복주 선생 회갑 기념 논총》
1994. 5	임우기, 「오늘, 미당 시는 무엇인가?: '회귀(回歸)'의 아름다움」, 《문예중앙》
1994. 봄	김주연, 「신비주의 속의 여인들……시? 시」, 《작가세계》
1994. 봄	김화영, 「봉산산방의 화창한 웃음」, 《작가세계》
1994. 봄	유종호, 「소리 지향과 의미 지향」, 《작가세계》
1994. 봄	이광호, 「영원의 시간, 봉인된 시간 ― 서정주 중기 시의 영원성」, 《작가세계》
1994. 봄	정현종, 「식민지 시대 젊음의 초상 ― 서정주의 초기 시 또는 여신으로서의 여자들」, 《작가세계》
1994. 봄	황종연, 「신들린 시 떠도는 삶」, 《작가세계》
1994. 10	박철희, 「『민들레꽃』의 시사적(詩史的) 의미: 「민들레꽃」, 서정주 저 서평」, 《서평문화》
1995	고지형, 「서정주 시의 형태론적 연구: 『화사집』에서 『동천』까지」, 건국대 교육대학원 석사 학위 논문
1995	고형진, 「서정주의 『질마재 신화』의 '이야기 시'적 특성 연구」, 《예술 논문집》 34
1995	김미숙, 「『질마재 신화』에 나타난 신화적 삶의 양상 연구: 서정주 시집 『질마재 신화』 고(考)」, 원광대 대학원 석사 학위 논문
1995	김유중, 「「화사」의 정신 분석적 연구: 작품 「화사」에 잠재하는 외디푸스적 양상에 대한 고찰」, 《선청어문》 23
1995	성원, 「한국 현대시에 나타난 불교 사상 ― 미당 서정주 시를 중심으로」, 《석림》 29

1995   신종호, 「서정주 시에 나타난 성적(性的) 공간의 상징성 연구:
               『화사집』을 중심으로」, 《숭실어문》 12

1995   심재휘, 「『화사집』, 억압과 저항의 논리」, 《어문논집》 34

1995   오세영, 「서정주 시의 영원과 현실」, 《한국문학연구》 17

1995   유경종, 「'추천사'의 언어학적 분석」, 《한양어문연구》 13

1995   유근조, 「서정주 연구: Ethos적 사랑과 시간과 영원의 명상」,
               충남대 대학원 석사 학위 논문

1995   유혜숙, 「서정주 시 연구: 자기실현 과정을 중심으로」, 서강대
               대학원 박사 학위 논문

1995   육근웅, 「시와 원형: 서정주 시의 한 해석」, 《한국학논집》 26

1995   윤재웅, 「바람과 풍류: 서정주 시의 지속과 변화」, 《한국문학연
               구》 17

1995   윤재웅, 「바람의 시인 서정주」, 《한국논단》 72-1

1995   이동희, 「미당 서정주 시의 idiom 고찰」, 《인문과학연구》 17

1995   이어령, 『시 다시 읽기』, 문학사상사

1995   이진홍, 「삶의 신화적 구원: 서정주의 '질마재 신화'에 대한 일
               고찰」, 《논문집》 9-1

1995   이현정, 「서정주 시에 나타난 '바람'의 상승 의지 연구 — 초기
               시를 중심으로」, 연세대 교육대학원 석사 학위 논문

1995   조규미, 「서정주 시의 병렬법 연구」, 이화여대 대학원 석사 학
               위 논문

1995   조창환, 「서정주의 시의 운율과 구조」, 《아주어문연구》 2

1995   최승옥, 「서정주 시에 나타난 이미지 분석」, 《어문논집》 11

1995   최현식, 「서정주 초기 시의 미적 특성 연구」, 연세대 대학원 석
               사 학위 논문

1995   황현산, 「서정주, 농경 사회의 모더니즘」, 《한국문학연구》 17

1995. 12   허형만, 「한국 현대시에 나타난 호남 지역의 정서 — 영랑, 미

당, 심호의 시를 중심으로」, 《현대시학》

1996   강경화, 「미당의 시정신과 근대 문학 해명의 한 단서」, 《반교여문연구》 7

1996   강희경, 「서정주 시의 이미지 연구」, 호남대 대학원 석사 학위 논문

1996   권혁준, 「『질마재 신화』 고(攷)」, 《동해전문대학 연구논문집》 5

1996   김석환, 「『화사집』의 기호학적 연구」, 《예체능논집》 7

1996   김수이, 「서정주의 초기 시에 나타난 일탈 양상에 관한 소고(小考)」, 《어문연구》 89

1996   김행숙, 「서정주와 유치환의 초기 시 비교 연구」, 고려대 대학원 석사 학위 논문

1996   민경대, 「미당 서정주의 시 세계」, 《인문학보》 21

1996   박명자, 「미당 시와 체념의 미학: 6·25 전쟁 체험을 중심으로」, 《한국언어문학》 37

1996   백인덕, 「『춘향가·전』 주제의 시적 변용 양상 연구: 서정주, 전봉건, 박재삼의 시에서」, 《한민족문화연구》 1

1996   손진은, 「서정주 시의 시간성 연구」, 경북대 대학원 박사 학위 논문

1996   양금섭, 「미당 서정주 시 연구」, 고려대 대학원 박사 학위 논문

1996   윤재웅, 「서정주 시 연구」, 동국대 대학원 박사 학위 논문

1996   윤태수, 「서정주 연구(1) ―『화사집』의 작품들」, 《한국학연구》 2

1996   이경수, 「서정주와 박재삼의 '춘향' 모티프 시 비교 연구: 시선과 거리를 중심으로」, 《민족문화연구》 29

1996   이사라, 「서정주 시의 기호론적 구조 분석: 시 「바다」에 관한 의미 작용 연구」, 《서울산업대 논문집》 43

1996   임재서, 「서정주 시에 나타난 세계 인식에 관한 연구 ― 비극적 세계관과 시간성의 관련 양상을 중심으로」, 서울대 대학원 석

사 학위 논문

1996   장창영, 「미당 서정주의 「동천」 연구」, 《현대문학이론연구》 6

1996   최현식, 「서정주의 시집 미수록 시 연구 1: 해방 이전 작품을 중심으로」, 《현대문학의 연구》 7

1996   홍홍기, 「미당 서정주의 시에 나타난 모더니티 연구 — 『화사집』을 중심으로」, 동국대 대학원 석사 학위 논문

1997   권명옥, 「미당 시의 음악성」, 《인문사회과학연구》 5

1997   김수이, 「서정주 시의 변천 과정 연구 — 욕망의 변화 양상을 중심으로」, 경희대 대학원 박사 학위 논문

1997   김수이, 「서정주 제1기 시에 나타난 희생 제의적 특성」, 《경희 어문학》 17

1997   김순자, 「『화사집』의 공간 기호에 관한 연구」, 명지대 교육대학원 석사 학위 논문

1997   김시태, 「서정주의 낭인 의식」, 《한국언어문화》 15

1997   배경열, 「서정주 시의 상징 연구 — 초기 시집 『화사집』을 중심으로」, 《관악어문연구》 22

1997   변재남, 「서정주 시에 있어서의 바람 이미지 연구」, 충북대 교육대학원 석사 학위 논문

1997   손진은, 「서정주 시의 초월성 연구」, 《경주대 논문집》 9

1997   송주성, 「'전통'과 '근대성': 1950년대 미당 시의 전통성과 초근대성 문제」, 《건국어문학》 21·22

1997   신종호, 「시와 유희: 서정주론」, 《숭실어문》 13

1997   신현락, 「서정주 시의 시간 의식 — 『화사집』, 『귀촉도』를 중심으로」, 《비평문학》 11

1997   심재휘, 「1930년대 후반기 시 연구: 백석, 이용악, 유치환, 서정주 시의 시간 의식을 중심으로」, 고려대 대학원 박사 학위 논문

1997   오시열, 「서정주의 『화사집』 연구」, 제주대 대학원 석사 학위

논문

1997	임재서, 「서정주 시의 은유 고찰 ─『동천』을 중심으로」, 《문학사와 비평》 4
1997	임종성, 「생명·현실 인식과 시적 고뇌: 서정주, 유치환, 김수영, 박인환의 경우」, 《어문학교육》 19
1997	장창영, 「서정주 시의 시간 특질 연구 ─ 영원 의식을 중심으로」, 《현대문학이론연구》 7
1997	장창영, 「서정주의 「국화 옆에서」 분석 시론」, 《현대문학이론연구》 8
1997	정유화, 「서정주 시의 기호론적 연구: 이항 대립과 매개항을 중심으로」, 중앙대 대학원 박사 학위 논문
1997	진창영, 「서정주 시의 신라 정신 연구 ─ 노장 사상을 중심으로」, 《위덕대 신라학연구소 논문집》 1
1997	최현식, 「전통의 변용과 현실의 굴절 ─ 1945~1955년 서정주의 시집 미수록 시 연구」, 《한국문학평론》
1997. 3	이성부, 「시의 정도 ─ 서정주 시집 『떠돌이의 시』」, 《창작과 비평》
1998	김선영, 「서정주 시 연구」, 성신여대 대학원 박사 학위 논문
1998	김진희, 「서정주의 초기 시와 시의 근대성」, 《한국시학연구》 1
1998	문혜원, 「서정주 초기 시에 나타나는 신체 이미지에 관한 고찰」, 《한국 현대문학연구》 6
1998	박주관, 「바람과 떠돌이의 시인 서정주 편」, 《문학춘추》 22
1998	손진은, 「서정주 근작시 연구」, 《어문학》 65
1998	신수경, 「서정주 시의 여성 이미지 연구」, 순천대 교육대학원 석사 학위 논문
1998	심재휘, 「1930년대 후반기 시와 시간」, 『한국 현대시와 시간』, 월인
1998	연은순, 「서정주 시의 신화적 특성 연구」, 《한국문예비평연구》 3

1998	유성호,「서정주『화사집』의 구성 원리와 구조 연구」,《한국문학논총》22
1998	유지현,「서정주 시의 공간 상상력 연구―『화사집』에서『질마재 신화』까지」, 고려대 대학원 박사 학위 논문
1998	윤재웅,『미당 서정주』, 태학사
1998	차호일,「『질마재 신화』의 교육적 수용」,《경남어문논집》9·10
1998	최현식,「타락한 역사의 구원과 질마재 ― 서정주의 질마재 신화론」,《한국언어문학》41
1998	한경희,「「해일」의 구조와 나르시시즘 분석: 서정주『질마재 신화』중에서」,《안동어문학》2·3
1998. 8	오세영,「서정주의「화사(花蛇)」」,《현대시》
1998. 12	구연식,「서정주 론 2: 시집『떠돌이의 시』에 나타난 범인론적 미학」,《시·시조와비평》79
1999	김현자,「서정주 시의 은유와 환유」,《기호학연구》5
1999	손진은,「반근대적 미학으로서의 서정주의 시」,《경주대 논문집》12
1999	송정란,「현대시의 삼국유사 설화 수용에 관한 연구: 미당 서정주의 시를 중심으로」, 동국대 대학원 석사 학위 논문
1999	양혜경,「서정주 시에 나타난 안티 페미니즘적 경향」,《어문학》66
1999	엄경희,「서정주 시의 자아와 공간·시간 연구」, 이화여대 대학원 박사 학위 논문
1999	윤석성,「미당 시의 유가(儒家)적 측면」,《동악 어문논집》34
1999	이은봉,「떠돌이의 의미망 혹은 정신 기제: 서정주의 시 세계, 1」,《대전어문학》16
1999	진창영,「신라 정신의 노장 사상적 연구: 서정주 시를 중심으로」,《국어국문학》123
1999	차호일,「미당 시에 나타난 여인상 연구」, 경남대 대학원 박사

학위 논문

1999   최라영, 「서정주 초기 시 텍스트의 의미화 과정 연구: 여성과
        의 관련 양상을 중심으로」, 서울대 대학원 석사 학위 논문

1999   한양순, 「서정주 시에 나타난 성(性)과 선(禪)의 의미 연구」,
        배재대 대학원 석사 학위 논문

1999. 2 김시태, 「시인의 초상 — 서정주론」,《시문학》

2000   곽재구, 「『질마재 신화』의 서사 구조 연구」, 숭실대 대학원 석
        사 학위 논문

2000   권국명, 「미당의 시 「문둥이」의 기호론적 의미 분석」,《어문학》69

2000   김승희, 「정신 분석적 기호학으로 본 서정주와 오장환의 시 세
        계」,《한국문학이론과 비평》8

2000   김용희, 「서정주 시의 은유를 통해 본 미의식 —『서정주 시선』
        을 중심으로」,《평택대 논문집》14

2000   김점용, 「『화사집』에 나타난 '피'의 상징성 연구」,《전농어문연
        구》12

2000   김정신, 「서정주 시의 변모 과정 연구」, 경북대 대학원 박사 학
        위 논문

2000   김종호, 「'귀신' 모티프와 '영원' 상징체계: 서정주 시를 중심으
        로」,《한국문예비평연구》7

2000   김종호, 「화해와 생명력의 '영원' 상징체계: 서정주 시의 '누님'
        모티프를 중심으로」,《비평문학》14

2000   나희덕, 「서정주의 『질마재 신화』 연구 — 서술시적 특성을 중
        심으로」, 연세대 대학원 석사 학위 논문

2000   남진우, 「미적 근대성과 순간의 시학 연구」, 중앙대 대학원 박
        사 학위 논문

2000   박현수, 「탈마법의 수사학과 서정주 시의 한계: 「동천」을 중심
        으로」,《한국근대문학연구》1-2

2000	송승환, 「『질마재 신화』의 시간 의식 연구」, 중앙대 대학원 석사 학위 논문
2000	송외숙, 「생명파 시인 연구 1 ― 서정주를 중심으로」, 《사림어문연구》 13
2000	연은순, 「서정주 시 연구」, 청주대 대학원 박사 학위 논문
2000	오용기, 「서정주 시와 한(恨) ―『화사집』을 중심으로」, 《국어문학》 35
2000	유동완, 「서정주 『질마재 신화』의 원형 연구」, 원광대 교육대학원 석사 학위 논문
2000	윤재웅, 「『화사집』 자세히 읽기 1」, 《한국문학연구》 22
2000	이경희, 「서정주 시의 전통성 연구 ― 문학 사상을 중심으로」, 경희대 대학원 석사 학위 논문
2000	이상오, 「미당 서정주 ― 무속적 사유 체계와의 관련 양상을 중심으로」, 《호원논집》 8
2000	장창영, 「질마재 신화」의 다중성」, 《한국언어문학》 44
2000	전미정, 「서정주 시의 생태학적 연구 ― 몸의 사유 방식을 중심으로」, 《인천어문학》 16
2000	한만수, 「서정주 시의 불교적 상상력과 생태적 세계관 ― 시집 『동천』, 『신라초』를 중심으로」, 《불교어문논집》 5
2000	허윤회, 「미당 서정주의 시사적 위상 ― 그의 시론을 중심으로」, 《반교어문연구》 12
2000	허윤회, 「서정주 시 연구 ― 후기 시를 중심으로」, 성균관대 대학원 석사 학위 논문
2000	홍신선, 「서정주 시의 불교적 상상력 연구 ― 시집 『신라초』, 『동천』을 중심으로」, 《동악어문논집》 36
2000. 가을	황현산, 「시적 허용과 정치적 허용」, 《포에지》
2000. 겨울	구모룡, 「초월 미학과 무책임의 사상」, 《포에지》

2000. 겨울   문혜원, 「서정주의 시를 읽는 몇 가지 단상」, 《포에지》

2001   강우식, 「「미당 담론」에 대한 반론: 미당 서정주의 시 세계 다시 읽기」, 《문학과 창작》 71

2001   강준만, 「미당 서정주를 이용하려는 사람」, 『한국 문학의 위선과 기만』, 개마고원

2001   고명수, 「시인은 시인일 뿐이다: 미당 서정주의 시 세계 다시 읽기」, 《문학과 창작》 71

2001   김동근, 「서정주 시의 담론 원리와 상상력 — '주체/타자'의 기호 체계를 중심으로」, 《국어국문학》 128

2001   김신정, 「시적 순간의 체험과 영원성의 성(性): 정전(正典)으로서의 서정주 시에 대한 고찰」, 《여성문학연구》 6

2001   김영천, 「서정주 시 연구 — 음양의 이항 대립을 중심으로」, 목포대 대학원 석사 학위 논문

2001   김종호, 「서정주 시의 영원 지향성 연구」, 상지대 대학원 박사 학위 논문

2001   김진희, 「생명파 시의 현대성 연구」, 이화여대 대학원 박사 학위 논문

2001   김현자, 「한국 시와 통합적 상상력 — 서정주 시를 중심으로」, 《이화여대 인문과학대수학술제》 9

2001   노철, 「서정주의 시작 방법 연구 2 — 정신적 경험과 회화적(繪畵的) 영상의 건축」, 《한국문학이론과 비평》 10

2001   류하영, 「서정주 시의 이미지 기법과 미적 체험 양상 연구」, 숙명여대 교육대학원 석사 학위 논문

2001   문혜원, 「서정주 시의 주제적 특징에 관한 연구」, 《인문과학연구》 6

2001   민용태, 「미당 읽기의 고뇌와 행복: 미당 서정주의 시 세계 다시 읽기」, 《문학과창작》 71

2001   박미령, 「미당의 생명 의식과 풍류」, 《비평문학》 15

2001   박진옥, 「미당 시의 상상력과 이미지의 변이 과정 연구」, 건국대 대학원 석사 학위 논문

2001   서민경, 「서정주 시의 바다 이미지 연구」, 경희대 교육대학원 석사 학위 논문

2001   손진은, 「서정주 시와 '신라 정신'의 문제」, 《어문학》 73

2001   신범순, 「반근대주의적 혼(魂)의 시학에 대한 고찰— 서정주를 중심으로」, 《한국시학연구》 4

2001   연은순, 「서정주 시 연구」, 《한국문예비평연구》 8

2001   유종호, 「서라벌과 질마재 사이」, 『서정적 진실을 찾아서』, 민음사

2001   유하영, 「서정주 시의 이미지 기법과 미적 체험 양상 연구」, 숙명여대 대학원 석사 학위 논문

2001   유혜숙, 「서정주 시의 '꽃' 이미지에 나타난 제의성 고찰」, 《한국문학이론과 비평》 11

2001   육근웅, 「서정주 시의 정체성」, 《한민족문화연구》 9

2001   윤재웅, 「라블레적 인간과 늙은 떠돌이」, 《문학과 창작》 66

2001   윤재웅, 「미당 미수록 시 연구— 시작 노트 제1권을 중심으로/ I」, 《동악 어문논집》 37

2001   이경수, 「서정주 초기 시의 구성 원리」, 《우리어문연구》 16

2001   이경재, 「서정주의 『질마재 신화』 고찰」, 《관악어문연구》 26

2001   이명희, 「현대시에 나타난 신화적 상상력: 박재삼과 서정주를 중심으로」, 《겨레어문학》 26

2001   이미자, 「서정주 시론 연구」, 동국대 대학원 석사 학위 논문

2001   이성우, 「서정주 시의 영원성과 현실성 연구」, 고려대 대학원 석사 학위 논문

2001   이형권, 「서정주의 사랑시편과 에로티즘」, 《한국문학이론과 비

평》11

| 2001 | 조동구, 「한국 현대시의 상징 연구— 윤동주와 서정주의 '바람' 상징을 중심으로」, 《배달말》 28 |

2001   조동구, 「한국 현대시의 상징 연구— 윤동주와 서정주의 '바람' 상징을 중심으로」, 《배달말》 28

2001   조영주, 「서정주 시의 아니마 심상 연구— 여인과 꽃을 중심으로」, 고려대 교육대학원 석사 학위 논문

2001   조윤아, 「존재 언어를 찾아 떠난 시인: 서정주론」, 《태릉어문연구》 9

2001   진창영, 「서정주 문집 「신라 연구」의 문학적 성격 고찰」, 《동악어문논집》 38

2001   최라영, 「서정주의 『춘향 연작』에 나타난 전이의 글쓰기 연구」, 《한국시문학》 11

2001   최훈주, 「서정주 시 연구— 떠돌이 의식을 중심으로」, 목포대 교육대학원 석사 학위 논문

2001   허윤회, 「미당 서정주 시의 신화성」, 《한국문학이론과 비평》 11

2001   허윤회, 「서정주 시 연구— 후기 시를 중심으로」, 성균관대 대학원 박사 학위 논문

2001   홍신선, 「「자화상」 꼼꼼히 읽기와 그 의미: 미당 서정주의 시 세계 다시 읽기」, 《문학과 창작》 71

2001. 2   김춘수, 「해조, 아날로지, 즉물적— 미당의 시 「동천」에 대하여」, 《현대문학》

2001. 2   김화영, 「미당과 나」, 《현대문학》

2001. 2   남진우, 「집으로 가는 먼 길— 서정주의 「자화상」을 중심으로」, 《현대문학》

2001. 2   신범순, 「미당의 시학으로서 '구술림'과 풍류적 멋: 침묵의 시학에서 풍류의 시학으로」, 《문학사상》

2001. 2   유종호, 「서라벌과 질마재 사이: 다시 보는 미당 시」, 《현대문학》

2001. 2   이남호, 「학이 울고 간 나날늘: 20세기와 함께 떠나간 시인 미

당 서정주의 삶과 시」,《월간중앙》

2001. 2   천이두,「영원한 떠돌이의 영혼: 서정주론」,《현대문학》

2001. 2   홍신선,「생의 구경적 의의를 찾았던 몸부림: 미당의 통합적 우주관은 환경 친화적 세계관과 생태학적 당위론에까지 연결」,《문학사상》

2001. 3   오형엽,「부성과 모성, 육체와 정신의 원형적 탐구 ─ 서정주의 「자화상」을 중심으로」,《문학과 교육》

2001. 봄   김춘수,「소묘·미당의 삶과 시」,《작가세계》

2001. 봄   신범순,「미당 시의 여인과 바다」,《시안》

2001. 봄   신범순,「서정주 시에서 '심오한 어머니'의 의미」,《포에지》

2001. 봄   한기,「미당, 오, 시인의 가혹한, 욕된 정주(定住)의 삶이여」, 《문예중앙》

2001. 여름 고은,「미당 담론:「자화상」과 함께」,《창작과비평》

2001. 여름 최현식,「민족, 전통, 그리고 미 ─ 서정주의 중기 문학을 중심으로」,《실천문학》

2001. 6   유종호,「미당 시 세계 마땅히 기려야」,《중앙일보》

2001. 7   민용태,「미당 읽기의 고뇌와 행복: 미당 서정주의 시 세계 다시 읽기」,《문학과창작》

2001. 12   박형준,「미당 문학은 미당의 것이다」,《인물과사상》

2001. 겨울 황현산,「서정주 시 세계」,《창작과비평》

2002   김윤식,「소월과의 거리 재기: 오장환, 김동리, 서정주의 경우」, 《예술논문집》 41

2002   김윤식,『미당의 어법과 김동리의 문법』, 서울대 출판부

2002   김재용,「전도된 오리엔탈리즘으로서의 친일 문학」,《실천문학》

2002   김진석,「초월적 서정주의에 스민 파시즘적 탐미주의: 서정주 시에 대한 초월주의적 비평의 비판」,『주례사 비평을 넘어서』 (김명인 외), 한국출판마케팅연구소

2002	김태현,「서정주 시의 극성 연구」, 상명대 대학원 석사 학위 논문
2002	류명희,「서정주 시의 설화 수용 양상 연구」, 충북대 교육대학원 석사 학위 논문
2002	박미령,「미당 서정주의 시적 담화」,《어문연구》38
2002	서재길,「『화사집』에 나타난 시인의 초상」,《관악어문연구》27
2002	서정주,「서정주 초기 시 연구 — 시집『화사집』을 중심으로」, 한양대 교육대학원 석사 학위 논문
2002	손진은,「순간성의 미학과 서정주의 시」,《어문학》78
2002	양혜령,「서정주 시의 원형 연구」, 건국대 교육대학원 석사 학위 논문
2002	엄경희,「근대성과 자연 합일의 시, II」,《숭실어문》18
2002	엄경희,「서정주 시에 나타난 유희적 자아와 낙천적 현실 인식」,《이화어문논집》20
2002	오정국,「한국 현대시의 설화 수용 양상 연구」, 중앙대 대학원 박사 학위 논문
2002	윤재웅,「서정주 시의 지방색 문제」,《국어국문학》130
2002	이계윤,「서정주의「질마재 신화」연구 — 구연의 방식과 구연자의 태도를 중심으로」, 고려대 대학원 석사 학위 논문
2002	이상숙,「서정주「꽃밭의 독백」재론 — "사소(娑蘇)"와 "꽃"을 중심으로」,《한국시학연구》7
2002	이인복,「서정주의 시에 나타난 죽음 의식 —『화사집』과『동천』을 중심으로」,《숙명어문논집》
2002	임종연,「미당 서정주 시 연구 — 벽·문·꽃의 심상을 중심으로」, 안동대 육대학원 석사 학위 논문
2002	임현순,「서정주 시의 상징성 연구 — 보들레르 시와의 영향 관계를 중심으로」,《비교문학》8
2002	임현순,「서정주 시의 성정에 니다난 광기와 폭려 — 보들레르

시와의 영향 관계를 중심으로」,《이화어문논집》20

2002 장창영,「서정주 시 연구 ─ 형상화 방식과 의식 관계를 중심으로」, 전북대 대학원 박사 학위 논문

2002 정유화,「상생과 순환의 시적 공간: 서정주론」,《인문학연구》34

2002 조연정,「서정주 시에 나타난 '몸'의 시학 연구」, 서울대 대학원 석사 위 논문

2002 최현식,「민족, 전통, 그리고 미 ─ 정주의 중기 문학」,『말 속의 침묵』, 문학과 지성사

2002 최현식,「신라적 영원성의 의미 ─ 서정주의 『신라초』에 나타난 '신라' 이미지를 중심으로」,《현대문학의 연구》19

2002 최현식,「웃음과 이야기꾼: 서정주의 『질마재 신화』론(2)」,《한국근대문학연구》, 3-1

2002 하재연,「개인의 언어와 공동체의 언어: 서정주 『질마재 신화』론」,《문학과 환경 통권》1

2002 홍명희,「『질마재 신화』의 서술시적 특성 연구」, 대전대 대학원 석사 학위 논문

2002 홍은정,「서정주 시에 나타난 여성 이미지 연구」, 부산외국어대 교육대학원 석사 학위 논문

2002. 봄 박수연,「근대 한국 서정시의 두 얼굴: 미당 문학에 대하여」,《실천문학》

2003 강영미,「서정주론 ─ 화자의 갈등과 시 형태의 상관성을 중심으로」,《민족문화연구》39

2003 구모룡,「한국 근대시와 불교적 상상력의 양면성」,《한국시학연구》9

2003 김명숙,「서정주 시의 역동적 상상력 연구」, 경북대 교육대학원 석사 학위 논문

2003 김재용,『미당 서정주 시적 환상과 미의식』, 국학자료원

| 2003 | 김점용, 「서정주 시의 미의식 연구 — '죽음 환상'과 '모성 환상'을 중심으로」, 서울시립대 대학원 박사 학위 논문 |

2003 김점용, 「서정주 시의 미의식 연구 — '죽음 환상'과 '모성 환상'을 중심으로」, 서울시립대 대학원 박사 학위 논문

2003 김지하, 「미당과 동리에 대한 재해석」, 『사이버 시대와 시의 운명』, 북하우스

2003 문혜원, 「서정주 시의 주제적 특징」, 『현대시와 전통』, 태학사

2003 문혜진, 「서정주 초기 시에 나타난 에로티시즘 연구」, 한양대 대학원 석사 학위 논문

2003 박형준, 「서정주 초기 시에 나타난 동물 이미지 연구 — 『화사집』, 『귀촉도』, 『서정주 시선』을 중심으로」, 명지대 대학원 석사 학위 논문

2003 박호영, 『서정주』, 건국대 출판부

2003 석태정, 「'시'를 통한 무용 공연 예술로서의 표현 연구 — 서정주 시 「귀촉도」를 중심으로」, 세종대 공연예술대학원 석사 학위 논문

2003 손진은, 『서정주 시의 시간과 미학』, 새미

2003 엄경희, 『미당과 목월의 시적 상상력』, 보고사

2003 오봉옥, 『서정주 다시 읽기』, 박이정

2003 오성호, 「시인의 길과 '국민'의 길: 미당의 친일 시에 대하여」, 《배달말》 32

2003 오세영, 「영원과 현실 — 정주론」, 『한국 현대시인 연구』, 월인

2003 윤미화, 「서정주 시 연구 — 꽃과 여인의 심상 규명 중심으로」, 성균관대 교육대학원 석사 학위 논문

2003 이경수, 「한국 현대시의 반복 기법과 언술 구조 — 1930년대 후반기의 백석·이용악·서정주 시를 중심으로」, 고려대 대학원 박사 학위 논문

2003 이남호, 『서정주의 『화사집』을 읽는다』, 열림원

2003 이명원, 「기이한 예찬: 하늘의 무책임 — 정주의 '시적 기만'외

멘탈리티」,『파문』, 새움

2003   이희중,「『화사집』의 다중 진술 연구」,《한국언어문학》 50

2003   채연숙,「문화적 기억과 문학적 기억: 서정주와 요세프 바인헤
        버의 경우」,《독일어문학》 22

2003   최정숙,「한국 현대시의 샤머니즘 연구 ─ 서정주를 중심으로」,
        《인문논총》 22

2003   최현식,『서정주 시의 근대와 반근대』, 소명출판

2003. 4 김영수,「붉은 마의 선행 판타지: 선우휘, 안수길, 서정주론」,
        《시문학》

2003. 봄 김윤태,「미당의 친일에 관한 시론(試論) ─ 미당 서정주, 우리
        문학의 유산인가 부채인가」,《시경》

2003. 봄 이경훈,「'노래'를 넘어, '노래'의 시대를 넘어: 미당 서정주, 우
        리 문학의 유산인가 부채인가」,《시경》

2003. 겨울 강우식,「부조화 사이의 조화 ─ 미당 서정주의『산시(山詩)』를
        중심으로」,《시현실》

2003. 겨울 유은정,「떠돌이의 풍류 의식과 순수 의식」,《시현실》

2004   고은숙,「서정주의『질마재 신화』에 나타나는 그로테스크 연
        구」, 부산대 대학원 석사 학위 논문

2004   김수이,「1930년대 시에 나타난 자연 인식 양상 고찰 ─ 이상,
        서정주, 백석의 시를 중심으로」,《현대문학이론연구》 23

2004   김시태,「소월과 미당의 거리」,《한국언어문화》 26

2004   김예리,「『질마재 신화』의 '영원성' 고찰」,《한국현대문학연구》 15

2004   김왕노,「서정주 식물적 이미지 연구」, 아주대 교육대학원 석
        사 학위 논문

2004   김재용,「전도된 오리엔탈리즘」,『협력과 저항』, 소명출판

2004   김형필,「1930년대의 프로시와 민족시 연구」,《한국어문학연
        구》 19

2004   류현미, 「서정주 초기 시의 문체적 특성 연구 — 품사·어휘·종
          결법을 중심으로」, 연세대 교육대학원 석사 학위 논문

2004   박노균, 「서정주의 「영산홍」 분석」, 《개신어문연구》 21

2004   서동인, 「서정주 시의 생명성의 내면화 양상 고찰」, 《성균어문
          연구》 39

2004   서지영, 「서정주 시의 산문성과 근대성」, 《시학과언어학》 7

2004   서화신, 「서정주 초기 시 연구 — 『화사집』을 중심으로」, 한양
          대 교육대학원 석사 학위 논문

2004   손종호, 「서정주 시에 나타난 불교의식」, 《비평문학》 18

2004   유현미, 「서정주 초기 시의 문체적 특성 연구 — 품사, 어휘, 종
          결법을 중심으로」, 연세대 교육대학원 석사 학위 논문

2004   윤재웅, 「『질마재 신화』의 내러티브 연구 — 서사 소통의 문제
          를 중심으로」, 《내러티브》 8

2004   윤재웅, 「심미적 인간과 제의적 인간 — 질마재 신화』의 캐릭터
          에 대하여」, 《내러티브》 9

2004   이경희, 「미당 시의 문학적 원천 고찰 — 풍류 정신과 국선도사
          상을 중심으로」, 《고황논집》 34

2004   이형권, 「한국 시의 보들레르 이입과 수용 양상 — 미당의 초기
          시를 중심으로」, 《어문연구》 45

2004. 가을 홍기돈, 「미당 연구의 몇 가지 문제점들」, 《시인세계》

2005   김용희, 「서정주 시의 시어와 이데올로기」, 《한국시학연구》 12

2005   김종호, 「설화의 주술성과 현대시의 수용 양상 — 서정주와 박
          재삼 시를 중심으로」, 《한민족어문학》 46

2005   김학동 외, 『서정주 연구』, 새문사

2005   박미경, 「서정주 시의 극성 연구」, 동국대 문화예술대학원 석사
          학위 논문

2005   배영애, 「영원주의와 '영통(靈通)'의 시학」, 김학동 외, 『서정주

연구』, 새문사

2005	서동인, 「한국 현대시에 나타난 '생명성' 연구」, 성균관대 대학원 박사 학위 논문
2005	송명규, 「서정주론: '미당 담론'의 형성 과정에 대한 비판적 고찰」, 강원대 교육대학원 석사 학위 논문
2005	엄경희, 「서정주 시에 나타난 보수 지향적 의식의 토대」, 《한국언어문화》 28
2005	오형엽, 「부성과 모성, 육체와 정신의 원형적 탐구 ― 서정주의 『자화상』을 중심으로」, 《기전어문학》 17
2005	유지현, 「서정주의 『질마재 신화』에 나타난 신체적 상상력의 미학」, 《현대문학이론연구》 24
2005	윤재웅, 「1941년, 정지용과 서정주, 상이한 재능의 두 국면 ― 『백록담』과 『화사집』의 비교 검토를 중심으로」, 《한국시학연구》 14
2005	윤재웅, 「서정주 시에 나타난 삶과 죽음의 문제 ― 꽃의 상상력을 중심으로」, 《한국문학이론과 비평》 26
2005	윤지영, 「'여자' 모티프와 시적 화자와의 관계」, 김학동 외, 『서정주 연구』, 새문사
2005	이경수, 『한국 현대시와 반복의 미학』, 월인
2005	이규식, 「자전적 시 쓰기 교수·학습 방법 연구 ― 서정주의 『안 잊히는 일들』, 『팔할이 바람』을 중심으로」, 동국대 교육대학원 석사 학위 논문
2005	이은봉, 「떠돌이의 의미망 혹은 정신 기제: 서정주의 시 세계 2」, 《한국문학이론과 비평》 27
2005	정유화, 「윤회적 상상력의 시적 구조화: 서정주론」, 《우리문학연구》 18
2005	정형근, 「서정주 시 연구: 판타지와 이데올로기의 문제를 중심

으로」, 서강대 대학원 박사 학위 논문

2005. 3   김진희, 「생명 의식의 역사성과 민족 문학의 도정: 해방 문단의 '생명파'를 중심으로」,《서정시학》

2005. 여름   오태환, 「황홀한 숨고르기, 또는 미당 시의 깊이와 넓이 2」,《시안》

2006   김옥성, 「서정주 시의 윤회론적 사유와 미학적 의미」,《종교문화비평》 9

2006   김용희, 「미적 근대성의 해방적 가치와 새로운 타자성의 의미 — 서정주『질마재 신화』를 중심으로」,《상허학보》 17

2006   김정수, 「서정주 초기 시의 연금술적 상징 연구」, 울산대 대학원 석사 학위 논문

2006   김정화, 「현대시와 메타포: 미당 서정주의 경우」,《겨레어문학》 36

2006   김진희, 「1930년대, 서정주의 시와 화단(畵壇)의 관련성 연구 — 여성 이미지를 중심으로」,《비교문학》 40

2006   김홍진, 「관능의 생명과 영원의 시간: 서정주론」,《어문연구》 50

2006   남기혁, 「서정주의 동양 인식과 친일의 논리」,《국제어문》 37

2006   박소유, 「서정주 시의 공간의식 연구」, 대구가톨릭대 대학원 박사 학위 논문

2006   박수연, 「일제 말 친일 시의 계보」,《우리말글》 36

2006   박현수, 「서정주와 미학적 기획으로서의 신라 정신 — '사소 모티프'를 중심으로」,《한국근대문학연구》 14

2006   송영순, 「『질마재 신화』의 신화성과 카니발리즘」,《한국문예비평연구》 20

2006   송희복, 「서정주의 시 세계, 객담의 시학과 섹슈얼리티 —『질마재 신화』를 중심으로」,《새국어교육》 72

2006   안정희, 「프랑스 상징주의 이입과 수용 양상 — 서정주 초기 시에 미친 보들레르 영향」, 고려대 대학원 석사 학위 논문

2006   양연희, 「서정주 시에 나타난 '벽'의 유형에 관한 연구 — 서정

주의 초기 시 「화사집」을 중심으로」, 동덕여대 대학원 석사 학위 논문

2006   오태환, 「서정주 시의 무속적 상상력 연구」, 고려대 대학원 박사 학위 논문

2006   웅웬 티 히엔, 「서정주와 웅오 수언 지에우 초기 시에 나타난 생명 이미지 비교 연구 — 보들레르와의 관계를 중심으로」, 서울대 대학원 석사 학위 논문

2006   이명희, 「서정주 시에 나타난 죽음 의식의 일고찰 — 『신라초』, 『동천』을 중심으로」, 《안동어문학》 11

2006   이상오, 「서정주 시의 무속적 상상력 연구」, 《인문연구》 51

2006   이상오, 「서정주의 시의 보들레르 수용 — 영원성의 상징과 의미를 중심으로」, 《인문과학》 38

2006   이수정, 「서정주 시에 있어서 영원성 추구의 시학」, 서울대 대학원 박사 학위 논문

2006   이영광, 「서정주 시의 형성 원리와 시 의식의 구조」, 고려대 대학원 박사 학위 논문

2006   장민경, 「『질마재 신화』의 해학성 연구」, 인제대 교육대학원 석사 학위 논문

2006   정형근, 「서정주 시의 판타지와 이데올로기」, 《어문연구》 34

2006   조은정, 「『삼국유사』의 시적 수용과 '미당 유사'의 창조」, 연세대 대학원 석사 학위 논문

2006. 봄   이영광, 「광기, 시로 말하다: 미당 시의 한 맥락」, 《시안》

2006. 여름   이영광, 「『화사집』의 여성 심상」, 《시안》

2006. 가을   김선학, 「서정주 시와 샤머니즘」, 《서정시학》

2006. 겨울   정재분, 「아담의 사과, 그 원형의 언어」, 《시안》

2007   강호정, 「'이야기'의 시적 발화 방식 연구 — 서정주 시와 최두석의 시를 중심으로」, 《한성어문학》 26

2007	고현철, 「서정주 「질마재 신화」의 장르 패러디 연구」, 《현대문학의 연구》 31
2007	김기택, 「한국 현대시의 '몸' 연구 — 이상화·이상·서정주의 시를 중심으로」, 경희대 대학원 박사 학위 논문
2007	김옥성, 「서정주의 생태 사상과 그 시학적 양상」, 《한국문학이론과 비평》 34
2007	김점용, 「미당 시의 나르시시즘과 미적 근대성 — '귀촉도' 시편을 중심으로」, 《어문학》 98
2007	김정신, 「서정주 시에 나타난 기억 — 『질마재 신화』와 『팔할이 바람』을 중심으로」, 《문학과언어》 29
2007	김진설, 「미당 서정주 중기 시 연구 — 불교적 상상력을 중심으로」, 군산대 교육대학원 석사 학위 논문
2007	김현정, 「서정주 시에 나타난 아버지의 의미」, 《어문연구》 55
2007	노은지, 「서정주의 후기 시에 나타난 회귀 의식」, 조선대 교육대학원 석사 학위 논문
2007	류근희, 「서정주 시에 나타난 사랑의 양상 연구」, 대전대 대학원 석사 학위 논문
2007	박성현, 「화사집에 나타난 도시의 담론 연구」, 《겨레어문학》 38
2007	박소유, 「서정주 시에 나타난 결핍과 그 변용 — '가시내'에서 '신부'까지」, 《한국사상과 문화》 39
2007	박연희, 「서정주 시론 연구: 예지, 전통, 신라 정신을 중심으로」, 《한국문학이론과 비평》 11
2007	박지혜, 「서정주 시 연구 — 『서정주 시선』을 중심으로」, 한국교원대 대학원 석사 학위 논문
2007	박혜숙, 「백석의 『사슴』과 서정주의 『질마재 신화』 비교 고찰」, 《한중인문학연구》 21
2007	안현심, 「서정주 시의 인불에 대한 원형적 고찰」, 충북대 대학

원 석사 학위 논문

2007   오세미, 「한국 현대시의 무속 신앙 수용 양상 연구」, 건국대 교
        육대학원 석사 학위 논문

2007   오정국, 「한국 현대시의 설화 수용 — 조지훈의 「석문」과 서정
        주의 「신부」를 중심으로」, 《한국문예창작》 6-1

2007   오태환, 『미당 시의 산경표 안에서 길을 찾다』, 황금알

2007   유혜숙, 「서정주 시의 자화상 변모 과정」, 《어문연구》 55

2007   윤재웅, 「서정주 번역 『석전 박한영 한시집』(2006)에 대하여」,
        《한국문학연구》 32

2007   이송희, 「인지시학적 관점에서 본 서정주 시의 형상성」, 《현대
        문학이론연구》 32

2007   이수정, 『미당 시의 현대성과 불멸성 시학』, 국학자료원

2007   이영주, 「서정주의 『화사집』에 나타난 자아 인식」, 충북대 교육
        대학원 석사 학위 논문

2007   전은정, 「서정주 시에 나타난 여성 원형 연구」, 인제대 교육대
        학원 석사 학위 논문

2007   정영진, 「서정주 자전적 텍스트와 『화사집』의 관계 연구」, 인하
        대 대학원 석사 학위 논문

2007   정유화, 「『산시(山詩)』의 구조와 의미 작용: 서정주론」, 《우리
        문학연구》 21

2007   정준영, 「서정주 소설 「석사 장이소의 산책」 연구」, 동국대 교
        육대학원 석사 학위 논문

2007   허윤회, 「서정주 초기 시의 극적 성격 — 니체와의 관련을 중심
        으로」, 《상허학보》 21

2007. 2 김시철, 「시인 미당 서정주」, 《시문학》

2008   권혁웅, 「한국 현대시의 운율 연구」, 《어문논집》 57

2008   김은석, 「1950년대 전통 서정시 연구 — 문예지의 '전통' 담론

을 중심으로」, 동국대 대학원 석사 학위 논문

2008   김춘식, 「친일 문학에 대한 '윤리'와 서정주 연구의 문제점: 식
        민주의와 친일」, 《한국문학연구》 34

2008   김현수, 「시의 화자와 거리에 관한 연구 — 서정주 시를 중심으
        로」, 《한국시학연구》 22

2008   박선영, 「서정주 시의 공간 은유 연구」, 숭실대 대학원 박사 학
        위 논문

2008   박혜숙, 「백석과 서정주의 서술시 비교 연구 — 시집 『사슴』과
        『질마재 신화』를 중심으로」, 아주대 대학원 박사 학위 논문

2008   방지연, 「서정주 시에 나타난 사랑의 변모 양상 연구」, 공주대
        대학원 석사 학위 논문

2008   안현심, 「서정주 후기 시의 인물에 대한 원형적 고찰」, 《한국문
        예비평연구》 27

2008   오정국, 「'지귀 설화'의 시적 변용 — 서정주·김춘수의 시를 중
        심으로」, 《한국문예창작》 13

2008   오준, 「『화사집』 분석을 통해 본 서정주 시의 이원성 — 은유와
        은폐」, 중앙대 대학원 박사 학위 논문

2008   이송희, 「서정주 시 텍스트의 인지 시학적 연구」, 전남대 대학
        원 박사 학위 논문

2008   허윤회, 「1940년대 전반기의 서정주 — 그의 친일이 의미하는
        것」, 《한국문학연구》 34

2008   허윤회, 「해방 이후의 서정주, 1945~1950」, 《민족문학사연구》 36

2008   홍용희, 「전통 지향성의 시적 추구와 대동아 공영권 — 서정주
        친일 시의 논리」, 《한국문학연구》 34

2008   황복수, 「서정주 시의 구술성과 미적 특질 — 『화사집』을 중심
        으로」, 동국대 대학원 석사 학위 논문

2008. 6 박수연, 「친일과 배타적 동양주의」, 《한국문학연구》 34

2008. 여름   김윤식, 「미당의 어법, 동리의 문법: 동질적 이질성의 맹목화 현상」, 《문학의 문학》

2009   김문주, 「서정주 시의 바람의 상상력과 소요유(逍遙遊)의 정신」, 《어문논집》 42

2009   김승구, 「일제 말기 서정주의 자전적 기록에 나타난 행동의 논리와 상황」, 《대동문화연구》 65

2009   김윤정, 「서정주 문학의 시공성(時空性) 연구」, 《어문연구》 61

2009   김정신, 「서정주의 『신라 연구』 고찰: 그의 시와의 관련성을 중심으로」, 《우리말글》 45

2009   김종훈, 「서정주 「민들레꽃」 분석」, 《어문논집》 60

2009   김춘식, 「자족적인 '시의 왕국'과 '국민시인'의 상관성: 서정주의 '현재의 순간성'과 '영원한 미래, 과거'」, 《한국문학연구》 37

2009   박민규, 「위생의 근대와 생명파: 서정주와 오장환의 시」, 《한국근대문학연구》 20

2009   박성필, 「미당의 초기 시에 나타나는 '억압'의 정신병리학적 특징」, 《어문연구》 37-3

2009   엄경희, 「서정주 시에 나타난 성애의 희극적 형상화 방식과 시적 의도」, 《한국언어문화》 40

2009   엄경희, 「서정주의 『질마재 신화』에 나타난 웃음 유발의 원리와 효과」, 《어문연구》 37-2

2009   원자경, 「미당 시에 나타난 '아버지' 존재 양상 연구」, 《비교한국학》 17-1

2009   윤재웅·나희덕, 「서정주 줄포공립보통학교 학적 기록에 대한 고찰」, 《한국시학회 학술대회 논문집》 10

2009   이선영, 「물질 지향의 시성(詩性): 분비와 배설 생리에 따른 시 창작 원리 연구」, 이화여대 대학원 박사 학위 논문

2009   이수정, 「서정주 초기시의 '영웅적 자아'와 '자기애적 그리움'」,

《어문논총》 50

2009   이인영, 「전통의 시적 전유 — 서정주의 '신라 정신'을 중심으로」, 《동방학지》 146

2009   정금철, 「한의 정서와 시학: 김소월, 서정주의 시를 중심으로」, 《인문과학연구》 21

2009   최호빈, 「서정주 시의 서술시적 특성 연구」, 고려대 대학원 석사 학위 논문

2009. 여름   윤재웅, 「서정주, 「자화상」」, 《시안》

2009. 가을   김윤식, 「천지로서의 '외부'와 넋으로서의 '내부'의 시학: 동리와 미당의 경우」, 《서정시학》

2009. 가을   윤재웅, 「우주 학교의 젊은 시인 서정주의 「밀어」」, 《시안》

2009. 12   박정선, 「파시즘과 리리시즘의 상관성 연구」, 《한국시학연구》 26

2010   강연호, 「『화사집』의 시집 구조와 특성 연구」, 《영주어문》 19

2010   김석회, 「미당 시의 문둥이 이미지와 그 변용 양상의 의미 해석」, 《국어교육》 131

2010   김익균, 「『서정주 시선』 연구 — 서술성을 중심으로」, 동국대 대학원 석사 학위 논문

2010   김익균, 「1950년대 전반기 서정주 시에 관한 일고」, 《비평문학》 38

2010   남기혁, 「서정주 초기 시의 근대성 재론 — '육체'와 '직정 언어'의 문제를 중심으로」, 《어문논총》 53

2010   남정희, 「불교의 연기론(緣起論)으로 본 서정주의 시」, 《우리문학연구》 29

2010   문태준, 「서정주 시의 자연의 재발견과 연생성 — 시집 『귀촉도』, 『서정주 시선』을 중심으로」, 《문학과 환경》 9

2010   안현심, 「서정주의 『학이 울고 간 날들의 시』 연구」, 《한국언어문학》 73

2010   유혜숙, 「서정주 시의 도포필리아」, 《한국문학이론과 비평》 49

2010   윤재웅, 「에코뮤지엄으로서의 미당 시 문학관의 발전 가능성에 대한 고찰」, 《한국시학연구》 27

2010   이숭원, 「서정주 시에 나타난 '바다'의 의미 변화」, 《한국시학연구》 29

2010   이창민, 「서정주 향가 취재 시편의 동기와 작법」, 《민족문화연구》 53

2010. 2 심선옥, 「해방기 시의 정전화 양상」, 《현대문학의 연구》 40

2010. 8 이남호, 「예술가의 자기 인식―『화사집』 시절의 미당」, 《한국시학연구》 28

2010. 가을 윤재웅, 「한국 문학과 미당」, 《서정시학》

2011   김학동, 『서정주 평전』, 새문사

2011   남기혁, 「서정주의 '신라 정신'론에 대한 재론 ― 윤리 의식과 정치적 무의식 비판을 중심으로」, 《한국문화》 54

2011   문태준, 「서정주 시의 불교적 상상력 연구」, 동국대 대학원 박사 학위 논문

2011   박민영, 「서정주 이야기 시의 서사 전략: 세 가지 화자 유형을 중심으로」, 《한국문예비평연구》 36

2011   손진은, 「서정주 시와 산문에 나타난 김범부의 영향」, 《국제언어문학》 23

2011   송승환, 『김춘수와 서정주 시의 미적 근대성』, 국학자료원

2011   안현심, 「서정주의 후기 시 연구」, 한남대 대학원 박사 학위 논문

2011   여태천, 「서정주의 초기 시와 언어 미학적 태도」, 《한국시학연구》 31

2011   오현정, 「서정주의 설화 시 연구」, 한국교원대 교육대학원 석사 학위 논문

2011   윤은경, 「서정주 초기 시의 낭만성과 '도'의 상상력: 『화사집』을 중심으로」, 《현대문학이론연구》 45

2011	이광호, 「서정주 시에 나타난 자연에 대한 시선의 문제」,《문학과 환경》10
2011	이상명, 「문학 교육 제재로서 서정주 시의 가치 연구」, 동국대 교육대학원 석사 학위 논문
2011	임곤택, 「1950~1960년대 서정주 시 연구 ─ '신라'의 신화적 의미를 중심으로」,《한국언어문학》76
2011	정우택, 「서정주 초기 문학의 심성 구조」,《한국시학연구》32
2011	최현식, 「시적 자서전과 서정주 시 교육의 문제:『안 잊히는 일들』과『팔할이 바람』의 경우」,《국어교육연구》48
2011	허혜정, 「서정주의 「김소월 시론」을 통해 본 현대시와 전통 ─ 감각(感覺)과 정조(情調)론을 중심으로」,《한국어문학연구》56
2011. 봄	송기한, 「경계의 틈에서 솟아나는 그리움의 감수성: 서정주의 「푸르른 날」」,《시와정신》
2011. 봄	이숭원, 「공중으로 날아올라 기화되고 싶은 마음·서정주의 「멈둘레꽃」」,《시안》
2011. 3·4	이숭원, 「서정주의 친일과 시정신 재론」,《유심》
2012	김미옥, 「미당 서정주 시의 색채 이미지 연구 ─ 욕망의 변이를 중심으로」, 서울과학기술대 산업대학원 석사 학위 논문
2012	김우종,『서정주의 음모와 윤동주의 눈물』, 글봄
2012	김운향, 「서정주 시에 나타난 생명 의식 연구」, 고려대 대학원 박사 학위 논문
2012	김익균, 「서정주의 50년대 시 세계와 신라 정신의 구체성:『신라초』 연구를 위한 시론(試論)」,《한국시학연구》3
2012	김흥년, 「'국화(菊花)꽃'의 이미지 연구 ─ 미당의 「국화 옆에서」를 중심으로」,《인문논총》30
2012	남기혁, 「해방기 시에 나타난 윤리의식과 국가의 문제 ─ 오상환

과 서정주의 해방기 시에 대한 비교를 중심으로」, 《어문론총》 56

2012   박민영, 「뱀과 달의 상상력: 서정주 시 「화사」와 「동천」 연구」, 《한국시학연구》 35

2012   송기한, 『서정주 연구』, 한국연구원

2012   윤은경, 「유치환·서정주의 만주 체험과 시대 의식 비교」, 충남대 대학원 박사 학위 논문

2012   이숭원, 「서정주 초기 시의 친일과 시정신 재고」, 《인문논총》 24

2012   이영광, 『미당 시의 무속적 연구』, 서정시학

2012   이은지, 「서정주의 시적 자서전에 나타난 기억 형상화 방식 연구」, 서울대 대학원 석사 학위 논문

2012   임곤택, 「전후 전통론의 구성과 의미 ― 서정주와 조지훈을 중심으로」, 《한민족문화연구》 41

2012   정형근, 『서정주 시의 판타지와 이데올로기』, 지식산업사

2012. 봄   유성호, 「미당 『화사집』의 성서적 구성」, 《시와 시》

2012. 7   이남호, 「미당 서정주의 시와 남김」, 《현대문학》

2013   권혁웅, 「서정주 초기 시의 리듬 연구 ― 『화사집』을 중심으로」, 《상허학보》 39

2013   김익균, 「서정주의 신라 정신과 남한 문학장」, 동국대 대학원 박사 학위 논문

2013   박성필, 「미당 서정주의 친일 기점에 관한 연구」, 《국어교육》 142

2013   박수연, 「참담과 숭고 ― 정주의 만주 체험」, 《비교한국학》 21

2013   박형준, 「『서정주 시선』의 공기적 성격과 상승과 하강의 변증법」, 《언어연구》 77

2013   박호영, 「서정주의 「자화상」에 대한 재론」, 《한국문예비평연구》 40

2013   방정민, 「서정주 시에 나타난 동양적 시간 의식 연구」, 부경대 대학원 박사 학위 논문

2013   송희복, 「서정주의 시 세계에 비추어진 반(反)근대성의 생각

틀: 불교·신라 정신·풍류도」,《한국불교사연구》3

2013   안현심,『미당 시의 인물 원형 계보』, 지식과교양

2013   윤재웅, 「서정주『화사집』의 문체 혼종 양상에 대하여: 일상
        구어와 한자(漢字) 에크리튀르(écriture)의 문제를 중심으로」,
        《한국문학연구》44

2013   이숭원,『미당과의 만남: 서정주 대표 시 해설』, 태학사

2013   장창영, 「서정주 시어 특질과 시적 효과 ― 방언과 비속어를 중
        심으로」,《국어문학》54

2013   정미란, 「서정주의 전래 동화에 나타난 작가 의식 ―『우리나라
        신선 선녀 이야기』를 중심으로」,《어문논집》55

2013   정유화,『서정주의 우주론적 언술 미학』, 청운

2013   조춘희, 「전후 서정시의 전통 담론 연구 ― 조지훈, 서정주, 박
        재삼을 중심으로」, 부산대 대학원 박사 학위 논문

2013   최현식, 「일제 말 시 잡지《국민시가》의 위상과 가치, 잡지의 체
        제와 성격, 그리고 출판 이데올로그들 1」,《사이間SAI》14

2013. 봄   이경철, 「미당 서정주 평전 1」,《문학의 오늘》

2013. 여름   이경철, 「미당 서정주 평전 2」,《문학의 오늘》

2013. 8   유성호, 「식민지 근대 시인들의 모어 지향성 ― 소월, 백석, 미
        당을 예로 하여」,《현대시학》

2013. 가을   이경철, 「미당 서정주 평전 3」,《문학의 오늘》

2014   구은하, 「서정주 시어 연구:『화사집』에서『동천』까지」, 동국대
        교육대학원 석사 학위 논문

2014   김복실, 「서정주의 설화 시에 나타난 여성성 연구」, 건국대 대
        학원 석사 학위 논문

2014   김용민, 「『화사집』과『악의 꽃』의 상관성에 대한 고찰」,《불어
        불문학연구》100

2014   김익균, 「서정주의 체험 시와 '하우스민 ― 릴케·니체 ― 릴케'

의 재구성: 서정주 시학을 구축하기 위한 예비적 고찰」, 《한국
문학연구》 46

2014   김지윤, 「논문: 현대 문학; 1970년대 서사시의 전통 양식 수용
과 변용 ― 김지하, 서정주, 신경림의 시를 중심으로」, 《한국어
와 문화》 16

2014   남기혁, 「'신라 정신'의 번안으로서의 『질마재 신화』와 그 윤리
적 의미」, 《한국문학이론과 비평》 65

2014   문신, 「「자화상」의 근대적 '상(像)' 의미 연구 ― 이상, 서정주,
윤동주의 「자화상」을 중심으로」, 《현대문학이론연구》 58

2014   박노균, 「서정주의 『자화상』론」, 《개신어문연구》 39

2014   박민규, 「해방기의 해방 전 시사 인식과 담론화 양상 연구」,
《우리문학연구》 43

2014   이미현, 「서정주 이야기 시 교수·학습 방법 연구」, 동국대 교육
대학원 석사 학위 논문

2014   이민호, 「전후 현대시에 나타난 정치적 무의식과 기호적 주체
연구: 서정주와 김춘수의 경우」, 《기호학연구》 40

2014   이시원, 「한국 현대시에 나타난 그로테스크 미학 연구 ― 서정
주, 오장환의 시를 중심으로」, 충북대 석사 학위 논문

2014   이진경, 「질마재 신화』에 나타난 환상성 연구」, 한양대 대학원
석사 학위 논문

2014   장보미, 「서정주의 시 「귀촉도」의 음상(音相) 분포 분석」, 《민
족문화연구》 62

2014   장인수, 「서정주 중기 시의 도상적 이해」, 《반교어문연구》 37

2014   최현식, 「'사실의 세기'를 건너는 방법: 1940년 전후 서정주 산
문과 릴케에의 대화」, 《한국문학연구》 46

2014   최현식, 「서정주의 「만주 일기(滿洲日記)」를 읽는 한 방법」, 《민
족문학사연구》 54

2014	하재연, 「현대시에 나타난 신화적 상상력의 창조와 변용—서정주, 노혜경, 송찬호의 시를 중심으로」, 《한국문학이론과 비평》 63
2015	박연희, 「1970년대 서정주의 세계여행론」, 《상허학보》 43
2015	방정민, 『서정주 시에 나타난 시간과 미적 특징』, 신지서원
2015. 1. 19	김재홍, 「그는 시 앞에서 언제나 신인이었다: 미당의 시 세계」, 《주간조선》
2015. 봄	김익균, 「항상 김수영에 대해 알고 싶었지만 감히 서정주에게 물어보지 못한 시론」, 《시작》
2015. 봄	최현식, 「'춘향'의 미학과 그 계보: 서정주 시학의 경우」, 《시작》
2015. 4	김태완, 「서정주·박목월·전영택의 문학 자서전: '거지 발새의 때' 같은 연민이여!」, 《월간조선》
2015. 6	강웅식, 「서정주 시에 나타난 사랑의 테마에 대하여」, 《한국문학연구》 48
2015. 6	고봉준, 「탈향과 귀향의 형이상학」, 《한국문학연구》 48
2015. 6	김수이, 「『질마재 신화』에 나타난 공동체의 상상력」, 《한국문학연구》 48
2015. 6	김진희, 「제국과 식민지 경제의 텍스트」, 《한국문학연구》 48
2015. 6	서은주, 「1960년대 4·19 세대의 비평 의식과 서정주론」, 《한국문학연구》 48
2015. 6	허병식, 「식민지 주체의 아이덴티티 수행과 친일의 회로」, 《한국문학연구》 48
2015. 8	윤재웅, 「서정주 시 정본 확정의 원칙과 과정」, 《한국시학연구》 43
2015. 8	최현식, 「'질마재'의 역사성과 장소성」, 《한국시학연구》 43
2015. 8	윤재웅, 「미당의 만해 한시 번역의 특징과 의의」, 《한국어문학연구》 65

삭성사 김신희 이화여대 교수

【제2주제 ─ 박목월론】

일상의 아버지와 모성 회귀 판타지

김응교(숙명여대 교수)

1 서론: 현실과 판타지

"강나루 건너서/ 밀밭길을/ 구름에 달 가듯이/ 가는 나그네"(「나그네」)
라는 구절만 들어도 한국인이라면 시인 박목월(朴木月, 1915~1978)을 떠올
린다. 1939년《문장》을 통해 등단한 그는 1946년『청록집』이래 8권의 시집
을 내고, 한국 현대시사에 빼놓을 수 없는 종요로운 존재가 되었다. 시력
(詩歷)뿐 아니라 그는 시 전문지《심상》(1973)과 동인지《신감각》(1호, 1975)
을 창간하고 주도했고, 또한 중요한 시인들[1]의 길을 열어 주었다. 한국 현
대문학사에서 빼놓을 수 없는 박목월 문학의 근원은 무엇일까. 그 근원 중
하나는 모성성(母性性)이라는 판단에서 이 글은 시작한다.

이 글은 박목월 시에 나타난 모성성에 대해 분석한 논문이다. 박목월 시
와 모성애에 관해서는 적지 않은 연구가 이루어져 왔다. 첫째, 고향 경상

---

1) 박목월 시인의 제자는 허영자, 이승훈, 김종해, 유안진, 오세영, 이건청, 유승우, 신달자,
조정권, 정호승, 나태주, 권택명, 한광구, 권달웅, 이상국 등이 있다. 그 활동에 관해서는
이건청, 「시에 준엄하고 인간에 다감했던 시인 ─ 박목월 탄생 100주년 특별 기고」(월간
《유심》, 2015. 3)를 참조 바란다.

도와 어머니를 연결시킨 연구[2]가 있다. 둘째, 박목월 시에 나타난 어머니를 기독교와 연관시켜 '모성 하나님'으로 분석한 연구[3]가 있다. 셋째, 박목월 시에서 '어머니'를 서정적 근원의 모성 회귀로 본 연구[4]가 있다. 문제는 박목월 시를, 『청록집』으로 대표되는 초기 시는 '자연', 연작시집 『어머니』(1968)가 출판된 중기 시부터 후기 시까지는 '어머니'라는 기표가 핵심이라고 분석하는 논문이 많다는 점이다. 연작시집 『어머니』를 "안타까움으로 기도드리던 어머니, 그 어머니의 기도가 시로 변하였다."[5]라는 평가와 함께 '어머니=기독교'로 해석하는 연구가 급속도로 많아진 것이다. 이와 달리 필자는 그의 시에서 '어머니'가 초기 시부터 잠재적으로 근원적으로, 판타지의 근원으로 나타나고 있음을 밝히려 한다.

이 글에서 필자는 '박목월'이란 기호가 주는 어떤 근원(根源)에 대해 추적해 보려 한다. 그의 시를 읽을 때 느껴지는 안락함의 근원에는 무엇이 있을지 살펴보려 한다. 특히 박목월의 모성성에 대해 후기 시에 집중하여 연구되고 있는데 초기 시에는 없는지, 기존 연구와 변별성을 갖고 확인해 보려 한다. 아울러 그의 시에 등장하는 아버지/어머니는 어떤 역할을 하는지 등을 살펴보려 한다.

이 글은 기존의 연구에 문제를 제기하려 한다. 박목월의 모성성이 후기 시에만 있다고 주목하는 기존 연구(김윤환, 금동철 등)에 대해, 필자는 박목월에게 '어머니'라는 심상은 초기 시부터 작용하고 있음을 밝히려 한다. 기존의 연구는 '어머니'를 기독교적 상상력이 두드러지게 나타나는 후기 시에 나타나는 현상으로 보고 있는데, 필자는 초기 시부터 어머니는 중요한 심상(心想)임을 밝히려 한다. 아울러 일상적 가치(혹은 상처)와 절대적 가치(혹은 환상)가 반복될 때마다 '어머니'는 상상력의 중요한 동기가 된다는 것

---

2) 김재홍, 『한국 현대시인 연구』(일지사, 1986), 369쪽.
3) 김윤환, 『박목월 시에 나타난 모성 하나님』(열린출판사, 2008).
4) 금동철, 「박목월 시의 '어머니' 이미지와 근원 의식」, 박현수 엮음, 『박목월』(새미, 2002).
5) 황금찬, 「박목월의 신앙과 시」, 《심상》, 1980. 3, 31쪽.

을 밝히려 한다. 이 과정에서 필요에 따라 정신분석학적 결과를 빌려 분석하려 한다.

연구방법론으로 첫째, 박목월이 살았던 현실, 그 현실에서 체험한 상처를 살피려 한다. 그 상처를 극복하려고 박목월은 스스로, 이 글에서 나오겠지만 '판타지'라는 단어를 반복해서 쓰곤 했다. 누구나 현실의 고난에서 상처를 받았다면 그 상처를 극복하기 위해 꿈을 꾼다. 상처는 쉽게 지워지지 않아 환상을 횡단한 이후에도 증상으로 남는다. 상처 입은 사람은 어떻게든 이겨 내려고 환상을 꿈꾼다. 현실에서 생긴 상처로서의 증상(症狀)과 꿈으로서의 환상(幻像)을 줄여서 증환(症幻)이라 한다면, 증환이란 상처와 환상을 동시에 간직한 무의식 상태일 것이다. 누구나 증환 곧 상처와 꿈을 갖고 있으며, 작가는 자신의 증환을 기록하는 존재일 것이다. 그래서 '증환(症幻)'은 '환상을 품은 상처'일 것이다. '증환'이란 용어는 한마디로 간단히 정의할 수 없고, 정신분석학에서 아직 체계화되지 않는 용어이며, 연구자들마다 그 해석이 다르다.[6] 이 글에서 필자는 증환을 '현실[傷處]/욕망[幻想]'이라는 관계로 보려 한다. 작가가 체험한 현실의 고통은 자기가 바라는 욕망의 판타지로 표현된다. 그렇게 본다면 상처와 환상은 서로 관계없는 것이 아니라, 서로 관계를 갖는 '현실∽욕망'으로 서로 관련되어 있다고 볼 수 있겠다.

증환이란 이데올로기뿐 아니라 한 인간의 가장 중심적인 핵심이기도 하다. 한 인간이 품고 있는 상처와 환상의 핵심 고리이기도 하다. 억지로 상처를 잊으려 하거나, 환상에 빠지기보다, 그 상처를 직시하고, 그것으로 인해 조작되어 나타나는 증상까지도 기억하고 기록하려 할 때 하나의 텍스트는 완성될 것이다. 작가는 자신의 상처를 직시한다. 그 상처야말로 작품을 만드는 판타지의 씨앗이기 때문이다. 또한 그 상처와 환상과의 연결 고

---

6) 가령 슬라보예 지젝(Slavoj Zizek)은 "증환(sinthome)으로서의 증상은 향유가 스며 있는 기표적 형성물이다. 그것은 주이상스(jouis-sense), 그러니까 의미 속에 향유를 간직하고 있는 기표인 것이다."(슬라보예 지젝, 이수련 옮김, 『이데올로기의 숭고한 대상』(새물결, 2013), 131쪽)라고 썼다.

리가 삶 전체의 매듭이기 때문이다. 그 매듭을 풀면 그 작가가 쓴 작품의 엉킨 실타래가 풀릴 것이다. 이렇게 본다면 증환은 상처 속에 향락을 간직하고 있는 기표인바 그것은 한 사람 혹은 한 작가의 핵심[7]일 것이다.

둘째, 네 가지 항목을 나누어 대표적인 시를 인용하며 살펴보려 한다. 연구 대상으로 삼은 텍스트의 선정 근거는 명확해야 한다. 그런데 박목월 시를 분석한 많은 연구가 두 가지의 문제점을 안고 있다. 동시와 시를 같이 한 작가의 작품으로 보지 않는 데서 오는 문제점, 그리고 연대별 변화에 대해 관심을 갖지 않는 문제점을 안고 있다. 동시와 시를 따로 연구하거나, 작품이 발표된 연도에 대해 아예 관심을 보이지 않는 논문이 많다. 그로 인해 장르와 상관없이 나타나는 한 작가의 무의식이나 시기적 변화나 시기와 상관없는 일관성이 잘 안 나타난다. 그래서 이 글에서는 박목월 시의 장르적·내용 형식적 변화에 주목하여 4단계로 나누어 보려 한다. 먼저 동시를 살펴보고, 『청록집』(1946)에서 개인 시집 『산도화』(1955)까지를 초기 시, 『난·기타』(1959)에서 『청담』(1964)까지를 중기 시, 『경상도의 가랑잎』 (1968) 이후를 후기 시로 해서, 이 흐름에서 박목월 시가 갖고 있는 일관된 미덕(美德)이 무엇인지 살펴보려 한다.

셋째, 이론보다는 텍스트 자체에서 그 특징을 살펴보려 한다. 이론을 먼저 설명하여 그 잣대로 시를 꿰맞추는 식으로 하지 않으려 한다. 이론이란 수많은 방법론 중 한 줌의 지식이다. 가끔 하나의 이론을 통해 세계 전체를, 혹은 내가 다루는 작가나 작품을 다 이해할 수 있을 거라는 착각을 갖게 된다. 한 시인의 상상력을 하나의 이론에 가두어 분석하는 것은 장점도

---

7) "증환은 매듭이며, 지배적인 이데올로기적 논증의 모든 노선들이 만나는 지점이다. 바로 그런 이유 때문에 우리가 이 증환의 매듭을 '풀면' 그것의 이데올로기적 건축물 전체의 효용성은 중지되고 만다. 증상은 어떤 다른 층위에서 발생하고 있는 좀 더 근본적인 과정에 대한 징후이다. 반면에 증환은 한낱 증상에 불과한 것이 아니라 '사물 자체'를 묶어 놓는 장본인이다. 만약 그것을 풀어놓으면, '사물 자체'는 붕괴되고 만다. 바로 그 때문에 정신 분석은 증환을 다룸으로써 실제로 치료를 하는 것이다." 슬라보예 지젝, 이성민 옮김, 『까다로운 주체』(도서출판b, 2005), 284~285쪽.

있고, 단점도 있을 수 있겠다. 그 단점으로 하나의 이론으로만 보면 그 텍스트가 갖고 있는 다양성이 삭제되는 단점이 있을 수 있겠다. 따라서 박목월 시가 갖고 있는 증환, '일상의 아버지/모성 회귀 판타지'를 살피려는 이 글에서 모두(冒頭)에 모성 회귀나 판타지의 미학에 대한 '이론'을 쓰지 않으려 한다. 먼저 박목월의 시 텍스트를 인용하면서 그 미학을 추적해 보려 한다. 비평 이론은 이론의 적용 그 자체를 위해서가 아니라 텍스트 분석에 활용하기 위해 존재한다. 텍스트 분석을 통해 작품들을 유기적으로 연결해 주는 의식의 지향성, 혹은 통일된 질서를 이론이 아니라 박목월 시 텍스트 자체에 주목하여 보려 한다.

이 글을 통해 박목월 시가 갖고 있는 매혹의 한 부분이 조금 해명된다면 더할 나위 없겠다. 이제 한 시인의 증상과 환상을 담아낸 고투(苦鬪)의 기록을 만나 보자.

2 동시 속의 엄마 ― 「송아지」, 「해바라기」

한국인이라면 누구나 어린 시절에 불렀던 「송아지」라는 동요를 기억할 것이다. 이 동요는 박목월 시인이 쓴 동시에, 손대업 작곡가가 습작으로 음을 단 것이 교과서에 실리면서 알려진 노래다. 박목월은 시인 이전에 동시 시인으로 출발한 작가다. 18세인 1933년, 개벽사에서 발행하는 잡지 《어린이》에 동시 「통딱딱 통짝짝」이 뽑혔고, 같은 해, 《신가정》 6월호에 그의 시 「제비맞이」가 당선되었던 어엿한 동시 시인이었다.

송아지 송아지 얼룩송아지
엄마소도 얼룩소
엄마 닮았네.

송아지 송아지 얼룩송아지

두 귀가 얼룩귀

귀가 닮았네.

이 동시는 다양한 반복으로 이루어져 있다. '송아지'라는 단어가 두 번
반복되고, 세 번째에는 '얼룩송아지'로 변주되고 있다. 여기에 '얼룩'이라는
단어는 '얼룩소'와 '얼룩귀'로 변주된다. 또 여기에 '엄마소'와 '두 귀'라는 단
어가 반복되고, 게다가 '닮았네'라는 용언이 반복된다. 어릴 때 송아지와
엄마소는 닮았다는 정보를 '얼룩'과 '귀'의 반복으로 명확히 전하고 있다. 그
에 앞서 겹겹이 반복되는 노랫말과 그 노랫말 사이에 형성되는 상상력의 주
름이 이 노래를 한 번만 들어도 잊지 못하게 한다. 이 송아지가 토종 칡소
였을 것[8]이라는 주장도 있지만, 박목월이 잡지나 사진을 보고 서양의 젖소
를 상상해서 얼룩송아지의 이미지를 그렸을 수도 있다. 칡소가 아니라 현실
에서 보이지 않는 서양식 젖소라고 할 때 오히려 더 큰 판타지가 발생할 수
도 있는 것이다. 중요한 것은 그가 농경 사회를 그리워하고 있다는 점이다.

「송아지」에는 고향 경주를 떠나 대구의 기숙사에서 어머니를 그리워하
던 한 소년의 심상이 담겨 있다. 1929년 3월 보통학교를 졸업한 소년 박목
월은 어머니와 헤어져 1930년 4월 대구 계성중고등학교에 입학한다.

할아버지의 완강한 반대에도 불구하고 예수를 믿기 시작한 할머니(박목월
의 어머니 박인재 여사 — 인용자)는 대구에 있는 미션 스쿨이었던 계성중고등학

---

8) 「송아지」에서 '얼룩송아지'는 화가 이중섭의 황소 그림처럼 온몸에 문신을 한 격투사 같
은 토종소인 칡소일 수 있다는 글들이 많다. 황갈색, 검은색, 흑갈색 등 칡덩굴 같은 얼
룩무늬가 격렬하게 얽혀 있는 '칡소(a striped ox)'는 무늬가 호랑이와 비슷하여 호반우(虎
班牛)라고도 했다. 한편 서양식 점박이 젖소가 한국에 처음 들어온 것은 1902년이고, 홀
스타인 젖소가 전국에 사육되기 시작한 때는 1970년대라고 한다. 그래서 1930년대에
「송아지」를 썼던 박목월이 서양식 젖소를 볼 리는 없었을 거라고 한다. 그런 논리라면
박목월의 스승 정지용 시인의 「향수」에 나오는 '해설피 금빛 게으른 울음'을 울던 '얼룩
배기 황소'도 역시 칡소일 가능성이 크다.

교로 진학하게 하고, 할아버지의 완고한 고집으로 살길이 막막했던 할머니는 이 고향을 벗어나 읍이 있었던 건천이라는 곳으로 나와 장사를 하며 아버지와 삼촌, 두 고모의 학비를 마련했다.[9]

박목월 시인의 아들인 박동규 교수의 증언을 읽으면, 6년간 타지 대구에서 소년 목월이 엄마를 얼마나 그리워했을지 미루어 짐작할 수 있다. 「송아지」는 어머니와 함께 있을 때를 그리워하는 소년 목월의 절실한 심상인 것이다.

'어머니'라는 상징은 여러 동시에서 반복해서 등장한다. 어머니로 향하고자 하는 마음, 곧 모성 회귀(母性回歸)의 심상은 그의 많은 시에서 일관되게 반복되며 판타지의 세계를 만들고 있다. 박목월의 시가 지니는 모성 회귀의 심상은 다른 시에서도 빈번하게 등장한다. 가령 그가 《어린이》로 등단한 뒤 이듬해 발표한 동시 「해바라기」(《동아일보》, 1934. 10. 21)를 보자.

눈만 뜨면 엄마를
찾고 우는걸
아가를
우리는 해바라기라지요.

엄마 얼굴 따라서
두 눈이 도는걸
아가를
우리는 해바라기라지요.

엄마 얼굴 뵈이면

---

9) 박동규, 『아버지는 변하지 않는다』(강이, 2014), 16~17쪽.

언제나 웃는걸

아가를

우리는 해바라기라지요.

　이 동시에서도 박목월 특유의 반복법이 활용되고 있다. 3연으로 되어 있는데 연마다 마지막 3행이 "우리는 해바라기라지요"로 반복되어 있다. 엄마는 해이고, 아기는 해바라기로 은유되어 있다. 마치 햇님을 향해 고개를 돌리는 해바라기처럼 "엄마 얼굴 따라서/ 두 눈이 도는" 아가 모습은 재미있기만 하다. 이외에도 "엄마는/ 큼직한 이부자리 속에서/ 간혹 아기의 꿈을 꾸신대요/ …… / 아기도/ 조그만 이부자리 속에서/ 엄마 꿈을/ 꾸지요"(「엄마 이부자리, 아기 이부자리」)라며, 본래 탯줄에 연결되어 있듯이 이불을 공유하는 엄마와 아이의 혈연관계가 노래되고 있다. 엄마를 그리워하는 동시 시인 박목월의 마음은 어떠했을까.

　첫째, 그 그리움은 농경 사회로 향한 그리움이며 동시에 어머니에게로 향한 그리움이기도 하다. 그렇다고 어머니 없는 타지가 근대 사회이고, 송아지로 대표되는 농경 사회가 어머니라고 등식화하는 것은 너무 단선적이다. "예수를 믿기 시작한 할머니(박목월의 어머니)는 대구에 있는 미션 스쿨이었던 계성중고등학교로 진학하게 하고"라는 박동규의 증언(윗글)을 볼 때 어머니는 아들이 도시에 나가 성공하기를 바라는, 당시에는 선구적인 욕망을 갖고 있던 인물이다. 이렇게 볼 때 박목월의 어머니와 근대성은 서로 습합 관계에 있다고 판단된다. 그렇다 하더라도 어머니를 그리워하고, 또한 농업 공동체였던 '고향'을 그리는 심상은 서로 연결되어 있다. 박목월의 시는 "고향의 이미지를 어머니 이미지가 대신하기도 하고, 어머니 이미지를 통해 고향을 유추하기도 하는 것을 자주 볼 수 있다. 박목월 시인의 의식 속에 고향은 대부분 어머니와 비슷한 의미로 사용되었음"[10]을 참고할

---

10) 금동철, 앞의 글, 165쪽.

수 있겠다. 박목월은 '근대적 욕망으로서의 어머니'를 생각하며 도시에서 분투했고, 아울러 외로움 속에서 '농촌에 있는 어머니'를 하나의 판타지로 구성했던 것이다. 그 판타지 속에서 어머니는 가장 안락한 공간이며, 고향 역시 그리움과 추억이 충만한 공간이다.

둘째, 한글로 동시를 자유롭게 쓰지 못했던 식민지 시대의 아픈 상처가 동시 창작 과정에 감추어 있다. 아동문학가 윤석중은 유학하고 있던 중 서울로 가다가 목월을 만났던 일을 이렇게 회상하고 있다.

내가 벼르고 별러서 서울 다니러 가는 길에 경주에서 20리 떨어진 건천 그 (박목월―인용자)의 집에서 하룻밤 묵은 적이 있는데 우리는 밤을 새워 가며 동요 타령을 했다. 새로 지은 작품들을 줄줄 외워 들려주다가 갑자기 심란한 생각이 들어서, "발표할 데도 없고, 불러 줄 아이도 없는 노래를 자꾸 지어서 는 무얼 하누……" 했더니, 그는 정색을 하면서 땅을 파고 묻어 두면 되지 않 겠느냐는 것이다. 섣불리 전쟁을 터뜨린 일본이 잔뜩 독이 올라 있을 그 무렵, 등화관제를 해서 어두컴컴한 경주역에서 밤차를 기다리며 주고받은 우리들의 이야기는 역시 이 동요가 어떻고, 저 동요가 어떻고였다.[11]

윤석중이 일본에 유학 간 때는 1939년이었다. 일본이 태평양 전쟁을 터 뜨린 때는 1941년 12월 8일이니 이 이야기는 1941년 12월부터 해방 공간 사 이에 있었던 일이었다. 한글이 금지되었던 시기였으니 "발표할 데도 없고, 불러 줄 아이도 없"다는 윤석중의 푸념은 단순한 불평이 아니라, 그 시대 식민지 청년 작가의 절실한 아픔이었다. 이 시기에 남쪽 통영에서는 후에 세계적인 작곡가가 되는 1917년생 음악 학도 윤이상이 악보를 한글로 썼다 고 두 달간 감옥에 갇혀 있던 시기였다. 1917년생 시인 윤동주가 육필 시집 『하늘과 별과 바람과 시』를 후배 정병욱에게 맡겨 정병욱이 광양의 양조장

11) 윤석중, 「그와의 사귐」, 월간 《심상》, 1978. 5, 12쪽.

집 마루에 한글 원고를 숨겼던 시기였다. 1916년에 태어나 박목월과 함께 『청록집』을 만들었던 20대 중반의 시인 박두진이 한글로 발표하지 못할 항일 시 「배암」, 「산과 산들을 일으키며」[12] 등을 몰래 썼던 시기였다. 이 시기에 한글로 동시를 쓰며 "땅을 파고 묻어 두면 되지 않겠느냐"는 박목월의 말은 윤동주의 마음과 유사하다. 이 증언을 생각하자면 박목월이 쓴 동시가 그저 여유롭게 쓴 글이라고 할 수는 없을 것이다.

3 판타지의 탄생 ― 「청노루」, 「산도화」, 「산이 날 에워싸고」

박목월의 작가 생활 40년에 대한 연구는 김동리가 향토성을 바탕으로 박목월의 시를 분석[13]한 이후 단연 『청록집』 등 초기 시집에 집중되어 있다. 이후 박목월 시에 관해서는 청록파에 관한 연구, 동시에 관한 연구, 기독교에 관계된 연구, 민요조의 리듬에 관한 연구가 가장 많다. 물론 일방적인 찬사만 있는 것은 아니다. 김우창은 박목월을 청록파 "세 시인 가운데 가장 뛰어난 기술가"라고 하면서도 목월이 자연을 취하는 방식은 주관적 욕구로 꾸며낸 '자기만족의 풍경'[14]이라고 했다. 심지어는 불온한 시대를 외면했던 음풍농월(吟風弄月)의 현실 도피적 시인이라는 부정적 평가[15]도 있었다. 이런 배경에는 박목월 시인이 박정희 전 대통령을 찬양한 노래 「대통령 찬가」(1972)[16]를 작사했고, 『육영수 여사』 전기를 썼기에 그에 대한

---

12) 박두진의 항일 시에 관해서는, 김응교, 『박두진의 상상력 연구』(박이정, 2004), 180~188쪽 참조.

13) 김동리, 「자연의 발견」, 『문학과 인간』(청춘사, 1952), 60~68쪽.

14) 김우창, 「한국 시의 형이상학」, 『궁핍한 시대의 시인』(민음사, 1977), 54~55쪽.

15) 이남호, 「한 서정적 인간의 일상과 내면」, 『박목월 시 전집』(민음사, 2003), 921~922쪽 참조.

16) 1절 "어질고 성실한 우리 겨레의/ 찬란한 아침과 편안한 밤의/ 자유와 평화의 복지 낙원을/ 이루려는 높은 뜻을 펴게 하소서/ 아아 대한 대한 우리 대통령/ 길이길이 빛나리라 길이길이 빛나리라". 2절 "가난과 시련의 멍에를 벗고/ 풍성한 결실과 힘찬 건설의/ 민주와 부강의 푸른 터전을/ 이루려는 그 정성을 축복하소서/ 아아 대한 대한 우리 대

정치적 비판의식이 더불어 작용한 결과이기도 했다. 당시 정권에 대해 날카롭게 비판했던 김수영이나 신동엽 시인과 같은 시각에서 본다면, 박목월의 삶과 시는 너무도 낭만적으로 보일 수도 있다. 이러한 시각이 바른 비평이었는지 살펴볼 차례다.

『청록집』(1946)과 『산도화』의 시편들은 형극의 시대를 사는 시인의 모국애를 담고 있다. 그 슬픔의 시기를 박목월은 여백과 민요의 미학으로 극복해 낸다.

> 머언 산 청운사(靑雲寺)
> 낡은 기와집
>
> 산은 자하산(紫霞山)
> 봄눈 녹으면
>
> 느릅나무
> 속잎 피어나는 열두 굽이를
>
> 청노루
> 맑은 눈에
>
> 도는
> 구름
>
> — 박목월, 「청노루」, 『청록집』(1946. 6)

통령/ 길이길이 빛나리라 길이길이 빛나리라"(박목월 작사, 「대통령 찬가」). 이 노래는 일명 「박정희 찬가」로 알려져 있는데 이후 대한민국 대통령이 등장하는 모든 행사에 기념곡으로 쓰이고 있다.

이 시는 읽고 나면 저 모든 풍경들이 빨대처럼 청노루 맑은 눈에 빨려 들어가는 듯하다. 1연은 "머언 산"으로 시작된다. 2연에서 점점 가까워지면서 그 풍경들이 청노루 맑은 눈에 "도는/ 구름"으로 축소된다. 동양화의 과감한 여백처럼, 떠들썩하지 않고 침묵의 암시(暗示)만 고여 있는 간결한 작품이다. 1·2연은 3음보, 3연은 변조된 3음보, 그리고 4·5연은 2음보다. 극도로 안착되어 있는 율격이 평안하다. 생략된 소리들이 독자의 상상력에서 다시 융기(隆起)되어 살아난다. 니은(ㄴ) 음이 많이 사용되어 안온한 분위기를 주고 있다.

당연히 청노루라는 동물은 없다. 시인이 만들어 낸 환상 속의 동물이다. 청운사(靑雲寺)는 '푸른 구름의 절'이고, 자하산(紫霞山)은 '보랏빛 무지개 산'이다. 박목월의 시는 이렇게 두어 개 단어로 독자를 신비(神秘)로 인도한다. 마지막 5연에 "도는/ 구름"도 실제 도는 듯한 시각적 효과를 주고 있다. 이제 그가 어떻게 허구의 공간, 판타지를 만들어 냈는지 확인해 보자.

이 작품이 교과서에 실렸을 무렵, '청운사(靑雲寺)'가 어디 있는 절이냐고 질문을 하는 사람이 있었다. 또한 어느 해설서에는 '경주 지방의 산 중에 있는 절의 이름'이라고 친절하게 주해(註解)를 가한 것을 보았다. 그러나 이것은 내가 명명(命名)한 내 판테지(Fantasy)의 산에 있는 것이다.

나는 그 무렵에 나대로의 지도(地圖)를 가졌다. 그 어둡고 불안한 세대에서 다만 푸군히 은신하고 싶은 '어수룩한 천지'가 그리웠다. 그러나 한국의 천지에는 어디에나 일본 치하의 불안하고 바라진 땅이었다. 강원도를, 혹은 태백산을 백두산을 생각해 보았다. 그러나 그 어느 곳에도 우리가 은신할 한치의 땅이 있는 것 같지 않았다. 그래서 나 혼자의 깊숙한 산과 냇물과 호수와 봉우리와 절이 있는 '마음의 자연'─지도를 간직했던 것이다.

'마음의 지도' 중에서 가장 높은 산은 태모산(胎母山), 태웅산(太熊山), 그 줄기 아래 구강산(九江山), 자하산(紫霞山)이 있고, 자하산 골짜기를 흘러내려와 잔잔한 호수를 이룬 것이 낙산호(洛山湖), 영랑호(永郎湖), 영랑호 맑은 물에 그림자를 잠근 봉우리가 방초봉(芳草峰), 방초봉에서 아득히 바라보이는 자하산의 보랏빛 아지랑이 속에 아른거리는 낡은 기와집이 청운사(靑雲寺)이다.[17]

인용문에서 세 문장에 밑줄을 그어 보았다. 첫째, "내가 명명(命名)한 내 판테지(Fantasy)"의 공간을 시에 옮겨 놓았다는 구절이 주목된다. 이 세상에 존재하지 않는 완전히 새로운 장소명을 창작해 넣었다는 말이다.

둘째, "한국의 천지에는 어디에나 일본 치하의 불안하고 바라진 땅"이었다는 구절도 주목해 볼 만하다. 어둡고 희망이 없는 '일제 강점기 말'이라는 심리적 압박을 피해 차라리 판타지 공간에서나마 가까스로 숨을 쉴 수 있었던 것이다.

셋째는 "마음의 자연 ─ 지도"라는 표현이다. 이 말은 공상 속에서 건물 이름이나 산 이름 몇 개를 지어낸 것이 아니라, 완전히 새로운 공상의 지역(地域)을 상상 속에서 건설해 냈다는 것이다. 그래서 마음의 지도 안에 있는 공상 속의 지명 이름을 이후 나열하고 있다. 그중 아득히 낡은 기와집이 청운사(靑雲寺)라는 가공의 공간이다. '청노루' 또한 "완전히 나의 판테지 속에 사는 노루"라고 시인은 누설(漏泄)하고 있다. 당연히 푸른빛 노루는 없다. 노루라면 누르스름하고 꺼뭇한 털빛을 가진 동물이지만, 그는 단순히 "푸른 빛깔로 띄운 것이 서러운 정서의 분위기를 빚어내게 하는 것"이라는 사실이다.

「산도화 1」에서도 그의 판타지는 반복된다.

산은
구강산(九江山)
보랏빛 석산(石山)

17) 박목월, 『보랏빛 소묘』(신흥출판사, 1958), 82~83쪽.

산도화(山桃花)
두어 송이
송이 버는데

봄눈 녹아 흐르는
옥같은
물에

사슴은
암사슴
발을 씻는다.

    시집 『산도화』 서문에서 박목월은 "민요적인 해조(諧調)야말로 우리 겨레의 낡고 오랜 핏줄의 가장 생생한 것이며, 그것에 새로운 꽃송이를 피우려는 것이 나의 소원이었다."라고 썼다. 이 시에서도 구강산(九江山)은 목월이 지어낸 시적 공간으로 이상향 속의 산을 말한다. 수 구(九) 자는 완전한 자연을 상징한다. "보랏빛 석산(石山)"은 구강산의 구체적인 모습으로 비현실적인 빛깔을 드러내는 돌산이다. 산도화(山桃花) 역시 무릉도원을 연상시키는 상징이다.

    "송이 버는데"란 꽃잎이 피는 모습을 말한다. "암사슴"은 "청노루"처럼 신비한 사슴의 이미지를 갖고 있는 판타지를 만들어 내는 상징이다. "발을 씻는다"라는 표현은 고결한 정화(淨化)를 상징하는 표현이라 하겠다. "두어 송이"라는 넉넉한 표현도 그러하지만, 여백의 미를 살린 단아한 시의 형태는 한 폭의 동양화를 연상하게 한다.

    이렇게 박목월은 동양화 닮은 과감한 여백의 암시(暗示)와 민요조의 리듬으로 매혹적인 판타지의 공간을 직조(織造)해 냈다. 초기 시집인 『청록집』과 『산도화』는 박목월이 만들어 놓은 판타지 시집이다. 판타지를 통해서 시인은 독자를 새로운 인식의 지평으로 이끌고 있다. 박목월은 어떻게 판타지를 구성했을까.

첫째, 현실적인 배경에서 초현실적인 것이 느닷없이 나타날 때 환상(幻想, fantasy)이 펼쳐진다. "머언"(「청노루」)이라는 아마득한 거리감을 자주 사용하는 것도 그렇다. "남도 삼백리"(「나그네」), "보일 듯 말 듯한 산길"(「길처럼」) 같은 시어들은 '지금-여기'가 아닌 '저편'의 다른 공간을 형성한다.

둘째, 현실적이지 않은 색깔을 일상적인 사물에 입힌다. 마치 영화 「아바타」에서 신비로운 색깔을 등장인물에 칠해 입혔듯이, 박목월의 시에는 온갖 이채로운 색깔로 사물들이 칠해져 있다. '청(靑)노루'라는 청색 노루가 있을 리 없다.

> '청(靑)노루'도 마찬가지다. '청(靑)'은 '현(玄)'과 '흑(黑)'에 통하는 뜻에서 꺼뭇한 노루라고 설명한 분이 있다. 나는 그런 실상에서 노루를 노래한 것이 아니다. 그 누름하고 꺼뭇한 동물적인 노루에 '청(靑)'빛을 주어서 한결 정신화(精神化)한 노루를 생각했던 것이다. <u>'청(靑)노루'는 완전히 나의 판테지 속에 사는 노루다</u>. 그리고, '청(靑)노루' 하고 일부러 한자(漢字)를 쓴 것은, '청운사(靑雲寺)', '자하산(紫霞山)'과 더불어 '한자'가 지니는 글자의 형상성, 의미의 함축성을 살리려는 뜻과 이 작품의 청초한 '푸른 빛'의 그 색감(色感)을 주조(主調)로 하여 서럽고 은은한 것을 이루려 했으며 또한 시각적(視覺的)으로 청색감(靑色感)을 강조하려는 뜻에서 '청(靑)' 자(字)를 한자로 썼던 것이다. <u>'청(靑)노루', '청운(靑雲)', '자하(紫霞)', '맑은 눈', '흰구름' 등 푸른 빛깔로 띄운 것이 서러운 정서의 분위기를 빚어내게 하는 것이라 믿었던 것이다.</u>[18]

"보라빛 석산(石山)"(「산도화·1」)이란 어디에 있는가. "청석(靑石)에 어리는/ 찬물소리"(「산도화·3」)에 맞추어 "청전(靑田) 산수도"를 이어서 쓰기도

---

18) 박목월, 『보랏빛 소묘』, 83~84쪽.

한다. "청모시 웃고름", "청(靑)밀밭 산기슭에 밤비둘기", "파란 옥 댓마디에" 등 눈 아린 색깔들이 시각적 상상력을 자극시킨다.

셋째, 상상 속의 공간이 판타지를 만들고 있다. 앞서 썼듯이, 청운사, 자하산, 구강산 등 모두 공상 속에서 만들어 낸 지명이며 공간이며 '마음의 지도'이다.

까마득한 거리감과 현란한 색깔, 그리고 전혀 이질적인 공상의 공간 설정으로 인해 박목월의 초기 시를 대하는 독자의 상상력은 흔들리게 된다. 독자의 상상력에 견고했던 현실의 안정성은 순식간에 흔들린다. 시어를 응축시키고 짧게 끊어 친 한 행 한 행, 그리고 넌지시 던지는 애매모호한 암시(暗示) 앞에서 독자는 망설여진다(be hesitated). 환상의 상상력이 구성되는 데에 망설임은 대단히 중요하다.

"환상이란, 자연의 법칙밖에는 모르는 사람이 분명 초자연적 양상을 가진 사건에 직면해서 체험하는 망설임(hesitation)인 것이다."[19] 그리스어 '판타지아(phantasia)'는 현실의 법칙을 뛰어넘어 초현실적인 극도의 쾌락을 지향하는 뜻을 갖고 있다. 환타지는 옆방에 뭔가 이상야릇(uncanny, Umheimlichkeit)하거나, 놀랍거나(marvelous) 혹은 성스러운(the sacred) 뭔가 있을 법한 두근거리는 갈망의 표현이다. '판타스틱'하다는 말은 뻔한 일상에서 벗어나 완전히 다른 세계(l'Autre total)를 추구하려는 욕망[20]을 말한다.

이 판타지 공간에 쉽게 **빠져들게** 하는 장치 중에 중요한 역할을 하는 것은 바로 리듬이다. 동시 시인으로 출발했던 박목월은 이후 1940년 《문장》 9월호에 「가을 어스름」, 「연륜」으로 시인으로서 문단에 데뷔했다. 박목월

---

19) "The fantastic is that hesitation experienced by a person who knows only the laws of nature, confronting an apparently supernatural event", Tzvetan Todorov, trans by Richaed Howard, *THE FANSTIC*(Cornell University, 1975), 25쪽.

20) 지그문트 프로이트, 정창진 옮김, 「두려운 낯섦(Das Unheimliche)」(1919), 『예술·문학·정신분석』(열린책들, 2004)을 참조 바란다.

을 추천한 정지용은 박 시인을 이렇게 평했다.

> 북에는 소월이 있었거니 남에는 박목월이가 날 만하다. 소월이 툭툭 불거지는 삭주귀성조(朔州龜城調)는 지금 읽어도 좋더니 목월이 못지않아 아기자기 섬세한 맛이 좋아, 민요풍에서 시에 발전하기까지 목월의 고심이 더 크다. 소월이 천재적이요, 독창적이었던 것이 신경 감각 묘사까지 미치기에는 너무나 '민요'에 시종하고 말았더니 목월이 요적(謠的) 뎃상 연습에서 시까지의 콤포지션에는 요(謠)가 머뭇거리고 있다. 요적 수사(修辭)를 충분히 정리하고 나면 목월의 시가 바로 한국 시이다.
>
> ─ 정지용, 《문장》(1940. 9)

박목월은 공동 시집 『청록집』을 내면서 본격적으로 시를 발표했지만, 자신의 본명을 넣은 『박영종 동시집』을 내기도 했다. "목월이 요적(謠的) 뎃상 연습에서 시까지의 콤포지션에는 요(謠)가 머뭇거리고 있다."라는 정지용의 지적은 정확했다. 목월의 시에는 민요조의 리듬이 있고 노래가 머물고 있다. 「송아지」라는 탁월한 동시는 그러한 요(謠)의 장기가 만들어 낸 걸작이다.

여기에서 하나의 질문이 있을 수 있다. 『청록집』에 실린 판타지의 시편들은 현실 도피의 시들이 아닌가 하는 물음이다. 아닌 게 아니라 「청노루」나 「산도화·1」 등에서 어떤 갈등을 찾아보기란 쉽지 않다. 절대 평화, 절대 낙원만 존재한다. 마치 여백이 많은 수채화처럼 이러한 시는 독자들 마음에 이르러 시가 완성된다. 이러한 시적 공간을 김우창은 "선(禪)이나 노장(老莊)의 자연"보다 "훨씬 더 상상된 자연"[21]이라고 했다. 박목월의 상상력은 단순히 공상의 자유를 향하는 것이 아니라, 보다 근본적인 원형을 지향하고 있다고 보아야 할 것이다. 그 방향성은 인간이 가장 편한 상황을 말하

---

21) 김우창, 「한국 시의 형이상학」, 위의 책, 55쪽.

는 것이며, 그것은 바로 어머니 뱃속에 있는 상태와 같은 모성 회귀의 심상일 것이다. 그런데 이렇게 비판하는 것은 겉만 보고 평가하는 쉬운 평가일 수 있다.

비교컨대 경주 시내를 끼고 흐르는 형산강의 상류 지역인 강나루, 그 부근에서 「나그네」가 탄생했다고 한다. 형산강 강나루 밀밭 사잇길을 거니는 박목월 시인을 떠올려 본다. 일찍이 김동리는 "목월이 발견한 자연의 육체는 향토성에서 온다."[22]라고 지적한 바 있다. "강나루 건너서/ 밀밭 길을// 구름에 달 가듯이/ 가는 나그네"라는 시는 현실 도피의 가장 대표적인 시로 지적되고 있는데 박목월의 설명을 참조하면 조금 다르게 읽게 된다.

우리는 세상을 다 버리고 떠도는 자를 나그네라 부르는, 그 버리는 정신, 그것은 모든 소망을 잃은 자가 살 수 있는 유일한 '길'이었다. '버리는 것'으로서 스스로를 충만하게 하는 그 허전한 심정과 그 심정이 꿈꾸는 애달픈 하늘, 그 달관(達觀)의 세계 — 이런 뜻의 총화적(總和的)인 영상으로서 나그네를 꿈꾸었을지 모른다.[23]

이렇게 본다면 '나그네'라는 존재는 식민지 시절에 모든 것을 잃고 "소망을 잃은 자가 살 수 있는 유일한" 방법이었던 것이다. "소망을 잃은 자" 그 것은 당시 고향을 떠나 간도 등을 떠다니던 '번역되고 뿌리 뽑혀진 난민(難民)'[24]의 모습일 수도 있다. "소망을 잃은 자"가 도저히 저항할 수 없는 대상

22) 김동리, 「삼가시(三家詩)와 자연의 발견」, 《예술조선》, 1949.
23) 박목월, 『보라빛 소묘』, 87쪽.
24) 식민지의 난민은 이주되고 뿌리 뽑힌 존재다. 아래 문장을 참조하기 바란다. "난민: 당신은 정착하지 못하고 뿌리 뽑힌 존재다. 당신이라는 존재는 이주된다. 누가 당신을 번역하는가? 누가 땅과 함께 연결된 당신을 부숴 버리는가? 당신은 떠나도록 강요되어 왔고, 당신은 전쟁과 기근에서 도피해 왔다. 당신은 이주되었고, 당신이 탈 비행기 앞에서 넘겨졌다.(Refugee: you are unsettled, uprooted. You have been translated. Who

에 대하여 "유일한 길"은 판타지를 꿈꾸는 달관(達觀)이 될 수도 있겠다.

『청록집』에서 첫 시로 등장하는 시「임」에 "어느날에사/ 어둡고 아득한 바위에/ 절로 임과 하늘이 비치리오"라는 표현도 어둡고 아득한 일제 식민지 치하에서 자유를 회복하고 싶어하는 열망일 것이다. 어둡고 희망이 없는 일제 말기라는 심리적 압박을 피해 차라리 판타지 공간에서나마 가까스로 숨을 쉴 수 있었던 것이다. 이렇게 볼 때 박목월의 판타지를 단순히 현실 도피로 볼 것이 아니라, 절망적인 현실에서 새로운 구원[25]을 꿈꾸는 시도로 볼 수도 있을 것이다. 초기 시에서 숨막히는 현실에 대한 끈질긴 삶의 자세가 드러난 경우도 있다.

산이 날 에워싸고
씨나 뿌리며 살아라 한다
밭이나 갈며 살아라 한다

어느 짧은 산자락에 집을 모아
아들 낳고 딸을 낳고
흙담 안팎에 호박 심고
들찔레처럼 살아라 한다
쑥대밭처럼 살아라 한다

산이 날 에워싸고

---

translated you? Who broke your links with the land? You have been forcibly moved off, or you have fled war or famine. You are mobile,mobilized,stumbling along your line of flight.)", Robert J. C. Young, *Postcolonialism — A Very Short Instroduction*(New York, Oxford University Press, 2003), 11~13쪽.

25) 2차 세계 대전 때, 사이비 진보나 낙관적 역사주의를 거부하고, 과거에서 구원의 빛을 보고 싶어했던 발터 벤야민의 생각과도 비교해 볼 수 있겠다. 발터 벤야민, 『역사 철학 테제』를 참조 바란다.

그믐달처럼 사위어지는 목숨
그믐달처럼 살아라 한다.

　　　　　　　　　　　　　　─박목월, 「산이 날 에워싸고」, 『청록집』

　1연만 보았을 때는 현실에 대한 체념을 본다. "씨나", "밭이나"에서 "~나"라는 조사는 얼마나 수동적이고 체념적인가. 그런데 2연을 보면 1연의 체념과 달리 극복 의지가 엿보인다. 집을 짓고, 자식도 낳고, 호박도 심고, 특히 "들찔레처럼", "쑥대밭처럼" 악착같이 살라 한다. 이렇게 볼 때 1연은 일제 치하의 절망적인 상황에서 도저히 희망이 안 보이는 체념적 상황이지만, 2연은 그것을 극복하려는 의지가 엿보이는 구절로 볼 수 있겠다. 3연에 이르면 "그믐달처럼" 사위어지고 살아라 한다는 것은, 1연의 체념은 2연의 의지적 삶을 거쳐, 달관이나 초연한 삶을 보여 주고 있다.

4 일상의 아버지 ─「사투리」, 「만술 아비의 축문」, 「가정」

　두 번째 개인 시집 『난(蘭)·기타』(신구문화사, 1959. 12)부터 신비한 판타지의 공간에서 일상적인 세계를 보여 준다. 이 시집은 시인의 '서문', 제1부~제6부에 걸쳐 총 59편의 작품이 실려 있다. '서문'에서 시인은 『청록집』에 실린 자신의 작품과 첫 개인 시집인 『산도화』에 실린 작품이 초기의 것이라면, 이 시집에 실린 작품은 중기(中期)에 해당한다고 밝혔다.

　"내가 나를 부른다/ 가벼운 박목월(朴木月)/ 나는 벗어날 수 없다/ 이미 이슬 안에/ 저절로 스몃는 나"(「이슬」)라고 자신을 이슬 안에 스민 존재로 구체적으로 표현한다. 곧 큰 누리[우주] 안에 포함된 작은 누리[나]로 자신을 표현하는 일상적 '나'의 이야기가 전개되기 시작한다. 그것은 아버지의 모습이다. 그런데 이 아버지는 1956년에 돌아가신 박목월의 아버지가 아니라, 시인 자신이다.

나는 밤이 깊도록 글을 쓴다.

써도써도 가랑잎처럼 쌓이는

공허감(空虛感)

이것은 내일(來日)이면

지폐(紙幣)가 된다.

어느 것은 어린것의 공납금(公納金)

어느 것은 가난한 시량대(柴糧代)

어느 것은 늘 가벼운 나의 용전(用錢).

밤 한 시, 혹은

두 시. 용변(用便)을 하려고

아래층으로 내려가면

아래층은 단간방(單間房)

온 가족(家族)은 잠이 깊다.

서글픈 것의

저 무심(無心)한 평안(平安)함.

아아 나는 다시

층층계를 밟고

이층(二層)으로 올라간다.

(사닥다리를 밟고 원고지(原稿紙) 위에서

곡예사(曲藝師)들은 지쳐 내려오는데……)

나는 날마다

생활(生活)의 막다른 골목 끝에 놓인

이 짤막한 층층계를 올라와서

샛까만 유리창에

수척한 얼굴을 만난다.

그것은 너무나 어처구니없는

'아버지'라는 것이다.

— 박목월, 「층층계」에서

2층은 시인이 글 쓰는 공간이고, 1층은 가족들이 사는 공간이다. 시인은 밤이 깊도록 글을 쓴다. 내일이면 돈으로 바뀔 글을 쓴다. 어린 것의 공납금, 땔나무와 먹을거리를 사야 하는 시량대, 늘 가벼운 나의 용돈 등을 쓰고 있다. "써도써도"와 가랑잎처럼 "쌓이는"에서는 경음(硬音) 'ㅆ'을 반복시켜 팍팍하고 힘겨운 현실의 고통[26]을 환기시키고 있다.

2층에서 그가 꿈꾸는 것은 원고지를 한 칸 한 칸 채우는 것이다. 그래서 "사닥다리를 밟고 원고지 위에서/ 곡예사들은 지쳐 내려오는데"라고 하듯이, 당시 세로쓰기로 칸이 나뉘어 있었던 원고지를 곡예사처럼 한 칸 한 칸 채워야 먹고살 수 있었던 삶이었다.

계단 아래는 아이와 아내가 밭은 숨을 내쉬며 잠을 자고 있는 무거운 부담과 책임의 공간이다. 용변이 생각나 층층계를 내려오자 단칸방에서 온가족이 자고 있다. 순간 시인은 '너무나 어처구니없는 아버지'를 발견한다. 현실은 너무도 명확히 보인다. 어처구니없는 삶을 견뎌야 하는 어처구니없는 자신을 발견한다. 아버지가 화자로 등장하는 다른 시 한 편을 보자.

지상(地上)에는
아홉 켤레의 신발.
아니 현관(玄關)에는 아니 들깐에는
아니 어느 시인(詩人)의 가정에는
알전등이 켜질 무렵을
문수(文數)가 다른 아홉 켤레의 신발을.

---

26) 엄경희, 『미당과 목월의 시적 상상력』(보고사, 2003), 272쪽.

내 신발은
십구문반(十九文半).
눈과 얼음의 길을 걸어,
그들 옆에 벗으면
육문삼(六文三) 코가 납작한
귀염둥아 귀염둥아
우리 막내둥아.

미소(微笑)하는
내 얼굴을 보아라.
얼음과 눈으로 벽(壁)을 짜올린
여기는
지상(地上).
연민(憐憫)한 삶의 길이어.
내 신발은 십구문반(十九文半).

아랫목에 모인
아홉 마리의 강아지야
강아지 같은 것들아
굴욕(屈辱)과 굶주림과 추운 길을 걸어
내가 왔다.
아버지가 왔다.
아니 십구문반의 신발이 왔다.
아니 지상에는
아버지라는 어설픈 것이
존재(存在)한다.
미소하는

내 얼굴을 보아라.

— 박목월, 「가정(家庭)」, 『청담(晴曇)』(일조각, 1964, 8~10쪽)[27]

　4연으로 이루어진 이 시의 중요한 상징은 신발이다. 신발은 가장 밑바닥에서 지난한 인간의 삶과 함께 하는 동반자다. 가족을 먹여 살리기 위해 '십구문반'의 커다란 신발을 신고 종일 "눈과 얼음의 길"(2연), "굴욕과 굶주림과 추운 길"(4연)을 다니다가 돌아온 아버지 이야기가 이 시에 담겨 있다.

　1연에서 "지상"과 "현관", "들깐", 그리고 "어느 시인의 가정"은 모두 힘들고 어렵게 살아가는 화자의 삶이 영위되는 대위적 공간들이다. "아니"라는 부사어를 반복하며 강조하여 현실적인 삶의 공간이 얼마나 고통스러운지 강조하고 있다. 고통스러운 현실에서 살아가는 화자의 책임이 대조되면서 아이들에 대한 사랑은 더욱 증폭된다.

　1문은 2.4센티미터가량 되니, 십구문반은 45.6센티미터이다. 막내는 육문삼이니까 계산하면 15센티미터 정도로 자그마한 발이다. 이 막내까지 포함해 현관 앞에 신발 아홉 켤레가 있으니 대가족이다. 대가족이 많았던 1964년, 이 시가 창작되었던 시대가 실감 나게 그려져 있다.

　이 시는 화자와 청자가 뚜렷하게 구별되어 있다. 화자인 십구문반의 아버지가 청자인 자녀들에게 독백하고 있는 작품이다. 고된 세상을 다소 비감(悲感)하게 말하던 청자는 뒤로 갈수록 따뜻하게 말한다.

　신발을 벗고 집으로 들어가면 맨발 상태의 자연적 세계가 등장한다. 귀염둥이 막내가 아버지의 얼어붙은 마음을 푸근하게 만든다. 말하는 아버지는 그들을 강아지처럼 혈연의 정으로 바라보므로 마음속에서 미소가 저절로 떠오른다. 속되지만 냉혹한 경쟁의 세계와 대립되는 따뜻한 가정의 대립 항을 도표로 보면 다음과 같다.

---

27) 이 시는 《현대문학》(1961년 1월)에 「삼동시초(三冬詩抄)」 연작의 하나로 발표되었던 「가정(家庭)」을 독립시킨 것이다.(이남호 엮음, 『박목월 전집』, 위의 책, 206쪽 재인용)

이 시는 「층층계」와 같은 구조에 있다. 아버지는 철저하게 자식을 위해 헌신하는 존재다. 시에서 아버지와 가족은 이항 대립으로 보인다.

	아버지(화자)	자녀(청자)
신발 크기	십구문반 = 45.6센티미터	육문삼 = 15센티미터
위치	현관, 들간, 집 밖	집안
관계	사회적 관계	혈연관계(강아지와 어미 개의 관계)
상황	얼음과 눈의 벽	따뜻한 아랫목

신발을 은유로 고달픈 가장(家長)의 삶을 보여 주는 시다. 아버지는 아무리 힘들어도 "미소하는 내 얼굴"(3, 4연)로 가족을 대한다. "아버지라는 어설픈 것"(4연)이란 책임이 있기에 아무리 열심히 살아도 그 책임을 완수할 수 없기에 "어설픈 것"으로 자책하고 있다.

이 시기 시집으로는 『난(蘭)·기타』(1959), 『청담』(1964) 등이 있다. 「가정」은 제2기를 대표할 만한 작품이다. 이 시에는 평이한 일상어로 가난한 시인의 생활이 재미있게 그려져 있다. 전체가 4연이며 정형률이 무시되고 있고 시어의 구사가 놀라우리만치 파격적이다.

실로 위 두 편의 시에 등장하는 아버지의 일상은 "관(棺)이 내렸다./ ……/ 나는 옷자락에 흙을 받아/ 좌르르 하직(下直)했다"(「하관(下官)」)는 너무도 고단한 일상이다.

그렇지만 박목월 시에 등장하는 남자들이 절망해 있기만 한 유형은 아니다. 고단한 현실 속에서 성실하게 삶을 일구어 나가는 사내들이 박목월 시에 등장한다. 고향 경주 사투리를 자유로이 구사하는 사내들이 등장하는 시는 다양한 표현과 탁월한 전달력을 부여받는다. 박목월의 「만술 아비의 축문」[28]은 죽음을 소재로 했으되 현실 생활의 고단함을 함께 표출하고

---

28) 이 시는 2007년 7월 고3 전국연합학력평가, 2012년 3월 고3 전국연합학력평가에 출제된 적이 있다.

있다.

아베요 아베요
내 눈이 티눈인 걸
아베도 알지러요.
등잔불도 없는 제삿상에
축문이 당한기요.
눌러 눌러
소금에 밥이나마 많이 묵고 가이소.
윤사월 보리고개
아베도 알지러요.
간고등어 한손이믄
아베 소원 풀어들이런만
저승길 배고플라요
소금에 밥이나마 많이 묵고 묵고 가이소.
     *
여보게 만술(萬述) 아비
니 정성이 엄첩다.
이승 저승 다 다녀도
인정보다 귀한 것 있을락꼬,
망령(亡靈)도 감응(感應)하여, 되돌아가는 저승길에
니 정성 느껴 느껴 세상에는 굵은 밤이슬이 온다.
　　　　　─박목월, 「만술 아비의 축문」 전문, 『경상도의 가랑잎』(1968)

　박목월 시인이 53세 때 펴낸 시집 『경상도(慶上道)의 가랑잎』(민중서관,
1968)에는 경상도 사투리가 구수하게 녹아 있는 명편(名篇)들이 여럿 있다.
그 가운데 "뭐락카노"로 시작되는, 아우의 죽음을 애 터지게 부른 「이별

가」와 「만술 아비의 축문」은 단연 돋보이는 수작(秀作)이다. 이 시는 전체가 경상도 방언으로 채워져 있다. 이 시에서 중요한 것은 1연과 2연의 화자가 바뀐다는 점이다.

"아베요"라는 정겨운 사투리로 시작했지만, "내 눈이 티눈"이란 배우지 못한 '까막눈'이라는 말이다. 까막눈(티눈)이니 글을 몰라 "축문이 당한기요"라고 한다. 여기에서 "당한기요"란 "당치 않다"는 말로 축문 하나 쓸 수 없다는 뜻이다. 만술 아비는 가난에 쪼들려 "등잔불도 없는 제삿상"에 흔하디 흔한 간고등어 한 마리 올려놓지 못한 처지다. 겨우 한다는 말이, 소금에 밥이나 많이 드시고 가라는 말을 두 번이나 반복한다. 그나마 "눌러 눌러", "묵고 묵고" 가시라는 반복은 아버지에 대한 화자 만술 아비의 정성을 확인하게 한다.

다음은 죽은 아버지가 만술 아비에게 하는 말이다. "여보게 만술 아비"로 시작하는 부분부터 화자가 바뀌고 있다. "니 정성이 엄첩다"에서 "엄첩다"는 대견스럽고 감동적이다라는 뜻이다. 만술 아비가 차린 제사상에 만술 아비의 아비는 저승에서도 "니 정성 느껴 느껴"라며 감동하고 있다. "굵은 밤이슬"이란 만술 아비의 정성으로 감동한 아버지 영령의 눈물일 것이다.

사투리는 시 언어에 시적 자유(poetic license)를 부여해 준다. 예술적 효과를 높이기 위해 틀에 묶이지 않고 자유롭게 표현하는 것이다. 중기 시에서 사투리를 쓰면서 박목월은 그간 매여 있던 어떤 형식에서 벗어난다. 1968년 발간한 시집 『경상도 가랑잎』에서는 질박한 향토성의 미학이 퍼진다. 이 시의 화자는 여성이다.

우리 고장에서는
오빠를
오라베라 했다.
그 무뚝뚝하고 왁살스런 악센트로
오오라베 부르면

나는
앞이 칵 막히도록 좋았다.

나는 머루처럼 투명(透明)한
밤하늘을 사랑했다.
그리고 오디가 샛까만
뽕나무를 사랑했다.
혹은 울타리 섶에 피는
이슬마꽃 같은 것을……
그런 것은
나무나 하늘이나 꽃이기보다
내 고장의 그 사투리라 싶었다.

참말로
경상도 사투리에는
약간 풀 냄새가 난다.
약간 이슬 냄새가 난다.
그리고 입안이 마르는
황토(黃土)흙 타는 냄새가 난다.
— 박목월, 「사투리」전문, 시집 『난·기타』[29]

"오라베"라는 고향 사투리를 듣기만 해도 좋은 화자는 시인 자신일 것
이다. "왁살스러운"이란 '우악살스럽다'의 준말로, '대단히 무지하고 포악하

---

29) 이 시는 여러 중고등학교 교과서에 실려 있는데 창비본 『국어 교과서 작품 읽기』(창비,
2014)에는 '여섯 번째 사투리 체험실'에 맨 처음 실려 있다. 함께 실려 있는 사투리가 나
오는 시는 허수경 「언덕 잠(봄)」, 김용택 「들국」, 김영랑 「오매 — 단풍 들겠네」, 김용해
「사랑 노래」, 이재무 「논산 장」 등이 실려 있다.

며 드센 데가 있다'는 뜻이다. "나는 앞이 칵 막히도록 좋았다"에서 표준어인 '콱' 대신에 사투리 "칵"을 쓰니 더욱 생생한 정경이 그려진다. "나는 머루처럼 투명한/ 밤하늘을 사랑했다"라는 표현으로 시작되는 2연은 고향의 사물들이 나열되고 있다. 그 사물과 풍정(風情) 하나하나는 사투리로 유비된다. 이 시 역시 사투리와 고향을 재현시키며 모성 회귀 본능을 재현해 낸 한편의 사투리 판타지라 할 수 있겠다.

두 편의 시에서 경상도 사투리는 우리 문화와 전통, 구체적 일상이 담긴 소중한 민족 유산이라는 거대한 설명 이전에 인간이 갖고 있는 모성 회귀 본능을 자극한다. '고향=사투리'는 고향 사람들이 쓰는 언어를 넘어 인간의 근원을 회감(回感)하게 한다. 이렇게 박목월의 중기 시에서 주목해야 할 것은 아버지의 등장과 사투리의 활용이라 할 수 있겠다.

5 초자아 어머니와 모성 회귀 본능 —「부룩쇠」, 「가정」, 「모성」, 「갈릴리 바다의 물빛을」

박목월 시에서 아버지는 앞서 인용한 「층층계」, 「가정」(1964)처럼 시인 자신이 화자로 등장하는 데 비해 모성은 자신의 어머니를 통해 재현되고 있다. '어머니'는 연작시집 『어머니』(1968)에 집중해서 나타나며 유고 신앙 시집 『크고 부드러운 손』(민예원, 2003)에서도 자주 엿보인다. 박목월이 시에 담아낸 양태는 몇 가지로 나누어 볼 수 있는데, 그 첫 번째 모습이 「송아지」 등 동시에서 보았던 혈연적인 어머니라면, 두 번째 모습은 농촌 공동체인 고향을 상징하는 어머니다.

지금은 월성군(月城郡)이지만
그때는 경주군(慶州郡)이었다.
경상북도 경주군
서면 모량리에

쨍쨍한
햇빛과
향기로운 바람.
윗뜸 산기슭에
오두막 삼간(三間)
어머니와 살았다.
사립문 옆에는
대추나무,
울밖에는 옹당 벌샘.
그때만 해도
어머니는 파랗게 젊으시고,
초가지붕에 올린 박은
달덩이만큼 컸다.
서리 온 지붕에는
빨간 고추
반쯤은 하얀 목화.
행복이 무엇인지
나는 몰랐다.
알 리도 없는 어린 그때는
눈오는 밤이면
처마에 종이 초롱
들방아를 찧는 밤에는
웅성거리는 사람 소리.
밤참은 찬밥에
서걱서걱 무우김치.
나는
모량리에서 어린날을 보냈다.

경상북도 경주군
서면 모량리
꼬뚜레도 꿰지 않는
부륵쇠
굴레 없이 자라난
부륵 송아지.

        — 박목월, 「부륵쇠」 전문, 어머니』(삼중당, 1967, 20~23쪽)

고향에 대한 박목월의 회상은 무한한 그리움을 이끌어낸다. 이 작품은 박목월이 쉰 살에 쓴 시다. 이 시를 보면 「송아지」에 나왔던 첫 시적 단상이 거의 평생 이어지는 것을 볼 수 있다. 경상북도 경주군 서면 모량리라는 '고향'을 생각하면서, 오두막 삼간에서 함께 살았던 '어머니'를 그려 내고 있다. 이어서 자신을 경상북도 경주군에서 굴레 없이 자라난 부륵 '송아지'로 비유한다.

이 시에서 어머니는 농경 사회의 상징으로 생각할 수 있겠다. "사립문 옆에는/ 대추나무,/ 울밖에는 옹당 벌샘"이 있는 곳, "달덩이만큼 컸"던 박이 있는 곳, "서리 온 지붕에는/ 빨간 고추/ 반쯤은 하얀 목화"가 있는 곳, "밤참은 찬밥에/ 서걱서걱 무우김치"를 먹는 곳에 어머니는 계신다. 어머니는 윤리와 생명 의식이 사라지는 근대 문명에 대척을 이룬다.

그런데 여기에서 박목월 시인의 어머니 박인재 여사를 농경 사회와 일치시킬 수 있을까 하는 의구심이 생긴다. 당시 그녀가 열심히 참여했던 한국 기독교는 실제로는 농경 사회를 극복하고 서양 문화의 근대성을 적극적으로 이 사회에 이식하려 했던 사상 체계였다. 그렇다면 이식된 기독교 사상을 갖고 있으면서도 어머니의 본질은 농경 사회에서 떠나지 못하는 균열 혹은 습합 상태를 가지지 않았을까 추론해 볼 수 있겠다.

그렇다면 박목월은 표면적으로 어머니는 아들이 근대적 주체로 형성되기를 바랐으나, 아들 박목월은 어머니 속에 있는 농경 사회를 원형적으로 그리워하지 않았나 생각해 볼 수 있겠다. 이 시만 보고 볼 때, 근대적 공간에 억압되어 있던 현실에서 '어머니—고향—농경 사회'라는 심상 다발은 박목월에게 간절한 모성 회귀 정서를 불러일으켰다. '고향→어머니→송아지'로 이어지는 이 연관 관계는 박목월에게 가장 행복하고 충만한 순간이다. 소년 때 지었던 동시 「송아지」의 변화라 할 수 있겠다.

세 번째 어머니의 모습은 '영원한 안락'의 상징이다. 인간이 누릴 수 있는 최상의 평화가 '어머니'에게서 가능하다.

> 다정하게 포개진 접시들.
> 윤나는 남비.
> 방마다 불이 켜지고
> 제자리에 놓인
> <u>포근한 의자.</u>
> <u>안락의자.</u>
> 어머니가 계시는 집안에는
> 빛나는 유리창과
> 차옥차옥 챙겨진 내의.
> 새하얀 베갯잇에
> 네잎 크로우버
> <u>아늑하고</u>
> <u>거득했다.</u>
>
> — 박목월, 「가정」 전문, 『어머니』(72~73쪽)

가족에 대한 부성의 사랑을 형상화한 같은 제목의 시 「가정」(1963)과는 달리, 이 시는 어머니의 존재 의의를 형상화한 작품이다. 어머니가 존재하기에 가정에 온전한 질서와 안락이 머문다. 부엌에는 "포개진 접시"와 "윤나는 냄비"가 있고, 거실에는 "포근한 의자"와 "안락의자"가 있으며, 방 안에는 "챙겨진 내의"와 "새하얀 베갯잇"이 있다. 가정의 모든 것이 잘 정돈되어 있는 것은 모성성이 집 안에 거하기 때문이다. 박목월 시에서 모성은 가정을 지키고 꾸미는 가장 중요한 힘으로 나타난다.

어머니를 영원한 평안으로 설명한 이는 프로이트다. 어머니의 자궁 안에 누워 있는 아기의 아기 자세(Balasana)는 인간 삶에서 가장 편안한 자세라고 한다. 프로이트는 불안하고 낯선 것(Uncanny)은 여성의 성기, 어머니의 자궁 안으로 되돌아가는 판타지와 이어진다고 했다.

<u>두려운 낯섦의 감정은 여자의 성기가 인간이 태어난 옛 고향(Heimat)을, 다시 말해 우리 모두가 태초에 한 번은 머물렀던 장소를 상기시키기 때문에 생긴다.</u> 흔히 우스갯소리로 우리는 '사랑의 향수병(Heimweh)'이라고 말하지 않는가? 어떤 이가 잠을 자면서 꿈속에서조차 "여기는 내가 잘 아는 곳인데, 언젠가 한 번 여기에 살았던 적이 있었는데"라며 장소나 풍경에 대해 생각을 할 때 이 꿈에 나타나는 공간이나 풍경은 여인의 성기나 어머니의 품으로 대치해서 해석할 수 있다. 두려운 낯섦의 감정은 따라서 이 경우에도 자기 집(Das Heimishe)인 것이다. 그것은 아주 오래된 것이지만 친근한 것이고, 친근한 것이지만 아주 오래전의 것이다. Unheimliche(두려운 낯섦)의 접두사 un은 이 경우 억압의 표식일 것이다.[30]

밑줄 친 첫 문장은 어렵게 느껴지지만, 가장 어려운 상황에 빠지면 어머니와 함께 있던 어린 시절을 그리워하는 심리를 그리고 있다. 밑줄 친 문장을 다시 읽어 보자.

"두려운 낯섦의 감정은 여자의 성기가 인간이 태어난 옛 고향(Heimat)을, 다시 말해 우리 모두가 태초에 한 번은 머물렀던 장소를 상기시키기 때문에 생긴다."

---

30) 지그문트 프로이트, 앞의 책, 440쪽.

여성의 성기라는 표현을 자궁(子宮) 혹은 모성으로 고쳐 읽어 보자. 자궁은 모든 영양 물질이 저절로 공급되며 양수에 둘러싸여 한없이 편안한 공간이다. 어머니의 자궁 안에 있을 때 인간은 가장 편한 상태가 되고, 마치 죽은 듯한 편안한 상태를 동경하게 된다. 어려운 문제에 부딪히면 '과거로 돌아가고 싶은 무의식적 향수병(Heimweh)' 같은 이 심리를 필자는 모성회귀 본능(母性回歸本能)으로 표현하고 싶다. 모성으로 돌아가려고 상상할 때 무한한 판타지가 발생한다고 프로이트는 보고 있다.

다시 시 「가정」(1967)을 보자. 이 시에 모든 사물은 "다정하"며 반짝 "윤"이 나고 "불이 켜지고", "제자리에 놓은/ 포근한" 사물들이다. 아늑함이 거득(가득)한 그곳은 바로 "어머니가 계시는 집안"이라는 중심에 모인다. 어머니가 계시기에 모든 사물들은 "제자리에 놓여 있는"것이다. 어머니로 돌아갈 때 그는 자궁 안에 있는 아기처럼 "아늑하고/ 거득"했던 것이다.

네 번째 어머니는 초월자로 향하는 길목을 인도하는 '과정으로서의 어머니'다. 어머니를 통해 '지고하신 분'을 뵙게 되는 경이적인 순간을 경험할 수 있는 것이다. 농경적인 고향의 모성, 근원으로서의 모성은 이제 일상적 삶을 뛰어넘는 초월적인 세계와 이어진다.

그 인생의 보람.
그 빛나는 모성의 하늘.
이마에 얹은 것은
사과가 아니다.
하늘이 베푸는 스스로의 총명.
그것은
다만 어린 것의 손을 잡고.
보다 높은 삶의 세계로 줄달음질치는.
그것은 회의하지 않는다.
그것은 망설이지 않는다.

다만 줄달음질치는

이 백열적인 질주

이 아름답고 눈물겨운 본능

　　　　—박목월, 「모성」 2연, 『크고 부드러운 손』(민예원, 2003)

　박목월의 유작 시집인 『크고 부드러운 손』은 대부분 신앙시다. 이는 "모성의 하늘"이라는 표현에서 구체화한다. 이제 모성은 하늘과 동격이다. "하늘이 베푸는 스스로의 총명"이라는 표현으로, 모성은 절대자가 된다. 이 시에서 모성은 이제 신성으로 향하고 있다. 모성은 "회의하지도 않는다/ 망설이지도 않는" 절대적 가치를 향해 "백열적인 질주"를 하는 절대적 존재다. 그러므로 박목월 시에서 신성은 또 다른 가족의 모습으로 현현하는 경우가 많다. 그는 어머니, 아내로 구체화하는 모성의 질서를 통하여 신성을 확인한다. 이제 박목월 시에서 모성적 가치와 초월적 가치가 동일한 의미망을 형성한다. 어머니는 절대자에 이르는 매개자이며 길목이다.

　절대자를 모성적 존재로 표현한 작품이 나오는 것은 시집 『어머니』 (1967)부터다. 박목월은 늘 어머니라는 문을 통해 절대자를 만난다. 어머니를 통한 간접 만남이라 할 수 있겠다. 어머니 없이 직접 절대자를 만나는 기도 시는 유고 시집 『크고 부드러운 손』(2003)에 나타난다. 어머니가 신앙의 길이 되었다. 성경책에 "어머니가 그으신/ 붉은 언더라인은/ 당신의 신앙을 위한 것이지만/ 오늘은/ 이순(耳順)의 아들을 깨우치고/ 당신을 통하여/ 지고하신 분을 뵙게 한다."(「어머니의 언더라인」, 『크고 부드러운 손』)라는 구절처럼, 어머니로 인해 "지고하신 분"을 뵙는 것이다. 어머니의 유품인 성경책에 그어진 밑줄을 보면서 어머니에 대한 그리움과 절대자에 대한 신앙심을 화자는 동시에 눈뜨고 있다. 이제 아래 시를 읽어 보면 어머니는 거의 신성(神性)을 가진 존재로 유비되고 있는 것을 볼 수 있다.

　갈릴리 바다의 물빛을

나는 본 일이 없지만
어머니 눈동자에
넘치는 바다.
땅에 글씨를 쓰시는
예수님의 모습을
나는 본 일이 없지만
믿음으로써
하얗게 마르신 어머니.
원광(圓光)은
천사가 쓰는 것이지만
어머니 뒷모습에
서리는 광채.
아들의 눈에만 선연하게 보이는.
— 박목월, 「갈릴리 바다의 물빛을」 전문, 『어머니』(82~83쪽)

　　어머니 눈동자 속에서 갈릴리 바다를 보고, 어머니 뒷모습에서 광채를
보는 화자에게 어머니는 절대자인 '예수 그리스도'에 이르게 하는 통로(通
路)다. 화자는 어머니의 뒷모습에서 천사가 쓰는 원광을 본다. 어머니 눈동
자에 넘치는 갈릴리 바다를 본다. 이제 어머니는 신앙적 차원에까지 이르
고 있다. 물론 박목월이 쓴 신앙시의 중심은 '예수 그리스도'에 있지만, 예
수 그리스도에 이르는 길은 어머니를 통해서이다. 근본적으로 박목월에게
절대자는 모성으로부터 매개되었으며, 신앙은 어머니라는 존재를 거쳐 신
앙의 대상으로 전이되는 과정을 보여 준다.
　　노년으로 접어든 목월은 기도 시를 많이 발표했다. 말년의 목월은 훌륭
한 종교 시의 세계를 펼쳤다. 이러한 면에서 말년의 신앙 시를 발표했던 박
두진과 유사한 면모를 보인다. 박목월에게 '하느님'은 모성적 존재이며 가
족이었던 셈이다. 사실 성경에서 절대자를 어머니로 형상화한 부분은 적지

않다.

> 야훼께서 이렇게 말씀하신다. "어머니가 그 자식을 위로하듯이, 내가 너를 위로하겠다."(「이사야」 66장 12~13절)
> 어린 아이가 어머니의 품에 안겨 있듯이, 내 영혼도 고요하고 평안하며, 젖 뗀 아이처럼 만족스럽습니다. 이스라엘아, 이제부터 영원히 야훼만을 의지하여라!(「시편」 131편 2~3절)
> 나(야훼)는 숨이 차서 헐떡이는, 해산하는 여인과 같이 부르짖겠다.(「이사야」 42장 14절)

성경에 나타나는 하나님은 대부분 아버지 모습이지만, 이렇게 '모성적 하나님'으로 나타나는 경우도 적지 않다. 하나님은 '어머니 같은 성품(motherliness)'을 갖고 있기도 하다. "모서리마다 헐어 버린 말씀의 책"은 절대자의 어록을 담은 것이며, 그것은 어머니의 마음이기도 하다. 그리고 이 '말씀=어머니의 마음'은 성스러움으로 들어가는 길목이다. 박목월이 시에서 그리는 어머니는 성스러움으로 가는 길목이며 아울러 신성(神性) 그 자체이기도 하다.

6 결론: 현실과 환상의 화해

이 글을 통해 우리는 박목월 시의 변이 양상과 일관성을 살펴보았다.

첫째, 동시에서 동심이 주는 편안함 속에 어머니에 대한 그리움이 있으며, 한글로 쓸 수 없는 식민지적 아픔이 있음을 보았다. 이를 극복하기 위해 자연의 질서를 완벽한 리듬과 판타지로 재구성한 동시를 살펴보았다.

둘째, 초기 시집 『청록집』, 『산도화』 등에서 식민지적 체념과 근대적 질서를 거부하고, 소망을 잃은 나그네의 아픔을 자연을 통한 공상의 판타지로 구축해 가는 과정을 살펴보았다.

셋째, 중기 시집인 『난·기타』, 『청담』에서부터 자본주의 사회에서 고단하게 살아가는 일상적인 아버지를 화자로 등장시키는 시편을 보았다. 궁핍한 생활과 설움을 가족 사랑에 대한 판타지와 사투리를 통한 고향 회귀 의식으로 극복하고 있는 것을 보았다.

넷째, 후기 시에서 존재의 상실감과 한계적 상황에 대한 결핍이 무한한 신성(神性)에 의탁하는 시편을 보았다. 이때 모성 회귀 본능의 반복과 영원한 안식이 주는 '모성적 하나님'을 담은 시편을 분석해 보았다.

그리고 이러한 특성들이 따로따로 떼어져 있거나 분리되어 있는 것이 아니라, '농경 정서 — 판타지 — 모성 회귀 본능 — 모성적 신성'이 하나의 다발로 시기에 따라 다양하게 변주(變奏)되는 것을 보았다.

다만 후기 시에서 모성이 '어머니'라는 이름으로 직접 등장하면서, 판타지 설정을 위해 긴장 관계가 무너지고 암시(暗示)의 효과도 사라지지 않았나 하는 아쉬움도 있다. 박목월 시의 판타지의 비밀인 모성(母性)이 직설적으로 드러나면서 시적 긴장감이 사라진 것은 아닌지 판단해야 할 문제다. 판타지가 제대로 형성되었다면 "판타지란 텍스트의 일부로만 존재하는 것이 아니다. 작품을 읽은 후에도 여전히 애매함을 간직하고 있는 텍스트여야 한다. 책을 덮고서도 여전히 애매함이 남"[31]아야 하는데, 중기 시 이후에는 애매함보다는 어떤 절실함이 책을 읽은 뒤 남는 것이 아닐까.

그렇다고 박목월의 후기 시가 평가 절하되는 것은 아니다. 후기 시는 있는 그대로 매혹이 있다. 증상과 환상 곧 부성과 모성의 일치되는, 부부 사랑과 가족 사랑의 아름답게 빛나는 박목월의 가족 시는 한국 현대시사에서 보기 드문 정겨움을 보여 준다. 이때 아내는 전이(轉移)된 어머니 상징의

---

31) "Yet it would be wrong to claim that the fantastic can exist only in a part of the work, for here are certain texts which sustain their ambibuity to the very end, I. e., even beyond the narrtive itself, The book closed, the ambiguity persists.", Tzvetan Todorov, 앞의 책, 43쪽.

변형이기도 하다. 모성을 부성에 보호하고, 부성을 모성[=아내]이 위로하는, 안식을 얻는 가족 공동체는 박목월 시의 가장 균형 있는 모습이 아닐까 싶다.

> 달빛 속을 내가 걷는다.
> 흔들리는 남편의 모습.
> 혼수(昏睡) 속에서 피어 올리는
> 아내의 미소(微笑).
>
> ― 박목월,「우회로(迂廻路)」부분,『청담』

　질식할 것만 같았던 식민지 시대에 판타지를 전해 주려 했던 시인 박목월은, 한국 전쟁 이후 쉴 수 없었던 일상의 고단함에서 모성 회귀를 통한 낙원에의 동경 그리고 가족 시와 신앙 시를 통해 새로운 쉼을 전해 주려 했다. 그가 보여 준 "흔들리는 남편의 모습"과 "아내의 미소"는 이 탁한 세상을 이겨 나가고자 했던 한 시인의 고투(苦鬪)였고, 과감히 생략했던 저 여백의 미는 한국 문학사에 중요로운 고전으로 남았다.

참고 문헌

박목월, 박두진, 조지훈, 시집『청록집』, 을유문화사, 1946

박목월, 시집『산도화』, 영웅출판사, 1955

_____, 자작시 해설서『보랏빛 소묘』, 신흥출판사, 1958

_____, 시집『청담(晴曇)』, 일조각, 1964

_____, 시집『경상도(慶上道)의 가랑잎』, 민중서관, 1968

_____, 연작시집『어머니』, 삼중당, 1968

_____, 유고 시집『크고 부드러운 손』, 영산, 1979

_____, 『박목월 시 전집』, 서문당, 1984

_____, 『박목월 시 전집』, 민음사, 2003

김동리, 「삼가시(三家詩)와 자연의 발견」, 《예술조선》, 1949

김동리, 「자연의 발견」, 『문학과 인간』, 청춘사, 1952

김우창, 「한국 시의 형이상학」, 『궁핍한 시대의 시인』, 민음사, 1977

김응교, 『박두진의 상상력 연구』, 박이정, 2004

엄경희, 『미당과 목월의 시적 상상력』, 보고사, 2003

이건청, 「시에 준엄하고 인간에 다감했던 시인 ─ 박목월 탄생 100주년 특별 기
    고」, 《유심》, 2015. 3

이남호, 「한 서정적 인간의 일상과 내면」, 『박목월 시 전집』, 민음사, 2003

윤석중, 「그와의 사귐」, 《심상》, 1978. 5

박동규, 『아버지는 변하지 않는다』, 강이, 2014

Robert J. C. Young, *Postcolonialism ─ A Very Short Introduction*, New York,
    Oxford University Press, 2003

지그문트 프로이트, 정장진 옮김, 「두려운 낯섦(Das Unheimliche)」(1919), 『예
    술·문학·정신분석』, 열린책들, 2004

슬라보예 지젝, 이성민 옮김, 『까다로운 주체』, 도서출판b, 2005

슬라보예 지젝, 이수련 옮김, 『이데올로기의 숭고한 대상』, 새물결, 2013

Tzvetan Todorov, trans by Richaed Howard, *THE FANSTIC*, Cornell
  University, 1975

제2주제에 관한 토론문

김응교 선생님의 발표문을 잘 들었습니다. 발표 감사합니다. 선생님께서는 박목월 시의 근원을 상처와 환상을 동시에 간직한 증환(症幻)의 역학 관계를 통해 설명하고 계십니다. 구체적으로 말해, 박목월의 동시에 드러난 '어머니'의 심상은 시인이 소년 시절 6년간 어머니와 떨어져 지내야 했던 결핍(상처)과 관련한다고 판단하고, 이들 시에 담긴 그리움은 "근대 사회(어머니 없는 타자)에서 농경 사회(어머니, 송아지)로 향한 그리움이라고 말씀하십니다. 발표문에 따르면 이러한 상처와 그리움은 박목월의 초기 시에 나타난 판타지로서의 자연 공간을 창조해 내는 동력이 됩니다. 아울러 중기 시에 이르면 일상의 고단함과 농촌 공동체인 고향으로의 회귀 욕구가 서로 맞물리면서 전개됩니다. 이 같은 '어머니→고향→농경 사회'라는 심상의 다발은 박목월의 후기 시에서 '영원한 안락'의 상징인 어머니(모성)로의 회귀로 귀결된다고 설명하십니다. 이와 같은 시 세계의 근원적 흐름에 몇 가지 물음을 드리고자 합니다.

첫째, 발표지를 보면, 박목월 시인의 어머니 박인재 여사는 남편의 반대에도 불구하고 기독교를 적극적으로 자신의 신앙으로 삼았던 분입니다. 아들 박목월과 6년간 떨어져 지내야 하는 시간을 감수하면서까지 아들을 미션 스쿨인 계성중고등학교로 진학시키는 열의를 보이기도 합니다. 그만큼 강하게 자신의 종교적 신념을 고집·관철했다고 볼 수 있습니다. 이와 같은 대목을 볼 때 박목월의 어머니와 농경 사회(고향)를 과연 일치시킬 수 있는지 의문이 듭니다. 박목월의 어머니가 농경 사회의 일원이면서 동시에 우리에게 이식되었던 기독교 신앙과 문화를 적극적으로 받아들인 분이라는 점에서 그러합니다. 이식된 기독교적 메커니즘(근대성)이 생활 속으로 스며들때 재래적 농경 사회와 어머니의 자연스러운 일치에는 균열이 생길 확률이 크다고 판단됩니다. 박목월의 어머니와 근대성은 서로 대립적인 것이 아니라 습합 관계에 놓여 있는 것이 아닌지요. 박목월의 실제 혈연적 어머니와 일반적으로 우리의 재래 전통을 그대로 간직한 고향을 어머니와 등식 관계로 생각했을 때의 어머니는 다를 수 있다고 봅니다. 그런 의미에서 박목월의 어머니와 농경 사회를 아무런 매개 없이 일치시키는 논리에 다소 무리가 있는 것이 아닌가 하는 생각을 해 보게 됩니다.

둘째, 박목월의 일상 시편을 지나 후기 시에 이르면 두 가지 시적 맥락과 마주치게 됩니다. 하나는 자신의 실존성을 반복적으로 성찰하는 시편들이며 다른 하나는 어머니와 관련한 신앙의 세계에 관한 시편입니다. 이 발표문에는 박목월이 자신의 소멸에 대해 고뇌한 부분이 생략된 채 곧바로 일상→농경사회→어머니로의 회귀가 논리화되고 있습니다. 박목월의 죽음 의식은 두려움과 허무 의식으로 내면화되어 나타나기도 하지만, 죽음이 촉발하는 두려움이나 허무감을 넘어서려 하는 자기 수양적 태도가 압도적으로 드러난다고 할 수 있습니다. 후기 시편에서 반복적으로 발견되는 '망각'과 '잠적'이라는 시어가 이를 뒷받침합니다. 이와 같은 후기 시의 내용물들이 어머니에게로의 회귀와 관련이 없지 않을 듯한데 어떻게 생각하시는지 선생님의 의견을 듣고 싶습니다.

박목월 생애 연보*

1915년   1월 16일, 경북 월성군 건천읍 모량리 571에서 아버지 박준필(朴準弼), 어머니 박인재 사이에서 장남으로 태어남. 태어난 지 100일 만에 경상북도 월성(지금의 경주)으로 이사가 그곳에서 자람. 본명은 영종(泳鍾), 목월(木月)은 성인이 될 무렵 본인이 지음. 엄친이 목월이라 지은 것을 보고 아주 언짢은 빛을 띠었다고 함. 아버지는 대구 농업고등학교를 졸업, 당시 경주수리조합 이사로 재직했고 한시에 능했음.

1923년   4월, 건천보통학교 입학.

1929년   건천보통학교 졸업.

1930년   대구 계성중학교 입학.

1933년   계성중학교 3학년 재학 중 개벽사에서 발행하는 잡지《어린이》에 동시「통딱딱 통딱딱」이 윤석중에 의해 뽑혀 특선이 됨. 그해《신가정》 6월호에 동요「제비맞이」가 당선되어 동시를 쓰는 시인으로 알려짐.

1934년   《동아일보》에 동시「해바라기」발표.

1935년   3월 5일, 계성중학교를 졸업하고, 동부금융조합에 입사함. 김동리 등과 교류. 일본으로 건너가 영화인과 어울려 지냄.

1938년   유익순(劉益順) 여사와 결혼하여, 모량리에 신접살림을 시작함.

1939년   장남 박동규(朴東奎, 문학평론가, 서울대 명예교수)가 태어남.《문장》

* 이 연보는 이탄, 『박목월』(건국대 출판부, 1997); 박현수, 『박목월』(새미, 2002); 이남호, 『박목월 시 전집』(민음사, 2003)을 비교하며 정리했음을 밝힌다.

지 9월호에 정지용이 「길처럼」, 「그것은 연륜이다」 등을 추천함. 12월 호에 「산그늘」, 「연륜」 등을 발표해 문단에 데뷔. 일제 강점기 말엽인데 특별한 활동은 보이지 않음.

1940년　《문장》에 「가을 어스름」, 「연륜」을 발표, 3회째 정지용의 추천을 받으면서 문단에 데뷔함.

1945년　8·15 광복 이후 대구로 이사함. 계성고등학교 교사.

1946년　4월, 김동리, 서정주 등과 함께 조선청년문학가협회 결성, 조선문필가협회 상임위원직을 역임함. 6월, 조지훈·박두진 등과 3인 시집 『청록집』 발행. 명동 건너편 플라워 다방에서 출판 기념을 성황리에 마침.

1947년　2월, 금융조합 부이사로서 사표를 제출하고 모교인 계성중학의 교사로 부임. 차남 박남규(朴南奎) 태어남.

1948년　한국문학가협회 중앙위원과 사무국장으로 취임하여 활동함.

1949년　이화여자고등학교의 교사직을 제안받고 서울로 이사함. 12월, 한국문학가협회 사무국장 역임.

1950년　이화여자고등학교로 학교를 옮겼고, 도서출판 유아방(由雅房)을 운영하면서 《여학생》, 《중학생》, 《시문학》을 편집 발행하지만 6월에 한국 전쟁이 터지자 창간호로 모두 종간됨. 6월, 한국문학가협회 별동대 조직. 1953년 환도 때까지 문총구국대 총무, 공군종군문인단 위원 등을 역임.

1953년　공군종군문인단의 일원이 되어 문관으로 군복무함. 전쟁이 끝나고 홍익대학교와 서라벌예술대학, 중앙대학교 등지에서 강의함.

1954년　사남 박신규(朴信奎) 태어남.

1955년　제3회 아시아 자유문학상 수상. 12월, 첫 개인 시집 『산도화』 발간.

1956년　60대의 아버지 별세, 30대 초반의 아우 박영호 사망.

1957년　한국시인협회 창립, 간사 역임.

1958년　9월, 자작시 해설서 『보랏빛 소묘』 발간.

1959년　4월, 한양대학교 조교수로 임용됨. 12월, 두 번째 개인 시집 『난·기타』 발행.

1963년   한양대학교 교수로 임용됨. 동시집 『산새알 물새알』 발간.

1964년   시집 『청담』 발간.

1965년   대한민국예술원 회원.

1968년   한국시인협회 회장, 국정교과서 심의회 심의위원 역임. 시집 『경상도
         의 가랑잎』, 연작시집 『어머니』, 『청록집·기타』를 발간하고, 시집 『청
         담』으로 대한민국 문학상 수상. 제3회 아세아자유문학상 수상.

1969년   서울시 문화상 수상.

1970년   5월부터 다음 해 4월까지 「사력질」 연작을 발표함. 한국기독교문인협
         회 회장에 선임.

1972년   국민훈장 문화장 수상.

1973년   대한민국 예술진흥위원(4년제) 역임. 시 전문지 《심상(心象)》을 펴냄.
         10월, 『박목월 자선집』(삼중당) 전 10권 간행.

1974년   한국시인협회 회장 역임. 사망시까지 맡아 봄.

1975년   한국문화예술진흥원 이사 역임. 1월, 동인지 《신감각》 창간.

1976년   시집 『무순』 발간. 한양대학교 문리대학 학장을 지냄.

1977년   2월 26일, 한양대학교에서 명예 문학박사 학위를 받음.

1978년   출석하던 원효로 효동교회에서 장로 안수를 받음. 3월 24일, 새벽에
         산책하고 돌아온 후, 지병인 고혈압으로 세상을 떠남. 용인 모란공원
         에 안장.

1979년   1월, 유익순 여사에 의해 신앙시집 『크고 부드러운 손』 간행.

1984년   2월, 『박목월 시 전집』(서문당) 간행.

박목월 작품 연보*

발표일	분류	제목	발표지
1946	공동 시집	청록집	을유문화사
1946	동시집	박영종 동시집	조선아동문화협회
1946	동시집	초록별	을유문화사
1955	시집	산도화	영웅출판사
1958	자작시 해설서	보랏빛 소묘	신흥출판사
1955	시집	난(蘭)·기타	신구문화사
1957	수필집	구름의 서정시	박영사
1958	수필집	토요일의 밤하늘: 감상집	범조사
1959	수필집	여인의 서	홍자출판사
1962	동시집	산새알 물새알	문원사
1962	시집	구원의 연가(공저)	구문사
1964	수필집	행복의 얼굴	청운출판사
1964	저서	문학개론	청운출판사
1964	시집	청담(晴曇)	일조각
1966	수필집	밤에 쓴 인생론	삼중당
1967	수필집	어머니(시와 에세이)	삼중당

* 시인이 생전에 교정을 보고 시집에 실은 시가 연구 대상인 정본(定本)이기에 시의 경우는 최종 정본인 시집만 정리해 올린다. 시집에 실리지 않은 시와 평론은 박현수 엮음, 『박목월』(새미, 2002) 293~298쪽에 실려 있으니 참고하기 바란다.

발표일	분류	제목	발표지
1967	수필집	불이 꺼진 창에도	홍익출판사
1967	수필집	구름에 달 가듯이	신태양사
1967	수필집	뜨거운 점 하나	지식산업사
1968	시집	경상도의 가랑잎	민중서관
1968	수필집	흘러가는 것을 위하여	문명사
1968	시집	청록집·기타(공저)	현암사
1968	연작시집	어머니	삼중당
1969	수필집	사랑의 발견	지식산업사
1971	수필집	밤하늘의 산책길	삼아출판사
1975	시집	구름에 달 가듯이	삼중당
1974	시집	박목월 시선	정음사
1975	저서	문장의 기술	현암사
1975	저서	고려 태조 왕건	한국문화예술진흥원
1976	시집	무순	삼중당
1976	시집	백일 편의 시	삼중당
1979	유고 시집	크고 부드러운 손	영산출판사
1983	유고 시집	박목월 (한국 현대시 문학 대계)	지식산업사
1983	수필집	가난한 자의 작은 촛불	문학세계사
1983	수필집	그는 나에게로 와서 별이 되었다	문음사
1984	수필집	내 영혼의 숲에 내리는 별빛	문학세계사
1984	시집	靑노루 맑은 눈	정음출판사
1985	수필집	그대와 차 한 잔을 나누며	자유문학사

발표일	분류	제목	발표지
1985	시집	박목월 시 전집	서문당
1986	수필집	사랑은 고독한 것	자유문학사
1987	유고 시집	소금이 빛나는 아침에	문학사상사
1987	수필집	누구에게 추억을 전하랴	고려원
1987		나그네의 은빛수첩	고려원
1988	수필집	M으로 시작되는 이름에게	문학과비평사
1988		오늘은 자갈돌이 되려고 합니다	종로서적
1989	시집	구름에 달 가듯이	문학과비평사
1991	시집	나그네	미래사
1991	미수록 시집	강나루 건너서 밀밭 길을	심상사

1940. 9	정지용, 「시선후(詩選後)」,《문장》
1947. 7. 28	김광섭, 「『청록집』을 읽고」,《민주일보》
1949	김동리, 「삼가시(三家詩)와 자연의 발견」,《예술조선》
1949. 9. 28~29	박화목, 「청록파 시인의 미래」,《경향신문》
1950. 6	윤복진, 「석중과 목월과 나」,《시문학》
1952	김동리, 「자연의 발견」, 『문학과 인간』, 청춘사
1956. 2	김관식, 「청록파의 전지 서설 — 박목월에 대하여」,《신세계》
1959. 12	유종호, 「토착어의 인간상」,《현대문학》
1963. 6	김춘수, 「『청록집』의 시 세계」,《세대》
1964. 5	전봉건, 「카멜레온의 소묘 — 박목월의 시 세계」,《세대》
1964. 7	이형기, 「박목월의 면모 — 문단신사록」,《문학춘추》
1965. 6	문덕수, 「박목월론」,《문학춘추》
1969. 1	김종길, 「박영종(목월)의 인품」,《햇불》
1969. 8	고은, 「실내작가론 5 — 박목월」,《월간문학》
1970. 5	정태용, 「박목월론」,《현대문학》
1970. 6	홍기삼, 「박목월 —「나그네」, 「윤사월」 작품 해설」,《월간문학》
1970. 6~7	이승훈, 「목월과 춘수」,《현대시학》
1971. 5	전봉건, 「박목월의 「사력질」」,《현대문학》
1971. 9	김종길, 「향수의 미학 — 목월시의 전개」,《문학과 지성》
1974. 4	김용직, 「박목월,박두진, 조지훈 — 인간과 현실과 시」,《심상》
1977	김우창, 「한국 시의 형이상학」, 『궁핍한 시대의 시인』, 민음사

1977. 6	김윤식, 「박목월론」, 《심상》
1977. 여름	이승훈, 「두 시인의 변모」, 《문학과 지성》
1978. 5	윤석중, 「그와의 사귐」, 월간 《심상》
1978. 5	오세용, 「자연의 발견과 그 종교적 지향—박목월론」, 《한국문학》
1978. 12	신동욱, 「박목월의 시와 외로움」, 《관악어문연구》
1979. 3	김윤식, 「도라지빛 하늘 꼭지에 이르는 길」, 《심상》
1980. 3	김열규, 「정서적 인식과 종교적 위탁」, 《심상》
1980. 3	정호승, 「나그네의 마을에 가서」, 《심상》
1980. 10	김준오, 「한국 시에 있어서의 전통성 문제」, 《심상》
1981	정창범, 『달빛 되어 떠난 청노루』(평전), 문지사
1982. 12	권영민, 「목월의 습작시 두 편」, 《심상》
1983	오세영, 「박목월론」, 『현대시와 실천 비평』, 이우출판사
1983	한양문학회 편, 『목월 문학 탐구』, 민족문화사
1989. 가을	김용직, 「해방기 시단의 청록파: 박목월·조지훈·박두진의 초기 작품 세계」, 《외국문학》
1991. 7	엄경희, 「박목월 시의 공간 의식 연구—'길' 이미지를 중심으로」, 《숭실어문》
1991. 12	홍희표, 「목월 시의 이미지 분석」, 《목원대어문학연구》
1992. 3	김혜니, 「돌의 공간기호론적 시학: 박목월 텍스트 분석」, 《이화어문론집》
1992. 7	송희복, 「풍류를 아는 시인의 내면 풍경—지훈과 목월」, 《문학사상》
1993	이형기, 『박목월—한국 현대 시인 연구 13』, 문학세계사
1995. 3	권명옥, 「목월 후기 시의 형태 전개」, 《세명논총》
1995. 12	유안진, 「육사와 목월의 시에 나타난 향토어 효과」, 《현대시학》

1997	이탄, 『박목월』, 건국대 출판부
1988	김형필, 『박목월 시 연구』, 이우출판사
1998. 5	오세영, 「박목월의 「회수」」, 《현대시》
1999	권혁웅, 「박목월 초기시의 구조와 의의」, 《돈암어문학》
1999. 겨울	김용희, 「박목월 시의 가벼움과 무거움」, 《시안》
1999. 12	금동철, 「박목월 시에 나타난 근원 의식」, 《관악어문연구》 24, 서울대 국어국문학과
2000. 봄	이승원, 「박목월혼―박목월 시의 전개 양상」, 《신생》
2000. 하반기	유성호, 「지상적 사랑과 궁극적 근원을 향한 의지」, 《작가연구》
2001. 상반기	박현수, 「이미지의 존재론」, 《작가연구》
2002	이승원, 「환상의 지도에서 존재의 탐색까지」, 박현수 편, 『박목월』, 새미
2002	이희중, 「박목월 시의 변모 과정」, 박현수 편, 『박목월』, 새미
2002	황학주, 「박목월 시 연구―기독교 시를 중심으로」, 우석대 박사 논문
2002	서경온, 『박목월 시 연구』, 성신여대 박사 논문
2002	박현수, 『박목월』, 새미
2002	홍희표, 『목월 시의 형상과 영향』, 새미
2002. 6	최승호, 「1960년대 박목월 서정시에 나타난 구원의 시학」, 《어문학》 76, 한국어문학회
2003	이남호, 『박목월 시 전집』, 민음사
2003	이남호, 「한 서정적 인간의 일상과 내면」, 『박목월 시 전집』, 민음사
2003	엄경희, 『미당과 목월의 시적 상상력』, 보고사
2003	금동철, 「박목월 후기 시의 기독교적 이미지 연구」, 《ACTS 신학과 선교》 7, 아세아연합신학대

2003. 8	손진은, 「박목월 시의 향토성과 세계성」, 《우리말글》 28, 우리말글학회
2006	김윤환, 『박목월 시에 나타난 모성 하나님』, 열린출판사
2006	서범석, 「박목월의 농민 시와 사별 시」, 임영천 편 『한국 현대문학과 시대정신』, 국학자료원
2006. 9	최승호, 「박목월 시의 나그네 의식」, 《한국언어문학》 58, 한국언어문학회
2010. 4	박선영, 「『경상도의 가랑잎』의 사물화 양상」, 《우리말글》 48, 우리말글학회
2014	박동규, 『아버지는 변하지 않는다』, 강이
2015. 3	이건청, 「시에 준엄하고 인간에 다감했던 시인 ─ 박목월 탄생 100주년 특별 기고」, 《유심》
2015. 9	김응교, 「박목월 시와 모성 회귀 판타지」, 《국제어문》

작성자 김응교 숙명여대 교수

강소천과 '순수주의' 아동 문학의 기원

동요 「닭」의 해석 논쟁은 어디에서 비롯되었나?

원종찬(인하대 교수)

1 강소천을 보는 두 개의 시각

강소천(姜小泉, 1915~1963)은 사람들에게 매우 익숙한 이름이다. 한국인이라면 누구나 한 번쯤 그의 동요를 입에 올려 봤을 것이다. 「태극기」, 「코끼리」, 「산토끼야」, 「꼬마 눈사람」, 「어린이 노래」, 「나무」, 「소풍」, 「이슬비의 속삭임」……. 그의 동화를 기억하고 있는 이들도 상당하다. 「꽃신」, 「꽃신을 짓는 사람」, 「조그만 사진첩」, 「꿈을 파는 집」, 「꿈을 찍는 사진관」, 「무지개」, 「해바라기 피는 마을」, 「그리운 메아리」……. 그의 아동 문학이 있었기에 전후(戰後)의 강퍅한 시대에도 행복한 내일을 꿈꾸며 위안을 받은 어린이가 적지 않았으리라 여겨진다.

하지만 강소천에 대한 평가는 크게 엇갈리고 있다. 분단 시대에 지어진 계보에 따라 현저한 시각차를 드러내고 있기 때문이다. 그는 6·25 전쟁 중 월남해서 단숨에 아동 문단의 중심부에 진입한다. 국군 정훈 부대 문관으로 근무한 뒤, 문교부 편수국에서 초등 국어 교과서 편찬 및 심의 위원으로 활동했으며, 《어린이 다이제스트》와 《새벗》의 주간을 지냈다. 또한 한국문학가협회 아동 문학분과위원장, 국정 교과서 편찬 위원, 한국문인협회 이사, 문교부 우량아동도서 선정위원 등을 역임했다. 그는 월남한 뒤부터 타계하기까지 이른바 '문협정통파'에 속한 아동 문학계의 실세였다. 전후 10여 년 동안 교과서 동요·동시의 최다 수록 시인은 강소천이었다. 그 시기에 동화집을 가장 많이 발행한 작가 또한 그였다. 타계한 해에는 '5월문예상' 수상과 함께 그의 아동 문학 전집이 출간되었고, 2주기에는 그의 이름을 내건 아동문학상이 제정되었다. 그는 확고한 정전(正典) 작가로 군림하면서 한국 아동 문학의 주류를 대표했다.

강소천에 대한 비판은 아동 문학의 지배적 경향에 대한 비판이 아닐 수 없었다. 그는 정치권력이 보장한 제도권의 막강한 영향력을 행사하는 존재였고, 남북 분단의 상황에서 지배적 경향에 대한 비판이 허용되는 범위는 매우 협소했다. 그에 대한 비판은 4·19 혁명 이후 주류와 경향을 달리하는 비주류의 계보가 형성되는 과정과 맞물려 있다. 그가 타계한 후 그에 대한 평가를 둘러싸고 아동 문단이 둘로 나뉘는 조짐이 뚜렷해진다. 아동 문학의 비주류는 '강소천 경향'에 대한 비판과 더불어 계보를 지었다 해도 과언은 아니다. 그 당시 아동 문학의 '주류·비주류' 구도는 한국 문학의 '순수·참여' 구도와 상응한다. 강소천 — 김영일 — 박화목 — 김요섭 — 장수철 등으로 이어지는 주류·순수 문학의 계보는 한국문인협회에 닿아 있고, 이원수 — 이오덕 — 권정생 등으로 이어지는 비주류·참여 문학의 계보는 자유실천문인협의회(민족문학작가회의·한국작가회의)에 닿아 있다. 후자가 보기에 강소천은 문협정통파의 '순수주의'에서 발원한 '동심천사주의'와 '교훈주의'의 대명사였다.

오늘날 동심천사주의와 교훈주의는 일반적으로 부정과 극복의 대상으로 간주되고 있다. 이는 '강소천 경향'을 비판한 비주류의 논리가 널리 수용된 결과일 것이며, 과거의 주류와 비주류가 자리바꿈했다는 증거일 수 있다. 교과서, 문학 전집, 문학사 등에서 정전의 해체 또는 교체 현상이 분명해지고 있는 만큼, 과거의 대립 구도는 성격이 바뀌었거나 무의미해진 것이 사실이다. 하지만 '강소천 아동문학상'이 지금도 성황리에 유지되고 있는 것에서 알 수 있듯이, 한쪽에서는 강소천의 아동 문학을 여전히 모범의 대상으로 높이 평가하고 있다. 동심천사주의와 교훈주의 잣대로 강소천을 비판하는 것은 번지수가 틀린 것일까?

이렇게 말하기는 쉽다. 동심천사주의와 교훈주의로 강소천을 비판하는 것에 어느 정도 수긍할 수는 있지만, 그건 대표작들을 제외한 범작과 태작의 부류를 향했을 때에나 타당한 것이라고. 분명 강소천은 문학사적으로 중요한 작가의 한 사람이고, 그의 최고 수준의 작품들은 정전의 가치가 부인되지 않는다. 그러나 강소천의 경우, 문제의 핵심은 대표작 선정보다는 그것에 대한 해석에 놓여 있다고 판단된다. 강소천은 생애 후기에 최고 전성기를 구가하면서 영향력이 증폭되었는데, 후기의 작품이 더 좋다는 평판 때문은 아니었다. 아동 문단에서 그의 이름은 하나의 상징 자본으로 존재하고 있다. 그의 작품을 평가함에 있어 알곡과 쭉정이를 구분하는 것과 함께 전체의 파급력을 헤아리는 일도 중요하다는 뜻이다.

2 북한에서의 창작 활동과 시기 구분

강소천은 서로 다른 3개의 사회 체제를 경험했고 그에 따라 창작에서도 일정한 변화가 있었다. 3개의 사회 체제란 일제 강점기의 식민지 체제, 광복 이후부터 6·25 전쟁까지의 북한 체제, 월남 이후의 남한 체제를 가리킨다. 이 가운데 북한에서의 창작은 오랫동안 공란으로 남겨져 있었다. 그 시기에 대해서는 작가도 침묵했거니와 자료의 부재로 사정을 알 수 없었기 때문이다. 최근에 필자는 새로 입수한 북한 자료에 근거하여 북한 체제에서 발표된 강소천의 아동 문학에 대해 살펴본 바 있다.[1] 북한의 초기 아동 문학 자료들에 따르면, 박남수, 양명문, 장수철, 강소천 등은 월남하기까지 북한 체

---

1) 원종찬, 『북한의 아동 문학』(청동거울, 2012); 「강소천 소고— 해방기 북한 체제에서 발표된 동화와 동시」,《아동청소년문학연구》 13호, 2013.

제에서 요구하는 아동 문학 작품들을 지속적으로 발표했다. 강소천의 경우는 좀 덜하지만 나머지 셋은 맹렬한 정치적 구호를 앞세운 창작 활동을 벌였다. 강소천의 작품은 사뭇 다른 호흡을 지니고 있었다. 그렇더라도 강소천이 북한 체제에 부합하는 작품들을 발표한 것은 움직일 수 없는 사실이다. 그는 북조선문학예술총동맹 아동문학위원으로 활동을 벌였다.

저벅저벅 발맞추어
노래 부르며
행진하는 우리나라
인민군대들

씩씩한 걸음걸이
부러워서요
나두나두 따라가며
걸어 봤지요

벙글벙글 언제나
웃는 낯으로
우리 나라 지켜 주는
인민군대들

지나가다 차렷하고
인사했더니
착하다고 내 머리
만져 주겠지

나두나두 크면은

인민군대 될 테야
나라 위해 싸우는
인민군대 될 테야

어서 커서 인민군대
되고 싶어서
부삽 메고 저벅저벅
걸어 봤지요

—「나두나두 크면은」 전문[2]

　인민군대 찬양의 성격을 지니는 이 시는 '인민군대'를 '국군 용사'로 바꾼
다면 남한에서도 익히 볼 수 있는 종류에 해당한다. 그렇다고 시대 상황의
반영이라면서 아무렇지도 않게 받아들일 수는 없는 노릇이다. 만일 '황국
군대'가 들어간 일제 강점기 말의 작품이었다면 남북한 모두 친일 시라면서
격렬하게 비난했을 게 분명하다. 어쨌든 남한에서의 강소천은 북한 인민군
과 싸우는 국군에 대해 호의적인 작품을 다수 발표했으니, 엄연한 반전(反
轉)이 아닐 수 없다. 이에 관해서는 여러 가지 해석이 나올 수 있겠으나, 작
가의 전기와 시기 구분에 대한 전면적인 재검토가 요구되는 상황이다.
　그간의 연구는 북한 체제에서의 활동을 건너뛴 채 세 시기로 나누는 것
이 일반적이었다. 이재철(『한국 현대 아동 문학사』, 1978)과 최태호(「소천의 문
학 세계」, 1981)의 분류가 대표적인데, 초기는 8·15 광복 이전으로 동요·동
시가 중심이었고, 중기는 1951~1954년으로 동화가 중심이었으며, 후기는
1955~1963년으로 소년 소설이 중심이었다고 보았다. 시기별로 대표 장르
를 강조한 구분법은 핵심을 잘 드러낸 듯해도 광복 이후에 창작된 동시가

---

2) 북조선문학예술총동맹 아동문학분과위원회 편, 《아동문학》 6집, 문화전선사, 1949. 12,
　11~13쪽.

그 이전의 10배에 달한다는 점을 가리는 착시 효과를 빚는다. 주지하듯 이 강소천은 동요·동시 창작을 먼저 시작했고, 그다음에 동화를 함께 발표하다가, 나중에는 장편 소년 소설에도 많은 힘을 기울였다. 창작의 영역이 점차 확대된 것인데도 대개는 동요·동시에서 동화·소년 소설로 나아간 것처럼 여기고 있다. 이런 착시는 강소천의 광복 이후 동시를 괄호 치게 만든다. 뒤에 살펴보겠지만, 이원수와 이오덕의 동심천사주의 비판은 무엇보다도 광복 이후의 동시 경향을 지배한 해당 시기 강소천의 창작을 겨냥한 것이었다. 교훈주의 비판 역시 강소천의 후기 창작을 주로 겨냥한 것이었다.

시기적으로는 가장 짧을지라도 북한에서의 창작은 앞뒤 시기에 견주어 가장 이질적인 것이라 할 수 있기에, 그냥 건너뛸 수 없는 중요한 의미를 지닌다. 월남 이후 강소천은 두고 온 가족에 대한 그리움과 함께 반북·반공 작가로서의 면모를 드러냈다. 이전 시기 '친북' 작품들과의 모순 관계를 해명하는 내적 논리를 마련할 필요가 제기되는 것이다. 겉보기에 광복 이후의 강소천 아동 문학은 두 개로 분열되어 있다. 북한에서 발표한 작품은 남한에서 통용되기 어려운 요소를 담고 있고, 남한에서 발표한 작품은 북한에서 통용되기 어려운 요소를 담고 있다. 상호 적대적인 분단 이데올로기가 작동하고 있는 탓이다. 따라서 강소천의 아동 문학은 '식민지 체제, 북한 체제, 남한 체제'라는 사회적 배경을 고려한 세 시기로 구분되어 살펴져야 마땅하다. 강소천의 아동 문학에 나타나는 연속성과 비연속성의 문제를 규명하는 일은 작가론의 완성뿐 아니라 한국 아동 문학의 온전한 이해를 위해서도 꼭 필요한 일이라고 여겨진다.

3 동요집 『호박꽃 초롱』의 자리

일제 강점기 말에 간행된 동요집 『호박꽃 초롱』(박문서관, 1941)은 강소천의 존재감을 각인시킨 주요 작품집이다. 많은 이들이 지적하고 있듯이 이 동요집은 일제가 우리말을 탄압하면서 황국 신민화를 강요하던 때에 나오 것이기에 더욱 각별한 의미를 지닌다. 강소천은 1930년대 초부터 동요를 발표했는데, 초기 습작 시절의 것들은 대부분 제외하고 새로 지은 것들을 더 보태서 동요 33편과 동화 2편으로 작품집을 엮었다. 『호박꽃 초롱』은 소년 운동과 계급주의 아동 문학의 기운이 가라앉은 1930년대 중반 이후의 성과라고 할 수 있다.

이 시기의 아동 문학은 어떤 특징을 지니는가? 소년 운동에 기반을 두고 발행되던 《어린이》, 《신소년》, 《별나라》가 폐간된 이후 새로운 경향이 고개를 들었다. 이른바 '소년문예가'들의 설익은 이념성과 아마추어적인 것에서 벗어나 전문성이 자리를 잡았고, 운동성 대신 아동의 흥미성과 문학성을 앞세우는 경향이 나타났다. 또한 1930년대 전반기에는 계급주의가 풍미하면서 10대 중후반의 소년 독자를 상대로 '투쟁적 아동'을 그리는 분위기였던 데 비해, 후반기로 접어들면서는 유년 독자를 상대로 '동심적 아동'을 그리는 유년 문학의 흐름이 두드러졌다. 그리하여 1930년대 중반 이후에는 시대 현실에 대한 인식과 비판보다는 형식미와 정서적 효과에 관심을 기울이는 전문 동요 시인과 동화 작가들이 두각을 나타냈다. 동시 쪽에서 이러한 흐름의 중심에 선 동시인은 1920년대부터 활동한 윤석중, 윤복진을 포함하여 1930년대에 새로 등장한 강소천, 박영종(목월), 김영일 등이라 할 수 있다.

그런데 강소천의 초기작 중에는 민족의식과 계급 의식의 편린을 드러낸 것들이 더러 보인다.

봄이왔다 마즈라 우름그치고/ 이땅의 농군들아 깃분나츠로/ 차저오는 새봄을 반겨마즈라// …… // 봄이왔다 씨뿌리라 한숨을것고/ 이땅의 농군들아 즐건나츠로/ 기름진 이땅에 씨를뿌리라(「봄이왔다」, 《신소년》, 1931. 2)

이몸은 무궁화에 벌이랍니다/ 고운꽃 피여나라 노래무르며/ 이꽃서 서꽃으로 날러다니는/ 조고만 무궁화에 벌이랍니다.// ……// 우리의 노랫소리 들리건만은/ 귀여운 무궁화는 피지안어요/ 그몹쓸 찬바람이 무서웁다고/ 귀여운 무궁화는 피지 안어요.(「무궁화에 벌나비」,《신소년》, 1931. 2)

이압집 기와집 전등불켠집/ 저뒷집 초가집 등잔불켠집/밝은집 어둔집 둘이잇다우/ 이압집 밝은집 전등불켠집/ 콜 ― 콜 잠자는 보기실흔집/ 잘먹어 배불너 잠만잔다우// 저뒷집 어둔집 등잔불켠집/ 열심히 일하는 복스러운 집/ 잘먹썬 못먹썬 일만한다우(「이압집, 져뒷집」,《아이생활》, 1931. 3)

압집애가 소리질너/ 뒷집애가 눈물흘녀/ 울어내요 불어내요.// 압집애는 부자아들/ 뒷집애는 머슴아들/ 울어내요 불어내요.// 부자아들 배불너서/ 머슴아들 배곱파서/ 울어내요 불어내요.// 부자아들 학교슬허/ 머슴아들 학교못가/ 울어내요 불어내요.(「울어내요 불어내요」,《아이생활》, 1931. 10)

「봄이왓다」와 「무궁화에 벌나비」에는 민족에 대한 관념, 그리고 「이압집, 져뒷집」과 「울어내요 불어내요」에는 계급에 대한 관념이 배어 있다. 길게 따져 볼 것도 없이 이것들은 거의 상투적 개념으로 쓴 것들이라서 작품으로도 미숙하지만, 시인의 지향이나 의식을 드러낸다고 말할 계제가 못된다. 이런 종류의 것들은 당시 부지기수였다. 강소천은 기독교 계통의 아동 잡지 《아이생활》에 주로 작품을 발표했는데, 여기에 실린 「이압집, 져뒷집」과 「울어내요 불어내요」는 계급주의의 영향력이 얼마나 컸는지를 말해 준다. 강소천의 동요는 위에 인용된 것들을 제외한다면 초기작부터 대부분 동심과 자연을 노래한 것들이다. 그런 종류의 초기작 가운데 가장 눈에 띄는 작품이 바로 「울엄마젓」(《어린이》, 1933. 5)이다. 「울엄마젓」은 방정환이 작고한 뒤 윤석중이 편집을 맡은 《어린이》의 입선 동요이고, 작품집 『호박꽃 초롱』에도 수록되었다.

대체로 스무 살 이전의 창작은 독자로서 다양한 시도를 해 본 습작기의 산물이라 할 수 있기에, 거기에서 시인의 의식이라든지 작품의 세계를 파악하기란 난망한 일이다. 잘 알려져 있듯이 강소천은 상당한 규모의 지주 집안 태생이고 조부가 마을에 교회를 세울 정도로 독실한 기독교 집안에서 자랐다. 그가 민족과 계급의 현실에 눈을 뜨면서 자신의 출신과 종교에 대해 회의하고 갈등했다는 기록은 어디에서도 찾아지지 않는다. 그렇다면 앞에 인용한 작품들의 진술과 표현은 얼마만큼의 진정성을 담고 있는가? 특히 계급의 도식에 따라 이분법적 선악 대결의 구도를 드러낸 「이압집, 져뒷집」과 「울어내요 불어내요」는 시인의 처지와는 상반되는 자가당착의 내용이다. 그 자신은 시적 화자가 비난해 마지않는 "기와집 전등불켠집"에서 살고 있었을 것이며, "머슴아들"이 아니라 그를 부리는 "부자아들"에 속한 존재가 아니던가. 강소천은 『호박꽃 초롱』을 손수 엮으면서 「울엄마젓」을 남기고 초기작 대부분을 버렸다. 이는 미숙한 사상 의식을 드러내면서 이것저것 흉내 낸 습작들을 자신의 것으로 여기지 않았기 때문일 것이다.

강소천 득의의 영역은 「울엄마젓」과 이어지는 '동심'의 표현에 있었다. 앞서 지적했듯이 소년 운동과 계급주의가 수그러들자 아동성·문학성 탐구로 눈길이 돌려졌다. 이는 문학사의 정당한 발전이면서 다른 한편으로는 시대 현실이 소거되는 '순수주의'로의 전환점이었다. 이 시기의 문단은 순수주의를 어느 정도 공유했다는 점도 기억해 둘 만하다. 그런데 강소천에게서의 '순수한 동심'은 아기를 둘러싼 집안과 자연으로 대상이 제한되는 양상이었다. 『호박꽃 초롱』에 실린 것들은 대개 그러했다. 이를 '울타리 안의 동시 세계'라고 해도 크게 틀리지는 않는다. 그렇긴 해도 1930년대 후반을 특징지은 '순수한 동심'은 날것대로의 이념성을 극복하고 형식미의 진전을 이루는 데 적잖이 기여했다. 이재철이 『한국 현대 아동 문학사』에서 주목한 박영종, 김영일 등과 함께, 강소천은 상투적 정형률을 벗어난 개성적인 호흡의 동요, 곧 '동시'로 나아가는 데에서 한자리를 차지한다. 표제작 「호박꽃 초롱」을 보자.

호박꽃을 따서는
무얼 만드나.
무얼 만드나.

우리 애기 조고만
초롱 만들지.
초롱 만들지.

반딧불을 잡아선
무엇에 쓰나.
무엇에 쓰나.

우리 애기 초롱에
촛불 켜 주지.
촛불 켜 주지.

—「호박꽃 초롱」 전문[3)]

《조선중앙일보》(1935. 9. 3)에 처음 발표된 것이다. 3음보 7·5조 율격이
기본이 된 것은 기존 동요와 다름없는데, 마지막 음보를 한 번씩 되풀이한
것만으로도 상당한 변화의 느낌을 준다. 아주 간단한 착상 하나로 정형률
의 틀에서 한결 자유로워졌다. 말끝에서 울림의 효과를 빚어내는 이런 시
도는 '노래'를 '시'로 들어올리려는 노력의 소산이라고 할 수 있다. 대표작
으로 알려진 「닭」에서도 형식미에 대한 고민의 흔적이 엿보인다.

---

3) 강소천, 『호박꽃 초롱』(박문서관, 1941), 16~17쪽.(이하 이 시집의 작품 인용은 쪽수를
  따로 밝히지 않음)

물
한 모금
입에 물고

하늘
한번
처다 보고

또
한 모금
입에 물고

구름
한번
처다 보고

—「닭」 전문

《소년》(1937. 4)에 발표 당시 2행씩 2연이었는데, 시집에 수록하면서 3행
씩 4연으로 바꾼 것이다. 시행과 운율에 대한 자의식이 한눈에 드러난다.
이렇게 바꿔 놓고 보니 흥미롭게도 소재와 호흡 면에서 "청노루/ 맑은 눈
에// 도는/ 구름" 하는 박목월의 「청노루」와 상호 텍스트성을 지닌다. 뒤에
는 다시 원래대로 돌아갔다. 이 작품에 대해 윤석중은 "소천 강용률의 대
표작"이라면서, "그가 간도 용정에서 지어 보낸 것으로, 아득한 내 나라 하
늘을 바라보는 자신의 자화상이었다."라고 했다.[4] 대체로 수긍할 만한 해석
이다. 원래는 "하늘은 푸른 하늘……" 하고 여러 줄이 더 달린 것을 윤석

---

4) 윤석중, 『어린이와 한평생』(범양사, 1985), 168쪽.

중이 편집할 때 뒷부분을 잘라 버렸다고 한다. '물 먹는 닭의 모습'을 더 또 렷하게 드러내는 효과를 위해서였다는 것인데, 강소천도 이에 만족한 듯하 다. 아무튼 그의 이력과 더불어 이 시 하나만 놓고 보면, 멀리 간도에서 고 향 하늘을 바라보는 시인의 모습이 자연스럽게 겹친다.

그러나 시집 전체의 맥락에서 보자면, 이 작품은 '어린이의 눈'으로 물 먹는 닭의 동작을 깜찍하고 귀엽게 그려 낸 것이다. 그것이 하늘을 배경 으로 해서 순간의 명료한 이미지로 그려졌기 때문에, 함축미에 상징성까 지 내포하게 된 것이라고 할 수 있다. 여기에서의 동심이 구김살 없이 투명 한 것으로 느껴지는 까닭은 대상과 하나가 되어 바라볼 때의 하늘이 주는 청량감과도 통한다. 만일 어린이의 미성숙한 사고를 귀엽게 바라보는 눈으 로 물 먹는 닭의 동작을 재미난 무엇에 비유라도 했다면 사정은 달라졌을 것이다. '어린이의 미성숙한 사고를 귀엽게 바라보는 시각', 즉 동심천사주 의로 미끄러져 들어간 사례로 "보슬보슬 봄비는 새파란 비지/ 그러기에 금 잔디 파래지지요"(「봄비」 1연, 《동아일보》, 1935. 4. 14) 같은 것을 들 수 있다. 이 밖에도 "버드나무 무슨 열매/ 달리런 마는// 아침 해가 동산 우에/ 떠 오를 때와// 저녁 해가 서산 속에/ 살아질 때면// 참새 열매 조롱조롱/ 달 린 답니다."(「버드나무열매」 1절) 하는 것이나, "울엄마 젖 속에는 젖도 많어 요/ 울언니가 실 — 컨 먹고 자랐고/ 울오빠가 실 — 컨 먹고 자랐고/ 내가 내가 실 — 컨 먹고 자랐고/ 그리구 울애기가 먹고 자라니/정말 참 엄마 젖 엔 젖도 많아요."(「울엄마젖」 전문) 하는 것도 그런 위태로운 경계에 있다. 다만 첫 작품집에 실린 것들은 심혈을 기울이며 되풀이해 손질했기 때문인 지 후기의 동시에서 보이는 안이한 발상의 상투성은 드러나지 않는다. 「봄 비」만 하더라도 작품집에 실리면서 "봄비는 새파란 비지./ 금잔디 물드리는 고 — 운 비지." 하는 것으로 수정되었는데, 어린이의 미성숙한 사고보다는 조금이라도 직관이 더 느껴지도록 고쳐졌다고 판단된다.

『호박꽃 초롱』은 일제 강점기 말의 상황에서 하나의 봉우리를 이룬 성 과임에 틀림없다. 어린이의 순수한 언어로 그려 낸 가족의 친연성이라든지 자연과의 친화감은 시대의 폭력과 명징한 대비를 이룬다. 이를 적극적으로 평가하자면, 일제 민족 말살 정책의 맞은편에서 이뤄 낸 민족어와 민족 정서의 발현이라고 할 수 있다. 『호박꽃 초롱』은 광복 후 강소천에게 후광을 씌워 주었다. 광복이 되었어도 강소천은 북한에서 꼼짝할 수 없는 상황이었고, 남한에서는 그의 활동에 대해 전혀 알 수 없었다. 사정이 그러했음에도 광복 직후 남한에서 발행된 교과서와 각종 동요 선집에는 그의 동요가 여러 편 수록되었다. 이는 당시의 교과서 및 동요 선집의 편찬자들에게 그의 동요가 정전의 가치를 지닌 것으로 받아들여졌다는 증거다. 강소천은 「닭」이 교과서에 실린 사실을 월남 후에야 알았다고 한다. 그는 1·4 후퇴 때 단신으로 월남했기에 처음에는 먹고사는 문제로 크나큰 고통을 겪어야 했다. 남한 체제에서 그는 빈털터리 신세였지만, 『호박꽃 초롱』을 펴내고 교과서 수록 동요를 보유한 동요 시인으로서는 부러울 게 없는 문화 자본의 소유자였다. 덕분에 장관 비서실에 있던 영생고보 동창 박창해를 만났고, 편수국의 최태호를 소개받아 교과서 편찬에 관여했으며, 정부 수립 후 문단 재편을 주도한 김동리, 박목월 등과 연결되어 아동 문학 부문의 실세로 떠오를 수 있었다. 그는 김동리와 결혼한 손소희나 동요 시인으로 활동한 박목월 등과 문학청년 시절부터 서신으로 친교를 맺고 있었는데, 광복 이전의 문학적 성취가 이 모든 인연의 연결 고리로 작용했다.

4 정치적 이데올로기로서의 '순수주의'

그럼 강소천의 동요·동시에 대한 평가가 극명하게 엇갈린 것은 언제부터이고 어떤 연고에서인가? 그의 대표작으로 꼽히는 「닭」을 두고서도 서로 다른 해석과 평가가 주어진 것은 남한의 문단 사정과 깊숙이 연계되어 있다. 『호박꽃 초롱』에는 긍정적 계기와 부정적 계기가 맞물려 있다고 앞에서 지적했는데, 월남 이후 강소천의 동시 창작은 부정적인 면이 한층 두드러졌다. 1950~1960년대에 발표된 동시들은 제복만 일별해도 특성 경향이 불거진 것을 바로 느낄 수 있다. '이슬, 꽃잎, 예쁜 꽃, 꽃밭, 꽃동산, 무지개, 구름, 별, 메아리, 아기, 나비, 사슴뿔, 산토끼, 산딸기, 바다, 웃음, 여름밤, 소풍……' 등등. 사람들은 '동시'라고 하면 흔히 '작고, 가볍고, 예쁘고, 귀엽고, 밝은 이미지'를 떠올린다. 이러한 통념이 만들어지는 데 가장 크게 작용한 것이 바로 강소천 동시의 경향이었다.[5] 아동 문학은 유치한 것이라는 통념이 그냥 만들어진 것은 아니다. 일찍이 유년 대상의 동요에서 뛰어난 재능을 보인 윤석중도 뒤로 갈수록 타성적인 창작에 빠져들었거니와, 박목월은 『동시 교실』(1957), 『동시의 세계』(1963) 같은 창작론을 통해 윤석중과 강소천의 '혀짤배기' 동요·동시를 모범적인 것으로 추켜세웠다.

여기에서 문제 삼아야 하는 것은 정치적 이데올로기로서의 '순주주의'다. 월남 이후 강소천은 교과서 편찬 위원, 《어린이 다이제스트》와 《새벗》의 주간, 한국문학가협회 아동문학 분과위원장, 한국문인협회 이사 등을 수행하면서 1950~1960년대 아동문학장의 중심에 위치했다. 그의 주요 인맥은 김동리, 박목월 같은 문협정통파 계열의 문인, 박창해, 최태호, 홍웅선 같은 교과서 편수국 문인, 그리고 김영일, 박화목, 김요섭, 장수철 같은 월남한 기독교 문인들인데, 이들은 당시의 아동문학장에서 '순수·반공·민족주의' 담론을 주도한 집단이었다.[6] 5·16 군사 정변 이후 박정희 정권이

---

5) 강소천을 비롯한 주류 쪽에서 방정환을 전유하면서 동심천사주의가 방정환에서 비롯되었다는 통념이 생겨났다. 하지만 방정환의 동심천사주의는 일면적일뿐더러 아동 문학의 발생 단계에서 요구되는 역사적 성격을 지닌 것이다. 주류 쪽에서는 방정환과 강소천의 승계 구도를 내세우고자 1975년 방정환과 강소천 전집을 묶어서 '한국 아동 문학가 전집 시리즈'(문천사)를 발행한 적도 있는데, 작품의 성격으로 보나 지향으로 보나 둘은 동질성보다 이질성이 더 많다는 게 필자의 생각이다.

6) 김동리, 조연현, 서정주, 박목월 등 남한 출신의 문협정통파가 주도권을 행사한 일반 문학장에서는 월남한 문인들이 비주류에 속했지만, 아동문학장에서는 월남한 아동 문인들이 대부분 기독교도이자 반공주의자로서 강소천을 매개로 문협정통파에 붙었기 때문에 주류에 속했다. 아동문학장이 '순수·반공·민족주의' 담론의 본거지인 한국문인협회의 외곽에 붙어 있는 구도를 깨고자 이원수는 1971년 독자적인 한국아동문학가협회를 결성한다.(원종찬, 「이원수와 70년대 아동 문학의 전환」, 『한국 아동 문학의 쟁점』(창비,

들어서고 새로 한국문인협회가 출범했을 때, '강소천, 김동리, 박목월, 조지훈, 최태호'를 편집위원으로 하는 전문지 《아동문학》이 창간되었다. 이는 문협정통파 계열이 주도하는 아동 문학 담론의 장(場)이 마련되었음을 의미한다. 이로부터 얼마 되지 않아 강소천은 타계하지만, '강소천 아동 문학 전집'의 발간과 '강소천 아동문학상'의 운영을 매개로 해서 순수주의 담론의 영향력은 오히려 커져 가는 형편이었다.

강소천에 대한 작가론의 밑그림도 주로 그가 살아생전에 해마다 펴낸 작품집과 사후에 나온 전집들에 실린 지인(知人)들의 해설을 통해서 이루어졌다. 저자와 교분을 나눈 지인들의 해설이 작가의 긍정적인 면을 드러낸 것은 얼마든지 이해할 수 있다. 문제는 이것들이 모여서 전형적인 방식으로 문협정통파의 시각을 대변하고 재생산한 점이다. 문협정통파의 사유 체계는 이러했다. '문학적 순수는 사회 참여와 대립 관계다. 사회 참여는 좌파적 주장이므로 우파적 민족주의와 대립 관계다. 고로 순수주의는 반공·민족주의와 하나다.' 일제 강점기 강소천 동요의 '순수한 동심'에 '민족주의'적 해석을 가져다붙이는 이율배반은 이와 같은 사유 체계에서 비롯된 것이다.[7] 문학에서의 순수주의는 정치성의 배제와 자율성에 대한 강조일 터인데, 해석에 있어서는 늘 역사주의 시각의 과잉이었다. 아이들의 놀이 세계에서 발상한 「호박꽃 초롱」을 '민족의 미래(아기)'를 향해 불을 밝히는 시인의 의지로 해석한다든지, 시냇가 돌멩이 부자(父子)의 이별과 만남의 과정을 마을 아이들의 성장과 이별 이야기와 교차시킨 동화 「돌멩이」(1939) 연작에서 스토리는 아랑곳하지 않고 돌멩이의 독백 한 구절만 달랑 인용해 놓고는 일제의 억압에 대한 작가의 울분으로 읽는다든지 하는 것들이 그러하다. 하지만 정작 강소천에 대해서는 역사주의 방법의 기본이라 할 수 있는 전기적 연구조차 제대로 수행된 것이 없다. 작품 해석과 직결될

2010) 참조)

7) 월남 이후 강소천의 창작에서 드러나는 '동심천사주의'와 '교훈주의 — 반공·민족주의'의 조합도 이런 사유 체계에서 말미암는다.

만한 결정적인 삶의 세목들은 여전히 오리무중이다.

실증이 부재한 역사주의는 비약이 불가피하다. '순수주의'가 '반공·민족주의'와 결합하는 과정은 사회주의를 분리 배제시키는 과정에 다름 아니었다. 광복 이전에는 민족주의와 사회주의의 공유 지대가 매우 넓었다는 사실은 축소 은폐되기 일쑤다. 계급주의 성향의 「이압집, 져뒷집」과 「울어내요 불어내요」는 습작으로 여겨 간과하고, 「무궁화에 벌나비」는 항일 민족주의 작품으로 여겨 주목하는 것도 그 일환이겠다.

일제는 조선인의 독립운동을 저지하기 위해 조선의 상징물인 태극기와 무궁화를 철저히 단속했다. 무궁화를 심지 못하게 했으며, 심은 무궁화를 캐어 버리게 했다. 무궁화를 자수로 표현하는 것이나 노래하는 것을 금했고, 이를 어기면 감옥에 가두고 잔혹한 고문을 했다.

이러한 단속 때문에 일제하에서는 무궁화가 시의 소재에 오르지 못했다. 그런데 그 유일한 시가 소천의 동요 「무궁화에 벌나비」이다. 이것은 한글 말살 정책이 극악에 이르렀을 때 모국어로 동요시집 『호박꽃 초롱』을 상재하는 소천의 항일 정신으로 이어지고 있다.

......

소천의 동요시집 『호박꽃 초롱』은 이러한 조국 수난의 암흑기에 우리의 문화 활동이 거의 정지된 상태에서 출간되었다. 이는 일제를 향한 외침이며 독립운동이었던 것이다.

......

사실, 일제로부터 절개를 지키고 공산주의에 이끌리지 않은 이 시대의 작가는 그리 많은 편이 아니다. 소천은 일제 말기에 모국어로써 독립을 외쳤고 공산 독재에서 탈출, 이역에서 망향의 한을 안고 40대의 나이로 생을 마쳤다. 그의 문학은 오직 순수 문학을 지향하는 민족 문학이었던 것이다.[8]

---

8) 신현득, 「동심으로 외친 항일의 함성 — 강소천 선생의 동시 세계」, 『강소천 선생 40주기

강소천의 출신과 성장은 고원보통학교와 영생고보 동창생 전택부의 회고가 유력한 증거 자료로 쓰인다. '소천의 할아버지 강봉규는 관북의 성웅이라고 불리던 전계은 목사의 전도를 받아 일찍이 예수를 믿고 미둔리 교회를 창설했다는 것, 소천은 어머니 뱃속에서부터 예수를 믿으며 태어났고 교회 주일학교를 다녔다는 것, 영생고보 시절 조선어 과정 철폐에 실망해 4학년 겨울 방학 때 집에 돌아갔다가 학교에 돌아오지 않고 약 1년 동안 북간도를 헤매다가 다시 고향에 돌아왔다는 것' 등등.[9] 북간도 방랑 운운한 것은 해설에서 충분히 나올 수 있는 표현이지만, 이것을 역사주의적 해석의 근거로 삼을 때에는 좀 더 정확한 고증이 필요하다. 전택부의 표현은 암울한 시대였음을 상기시키면서 청년 강소천의 정신적 방황을 에둘러 표현한 것일 텐데, 너무 추상적이어서 강렬한 민족의식과 항일적인 행위까지도 연상케 하는 뉘앙스를 품고 있다. 바로 이때 지은 동요가 《소년》 창간호에 실린 「닭」이라는 것이다. 강소천은 영생고보 재학 당시 1년 동안 북간도 외삼촌 집에 있다가 돌아왔고, 고보 졸업 후에는 주일학교에서 아이들을 가르쳤다. 이 밖에는 알려진 활동 사항이 전무하다. 조사해 보니 미둔리 교회는 1911년에 세워졌고, 그의 집안이 속한 기독교 장로교는 일제가 신사 참배를 강요했을 때 결국 굴복했다.[10] 강소천 집안의 신사 참배나 창씨개명과 관련해서는 저항이건 순응이건 아무런 회고도 남아 있지 않다. 청년 시절의 강소천이 일제의 민족 말살 정책과 기독교 탄압에 울분을 느꼈으리라고 짐작할 수는 있겠으나, 그 어떤 행위에 관해서도 사실의 기록이 없는데 '동심적 동요'를 군이 역사주의 해석으로 밀어붙이려는 것은 '순수주의'에 스민 정치적 이데올로기 성격을 드러내 준다.

「닭」은 1930대 중반 이후 '동심'에 눈을 돌린 시인이 어린이의 눈으로 내

<hr>

기념 추모의 글 모음』(교학사, 2003), 14~18쪽.
9) 전택부, 「소천의 고향과 나」, 『강소천 아동 문학 전집』 1(문천사, 1975) 참조.
10) 한국기독교역사연구소 북한교회사집필위원회, 『북한 교회사』(한국기독교역사연구소, 1996) 참조.

려가서 닭이 물 먹는 동작을 재미있게 표현한 것이라고 보이지만, 여기에서 고향 하늘을 그리워하는 시인의 마음을 읽는 것은 독자의 자유일뿐더러 그렇게 해석함으로써 작품의 의미를 확장하는 것은 비평의 몫이기도 하다. 문제는 순서를 거꾸로 가져가서 '고향 하늘을 그리워하는 마음을 닭이 물 먹는 동작에 투사했다'고 보는 것이다. 이것이 한 차례 더 비약해 민족의식이나 항일 의지의 산물로 간주되면 이데올로기의 과잉으로 텍스트의 기본 의미는 아예 증발하고 만다. 사실 그렇게 추어올리는 것은 동요 「닭」의 위상을 초라하게 만들 뿐이다. 예컨대 우리가 익히 알고 있는 "지금은 남의 땅 — 빼앗긴 들에도 봄은 오는가?// ……// 그러나, 지금은 — 들을 빼앗겨 봄조차 빼앗기겠네." 하는 이상화의 시나, "그날이 오면, 그날이 오며는/ ……/ 우렁찬 그 소리를 한 번이라도 듣기만 하면/ 그 자리에 거꾸러져도 눈을 감겠소이다." 하는 심훈의 시들과 견준다면 「닭」은 얼마나 한가하고 태평스러운 아기네 봄소풍 같은 세계일 것인가. "한 발 재겨 디딜 곳조차 없"다고 토로한 이육사나 "시가 이렇게 쉽게 씌어지는 것은/ 부끄러운 일"이라고 고백한 윤동주의 시와 견주어도 마찬가지다. 일제 강점기 민족의식과 항일 의지를 시로써 빛낸 이상화와 심훈은 사회주의에 공감한 카프(KAPF) 시인이었다는 점도 기억해야 한다.

5 이원수와 이오덕의 강소천 비판

강소천의 아동 문학이 '순수주의' 담론과 더불어 무시할 수 없는 영향력을 발휘하게 되자 이에 대해 비판적인 목소리가 나오기 시작했다. 강소천 방식의 '동심적인 경향'과 '교육적인 경향'을 두고 이원수는 주류 쪽과 완전히 시각을 달리했다. 1959년의 아동 문학을 개관한 다음의 글을 보면 이 점이 확연히 드러난다.

금년도 작품들을 개관할 때, 그 작품들의 내용에 몇 가지 특성을 발견할 수 있었다. 그것은 아동을 무의식 미성년이라 하여 단순히 그들을 오락적으로 즐겁게 해 주는 것으로써 만족하려는 태도가 그 하나이다.

앞에서 말한 동요의 유희적이요 재미 본위의 가사화도 역시 이러한 안이한 생각에서 우러난 결과라고 말할 수 있으니, 아동들의 생활 자체와 현실 생활에 대한 아동의 감정과 거기서 얻을 수 있는 미감에서 유리된 하나의 오락물로 떨어지는 작품이 되고 만 것이 많았다.

둘째로 아동 대중을 무시하고 일부 극소수의 부유층의 아동의 생활을 미화하려는 노력이 현저한 것이다.

오늘날 국민 학교 아동 총수의 70~80퍼센트가 극히 곤궁한 농촌 생활에서 부형들의 신고(辛苦)를 주야로 목도하며 그들 자신이 수업과 진학에까지 곤란을 겪으면서 살아가고 있는데도 불구하고 여러 아동문학가들이 그들에게 용기를 북돋워 주고 착실한 생활 태도를 갖도록 인도하려는 생각이 없이 안락하고 사치한 생활 양식만을 작품에 그려서는, 대다수의 아동들에게 힘이 되지 못하고 오히려 그들에게 낙망을 주고 심지어는 질시를 기르게 될 것이다.[11]

전쟁 직후 강소천은 상실감과 그리움을 주조로 하는 「꽃신」(1953), 「꿈을 찍는 사진관」(1954), 「꿈을 파는 집」(1954) 같은 인상적인 환상 동화를 많이 썼는데 대개는 어른이 주인공이었다. 이런 작품들도 의미가 있는 것은 물론이지만, '순수주의' 담론의 영향으로 아이들의 삶과는 거리가 먼 어른의 낭만적인 꿈과 동경의 세계를 동화의 본령처럼 여기는 풍조가 생겨났다. 한편, 『해바라기 피는 마을』(1955)로 대표되는 그의 장편 소년 소설 작품들은 아이들의 생활 세계에 닿아 있지만, 긍정적인 결말을 짓고자 우연성을 아랑곳하지 않는 통속적인 내용이 많았다. 소설에서 요구되는 생활의

---

11) 이원수, 「현실 도피와 문학 정신의 빈곤— 1959년 문화 총평」, 《동아일보》, 1959. 12. 11~12.(『이원수 아동 문학 전집』 30(웅진출판, 1984), 291쪽)

진실에 위배되더라도 아동 문학은 교육적 배려를 우선시해야 한다는 믿음이 이런 통속성을 부채질했다. 그러다 보니 부잣집을 배경으로 피아노 연주, 성악, 화가, 글짓기대회, 학예회, 크리스마스 선물 같은 소재가 빈번히 등장했고, 고아원 출신이거나 가난한 집 아이는 특별한 재능의 소유자로서 가진 자의 후원을 받아 구제되는 양상이었다.

김동리와 박목월은 이러한 동화·소년 소설의 환상성과 교육성을 아동 문학의 본질인 것처럼 바라보았다. 김동리는 동화집『꿈을 파는 집』에 대해, 각박한 현실에 시달리는 어린이에게 "밥이나 옷과 같이 필요한 어쩌면 그보다도 더 귀중할지 모르는 꿈을 노놔 드리는 책"이라고 치켜세웠고,[12] 박목월은 소천의 교훈적인 주제는 "아동 문학의 본질적인 일면"으로서 흠이 될 게 없다고 옹호했다.[13] 박목월은 더 나아가 어린이에게는 "비정상적, 병적, 기형적 세계보다는 정상적인, 더욱 안심할 수 있는 세계를 보여 주는 것이 당연한 일"이라면서 소천의 문학은 "어린이들에게 '안심하고 읽힐 수 있다'는, 신뢰감"이 든다고 했다.[14] 부분적으로는 타당할지라도 '순수주의' 와 연계된 이런 편향성은 훗날 이원수를 위시한 리얼리즘 계열의 아동 문학을 "비정상적, 병적, 기형적"으로 간주해서 '불온·좌경의 위험한 세계'라고 공격하는 빌미가 되기에 충분했다.

이원수는 다름 아닌《아동문학》의 강소천 추모 특집 글을 통해서 이른바 '교육적 아동 문학'의 정체를 밝히고 나섰다. 먼저 강소천의 동요「닭」이 독자들의 기억에 남는 이유는 "동심이 바라볼 바를 말로써 여실히 표현한 데서 오는 재미와 발견"[15]에 있다면서 의미에 제한을 두었다. 이어서 강소천의 소년 소설을 두고는 "철학의 빈곤과 사회성의 왜곡된 표현"[16]을 볼 수

---

12) 김동리, 「『꿈을 파는 집』에 붙임」, 『꿈을 파는 집 ― 강소천 아동 문학 전집』 4(배영사, 1963), 260쪽.

13) 박목월, 「해설」, 『강소천 아동 문학 독본』(을유문화사, 1961), 4쪽.

14) 같은 곳.

15) 이원수, 「소천의 아동 문학」, 《아동문학》 10집, 1964, 73~74쪽.

16) 같은 곳.

있을 뿐이라면서 한층 신랄하게 비판했다.

그러면 소천의 소년 소설은 어떤 것이었던가?

거의 소설의 중심을 이루고 있는 사상성은 현실 사회의 긍정에 있었다. 아동 생활은 물론 아동 생활에 영향하고 있는 모든 외적 조건도 현실 사회를 긍정하고 이에 따르는 선량한 시민으로서의 도덕적 기반 위에서 독자인 아동을 이끌어 가려고 했다.

다시 말하면 현실 사회의 부정적 면을 개인 악에 의한 것으로 돌리고 따라서 그러한 개인 악은 보여 주지 않는 것이 순결한 아동에게 유리하다고 생각하여 작품을 구성할 때에도 부정적인 것은 항상 피상적으로, 긍정적인 것을 존재시키기 위해 등장케 하되, 어디까지나 개인에 연유한다는 입장을 견지했다.

이러한 태도는 한편 아동 교육적인 면에서 가장 온당한 태도라는 보장을 받는 것이었으며, 그 보장은 행정관리층의 것이기도 했다.

아동에게 침범하는 모든 불합리, 불행, 고통이 어떤 악인의 소치거나 아동에게 숙명적으로 지워진 것이며, 그것을 벗어나기 위해서는 당자의 선량한 노력과 기독교적인 자중 자회로써 나가야 한다고 하는 생각이 현실 사회를 움직이게 하는 특권층이나 행정 관리들에게서 박수갈채를 받는 것은 당연한 일이다.[17]

다시 정리하자면, 강소천의 소년 소설에 나타난 사상성은 현실 사회에 대한 긍정인즉, 이는 특권층과 행정 관리들이 안심하고 좋아하는 교육적 태도에 속한다는 말이다. 이원수가 보기에 '교육적 아동 문학'의 주장은 "아동 문학을 특수한 울타리 안에 보존하는 것으로서 합리화"시키는 것,

---

17) 위의 글, 74~75쪽.

결국은 "아동 문학을 문학에서 분리"하는 행위에 지나지 않았다.[18] 이원수는 주류의 시각과 맞서면서 그 영향력을 차단하는 데 많은 힘을 쏟았다. 강소천이 위원으로 참여했던 '아동 우량도서 선정위원회'가 "문학적 가치를 갖지 못해도 교훈이 노출된 동화나 소설만은 모두 무난히 선정"[19]한 속셈을 따지는 한편, 5·16 정권이 제정한 '5월 문예상'이 강소천의 『어머니의 초상화』(1963)에 주어진 것을 가리켜 "18세기 서구에서 아동 문학이 정도(正道)에 오르지 못했을 때의 이른바 교훈주의를 오늘날 아동 문학에 담아야 한다면 실로 어이없는 일"[20]이라고 꼬집었다. 강소천이 타계한 후 추모 분위기를 이어 가려는 분위기에서 주류의 시각과는 분명하게 선을 긋고자 이런 발언을 서슴지 않았던 것이다.[21]

이원수에 의해 '순수주의' 맞은편에 또 하나의 흐름이 만들어지는데, '유신 시대'로 들어선 1970년대의 아동문학장을 여전히 지배하는 '강소천 경향'에 대해 가장 예리하게 비판의 날을 세운 아동문학가는 이오덕이었다. 그의 비평은 동요·동시에 집중되었다. 일찍이 그는 교과서 수록 동시와 글짓기 교육의 문제점을 시정하고자『글짓기 교육의 이론과 실제』(1965), 『아동시론』(1973) 같은 교육서를 펴내 박목월의 동시 창작론과 맞서고 있었다. 이런 그가 이원수 주도의 한국아동문학가협회에 가담한 이후 아동 문단을 향해「아동 문학의 서민성」(1974), 「시정신과 유희 정신」(1974), 「부정의 동시」(1975) 등 본격적인 동시 평론을 발표하고 나선 것이다. 이원수는 강소

18) 같은 곳.

19) 이원수, 「의욕과 부정적 사태 — 1963년의 아동 문학」, 《국제신보》, 1963. 12. 30(『이원수 아동 문학 전집』 30, 304쪽)

20) 같은 곳.

21) 물론 강소천의 동화·소년 소설 중에서도 수준급의 작품을 찾아볼 수 있다. 필자는 동화의 환상성을 독특하게 구현한 「꿈을 찍는 사진관」과 함께 사실주의 경향의 「마늘 먹기」, 「딱따구리」, 「박 송아지」, 「짱구라는 아이」, 「나는 겁쟁이다」 같은 단편을 강소천의 대표작으로 꼽는다. 순수주의 계열이 두둔하고 있는 '강소천 경향'은 필자와는 다른 시각에 의해 이룩된 것이라고 할 수 있다. 본고는 바로 그런 '강소천 경향'의 지속성과 파급력에 대해 문제를 제기하려는 것이다.

천의 광복 이전 창작에 대해서는 어느 정도 인정한 편이었으나, 이오덕은 윤석중, 박목월, 강소천 등이야말로 동심천사주의의 뿌리에 해당한다고 목소리를 높였다.

동심주의 작가들의 동심이란 것은 귀여운 것, 재미스러운 모양, 우스운 일, 어린애들의 재롱 같은 것이다. 이런 세계를 표현하는 결과는 같은 아동이라도 나이가 훨씬 어린 유아들의 세계로 되고 있다. 윤석중, 박목월, 강소천 등, 우리나라의 거의 모든 동요 작가들의 동요가 유아 세계의 표현으로 그 본령을 삼고 있는 것이다.[22]

그들의 작품의 세계는 예나 제나 꽃이요 나비요 아가의 웃음이요 아침과 햇빛과 옹달샘밖에 될 수 없었다. 근본적으로 이 땅의 아이들에 등을 돌린 현실 도피란 자리에서 꼼짝도 않고 있기 때문이다.[23]

이와 같은 관점에서 동요 「닭」에 대한 기왕의 해석을 문제 삼고 나왔다. 「닭」이 "소천의 작품에서 드물게 성공했다고 일컬어지고", "동요로서 완벽한 작품"이라고 상찬되고 있는 만큼 그 바탕을 한번 따져 보고자 한 것이다. 이오덕은 「닭」에 대한 박목월의 해설[24]을 인용한 뒤에 다음과 같이 반박했다.

그런데, 닭이 물을 마실 때 하늘을 쳐다보는 것은 하늘을 알기 때문이 아니다. 물을 마시려면 그렇게 위를 쳐다봐야 물이 목구멍으로 넘어가는 것이

22) 이오덕, 『시정신과 유희 정신』(창작과비평사, 1977), 111~112쪽.
23) 위의 책, 115쪽.
24) "물 한 모금 입에 물고 하늘 한 번 쳐다보는 닭의 동작은 우리 마음속에 끝없는 것[永遠性]을 느끼게 하는 하나의 귀여운 모습입니다. 작고 귀여운 병아리들이 그 넓고 아득한 하늘을 쳐다보는 모습은 우리에게 아무리 적은 미물이라도 하늘을 안다는 느낌을 줍니다. 이 느낌은 우리에게 참으로 귀중한 것입니다."(위의 책, 183쪽에서 재인용)

다. …… 닭의 물 먹는 모습을 재미있는 노래로 쓴 것뿐인 것을, 이렇게 닭이, 혹은 병아리들이 하늘을 안다느니 하여 별나게 해설을 하는 것은 우스운 일이다. ……

다시 말하면 이것은 썩 좋은 동요가 못된다. 시로서는 더구나 그렇다. 관조의 눈이 어떻고 해서 그럴듯한 설명을 하는 사람이야 제멋대로이고, 아이들이 여기서 시와 같은 그 무엇을 느낀다면 지극히 평범한 풍경밖에 없다. 그리고 재미스럽고 귀여운 것, 곧 유희적인 세계뿐이다.[25]

이오덕이 「닭」에 대해 "썩 좋은 동요가 못된다", "유희적인 세계뿐"이라고 말한 것은, 가령 "이 짧은 글 ─ 32개의 글자로서 능히 조그만 세계의 찰나를 영원으로 바꾸고 아무 데서나 발견할 수 있는 현상에 생명을 빛내었다"[26]고 말한 최태호나, "하늘 ─ 영원하고, 유구하고, 아름답고, 무궁한 것, 그것을 진리라 해도 좋고, 인간이 추구해 마지않는 꿈[理想]의 세계라 해도 좋을 것이다. 또한 그 하늘에 떠도는 구름은, 그 진리나 이상을 갈구하는 불타는 이념과, 그것을 싸안은 변화무쌍한 정서를 상징한 것"[27]이라고 말한 박목월과는 아주 큰 격차를 보인다. 확대 해석을 경계한 이오덕의 해석도 지금 보기에는 다소 협소하다고 느껴지는 게 사실이지만, 지배적 경향에 대한 저항 담론의 의미를 지닌 비평적 언사로 바라볼 필요가 있다. 이오덕은 강소천의 동화·소년 소설을 두고서도 "한결같이 사회의 명랑하고 긍정적인 면만을 돋보이게 하여 주는 것이어서 미담가화로 되고 있다. 소천의 동화를 읽으면 흡사 도덕 교과서를 읽는 것 같은 느낌을 지울 수 없다."[28]라고 일갈했다.

---

25) 위의 책, 183~184쪽.
26) 최태호, 「발(跋)」, 『조그만 사진첩』(다이제스트사, 1952), 132쪽.
27) 박목월, 앞의 글, 3쪽.
28) 이오덕, 앞의 책, 118쪽.

6 한국 아동 문학의 연속성과 비연속성

강소천은 일제 강점기부터 활동을 시작했으나 6·25 전쟁 이후 아동 문학이 남북으로 나뉘어 전개되는 역사적 분기점에서 남한 아동문학장의 실권을 쥐고 창작 경향을 지배한 핵심적 존재였다. 그에 대한 엇갈린 평가들은 사실상 분단 시대의 정치적 상황에 연원을 두고 있다. 북한의 경우는 유일사상 체제에 부합하는 하나의 경향만 존재하기에 복잡할 게 없다. 그러나 남한의 경우는 문학 이념에 따라 두 개의 경향이 서로 대립과 경쟁 관계를 이루었기에 식민지 시대와 분단 시대 아동 문학의 연속성 및 비연속성 문제가 그리 간단치 않다. 남북한 정권은 '적대적 의존 관계'로 분단 상황을 지속해 왔는바, 정치적 이데올로기와 결탁한 남북한 주류의 아동 문학은 서로 적대적 관계에 있을지라도 공히 식민지 시대의 아동 문학과는 연속성보다 비연속성이 더욱 강한 편이라고 해야 할 것이다. 그럼 방정환으로 대표되는 식민지 시대 아동 문학의 전통을 가장 올바르게 잇고자 했던 흐름은 어느 쪽인가? 남한인가, 북한인가? 남한이라면 강소천 계열인가, 이원수 계열인가?

주지하다시피 한국 아동 문학은 방정환을 기원으로 한다. 강소천은 방정환과는 다른 의미에서 분단 시대의 아동 문학을 정초한 새로운 기원이었다. 강소천을 방정환과 구별 짓게 하는 핵심은 정치적 이데올로기로서의 '순수주의'라고 할 수 있다. 문협정통파의 순수주의를 대변하는 조연현의 『한국 현대문학사』와 상통하는 이재철의 『한국 현대 아동 문학사』는 시대 구분에서 광복 이전을 '문화 운동 시대', 이후를 '문학 운동 시대'라고 명명했다. 식민지 현실과의 연관을 중시한 방정환의 문학적 실천을 문화 운동으로 규정함으로써 이를테면 강소천의 순수주의를 문학 운동의 본령인 양 자리매김한 것이다. 이재철은 광복 이전과 이후를 '발전적인 연속 관계'로 보고자 했을 것이나, 사회주의를 배제한 '반공·민족주의'와 사회 현실을 배제한 '순수주의'로 지어진 '본격 문학의 전당'에는 방정환이 온전히 들어설 자리가 없다. 그렇다면 이재철의 시대 구분이야말로 방정환과 강소천의 비연속성을 말해 주는 것이 아니고 무엇이겠는가? 강소천의 아동 문학은, 특히 월남 이후가 결정적인데, 동심천사주의와 교훈주의 통념의 실질적인 기원에 해당한다.

결국 강소천은 월남 이후 '순수주의' 아동 문학의 제도화에 앞장섬으로써 이전보다는 부정적인 면이 더 한층 불거지고 말았다. 그러나 그와 계열을 같이하는 주류 쪽에서는 '순수'의 변질은 아랑곳하지 않고 광복 이전과 이후, 월남 이전과 이후를 모두 긍정 일변도로 평가하는 가운데 아동 문학의 정전화(正典化)를 독점했다. 이에 이원수와 이오덕은 동심천사주의와 교훈주의 경향의 폐해를 들어 순수주의 계열의 정전화에 쐐기를 박고 새로운 흐름을 일구어 내고자 했다. 이들이 주류와 시각을 달리하면서 내세운 비평적 과제는 한마디로 '강소천 경향'에 대한 부정과 극복이었다. 동요 「닭」을 둘러싼 해석 논쟁은 이와 같은 문학사적 맥락에 자리하고 있다. 그럼 이 논쟁은 과거 완료형인가? 이오덕이 비록 텍스트 해석에 있어 의미 생성의 여지를 좁혔다는 비판에서는 자유로울 수 없을지라도, 이는 당대의 과제를 예각적으로 드러내는 비평적 실천으로 이해할 수 있다. 작품 해석도 역사주의 연구의 대상이다. 지인들의 인상 비평적인 작품집 해설을 작가에 대한 기초 자료인 양 반복해서 인용하는 연구는 지양되어야 한다. 정치적 이데올로기와 결탁한 '순수주의'에 대해 아무런 자각도 없이 텍스트와의 의미 연관이 거의 없는 '실증 부재의 역사주의 해석'이 되풀이되고 있는 한, 동요 「닭」으로 대표되는 강소천 아동 문학의 해석 논쟁은 현재 진행형일 수밖에 없다.

제3주제에 관한 토론문

조태봉(단국대 강사)

강소천은 한국 근현대사가 낳은 비운의 작가다. 한때 문협정통파 작가로
서 1950년대는 물론 1963년 타계할 때까지도 한국 아동문학장의 실세이자
주류로, 당시 가장 인기 있는 아동 문학 작가의 한 사람으로 문학 권력의
중심에 서 있었다. 그러나 강소천은 일제 강점기와 북한 체제, 그리고 전쟁
중 월남해 남한 체제까지 두루 거치며 굴곡진 삶을 살아야 했고, 그러한
삶의 여정은 고스란히 그의 작가 의식 속에 투영될 수밖에 없었을 것이다.
전쟁과 국가 재건기의 혹독함 속에서 살아남기 위해 그는 부단히 남한 체
제에 적응할 수밖에 없었고, 이로 인해 그의 문학은 교육주의와 반공주의
라는 부작용을 낳기도 했다. 그럼에도 불구하고 그는 아직까지도 한국 아
동 문학의 중심에서 긍정과 부정의 극한 대립 속에 많은 논란거리가 되고
있다. 대체로 그의 동요 동시에 대해서는 긍정적인 평가가 우세한 반면 동
화와 아동 소설은 제대로 평가받지 못한 처지에 있다. 때로는 꿈 모티프를
이용한 동화의 환상성 구현이 긍정적으로 평가되기도 하고, 때로는 교훈주
의의 폐해와 함께 지배 체제에 영합한 보수 아동 문학의 대명사로 부정되
기도 했다. 선사는 극히 최근에 산헐석으로 이루어지고 있는 평가일 뿐 대

개는 후자의 시선으로 그의 문학을 폄하해 온 것이 사실이다. 그런 의미에서 그는 비운의 작가이고, 어쩌면 그 역시도 이념의 희생양인지도 모른다. 이제 그의 사후 반세기가 막 넘어선 현 시점에서라도 그의 문학적 공과를 명확히 따져서 과오는 바로잡고, 문학적 성과는 공정히 평가할 수 있기를 바라는 마음이다.

발표자는 논문에서 밝히고 있듯이, 강소천이 북한 체제에서 체류하던 당시 발표한 작품을 최근에 발굴해 냄으로써 그동안 누락되어 있던 강소천 문학의 공백을 일부라도 복원해 낸 바 있다. 아직은 미약한 양이긴 하지만, 이를 통해 그동안 명확치 않았던 월남의 동기와 아울러 그의 문학 속에 내재된 반공 의식의 내적 동기가 좀 더 분명히 해명되기를 기대한다. 이 논문은 '동요「닭」의 해석 논쟁'을 부제로 달고 있긴 하지만, '순수주의'라는 논지로 강소천 문학 전반을 대상으로 삼고 있다. 물론 이 순수주의가 '일제 강점기, 북한 체제, 남한 체제'하에서 강소천 문학의 연속성과 비연속성을 드러내는 주요 기제라는 논지는 나름 설득력 있어 보인다. 그런데 발표자는 여기서 더 나아가 강소천의 순수주의가 동심천사주의와 교훈주의로 발현되는데, 이를 '강소천 경향'으로 규정한다. 이러한 경향이 참여 문학과 대립하는 순수 문학의 정치적 이데올로기와 결합하고 있음을 밝히고 있다. 따라서 강소천은 순수주의 아동 문학의 기원이며, 강소천에 대한 이원수와 이오덕의 부정적 평가는 이러한 '강소천 경향'에 대한 비판이라는 것이다. 동심천사주의와 교훈주의로 대변되는 '강소천 경향'이 존재한다면 마땅히 척결되어야 한다. 그러나 이러한 논지의 타당성에도 불구하고 좀 더 해명되어야 할 부분은 여전히 남아 있다. 이에 몇 가지 보충 설명을 부탁드린다.

첫째, 발표자는 강소천을 바라보는 시각이 긍정과 부정의 두 가지로 대립해 왔다고 보고 있다. 즉, 주류·순수 문학 계보의 긍정적 시각과 비주류·참여 문학 계보의 부정적 시각이 그것이다. 그러나 강소천에 대한 평가가 계보 간의 시각차로 극명하게 나뉜다고 보기에는 의문의 여지가 있다.

일제 강점기하에서 펴낸 동요 동시집『호박꽃 초롱』은 긍정적 평가가 우세하지만, 1950년대 이후 집중적으로 발표된 동화·아동 소설에 대해서는 부정적 시각이 지배적이었고, 이러한 시각이 강소천 문학 자체에 대한 부정으로 이어졌기 때문이다. 해서 강소천은 긍정보다는 부정으로, 극복되어야 할 대상으로 혹독하리만치 폄하되어 왔음을 부인할 수 없다. 이는 양대 계보에서 내놓은 부정적 평가에서 비롯된 것인데, 그 발단이 바로 강소천 1주기에《아동문학》(10집) 지가 마련한 추모 특집이다.

《아동문학》 지는 발표자가 지적한 것처럼 김동리, 박목월, 조지훈 등 "문협정통파 계열이 주도하는 아동 문학 담론의 장"이라 할 수 있다. 이 추모 특집에 이원수, 김요섭 등의 추모사가 실려 있다. 특히 이 두 사람은 후일에 참여와 순수 아동 문학 계보의 수장 격이 된다는 점에서 눈여겨볼 만하다. 그런데 흔히 추모사는 과오보다는 공을 앞세워 애도의 뜻을 표하는 것이 상식이다. 그러나 이원수와 김요섭은 이 자리를 빌려 강소천 성토의 기회로 삼는다. 이원수는 '교육적 아동 문학, 상업주의의 통속적 독물(讀物), 교훈적 동화·소설'이라고 비판하고, 김요섭은 "적당한 감상, 상식적인 모럴 위에 세운 교훈성 그리고 그의 다작(多作)은 바로 상업주의적 통속 소년 소설을 쓸 수 있는 여건을 구비"했다고 신랄하게 비판한다. 이후 김요섭은 김동리가 주축이 되어 제정된 강소천아동문학상의 첫 번째 수상자가 되고 주류에 편입해 순수 문학 계보를 대변한다. 그런데 문제는 이들의 평가가 1970~1980년대 참여·순수 계보의 주자에게까지 되풀이된다는 것이다. 즉, 이원수—이오덕, 김요섭—이재철로 이어지는 강소천 부정이 그것이다. 따라서 강소천에 대한 평가는 상반된 대립이 지속되었다기보다는 부정적인 일면만이 양대 계보에서 동일하게 강조된 측면이 있다. 더욱이 강소천 사후의 공백 상태인 아동 문학 권력을 둘러싼 강소천 폄하가 편견으로 고착된 것은 아닌가 하는 의문까지 들기도 한다.

둘째, 발표자는 강소천을 순수주의 아동 문학의 기원으로 보고 있는데, 성지석 이데올로기로서의 순수주의는 상소천 이후의 문제로 보아야 하시

않을까 한다. 정치적 이데올로기는 담론의 차원이기 때문이다. 비록 강소천이 주류 문협정통파에 속해 있었고 체제에 편승해 반공주의 작품을 쓰긴 했어도 순수주의 담론을 개진한 적은 없는 것으로 알고 있다. 그러한 담론의 생산은 강소천 이후 김요섭·이재철을 기점으로 봐야 할 듯하다. 만약 동심천사주의와 교훈주의 작품을 기점으로 한다면 오히려 강소천보다는 윤석중이 더 기원에 해당할 것이다. 윤석중 역시 주류의 문학적 영향력을 더 일찍, 더 오랫동안 지니고 있었기 때문이다.

셋째, 발표자는 '1970년대의 아동문학장을 여전히 강소천 경향이 지배'했다고 했는데, 이 '강소천 경향'의 실체에 대해 의문이 든다. 이는 동심천사주의와 교훈주의의 팽배를 지칭하는 것인데, 이를 강소천의 몫으로만 돌릴 수 있을까 싶다. 비록 강소천의 작품 중에서 동시가 동심천사주의적 경향을 보이고 교훈주의(교육주의)로 전락한 동화가 많다고 하더라도 이는 강소천만의 문제는 아니다. 이러한 경향은 아동문학장의 고질적인 문제라서 누구 한 사람의 영향으로만 볼 수는 없을 것이다. 이는 당시 강소천을 비판한 사람들 역시 자유로울 수 없는 문제였고, 대표적 아동문학가인 윤석중 역시 마찬가지이다. 강소천 타계 이후에도 여전히 건재하면서 영향력을 발휘한 아동문학인들이 동심천사주의와 교훈주의를 양산해 냈는데, 이를 '강소천 경향'으로만 볼 까닭이 없지 않을까 한다.

1915년	9월 16일, 함남 고원군 수동면 미둔리에서 출생. 아버지 강석우(姜錫祐)와 어머니 허석운(許錫雲)의 2남 4녀 중 차남. 본명은 용률(龍律). 할아버지 강봉규(姜鳳奎)는 마을의 대지주로 1911년 미둔리 교회를 세웠으며, 과수원을 운영함. 소천은 어릴 때 미둔리 교회의 주일학교를 다님.
1922년	열병을 앓고 물속에 들어앉아 있는 것을 본 동무들이 쇠처네(버들치)라는 별명을 지어 줌.
1924년	고원공립보통학교에 입학함. 그의 식구도 고원읍으로 이사함.
1926년	함남 문천군 교월리에 있는 형수의 친정으로 가서 형수의 동생인 이낙을 만나고, 이낙의 소개로 전택부를 만남.
1930년	《아이생활》에 투고한 동요 「버드나무 열매」가 발표됨.
1931년	고원공립보통학교를 졸업하고 함흥의 영생고등보통학교에 입학. 동문 박창해, 전택부 등과 교유함. 《신소년》, 《아이생활》 등에 투고 동요가 여러 편 발표됨. 투고할 때 본명 강용률과 필명 강소천을 함께 쓰다가 1933년경부터는 주로 '소천'이라는 필명만 씀. 그가 사용한 필명은 '작은샘, 소천생, 고종탑, 최고봉, 강남춘, 백양' 등이 더 있음. 뒤에 월남하고 나서는 본명을 소천으로 개명함.
1933년	《어린이》에 투고한 「울엄마젖」이 입선 동요로 발표됨.
1935년	간도의 용정 외삼촌 집에서 1년간 머무름.
1936년	용정에서 돌아와 영생고능보동학교 영어 교사로 부임한 시인

백석과 인연을 맺음.

1937년   영생고등보통학교 졸업. 윤석중의 청탁으로 《소년》에 동요
「닭」을 발표함. 손소희, 박목월 등과 펜팔로 교유함. 전택부에
따르면 이 무렵 영흥 출신의 전 씨와 결혼했다고 함. 이후 미둔
리 교회에서 주일학교 교사로 일함. 아이들에게 자신이 지은
동시와 동화를 들려줌.

1940년   동화 「전등불의 이야기」가 《매일신보》 신춘문예에 입선됨.

1941년   2월, 동요 시집 『호박꽃 초롱』(박문서관) 출간. 백석이 서시를
붙여 주고 정현웅이 장정함.

1945년   8·15 광복 후 고원중학교 국어 교사로 1년간 근무함.

1946년   청진여자고등학교 국어 교사로 2년간 근무함. 《어린동무》에 주
로 동화와 소년 소설을 발표함.

1947년   북조선문학예술총동맹 아동문학 위원으로 활동함. 북조선문학
동맹 아동문학 전문분과 기관지 《아동문학》 창간호에 동화 「정
희와 그림자」를 발표함. 이후 월남하기까지 《아동문학》, 《소년
단》 등에 주로 동시를 발표함. 형 용택과 누이 용옥이 월남함.

1948년   청진제일고급중학교 국어 교사로 1년간 근무함.

1950년   6·25 전쟁 발발. 12월 흥남 철수 때 단신으로 월남하여 거제
도에 도착함. 산에서 나무를 하거나 생선을 팔면서 겨우 입에
풀칠을 하다 부산으로 건너옴.

1951년   손소희, 김동리, 박목월 등을 만남. 전시에 창설된 육군 정훈
대대 772부대 기획부장으로 대구와 대전에서 근무함. 대전으
로 찾아온 윤석중을 만나 그의 주선으로 육군본부 작전국 심
리작전과에 소속됨. 문교부 장관 비서실에서 근무하는 고교
동창 박창해를 만나 그의 주선으로 문교부 편수국에서 일함.
이때 최태호와 함께 『전시독본』과 국어 교재를 편찬함.

1952년   부산에 피난 온 넷째 누이 용옥의 집에서 기거함. 여기에서 장

조카 강경구와 1년간 함께 생활함. 박창해의 소개로 《리더스 다이제스트》를 경영하는 이춘우를 만나 월간 《어린이 다이제스트》를 창간하고 주간으로 일함. 제1동화집 『조그만 사진첩』 출간. 금강다방에서 김동리의 사회로 출판기념회를 개최함.

1953년   7·27 휴전 협정 이후 서울에 정착함. 한국문학가협회 아동문학 분과위원장으로 활동함. 제2동화집 『꽃신』, 제3동화집 『진달래와 철쭉』을 연달아 출간.

1954년   《어린이 다이제스트》를 종간하고 고교 동문 전택부가 주간을 맡은 《새벗》의 편집을 도움. 문교부 교과용 도서편찬 심의위원으로 활동함. 최수정과 결혼함. 이후 자녀 1남 2녀를 얻음. 제4동화집 『꿈을 찍는 사진관』 출간.

1955년   《새벗》의 주간으로 일함. 1960년 퇴사할 때까지 《새벗》에 장편 동화와 소년 소설을 잇달아 연재함.

1956년   누상동, 한남동에서 살다 용산구 청파동으로 옮김. 제5동화집 『종소리』 출간.

1957년   5월 5일 공포된 '대한민국 어린이헌장'을 기초하고 제정을 주도함. 형 용택을 만남. 제6동화집 『무지개』 출간.

1958년   한국보육대에 출강함. 장편 소년 소설 『해바라기 피는 마을』이 영화화됨. 제7동화집 『인형의 꿈』 출간.

1959년   이화여대에 출강함. 문교부 교수요목 제정 심의위원, 국정 교과서 편찬위원으로 활동함. 동화 선집 『꾸러기와 몽당연필』 출간.

1960년   연세대에 출강함. 도시 학교와 낙도·벽지 학교를 연결하는 어깨동무학교운동을 벌임. 조석기가 교장으로 있는 인천 창영국민학교와 이화여대부속국민학교에서 글짓기 수업을 진행함. 아동문학연구회를 조직해 회장으로 활동함. 《새벗》 주간을 마침. 계몽사의 『소년 소녀 세계 문학 전집』의 기획을 전담함. 제8동화십 『대답 없는 메아리』를 출간함.

1961년	문교부 우량아동도서 선정위원으로 활동함. 4월, 서울 성모병원에서 위암 수술을 받음. 한국문인협회 이사로 활동함. 서울중앙방송국 자문위원으로 활동함. 서울중앙방송국 라디오 프로그램 「퀴즈 올림픽」과 「재치 문답」 등에 고정 출연함. 조석기가 운영 책임을 맡은 배영사의 기획위원으로 활동하면서 그림동화집 전 5권을 출간함. 『강소천 아동 문학 독본』을 출간함.
1962년	배영사에서 강소천, 김동리, 박목월, 조지훈, 최태호를 편집위원으로 하는 부정기 간행물 《아동문학》을 창간함. 《아동문학》은 1969년 통권 19호까지 발행된 전문지로서 매호 지상 심포지엄을 개최하는 등 아동 문학의 이론을 확립하고자 힘씀.
1963년	5월 6일, 간암으로 타계함. 경기도 양주군 교문리(지금의 구리시 교문동) 가족묘지에 안장됨. 문화공보부에서 주최하는 제2회 5월 문예상 본상을 수상함. 『한국 아동 문학 전집 ― 강소천 편』, 제9동화집 『어머니의 초상화』 출간.
1964년	1주기 추도식과 더불어 동시 「닭」이 새겨진 강소천 시비 제막식이 열림. 『강소천 아동 문학 전집』(전 6권, 배영사)이 간행됨. 이후로 선·전집이 여러 차례 간행됨.
1965년	소천아동문학상이 제정되어 운영됨. 배영사에서 주관하던 이 상은 계몽사를 거쳐 현재 교학사에서 운영함.
1985년	국민훈장 대통령 금관문화훈장이 추서됨.
1987년	서울 어린이대공원에 강소천 문학비가 건립됨.

강소천 작품 연보

발표일	분류	제목	발표지
1931. 2	동시	무궁화에 벌 나비	신소년
1931. 2	동시	봄이 왔다	신소년
1931. 3	동시	길가에 벌 나비	아이생활
1931. 3	동시	이앞집, 져뒷집	아이생활
1931. 7	동시	얼굴 모르는 동무에게	아이생활
1931. 8. 22	동시	우리 집 시계	매일신보
1931. 10	동시	울어내요 불어내요	아이생활
1931. 10	동시	코스모스 꽃	아이생활
1931. 10	동시	호박꽃과 반딧불	아이생활
1932. 5	동시	이상한 노래	어린이
1932. 9	동시	난쟁이꽃 키다리꽃	아이생활
1932. 9	동시	꽁! 꽁! 숨어라	아이생활
1932. 12	동시	가을바람이	아이생활
1933. 1	동시	연기야	아이생활
1933. 2	동시	가랑잎	아이생활
1933. 2	동시	우는 아가씨	아이생활
1933. 5	동시	울엄마젖	어린이
1933. 5	동시	까치야	아이생활
1933. 9	동시	빨간 머리	아이생활

발표일	분류	제목	발표지
1934. 5	동시	달님 얼굴에	아이생활
1935. 1. 22	동시	강아지 신	조선중앙일보
1935. 1. 26	동시	엄마소	조선중앙일보
1935. 1. 26	동시	두레박	조선중앙일보
1935. 4. 14	동시	봄비	동아일보
1935. 4. 14	동시	흐린 날 아침	동아일보
1935. 5. 12	동시	보슬비	동아일보
1935. 5. 26	동시	깟딱깟딱	동아일보
1935. 6. 9	동시	참새	동아일보
1935. 9. 3	동시	호박꽃 초롱	조선중앙일보
1935. 10	동시	꽁꽁 숨어라	아이동무
1935. 11	동시	대답	아이동무
1935. 11	동시	잠자리	아이동무
1935. 11. 3	동화	세수 안 하는 아이	동아일보
1935. 11. 12	동시	포푸라	조선중앙일보
1935. 12. 1	동화	수수꺽기 세계	동아일보
1935. 12. 28	동화	누이와 조카	동아일보
1935. 12. 28	동시	호박	동아일보
1936. 1	동시	옛날 얘기	아이동무
1936. 1	동시	오동나무 방울	아이동무
1936. 2. 2	동시	오동나무 방울	동아일보
1936. 6	동시	보슬비의 속삭임	아이생활
1936. 6	동시	제비	동화
1936. 9	동시	따리아	동화
1936. 11	동시	국화와 채송화	동화

발표일	분류	제목	발표지
1936. 12	동시	거울	아동문예
1937. 3	동시	할미꽃	동화
1937. 4	동시	닭	소년
1937. 4	동시	3월 하늘	동화
1937. 6	동시	나·나·나	동화
1937. 10. 31	동화	재봉 선생	동아일보
1937. 11. 7	동시	오뚜기	동아일보
1937. 11. 14	동시	바다	동아일보
1937. 12. 3	동화	밤 아홉 톨	소년조선일보
1938	동시	바람	아기네동산
1938. 4	동시	봄비	아이생활
1938. 11	동시	도토리	소년
1938. 12	동극	비바람은 지나고	아이생활
1939. 1	동시	겨울밤	아이생활
1939. 2	동시	달밤	아이생활
1939. 2	동시	지도	아이생활
1939. 2. 5~9	동화	돌멩이	동아일보
1939. 4. 28~5. 7	동화	토끼 삼형제	동아일보
1939. 5	동화	감과 꿀	아이생활
1939. 7. 24~26	동화	삼굿	동아일보
1939. 8	동시	하늘	아이생활
1939. 8. 13~15	동화	보쌈	동아일보
1939. 8. 22~25	동화	새로 지었던 이름	동아일보
1939. 9. 13~18	동화	돌멩이·2	동아일보
1939. 10. 17	동화	빨간 고추	동아일보

발표일	분류	제목	발표지
1939. 12. 7~10	동화	속임	동아일보
1939. 11. 19	동화	마늘 먹기	소년조선일보
1940. 1. 6~10	동화	전등불의 이야기	매일신보
1940. 1. 27~11. 3	동화	딱따구리	만선일보
1940. 2	동화	감과 꿀	아이생활
1940. 11. 10	동화	네거리의 나룻배	만선일보
1940. 12	동화	딱따구리	소년
1940. 8	동시	전등과 애기별	아이생활
1940. 9~1941. 2	동화	희성이의 두 아들	아이생활
1941	동요 시집	호박꽃 초롱	박문서관
1941. 2. 26~3. 6	동화	허공다리	만선일보
1947. 7	동화	정희와 그림자	아동문학
1949. 6	동시	자라는 소년	아동문학
1949. 8	동시	가을 들에서	소년단
1950	동시	둘이 둘이 마주 앉아	아동문학집
1952	동화집	조그만 사진첩	다이제스트사
1952. 5. 2	동시	우리들의 날	동아일보
1952. 9	동화	박 송아지	어린이다이제스트
1952. 10	동시	가을밤	어린이다이제스트
1952. 11~1953. 10	동화	진달래와 철쭉	어린이다이제스트
1952. 12	동시	크리스마스 종	어린이다이제스트
1952. 12	동화	인형과 크리스마스	어린이다이제스트
1953	동화집	꽃신	문교사
1953	장편 동화	진달래와 철쭉	다이제스트사
1953. 1	동화	빨강눈 파랑눈이	어린이다이제스트

발표일	분류	제목	발표지
		내리는 동산	
1953. 1	동화	설맞이하는 밤	소년세계
1953. 2	동시	새벽종	새벗
1953. 3	동시	병아리 학교	어린이 다이제스트
1953. 3	동시	3월 하늘	어린이 다이제스트
1953. 3	동화	신파 연극	새벗
1053. 5	동화	가사 선생	여성계
1953. 5	동화	꽃신	학원
1953. 5	동화	제일 반가운 편지	새벗
1953. 6	동시	고향집	어린이 다이제스트
1953. 6	동화	그리운 얼굴	소년세계
1953. 6	수필	나의 소년시절	소년세계
1953. 6. 21	화	명수의 산수 시험	서울신문
1953. 7	동시	매미소리	어린이 다이제스트
1953. 8	동화	여름방학 일기	새벗
1953. 8	동화	허공다리	어린이 다이제스트
1953. 9	동시	가을산	어린이 다이제스트
1953. 9	동화	준이와 백조	소년세계
1953. 10	동화	감과 꿀	어린이 다이제스트
1953. 10	동화	고향으로 돌아가는 배에서	학원
1953. 11	동시	메리 크리스마스	어린이 다이제스트
1953. 12	동화	크리스마스 종이 울면	새벗
1954	동화집	꿈을 찍는 사진관	홍익사
1954. 1	동시	태양을 우러러	교육주보
1954. 1	동시	눈 내리는 밤	소년서울

발표일	분류	제목	발표지
1954. 3	동화	꿈을 찍는 사진관	소년세계
1954. 3	동화	꿈을 파는 집	학원
1954. 3. 29	동화	봄날	조선일보
1954. 5	동시	푸른 대한, 젊은 대한	소년서울
1954. 5	동화	인형의 비밀	새가정
1954. 5	동화	퉁소와 거울	소년세계
1954. 8	동화	어머니 얼굴	소년세계
1954. 8. 14	동화	8월의 꿈	교육시보
1954. 9	동화	포도나무	학원
1954. 9. 6	평론	아동과 독서	조선일보
1954. 11. 29	동화	버스가 들려준 이야기	연합신문
1954. 12. 16	평론	동심의 세계	동아일보
1954. 12. 18	동화	어머니께 드리는 선물	기독시보
1954. 12. 23	동화	크리스마스 꼬까옷	조선일보
1954. 12. 25~31	동화	크리스마스 선물	경향신문
1955. 1. 1	동화	꼬마 산타의 선물	교육시보
1955. 1. 1~4	동화	양이 다스리는 마을	동아일보
1955. 2	동화	동화 아닌 동화	학원
1955. 3	동시	이슬비	국어 2-1
1955. 3	동시	청소를 마치고	국어 5-1
1955. 3	수필	꽃밭 일기	국어 3-1
1955. 3	동화	참새 삼형제	국어 2-1
1955. 3	동화	금고기	국어 3-1
1955. 3	동화	물의 여행	국어 3-1
1955. 3	동화	이상한 안경	국어 4-1

발표일	분류	제목	발표지
1955. 4	동화	꽃병	현대문학
1955. 4	동화	연	현대문학
1955. 5	동화	찔레꽃	학원
1955. 5.1	동화	헌 고무신	동아일보
1955. 5. 21~6. 7	동화	바다여 말해다오	연합신문
1955. 6~7	동화	작곡가와 수풀 아가씨	소년세계
1955. 7~1956. 8	동화	해바라기 피는 마을	새벗
1955. 8. 8	동시	웃음	동아일보
1955. 9	동시	비누방울	국어 1-2
1955. 9	동시	코스모스	국어 3-2
1955. 9	동시	새봄	국어 3-2
1955. 9	동시	잠자리	국어 5-2
1955. 9	동시	가을 뜰에서	국어 5-2
1955. 9. 10~25	동화	잃어버린 시계	경향신문
1955. 11. 26	평론	『리터엉 할아버지』 최태호 동화집	조선일보
1955. 12	동시	희망의 별	새벗
1955. 12	동화	어떤 작곡가	현대문학
1955. 12	동화	종소리	학원
1955. 12. 21	평론	말과 글의 차이	동아일보
1956	동화집	종소리	대한기독교서회
1956	장편 동화	해바라기 피는 마을	대동당
1956. 1. 1	동시	새 일기장	동아일보
1956. 1. 1	동화	동그란 나이	교육시보
1956. 3. 26~5. 3	동화	잃어버렸던 나	한국일보

발표일	분류	제목	발표지
1956. 5	동화	식이와 몽당연필	어린이동산
1956. 8	동화	조각빗	학원
1956. 10. 24	평론	「백설공주」를 보고	조선일보
1956. 11	동화	눈 내리는 밤	어린이동산
1957	동화집	무지개	대한기독교서회
1957. 1	동화	메리와 귀순이	어린이동산
1957. 1. 1	동시	새해가 가져다주는 것	동아일보
1957. 1. 1	동화	그림 속의 나	평화신문
1957. 3. 4	동시	엄마별 아빠별	동아일보
1957. 4~1958. 3	동화	꽃들의 합창	새벗
1957. 5	동시	종소리	새벗
1957. 5. 5	동화	맨발	경향신문
1957. 6	동화	조판소에서 생긴 일	학원
1957. 7. 22	동시	바다	동아일보
1957. 9	동화	피리 불던 소녀	새가정
1957. 7. 24~11. 17	동화	아기 다람쥐	평화신문
1957. 12	동시	성탄종	새벗
1957. 12	동극	붙잡힌 산타	새벗
1958	동화집	인형의 꿈	새글집
1958. 1. 1	동시	꿈의 나라	동아일보
1958. 2	동시	일학년	새벗
1958. 2. 2	동화	나무야 누워서 자거라	경향신문
1958. 3. 19	평론	아동을 속일 수는 없다	동아일보
1958. 3. 20~5. 21	동화	인형의 꿈	경향신문
1958. 4	동시	종이접기	새벗

발표일	분류	제목	발표지
1958. 7. 17~31	동화	어머니의 초상화	소년한국일보
1958. 10	동시	그리운 언덕	새벗
1958. 11	동시	코스모스 피는 마을	새벗
1958. 11	동화	푸른 차표	소년생활
1959. 1.11	동시	올해에는	동아일보
1959. 1.13	평론	아동과 독서	동아일보
1959. 1. 13~4. 19	동화	대답 없는 메아리	연합신문
1959. 3.20	평론	유익한 어린이 프로를	동아일보
1959. 4	동시	달팽이	새벗
1959. 6. 21~7. 26	동화	날아가는 곰	서울신문
1959. 8	동화	일기장	새교실
1959. 9. 20~12. 27	동화	분홍 카네이션	동아일보
1959. 10	동화	나 혼자 부른 합창	새벗
1959. 11. 24	동화	아빠 손가락 엄마 손가락	서울신문
1960	장편 동화	대답 없는 메아리	대한기독교서회
1960. 1	동화	내가 본 소년	현대문학
1960. 1. 3	수필	재미있고 유익한 동화를 많이 쓰겠다	조선일보
1960. 2	동화	빨간 크레용 까만 크레용	가톨릭소년
1960. 3	동화	병아리와 고무줄	새벗
1960. 3	동화	아기 토끼와 양말	새벗
1960. 4. 3	수필	'돌멩이' 이후	동아일보
1960. 5	동시	필통집	새벗
1960. 5	동시	연필	새벗
1960. 5	동시	지우개	새벗

발표일	분류	제목	발표지
1960. 5	동시	칼	새벗
1960. 5	동시	세 모자	새벗
1960. 5	동화	현이와 전나무	가톨릭소년
1960. 5. 5	수필	튼튼한 바탕을 잡아주자	동아일보
1960. 6	동화	아기띠의 짐승들	새벗
1960. 7. 17~31	동화	어머니의 초상화	소년한국일보
1960. 10	동화	고추잠자리	새벗
1960. 10. 23	수필	어떻게 책을 선택할까	동아일보
1960. 12	동화	잠자는 시계	가톨릭소년
1960. 12. 8~ 1961. 6. 1	동화	봄이 너를 부른다	서울일일신문
1961	저서	강소천 아동 문학 독본	
1961. 1. 7	동화	미야와 황소	교육시보
1961. 1. 8	동화	암소와 돼지	경향신문
1961. 7	동화	나는 겁쟁이다	새벗
1961. 12	동화	크리스마스와 인형	새벗
1962. 1	동화	소나무의 나이	새벗
1962. 1. 3	동화	토끼들에게	대한일보
1962. 1. 7	수필	사람이 되는 공부하자	동아일보
1962. 12	동시	오오 기쁜 날	새벗
1963	장편 동화	그리운 메아리	학원사
1963	동화집	어머니의 초상화	배영사
1963. 1. 1	동화	네 잎 크로바	국제신문
1963. 1. 11~17	동화	토끼나라	소년한국일보
1963. 2	동화	토끼한테 들은 이야기	새벗

발표일	분류	제목	발표지
1963. 3	동시	3월의 하늘	국어 3-1
1963. 3	동화	꽃씨	국어 3-1
1963. 5. 7	수필	고국의 하늘과 '닭'	동아일보
1963~1964	전집	강소천 아동 문학 전집 (전 6권)	배영사
1975	전집	소년소녀 강소천 문학 전집 (전 7권)	신교문화사
1978	전집	강소천 아동 문학 전집 (전 12권)	문천사
1981	전집	강소천 아동 문학 전집 (전 15권)	문음사
2006	전집	강소천 아동 문학 전집 (전 10권)	교학사

1939. 10. 17	송창일, 「동화 문학과 작가」, 《동아일보》
1952	최태호, 「발—『조그만 사진첩』 후기」, 『조그만 사진첩』, 다이제스트사
1952. 9. 26	주요섭, 「신간평 — 강소천 동화집 『조그만 사진첩』」, 《동아일보》
1959. 12. 11~12	이원수, 「현실 도피와 문학 정신의 빈곤」, 《동아일보》
1960	전영택, 『대답 없는 메아리』에 부치는 말씀」, 『대답 없는 메아리』, 대한기독교서회
1963	김동리, 「강소천 형을 애도함」, 《아동문학》 10
1963	김동리, 「해설 —『꿈을 파는 집』에 붙임」, 『꿈을 파는 집』
1963	서석규, 「해설 — 아름다운 꿈의 세계」, 『꿈을 파는 집』
1963	윤석중, 「소천이 걸어온 길」, 《아동문학》 5
1963. 6	박경종, 「대보다 곧은 소천 형」, 《현대문학》
1963. 6	박목월, 「소천의 동시 —『호박꽃 초롱』을 중심으로」, 《현대문학》
1963. 6	손소희, 「강소천 씨와 나」, 《현대문학》
1963. 6	이종환, 「동심, 그대로의 작가 — 강소천의 인간과 문학」, 《현대문학》
1963. 6	임인수, 「소천의 동화」, 《현대문학》
1963. 6	최태호, 「천부의 아동문학가」, 《현대문학》
1963. 12. 30	이원수, 「의욕과 부정적 사태 — 1963년의 아동 문학」, 《국

제신보》

1964	김요섭, 「바람의 시, 구름의 동화」,《아동문학》 10
1964	박창해, 「소천 강 선생의 생애와 아동 문학」,『봄동산 꽃동산』
1964	박홍근, 「강소천 선생의 동시의 세계」,『조그만 하늘』
1964	유경환, 「순수무구에의 꿈」,《아동문학》 10
1964	이원수, 「소천의 아동 문학」,《아동문학》 10
1968	한성자, 「한국 아동문학론 ― 강소천의 작품을 중심으로」,《성심어문논집》 2
1969. 2	하계덕, 「모랄의 긍정적 의미」,《현대문학》
1973	하계덕, 「동시에 대한 편상 ― 강소천의 「달밤」 외 3편」,《한국아동문학》 2
1973. 12	박화목, 「강소천론」,《아동문학》 창간호
1975	김동리, 「강소천, 그 인간과 문학」,『꽃신을 짓는 사람』, 신교문화사
1975	전택부, 「소천의 고향과 나」,『강소천 아동 문학 전집 1권』, 문천사
1977	이오덕, 『시정신과 유희 정신』, 창작과비평사
1978	이재철, 『한국 현대 아동 문학사』, 일지사
1980	남미영, 「강소천 연구」, 숙명여대 석사 학위 논문
1980. 9	남미영, 「소천과 꿈의 문학」,《아동문학평론》 가을
1981	윤석중, 「소천의 세계」,『보슬비의 속삭임』, 문음사
1981	정원석, 「한 못난 제자의 회상」,『해바라기 피는 마을』, 문음사
1981	최태호, 「소천의 문학 세계」,『진달래와 철쭉』, 문음사
1983	이재철, 『한국 아동 문학 작가론』, 개문사
1984	이원수, 『아동 문학 입문』, 웅진출판
1987	김영사, 『강소천 선기』, 정화

1991   김용희, 「소천 동화에 나타난 꿈의 상징성」, 이재철 편 『한국 아동 문학 작가 작품론』, 서문당

1996   공선희, 「강소천 동화 연구」, 한국교원대 석사 학위 논문

1998   박상재, 「한국 창작 동화에 나타난 환상성 연구」, 단국대 박사 학위 논문

1999   김용희, 『동심의 숲에서 길찾기』, 청동거울

2003   신현득, 「동심으로 외친 항일의 함성」, 『강소천 선생 40주기 기념 추모의 글모음』, 교학사

2003   어효선, 「『호박꽃 초롱』은 내 교과서」, 『강소천 선생 40주기 기념 추모의 글 모음』, 교학사

2005   박상재, 「강소천론—꿈을 매개로 한 그리움의 미학」, 《한국아동문학연구》 11

2005   박영기, 「「꿈을 찍는 사진관」 소론」, 《한국어문학연구》 22

2005   함윤미, 「강소천 동화의 환상성 연구」, 단국대 석사 학위 논문

2006   서석규, 「어린이헌장과 어깨동무학교」, 『잃어버렸던 나』, 교학사

2006   선안나, 「문단 형성기 아동문학장의 고찰—반공주의를 중심으로」, 《동화와번역》 12

2006   이선민, 「강소천 동화 연구」, 부산교대 석사 학위 논문

2006   이종호, 「강소천 동화의 서사학적 연구—단편 동화를 중심으로」, 《동화와번역》 12

2006   홍의정, 「강소천 동화 연구」, 한양대 석사 학위 논문

2007   조태봉, 「강소천 동화에 나타난 전쟁 체험과 꿈의 상관성 연구」, 《한국문예창작》 6

2008   김수영, 「강소천 동화의 특성 연구」, 건국대 석사 학위 논문

2008   노경수, 「소천 시 연구—『호박꽃 초롱』을 중심으로」, 《한

국아동문학연구》 15

2008 이종호, 「강소천 장편 동화의 서사학적 연구」, 《동화와번역》 15

2009 김효진, 「강소천 동화 연구」, 성신여대 석사 학위 논문

2009 선안나, 『아동 문학과 반공이데올로기』, 청동거울

2011 김용성, 『한국문학사 탐방』, 국학자료원

2012 신정아, 「소천 시 연구 — 자연의 품에서 깨어난 꿈」, 《한국아동문학연구》 23

2012 원종찬, 『북한의 아동 문학 — 주체사상에 이르는 도정』, 청동거울

2012 장수경, 「강소천 동화에 나타난 월남 의식과 서사의 징환」, 《현대문학의 연구》 48

2012 장영미, 「전후 아동 소설 연구 — 『그리운 메아리』와 "메아리 소년』을 중심으로」, 《한국아동문학연구》 22

2012 천희순, 「강소천의 장편 동화 연구」, 고려대 석사 학위 논문

2012 황수대, 「1930년대 강소천 동시 세계와 문학사적 의의」, 《아동청소년문학연구》 11

2013 박금숙·홍창수, 「강소천 동요 및 동시의 개작 양상 연구」, 《한국아동문학연구》 25

2013 원종찬, 「강소천 소고 — 해방기 북한 체제에서 발표된 동화와 동시」, 《아동청소년문학연구》 13

2014 김경흠, 「강소천의 단편 창작 동화에 구현된 서정적 구조 양상」, 《한국아동문학연구》 27

2014 박금숙, 「강소천 동화의 서지 및 개작 연구」, 고려대 박사 학위 논문

2014 박덕규, 「강소천의 "호박꽃 초롱』 발간 배경 연구」, 《한국문예창작》 32

2014	신정아, 「강소천 동화의 아동상과 교육관」, 《한국아동문학연구》 27
2014	이충일, 「1950~1960년대 아동문학장의 형성 과정 연구」, 단국대 박사 학위 논문
2014	장수경, 「강소천 전후 동화에 나타난 현실 인식과 기독교 의식」, 《비평문학》 51
2014	조윤정, 「강소천 장편 동화의 인물 유형 연구」, 경희대 석사 학위 논문
2014. 9	서석규, 「새로운 꿈을 향한 출발 — 아동문학연구회와 강소천」, 《문학마당》 가을호
2015	강정구·김종회, 「1930년대 강소천 동요·동시에 나타난 동심성」, 《현대문학의 연구》 55
2015	김종헌, 「해방 전후 북한 체제에서의 강소천 아동 문학 연구」, 《우리말 글》 64
2015	김종회·김용희 편, 『강소천』, 새미
2015	박덕규, 『강소천 평전』, 교학사

작성자 원종찬 인하대 교수

현실로 나긴 구도자 동자승

함세덕 희곡의 우수성에 대하여

이철우(동의대 교수)

1 들어가며

함세덕(1915. 5~ 1950. 6)은 35세에 요절한 희곡 작가이다. 그는 희곡 작가였을 뿐만 아니라 연극 연출가이자 연극을 사랑한 예술인이며, 시대적인 격동기를 온몸으로 보여 준 작가로 평가할 수 있다. 그처럼 많은 작품을 짧은 시기에 발표한 작가가 그 당시에는 거의 전무하기 때문이다.[1] 이는 그의 연극에 대한 열정을 짐작하게 하며, 연극이 그와 떨어져 이해될 수 없음을 반증한다고 할 수 있다.

한편에서는 여전히 그를 친일 작가에 월북 작가, 또는 좌익 작가라는 칭호를 붙인다. 그가 1941년 유치진이 주도한 극단 현대극장에 가담하면서 발표한 「추장 이사베라」, 「황해」, 「어밀레종」 등은 일본의 전쟁을 정당화하고 이를 뒷받침하려는 의도가 뚜렷하게 드러난다. 광복 후에 그는 낙랑극회를 조직하고 민족주의적인 성향이 강한 작품을 발표하며 활동했다. 1946년 가

---

1) 함세덕 희곡 작품은 총 26편이며, 이중 희곡으로 공연되고 발표된 것이 18편, 공연 기록은 있으나 희곡이 현전하지 않는 것이 8편이다.

을 이후부터 남로당 산하의 조선연극동맹에 가담하여 이듬해 여기에서 주최한 3·1절 기념연극제에서 「태백산맥」으로 혁명적이고 사회주의적인 연극 세계를 뚜렷하게 드러냈다. 더구나 좌익 예술인에 대한 탄압이 대대적으로 전개되기 시작하자 월북했다는 점은 자신의 사상에 대한 구체적인 생각을 행동으로 보여 주었다는 점에서 더욱 그러하다. 그의 월북 시기는 1947년 가을부터 이듬해 봄 사이로 추정된다.[2] 이 시기에 함세덕은 「산적」, 「기미년 3월 1일」, 「하곡」, 「태백산맥」 등을 공연했고, 「고목」을 발표했다. 월북 후에 「소위 대통령」, 「산사람들」을 발표한다. 그리고 1950년 6월 한국 전쟁으로 남하했다가 신촌 근처에서 수류탄 폭사로 인한 과다 출혈로 서대문의 적십자병원에서 사망한 것으로 알려져 있다.

개략적인 삶을 조망해도 일정 부분 그는 친일 작가, 좌익 작가, 월북 작가라는 평가에서 자유롭지 못하다. 이는 한편으로 동시대에 살아간 어느 작가도 마찬가지이다. 이런 점에서 함세덕과 같은 시대를 살아갔던 대부분의 작가들에게 비슷하게 가해진 역사의 불행이자 굴레라고 할 수 있다. 몸도 마음도 자유롭지 못했던 시대, 그 격동의 파장 속에서 단지 인간이 선택하는 이데올로기만으로 작가를 평가하는 것은 함세덕에 대한 평가를 올바르게 수행하는 데 크게 도움이 되지 못한다는 것을 우리는 지금까지의 경험을 통해 알아 왔다.

이제 희곡 문학 안에서 그에 대한 평가가 제대로 이루어져야 한다. 뚜렷한 예로 교과서에 실려 있는 희곡 작품 중에서 함세덕의 「동승」은 가장 우수하고 뛰어난 희곡으로 평가받는다. 작품의 짜임새와 갈등의 양상 그리고 인물들이 가진 성격의 진실성, 대사의 아름다움, 비유적 표현과 등장하는 연극적인 소품의 활용, 무대의 적극적 활용과 무대 공간의 우수성 및 극적 전개 방식 등등으로 희곡 문학이 지닌 다양한 가치와 희곡의 연극적 상

---

2) 서연호, 「함세덕 리얼리즘의 변모 양상」, 『한국 근대 극작가론』(고려대 출판부, 1998), 224쪽 참조.

황을 단막극으로 이처럼 정연하게 보여 주는 작품은 극히 드물다. 비록 작가가 앞서 언급된 비난의 소지에도 불구하고 새롭게 정립되어야 하는 이유가 여기에 놓인다. 또한 이것이 함세덕 희곡의 우수성에 대해 언급하고자 하는 이유가 된다. 작가 자신이 가진 희곡적인 상상력을 마음껏 구사하면서 발표한 희곡 문학의 본령 속에서 작가의 모습을 찾아내고 이에 대한 정당한 평가를 도모하려는 것이 탄생 100년을 기리는 모습이리라. 본 논문은 바로 이런 점에 주목하여 함세덕 희곡이 지닌 가치를 평가하려고 한다.

함세덕은 1915년 인천에서 출생했다. 조부 슬하에서 출생한 몇 달 후에 부친이 목포부청으로 전근되자 그쪽으로 이사한 것으로 보인다. 함세덕의 호적에는 그가 장남으로 되어 있으나 그에게는 이복 형인 함금성이 있었고, 이복 형은 부친이 나주에서 근무할 때 서모와의 사이에서 태어났으며, 그 이복 형은 후에 의사가 되었다.[3] 그는 목포공립보통학교에 다니다가 부친이 공직 생활을 청산하고 인천으로 귀향하자 같이 올라와서 인천공립보통학교 2학년에 전학하게 된다. 이후 그가 살던 곳은 인천부 용리 177번지이고, 이 주소가 본적지가 되어 있다.[4] 그는 인천상업학교를 1934년에 졸업하고 서울로 상경하여 일한서방에서 서점의 점원이 된다. 어린 시절과 청소년기를 보낸 목포와 인천 지역은 그의 감수성을 형성시킨 곳으로 이해될 수 있다. 두 곳의 풍경을 통해 그의 항구와 섬 그리고 바다에 대한 이미지는 확연하게 굳은 것으로 파악된다. 작가의 생애에서 학창 시절에 대해 특기할 것은 그가 1932년 상업학교 4학년 때 졸업생 환송을 위해 동료들과 더불어 「아리랑 고개」를 공연하면서 연극에 대한 애착을 드러낸 점이라고 할 수 있다. 이 같은 경험이 훗날 연극으로 발전하게 된 계기가 된다.

서울 충무로에 위치한 일한서방에서 점원으로 생활하던 함세덕은 틈나는 대로 수많은 책을 읽으면서 지내다 서점에 자주 들르던 작가 김소운을

---

3) 위의 책,
4) 오애리, 「새 자료로 본 함세덕」, 《한국극예술연구》 1, 1991.

알게 되었으며 아동 잡지《목마》의 간행을 도왔고, 동아일보에 시를 게재하기도 했다. 같은 학교 친구들이 대부분 금융업에 취업하여 안정적인 생활을 영위한 것에 비교하면 함세덕이 선택한 책방은 열악하고 상업학교에서 배운 전문적인 내용과도 거리가 멀었다. 하지만 이런 곳을 택했다는 사실에서 함세덕이 갖고 있던 문학에 대한 열정과 이후 연결되는 극작에의 길을 예고해 준다고 하겠다. 함세덕은 「산허구리」(《조선문학》 1936. 9)를 발표하면서 극작가로의 첫발을 내딛는다. 이후 1939년 3월 「도념」으로 연극경연대회에 참가하면서 활동을 본격화한다. 같은 해 6월 「유명」을 도쿄 축지소극장에서 공연할 예정이었으나 경시청에 의해 중지당하고 다음 해인 1940년 희곡 「해연」이 《조선일보》 신춘문예에 당선되어 문단에 정식으로 등장한다. 이후 「낙화암」, 「닭과 아이들」, 「5월의 아침」, 「동어의 끝」, 「서글픈 재능」, 「심원의 삽화」, 「무의도 기행」, 「감자와 쪽제비와 여교원」 등을 잇달아 발표한다. 하지만 이런 일련의 작품들이 꽃을 피우기도 전에 일제는 더욱 강력한 수탈과 정책을 통해 작가의 창작 의지를 억압하고 이에 대한 이후의 행적은 먼저 기술한 바와 같다.

2 연구사 검토

함세덕에 대한 연구[5]의 진행은 크게 희곡사적인 연구와 개별 작품에 대한 연구로 구분할 수 있다. 희곡사적인 의의는 이두현, 유민영, 서연호, 노제운, 김만수, 김재석 등의 연구를 언급할 수 있다.[6] 이들은 함세덕의 작품

---

5) 함세덕의 출생, 학업, 생애에 대한 연구는 다음의 자료에 충실하게 기술되어 있다.
    서연호, 「함세덕의 생애와 작품 세계」, 『함세덕』(태학사, 1995), 35~58쪽; 오애리, 「새 자료로 본 함세덕」, 『함세덕』(태학사, 1995), 269~284쪽; 노제운, 『함세덕 문학 전집』 1, 2 (지식산업사, 1996).
6) 이두현, 『한국 신극사 연구』(서울대 출판부, 1966); 유민영, 「저항과 순응의 궤적─유치진과 함세덕의 경우」, 《연극영화연구》, 중앙대 연극영화학과, 1979; 서연호, 『한국 연극사』(근대편)(연극과인간, 2003); 김재석, 『함세덕, 그가 걸었던 길』(역락, 2012); 김만수, 『함세덕』

을 통해 작가와 작품에 대해 구체적이고 분명한 자리매김을 시도한다. 다만 연구자들의 시각에 따라 작품이 지닌 성과와는 달리 다소 인상주의적인 면에 기대어 평가한 면이 적지 않았다.

개별 작품에 대한 연구는 초기 작품을 중심으로 활발하게 진행되고 있다.[7] 특히 「동승」, 「무의도 기행」, 「고목」 등은 다수의 논문에서 언급되고 있다. 이는 이들 작품이 지닌 함의가 다양하게 해석되고 주제적인 면이나 접근 방식에 따라 다양한 결론을 유추할 수 있다는 사실에서 그렇다. 중요한 것은 연구자들이 대부분 함세덕의 작품에 대한 연구 과정을 통해 그가 남긴 작품의 우수성과 희곡적인 방법의 우수성에 동의하면서도 좌익 계열의 작품이나 친일극일 경우 이 같은 작품의 성과가 드러나지 못한다는 점을 확인한다는 것이다. 이는 작가가 지닌 자의식이 작품에 투영되는 면이 얼마나 중요한가를 새삼 확인하게 해 준다. 작가가 자신의 의지를 어떤 제약도 없이 자유롭게 드러내는 것이 작품의 성과 역시 두드러지게 나타난다는 사실이다. 이런 면으로도 함세덕은 우리 시대의 문제적인 작가라고 할 수 있으며, 한국의 근대사를 온몸으로 보여 주는 작가라고 할 수 있다.

개별 작품에 대한 또 다른 연구는 주로 교육적인 접근에서 시도된다.[8]

(건국대 출판부, 2003); 졸고, 「함세덕 희곡의 연극성 연구」, 고려대 박사 논문, 2002.

7) 장혜전, 「함세덕 희곡 연구」, 《이화어문집》 6, 1983; 장혜전, 「함세덕의 희곡에 나타난 외국 작품의 영향 문제」, 《수원대 논문집》 7, 1989; 김방옥, 「한국 사실주의 희곡 연구」, 이화여대 박사 논문, 1988; 박명자, 「함세덕 희곡 연구 — 결말 구조를 통하여」, 연세대 석사 논문, 1990; 이재명, 「함세덕의 기미년 3월 1일 — 발굴 과정과 함세덕의 작품 세계」, 《한국연극》, 1990. 6; 김재석, 「고목」에 나타난 일제 잔재 청산과 기득권 유지 기대의 충돌」, 《어문논총》, 경북어문연구회, 1990; 박명숙, 「함세덕의 비극 텍스트 연구」, 부산대 석사 논문, 1992; 박영정, 「함세덕의 「어밀레종」에 관한 일고찰」, 《한국극예술연구》 2집, 1992; 유진월, 「함세덕의 「무의도 기행」 연구」, 《고황논집》 11호, 1992; 양승국, 「함세덕 희곡에 나타난 '바다'의 의미」, 《울산어문논집》 8집, 1993; 김만수, 「「동승」의 행위소 모델 분석」, 《한국극예술연구》 3집, 1993; 양승국, 「「동승」의 공연 텍스트적 분석」, 《울산어문논집》 9집, 1994; 박영정, 함세덕의 「마을은 쾌청」에 관한 일고찰, 《건대어문학》 19·20 합집, 1995; 이상우, 함세덕의 「황해」 연구, 《한국연극학》 12, 1999. 5.

8) 졸고, 「텍스트의 정확한 읽기를 통한 희곡 교육 방법 고찰」, 《어문학교육》 24호, 2002;

교과서에 실린 함세덕의 작품을 중심으로 교육적인 혹은 연극적인 성과를 집중적으로 거론하면서 주인공 소년의 심리에 대한 동기와 자의식의 성장 과정을 탐구하는 것에 집중되어 있다. 이런 과정을 거쳐 작가의 자의식에 대한 성장과 희곡적인 발전 과정을 유추하고 무대적인 발상에 있어서의 문제점을 거론한다. 결국 이런 맥락들은 함세덕이 추후 친일 연극과 좌익 연극에 몰두하게 되는 계기가 현실에 부딪친 성장의 고통을 해소할 길이 없는 시대적인 상황과 열린 공간을 지향하면서도 무대라는 한정된 공간 속으로 인물을 투사할 수밖에 없는 제약으로 인해 발생된다는 사실을 다양한 층위를 통해 확인하는 것으로 앞서 제시한 시대적인 제약에 함몰된 작가의 위상을 드러내는 데 방점이 있다고 하겠다.

현재 함세덕에 대한 연구는 그간 발굴되지 못했던 작품에 대한 연구 과정이 활발하다. 일어로 쓰인 것은 확인했지만 작품의 전체를 찾지 못했던 작품들과 번안한 작품이지만 역시 마찬가지로 대본이 없었던 작품들이 속속 발굴되면서 후기 작품에 대한 연구가 진전되고 있다. 번안극 「산적」이나 「황해」, 「발리섬 기행(バ―リ島紀行)」 등에 대한 자료의 발굴과 연구는 1940년대 이후 함세덕의 작품에 대한 연구 진행을 보여 준다.[9] 하지만 이런 지속적인 연구 성과에도 불구하고 대개의 경우 함세덕의 초기 작품이 지닌 가치에 집중되고 있는 함세덕의 위상은 작품의 구성이나 희곡적 완성도에서 후기작이 미치지 못하고 있음을 보여 준다고 하겠다.

한귀은, 「연극과 영화의 통합 교육」, 《배달말교육》 2012; 강진우, 「희곡 교육에서의 미적 환영과 창의적 읽기」, 《국어교육연구》 53집, 2013. 8.

9) 김남석, 「함세덕의 번안 희곡 「산적」 연구」, 《극예술연구》, 2012. 12; 윤진현, 「「발리섬 기행(バ―リ島紀行)」 발굴」, 《극예술연구》, 2012. 3; 김재석, 「1940년대 후반기 함세덕 희곡 연구」, 《어문학》 92집, 한국어문학회, 2006; 이상우, 「함세덕의 「황해」 연구」, 《한국연극학》 12집, 1999. 5.

3 무대 지향의 희곡

희곡은 흔히 무대 상연을 전제로 한 문학이다. 이는 무대를 통해 희곡이 드러난다는 사실을 상기시킴과 동시에 무대를 떠난 희곡은 그 위상이 뚜렷하게 밝혀지지 않는다는 점을 말한다. 그렇기에 희곡 속에는 다양한 무대적인 기호들이 나열되어 구체적으로 표현된다. 희곡이 문자화되어 있다고 해도 희곡이 지닌 가치는 실제의 공연 속에서 무대를 통해 위상이 부각된다고 하겠다.

희곡 한 편에는 음향, 음악, 움직임, 표정, 역동성 등 무대를 통해 드러나야 하는 것들이 내재되어 있고, 이를 표현하는 언어적인 특징과 행위들을 통해 무대적인 희곡의 모습이 온전하게 밝혀진다. 그리고 이런 방법을 통해 희곡은 온전하게 해석되고 문학적인 특징과 더불어 희곡적인 특성을 보여 주게 된다.

함세덕에 주목하는 이유는 그가 보여 주는 희곡의 내면에 감춰진 이런 것들이 당대의 누구보다도 뛰어났다는 점이다. 그는 무대에 주목했고, 그가 보여 주는 주제적인 깊이는 무대 위에서 구현되었으며, 단지 외침이나 죽음으로 자신이 표현하고자 하는 의도를 드러내는 방법이 아니었다. 당시의 연극계는 극예술연구회를 중심으로 하는 서구적인 연극 이론과 내용을 수용하면서 주제적인 접근을 하던 근대극 운동과 동양극장을 중심으로 대중적인 연극, 그리고 학생극이 각각 커다란 흐름으로 전개되던 시기였다. 이런 까닭에 함세덕이 지닌 무대 지향적인 연극은 각별하다. 함세덕의 성향이 가장 잘 드러난 초기작을 중심으로도 이 같은 관련성이 뚜렷하게 확인된다.

1) 공간의 확장을 통한 연극적인 세계의 유도

함세덕의 작품에서 보이는 두드러진 특징은 무대의 공간을 확장하는 기술이다. 이를 통해 독자나 관객들은 단지 눈앞에서 벌어지는 일뿐만 아니라 확장된 공간에서 유추되는 여러 사항들이 무대적인 공간과 실제적으로 소응하고 있음을 확인한다.

토담을 돌아 행길 우편에 언덕기슭이 행길까지 내려와 있고 좁은 산길이 있다. 멀-리 캄캄한 어둠 속에서 늠실늠실 물결치는 거츨은 바다가 보인다. (「산허구리」, 31쪽)[10]

「산허구리」의 표지에 나타난 무대 정경은 가난한 어민의 곤궁한 삶의 모습을 그대로 재현하여 보여 준다. 하지만 이런 가난과 더불어 주목을 끄는 것은 무대의 공간 너머에 강조된 '거친 바다'의 모습이다. 이 바다는 시종 무대의 공간을 압도하면서 인물들의 행동에 커다란 위협과 장애의 요소로 작용한다. 어둠 속에서도 위압하고 있는 바다의 공간 배치는 독자와 관객으로 하여금 무대를 확장하여 바라볼 수 있도록 유도한다. 또한 바다의 낭만성을 걷어내어 제시된 곤궁한 무대 장치와 시각적으로 결합되어 확실한 이미지를 선사하는 데에도 기여한다. 더구나 이 같은 비가시적인 공간을 적극적으로 활용하면서 대사 속에서도 선명한 이미지를 구축하여 희곡이 단순하게 읽는 것이 아니라 극적 상황으로 혹은 장면으로 변환할 수 있는 가능성을 열어 놓은 점은 주목할 만하다.

처: 내가 맑은 물 떠 놓고 수신께 빌었거든. 이것은 우리 복조 아니야. 내 정성을 봐서라도 이렇게 전신을 파먹게 안 했을 거야. 지금쯤은 너구리섬 동녘에 있는 시퍼런 물속에. 참 거기는 미역 냄새가 향기롭지. 그리고 백옥 같은 모래가 깔렸지. 거기서 팔다리 쭉-뻗고 눈감았을 거야. 나는 지금 눈에 완연히 보이는걸.(하략)(57쪽)

비록 설명적으로 나열된 이미지이지만 적어도 대비적인 공간의 바람으로 인해 바다는 이중적인 느낌을 선사하게 된다. 그리고 이런 이미지들의

10) 작품에 대한 인용은 모두 노제운(『함세덕 문학 전집』 1, 2(지식산업사, 1996))이 엮은 책에서 인용 쪽수만 표시하기로 한다.

중첩과 대비는 바다가 삶의 공간이자 죽음의 장소라는 사실을 환기시키는 데 크게 기여한다. 또한 구체적인 장소의 나열과 시각적인 이미지의 열거로 인해 공간적인 가시성은 뚜렷하게 강조된다. 잠재적인 공간[11]의 확장은 무대에서의 다양한 가능성을 모색하게 만드는 극작술의 한 방법인 것이다.

물론 이런 공간의 확장으로 연극적인 공간과 비가시적인 공간의 확보를 통해 연극적인 재미를 추구하다 보니 논리적인 모순도 보이는 것이 사실이다.「동승」에서 작가는 공간의 배경으로 '동리에서 멀리 떨어진 심산 고찰(60쪽)'을 언급한다. 하지만 이런 심산 고찰에 동네 아이들은 자유롭게 놀러 오는 공간으로 설정되어 절 앞에서 노래를 부르며 지나가는 것으로 꾸며진다. 이 점은 공간의 확장에 대한 의도된 욕심이라는 사실을 확인시켜 준다.

구경 오는 부인네들 한 패가 숨을 가쁘게 쉬며 올라온다.
과부: 극락이 이렇게 높다면, 난 지옥엘 갈망정 안 갈테유.(63쪽)

이 정도의 심산 고찰이라는 원래의 공간적 설정을 통해 아이들의 노랫소리에 대한 도념과 인수의 갈등에 대한 희곡의 배려는 공간의 창출이라는 점에서 확연하다. 폐쇄적인 깊은 산중의 설정으로 인해 동승이 속세를 그리워하고 결국 어머니를 찾아 떠나는 동승의 행위에 정당성이 부여되는 것은 닫히면서도 열린 공간이라는 특수성에 기인한다.

마찬가지의 공간의 확장은 담장 너머 기법[12]으로 발전된다. 이것은 무대에서 활용되는 비가시적인 공간의 확장을 구체적으로 뚜렷하게 만들어 주는 방법으로 나아간 것을 의미한다.

도념의 소리: 토끼똥 많은 데다 쳐 놓으면, 영낙 없어요.

---

11) 신현숙,『희곡의 구조』(문학과지성사, 1990), 131쪽.
12) 김재석,『함세덕, 그가 걸었던 길』(역락, 2012), 32쪽.

초부: (황급히 도념의 소리를 막을랴고 고함을 질른다.) 인수야, 인수야, 저눔이 겁두 없이 또 저 나무 꼭대기에 올라갔군!(하략)

도념의 소리: 인수 아버지, 스님 아즉 안 나오셨지요?(80쪽)

희녀, 뾰루퉁해서 좌변 가도로 나간다. 도령(島嶺)에서는 고사를 지내는 깽매기 소리, 징소리, 간간 대쪽을 짜개는 듯한 무당의 광란된 푸닥거리 소리.(352쪽)

이때 대회장 쪽에서 천지가 진동할 듯한 만세 소래와, 박수 소래, 오각하가 등단하셨나 보다. 거복, 나무를 타고 올라간다. 미끄러진다. 다시 올라간다. 미끄러진다. 뒤꼍으로 가드니 사닥다리를 미고 나와 나무에 걸고 쏜살같이 올라간다. 멀-리 대회장을 응시하며, 손에 땀을 쥔 채 침을 꿀꺽꿀꺽 삼킨다. 군중의 박수 소래와 "옳소" 소리가 들려오면, 자기도 신바람이 나는 듯이 호응하야 박수를 치고, "옳소"를 절규한다.(2권, 258쪽)

비가시적 공간을 적극적으로 무대 공간으로 활용하면서 극적 긴장과 사건의 전말을 구체적으로 드러내는 장치로 활용했던 것에서 점차 공간의 확장을 통해 다양한 정보와 무대 밖의 상황을 무대 안으로 상상할 수 있도록 노력하는 것을 확인할 수 있다. 이는 무대에 대한 적극적인 인식과 상황에 대한 작가 자신의 개입을 의미하며 희곡이 지닌 연극적인 특성을 최대한 이끌어내고 사실감을 부여하려는 노력의 소산으로 읽힌다. 특히 무대 밖의 일에 대한 무대에서 벌어지는 행동을 통해 인물의 성격을 뚜렷하게 만들고, 시간의 차이를 두고 벌어지는 일의 전달을 통해 단지 '보고자의 보고' 방식을 탈피하여 극적 긴장과 재미를 모두 추구한다는 점에서 보다 무대화된 기법으로 발전되었음을 알 수 있다. 이는 희곡에 대한 이해가 더욱 뚜렷하게 발전되어 감을 나타내는 것이기도 하다.

2) 여성에게 부여되는 현실적인 고통: 리얼리티의 획득

함세덕의 희곡에는 유난히 여성들에게 현실적인 고통이 가중되어 부여된다. 여성들은 모두 피동적인 삶 속에서 남자들의 보호 속에 살아온 것이 현실이다. 현대가 되면서 여성의 권리와 입장이 새롭게 정립되어 가치관이나 가정 내의 위상이 달라져 있지만 일제 강점기 말만 하더라도 여성의 권리는 크게 신장되지 못했다. 함세덕은 이런 관련성에서 여성에게 가해지는 현실적인 고통과 아픔을 어머니로서 갖는 모성애와 자식에 대한 책임을 모두 부여함으로써 극적 고난의 모습으로 형상화하면서 당시의 곤궁한 삶의 모습에 더욱 리얼리티를 부여하는 방법으로 희곡적인 접근을 시도한다.

「산허구리」에서 드러나는 처나 복실의 모습은 가난에 찌든 행색과 아들을 그리워하는 어머니 그리고 오빠의 생환을 비는 철든 동생의 모습으로 등장한다.

처: 엉겅퀴는 모만 걷는 것이 졸걸. 그리고 뒤란에 가서 뭘로 지붕 좀 눌러노렴. (하략)
복실: 어머니, 너머 역정 내지 마세요. 한숨에 땅이 푹 꺼질 것 같수. (뒤란으로 나간다.)(33쪽)

미망인: 남편을 잃은 지 3년이 못 되어, 외아들마저 이렇게 잃구 보니, 눈앞에 땅이 다 꺼질 듯하군요. 마음이 서운하든 참에, 그애가 자꾸 나를 닮은 것을 보니까, 불현듯 정이 솟아오릅니다. 지금부터는 그애한테라두 마음을 붙이구 살아야지, 외로워서 단 한 시간을 못 살 것 같군요.(78~79쪽)

이런 맥락은 여성들이 지닌 가치관을 적극적으로 피력하면서 생활의 리얼리티를 살리는 데 효과적으로 기여한다. 사실 어부의 삶이나 주인공들로 설정된 소년들의 모습은 무대화되는 과정에서 발현되기에는 다소 어려운 점이 많다. 하지만 여성으로서의 삶은 지금도 여전히 생활의 중심이자

가정사를 책임지는 자이기에 자연스럽게 다가온다. 작가가 보여 주는 여성의 모습 역시 이 같은 맥락에서 유지된다. 물론 여기에 여성이 하는 대사가 지닌 서정성도 한몫을 한다. 희곡에서 드러나는 독백부의 여성적인 어조는 자칫 웅변조로 흐르는 분위기를 다시금 극적인 느낌을 가질 수 있도록 제어한다. 특히 시적인 느낌이 물씬 풍기는 환상이나 설명적인 부분에 이르면 오히려 극적 긴장감을 자아내는 데 기여한다는 사실을 발견하게 된다. 여성을 중심으로 한 감정의 기복과 대사의 리듬 변화 역시 오히려 인물의 생생함을 형성하는 데 기여한다.

미망인의 대사가 지나치게 낭만적인 생각으로 동승을 자신이 돌봐야 한다고 생각되는 면이 리얼리티 맥락에서 다소 무리가 따른다는 주장은 이런 점에서 오히려 재고해야 한다. 여성이기에 자신이 의지할 곳이 없는 삶 속에 유리된 경우를 생각하면 이 같은 맥락은 자연스럽게 유추된다. 앞선「산허구리」에서 드러나는 어머니의 삶에 대한 집착과 가족의 안위를 걱정하는 집안 단속 그리고 삶의 양태는 복실에게 그대로 이어지고 다시금 환기되어 아녀자의 역할과 도리를 자연스럽게 강조하며 재연한다. 이런 가운데 생사가 불확실한 아들의 소식은 처로 하여금 끊임없이 현재적 삶과 이후의 두려움을 오가게 만들고 분열된 모습을 드러내게 한다. 이런 과정의 섬세한 변화를 추적함으로써 극적 긴장은 커지고 감정은 증폭되는 것이다. 마찬가지로「해연」에서 자식을 방치하고 재가한 부인이 되어 나타난 의사모와 여식의 모습 역시 여성이 지닌 역할로 결말을 유도하고 있다. 부인은 남편에게 과거의 일을 거울 삼아 같은 일의 반복을 피할 것을 권유하며, 등대지기의 딸은 자신을 낳아 준 생모를 직감하면서도 흔들리지 않는 모습으로 이별을 감행한다.「낙화암」을 통해서 드러나는 시국에 대한 인식과 마지막 장면으로 작가가 취한 낙화암에서의 자결도 같은 맥락에서 이해된다.

왕후: (통곡을 하시며) 대사(大師)들은 피난이라도 갈 것이지 경을 쳤다고 남아서 항종(降鐘)을 치고 있는가?(237쪽)

현실에 대한 정확한 이해를 바탕으로 극적 분위기를 사실적으로 표현하면서도 시대에 대한 확고한 믿음과 신념을 갖고 이해하는 이 같은 대사를 통해 여성의 고통은 더욱 가중되면서도 한편으로는 정서적인 교감을 획득하게 된다. 함세덕이 추구하는 작품 속에서의 주제 의식은 이처럼 여성의 대사와 정조를 통해 뚜렷하게 각인시키는 방법을 구사함으로써 다수의 독자나 관객에게 자연스럽게 전달될 수 있었으며 이를 기반으로 리얼리티를 획득하는 방식을 취하게 된다. 정작 중심의 행동에 위치한 주인공이 비록 남성들이지만, 이들은 모두 여성들이 보여 주는 아픔과 정조를 통해 주제적인 의식에 다다른다.

대중 연극에서 보여 주는 여성의 정조나 감상적인 태도와 달리 함세덕의 여성은 당대의 사회상과 현실을 몸으로 웅변하면서 자기의 주장을 펼친다. 가족이나 생활을 중심으로 역할을 하면서도 자신의 처지를 객관화하고 이를 받아들이면서도 공감할 수 있도록 처한 현실에서 최선의 모습을 드러낸다. 이 점은 당시의 독자나 관객에게 극적 몰입과 긴장을 유지할 수 있도록 희곡 속에서 안배를 통해 절충한 것이다. 이처럼 작가가 지닌 인물에 대한 접근은 희곡의 주제적인 다양성에서도 일관된 형태의 여성을 통한 성격 창조를 통해 연극적인 리얼리티와 공감을 유지하고 발전시킨다는 점에서 새삼 주목하게 된다.

3) 종결의 여운: 확장을 위한 포석

함세덕의 주인공은 대부분 열린 결말로 나아가는 모습을 취한다. 적어도 희곡 속에서 발견하는 당대의 현실로 나아가는 주인공들의 자세에는 알지 못할 두려움과 그를 이겨 낼 수 있을지도 모를 희망이 보이곤 한다.

「동승」의 '도념'은 자신이 아는 세계가 산사였음에도 불구하고 비탈길을 걸어서 세속으로 떠나는 것으로 결말 맺고, 「무의도 기행」에서 뭍으로 나가 기껏 공판장에서 날품을 파는 '천명' 역시 섬으로 끌려와서 배를 타는 운명이지만 한편으로는 끝까지 뭍의 삶을 희구한다. 이런 맥락은 「산허구리」의 '석이' 역시 마찬가지다. 그에게 자신이 처한 현실이라는 것은 뛰어넘어 넓은 곳으로 가야 할 커다란 산으로 표현된다. 이런 까닭에 모든 인물들이 처한 현실은 사실상 이후 뛰어들 현실 속에서 크게 느껴지지 않는다. 「해연」에서도 등대지기의 과거가 폭로되면서 사실을 알게 된 딸 진숙은 뭍으로 나가 살겠다고 단언한다. 이런 맥락은 희곡 속에서 무대를 떠나 세상으로 나아가는 것을 의미하기도 하며, 당장 눈앞에 펼쳐진 갈등이 없는 세계로의 도피이기도 하다. 하지만 궁극적으로 작가가 의미하는 것은 인물들이 지닌 성장 과정에서 드러나는 세상과의 조우다. 즉, 현실에 대한 이해와 정확한 진단을 통해 비록 막연하지만 앞으로의 과정에서 자신이 짊어지고 나가게 되는 세상으로 한 발 나아가는 것을 시도하는 것이다. 이런 시도는 처음에는 현실에 대한 각인에서 출발한다.

> 석이: (울면서 등장) 어머니가 개에서 괭이로 물을 파며 통곡을 하시다가는 별안간 허파가 끊어진 것처럼 웃으며 (복실의 가슴에 안겨) 누나야. 어머니는 한세상 참말 헛사셨다. 웨 우리는 밤낮 울고불고 살아야 한다든?(59쪽)

위의 대사를 통해 석이가 세상을 얼마나 구체적으로 생각하고 바라보고 있는지 충분히 짐작된다. 그는 현재의 비극이 무엇 때문에 벌어진 것인지 정확하게 간파하고 있다. 그리고 그 비극의 결과에 대해서도 수긍하는 자세를 보인다. 비극적 인물이 지닌 행동 양태는 가슴에 맺힌 한과 슬픔의 기억일 것이다. 이런 여타의 감정에 휘말린 어머니를 바라보는 아들의 시각은 단지 슬픔에서 머무는 것이 아니라 그것을 뛰어넘어 각성으로 나아간다. 스스로에게 던지는 삶의 방향성과 현재성에 대한 질문은 향후 어떻게 행동할 것인지 예상하게 만든다. 이런 방법의 종결은 이후 작품을 통해서는 보다 구체적인 행동으로 드러나는 양상을 보여 준다.

> 도념: (무릎을 꿇고) 스님, 이 잣은 다람쥐가 겨울에 먹을랴구 등걸 구멍에

다 봐 둔 것을 제가 아침이면 몰래 꺼내 뒀었어요. 어머니 오시면 듸릴려구
요, 동지섣달 긴긴 밤 잠이 안 오시어 심심하실 때 깨무십시오. (산문에 절을
한 후) 스님, 안녕히 계십시오.(97쪽)

미망인과 더불어 산사를 떠날 수 없게 되자 동자승인 도념은 혼자 길을
떠나기로 결심하고 산문에서 그간 자신을 보살펴 준 주지 스님에게 작별을
고한다. 앞으로 어떤 고난과 힘든 여정이 동승의 앞에 놓여 있는지 우리는
알 수 없다. 다만 짐작되는 것은 산사의 생활에 비해 험난한 여정은 확실하
다는 것은 분명하다. 그런데도 도념은 세속으로 나아간다. 이는 현실과 부
딪치는 것이며 삶의 적극적인 자세를 표방하는 것이며 자신의 가치를 입증
하기 위해 노력하는 것이다. 비록 미온적이고 불안한 태도로 출발하는 것
이지만 직접 대면하는 세상으로 향하는 가치야말로 삶을 대하는 적극적인
자세이면서 독립된 인간으로 나아가는 첫걸음인 셈이다.

맑은 아침 햇빛 속에 제비들 한 떼가 남쪽으로 떠난다.
윤첨지: (올라오며) 저 앞에서 셋째루 짝을 잃고 어리둥절하구 있는 게 우
리 에미 제비야. 그 뒤에 것이 새끼들이구.
양인(兩人), 제각기 비애와 괴롬을 품고 날아가는 제비 떼를 따라 창공을
바라본다.(143쪽)

이런 태도는 이후 대상물에 의지하여 떠남의 국면을 끌어들이는 희곡적
인 결말을 보여 주기도 한다. 「해연」에서 드러나는 떠나는 제비를 바라보는
인물의 마음은 자신이 머문 현실을 벗어나고 싶은 욕망의 표현이다. 불행
한 아버지를 곁에서 도와주기 위해 섬에 남는 딸이지만 한편으로 자유롭
게 자신의 꿈과 이상을 좇아 떠나고픈 마음이 독자와 관객에게 모두 수용
된다. 그리고 떠나는 분위기나 정조 역시 낙관적인 세계로 조금 더 다가간
모습을 취하고 있다.

이 같은 태도는 이후 어른들의 삶으로 다시 끌어들여 죽음을 맞이하게 되는 천명의 삶이나 왕만 바라보다 결국 꽃다운 목숨을 바치게 되는 백제의 삼천 궁녀와 같이 비극적인 것으로 마감하는 경우도 있다. 하지만 적어도 자신의 삶을 스스로 개척한다는 점에서는 확장되어 무대 밖의 공간을 지향하는 자세라 할 수 있고, 여운의 구조를 통해 주제적인 면을 보완하는 것으로 볼 수 있다.

이 같은 세상으로 나아가는 자세가 다시 무대적인 공간으로 속박될 때 주인공의 내면은 불안하고 미래에 대한 희망은 줄어든다. 「고목」에서 보이는 '거복'의 행동은 밖으로 나아가지 못한 자들이 갖는 불안한 심리를 웅변한다.

무성한 가장구에서 쓰르래미가 린, 린, 린, 리- 하고 이어 호응한다. 이어, 방에서는 도끼에 자기의 근골(筋骨)을 찍히는 듯한 거복의 비통한 신음 소래가 들려온다. 막의 탬포와 함께, 이 도끼와 쓰르래미와 신음 소래는 일치된 하-모니를 가지고 계속된다. 무생물과 곤충과 인간의 이 세 가지 소래는, 새로운 시대에의 건설과 오불관언(吾不關焉)의 중립과, 역사에 낙오된 반동자의 처참한 말로의 호읍(號泣) 그대로를 암시하는 것이기도 하다.(2권, 311쪽)

주변의 세상과 호흡을 같이하며 살아가는 일은 적극적이고 자주적으로 세상을 살아가는 방편이 된다. 하지만 자신이 가진 낡은 가치관을 고수하고 그릇된 판단과 행동을 하면 시대에 낙후되는 것은 피하기 어렵다. 이런 까닭에 순환되는 계절과 새로운 희망에 대한 암시는 적극적으로 반영된다. 밖으로의 삶을 현실에 부딪치는 자세로 파악한 작가에게 현재의 안주는 의미가 퇴색된다. 그런 맥락에서 현재를 넘어서고자 노력하는 인물이 추구하는 현실은 삶은 이상적인 세계는 아니지만 적어도 자신이 헤쳐 나가야 하는 현재적 의미의 공간으로 다가오게 된다.

이 점은 함세덕 희곡에서 행동의 근원을 획득하는 동력이 된다. 적어도 희곡이 지닌 갈등의 원인으로서 행동 혹은 사건의 맥락에서 가장 근본적인 힘에 해당되기 때문이다.

4 개작과 역사 인식의 부재에 대한 양상

함세덕 희곡의 두드러진 양상 중 하나는 자신의 작품을 개작하여 보완하거나 고쳐서 발표한 작품이 많다는 사실이다. 또한 시대적인 흐름 속에서도 공연에 대한 열정을 드러내어 줄기차게 공연을 시도함으로써 얻게 되는 역사의식의 부재에 대한 논란이다.

함세덕 희곡의 개작은 여러 차례 다양하게 시도되었다. 크게는 작품을 전체적으로 새롭게 구성하거나 양을 늘려서 개작한 경우이고, 작게는 발표한 작품의 제목부터 수정하여 희곡집에 상정한 것을 말한다. 전자가 「동어의 끝」을 「무의도 기행」으로 나아가 「황해」로 수정한 것과 「거리는 쾌청한 가을」(《국민문학》, 1944. 11)을 「고목」으로 바꾼 것이라면, 후자는 「도념」을 「동승」으로, 「서글픈 재능」을 「추석」으로 수정한 것을 의미한다. 개작의 이유는 여러 연구자들이 고증한 바 있다. 하지만 이런 맥락에서 전체적으로 조망하는 자세가 필요하다. 사실 「추장 이사베라」만 해도 인도네시아 발리를 배경으로 지배자 역할의 네덜란드인들과 현지 원주민들 사이에서 활약하는 일본인 후지키〔藤木〕가 인물 간의 갈등을 중재하고 선도하는 영웅적인 인물로 그려지고 있어 일본인을 미화하고 대동아 전쟁을 합리화하며 침략의 당위성을 강조한 것으로 읽힌다. 하지만 한편에서는 두 민족 사이의 갈등을 통해 지배자의 잔인성을 폭로하고 약소 민족의 비분을 대변했다는 의미로도 읽힌다는 점을 강조하기도 한다.[13] 그리고 같은 맥락에서 국민 연극 활동에 동참하고는 있으나, 그 주류적 경향에 무조건적으로 휩쓸리지 않으려 노

---

13) 노제운, 「자유를 향한 동경에서 닫힌 현실로」, 『함세덕 문학 전집』 2(1996), 546~547쪽 참조.

력하는 함세덕의 모습이 발견되는 것[14]으로 바라보기도 한다. 적어도 작가의 의도는 볼거리가 많은 화려한 무대를 통한 연극적인 재생산이었으며, 이를 통해 연극적인 재미를 선사하려고 노력한 것이다.

개작에 대한 이해는 이처럼 발표한 작품을 중심으로 활용되었다. 특히 「동어의 끝」은 「무의도 기행」과 「황해」로 이어진다. 「동어의 끝」에서 발전된 「무의도 기행」은 주인공 천명이 배에 타기까지의 과정을 더욱 섬세하게 그려 내면서 섬사람들의 비참한 삶을 모습을 형상화했다면 후에 개작한 「황해」에서는 갑판에서의 장면을 통해 어선 세트가 등장하고 풍랑이 몰아치는 역동감 넘치는 장면으로 변환된다. 무대 위에서 전개되는 고기잡이하는 장면이라든가, 풍랑(노대)을 만나 파선 위기에 처하다 이를 극복하는 장면 등은 이전의 희곡에서는 전례를 찾기 어려운 볼거리를 만들어 낸다. 그리고 이런 역동적인 장면과 극장 환경의 조성을 통해 극적 효과를 높이는 데 치중한다. 비록 당시의 일제가 강조하는 '해양에 대한 예찬'과 '물자 징수' 및 '지원병'에 대한 문제가 있지만 작가가 구성하는 「황해」의 의미는 무대를 통한 새로운 연극적 시도와 극장을 통한 감동에 놓인다. 그런 까닭에 함세덕은 광복 후에 자신이 상재한 희곡집 『동승』 서문에서 이 같은 내용을 피력하고 있다.

내가 처녀작 「산허구리」를 《조선문학》에 발표한 때는 1936년이었고 집필 청탁을 받게 될 땐 싹트자 서리를 맞는 격으로 일제의 나치스를 본받은 강압적 연극 통제 정책에 동원되는 비참에 봉착했었다. (중략) 결과에 있어서는 조선 문화의 정(正)한 발전에 역행적 역할을 한 것에 불과하게 되었다. 그러나 이 소위 국민 연극 속에서 한 가지 얻은 것은 기술이었다. 이것만은 참으로 불행 중의 다행이리라. 나는 이 기술을 토대하야 인민의 한구석에 서서 앞으로의 새로운 민족 연극을 창조하기에 부심하려고 한다. (하략)(2권, 524~525쪽)

---

14) 김재석, 앞의 책, 15쪽 참조.

강압적인 연극 정책 때문에 많은 것을 포기할 수밖에 없었던 작가의 고백은 한편으로는 일제 강점기의 문화 정책이 어떻게 진행되었는지 가늠할 수 있게 만든다. 하지만 이런 고백 속에서도 작가는 기술을 토대로 한 연극 발전에 대한 공적과 이를 기반으로 새로운 연극을 창조하겠다는 포부를 밝힌다. 더구나 국민 연극의 국면 속에서도 포기하지 않고 기술을 지켜나가겠다는 의도로 읽힌다. 즉 개작을 통해 표현하려는 것과 일치한다. 적어도 그의 사고에서 개작이나 인식의 부재가 초래된 이유가 일제의 검열과 현실적인 어려움이라는 회고는 현재에 함세덕의 연극에 대한 평가에서 무엇을 중요하게 볼 것인가에 대한 단서를 제공한다.

5 결론을 대신하여

함세덕은 1950년 6월 29일 서대문 적십자병원에서 사망한 것으로 확인된다. 인민군을 따라 서울로 들어온 함세덕이 신촌 부근에서 자신이 갖고 있던 수류탄에 의해 중상을 입고 병원으로 옮겨졌지만 동생이 갔을 때는 이미 사망한 후였다고 한다.[15] 3년 만에 서울에 돌아온 그의 차림은 떠날 때 입었던 양복 그대로였다고 한다. 후에 부인이 만삭의 몸을 이끌고 와서 확인한 다음 부인은 가족의 만류에도 불구하고 다시 북으로 갔다. 그의 시신은 수복 후에 망우리 묘지로 이장되었다.[16]

함세덕은 일제 강점기의 대다수 작가들처럼 시대 환경과 시대 이념을 초월하지 못한 채 강압과 현실에 순응하면서 작품 활동을 지속했다. 광복 후에 그가 선택한 이념도 극작에는 큰 도움이 되지 못했다. 「산사람들」, 「소위 대통령」은 북한에서 발표한 희곡으로 이 작품들에서 함세덕의 특징은 표현되지 못했다. 단지 상투적인 인물들의 대사와 희극적으로 묘사된

---

15) 서연호, 앞의 책, 263쪽.
16) 아우 함성덕 증언 참조, 서연호, 앞의 책, 263쪽 재인용.

인물들을 바라보는 일은 오히려 생경하다. 함세덕의 성향이나 언어적인 특징과는 거리가 먼 선전, 선동의 내용과 대사로 일관되기 때문이다.

이처럼 작가의 목적극 활동이야말로 함세덕의 연구에 커다란 오점이자 비극임을 확인할 수 있다. 하지만 당시를 살아간 다른 작가들을 살펴보면, 함세덕만이 그 같은 고난을 극복하고 초월하면서 작품 활동을 해야 한다는 당위성 역시 무리라는 사실을 알 수 있다. 오히려 그의 작품 세계의 특징을 종합하여 그가 이루어 낸 훌륭한 연극적 성과와 무대화 혹은 연극화에 주목하고 이해하는 것이 작가의 업적과 공과를 올바르게 평가하는 것이라고 판단된다.

보통의 상업학교 출신들이 선택한 직업적인 안정을 택하지 않고 도전적인 정신으로 자신의 역할을 개척하면서 연극에 매진한 한 작가를 떠올린다. 그가 소중하게 생각하고 구성한 인물들은 인천 주변 섬사람들의 모습을 우리에게 선사한다. 작약도, 무의도, 용유도, 강화도, 연평도, 팔미도, 덕적도와 같은 섬 이름들과 산허구리, 범바위, 장사래, 곰나루, 터진개, 우금, 버들방축, 가구리, 너구리섬, 가무락섬 등의 지명을 읽고 듣는 일은 무대에서의 현장감을 높이는 아름다운 언어로 사용되었다. 어떤 외압이나 이념적인 색채가 드러나지 않은 시절에 발표한 그의 작품을 감상하는 일은 한국 희곡에 있어 서정적인 리얼리즘과 아름다운 언어, 시적 대사와 짜임새를 보여 준다. 공간을 활용하면서 극장의 환경을 확장하는 기법이나 여성에게 부여하는 사실감 있는 어조와 대화 태도 등은 보편적인 정서를 이끌어내는 힘을 지니며, 다양한 여운의 결말을 통해 극이 지닌 진실성을 확장하는 데에도 주력하는 것을 볼 수 있다. 이 같은 노력들을 통해 우리 희곡은 한층 더 발전할 수 있었으며, 그의 탁월하고 뛰어난 극작가적 기질을 유감없이 보여 주는 작품으로 평가할 수 있는 것이다.

참고 문헌

김만수, 『함세덕』, 건국대 출판부, 2003

김재석, 『함세덕, 그가 걸었던 길』, 역락, 2012

노제운, 『함세덕 문학 전집 1, 2』, 지식산업사, 1996

서연호, 『한국 근대 극작가론』, 고려대 출판부, 1998

서연호, 『한국 근대 희곡사』, 고려대 출판부, 1994

유민영, 『한국 현대 희곡사』, 홍성사, 1982

윤진현, 『풍경, 함세덕』, 다인아트, 2008

이상우 편, 『함세덕』, 새미, 2001

한국극예술학회 편, 『함세덕』, 태학사, 1995

함세덕, 『동승』, 박문출판사, 1947

학술 논문은 각주로 대신함

제4주제에 관한 토론문

이상우(고려대 교수)

이철우의 교수의 함세덕론을 잘 읽어 보았습니다. 이 교수 논문의 핵심적 요지는 함세덕의 희곡은 1930~1940년대에 보기 드물게 뛰어난 연극성을 획득한 '무대 지향의 희곡'이라는 사실을 강조하는 것이라고 할 수 있습니다. 이 교수는 함세덕 희곡이 무대 지향의 희곡이라는 증거로 첫째, 공간의 확장, 둘째, 여성 인물을 통한 리얼리티의 획득, 셋째, 열린 결말을 통한 종결의 여운이라는 점을 들고 있습니다. 토론자는 이 교수의 근본적인 논지에는 대체로 공감하면서 몇 가지 사실에 대해 보다 심도 있는 논의가 필요하다고 생각하고 그에 대해 질문을 던지고자 합니다.

1 도입부와 연구사 검토에 대하여

이 교수는 이 글의 도입부에서 함세덕이 친일 작가, 월북 작가, 좌익 작가라는 편견으로 인해 그의 희곡의 '우수성'과 '가치'가 제대로 평가받지 못했다고 보고 있습니다. 그래서 이 글은 함세덕 희곡의 우수성과 가치를 증명하는 데 중점을 두려는 것으로 보입니다. 이러한 글의 기본 취지와 방향은 바람직하다고 생각합니다만, 기본 전제가 최근의 함세덕 연구 성과를 충분히 참고하지 않고 과거의 함세덕 논의를 바탕으로 이루어진 것이기에 글의 출발점부터 새로운 시각을 보여 주기 다소 어려운 것이 아닌가 하는 의문이 듭니다.

그것은 2장의 연구사 검토에서 잘 나타나고 있습니다. 여기에서 이 교수는 대개 1990년대까지 이루어진 연구 성과를 토대로 함세덕 희곡에 대한 논의가 주로 초기 작품에 치우친 것은 그것이 중, 후기 작품에 비해 초기작의 작품성이 뛰어난 점에 있다고 보고 있습니다. 물론 함세덕 작품론의 비중이 전반적으로 초기의 서정적 리얼리즘 계열 작품이라고 평가되는 「동승」이나 「무의도 기행」에 다소 우세한 것이 사실이지만, 2000년대 이후에 들어서는 오히려 중기(일제 강점기 말)와 후기(광복 이후) 작품에 대한 새로운 자료 발굴, 재해석 및 재조명 작업이 꾸준히 이루어져 왔다는 사실이 충분히 언급되지 못하고 있습니다. 「마을은 쾌청한 가을」을 개작한 「고목」을 다시 개작한 「당대 놀부전」, 그리고 「추장 이사베라」를 개작한 「발리섬 기행(バ―リ島紀行)」 등 새로운 판본의 발굴, 검토를 통해 함세덕 텍스트에 대한 연구와 재조명은 지금도 꾸준히 진행되고 있는 중입니다. 특히 일제 강점기 말과 해방기의 연극사와 희곡에 관한 연구는 최근 들어 새로운 자료 발굴과 정리 작업과 더불어 더욱 심화되고 있는 단계이므로 이 시기의 함세덕 작품에 관한 평가는 앞으로도 꾸준히 새로운 논의를 참고해야 할 것으로 보입니다.

그리고 함세덕 작품의 '우수성'과 '가치'는 그 작품의 공연 미학적 탁월성을 분석함으로써 입증될 수도 있지만 함세덕에 대한 전기적 연구, 극단사 연구, 공연사 연구, 주제 연구 등을 통해 작품론의 실상이 보다 잘 드러날 수도 있다고 봅니다. 2000년대 이후에 이루어진 연구 성과들이 이러한 점에 대해 잘 보여 주고 있다고 판단되는데 이에 대한 이 교수의 의견을 듣고 싶습니다.

2 공간의 확장에 대하여

함세덕 희곡의 공간성이 탁월하다는 이 교수의 분석에 대체로 공감합니다. 그러나 보다 정확하게 말하면 공간의 확장이라는 점보다 무대 공간 설정의 탁월함이라고 보는 것이 옳지 않나 생각됩니다. 가령, 「동승」의 경우를 봅시다. 함세덕의 「동승」의 무대 공간은 '심산 고찰의 산문 앞 샘터가'로 설정되어 있습니다. 관객이 볼 수 있는 가시적 공간(무대 공간)은 이것이 전부입니다. 그러나 이 공간은 무대 너머의 심산 고찰과 무대 아래의 마을(속세)이 만나는 접점에 위치해 있는 절묘한 공간입니다. 그러므로 이 공간은 불성(佛性)의 세계와 인성(人性)의 세계 사이에서 번민하는 도념의 갈등을 표현하는 장소로서 매우 탁월한 설정이라는 점을 보여 줍니다. 이 교수가 말하는 공간의 확장이라는 점은 이러한 무대 공간 설정의 적합성에 대한 세밀한 분석에서 출발했어야 하지 않나 하고 생각하는데 이에 대한 이 교수의 의견을 듣고 싶습니다.

3 여성 인물을 통한 리얼리티 획득, 종결의 여운에 대하여

이 교수는 함세덕 희곡이 유난히 여성들에게 현실적인 고통을 부여하여 이를 통해 리얼리티의 획득을 도모하고 있다고 분석했습니다. 물론 이러한 해석도 가능하다고 봅니다만, 그보다는 이미 많은 연구자들이 지적한 바와 같이 함세덕은 소년 인물에 더 많은 관심을 보였다고 생각합니다. 함세덕의 주인공들은 대체로 나이 어린 소년(또는 청년)들입니다. 그들이 아버지로 대표되는 기성세대와 갈등하며 좌절하고 패배하는 모습을 통해 소년의 비애와 슬픔을 부각시키는 데 초점이 놓여 있습니다. 소년의 비애를 통해 처참한 현실을 극복하기 어려움을 강조하고, 이를 통해 무대를 비애와 슬픔의 공간으로 승화함으로써 서정성과 낭만성을 극대화하고자 하는 극적 전략을 보여 주고 있습니다. 이에 대한 이 교수의 생각은 어떠한지요.

함세덕 희곡의 무대는 이러한 소년들의 비애의 공간이기에 현실 개혁을 위한 투쟁 방법을 획득하지 못한 상태에서는 희망의 공간을 무대 밖에서 찾을 수밖에는 없게 됩니다「동숙」에서 도녀이 속세로 떠나는 것,「해연」이나「무의도 기행」에서 진숙, 천명 등과 같은 어린 소년, 소녀가 막연하게 뭍의 세계에서 희망을 찾으려는 것이 모두 이러한 점에서 기인하는 것이라고 생각합니다. 그러나 중기에는 일제 파시즘, 말기에는 사회주의 이념이 그의 희곡에 밀려 들어오면서 그의 무대는 비애의 공간에서 이념 과잉의 희망의 공간으로 변모하게 됩니다. 즉, 종결의 여운이라는 이 교수의 해석은 대개 초기 작품에 국한된 것이 아닌지요. 중, 후기 작품에 대한 해석은 어떻게 봐야 할지에 대해 이 교수의 의견을 듣고 싶습니다.

함세덕 생애 연보

1915년   5월, 인천부 화평리 455번지에서 부친 함근욱(咸根彧), 모친 송근신(宋根信)의 2남 3녀 중 장남으로 출생함. 함세덕에게는 이복 형 함금성(咸錦聖)이 있었음. 함금성은 부친이 나주에서 근무할 때 서모 강판심(姜判心)과의 사이에서 태어났으며, 후에 의사가 됨. 10월, 모친 송근신을 따라 목포로 이사함. 부친 함근욱은 나주군청 주사로 떨어져 살다가 목포부청으로 전근되면서 가족이 합쳐 살게 됨.

1925년   인천공립보통학교 2학년으로 전학. 인천부 용리 177번지로 이사. 이후 이 주소가 그의 본적지가 되었음.

1929년   인천공립보통학교 졸업.

1934년   인천상업학교 졸업. '일한서방'에 취업. 이후 서점에 자주 들르던 김소은과 알게 되어 유치진에게 개인적으로 극작 수업을 받음.

1936년   《조선문학》 9월호에 「산허구리」를 발표.

1939년   「도념」(후에 「동승」으로 개제)으로 동아일보사 주최의 제2회 연극경연대회에 참가.

1940년   《조선일보》 신춘문예에 「해연」 당선. 1월 3일부터 2월 9일까지 연재됨. 《조광》 1월호부터 4월호에 걸쳐 「낙화암」을 발표. 《동아일보》에 「닭과 아이들」을 3월 15일부터 3월 31일까지 발표. 《소년》 7월호에 「5월의 아침」 발표. 《조광》 9월호에 「동어의 끝」(후일 「무의도 기행」으로 개제) 발표. 《문장》 11월호에 「서글픈 재능」(후일 「추석」으로 개제) 발표.

1941년	《문장》 2월호에 「심원의 삽화」 발표. 《인문평론》 4월호에 「무의도 기행」 발표. 「감자와 쪽제비와 여교원」을 《춘추》에 게재 예정이었으나, 검열로 전문 삭제됨. 이 작품은 이후 희곡집『동승』(1947년)에 수록됨.
1942년	《국민문학》 1월호와 2월호에 「エミレの鐘」 발표. 《국민문학》 3월호에 「추장 이사베라」 발표. 일본 극단 '전진좌'에서 연수.
1943년	극단 '현대극장'에서 함세덕 연출로 「황해」를 제2회 연극경연대회에서 공연.
1944년	《국민문학》 11월호에 「거리는 쾌정한 가을(町は秋晴れ)」 발표
1945년	광복 직전 결혼했으나 곧 이혼함. 9월, 광복 후 서일성 등과 함께 극단 '낙랑극회'를 창립. 함세덕 번안 및 연출로 「산적」(실러의 「군도」)을 낙랑극회에서 공연.
1946년	재혼함. 극단 낙랑극회가 「기미년 3월 1일」을 조선연극동맹의 제1회 3·1절 기념연극대회에서 공연. 조선연극동맹이 주최한 《희곡의 밤》 행사에서 「감자와 쪽제비와 여교원」 낭독.
1947년	「태백산맥」이 제2회 3·1절 기념연극제에서 공연됨. 대본은 전해지지 않음. 《문학》 3월호에 「고목」 발표. 6월, 희곡집『동승』(박문출판사) 발간. 이후 월북한 것으로 추정.
1949년	『종합 단막 희곡집』(문화희곡사)에 「소위 대통령」 발표. 《문학예술》 12월호부터 이듬해 3월호에 걸쳐 「산사람들」 발표.
1950년	한국 전쟁에 인민군으로 참전하였으며, 서울 신촌 부근에서 폭발 사고로 사망.

함세덕 작품 연보

발표일	분류	제목	발표지
1935. 2. 1	시	내 마음의 황혼	동아일보
1935. 3. 19	시	저 남국의 이야기를	동아일보
1935. 9. 27	시	저녁	동아일보
1936. 9	희곡	산허구리(1막)	조선문학
1939. 3	희곡	도념(道念)(후에 「동승」)	희곡집 『동승』
1940. 1. 9	평론	일로(一路) 신극(新劇)에 매진할 결심	조선일보
1940. 1. 30~2. 9	희곡	해연(海燕)(1막)	조선일보
1940. 1~4	희곡	낙화암(4막)	조광
1940. 2. 7~11	평론	신극(新劇)과 국민 연극	매일신보
1940. 3. 15~31	희곡	닭과 아이들	동아일보
1940. 7	희곡	5월의 아침(1막)	소년
1940. 9	희곡	동어(冬漁)의 끝(1막)	조광
1940. 11	희곡	서글픈 재능 (일명 추석, 1막)	문장
1940. 12	평론	우리 극단 타개책 ─청년적 열정이 필요	조광
1941. 2	희곡	심원(心園)의 삽화(1막)	문장
1941. 4	희곡	무의도 기행(2막)	인문평론

발표일	분류	제목	발표지
1941. 5. 2~13	평론	동경 신극계(新劇界)의 동향	매일신보
1942. 3	희곡	추장 이사베라(1막)	국민문학
1942. 7	평론	어밀레종	대동아
1943. 2	희곡	エミレの鐘(5막)	국민문학
1943. 3. 2~10	평론	동경 국민 연극의 전망 ― 독립 직업 극단과 신극단	매일신보
1943. 7. 24~31	평론	연극의 무대 기술	매일신보
1943. 9	평론	演劇コンクールをまへに	국민문학
1944. 9	평론	日本の 禮道	국민문학
1944. 11	희곡	거리는 쾌청한 가을 (町は秋晴れ)(1막, 일문)	국민문학
1946. 4	희곡	기미년 3월 1일	개벽
1946. 8	평론	번역극 상연의 잡사(雜事)	문화통신
1946. 8	평론	연극의 1년 보고	신천지
1946. 12. 22	평론	「녹두장군」― 연극평	독립신보
1947	희곡	감자와 족제비와 여교원	동승
1947. 4	희곡	고목	문학
1947. 5. 18	평론	「자명고」를 보고 ― 연극평	독립신보
1947. 6	희곡집	동승	
1947. 6	희곡	감자와 쪽제비와 여교원	
1949. 12	희곡	산사람들	문학예술
1950. 5	희곡	소위 대통령	종합단막희곡집 (문화전선사)

1966	이두현, 『한국 신극사 연구』, 서울대 출판부
1979	유민영, 「저항과 순응의 궤적 ─ 유치진과 함세덕의 경우」, 《연극영화연구》 4
1983	장혜전, 「함세덕의 희곡 연구」, 《이화어문논집》 6
1985. 1	김성희, 「국민 연극에 관한 연구」, 《한국연극학》 1
1988	김방옥, 「한국 사실주의 희곡 연구」, 이화여대 박사 학위 논문
1988	양승국, 「1930년대 희곡에 나타난 등장인물의 기능」, 서울대 석사 학위 논문
1988	최창길, 「함세덕 희곡에 관한 일고찰」, 《무천》 4
1988. 8	이원경, 「8·15 해방 공간의 문학인들 ─ 뿌리를 못 내린 희곡 작가들」, 《동서문학》
1989, 겨울	양승국, 「해방 직후의 진보적 민족 연극 운동」, 《창작과 비평》
1989	장혜전, 「함세덕의 희곡에 나타난 외국 작품의 영향 문제」, 《수원대 논문집》 7
1989	유민영 편, 『함세덕 희곡선』, 새문사
1990	김재석, 「「고목」에 나타난 일제 잔재 청산과 기득권 유지 기대의 충돌」, 《어문논총》, 경북어문연구회
1990	박명자, 「함세덕 희곡 연구 ─ 결말 구조를 통하여」, 연세대 석사 학위 논문
1990. 6	이재명, 「함세덕의 「기미년 3월 1일」 ─ 발굴 과정과 함세덕

의 작품 세계」,《한국연극》

1990. 여름   김만수, 「장르론의 관점에서 본 해방 공간의 희곡 문학」,
《외국문학》

1991   곽병창, 「함세덕 희곡 연구」, 전북대 석사 학위 논문

1991   이숙향, 「함세덕 희곡의 집 의식 연구」, 동아대 석사 학위
논문

1991   현재원, 「함세덕 희곡 연구 ─ 등장인물과 갈등의 전형성을
중심으로」, 성균관대 석사 학위 논문

1991. 2   오애리, 「함세덕 연구」, 단국대 석사 학위 논문

1991. 봄   이재명, 「함세덕의 「기미년 3월 1일」 연구」,《희곡문학》

1991. 3   김만수, 「희곡 연구 방법론에 관한 일고찰」,《한국극예술연
구》 1

1991. 3   양승국, 「한국 근대 역사극의 몇 가지 유형」,《한국극예술
연구》 1

1991. 3   오애리, 「새 자료로 본 함세덕」,《한국극예술연구》 1

1991. 6   노제운, 「함세덕 초기 희곡 연구」, 고려대 석사 학위 논문

1991. 여름   김만수, 「소년의 성장과 새로운 세계와의 연대 ─ 함세덕
론」,《외국문학》

1992   장혜전, 「「고목」과 「혈맥」의 거리」,《이화어문논집》 12

1992. 3   박영정, 「함세덕의 「어밀레종」에 관한 일 고찰」,《한국극예
술연구》 2

1992. 가을   서연호, 「모작·모방 평가는 비학문적 인상 비평 ─ 서정적
리얼리즘을 개척한 성실한 리얼리스트」,《계간문예》

1993. 2   양승국, 「「동승」의 공연 텍스트적 분석」,《울산어문논집》 8

1993. 2   양승국, 「함세덕 희곡에 나타난 '바다'의 의미 ─ 「산허구리」
와 「무의도 기행」을 중심으로」,《인문논총》 5

1993. 2   윤석진, 「함세덕 초기 희곡의 등장인물 연구」, 한양대 석사

학위 논문

1993. 3   김만수, 「「동승」의 행위소 모델 분석」, 《한국극예술연구》 3

1993. 6   김미도, 「1930년대 한국 희곡의 유형에 관한 연구」, 고려대
               박사 학위 논문

1994   박명숙, 「함세덕론의 현 단계와 쟁점」, 『한국 근대 희곡 연
               구사』, 해성

1994   서연호, 『한국 근대 희곡사』, 고려대 출판부

1994   이상란, 「함세덕의 「고목」에 나타난 역사적 담론 분석」, 《민
               족문학사연구》 6, 창작과 비평사

1994. 3   김만수, 「역사와 설화의 희곡화에 관한 연구」, 《한국극예술
               연구》 4

1994. 4   고설봉 외, 「극작가 함세덕의 재조명」, 한국극예술학회 창
               립8주년 기념 심포지엄

1994. 10   박영정, 「함세덕 희곡에서의 개작 문제」, 《한국연극》

1994. 10   장혜전, 「함세덕 희곡의 변모 과정」, 《한국연극》

1995   박영정, 「함세덕의 「마을은 쾌청」에 관한 일 고찰」, 《건국어
               문학》 19·20

1995   박영정, 「유치진의 「토막」과 함세덕의 「산허구리」 비교 연
               구」, 《대학원 학술논문집》 40

1995. 8   김만수, 「함세덕 희곡의 연극기호학적 연구」, 서울대 박사
               학위 논문

1996   노제운, 『함세덕 문학 전집 I, II』, 지식산업사

1996   김문홍, 「함세덕 희곡의 극적 전략과 의미 구조 연구」, 동아
               대 박사 학위 논문

1997   안광희, 「해방 직후의 프로극 연구」, 《국문학논집》 15, 단국
               대 국어국문학과

1999   가을 이희환, 「새 자료로 본 함세덕의 가계와 문학 — 발굴

	희곡「벽공」과 해방기 공연 자료를 중심으로」,《황해문화》
2000	김동권,「미 군정기 연극의 대본 검열 문제」,『해방 공간 희곡 연구』, 월인
2000	한희영,「함세덕 희곡 연구 — 국민 연극 시기와 해방 공간의 작품을 중심으로」, 원광대 석사 학위 논문
2001	이철우,「희곡「동승」의 공연성 연구」,《한국근대문학회》
2002	이철우,『함세덕 희곡의 연극성 연구』, 고려대 박사 학위 논문
2002. 4	이철우,「「무의도 기행」에 나타난 연극성 연구」,『함세덕 기념 학술 심포지엄』, 인천학연구소
2003	김재석,『함세덕』, 건국대 출판부
2004	이철우,「함세덕 희곡의 동선에 관한 연구」,《한국문예비평연구》
2004	윤석진,「전시 총동원 체제기의 역사극 고찰: 송영과 함세덕의 공연 희곡을 중심으로」,《어문연구》 46
2006	이해봉,「함세덕 희곡의 극적 구성」,『한국드라마학』
2006	김재석,「1940년대 후반기 함세덕 희곡 연구」,『한국어문학』
2009	이상우,「함세덕과 아이들 — 함세덕 희곡의 소년형 인물이 갖는 의미」,《한국극예술연구》 29
2012	김남석,「함세덕의 번안 희곡「산적」연구 — 낙랑극회 공연 사례를 중심으로」,《한국극예술연구》 38
2012. 1	김재석,『함세덕, 그가 걸었던 길』, 역락

작성자 이철우 동의대 교수

월남 여성 작가 임옥인 소설의 집 모티프와 자유

정혜경(순천향대 교수)

1 문제 제기

임옥인(林玉仁)은 "문학과 교육과 신앙……. 이것이 내 인생의 세 기둥"[1]
이라고 밝힌 적이 있다. 1939년《문장(文章)》을 통해 등단한 이래 80편 이
상의 단편 소설, 13편의 장편 소설과 여러 권의 수필집을 펴냈으며 한국여
류문학인회 회장, 건국대 교수, 서울 YWCA 회장 등을 역임했던 이력은
이 같은 회고를 설득력 있게 뒷받침한다. 그런데 지속적인 창작 활동과 당
대 문단의 관심에 비추어 볼 때 이후 임옥인 소설에 대한 연구는 10편 내
외로 매우 적은 편이다. 여기에는 여러 가지 이유가 있겠지만 위에서 언급
한 나머지 두 가지 요소 즉, '교육'과 '신앙'이 임옥인 문학에 선입견으로 작
용하거나 실제로 작품에 따라서는 문학을 압도하는 요소가 되기도 했다는
점을 들 수 있겠다. 이는 주로 기독교적 영향[2]을 분석한 논의에서 확인할

---

1) 임옥인, 『나의 이력서』(정우사, 1985), 163쪽.

2) 박정애, 「전후 여성 작가의 창작 환경과 창작 행위에 관한 자의식 연구」,《아시아여성연
구》41, 2002. 12.

송인화, 「프로테스탄티즘 윤리와 질병의 수사학: 임옥인의 『힘의 서정』 연구」,《비평문

수 있다. 박정애의 「전후 여성 작가의 창작 환경과 창작 행위에 관한 자의
식 연구」는 "선험적 가치에 절대적으로 의탁하는 작가 의식이 어떤 식으로
서사의 파탄을 초래하는지 보여 주는 한 실례"[3]로 임옥인 소설을 들고, 여
성 인물이 스스로의 욕망이 아닌 '가부장제와 기독교 정신'에 지나치게 결
박되어 "기독교 천사의 가면(masquerade)"이라는 왜곡된 형태를 보여 준다
고 분석했다. 송인화의 「1950년대 지식인 여성의 교육과 기독교: 임옥인의
『들에 핀 백합화를 보아라』를 중심으로」는 작품에 나타나는 미(美)의 이념
이 기독교의 금욕적 윤리와 가부장적 보수 담론의 모순적 결합으로 구성되
어 있으며, 생활 중심의 교육이 지식인 여성을 탈정치화하는 것은 물론 기
독교의 이타적 교리와 성차별적 이념을 정교하게 겹쳐 놓아 가정 이데올로
기에 안착하도록 귀결 짓고 있다고 밝힘으로써 역시 경직된 기독교적 요소
의 부정적 영향을 지적했다.

　임옥인 소설은 작품 간의 편차가 있는 편인데, 매체의 성격 특히 기독
교 계통 잡지에 실린 소설의 경우 주제나 작품 완성도 면에서 낙차가 크다.
앞에서 거론한 논문을 비롯하여 임옥인 소설에 대해 부정적인 평가를 내
린 논의들은 주로 『들에 핀 백합화를 보아라』(1958~1960)를 연구 대상으
로 삼았다. 이 소설은 대한기독교서회의 '새가정사'에서 펴내는 잡지인 《새
가정》에 연재된 작품이며 이 작품이 실릴 즈음 '새가정사'는 예장여전도회
연합회, 기장신도회연합회, 감리교여선교회연합회, 성결교부인회, 구세군부
인단, 대한YWCA 등 6개 단체가 공동 운영하고 있었다. 본고가 이러한 측
면을 지적하는 것은 임옥인 소설의 문학사적 의의를 살펴보기 위해서는 텍
스트를 선별하는 작업이 필요하다는 점을 시사하고자 하는 것이다. 실제
로 정재림의 「타자에 대한 사랑과 윤리적 주체의 가능성: 전영택과 임옥인

　학》 38, 2010.

　송인화, 「1950년대 지식인 여성의 교육과 기독교: 임옥인의 『들에 핀 백합화를 보아라』를
　　중심으로」, 《한국문예비평연구》 36, 2011.

3) 박정애, 「전후 여성 작가의 창작 환경과 창작 행위에 관한 자의식 연구」, 224쪽.

의 소설을 중심으로」⁴⁾는 기독교적 세계관을 직접 드러내지 않는 「부처」, 「행운의 열쇠」, 「구혼」, 「노숙하는 노인」 등의 단편 소설을 분석하여 소외된 이웃에 대한 연민과 사랑을 바탕으로 한 비(非)혈연 가족 공동체의 모색과 타자성을 수용하는 윤리적인 태도를 밝힌 바 있다.

임옥인 소설을 문학사에 적극적으로 자리매김하려는 노력은 주로 여성 인물의 주체성이 드러나는 작품을 주목한 연구들⁵⁾이다. 김복순의 「분단 초기 여성 작가의 진정성 추구 양상: 임옥인론」은 여성의 성적 방종이나 실존주의적 경향이 부각됐던 1950년대 문학사에서 임옥인의 소설이 예외적으로 여성의 삶에서 '진정성'을 추구했다는 점에 주목했다. 이 논문은 임옥인의 작품 연보를 작성하는 어려운 작업을 시도했고, 임옥인 소설이 여성을 희생시킨 가부장제 현실을 문제시하고 이를 거부하는 주체적인 여성상을 추구했다고 밝혔다. 그러나 임옥인이 진정성 추구를 위해 천착한 낭만적 사랑과 천사형 여성상의 경우는 각각 가부장제를 내면화한 허위의식이며 기독교적 여성관의 보수성이 반영된 "진정성의 왜곡된 지향 형태"라고 분석했다. '진정성'을 "우리가 당위로서 추구하는 진정한 가치"⁶⁾로 개념 정의한 것이 다소 모호하기는 하지만, 여타 논문들이 개별 작품론에 치우쳤던 것과 달리 이 논문은 단편과 장편을 포함하여 1960년대 작품까지 두루 다룸으로써 임옥인 소설의 가능성과 한계를 함께 짚어 주는 성과를 보여 주었다.

---

4) 정재림, 「타자에 대한 사랑과 윤리적 주체의 가능성: 전영택과 임옥인의 소설을 중심으로」, 《신앙과 학문》 16권 1호, 2011.
5) 김복순, 「분단 초기 여성 작가의 진정성 추구 양상: 임옥인론」, 《현대문학의 연구》 8, 1997; 전혜자, 「코라(Chora)'로의 회귀: 임옥인의 『월남 전후』론」, 《현대소설연구》 7권, 1997; 서정자, 「자기의 서사화와 진정성의 문제: 임옥인의 「일상의 모험」을 중심으로」, 《세계한국어문학》 2집, 2009. 10; 차희정, 「해방 전후 여성 정체성의 존재론적 구성과 이주: 임옥인의 「월남 전후」를 중심으로」, 《여성문학연구》 22호, 2009. 12; 정재림, 「임옥인의 삶과 문학」, 『임옥인 소설 선집』(현대문학, 2010).
6) 김복순, 「분단 초기 여성 작가의 진정성 추구 양상: 임옥인론」, 29쪽.

한편, 서정자의「자기의 서사화와 진정성의 문제: 임옥인의『일상의 모험』을 중심으로」는 매체의 성격에 따라 임옥인 장편 소설을 세 부류(기독교 단체에서 발행하는 매체에 연재된 '기독교 소설', 신문 잡지에 게재된 작품으로 대중성을 고려한 '기독교 계몽 소설', 문학 전문지에 연재된 '자기의 서사 3부작')로 나누고 그 가운데 세 번째 작품군에서 "자기 탐구의 발전된 양식"이라고 본『일상의 모험』을 주목했다. 특히 이 논문은 임옥인 소설에 나타나는 '피, 오물, 해골, 시즙' 등을 눈여겨보고 처음으로 '애브젝트(abject)'를 거론하는 성과를 보여 주었다. 즉, 임옥인 소설의 진정성이 "가부장제와 같은 체계와 질서의 모순에 파열을 가하는 애브젝트를 낳게 하였다."[7]라고 봄으로써 임옥인 소설이 일상을 진부하게 다루었다는 기존의 인식을 전복하고 임옥인 소설 연구에 중요한 관점을 제공했다. 그러나 이 논문은 임옥인 소설 여러 편에 나타나는 애브젝트의 예를 열거하는 데 치중했고,『일상의 모험』의 경우도 애브젝트를 전체 서사 구조와 관련하여 해석하기보다는 "가부장 의식의 화신"인 남편에 제한하여 해석했다.

임옥인은 "의식적(意識的)으로나 무의식적(無意識的)으로나 내가 그리는, 또, 그리랴는 세계(世界)는 주(主)로 여자(女子)의 세계(世界)입니다. 그것이 내가 문학(文學)의 길을 걷는 데 최단거리(最短距離)요 또 자연(自然)이라고 생각합니다."[8]라고 진술하기도 했지만, 실제 자신의 소설에서 다양한 계층의 다채로운 여성 인물들을 형상화했다. 이는 내면에 켜켜이 쌓인 작가 자신의 여성사를 성찰하는 것이기도 했고, 또 은폐되거나 왜곡되었던 당대 여성의 삶을 성찰하고자 하는 것이었다. 여성 작가가 자신의 젠더 정체성을 화두에 부치는 작업은 불가피하면서도 자연스럽고 바람직한 일이다. 이때 각 여성 작가의 개성적인 목소리가 나타나게 되는 데는 당대의 특성과 작가 개인의 생애 등 여러 가지 복합적인 요소가 작동한다. 임옥인의 경우

---

7) 서정자,「자기의 서사화와 진정성의 문제: 임옥인의『일상의 모험』을 중심으로」, 161쪽.
8) 임옥인,「실제(失題)」,《문장》 2, 1940. 1, 163쪽.

는 "교회가 서고 문맹퇴치열이 일"[9]었던 함경북도 길주 태생이라는 점, 증조부의 반대를 무릅쓰고 보통학교에 들어가 공부를 시작한 후 민족주의적 미션계 여학교인 함흥 영생여자고등보통학교에서 수학하고 모교 장학금으로 "일본 속의 '한국' 나라[奈良]"[10]라고 회상한 나라여자고등사범학교에서 유학했다는 점, 1939년 등단 이후 1941년까지 등단작 「봉선화」를 포함하여 《문장》에 총 5편의 단편 소설을 싣고, 해방 후 사회주의 체제가 성립되는 와중에 함남 혜산진에서 대오천가정여학교를 설립하여 농촌여성계몽운동을 하다 1946년 단신으로 월남했고 이후 1970년대 중반까지 활발하게 작품 활동을 했다는 점이 주목할 만하다. 이러한 점들은 '월남 여성 작가'라는 특질로 수렴해 볼 수 있다.

1950년대 남한에서 작품 활동을 한 월남 작가로는 "황순원, 김이석, 최태응, 안수길, 정비석, 임옥인, 선우휘, 오상원, 이범선, 장용학, 손창섭, 곽학송, 김광식, 이호철, 박연희, 송병수, 김성한, 전광용, 최인훈 등"[11]이 있다. 이같이 열거된 예에서 월남한 여성 작가는 임옥인뿐이다. 또 다른 월남 여성 작가로는 박순녀[12]를 들 수 있다. 임옥인과 박순녀는 각각 함북 길주, 함남 함흥 태생으로 이른바 '관북 출신 월남 문인'[13]이며 다른 월남 작가들과 달리 '월남, 여성, 작가'의 함수 관계를 살펴볼 수 있는 중요한 작가들이다. 그런데 박순녀는 1928년생으로 해방 후 월남할 당시 10대였고 1960년대에 비로소 등단하게 된다. 박순녀와 달리, 해방 이전에 이미 등단했고 단신

9) 임옥인, 『나의 이력서』, 23쪽.

10) 임옥인, 『나의 이력서』, 56쪽.

11) 한수영, 「월남 작가의 작품 세계에 나타난 반공 이데올로기와 1950년대 현실 인식」, 《역사비평》 21호, 1993, 298쪽.

12) 김윤선, 「월남 여성 작가 박순녀의 '체험'과 문학」, 《한국학연구》 33호, 2010.

13) 김준현, 「관북 출신 월남 문인의 정착과 전후 문학 장」, 《한국근대문학연구》 31호, 2015, 65쪽. 이 논문은, '서북 출신 월남 문인'들이 월남 이후 기독교와 반공주의 등의 지역적 정체성을 적극적으로 드러내며 매체를 주도하여 남한 지역 출신 토착 문인들의 기득권과 맞설 수 있을 정도로 성장했던 데 반해 그와 같은 헤게모니 장악 과정에서 '관북 출신 월남 문인'들이 대타항으로 호명되며 배제되었다는 점을 주목했다.

월남 당시 30대에 접어든 임옥인의 경우는 '월남'이라는 '경계 넘기' 혹은 '이주' 행위가 작품의 변화에 어떤 영향을 주었는지를 보여 주는 드문 예라고 할 수 있다.

월남 작가란 "삶의 근거를 이북에 둔 채, 정치적 사상적 혹은 기타 여러 가지 이유로 이북에서의 삶을 포기하고 남한에 이주하여 작가 활동을 해 나가는 사람"[14]이라고 보면, 월남 작가의 작품 세계를 고찰할 때 삶의 정처(定處), 사상의 정처를 상징하는 '집 모티프'는 서사 구조 분석의 중요한 거점이 될 수 있을 것이다. 집을 잃고/버리고 낯선 곳에 새로운 집을 지어야 하는 처지는 일종의 트라우마였을 가능성이 높은데 더구나 한국 전쟁을 전후하여 반공 이데올로기가 "국가의 지배 이데올로기로서 역할을 할 뿐만 아니라 사회의 정신 습속(mentality)에까지 침투"[15]하여 참혹한 통제를 감행했던 역사적 상황을 상기할 때, 가족을 북에 두고 단신 월남한 여성이 분단 시대를 살아가야 했던 정황은 그녀의 문학에 흔적을 드리우지 않을 수 없었을 것이다. 이에 본고는 먼저 해방 이전 임옥인 소설에 나타나는 여성 인물과 집 모티프의 특성을 살펴보고 이것이 월남을 전후하여 어떤 방식으로 이어지고 변화되는지를 고찰하고자 한다.

2 길들지 않는 열정과 집단적 주체로부터의 자유

임옥인의 등단작 「봉선화(鳳仙花)」(1939)는 한껏 설레는 마음으로 약혼자의 귀국을 기다리는 '혜경'의 하루를 그린 단편이다. 소설의 분량 면에서나 내용의 스케일 면에서나 소품에 그친 작품이기는 하지만, 임옥인의 여성 인물이 지니고 있는 특질을 선보이고 있어 흥미롭다.

---

14) 한수영, 「월남 작가의 작품 세계에 나타난 반공 이데올로기와 1950년대 현실 인식」, 298쪽.
15) 유재일, 「한국 전쟁과 반공 이데올로기의 정착」, 《역사비평》 통권 18호, 1992년 봄호, 139쪽.

이 작품은 채소와 꽃이 심긴 혜경의 뜰을 한가운데 두어 '불그레한 수염이 드리운 옥수수, 노랗게 꽃핀 쑥갓, 짙은 보랏빛 아사가호꽃, 불빛 난초꽃, 봉선화, 따리아' 등의 다채로운 색상으로 가득하다. 이 가운데 특히 '봉선화'와 '따리아'를 주목할 필요가 있다. 봉선화에 대한 묘사는 시집갈 때 가져갈 치마에 물들인 "연한 봉선화 빛"[16]에서 무명지 손톱에 물들여진 "새빨간 봉선화"[17]로 바뀌면서 속성상 "피빛의 따리아"[18]와 같아진다. 웅식을 기다리며 성실하게 혼수를 준비하는 혜경의 일상은 일견 순결한 몸과 영혼으로만 이루어지는 낭만적 사랑과 행복한 집(결혼)에 대한 염원을 전경화한다. 그러나 인물의 심리를 묘사하는 언술은 낮지만 강렬한 목소리로 이 같은 기본적인 서사에 균열을 일으키고자 한다. "감정이 북바칠 때", "샘솟듯 하는 그의 생각을 주체할 길이 없는", "누구에겐지 모르지만, 호소하고 싶은 애원에 가까운 심리 무엇인지 모르지만 꼭 붙잡아 보고 싶은 마음, 어딘가 모르게 날뛰고 싶은 생각 웬일인지 모르나 울고 싶은 기분, 이런 맘이 넘칠 때마다"[19]에서 보는 바와 같이 감정의 격렬한 동요와 '새빨간 핏빛'의 이미지가 한데 어울리면서 여성의 욕망과 몸 이미지를 끌어들이고 있는 것이다. "살에까지 폭 들여져서 빨고 싶도록 예쁘다."[20]에서 보듯 꽃은 그녀의 '몸'의 감각으로 옮겨 오면서 강렬한 감정을 동반한다. '타는 듯한, 빨려 들어가는 것 같았다, 불덩어리같이' 등에서 보듯 그것은 "자신이 사랑하는 대상에 너무도 강력히 묶여 있어" "사회적 질서와 의무라는 관점에서 볼 때 위험한 것"일 수 있는 '열정적 사랑(amour passion)'[21]의 특성을 보여 준다.

---

16) 임옥인, 「봉선화(鳳仙花)」, 《문장》, 1939. 8, 101쪽.

17) 위의 책, 107쪽.

18) 위의 책, 102쪽.

19) 위의 책, 105쪽. 밑줄 친 글씨는 필자 주.

20) 위의 책, 107쪽.

21) 앤서니 기든스, 배은경·황정미 옮김, 『현대 사회의 성·사랑·에로티시즘』(새물결, 2003), 76쪽.

그녀의 '길들여질 것 같지 않은 열정'은, "실로 웅식은 혜경에게 있어서 단순한 애인만으로의 존재가 아니었다. 신도 되고 부형도 되고 그리고 애인도 되었다. 산같이 든든한 존재였다. 호소의 상대요, 고백의 상대요, 전 순정을 바치는 그였다."[22]에서와 같이 웅식에 대한 기대가 높아질수록 위태로워 보인다. 과연 웅식은 혜경과 합일하여 행복한 집을 이룰 수 있을 것인가? 이 작품은 웅식이 드디어 역에 도착하는 데서 끝나기 때문에 둘의 관계와 미래에 대해 단정하고 있진 않지만, "웅식의 눈에 들어간 새빨간 혜경의 무명지 손톱은 화인(火印)과 같이 그의 심장에 뜨거운 듯하였다."[23]라는 마지막 문장은 여성의 열정적 사랑 혹은 '화인'이 가부장적 사회에서, 남성과의 관계에서, 언제든 '낙인(烙印)'이 될 수 있는 가능성을 암시한다. 다시 말해, 임옥인의 첫 소설에서 집 모티프는 여성이 남성과 함께 이루고자 하는 이상적인 장소로 상상되지만 그것은 아직 실현되지 않은 추상적인 공간일 뿐이며, 여성의 강렬한 욕망이 상상적 집을 초과할 수도 있는 것임을 암시하고 있다.

마치 예견된 것처럼 이후 임옥인의 소설에는 남자 혹은 남편의 배신과 폭력[24]이 등장한다. 이에 대응하여 여성의 '길들지 않는 열정'은 「전처기(前妻記)」(1941)에서 전근대적인 봉건적 관습으로부터 탈출하는 힘으로 발현된다. 그녀는 남편의 집을 과감히 떠나 자신의 집을 짓고자 한다. 이 작품은 낭만적 사랑을 결혼으로 완성한 '나'가 아이를 낳지 못해 남편을 다른

---

22) 임옥인, 위의 책, 105쪽.

23) 위의 책, 108쪽.

24) 이 장(章)에서 다루고 있는 해방 이전에 발표된 임옥인 작품들에는 모두 남성의 폭력이 등장한다. 「고영(孤影)」(1940)에서 남편은 자식만 남긴 채 아내를 버리고 간 "짐승 같은" 인물로 기억되고, 「후처기」(1940)에서 애인은 다른 여자와 도망가며 남편은 아내에게 무관심하다. 「전처기」(1941)의 남편은 처음의 약속을 저버리고 자식을 낳기 위해 다른 여자를 취하면서 위선을 보이고, 「산(産)」(1941)에서는 욕설을 퍼붓고 폭력을 행사하는 남편이 아내에게 가족을 모두 맡긴 채 거의 대부분의 시간을 떠돌아다니므로 '옥분'은 길에서 혼자서 출산을 하게 된다.

여자와 결혼시킨 후 아들 출산 소식을 듣자 결별을 선언하는 이야기이다. 자신이 얼마나 남편을 사랑하고 아이를 낳고 싶어 했는지를 절절히 고백한 후, "이 애기의 엄마가 당신이 아닌 것이 슬프다", "애기가 났으니 어서 돌아오시오", "세 사람의 혼이 이 애기의 속에서 완전히 융해(融解)가 될 것이요."라는 남편의 이기적이고 위선적인 편지 대목에서 그녀는 스스로 겪은 고통의 지극함만큼 단호하게 완전한 결별을 선언한다. 흥미로운 것은, 남편을 수신인으로 하는 서간체 형식은 최대한 예의를 다하고 있지만 서술자 '나'의 감정의 부침(浮沈)을 따라 서술은 균열적인 어조로 남편에 대한 깊은 그리움과 처참한 원망을 넘나든다는 점이다.

   아들— 귀한 음향입니다. 당신은 생명을 걸고 이룬 결혼도 아들을 얻기 위해 짓밟아 버리셨습니다. 그처럼 귀한 아들을 얻으셨으니 그 밖의 불만은 참으시는 것이 옳으리라 생각합니다. 그러나 지금도 당신의 음성이 들리는 것같습니다. 결혼 첫날밤,
   「아이는 낳지 말어요. 우리 사이에 방해가 돼서」 하시던 말씀이 귀이 쟁합니다.
   (중략)
   당신! 이 마음을 이다지 아프게 하는 원인을 당신도 나도 잘 알고 있습니다. 그러나 이 사실이 과연 절대적으로 피하지 못할 길이었으리까? 당신의 힘만으로 당신의 결단만으로는 이 불행을 막을 길이 없었단 말씀입니까? 목숨을 걸고 이룬 사랑의 성공이 안였습니까? 자식이란 그다지도 필요한 것이었습니까? 당신의 늙으신 부모님의 종족 번식욕에 그다지 사로잡히잖으면 안되었습니까? 안해란 자식을 낳는 도구여야 한다는 윤리는 어디서 배웠습니까? 그리고 당신을 남에게 주어 버리고 당신의 안해란 간판만을 직히므로 견디어 나갈 수 있는 저로 아셨습니까?
   당신! 현구 아버지. 당신은 그 애의 아버지라는 의식 속에서 그 애의 어머니에 대한 새롭고 뜨거운 사랑을 발견하실 수 있으리라 믿습니다. 그런

사실을 위해서는 저란 존재는 악마는 될 수 있어도 결코 천사는 못되일 것입니다.[25]

"세 사람의 혼이 이 애기의 속에서 완전히 융해"되리라는 교양적 수사로써 사실상 두 아내와 아들까지 모두 취하려는 남편의 남성 중심적 폭력에 대해 서술자는 경어체(敬語體)를 교묘하게 활용하여 조롱하고 따지고 분노하고 비웃는다. 숨도 쉬지 않고 이어지는 공격적인 반문 후에 부르는 '당신'은 존경과 그리움을 품은 2인칭 대명사가 아니라 상대를 낮잡아 부르는 '당신'이 되는 것이다. 그런데 또한 분노 속에서도 서술자는 결혼 첫날밤의 약속이라는 과거, 구습을 어리석게 추종함으로써 비극이 된 현재, 혈통을 이어 준 여자에 대한 새로운 애정이 생길 것이라는 남편의 미래를 모두 분명히 인식하는 이성적 주체를 견지하고 있다. 편지 말미에 그녀는 "아이 못 낳는 까닭에 당신을 이렇게 여이게 된다는 일보다도 저는 아직도 '관습의 희생자'일 터입니다."[26]라고 하여 자신의 비극을 비단 남편 개인의 문제가 아닌 전근대적인 집단 주체를 무비판적으로 수용함으로써 빚어진 일이라고 해석하는 객관적 시각을 확보한다. 이 소설의 마지막 문장 "어머님 상청 모신 방에서 이 글을 씁니다."[27]는 서술자가 터득하고 있는 냉철한 이성과 작품을 가로질렀던 지극한 고통을 동시에 드러내고 있다.

'나'가 이러한 결론에 이를 수 있었던 것은 두 가지 덕분이다. 하나는 땅

---

25) 임옥인, 「전처기」,《문장》제3권 2호, 89쪽.

26) 임옥인, 위의 책, 92쪽.

27) 상청은 '죽은 이의 영위(靈位)를 두는 영궤와 그에 따른 물건을 차려 놓는 곳'이다. 망자의 신주를 상청에 모시는 것은 탈상 때까지이므로 대개 최대 2년 정도이다. 위 소설에서는 다른 정황이 기술되어 있지 않아 주인공의 어머니가 언제 돌아가셨는지를 확정하기는 어렵지만, 어머니가 돌아가신 시점은 이 기간 중에 있을 것으로 추정된다. 주인공이 상중에 있거나 혹은 어머니가 돌아가신 후 2년 이내, 즉 최근에 어머니가 돌아가셨다는 것을 뜻할 것이다. 그렇게 본다면, 그녀의 결단이 어머니의 죽음을 겪고 그 슬픔으로부터 멀지 않은 시기에 내린 비장한 것임을 알 수 있다.

과 직업을 구했다는 점이고, 다른 하나는 '연숙'과의 자매애(sisterhood) 덕분이다. 남편을 다른 여자에게로 보낸 날 그녀는 남편의 집을 과감히 떠났고, "교육 사업"을 시작했으며 결혼 때 받은 패물을 모두 판 돈으로 연숙을 따라 땅을 샀다. 즉, 여성의 독립에 기본적인 조건인 경제적 독립을 취한 것이다. 땅과 직업은 모두 연숙과 관련이 있다. 그녀는 여학교 때의 절친한 동무로, 망연자실 앉아 있는 '나'를 유쾌하게 위로할 줄 아는 인물이다. 남편을 잃고 교사를 하면서 어린 아들을 키우는 연숙의 정황은 그녀 역시 전통적인 가족 관념 바깥에 있다는 것을 보여 주며 이 점은 '나'와 연숙이 연대(連帶)하는 집의 가능성을 매개한다.

임옥인은 비슷한 시기에 「후처기(後妻記)」(1940)를 쓰는데, 기존의 가부장제 사회가 발화(發話) 기회를 주지 않았던 '후처'를 1인칭 서술자로 삼는 시도라는 점에서 새롭다. 사범 학교를 나온 소학교 교원이 의사의 후처로 시집가는 이야기여서 언뜻 봉건적 관습에 굴복하는 신여성을 다룬 것으로 보인다. 사랑에 실패한 '나'가 배우자로 반드시 의사를 고집하면서 '이규철'의 세 번째 부인이 되어 애정 없는 결혼 생활을 시작하고 심지어 집안일을 성실하게 수행하므로 이 같은 설명이 틀린 것은 아니지만, 이 작품의 여성 인물은 그리 단순하지 않다. 그녀의 선택은 구태의연한 가부장제를 그대로 수용한 듯이 보이지만, 결혼 생활에서 보여 주는 그녀의 행위는 가부장적 사회가 여성에게 요구하는 미덕에서 벗어나 있기 때문이다.

그녀는 '생활', 특히 가사 노동에 관한 한 철저하게 성실하고 과도하게 근검절약함으로써 시부모와 친구를 비롯한 마을 사람 모두에게서 '고립'된다. "나는 무엇이나 손에 일감을 쥐고야 백였다."[28]에서처럼, 그녀는 찬거리와 일용품을 직접 사들이고 물도 공동 우물에서 직접 길어 왔으며 청소와 바느질 어느 하나 소홀히 하지 않았다. 아이들의 도시락을 직접 싸는 것은 물론 예습 복습을 꼭 봐 주었고 '내 악기들과 재봉침과 옷들과 기타 내 세

---

28) 임옥인, 「후처기」, 《문장》 2권 9호, 1940, 95쪽.

간들'을 거울같이 닦아 놓고 자랑으로 여겼다. 남편이 사랑했던 죽은 전처 '옥숙'의 자취를 지우기 위해 그리고 생활비의 낭비를 없애기 위해 아이들의 외할머니를 내쫓은 것은 물론, 시어머니가 보내 준 많은 양의 명란젓을 다 먹지 못하자 장에 이고 가서 죄다 팔아 버려 시부모가 다시는 아무것도 안 보내고 발걸음도 하지 않게 만들었다.

「기생의 소생이래두 옥숙의 편이 그래두 점잖았어. 돈을 쓸 줄 알고 인정이 있었거던. 그렇게 그가 있을 제 그 집에 좀 많이들 드나들었어?」
「참 그래. 점잖은 사람부인다웠지. 옥숙의 전부인도 무식은 했을망정 좀 듬직했어? 아여 지금것은 새도랭이라니, 깍쨍이구」
「그래두 애들은 잘 걷우나 보든데」
「그럼 그렇지 못함 죽일년이게」
「아무러나 애들 잘 걷움 그만 아냐?」[29]

이 작품은 1인칭 서술 상황이면서도 위 인용문과 같이 유독 마을 사람들의 수군거림을 자주 삽입하고 있다. "세상과 더불어 사괴이기를 그만두고 완전히 고립해 버"[30]리더라도 그만두지 않는 그녀의 과잉된 근검절약은 시댁 식구와 마을 사람들이 상징하는 관습적인 집단 주체의 동일성을 수용하지 않으려는 행위라고 볼 수 있다. 새로운 문물을 갖춘 신가정에 대한 환상, "당당한 의사 부인으로, 더군다나 수십만 재산가의 부인으로 행세를 할 것이요, 이 S읍에서는 인테리 주부가 되는 것"[31]과 같은 권력을 쥐려는 욕망, '내 것'의 최대치라 할 태어날 아이에 대한 집착 등 '나'는 내면 진술을 통해 여성의 허영심을 거침없이 노출시키는 것은 물론 자신만의 세간과 과잉된 가사 노동 속에서 "나는 나 이외의 모든 것을 충분히 경멸할 수

---

29) 위의 책, 94쪽.
30) 위의 책, 97쪽.
31) 임옥인, 위의 책, 89쪽.

가 있다"[32]는 불온한 태도를 고스란히 드러내고 있다. 그녀는 '후처'라는 남성 중심 명명을 그대로 따르는 '가부장적 집' 속에 '자신만의 집'을 틀어 앉혀서 안에서부터 균열을 일으키고 있는 것이다.

3 생활의 윤리와 자유주의적 열망

임옥인은 1946년 4월 단신으로 월남했고 그 당시 자전적 정황을 소재로 1956년《문학예술》에 「월남 전후」를 연재했다. 이 작품이 자유문학상을 수상하면서 임옥인의 대표작으로 많이 알려졌는데, 이 밖에도 월남 직전을 형상화한 작품으로 1948년《백민》에 게재한 「오빠」가 있다. 두 작품은 태생적 집을 떠나는 동일한 소재를 가지고 있으나 장편과 단편 소설이라는 점에서 크게 차이 나는 것은 물론 무엇보다도 주제로 직결되는 월남의 계기를 서로 다르게 설정하고 있다.

「오빠」는 소설 제목처럼 '오빠'에 대한 이야기지만 엄밀하게 말해 '오빠'를 중심으로 하여 '연히'를 설명한 작품이다. 임옥인의 실제 오빠처럼 소설 속 오빠도 다리에 괴사가 일어나 오래 고통을 겪다가 결국 두 다리를 다 잘라 내고 실의에 빠진다. 그랬던 오빠가 『자본론』을 꺼내 읽다가 호구 조사 나온 '왜순사놈'에게 들켜 경찰서에 끌려갔다 풀려난 일을 전후하여 삶에 대한 태도가 바뀐다. 두 다리가 없는 불구자라는 이유로 함구령만 내린 채 풀어준 단순 사건이었고 이에 대한 오빠의 생각이 직접적으로 기술되어 있지 않아서 이 사건이 오빠의 태도 변화에 어떤 사유를 직접적으로 제공한 것이었는지 단정하기는 어렵다. 그러나 이를 전후하여 그는 "놀랠 만큼 냉정하여졌고"[33] 죽음을 유일한 해결 방도로 생각했던 이전과는 달리 삶을 적극적으로 긍정한다. 결과적으로 오빠의 변화는 크게 두 가지로 말할

---

32) 임옥인, 위의 책, 97쪽.
33) 임옥인, 「오빠」, 《백민》 제4권 5호, 1948. 10, 82쪽.

수 있다. 첫째, 자신의 현실을 직시하고 '사유'하는 것이다. "생각은 곧 내가 살아 있다는 것을 가장 바로 증명하고 인식게 하는"[34] 것이라 여기며 발자크, 스탕달, 트루게네프, 체호프 등의 세계 문학과 데카르트, 헤겔, 칸트 등의 철학, 불경 등을 "초인간적 정력으로" 읽는다. 둘째, 그는 이성적 사유에만 탐닉하지 않고 생존을 위해 밭일을 하는 등 노동을 실천한다. "팔까지 짐승 모양으로 밭두둑을 짚어"[35] 기어 가며 혼자서 여러 말의 감자를 캐어 모으는 장면은 그의 변화를 단적으로 보여 준다. 중요한 것은 이러한 오빠의 변화에 비추어 주인공 '연히'가 자기 자신을 비판적으로 성찰한다는 점이다.

> 시 한 구절 변변히 못 쓰는 자기가 그 챙피하고 설익은 것을 시라고 떠메고 다니며 호라를 불어주는 특수한 인간들과 사회로만 찾아다니며 기뻐하려 하였다. 뿐만 아니라 소설가도 되고 평론가도 되고 심지어는 사교를 편지로 하는 여자가 되었던 것을 낯뜨겁게 인식하였다.
> 이미 참을성 없이 그는 석 달도 못 견디고 부녀동맹 간부가 되어 입에 발린 몇 마디 말을 가지고 책상을 두들기며 성하지 않으면 안되게 되었다.
> (중략)
> 새로 구각을 떨치고 나서서 핏대를 돋우며 떠드러대는 연히 따위 백 명의 이론보다 올케 하나의 실천과 용단이 얼마나 훌륭하고 비싼 것인가를 비교하면서부터는 연히는 자기의 입은 옷과 발르는 화장품이 다 부끄러웠다.[36]

위 인용문은 연히가 오빠와 자신을 비교하면서 스스로를 가차 없이 비판하는 부분이다. 자아비판은 지식인의 태도를 겨냥하고 있는데, 연히는 인정 욕망에 들뜬 지식인의 허영심, 부박한 지식을 동원한 권력 지향성, 생

---

34) 위의 책, 83쪽.
35) 위의 책, 86쪽.
36) 위의 책, 84쪽.

활의 실천 없는 무기력한 사유를 주로 비판하고 있다. 부부가 상의하여 '임고리 장사'를 하기로 한 것에 대해 전문학교 출신 연히는 모욕감을 느끼지만 결과적으로 생존을 위한 '실천과 용단'의 가치에 공감하게 된다. 이 작품의 경우, 월남을 결심하는 과정에 어머니가 등장하지 않는다든지,[37] 연히의 외적 현실에 대해서는 기왕에 하던 부녀동맹 간부를 그만둘 때 닥칠 '수난' 정도로 짧게 뭉뚱그려 언급한다거나 공산주의에 대한 판단도 유보하고[38] 있어서 월남의 불가피성 혹은 기존의 집을 부정하는 행위가 극적으로 드러나지는 않는다. 그러나 이로 인해 공산주의라는 외적 압박보다는 오빠의 척도에 견주어 '부끄러움'에 이르는 철저한 자기비판의 윤리가 이 작품을 지탱해 주고 있어 주목할 만하다.

한편, 「월남 전후」는 그로부터 8년 뒤, 작가 스스로 "사회 소설적인 수기 소설"[39]이라고 평가할 정도로 가족의 범위를 넘어서는 스케일로 창작된 작품이다. 해방이 됐다는 소식을 듣는 도입에서부터 '나' 김영인이 월남하기에 이르는 결말까지 약 1년 남짓 되는 북한 생활이 그려져 있다. 특히, 해방이 되었으나 일본 패잔병 소탕이라는 명분 아래 행해진 소련군의 공격으로 곳곳이 초토화되고 사람이 눈앞에서 죽어 나가는 길주행 열차 장면은 치밀한 묘사로 긴장감을 유지하며 전개된다. 그런데 이 작품은 「오빠」와는 달리 서사 자체가 이분법적 대립으로 구조화되어 있다. 김영인의 오빠는 비극성을 더하는 가족의 구성원으로 배경화될 뿐이다. 「오빠」에서 연히의 부인동맹 활동이 철저한 자아비판의 대상이었다면, 「월남 전후」에서 여성

---

37) 작품 도입에는 "어머니 올케 둘밖에 없는 집안에 그들이 모르는 사실을 오빠만이, 아는 것이 무서웠다."라는 서술에서 어머니의 존재를 거론한 바 있다.

38) 연히는 북한에서의 마지막 밤에 올케와의 대화에서 "난 요즘 여러 가지로 생각을 달리하게 됐어요. 그 공산주의라는 것도 여기 모양으로 분주한 세상에서보다 여기서 밤낮 원수처럼 멸시하고 저주하고 원망하고 그러는 다른 고장엘 가서 차라리 배와 볼까 해요."(86쪽)라고 진술한다. 이는 공산주의를 학문적 대상으로 놓고 객관적으로 접근해 보겠다는 의미로 해석될 수도 있다.

39) 임옥인, 「문학과 신앙의 생애」, 《현대문학》, 1981. 11, 290쪽.

동맹 교양부장으로서의 활동은 어떤 상황에서도 포기할 수 없는 생활 윤리의 실천과 여성의 문맹 퇴치라는 계몽적 행위로 옹호되었다.

이분법적 대립 구도는 구체적으로는 '을민'으로 대표되는 맹목적인 공산주의와 '나'라는 개인의 대립으로 구축되어 있다. 을민이 광복 직후 '나'의 든든한 울타리가 되어 줬던 사촌 동생의 자리에서 혈연관계를 지우고 위협적인 공산주의자의 자리로 이동하면서 대립 구도는 비극적인 적대감을 증폭시키며 그 자체로 집 떠남 혹은 월남의 불가피성을 역설한다. 작품 도입에 반복적으로 등장하는 소련군의 만행, 문화에 대한 무지와 몰이해를 보여 주는 을민, 공산주의에 우호적이지 않은 인물들을 압박하거나 고문하는 장면의 반복, 공산주의에 대한 맹목적인 숭배를 보여 주는 군인 최순희 등의 설정이라든지, "6·25 이전에는 다른 지방 특히 남한에서는 듣지도 못한 참상을 이 함경북도 각지에서는 이미 그 당시에 겪었던 것이다.", "무식과 주먹다짐과 무자비 그것이 밑천인, 소위 공산주의자들은 지식 청년들을 사갈시하고 있는 것만은 사실이다."[40] 등과 같은 서술 행위의 노출이나 "너희들 공산주의가 이기나 자유주의가 이기나, 두 개의 세계의 결말을 내 눈으로 보구야 말테다. 야만의⋯⋯"[41]와 같은 주인공의 직접 발화는 전쟁을 겪은 1950년대에 월남 작가로서 이데올로기적 정체성을 보여 줬어야 했던 억압적인 상황에서 나온 반공적 사고라 할 수 있다. 그럼에도 불구하고「월남 전후」를 반공 텍스트로만 읽을 수 없는 것은, 이 작품에 공산주의의 압박과 위협이라는 외적 계기 외에도 '나'가 월남할 수밖에 없었던 개인의 내적 계기가 정교하게 배치되어 있기 때문이다.

그다음에는 각 면대표들의 경과 보고와 더불어 각 면대표들의 의견 발표가 있을 참이다. 나는 거칠어 오는 호흡을 정리하기에 애썼다. 나는 이 장내

---

40) 임옥인, 「월남 전후」, 『월남 전후』(삼중당, 1978), 153쪽.
41) 위의 책, 171쪽.

(場內)를 나 홀로 정복하고 싶은 충동에 사로잡혔다. 각 기관의 대표들이나 권덕화 여사나 군인 최순희나 그 밖의 각 면 대표들이나 이 여성동맹 군인민위원회 위원장이나를 막론하고 나는 그들 속의 일원이라기보다는 그 수많은 사람들의 집단은 나란 존재에 도전하기 위한 것으로 여겨졌다. 그렇게 여겨지자 나는 더욱 외로운 동시에 또한 나 자신을 억제키 어려운 투지를 의식하지 않을 수 없었다.[42]

일본 유학까지 다녀온 지식인 여성 '나'의 공산주의 이해는 대개 범박한 휴머니즘적 관점에서 바라보는 정도이다. 즉, 공산주의에 대한 객관적 사유와는 거리가 멀고, 무고한 개인을 고통스럽게 하는 "야만의" 이데올로기 혹은 억압적인 집단의식 정도로 경험적으로 이해하고 있는 것이다. 위 인용문에서 보듯, "나는 그들 속의 일원이라기보다는 그 수많은 사람들의 집단은 나란 존재에 도전하기 위한 것으로 여겨졌다."라는 인식은 집단적인 통제[43]에서 끊임없이 자유로워지려는(liberty from)[44] 근대의 자유주의적 개인의 면모를 보여 준다. 주인공 '나'는 현실에 대한 이해도 대개 '개인'의 차원에서 수행한다. 예를 들어, 흰 무명천을 들고 미친 것처럼 도망가는 일본인 패잔병과 오물 위에서도 꾸역꾸역 밥을 먹는 일인 가족들의 광경을 거듭 연민할 수 있는 것도 그들을 일본 제국주의라는 집단 주체로 바라보지 않기 때문이다. 여성동맹에서 '나'가 '권덕화'를 가장 긍정하는 것도 그녀의 인품 때문이며, 권덕화의 공산주의 투쟁 경력이 사실상 "사랑 때문에……한 남성에게 전부를 걸고 덤빈 청춘 게임"이었다고 설명하는 것도 집단으로부터 개인을 분리하려는 작가의 설정이라고 볼 수 있다.

---

42) 위의 책, 170쪽.
43) "대중을 위해 개인 생활을 희생시켜야(위의 책, 90쪽)" 한다는 최순희나 을민의 발언은 노골적으로 집단적 주체와 개인 주체의 대립을 드러낸다.
44) Isaiah Berlin, "Two concepts of Liberty," *Four Essays on Liberty*(Oxford University Press, 1969), p. 127.

'나' 김영인이 월남할 수밖에 없었던 심층적인 이유는 '집 모티프'와 관련이 있다. 을민의 위협이라는 외부적인 이유 외에 '나'의 정체성을 설명해 줄 수 있는 존재 즉 '그이, 어린 것, 내 방, 내 책'이 모두 죽음을 맞았기 때문인 것이다. '그이'로 지칭되는 애증의 존재는 이미 처음부터 무덤으로 등장했으며, '나'에게 주겠다고 올케가 약속한 계집아이는 태어난 지 보름 만에 악풍에 걸려 죽었다.[45] 소련군의 폭격으로 길주 집의 "다 무너진 내 방"은 물론이고, 폭격으로 유실되었다가 천신만고 끝에 찾은 '나'의 책을 집 마루 밑에 '묻는' 행위는 모두 북한에서의 '나'의 상징적인 죽음 혹은 '집'의 소멸을 의미한다. '그이, 어린 것, 내 방, 내 책'은 모두 '나'의 '집'을 구성하는 요소들이며, '나'를 보존하고 '나'의 정체성을 설명할 수 있는 이 존재들이 모두 주검이 되었을 때 그녀는 그곳을 떠날 수밖에 없었던 것이다. 2장에서 보았듯이, 해방 이전 임옥인 소설에서 기존의 집을 부정하고 새로운 집을 짓고자 하는 행위가 개인의 차원에서 능동적이었던 데 비해, 월남 이후 창작된 소설에서는 그러한 개인의 행위가 역사적 현실이라는 외부에 압도되는 형국으로 드러난다.

4 '집짓기'와 '집으로부터의 자유' 사이의 애브젝트

『일상(日常)의 모험(冒險)』(1968. 1~1969. 4)[46]은 김영인의 월남 이후 삶을 그린 1인칭 장편 소설이다. 그녀는 '할배'라고 부르는 남편을 두었고 작가이자 대학 교수가 된 50대 인물로 등장한다. '간간이, 꽁꽁이' 등 수양딸들과 친척들, '하순주' 등 재직하고 있는 학교와 관련된 사람들, '강병길' 등

---

45) "'내 것이라고 이름 지은 것의 소멸…….' 고 어린 것의 출현과 소멸은 마치 내 운명의 심벌같이 느껴졌다. 저 높은 언덕에 그이의 무덤이 있을 것이었다."(임옥인, 『월남 전후』, 59쪽)라는 서술에서 '어린 것'과 '그이'가 한데 설명되어 있다.

46) 『일상의 모험』은 1968년 1월에서 1969년 4월까지 월간 《현대문학》에 연재된 장편이다. 본고에서는 1978년 삼성출판사에서 출간된 단행본에서 인용한다.

교도소와 관련된 인물들, '골무할매' 등 양로원 노인들, '후지야마' 등 일본 여행에서 다시 만난 나라여고보 동창들, 맹인 '이도우 부인' 등 신앙으로 맺어진 사람 등 이 작품에는 '나'의 행동반경을 따라 수많은 일상의 에피소드가 열거되어 있다. 이렇게 산만하게 나열되어 있어서 메인 플롯을 찾기 힘들 지경이지만, 월남과 관련된 '나'의 무의식에 초점을 맞추어 보면 수인(囚人) '강병길'과 고아원 출신으로 베트남전에 참전한 '한일석'을 중심으로 서사가 구조화되어 있다는 것을 알 수 있다.

서신을 통해 작품에서 직접 화자가 되는 것은 물론 작품의 후반부까지 꾸준히 등장하여 갈등 상황을 제공하는 강병길의 존재가 중요한 것은, 그가 '갇힌 자'의 형상이며 통제로부터 자유로워지고자 하는 욕망으로서 '나'의 무의식을 상징하기 때문이다. 여기서 자유는 표면적으로는 남편의 독설과 폭력이라는 가부장적 권력이 압도하는 '집으로부터의 자유'를 표방한다. 한편, 고아 한일석의 존재는 월남 이후 끊임없이 정처를 짓고자 했던 '나'의 또 다른 욕망을 암시한다. 그녀는 남편과 기거하는 집 외에도 전기도 제대로 들어오지 않는 시골에 집을 짓고 자신은 물론 집 없는 사람들을 끊임없이 들인다. 한곳에 정착하지 못하는 강병길의 어머니를, 또는 제대후 갈 곳 없던 한일석을 시골집에 머물게 하는 등 그녀의 '집짓기'의 욕망은 "아무것도, 아무도 없는 그 방",[47] "나는 엄마도 없고 불도 없는" "인생의 거지"[48]였다고 술회하는 월남 직후 '고아 체험'에서 비롯된 것이다. '나'의 집을 짓고자 하는 욕망은 기독교 신앙과 거기에서 비롯된 생활의 윤리를 통해 지속적으로 주인공을 남한의 질서에 안착하게 하는 역할을 한다. "더 교묘하고 더 큰 죄수는 바로 나요, 내가 선 자리"[49]라는 그녀의 원죄 의식과 타자에 대한 공감 능력은 '어떻게 살 것인가'라는 질문에 대해 "피

---

47) 임옥인, 『일상의 모험』(삼성출판사, 1978), 82쪽.

48) 위의 책, 83쪽. 월남 직후 이러한 처참한 고립에 대한 기억은 『일상의 모험』에 여러 차례 등장한다.

49) 위의 책, 114쪽.

조물로서의 한계와 도덕적 담지자 및 행위자로서의 인간을 조화롭게"[50] 보고 응답하려는 기독교 윤리학의 측면을 잘 드러내 준다. 이렇게 양립 불가능해 보이는 '집짓기'와 '집으로부터의 자유'라는 두 개의 항을 끊임없이 왕복하는 행위가 이 작품의 서사 구조를 지탱하고 있으며 '일상의 모험'이라는 제목은 여기에서 비롯된다.

그런데 이때 더 중요한 것은 이 두 항 사이에서의 끊임없는 왕복이 결국 피 웅덩이와 같은 '애브젝트(abject)'[51]를 낳는다는 점이다. 집 현관 앞에 흥건하게 쏟아져 있던 피 웅덩이가 머릿속에 떠오른 것은 다음과 같은 대목이다. 김영인과의 지속적인 만남을 통해 점차 자신의 삶을 성찰하는 면모를 보여 주었던 강병길이 갑자기 교도소 안에서 분란을 일으켜 면회조차 되지 않는 일이 벌어진다. 그는 이후로 더 이상 등장하지 않고 해결되지도 않는다. 설상가상으로 남편의 광기 어린 독설이 반복되자 그녀는 부엌의 집기들을 미친 듯이 집어던지고는 집을 뛰쳐나온다. "지옥도와 같은 집을 빠져나오긴 했어도 실상 어디로 가야 할지 방향을 모르겠다."[52]라고 독백하는 그녀는 다시 한일석과 같은 '집 없는 자', 거슬러 올라가면 월남 직후 거리를 헤맸던 "몹시도 지겹고 천하게 여겨지던 고아"[53]가 된 것이다. 그녀는 교수라는 사회적 지위를 가졌음에도 불구하고 고무신 안에 선혈이 질척거리는 채로 거리를 방황한다. 바로 이 시점이 과거의 피 웅덩이 사건과 겹친다.

그날의 생생한 핏자국을 잊지 못해서 기독연합신문에 콩트 형식으로 게재했던 그 얘기를 여기에 옮겨 본다. 오늘 밤 내가 우리집 문전을 지나야 하는 심경과 그 낯모르는 소년이 혀를 잘려 흥건히 피로 땅을 적셨던 그날의 내 심

---

50) 한국기독교윤리학회 편, 『기독교윤리학 개론』(대한기독교서회, 2014), 230쪽.
51) 쥘리아 크리스테바, 서민원 옮김, 『공포의 권력』(동문선, 2001).
52) 임옥인, 『일상의 모험』, 425쪽.
53) 위의 책, 266쪽.

경을 비교해 보고 싶어서다. 그렇게도 위로를 갈망하면서 찾아들던 우리 집 현관문은 오늘 밤 이 추위 속에 나를 추방하고 말이 없다.

핏자국

(중략)

나는 거의 현관 앞으로 다가가던 참이었다. 약간 다급한 심정으로 발걸음을 옮기며 발부리를 내려다보던 나는 소스라치게 놀랐다.

잉크를 쏟은 걸까, 아니면 선지국거리 장수가 흘린 걸까.

암만해도 이상하다. 우리 집 담벼락 아래 이 모래땅에 홍건히 쏟아져 있는 붉은 액체에 무관심할 수는 없다. 한 대접이나 푹 쏟아 버린 듯한 붉은 액체는 도대체 무엇이며, 누구의 소행일까.

나는 다시 그 주변을 두루 살피지 않을 수 없었다. 한 시각이라도 빨리 부자를 눌러 집 안으로 들어가고 싶던 충동은 싸악 가시고, 불길하고 무서운 전율이 온몸을 뒤덮기 시작하는 것이다. 우리 집 담벼락 아래의 그 새빨간 액체의 주변을 중심으로 그 일대는 점점이 가까울수록 많이, 거기서 멀어 갈수록 띄엄띄엄 그 붉은 액체는 흘러 있었다. 누가 붉은 염색을 하다가 쏟아 버린 것일까. 바로 저 아래 가까운 거리에 염색소가 있으니 말이다. 추운 계절이라, 골목 어느 집 젊은 어머니가 아이의 헌 스웨터를 풀어서 재생하느라고 그런 것일까.

그러나 내 가슴은 그런 한가한 상상에 동조할 수는 없는 모양이다. 다급하게, 격렬하게 그 심장의 고동은 내 귀에까지 울릴 만큼 뛰기 시작한 것이다. 숨이 차고 눈앞이 아찔하다.[54]

위 인용문 가운데 '핏자국'이라는 제목의 글은 우연히 집 현관 앞의 피웅덩이를 목격했을 때 보였던 격렬한 거부 반응을 기술한 것이다. 당시 피

---

54) 위의 책, 431쪽.

웅덩이는 전혀 예상치 못한 갑작스러운 대상이었으며, 두 아이가 싸우다 하나가 맥주병을 깨서 상대방의 혀를 찢었다는 사건 내용 역시 잔혹한 것은 물론 뜬금없기까지 하다. 그런데 피 장면과 여기에 대한 '나'의 격렬한 반응은 그동안 작품 곳곳에 산포되어 있었던 피의 기억을 불러일으킨다. 『일상의 모험』의 도입은 주인공이 교통사고로 머리에서 피를 흘리는 장면에서 출발했고, 그녀는 늘 "차를 탈 때마다 혼잡 속에 꼭 사람을 치이거나, 차와 차가 충돌할 것만 같아서 차마 눈을 뜨고 앞을 바로 바라볼 수 없는"[55] 불안을 지니고 있었으며, 결국 결말에서 약으로도 낫지 않는 병을 앓는 것으로 마감된다. 더 거슬러 오르면, 김영인은 아홉 번의 대소 수술로 "무지무지하게 흘린 피의 분량을 잊을 수 없"[56]으며 열 번 이상의 자살 기도 경력이 있다. 우연한 사건이 이렇게 그녀가 가지고 있던 '흥건한 피'의 기억으로 수렴되면서 "한 대접이나 푹 쏟아 버린 듯한 붉은 액체"는 하혈하는 여성의 몸 이미지를 생성한다.

물론, 기독연합신문에 실은 글은 '폭력은 인류의 적이다'라는 평범한 결론에 이르고, 곧이어 결말에서 '나'는 치병의 이야기가 기재된 누가복음을 읽으며 '윤 장로'가 일러 준 '주를 향한 제단'을 찾아[57] 떠난다. 그러나 "오늘 밤 내가 우리집 문전을 지나야 하는 심경과 그 낯모르는 소년이 혀를 잘려 흥건히 피로 땅을 적셨던 그날의 내 심경을 비교해 보고 싶어서다."라는 진술은 그 구체적인 내용을 생략해 버림으로써 더욱 의미심장해진다. 열아홉이나 스물은 돼 보이는 아이 둘이 싸우다가 한 아이가 혀를 잘려 피범벅이 되었다는 내용도 끔찍하고 매우 독특한 데다가, 심연과 같은 불안을 동반하는 피의 이미지가 위에서 본 것처럼 뿌리 깊은 기억들을 거느리고 있는

---

55) 위의 책, 6쪽.

56) 위의 책, 13쪽.

57) 이 '제단'에 대한 이야기가 《월간문학》에 연재된 『방풍림』(1973. 9~1975. 12)이다. 임옥인은 「문학과 신앙의 생애」라는 산문에서 『월남 전후』와 『일상의 모험』과 『방풍림』을 "『월남 전후』 3부작"(290쪽)이라고 칭한 바 있다.

것이어서, 위 인용문의 장면은 이미 하나의 중요한 '사건'이다. 그러므로 이는 단순히 남편과의 불화라는 표면적인 서사로 충분히 해명되지 않는다.

쥘리아 크리스테바에 의하면 '피, 토사물, 똥 등'과 같은 애브젝트는 내부와 외부의 경계를 구성하며 외부로 나오는 순간 "더럽고 천하며 역겨운 대상"이 되는데 "이는 갑자기 배타적이 되어 나를 의미가 붕괴되는 장소로 가게 한다."[58] 애브젝션은 애브젝트에 대한 "주체의 저항"으로 주체는 "이것을 외부적 위협이라고 느낄 뿐만 아니라 내부에서 발생하는 위협으로 인식"하므로 "분리를 갈망하는 것이면서 동시에 분리가 불가능하다는 느낌"이기도 하다.[59] 애브젝트와 애브젝션은 여성이 상징계에 진입하는 과정과 모성의 몸을 설명하려는 정신분석학적 구도에서 나온 개념이다. 프로이트와 라캉은 주체가 아버지의 법인 상징계에 진입하기 위해서는 어머니와 분리해야 한다고 보았지만, 크리스테바는 전오이디푸스적 어머니의 몸이 주체와 분리된 후라도 말끔히 사라지는 것이 아니라 무의식에 흔적으로 남아 끊임없이 상징계를 위협하는 공포의 힘으로 작동한다고 설명하였고 그것이 끔찍하고 역겨운 애브젝트로 나타난다고 보았다.[60]

『일상의 모험』에 등장하는 피 웅덩이라는 애브젝트는 '나'의 월남 행위와 연관 지어 해석할 수 있다. 이북의 고향은 그녀가 태어나고 성장한 근원이며 그런 의미에서 그 자체로 '어머니의 몸' 혹은 '태생적 집'이라고 할 수 있다. 그런데 그녀는 불가피하게 고향을 떠남으로써 어머니의 몸에서 분리되었고 남한의 거리에서 처절하게 겪었던 '고아 의식'은 바로 그러한 정황을 증명하는 것이었다. 낯선 세계에 진입한 그녀가 고아 의식을 떨쳐 버리고 안착하기 위해서는 그 질서에 걸맞는 새로운 '집'을 지어야 했다. 그녀가 보여 주는 집에 대한 강도 높은 애착과 집 없이 소외된 자들에 대한 연민은 '집짓

---

58) 쥘리아 크리스테바, 『공포의 권력』, 22쪽.
59) 박주영, 「영원히 지워지지 않는 흔적」, 한국여성연구소, 『여성의 몸: 시각 쟁점 역사』 (창비, 2005), 76~77쪽.
60) 박주영, 위의 책, 74~75쪽.

기'의 욕망을 잘 드러낸다. 결혼도 했고 버젓한 직장도 구했으니 외관상으로 그녀는 완벽한 집을 짓고 완전히 적응 혹은 순응한 것처럼 보인다. 그러나 그 새로운 집은 표면적인 서사에서는 남편의 폭력이 횡행하는 장소였고, 심층적인 서사 구조에서는 어머니의 몸 혹은 이북의 태생적 집이라는 자신의 근원을 철저히 부정하게 하는 남한 체제의 가혹한 법이 권력을 행사하는 통제된 공간이었다. 교도소의 수인으로 살아가는 강병길에 대한 관심과 보살핌이 유난했던 것도 그에게서 자신의 모습을 무의식적으로 보았기 때문일 것이다. 강병길이 자유로운 몸이 되길 그녀가 얼마나 바랐던가? 이와 같이 '집짓기'와 '집으로부터의 자유' 사이에서의 끊임없는 왕복 혹은 불안한 동요는 결국 무의식 속에서 '나' 자신의 존재를 피 웅덩이와 같은 애브젝트로 느끼게 했던 것이다. 아이들의 싸움 에피소드에서 한 아이가 혀를 찢기고 잘려서 생긴 피 웅덩이라는 특이한 설정은 아버지의 법 혹은 언어와 관련된 상징계를 위협하는 애브젝트의 특성과 기이하게 맞닿아 있다. 이에 대한 애브젝션으로서의 격렬한 공포가 결말에서 완전한 무기력과 (약으로도 낫지 않는) 병든 몸으로 드러났다고 해석할 수 있을 것이다.

5 결론

본고는 '월남'한 '여성' '작가'라는 키워드가 임옥인 소설의 특질을 밝혀 줄 수 있는 실마리라고 보고, 여성 인물의 특성을 삶의 정처(定處), 사상의 정처를 상징하는 '집 모티프'와 연관 지어 살펴보았다.

임옥인의 첫 소설에서 집 모티프는 여성이 남성과 함께 이루고자 하는 이상적인 장소로 상상되지만 그것은 아직 실현되지 않은 추상적인 공간일 뿐이며, 여성의 강렬한 욕망이 상상적 집을 초과할 수도 있는 것임을 암시했다. 이후 「전처기」, 「후처기」 등 해방 이전 《문장》에 발표한 소설들에서 여성 인물의 '길들지 않는 열정'은 남성 중심 사회의 척도로 보면 '불온'해 보이는 에너지를 지니고 있었고 끊임없이 가부장적 집단 주체로부터의 자유를 열망하면서 자신만의 '집'을 지으려는 근대적 개인의 시도로 드러나곤 했다.

월남 이후 작품으로는 『월남 전후』와 『일상의 모험』을 집중 분석했다. 임옥인의 대표작으로 알려져 있는 『월남 전후』(1956)는, 태생적 집을 떠난다는 동일한 소재를 형상화한 단편 「오빠」와 달리, 철저한 반성적 자기비판보다는 공산주의라는 외적 현실을 부각하고 그로써 월남의 불가피성을 극적으로 드러내는 경향이 있다. 그러나 이 작품은 월남 작가가 처한 반공적 이데올로기 환경에 무조건적으로 복속하지 않고 근대적 개인의 정체성이라는 내적 계기의 차원에서 월남의 불가피성을 형상화했다는 점이 주목할 만하다. '그이, 어린것, 내 방, 내 책'은 집 모티프를 구성하는 요소들이며, '나'를 보존하고 '나'의 정체성을 설명할 수 있는 이 존재들이 모두 주검이 되었을 때 그녀는 그곳을 떠날 수밖에 없었던 것이다. 해방 이전 임옥인 소설에서 기존의 집을 부정하고 새로운 집을 짓고자 하는 행위가 개인의 차원에서 능동적이었던 데 비해, 월남 이후 창작된 소설에서는 그러한 행위가 역사적 현실이라는 외부에 압도되는 형국으로 드러난다. 물론 해방 이전에 창작된 작품도 일제 강점기라는 강고한 외적 현실이 있었지만 임옥인이 그와 같이 불온한 상상력을 능동적으로 보여 줄 수 있었던 것은 민족주의적 이념과 기독교 신앙으로 무장된 성장 환경과 교육 환경을 모태로 하는 장소의 '피호성(被護性)' 덕분이었을 것으로 유추된다. 『나의 이력서』를 비롯한 자전적 글에서 임옥인이 이북의 고향을 회상하는 내용은 당당함과 자랑스러움, 그리고 깊은 신뢰로 가득 차 있다. 1950년대 여성 담론이 '아프레걸'이라는 위기 담론으로 관리되고 전쟁의 영향력과 반공주의 아래에서 '전후 문학'이 자폐적 경향을 보였던 것에 비추어 보면, 월남 작가에게 암묵적으로 강요되었던 입장의 한계가 노정되긴 했지만 적어도 임옥인이 역사의 한 장(場/章)을 작품에 끌어들이고자 했고 집단적 주체와 개인 주체의 길항 작용을 통해 월남의 내적 계기를 설명해 내고자 했다(『월남 전후』)는 짐은 주목힐 만하다.

1960년대 임옥인 소설은 사실 해방 이전 임옥인 소설이 보여 주었던 불온한 활기가 자취를 감추는 듯이 보인다. 그 대신 작품은 질서에 안착하는 일상을 열거한다. 『일상의 모험』이 바로 그러한 예이다. 월남과 관련된 '나'의 무의식에 초점을 맞추어 보면 산만한 에피소드들 중에서 수인(囚人) '강병길'과 고아원 출신으로 베트남전에 참전한 '한일석'을 중심으로 서사가 구조화되어 있다는 것을 알 수 있다. 강병길은 '갇힌 자'의 형상이며 통제로부터 자유로워지고자 하는 욕망으로서 '나'의 무의식을 상징하고, 고아 한일석은 월남 이후 끊임없이 '집'을 짓고자 했던 '나'의 또 다른 욕망을 상징한다. 그녀의 '집짓기' 욕망은 월남 직후의 처절한 '고아 체험'에서 비롯된 것이며, '집으로부터의 자유'는 임옥인의 해방 이전 소설에 나타났던 '길들지 않는 열정'의 흔적으로 볼 수 있을 것이다.

주목할 것은 '집짓기'과 '집으로부터의 자유'라는 두 개의 항을 끊임없이 왕복하는 행위가 결국 피 웅덩이와 같은 '애브젝트'를 낳았다는 점이다. 임옥인의 애브젝트는, 자신의 태생적 집을 강력하게 부정하는 반공주의 남한 사회에서 새로운 집을 지어 생존하려는 열망과 그럼에도 불구하고 남한에 완벽하게 새로운 집을 지을 수 없게 하는 태생적 집에 대한 욕망 사이의 길항이 낳은 이물질이다. '집짓기'와 '집으로부터의 자유' 사이에서의 끊임없는 왕복 혹은 불안한 동요는 결국 무의식 속에서 '나' 자신의 존재를 피 웅덩이와 같은 애브젝트로 느끼게 했던 것이다. 이는 월남 여성 작가 임옥인의 무의식으로서는 일종의 저항 행위라고도 볼 수 있다.

임옥인은 "문학은 끊임없이 배우고, 그 스스로 배워서 받아들인 것을 소화하여 글이라는 형식을 통해 다시 체외로 토하여 구축하는 작업이다. 그것은 누에의 생명의 도식과 같다."[61]라고 말한 바 있다. 글이라는 형식을 통해 다시 체외로 토한다는 구절은 절묘하게도 애브젝트를 연상시킨다. 월남은 삶의 근거가 '절단'되는 경험이었을 것이다. 월남을 감행한 여성 작가

---

61) 임옥인, 『나의 이력서』, 163쪽.

로 살아야 했던 임옥인은 자신의 존재 자체를 분단 시대의 애브젝트로 인식했던 것인지도 모른다. "몹시도 지겹고 천하게 여겨지던 고아 같은" "나의 피투성이 인생"[62]이라는 발화는 자기 자신을 애브젝트로 보면서 동시에 그러한 자기 자신을 거부하는 애브젝션의 태도라고 할 수 있다. 완강한 반공주의와 개발 독재를 토대로 국가 정체성을 수립해 나가던 1960년대에 작가들은 저마다 저항적 리얼리즘 또는 비(非)동일화(dis-identification)를 모색하는 문학으로 대항 담론을 만들어 갔다. 이때 발표된 『일상의 모험』은 표면적으로는 체제와 일상에 순응하는 듯한 서사를 보여 주지만 심층 구조에서는 여성 인물의 무의식을 노출시킴으로써 순응적 삶에 치명적인 균열을 일으키고 있다. 임옥인이 '월남'과 '여성'이라는 자기 생의 키워드를 놓치지 않고 문학이라는 글쓰기를 통해 자기 자신을 끊임없이 동요시키는 방식으로 고통을 자처했다면 이는 임옥인의 문학적 윤리라고 볼 수 있지 않을까?

---

62) 임옥인, 『일상의 모험』, 291쪽.

참고 문헌

김복순, 「분단 초기 여성 작가의 진정성 추구 양상: 임옥인론」, 《현대문학의 연구》 Vol. 8, 1997, 25~73쪽

김윤선, 「월남 여성 작가 박순녀의 '체험'과 문학」, 《한국학연구》 33호, 2010, 235~262쪽

김주학, 「한국 현대 소설에 끼친 기독교의 영향: 춘원, 늘봄, 임옥인의 작품에 나타난 기독교 의식」, 《목원어문학》 vol. 1, 1979, 239~261쪽

김준현, 「관북 출신 월남 문인의 정착과 전후 문학 장」, 《한국근대문학연구》 31호, 2015, 65~90쪽

박정애, 「전후 여성 작가의 창작 환경과 창작 행위에 관한 자의식 연구」, 《아시아여성연구》 41, 2002. 12, 213~241쪽

박주영, 「영원히 지워지지 않는 흔적」, 한국여성연구소, 『여성의 몸: 시각 쟁점 역사』, 창비, 2005, 70~93쪽

서정자, 「자기의 서사화와 진정성의 문제: 임옥인의 「일상의 모험」을 중심으로」, 《세계한국어문학》 2집, 2009, 143~173쪽

송인화, 「1950년대 지식인 여성의 교육과 기독교: 임옥인의 『들에 핀 백합화를 보아라』를 중심으로」, 《한국문예비평연구》 vol. 36, 2011, 473~502쪽

송인화, 「프로테스탄티즘 윤리와 질병의 수사학: 임옥인의 『힘의 서정』 연구」, 《비평문학》 No. 38, 2010. 12, 267~290쪽

유재일, 「한국 전쟁과 반공 이데올로기의 정착」, 《역사비평》 통권 18호, 1992년 봄호, 139~150쪽

전혜자, 「'코라(Chora)'로의 회귀: 임옥인의 『월남 전후』론」, 《현대소설연구》 7권, 1997, 279~301쪽

정재림, 「임옥인의 삶과 문학」, 『임옥인 소설 선집』, 현대문학, 2010, 445~469쪽

정재림, 「타자에 대한 사랑과 윤리적 주체의 가능성: 전영택과 임옥인의 소설을 중심으로」, 《신앙과 학문》 16권 1호, 2011, 181~202쪽

차희정, 「해방 전후 여성 정체성의 존재론적 구성과 이주: 임옥인의 「월남 전후」를 중심으로」, 《여성문학연구》 22호, 2009. 12

한수영, 「월남 작가의 작품 세계에 나타난 반공 이데올로기와 1950년대 현실 인식」, 《역사비평》 21호, 1993

쥘리아 크리스테바, 서민원 옮김, 『공포의 권력』, 동문선, 2001

제5주제에 관한 토론문

김은하(경희대 교수)

선생님의 글을 통해 임옥인의 작품 세계를 홍미롭게 살펴볼 수 있었습니다. 선생님께서 추출한 '자유주의적 여성상', '생활 윤리', '애브젝트' 등을 통해 이상적인 자기 집을 갖기 갈망하지만 끊임없이 상처 입고 좌절한 여성 지식인이자 월남민의 삶을 통해 경계에서 글을 쓴다는 것의 의미를 엿볼 수 있었습니다. 우리는 그간 임옥인을 일상의 질서를 중시한 '여류 작가'로 분류함으로써 진부함과 소박함의 딱지를 붙이거나, 종교적 색채를 강조함으로써 그녀의 작품을 깊이 읽어 내는 데 실패해 왔습니다. 선생님의 글이 임옥인 연구의 새 지평을 제시함으로써 다양한 연구를 촉발하기 기대하며 몇 가지 질문을 드리는 것으로 토론을 대신하고자 합니다.

첫째, 선생님께서는 임옥인의 초기 단편에서 "사회적 질서와 의무라는 관점에서 볼 때 위험한 것", 그렇기 때문에 "남성 중심 사회에서 언제든 '낙인(烙印)'이 될 가능성을 품은" '열정적 사랑(amour passion)'의 징후에 주목하고 「봉선화」, 「전처기」, 「후처기」를 분석하고 계십니다. 선생님의 해석을 증명하듯 「전처기」, 「후처기」의 주인공들은 모두 순응적이지 않으며 그녀들의 인생 역시 위태롭기만 합니다. 「전처기」에서 아내는 사랑하는 남자와 결혼해 행복한 가정을 꾸리는가 싶었지만 남편의 위선으로 이상이 깨어지자 이별을 통고하는 것으로 남편을 처벌합니다. 「후처기」의 주인공은 애인의 배신으로 이상적인 집을 짓지 못하자 자신의 좌절을 보상받으려는 듯 애인처럼 의사인 남자와 재취 결혼하여 집을 가꾸는 데 광기 섞인 열정을 발휘합니다. 사랑이 부재하기 때문에 공허하고 심지어 위선적이기조차 한 집을 가꾸는 데 과도한 정열을 발휘하는 그녀는 악녀로서의 자질이 약여한 기괴한 캐릭터입니다.

그런데 과연 그녀들의 이렇듯 평범하지 않은 면모가 '위험한 열정'에서 비롯된 것인지 궁금합니다. 「봉선화」의 결혼을 앞둔 여주인공이 품은 새 삶에 대한 기대는 기실 사랑하는 남자를 향한 정상적인 애정이고, 그녀의 열망은 신가정의 교양 있는 주부가 되어 자기를 실현해 보려는 것이기에 젠더/섹슈얼리티의 제도적 규범을 초과했다고 보기 어렵습니다. 두 작품은 분명한 차이가 있지만 공히 구질서에서 벗어난 새로운 내 집을 짓고자 하는 여성의 욕망이 남성의 배신으로 충족되지 못하면서 여성들이 겪은 좌절을 담아내고 있는 듯합니다. 따라서 선생님께서 말씀하신 여성의 정열은 무엇이며, 왜 그것이 수난을 불러올 것이라고 예감하시는지 좀 더 설명해 주시기 부탁드립니다.

둘째, 다른 한편으로, 이렇듯 자기만의 집짓기에 실패한 여성의 이야기가 『월남 전후』, 『일상의 모험』 등 여러 작품 속에서 이어진다는 사실이 흥미롭게 여겨집니다. 충족되지 못한 욕망은 사라지지 않고 흔적을 남기며 좌절을 상쇄하고자 하는 또 다른 욕망을 촉발하게 될 것입니다. 『월남 전후』의 주인공 영인은 실연한 노처녀로서 초기 작의 인물들과 여러 특질을 공유하고 있습니다. 그녀가 해방기의 혼돈 속에서 배신한 애인의 흔적을 더듬으며 자신이 일구려 했던 행복의 집이 물거품이 된 아픔을 느끼는 장면을 들 수 있습니다. 그녀가 가족을 버리고 월남을 결심한 것도 오롯한 자기 집을 가질 수 없다는 데서 비롯됩니다. 선생님께서도 "'그이, 어린것, 내 방, 내 책'이 모두 숙음을 맞았기 때문에 월남했다."라는 문장에서 영인이 월남한 이유를 찾고 계십니다. 그렇다면 그녀는 왜 그토록 내 집을 소망했을까요? 나아가 그녀가 여러 가지로 뜻이 맞지 않는 공산 치하에서 가정여학교 교장을 맡아 가정 계몽 사업을 하고 싶었던 이유는 무엇일까요? 그녀가 갖고자 한 집의 의미가 궁금해집니다.

셋째, 선생님께서 지적하셨듯이 동일한 시기를 배경으로 한 두 작품, 즉 「오빠」와 『월남 전후』의 차이가 매우 흥미롭게 여겨집니다. 전자가 '연히'의 자기비판을 통한 각성에 초점을 두고 있다면 후자는 공산주의에 대한 불신과 적대감이 압도하기 때문입니다. 이렇듯 작가의 자전적 체험에 뿌리를 둔 동일한 이야기가 판이하게 다른 까닭을 쉽게 추정해 볼 수 있습니다. 선생님께서 이 작품에서 반공주의적 색채를 읽어 내고 계신 바처럼 탈북 월남민인 작가는 자발적인 사상 검증의 차원에서 『월남 전후』를 썼을 가능성이 높습니다. 월남민들을 대상으로 한 사회적 심문에 대한 일종의 응답으로 글을 쓴 것이지요. 그러므로 수기라는 명칭이 붙었지만 이 이야기는 날것의 고백에 가깝다고 보기 어렵습니다. 소련군의 부도덕성이 강조된다거나 공산주의를 야만으로 규정하는 방식이 그렇습니다.

그러나 이렇듯 글쓰기를 정치의 일환으로 놓고 읽을 때 놓치는 점도 많을 듯합니다. 실제로 영인의 공산주의에 대한 혐오는 거의 체질적인 것처럼 보이는 그녀의 개인주의자의 자질 혹은 기독교도의 면모처럼 읽히기도 합니다. 이 작품을 어떻게 읽고 평가해야 하는지 의문입니다. 반공주의 텍스트로 읽어야 하는지 혹은 한 자유주의적 개인주의자의 이야기로 읽어야 하는지, 궁극적으로 문학사 속에서 이 텍스트를 어떻게 평가하고 위치시킬 수 있는지 궁금합니다.

넷째, 4장 "'집짓기'와 '집으로부터의 자유' 사이의 애브젝트(abject)"를 읽으며 격정적인 역사의 시간 속에서 경계인들이 느낀 두려움과 고통을 엿볼 수 있었습니다. 임옥인 소설에서는 선생님께서 "뜬금없기까지 하다"라고 하신 바처럼 맥락 없이 기괴한 환상이 끼어 들어오는 장면이 등장합니다. 이를 테면 『월남 전후』에서 영인이 태어나자마자 죽은 조카딸의 시신을 묻는 장면에서 사실주의적인 맥락 없이 누군가의 비명과 환각이 끼어듭니다. 환청, 환각, 우울증은 다른 인물들에게서도 엿보입니다. '박달 사건'으로 남편을 잃은 뒤 국경 근처에서 고독하게 살아오다가 영인과 함께 가정 여학교로 사용하는 향교집에 머물던 외오촌숙모(박 부인)는 서서히 환청과 환각 속에서 미쳐 가기 때문입니다. 해방기가, 기존의 익숙했던 경계가 해체되고 새로운 경계가 구축되면서 개개인의 정체성이 강요되거나 심문을 요구받는 공간이라는 점에서 이러한 히스테리적 현상은 단순히 정신적 피로의 결과가 아니라 역사적인 것이라고 할 수 있습니다. 이렇게 볼 때 임옥인 소설에서 자주 등장하는 애브젝트들은 경계의 폭력성을 환유하는 이미지들일 것입니다. 『월남 전후』에서 국부에 아편을 숨긴 채 국경을 넘나들며 위태롭게 생계를 꾸리던 여자가 경찰에 발각되어 매를 맞고 분비물을 쏟아 놓은 채 인간의 존엄성을 주장할 수 없는 짐승인 양 죽어 가는 모습은 경계에서 사는 삶의 공포를 일깨워 주는 듯합니다. "월남을 감행한 여성 작가로 살아야 했던 임옥인은 자신의 존재 자체를 애브젝트로 인식했던 것인지도 모른다. '몹시도 지겹고 천하게 여겨지던 고아 같은' '나의 피투성이 인생'이라는 발화는 애브젝션의 방식으로 드러나는 임옥인의 문학적 윤리가 아닐까?"라는 선생님의 해석에 동의하면서 문학의 윤리가 그녀의 작품 속에서 어떤 식으로 모습을 드러내는지 궁금해졌습니다.

임옥인 생애 연보*

1915년	음력 6월 1일, 부친 임희동(林熙東)과 모친 마몽은(馬蒙恩) 사이의 2남 1녀 중 장녀로 태어남. (호적에는 1월 1일로 기재.) 고향은 함북 길주군(吉州郡) 장백면(長白面) 도화동(桃花洞).
1919년	야학에서 한글을 떼고 학구열을 견디지 못하여 부모님 몰래 학교에 감. 부모님과 증조부의 반대를 물리치고 보통학교에 입학하여 선생님 사택을 전전하며 공부함.
1931년	3월, 함흥 영생여자고등보통학교(제1회)를 수석으로 졸업함. 12월, 일본 나라여자고등사범학교 문과에 응시함.
1932년	일본 나라여자고등사범학교에 합격하여 유학. 모교에서 매달 35원의 장학금을 지원받음.
1935년	일본 나라여자고등사범학교 졸업. 귀국해 모교인 함흥영생여자고보에서 교편을 잡음. 학생들을 가르치는 틈틈이 습작시를 써서 《시원》에 임은옥이라는 필명으로 시를 게재함.
1937년	원산 루씨여고보에서 교편을 잡음.
1939년	8월, 《문장》에 단편 「봉선화」가 추천됨.
1940년	5월, 《문장》에 단편 「고영」이 추천됨. 11월, 「후처기」가 추천 완료됨.
1941년	단편 「전처기」, 「산」을 발표함.

---

* 작가의 이력이 연대별로 정리된 수필 『나의 이력서』(정우사, 1985)를 기본으로 하고 여러 잡지의 자료를 참고하여 잘못된 작가 연보를 바로잡았음.

1945년	광복 후 함남 혜산진에 대오천가정여학교를 설립. 여학교와 야학 운영을 하며 농촌부녀계몽운동에 헌신함.
1946년	4월, 월남하여 창덕여자고등학교에서 교편을 잡음. 단편「수원」,「풍선기」,「떠나는 날」등을 발표함.
1948년	《부인신보》편집 차장. 단편「팔월」,「무에의 호소」,「나그네」등을 발표함.
1949년	미국공보원 번역관. 한국문학가협회 중앙위원. 아동지《소년》의 주간 방기환(方基煥)을 알게 됨.
1950년	한국 전쟁 발발. 90일 동안 공산 치하에 있다가 대구로 피난. 《부인경향》편집장.
1953년	환도 후 방기환과 혼인 신고.
1954년	장편『그리운 지대』(《기독공보》),『기다리는 사람들』(《신태양》)을 연재.
1955년	이화여자대학교와 덕성여자대학교 출강. 대한 YWCA 대외부 위원, 서울 YWCA 이사.
1956년	장편『월남 전후』(《문학예술》)를 연재.『월남 전후』로 아세아 자유문학상 수상. 장편『들에 핀 백합화를 보아라』(《새가정》),『젊은 설계도』(《조선일보》) 연재.
1959년	창작집『후처기』간행.『월남 전후』가 KBS 대일 낭독, 속편이 대북 방송.『젊은 설계도』가 기독교방송 연속 낭독. 장편『사랑이 있는 거리』(《새가정》) 연재. 건국대학교 출강.
1960년	『당신과 나의 계절』이 KBS에서 입체 낭독됨. 장편『젊은 설계도』를 영화화한「젊은 설계도」개봉.(유두연 감독, 최무룡·문정숙 주연)『당신과 나의 계절』의 영화화 제의를 받아 원작료 10만 원을 받음. 그 돈으로 둔촌동에 1만 평의 땅을 삼.
1961년	장편『힘의 서정』(《동아일보》) 연재.
1962년	장편『소의 집』(《최고회의보》) 연재.

1963년	장편 『장미의 문』(《자유문학》), 장편 『돈도 말도 없을 때』(《새가정》) 연재. 장편 『힘의 서정』이 기독교방송에서 연속 낭독됨.
1966년	수필집 『문학과 생활의 탐구』(기독교교육협회) 출간. 서울 YWCA 이사로 10년 근속상 수상. 건국대학교 부교수 취임.
1967년	건국대학교 학술공로상 수상. 에세이 「쓸모 있는 인간」(《새가정》) 연재.
1968년	장편 『일상의 모험』(《현대문학》) 연재. 《현대문학》 장편 모집 심사위원에 피촉. 건국대학교 여자대학장 취임. 『일상의 모험』으로 제6회 한국여류문학상 수상.
1969년	크리스찬문학가협회 결성과 더불어 회장 피선.
1970년	모교(영생여고) 재건학교 함영고등공민학교 이사장.
1972년	장편 『일용의 식량』(《새가정》) 연재. 한국여류문학인회 제4대 회장.(1972~1974)
1973년	장편 『방풍림』(《월간문학》) 연재, 수필 「생활 교실」(《새가정》) 연재, 「여성 교양」(《새길》) 연재. EXPLO74 문예인분과위원장.
1975년	서울 YWCA 회장(1975~1977). 11월, 오스트리아 빈에서 열린 국제 펜대회에 참석. 12월, 유성온천에서 열린 건국대 교육 관계 세미나 도중 뇌졸중으로 쓰러짐.
1976년	기적적으로 회생, 1월 15일 퇴원. 건대 교수직 휴직.
1977년	건대 교수직 복직.
1978년	민족복음화 운동 지도위원. 서울 YWCA 재정부 위원장. 수필집 『갈사록 살사록』 간행. 건국대학교 교수 퇴임.
1981년	제26회 대한민국 예술원상 문학공로상 수상.
1987년	5월, 다큐멘터리 「인간 만세」에 '임옥인 편' 방송.
1988년	대한민국보관 문화훈장 수여.
1993년	1월 9일, 부군 방기환 별세.
1995년	4월 4일, 별세.

임옥인 작품 연보

발표일	분류	제목	발표지
1939. 8	소설	봉선화(鳳仙花)	문장
1940. 5	소설	고영(孤影)	문장
1940. 11	소설	후처기(後妻記)	문장
1941. 2	소설	전처기	문장
1941. 3	소설	산(産)	문장
1947. 4	소설	풍선기	대조
1947. 7	소설	떠나는 날	문화
1947. 9	소설	서울역	민주경찰
1948. 1	소설	약속	백민
1948. 10	소설	오빠	백민
1949. 7	동화	십릿길	소년
1949. 9	소설	무에의 호소	문예
1949. 12	동화	향기	소년
1950. 1	소설	일주일간	신천지
1950. 2	소설	젊은 아내들	부인경향
1950. 2	소설	낙과	백민
1953. 11	소설	부처	문예
1954. 3	소설	구혼	신천지
1954. 12~1956. 3	연재 소설	기다리는 사람들	신대양

발표일	분류	제목	발표지
1955	창작집	(소녀 소설) 아름다운 시절	기독교아동문화사
1955. 6	소설	수첩(手帖)	문학예술
1955. 7	소설	순정이라는 것	현대문학
1955. 12	소설	성탄수(聖誕樹)	여원
1956. 1~ 1958. 12. 14	연재소설	젊은 설계도	조선일보
1956. 6. 13~30	소설	패물	동아일보
1956. 7~12	연재소설	월남 전후	문학예술
1957	창작집	후처기	여원사
1957	창작집	월남 전후	여원사
1957. 4	소설	노숙하는 노인	문학예술
1957. 11	소설	평행선	신태양
1957. 12	소설	갈증(渴症)	문학예술
1957. 12	소설	살림살이	자유문학
1958. 5	소설	시련	자유문학
1958. 7·8~1960. 5	연재소설	들에 핀 백합화를 보아라	새가정
1959	수필집	여학생의 문장 강화	신광사
1959. 6. 14	콩트	눈먼 바위	동아일보
1960	번역서	만가	신태양사
1960. 3. 20	콩트	새집	동아일보
1960. 6~1961. 12	연재소설	장미의 문	자유문학
1960. 10~1962. 1	연재소설	사랑 있는 거리	새가정
1961. 1~1962. 7	연재소설	힘의 서정	동아일보
1961. 3	동화	편지 오는 날	가톨릭 소년

발표일	분류	제목	발표지
1962. 10~1963. 6	연재소설	소의 집	최고회의록
1963	번역서	사랑과 죽음이 남긴 것	신태양사
1964. 7	소설	어떤 혼사	문학춘추
1964. 10	소설	냉혈 여인	문학춘추
1965. 1~1966. 6	연재소설	돈도 말도 없을 때	새가정
1966.	수필집	문학과 생활의 탐구	대한기독교서회
1966. 1	소설	어느 정사	현대문학
1966. 6	소설	현실도피	신동아
1966. 12	소설	음화상	현대문학
1968. 1~1969. 4	연재소설	일상의 모험	현대문학
1968. 11	소설	신방의 소재	여류문학
1969. 5	소설	서로가 서로에게	여류문학
1969. 10	소설	문	월간문학
1970. 4	소설	수인의 아내	세대
1972	창작집	일상의 모험(상·하)	삼성출판사
1972	수필집	편지투교본	대일출판사
1972. 4~12	연재소설	일용의 양식	새가정
1973. 9~1975. 12	연재소설	방풍림	월간문학
1973	창작집	젊은 설계도	선일문화사
1973	수필집	지하수	성바오로 출판사
1973. 2	소설	탁주공서방(濁酒孔書房)	문학사상
1973. 11	소설	혼선	현대문학
1974	창작집	소의 집	신애출판사
1974	수필집	빛은 창살에도 : 무기수와의 내화	대운당

발표일	분류	제목	발표지
1974	수필집	행복의 산실	관동출판사
1976	수필집	새벽의 대화 : 구도자의 기도시	혜선문화사
1983	수필집	사형수 최후의 날	청화
1985	수필집	나의 이력서	정우사
1985	수필집	아픈 마음 빈자리에	동화출판공사
1986	시집	기도의 항아리	여운사
1986	시집	새 손을 드립니다	영언문화사
1989	수필집	가슴 아픈 사이	성서교재간행사

임옥인 연구서지

1939	이태준, 「소설 선후(小說選後)」, 《문장》
1940. 5	이태준, 「소설 선후(小說選後)」, 《문장》
1940. 11	이태준, 「소설 선후(小說選後)」, 《문장》
1968. 11	「여류 문학 50년을 회고한다」(좌담회), 《여류문학》
1969	천승준, 「인정 세계의 사실적 조형」, 『한국 단편 문학 대계 6』, 삼성출판사
1969. 5	「문학과 서울과 건설」(좌담회), 《여류문학》
1973	최홍규, 「고통과 좌절의 공감대 — 임옥인의 『일상의 모험』」, 『문학 문학 전집 별권 1』, 삼성출판사
1978	구인환, 「생활에 집약된 여성상」, 『한국 현대 문학 전집 9: 박화성, 임옥인』 해설, 삼성출판사
1978	정창범, 「임옥인의 작풍」, 『월남 전후 외』 해설, 삼중당
1979	김주학, 「한국 현대 소설에 끼친 기독교의 영향: 춘원(春園), 늘봄, 임옥인의 작품에 나타난 기독교 의식」, 《목원어문학》 1
1981	홍기삼, 「임옥인·손소희와 그 문학」, 『신한국 문학 전집 25: 임옥인, 손소희 선집』 해설
1986	박임순, 「임옥인 소설의 플롯 분석」, 동국대 교육대학원 석사 논문
1995. 5	「임옥인 추모 특집」, 《문학사상》
1997	김복순, 「임옥인론 — 분단 초기 여성 작가의 진정성 추구 양상」, 《현내문학의 연구》

1997	전혜자, 「코라(Chora)'로의 회귀 — 임옥인의 『월남 전후』론」, 《현대소설연구》 7
1998	최미정, 『한국 기독교 문인 연구』, 크리스챤서적
2000	전정연, 「임옥인 소설과 페미니즘」, 《숙명어문논집》 3
2002	박정애, 「전후 여성 작가의 창작 환경과 창작 행위에 관한 자의식 연구」, 《아시아여성연구》
2003	전혜자, 「모성적 이데올로기로의 회귀 — 임옥인의 『월남 전후』론」, 『김동인과 오스커리즘』, 국학자료원
2004	김미정, 「전후 여성 작가의 작품에 나타난 여성 주인공의 성의식 연구」, 《우리말글》
2007. 8	김시철, 「김시철이 만난 그때 그 사람들 — 소설가 임옥인」, 《시문학》
2009	차희정, 「해방 전후 여성 정체성의 존재론적 구성과 이주 — 임옥인의 『월남 전후』를 중심으로」, 《한국여성문학학회》 22
2009	서정자, 「자기의 서사화와 진정성의 문제 — 임옥인의 『일상의 모험』을 중심으로」, 《세계한국어문학》 2
2010	송인화, 「프로테스탄티즘 윤리와 질병의 수사학: 임옥인의 『힘의 서정』 연구」, 《비평문학》 38
2010	정재림, 「임옥인의 삶과 문학」, 『임옥인 소설 선집』 해설
2011	정재림, 「타자에 대한 사랑과 윤리적 주체의 가능성 — 전영택과 임옥인의 소설을 중심으로」, 《신앙과 학문》 16
2011	송인화, 「1950년대 지식인 여성의 교육과 기독교 — 임옥인의 『들에 핀 백합화를 보아라』를 중심으로」, 《한국문예비평연구》 36
2015	김주리, 「월경(越境)과 반경(半徑)」, 《한국근대문학연구》 31

작성자 정재림 고려대 교수

【제6주제 ― 황순원론 1】

주술적 초월과 회화적 서사의 세계[1]

강헌국(고려대 교수)

1 서론

첫 단편 소설을 발표하기 전까지 황순원은 스무 편이 넘는 시를 발표했고 두 권의 시집을 간행했다. 그가 시 창작에서 소설 창작으로 전환했다는 사실 자체가 특별한 주목을 요하는 바는 아니다. 문학의 창조 행위가 시적 정서의 발현으로부터 개시되는 경우는 보편적인 현상에 해당한다. 시인으로 등단한 후 소설가로 변신하거나, 시 창작과 소설 창작을 병행하는 사례도 드물지 않다. 다만 황순원의 경우 그의 단편 소설에 나타난 서정적 경향이 지속적으로 주목되어서 그의 문학적 출발점이 지닌 남다른 의의를 돌아보게 한다. 그의 첫 단편집 『늪』과 관련하여 "그가 단편까지를 시의 연장으로 본 것이 아닐까 하는 의심을 불러일으킨다."[2]라고 한 김현

---

1) 이 글은 '2015 탄생 100주년 문학인 기념 문학제' 심포지엄에서 발표한 발제문을 수정·보완한 것임.

2) 김현, 「안과 밖의 변증법」, 『황순원 연구 총서 3』, 황순원학회 편(국학자료원, 2013), 303쪽. 2013년 황순원학회에서 황순원에 관한 평론과 논문들을 망라한 8권짜리 총서를 발간했다. 본 논문이 인용하는 논의가 그 총서에 수록된 경우 원출처가 아닌 그 총서의 권수와 쪽수를 표기한다.

의 직관적 파악을 필두로 그의 단편 소설에서 서정적 면모를 읽어 내는 논의들이 다수 제출되었다. 그 논의들은 서정성이 그의 단편 소설이 지닌 개성임을 거듭 강조했다.[3] 박진의 정리에 따르면 그 논의들은 세 가지로 나뉜다.[4] 시적인 문체와 감각적인 이미지가 주목되는가 하면, 순수하고 정감 어린 세계에 대한 주제적 지향이 거론되었다. 내성적 인물과 화자의 주관적 서술 태도를 통해 서정성이 파악되기도 했다. 황순원 단편 소설의 서정성과 관련한 선행 연구가 충분히 누적되었음에도 본 논문이 그 문제를 재론하는 까닭은 구체성의 면에서 선행 연구의 성과에 대한 수정과 보완이 필요하다는 인식 때문이다. 단편 소설과 서정성에 대한 보편적 이해에 입각할 때 선행 연구의 논의들은 일반론으로 환원하는 경향이 있어서 황순원 단편 소설에 고유하게 내재한 서정성을 온전히 드러내지 못한다. 단편 소설(novelle)과 장편 소설(novel)의 변별성에 대한 인식 부족과 단편 소설의 특성에 대한 그릇된 전제로부터 선행 연구의 오류는 비롯된다.

서정성이 있어서 황순원의 단편 소설이 특별하거나 이채롭다고 간주하

---

3) 서정성을 황순원 단편 소설의 개성으로 평가한 기존의 몇몇 언급을 예시한다. 인용문 중의 '그'는 황순원을 가리킨다. "그의 단편은 서정시와 같은 정감과 인생 의식을 가져다 준다. 이것은 단편이 갖는 한 특성이다."(조연현) "오늘날 한국 소설 문학의 대가로서 높임을 받는 작가 황순원의 문학 특질을 논함에 있어 맨 먼저 말하지 않을 수 없는 것은, 그의 문학의 주조가 바로 토속적이요 향토적인 Lyricism에 있다는 점이다."(구창환), "황순원의 문학 세계에서 한결같이 아늑한 서정시적 분위기를 느끼게 되는데, …… 가령 그의 초기의 대표작인 「별」에서 독자는 무엇보다도 먼저 탁월한 서정시적인 경지를 느끼게 될 것이다."(천이두), "문학적 습작을 시에서 시작한다는 것은 그의 경우에 있어서는 매우 특별한 의미가 있다. 그것은 그가 자신의 문학 세계를 단편 소설로 바꾸었을 때도, 그의 소설이 일종의 서정시와 같은 성격을 띠고 있기 때문이다."(유종호), "흔히 일컫듯이 그의 소설에서 느끼는 서정성도 그의 서정시인으로서의 미적 감각과 연결되는 점이라 생각된다."(신동욱). 인용 순서대로 출처를 열거한다. 조연현, 「황순원 단장─그의, 전집 간행에 즈음하여」, 『황순원 연구 총서 1』, 28쪽: 구창환, 「황순원 문학 서설」, 같은 책, 32쪽; 천이두, 「황순원 작품 해설」, 같은 책, 103~104쪽; 유종호, 「황순원론」, 같은 책, 169쪽; 신동욱, 「황순원 소설에 있어서 한국적 삶의 인식 연구」, 같은 책, 269쪽.
4) 박진, 「황순원 단편 소설의 서정성과 현현의 결말 구조」, 『황순원 연구 총서 6』, 215쪽.

는 것은 단편 소설의 특성을 도외시한 전제로부터 비롯된 착시 효과이다. 루카치는 서정성을 단편 소설의 주된 요소로 지목한다.[5] 그에 따르면 대 (大) 서사 문학인 서사시와 장편 소설에 비해 작은 규모의 서사체들은 총 체성을 획득하지 못한다. 작은 서사체들에서 서술자는 끝없이 무한한 세상 사로부터 한 조각의 삶을 주관적으로 선별하고 구획하여 형상화한다. 작 은 서사체들은 서술자의 주관성에 의해 총체성 대신 서정성을 획득함으로 써 서사적 통일을 이룬다. 작은 서사체의 일종인 단편 소설도 그 점에서 예 외가 아니다. 따라서 황순원의 단편 소설이 서정적이어서 특별하다고 하는 것은 당연한 사실을 당연하지 않은 것처럼 말하는 격이다. 서정성을 황순 원 단편 소설의 특징으로 보는 시각에 전제된 소설의 일반론은 엄밀하게 말해 노블, 다시 말해 장편 소설의 일반론이다. 삶과 세계에 숨겨진 총체성 의 형상화를 지향하는 장편 소설은 서정성을 경계한다. 단편 소설은 서정 성에 의해 장편 소설과 구별된다. 장편 소설을 보는 시각을 전제로 황순원 의 단편 소설을 바라본다면 그의 단편 소설에 드러나는 서정성이 특별해 보일 수 있다. 그러나 단편 소설은 당연히 서정성을 지니기 마련이므로 황 순원 단편 소설의 서정성을 지적하는 것으로는 발견으로서의 의의를 지니 기 어렵다. 그보다 황순원 단편 소설의 서정성이 지닌 고유한 개성이 무엇 인지 질문하고 고찰해야 한다. 그 개성과 관련하여 선행 연구가 고찰한 바 는 보편적인 수준에서 서정성을 언급하는 데 그쳤다. 시적인 표현과 감각 적인 이미지, 순수한 세계에 대한 동경과 서술자의 주관적 태도 등은 황 순원이 다른 단편 소설 작가들과 공유하는 서정성의 보편적인 면모들이지 황순원 단편 소설의 고유한 개성이라고 거론되기 어렵다. 따라서 선행 연 구의 성과대로라면 황순원은 단편 소설의 기본 문법에 충실한 작가로 자리 매김되고 그의 개성은 오히려 희석되는 결과를 빚는다. 그러한 결과는 선

---

5) 죄르지 루카치, 김경식 옮김, 『소설의 이론』(문예출판사, 2007), 54~56쪽. 단편 소설의 서정성과 관련한 다섯 문장은 본 각주에 표시된 쪽의 내용을 요약한 것이다.

행 연구의 논자들이 의도한 바에 반하는 것이기도 하거니와 황순원에 대한 정당한 평가를 위해서도 바람직하지 않다.

단편 소설의 일반론으로 환원하는 선행 연구에 대한 반성으로부터 본 논문의 논의는 전개된다. 본 논문은 일반적인 수준이 아닌 구체적인 수준에서 황순원 단편 소설의 서정성에 대한 고찰을 수행하고자 한다. 선행 연구에서 황순원 단편 소설의 또 다른 특징으로 거론했던 전래 서사의 문제도 본 논문의 논의에 포섭된다.[6] 황순원의 단편 소설의 서사를 추진하는 데 종종 활용되는 전래 서사는 서정성의 일환으로 검토될 것이다.

2 주술적 초월의 의미

황순원의 첫 단편집 『늪』은 과도기적인 양상을 띤다. 시적인 인식과 방법이 관성처럼 남아 있는가 하면 소설을 향한 충동이 꿈틀거린다. 사건이 시간의 흐름을 따라 전개되기보다는 현재의 장면에 고정된다는 점에서 『늪』의 단편들은 다분히 서정적이다. 슈타이거에 따르면 서정시의 시제가 현재형인 것은 문법이 아닌 인식론의 차원에 파악되어야 한다.[7] 서정적 주체는 과거를 기억하여 재현하는 것이 아니라 현재화하여 감각한다. 슈타이

---

6) 황순원 소설의 이야기적인 특성에 대해 유종호의 「겨레의 기억과 그 진수」를 비롯하여 홍정선, 서준섭, 문흥술, 이동하, 서재원 등의 논의에서 주목되었다. '옛얘기'와 '이야기', '설화'가 그러한 논의에서 사용되었다. 그런데 '옛얘기'와 '이야기'는 그 단어들의 일상 언어적 사용과 그 경계가 변별되지 않는 문제가 있고 '설화'는 외연적 범위가 제한적이어서 신화나 전설, 민담 등을 포괄하지 못한다. 따라서 본 논문에서는 그 술어들 대신 '전래 서사'를 사용하기로 한다. 언급된 논의들을 순서대로 열거한다. 유종호, 「겨레의 기억과 그 전수」, 『황순원 연구 총서 3』; 홍정선, 「이야기의 소설화와 소설의 이야기화」, 『황순원 연구 총서 2』; 서준섭, 「이야기와 소설―단편을 중심으로」, 같은 책; 문흥술, 「전통 지향성과 이야기 형식: 황순원」 같은 책; 이동하, 「전통과 설화성의 세계―황순원의 「기러기」」, 『황순원 연구 총서 4』; 서재원, 「황순원의 「목넘이마을의 개」와 「이리도」 연구―창작 방법으로서의 '이야기'를 중심으로」, 같은 책.

7) 에밀 슈타이거, 이유영·오현일 옮김, 『시학의 근본 개념』(삼중당, 1978), 95~96쪽.

거가 회감(回感)이라고 부른 그러한 인식 작용을 통해 주체와 대상의 거리가 무화되고 시간은 정지한다. 서정적 현재란 바로 그 상태, 다시 말해 어떤 순간이 과거에서 미래로 이어지는 통시적 연쇄에서 벗어나 영원한 현재로 응고된 상태를 의미한다. 『늪』의 장면들은 현재형 시제의 감각적인 묘사 문장들에 의해 정지된 현재를 구현한다. 서정적 울림을 빚어내는 그 장면들이 서사로서 기능하는 데에는 분명한 한계가 있다. 서사는 사건들이 모종의 논리에 의해 통시적으로 접속됨으로써 구축된다. 황순원이 소설로 진행하려면 우선 서사를 구축해야 한다. 서사에 서술이 작용하여 본문을 실현함으로써 소설이라는 육체가 획득된다. 황순원은 현재화한 장면들의 배열을 통해 서사를 구축하고자 하는데 그가 장면들을 배열하는 방식은 전통적인 방식과 다르다. 그는 논리 대신 상징의 관계를 고려하여 장면들을 배열한다. 저마다 외적인 윤곽이 선명한 장면들은 서로 대조되거나 대비된다. 그 장면들 사이가 어떤 논리적 계기를 조성하는 서술에 의해 채워지지 않는다. 서로 맞물리지 못한 장면들은 서사를 구축하는 데 제대로 복무하지 못한다. 그래서 『늪』에 수록된 단편들은 동적이기보다는 정적이고 경험적이기보다는 관념적이며 구체적이기보다는 추상적이다. 소설로 진행하려는 황순원의 서사적 충동이 그의 서정적 관성에 의해 저지됨으로써 『늪』에 수록된 단편들의 독특한 개성을 형성한 것이다.

단편과 장편을 막론하고 소설은 서사에 의해 지탱된다. 소설이 서정성을 지닐 수 있지만 그 서정성은 서사라는 대전제에 부속된 것이다. 전술한 바처럼 서정성은 장편보다 단편에서 상대적으로 중요한 요소가 된다. 그러나 『늪』의 단편들처럼 장면들이 배열될 경우 서정성이 서사의 원활한 진행을 가로막음으로써 사건보다 분위기나 정서가 두드러지는 결과를 빚는다. 서사가 진행되려면 그보다 진전된 방법이 요구된다. 황순원은 전래 서사를 원용하는 방법으로 서정적 현재로 고정된 장면에 활력을 불어넣고자 한다. 『늪』에 수록된 단편들 중에서 그 방법이 전면적으로 시도된 작품이 「닭제」이다.

「닭제」의 서사는 반수 영감이 하는 세 가지 이야기에 의해 추진된다. 반수 영감의 세 가지 이야기는, 소년이 기르는 수탉이 뱀이 된다는 것과 수탉이 뱀이 되어 소년에게 독기를 뿜었기 때문에 소년이 앓아눕게 되었다는 것과 사라진 소년이 재 너머의 못에 빠졌다는 것이다. 그 이야기들이 계기가 되어 소년은 기르던 수탉을 죽이고 반수 영감은 뱀의 독기를 빼낸다면서 소년에게 매질하고 동네 사람들은 소년을 찾으러 재 너머 못으로 달려간다. 반수 영감이 하는 이야기는 속설이나 전설로서 합리적 타당성을 결여하지만 작중 인물들의 의식과 행동을 지배한다. 작중에서 유일하게 합리적 입장을 대표하는 교사가 반수 영감의 이야기가 근거 없는 미신임을 입증하지만 소년은 죽음을 맞는다. 「닭제」의 서사는 결과적으로 반수 영감의 예언대로 전개된 것이다. 전래 서사의 도입으로 서사적 동력이 마련되었지만 과학이 아닌 주술에 의해 지배되는 세계가 창조된다. 그 세계에서는 전설이나 민담이나 속설 등이 현실적인 위력을 발휘한다. 「원정」에서도 전래 서사의 주술적 효과가 서사의 진행에 일정한 역할을 한다. 짐승이 집에 들어오면 좋다는 속설이 '나'로 하여금 식모가 길 잃은 고양이를 돌보는 것을 묵인하도록 하고 집을 나간 비둘기를 찾아다니도록 한다. '나'는 중병을 앓는 아내와 관련하여 고양이가 좋은 징조가 되기를 기대하는 반면 비둘기가 나쁜 징조가 되지 않기를 바란다. 속설의 주술적 효과에 대한 인식이 「원정」의 서사를 추진하는 동기가 되는 것이다.

전래 서사의 주술적 효과는 첫 단편집 이후로도 황순원 단편 소설의 중요한 구성 요소로서 기능한다. 전래 서사가 직접 인용되지 않는 경우에도 주술적 효과가 삽화로서 서사에 복무하거나 더 나아가 서사의 구성 원리가 되기도 한다. 「산골 아이」는 전래 서사에 대한 의존도가 매우 높은 작품이다. 여우 고개의 전설과 반수 할아버지에 관한 이야기는 소년에게 경험 세계를 주술적으로 이해하도록 한다. 소년은 입에 물고 잔 도토리 알을 여우 고개 전설에 나오는 구슬과 동일시하는가 하면, 아버지의 늦은 귀가와 반수 할아버지의 이야기를 연결 지어 아버지가 호랑이에게 물려 가지 않고 무사히 돌아오기를 기원한다. 「별」은 전래 서사를 인용하지 않지만 주술적 효과가 서사의 구성 원리로 기능한다는 점에서 주목될 만하다. 「별」에서 아이는 누이가 죽은 어머니를 닮았다는 동네 사람의 말을 듣고 누이를 미워하기 시작한다. 어머니가 누이처럼 못생겼을 리 없고 또한 그래서는 안 된다는 것이 아이의 생각이다. 아이는 누이가 선물로 준 인형을 땅에 묻음으로써 누이에 대한 미움을 그 자신에게 분명히 한다. 그 직후 아이가 당나귀에게 걸어차여 나둥그라지는 일이 벌어진다. 방금 전 자신이 한 행동 탓에 당나귀에게 걸어차였다고 여긴 아이는 당나귀 등에 올라타서 "그럼 우리 오마니가 뉘터럼 생겼단 말이가? 뉘터럼 생겼단 말이가?"[8] 하고 소리를 지른다. 누이의 선물을 땅에 묻는 행동이나 그 행동과 당나귀에 차인 일을 인과적으로 파악하는 아이의 사고는 주술적이다. 타인에 대한 감정과 태도를 그의 물건에 표현하는 것은 사람과 그의 소유물이 서로 연결된다거나 물건이 그 주인을 대신한다는 사고의 소산이다. 아이가 인형을 땅에 묻은 후 당나귀에 차인 사건이 벌어진 것은 우연에 불과하다. 두 사건 사이에 아무런 필연적 연관성이 없음에도 아이가 당나귀에게 차인 일을 징벌로 받아들이는 것은 주술적 세계관에서 비롯한다. 인형을 땅에 묻은 후 아이는 누이를 무시하고 박대한다. 누이에게서 어머니 같은 모습이 느껴질 때면 그런 느낌을 부정하기 위해 누이에게 더 매정하게 군다. 세월이 흘러 아이의 나이가 열네 살일 적에 누이는 동네 청년과 사귀다가 아버지에게 크게 꾸지람을 듣는다. 누이는 그녀의 의사와 상관없이 맺은 혼약에 따라 시집을 간다. 그로부터 얼마 후 누이가 죽었다는 기별이 아이네 집에 닿는다. 누이의 부고를 접한 아이는 예전에 인형을 묻었던 골목으로 달려가 땅을 파 보지만 종내 인형을 찾지 못한다. 골목을 나온 아이는 예전처럼 당나귀에게 차이지 않았는데 당나귀의 등에 올라탄다. 아이는 날

---

8) 황순원, 「별」, 『늪/기러기 황순원 전집 1』(문학과지성사, 1980), 165쪽. 이하 『황순원 전집』에서 인용할 경우 작품명과 전집 권수 및 쪽수만을 표기한다.

뛰는 당나귀의 등을 타고서 "왜 쥑엔! 우리 닐 왜 쥑엔!"[9]이라고 소리를 지르다 일부러 땅에 떨어져 구른다. 아이가 하는 행동은 예전과 유사하지만 거기에 내포된 의미는 전혀 다르다. 아이는 죽은 누이를 되살리고 싶어서 인형을 다시 찾고자 한다. 아이가 당나귀를 타고 외치는 소리는 누이의 죽음을 거부하려는 의지의 표현이고 누이의 말이 들리지 않았는데 마치 들은 것처럼 당나귀에서 떨어져 구르는 아이의 행동 또한 누이를 현실에 다시 불러내고 싶은 염원에서 비롯한다. 아이가 지난 일을 의도적으로 되풀이하는 과정은 무속의 제의를 연상시킨다. 아이는 무당이 되어 누이를 향한 속죄와 해원의 몸짓을 한다. 아이는 주술을 통해 고통스러운 현실을 넘어서려 하는 것이다.

「독 짓는 늙은이」는 주술적 제의의 과정처럼 구성된다. 현실의 결핍을 주술적 기원을 통해 해결하려는 의지가 송 영감의 독 짓기에 내포되어 있다. 송 영감은 중병을 앓는 몸으로 독 짓기에 집착한다. 독 짓는 일을 중단하고 우선 건강을 회복하는 것이 그에게는 현실적인 선택이다. 주변에서도 그의 무모한 노역을 만류한다. 왱손이는 내년까지 일을 중단하자고 하고 방물장수 할머니는 앓는 몸을 돌봐야 한다고 충고한다. 그러나 송 영감은 쓰러졌다 깨어나기를 되풀이하면서 독 짓는 일에 매달린다. 그에게 독 짓기는 호구에 필요한 금전적 수익을 올리기 위한 일에 머물지 않는다. 그는 한 가마의 독을 완성함으로써 아내와 조수가 도망친 현실을 극복하고자 한다. 아내와 조수는 작중 현재에 등장하지 않고 송 영감의 말과 생각을 통해 간략하게 소개된다. 그러나 작중에서 그들이 차지하는 비중은 그들을 소개하는 말수만큼 작은 것이 아니다. 그들은 작중에서 송 영감과 대립 관계를 형성한다. 그들은 현실에서 부재하지만 송 영감의 뇌리를 떠나지 않는다. 송 영감의 독 짓기는 그런 그들과 펼치는 대결의 양상을 띤다. 송 영감은 조수가 빚어 놓은 독들을 의식하면서 그것들보다 나은 독을 빚으려

---

9) 「별」, 『전집 1』, 173쪽.

한다. 그래서 그의 독 짓기가 필사적이 되는 것이다. 그러나 그가 조수보다 훌륭한 독을 빚어 대결에서 승리하들 현실적으로 보상을 받는 것은 아니다. 도망갔던 아내가 돌아오고 조수가 처벌을 받는 일 따위는 벌어지지 않을 것이다. 송 영감의 필사적인 독 짓기는 그의 염원과 아무런 합리적 연관성을 갖지 못한다는 점에서 주술적 기원의 성격이 강하다. 독들을 가마에 들이고 불을 때는 과정도 그러한 맥락에서 파악된다. 가마를 채운 불길은 번제(燔祭)를 연상시키고 그 불길을 지키는 송 영감은 사제처럼 보인다. 송 영감에게 불길은 가마 안의 독들을 완성할 뿐 아니라 그의 상처 입은 내면을 치유해야 한다. 그 불길은 "한결같이 불질하는 것을 지키고 있는 송 영감의 두 눈 속에서도 타고"[10] 있었던 것이다. 그러나 송 영감의 염원과 달리 가마 안의 독들이 터진다. 조수가 빚은 독들은 멀쩡한데 송 영감의 것들이 대부분 부서진다. 그 참담한 결과 앞에서 송 염감은 자신이 주제한 번제의 사제로 최후의 선택을 한다. 방물장수 할머니의 편으로 전부터 말이 있던 집에 어린 아들을 양자로 보낸 후 송 영감은 가마로 기어 들어간다. 아직 식지 않은 가마의 제일 안쪽은 사람으로서는 견딜 수 없을 만큼 뜨겁다. 그럼에도 송 영감은 그곳까지 기어가 스스로 희생 제물이 됨으로써 좌절된 제의를 완성한다. 가마의 안쪽 끝으로 기어 들어가 희생 제물로 꿇어앉는 송 영감의 최후는 처절하고도 장열하다.

열어젖힌 곁창으로 새어 들어오는 늦가을 맑은 햇살 속에서 송 영감은 기던 걸음을 멈추었다. 자기가 찾던 것이 예 있다는 듯이. 거기에는 터져 나간 송 영감 자신의 독 조각들이 흩어져 있었다.

송 영감은 조용히 몸을 일으켜 단정히, 아주 단정히 무릎을 꿇고 앉았다. 이렇게 해서 그 자신이 터져 나간 자기의 독 대신이라도 하려는 것처럼.[11]

---

10) 「독 짓는 늙은이」, 『전집 1』, 291쪽.
11) 같은 책, 293쪽.

「어둠 속에 찍힌 판화」에서도 주술이 현실적으로 작용한다. 서술자 '나'가 세든 집의 주인 사내는 오래전에 사냥을 갔다가 잡은 새끼 밴 노루의 피를 임신한 아내에게 먹인 적이 있었다. 아내는 그 피를 먹고 사산한 후 다시 아이를 갖지 못한다. 새끼 밴 노루의 피를 먹은 일을 사산과 그 이후의 불임에 연결 짓는 사고는 주술적이다. 그 주술적 사유가 사내로 하여금 아내의 사산 이후 사냥을 중단하도록 하고 아내 몰래 감추어 둔 총알 상자를 꺼내 만져 보면서 사냥의 욕망을 달래도록 한다. 「목넘이마을의 개」에서 동장 형제가 자기들이 기르던 개 두 마리를 도살하여 그 고기를 지인들과 나눠 먹는 장면은 고대의 희생 제의와 유사한 양상을 띤다. 동장 형제네 개들은 사라졌다가 사흘 만에 집에 돌아온다. 전부터 동네에 출몰하는 신둥이 개를 미친개로 단정하고 잡아 죽이려던 동장 형제는 자기 집의 개들이 신둥이 개를 따라다니다 미쳤을 거라고 단정한다. 동장 형제는 신둥이 개에 대한 살의를 자기 집의 개들을 도살함으로써 대신 실현할 뿐 아니라 그 고기를 지인들과 나눠 먹음으로써 복을 부르고자 한다. 동장 형제와 지인들은 '미친개 고기는 보약'이라며 포식한다. 「소나기」에서 소년은 소녀가 던진 조약돌을 간직한다. 그 조약돌은 소년에게 신물처럼 영험하다. 소년은 소녀가 보고 싶을 때 주머니 속의 조약돌을 만지작거리고 그러면 조약돌이 부르기라도 한 것처럼 소녀가 나타난다. 이 작품에서 소년이 하는 조약돌 만지기는 마법과 같은 효과를 발휘한다. 그런데 소녀네가 이사하기 전날 소년은 소녀를 기다리면서 주머니 속에서 조약돌 대신 호두알을 만지작거린다. 소녀는 끝내 오지 않고 소년은 집에 돌아와 소녀가 죽었다는 소식을 전해 듣는다. 조약돌과 소녀의 출현을 연계시키고 조약돌을 호두알로 교체하는 서사의 진행에 주술적 사유가 은밀하게 스며 있다.

근대 이전의 사람들은 주술의 현실적인 효력을 신뢰했고 그런 만큼 주술은 현실 세계를 해석하고 질서 짓는 방식으로서 유력한 기능을 담당했다. 근대 이후 주술은 현실적 효력이나 객관적 공감을 획득하지 못한다. 과학적 합리성이 지배하는 근대의 세계에서 주술은 예감이나 기대, 소망과 같은 주관적 정서의 표출에 머문다. 주술은 서정에 포섭될 만큼 그 영역이 협소해진 것이다. 주술은 세계에 대한 태도는 될 수 있어도 세계를 변화시키는 방법이 되지 못한다. 「별」이나 「독 짓는 늙은이」에서 주인공의 주술적 행위는 부정적 현실의 초월을 희구한다. 그러나 그 행위는 세계에 대한 주관적 정서의 표출에 머물기에 서정적일 수밖에 없다.

3 회화적 서사 지향

인상적인 장면은 황순원 단편 소설에서 빈번하게 눈에 뜨이는 현상이다. 주술은 장면을 선호한다. 논증이나 설명의 절차를 필요로 하지 않는다는 점에서 주술은 과학과 다르다. 구체적인 감각 경험에 의한 믿음이 주술을 성립시킨다. 따라서 주술적 효과나 인식을 서사의 주된 구성 원리로 삼는 황순원의 단편 소설에서 장면이 많이 사용된다는 것은 우연이 아니다. 「소나기」에서도 인상적인 장면들이 잇달아 나온다. 소녀에 대한 소년의 감정은 직접 설명되지 않고 장면을 통해 간접적으로 제시된다. 징검다리 한가운데 앉아 세수를 하는 소녀의 "팔과 목덜미가 마냥 희었다."[12]고 한다. 갈밭 사이로 난 길로 사라졌다가 다시 나타난 소녀의 모습이 소녀의 눈에는 갈꽃으로 보인다.

> 저쪽 갈밭머리에 갈꽃이 한 옴큼 움직였다. 소녀가 갈꽃을 안고 있었다. 그리고 이제는 천천한 걸음이었다. 유난히 맑은 가을 햇살이 소녀의 갈꽃머리에서 반짝거렸다. 소녀 아닌 갈꽃이 들길을 걸어가는 것만 같았다.[13]

소년의 눈에 비친 장면에 분석적이거나 설명적인 서술이 굳이 수행될

---

12) 「소나기」, 『전집 3』, 11쪽.
13) 같은 책, 12쪽.

필요가 없다. 오히려 그 장면은 침묵함으로써 더 많은 이야기를 하고 있다. 「소나기」는 그러한 장면들의 배열로 이루어진다. 시간의 추이나 사건의 경과를 설명하는 서술이 장면들의 사이를 채우지 않는다. 그 사이에는 공행이 있을 뿐이어서 각 장면은 사진첩의 낱장처럼 교체된다. 서술을 배제한 채 장면들을 배열하는 방식은 『늪』에 수록된 단편들에서 이미 시도된 바 있다. 그러나 「소나기」는 그 단편들과 비교하여 완성도가 높다. 물의 심상을 이용한 서정적 울림이 가져온 결과이다. 『늪』의 단편들의 경우 장면마다 외적 윤곽이 선명하여 장면들 간의 이행이 부자연스럽다. 「소나기」에서는 물의 심상들이 일정한 질서에 의해 연쇄됨으로써 장면들 간의 원활한 이행에 이바지한다. 이 작품에서 물은 개울과 소나기와 도랑, 소녀의 스웨터에 묻은 진흙물의 형태를 취하고 그 물들을 매개로 두 주인공의 만남과 헤어짐이 전개된다. 소녀와 소년은 차례로 개울물에 손을 담금으로써 서로 가까워질 계기를 마련한다. 소년은 소녀를 피해 도망치다가 발을 개울물에 빠뜨린다. 소녀와 소년은 함께 들길을 걷다가 소나기를 만나 흠뻑 젖는다. 소년은 소녀를 등에 업고 물이 불어난 도랑을 건너고 그로 인해 소녀의 스웨터에 진흙물 자국이 생긴다. 소녀는 진흙물 자국이 남은 스웨터를 입힌 채 묻어 달라는 말을 남기고 죽는다. 물을 매개로 점진적으로 진행되던 소녀와 소년의 관계는 소나기에 그들의 몸이 흠뻑 젖는 장면에서 정점에 이른다. 이후 한 몸이 되어 도랑을 건넌 그들의 관계는 비극적으로 마무리된다. 다소 요령부득인 대로 그 과정을 정리하면 '물에 손 담그기→물에 발이 빠지기→물을 흠뻑 뒤집어쓰기→함께 물 건너기→물이 마른 흔적'이 된다. 두 주인공의 만남에 성적인 의미를 명시적으로 부여하는 서술이 「소나기」의 본문에 전혀 나오지 않는다. 그럼에도 그 만남이 순수한 연애를 넘어서 성적인 의미까지 내포하게 된 것은 물의 심상들이 조성한 서정적 울림에 힘입기 때문이다. 아버지를 통해 전해진 소녀의 유언은 소년의 기억에서도 진흙물 자국이 오래도록 지워지지 않을 것 같은 여운을 남긴다.

「소나기」는 장면을 보여 줌으로써 이야기를 하고 심상들을 엮어 의미를 조성한다. 본 논문은 그러한 특징을 '회화적 서사'로 명명하고자 한다. 회화적 서사는 서술을 억제하는 대신 장면을 통해 사건을 전하는 황순원 단편 소설의 특징을 표현하기 위해 주조된 술어이다. 그 술어에 의거하면 「소나기」는 전편이 회화적 서사로 이루어진 경우이지만 황순원의 다른 단편 소설들에서 회화적 서사는 주로 부분적으로 사용된다. 「별」이나 「독 짓는 늙은이」의 경우처럼 회화적 서사는 대개 본문의 말미에서 주제적 울림을 자아낸다. 「학」의 결구도 그러한 사례에 해당된다.

"내 이걸루 올가밀 만들어 놀게 너 학을 몰아오너라."

포승줄을 풀어 쥐더니, 어느새 성삼이는 잡풀 새로 기는 걸음을 쳤다.

대번 덕재의 얼굴에서 핏기가 걷혔다. 좀전에, 너는 총살감이라던 말이 퍼뜩 머리를 스치고 지나갔다. 이제 성삼이가 기어가는 쪽 어디서 총알이 날아오리라.

저만치서 성삼이가 홱 고개를 돌렸다.

"어이, 왜 멍추같이 게 섰는 게야? 어서 학이나 몰아오너라!"

그제서야 덕재도 무엇을 깨달은 듯 잡풀 새를 기기 시작했다.

때마침 단정학 두세 마리가 높푸른 가을하늘에 큰 날개를 펴고 유유히 날고 있었다.[14]

성삼은 치안대 사무소에서 어린 시절의 단짝 친구였던 덕재를 만난다. 인공 치하에서 농민동맹 부위원장을 지낸 덕재는 후퇴하는 인민군을 따라 피난하지 않고 숨어서 지내다가 붙잡혀 온 것이다. 치안대원인 성삼은 덕재의 호송을 맡는다. 성삼은 도중에서 덕재의 이야기를 들으며 그들이 서로를 미워할 이유가 없음을 깨닫는다. 성삼 자신처럼 덕재도 농사꾼으로

---

14) 「학」, 『전집 3』, 55~56쪽.

전쟁을 겪었을 뿐이었다. 이념이 그들을 적으로 갈라놓았지만 그들에게는 그 이념보다 소중한 우정이 있었다. 그들은 어린 시절 함께 혹부리할아버지네 밤을 훔치러 갔고 학을 잡아서 감추어 두고 놀다가 놓아준 적도 있었다. 그 기억들이 성삼으로 하여금 덕재를 죄인이 아닌 친구로 다시 보게 한다. 농민동맹 부위원장은 덕재에게 가당치 않은 허울이었다. 본문에서는 덕재와 관련한 성삼의 그러한 인식이 구체적으로 서술되지 않는다. 그 대신 본문은 성삼과 덕재가 학 몰이를 위해 풀숲 사이로 기어가고 그 위 하늘에 학이 날고 있는 장면으로 끝을 맺는다. 이 단편은 한 폭의 그림 같은 결구로 많은 설명을 대신한다.

「필묵 장수」는 죽은 서 노인의 괴나리봇짐에서 버선 한 켤레와 매화 그림이 발견되는 장면으로 끝을 맺는다. 그 장면은 절름발이 서 노인의 곤궁하고 적막한 생애 속에서 보석처럼 빛나는 두 개의 장면과 연관된다. 버선은 과거에 서 노인이 하룻밤을 묵은 집의 중늙은이 여인이 지어 준 것이었다. 여인은 서 노인의 해진 양말을 보고서 그가 갈아 신을 버선을 지었다. 여인이 아들의 혼숫감으로 보관해 오던 무명필로 지은 버선을 서 노인은 신지 않고 평생 간직한다. 매화 그림은 서 노인이 여인의 따뜻한 정의에 대한 보답으로 그녀에게 전해주려고 보관해 오던 것이었다. 어려서부터 서화를 배웠으나 재주가 모자라 수준이 떨어지는 그림이나 그리던 서 노인은 6·25 전쟁이 나던 해에 필생의 역작을 그린다. 그는 그 그림을 전하고자 여인에게 달려갔으나 여인의 집이 있던 동네는 폭격을 맞아 폐허가 되어 있었다. 「필묵 장수」는 결말의 장면과 그 장면으로부터 되새겨지는 두 장면이 한데 어울려 쓸쓸하고 아름다운 삶의 풍경을 보여 준다. 「목넘이마을의 개」에서 동네 사람들이 신둥이 개를 포위하여 잡으려다 놓치고 한 달이 지난 후 간난이 할아버지는 산에서 나무 한 짐을 해 가지고 돌아오던 길에 강아지 다섯 마리를 발견한다. 그리고 강아지들로부터 좀 떨어진 길가에 앙상하게 뼈만 남은 신둥이 개가 서 있다. 허기와 살해 위협 속에서 끈질기게 살아남아 새끼를 낳은 신둥이 개의 장하고 당당한 모습은 생명에 대한 경외감을 보는 이에게 불러일으킬 것이다. 「곡예사」에서는 고단한 현실을 서로 의지하고 견디는 가족의 모습이 그려진다. 6·25 전쟁을 맞아 부산으로 피난 온 '나'의 가족은 호구를 위해 아내와 아이들까지 시장으로 장사를 나가야 하는 형편이다. 그런데 셋방을 비우라는 주인집 독촉 때문에 가족의 피난살이는 더 고달프다. 옮길 거처가 없어서 방을 비우면 거리에 나앉아야 하는 가족의 사정을 주인집은 아랑곳하지 않는다. 어느 날 가족이 함께 귀가하던 밤거리에서 아이들이 차례로 노래를 부른다. 막내는 '나'의 어깨에서 무동을 타고서 무용까지 한다. 밤거리에서 노래하고 무용을 하는 가족의 모습이 '나'에게는 문득 곡예단처럼 보인다.

> 그러다가 문득 나는 곡예사라는 말을 떠올렸다. 오라, 지금 나는 진아를 어깨에 올려놓고 곡예를 하고 있는 것이다. 그리고 보면 진아도 내 어깨 위에서 곡예를 하고 있고, 선아는 나비 곡예를 했다. 남아는 자전거 곡예를 했다. (중략) 이렇게 해서 이들은 황순원 곡예단의 어린 피에로요, 나는 이들의 단장인 것이다. 지금 우리의 무대는 이 부민동의 개천둑이고.[15]

가족의 고단한 피난살이를 '나'는 곡예단의 공연처럼 여기려 한다. 가족끼리 서로 의지하며 냉혹한 현실을 이겨 내려는 것이 관객 없는 밤거리에서 펼쳐지는 곡예단의 공연에 내포된 의미이다.

「소나기」를 비롯한 몇몇 사례에서 드러난 바와 같이 황순원 단편 소설의 장면은 그림과 같은 상태를 지향한다. 설명이나 분석, 논평 등이 억제된 채 제시되는 그 장면은 전체 서사에서 결절(結節)과 같은 지점이다. 그 결절은 사건의 진행을 위한 연결 고리로서 복무하기보다 그러한 역할에 저항한다. 오히려 결절에 해당하는 장면 쪽으로 그 전후의 사건들이 수렴되는 현상이 벌어진다. 특정 장면이 조성하는 자장에 사건들이 포섭됨에 따

---

15) 「곡예사」, 『전집 2』, 211쪽.

라 장면 자체의 인상은 강화되는 반면 서사적 동력이 감소한다. 그로써 장면이 서사의 요소가 되는 것이 아니라 서사가 장면에 복무하는 역전이 나타난다. 황순원의 단편 소설이 독자에게 줄거리가 아닌 장면으로 기억되는 까닭도 그러한 역전과 무관치 않다. 사건들이 통시적 질서에 지배되기보다 장면으로 수렴한다는 점에서 황순원 단편 소설의 회화적 서사는 통시성보다 현재성이 두드러진다. 그 현재성이 회화적 서사를 서정성의 하위 개념이 되도록 한다.

4 객관 현실과 서정적 태도

서정의 개념은 '세계의 자아화'로 설명되기도 한다. 그 설명은 서정의 주관적 속성을 잘 드러낸다. 서정은 현실에 관한 태도나 입장이 될 수 있어도 현실의 객관적 재현이 되기 어렵다. 서정의 방향은 현실이 아니라 주체의 내면이다. 단편 소설은 서사 갈래의 일원이지만 서정성을 주된 요소로 지니는 양식이다. 따라서 현실 재현의 면에서 단편 소설은 장편 소설에 비해 객관성이 떨어진다. 서술자나 작중 인물의 주관이 불러일으키는 시적 효과는 단편 소설의 일반적 현상 중 하나이다. 주술과 회화의 방법으로 구현되는 황순원 단편 소설의 서정성도 주관에 귀착된다. 그의 단편 소설에서 주술은 주체의 기대나 염원을 표현하는 수준에서 더 나아가지 않는다. 그의 단편 소설에 나오는 인상적인 장면도 현실의 재현이라기보다 서술자나 작중 인물의 내면에 드리운 영상에 가깝다. 그 장면은 정서로 채색되어 있어서 객관성이 떨어진다. 따라서 주술과 회화의 방법은 당대 현실의 객관적 재현이라는 요청에 부응하지 못한다. 그 대신 서술자나 작중 인물에게 내면화된 현실이 재현된다. 「황소들」은 지주와 소작인 간의 갈등이라는 현실의 문제를 다루지만 작중에서 그 문제가 첨예하게 드러나지 않는다. 소작인들이 지주의 집을 습격하는 과정이 소년 바우의 지각을 통해 재현되기 때문이다. 바우는 작중의 상황과 관련하여 극히 제한된 정보를 보유한 인물이다. 따라서 바우의 관찰과 추측을 통해 현실이 제대로 재현되기 어렵다. 동네의 남자 어른들이 심야에 집결하여 어디론가 향하고 바우가 그 뒤를 따른다. 바우는 동네 남자들이 낟알 도둑을 잡으러 밤길에 나섰다고 짐작하고 그 짐작이 빗나가자 논물 문제로 이웃 마을 사람들과 싸우러 간다고 생각한다. 바우는 남자들의 행렬이 지닌 진짜 이유를 알지 못한다. 바우가 그러한 무지의 상태에서 어둠 속을 걷는 상황은 다분히 상징적이다. 지각의 주체인 바우에게 현실은 미지의 어둠과 같다. 바우는 식민지 말기 공출 미납을 이유로 아버지와 춘보가 일본 순사에게 매를 맞고 몸을 다친 일을 기억하지만 동네 남자들의 집단 행동에 내포된 의미를 그 일로부터 연상하여 파악하는 데까지 사유를 진행시키지 못한다. 바우는 밤길을 걷는 것이 무섭지만 전래 서사 한 편이 그의 공포를 덜어 낸다. 호랑이의 공격을 받는 청년을 그가 기르는 소가 구했다는 이야기를 떠올리는 바우에게 동네 남자들이 황소들처럼 보인다. 청년을 구한 소처럼 남자들이 언제든 자신을 구하러 올 것 같아서 바우는 마음이 놓인다. 전래 서사가 바우에게 주술적 효과를 발휘하는 것이다. 바우는 자신이 처한 상황에 무지할 뿐 아니라 그 상황을 전래 서사와 관련지어 이해하며 남자들을 황소들에 비유한다. 그러한 바우가 현실의 객관적 재현을 위한 투명한 매개로서 기능할 수 없다. 동네 남자들이 심야에 지주의 집으로 몰려가는 이유에 대한 탐색과 고찰이 수행되지 않는 것도 바우가 지각의 주체로 설정된 때문이다. 황소들처럼 내달리는 남자들과 어둠 속에 일어나는 불길들이 악덕 지주에 대한 소작인들의 봉기라는 현실적 의미를 획득하지 못하는 대신 불안과 흥분에 사로잡힌 바우의 의식을 반영한다. 혼란의 와중에서 바우의 관심은 지극히 개인적인 수준에 머문다. 지주의 집 머슴인 귀동이와 재회를 기대하며 바우는 마음이 설렌다. 소작인들의 봉기가 지닌 의의는 바우의 안중에 없다. 바우에게 현실은 여전히 미지의 어둠으로 남는다. 이 작품의 결말에 나오는 어둠이 그래서 상징적이다.

김대통 영감은 비로소 생각난 듯 촛불을 입 앞에 당기어다가 헉헉거리는 입김으로 분다. 늘어진 코끝이 마지막으로 빛나고 껌벅 불빛과 함께 어둠 속으로 사라진다. 거기에는 다시는 그 흔들거리는 손도 그 크디큰 대통도 없었다.[16]

이 작품에서 바우의 주관적 인식과 객관 현실 사이의 간극은 극복되지 않는다. 마침내 현실은 어둠 저편으로 사라져 그 정체가 파악되지 않는다. 현실에 대한 파편적인 경험이나 이해는 가능해도 그 전모는 파악할 수 없다는 사고방식이 「황소들」뿐 아니라 황순원의 단편 소설 전반에 걸쳐 나타난다. 그 단편들은 일제 강점기 말과 해방기와 6·25 전쟁 같은 격동의 시기를 시대적 배경으로 삼지만 그러한 당대 현실이 작중에서 본격적으로 다뤄지지 않는다. 「황소들」의 경우처럼 작중 인물의 경험을 통해 현실이 파편적으로 재현되거나 암시되는 정도이다. 그 현실은 고통스럽지만 어째서 현실이 그러한지에 대한 성찰이 진행되지 않을 뿐 아니라 현실을 개조하거나 변혁하려는 의지도 보이지 않는다. 그보다 그러한 현실을 사는 주체의 태도가 주목된다.

황순원의 단편 소설에서 고통스러운 현실에 대한 주체의 태도는 두 가지로 나타난다. 그 하나가 인정주의이고 다른 하나는 인고이다.[17] 인정주의가 타자를 향한다면 인고는 주체의 내면에 형성된다. 어째서 현실이 고통스러운지 알 길 없지만 기왕에 현실이 그러하다면 사람들은 서로 의지하면서 그 현실을 견뎌야 한다는 것이 황순원이 그의 단편을 통해 펼치는 인정주의의 개요이다. 타인을 향한 공감과 포용이 세상을 사람이 살 만한 곳으로 만든다는 믿음이 그 인정주의의 저변에 깔려 있다. 이미 살펴본 「학」과 「필묵 장수」를 비롯한 황순원의 여러 단편들에서 따뜻한 인간애가 목격된다. 「황 노인」에서 황 노인은 어릴 적 친구였던 재인에게 술을 따르고

---

16) 「황소들」, 『전집 2』, 108쪽.

17) 김인환은 「별과 같이 살다」와 「카인의 후예」에 대해 논하는 자리에서 '인고'의 개념을 제기한 바 있다. 김인환, 「인고의 미학」, 『황순원 연구 총서 3』, 324쪽.

「물 한 모금」에서는 중국 사내가 자기 집 헛간에서 비를 피하며 추위에 떠는 사람들에게 더운 물을 찻잔에 부어 건넨다. 황순원의 단편에서 인정주의와 인고는 동전의 양면과 같다. 타인에 대한 인정주의는 주체 자신에게 인고로 나타난다. 주체는 고통스러운 현실을 내면화하여 인고의 태도를 취한다. 「곡예사」의 '나'는 고단한 피난살이를 곡예단의 공연으로 내면화하여 삭인다. 개선의 여지가 보이지 않는 현실 앞에서 좌절하기보다 그 현실을 인고하는 것을 '나'는 삶의 방식으로 택한 것이다. 「목넘이마을의 개」는 고통스러운 현실 속에서 인고하는 삶에 대한 알레고리로 읽힌다. 신둥이 개는 방앗간의 곡식 찌꺼기와 동네 개들의 밥그릇에 남은 찌꺼기로 연명할 뿐 아니라 동장 형제네에게 죽임을 당할 위기를 가까스로 모면하곤 한다. 신둥이 개가 고통스러운 현실을 견뎌야 할 이유는 분명하다. 자신과 새끼들의 생명이 소중하기 때문에 신둥이 개는 인고하며 살아남아야 한다. 미물인 개에게도 생명이 그토록 소중한데 사람에게 이르러서는 더 말할 나위가 없을 것이라고 황순원은 말하고 싶은 것이다.

현실의 부정적 하중이 증가될수록 인정주의와 인고에 소모되는 정신력도 증가한다. 그 정신력의 소모가 임계점에 이르렀을 때 허무주의가 나타나고 그 허무주의는 현실 도피를 부른다. 황순원의 단편에서 현실 도피는 주로 음주를 통해 표현된다. 작중 인물은 술을 마심으로써 잠시나마 현실을 잊고자 한다. 그 현실은 작품에 따라 피난살이가 되기도 하고 지인의 배신과 사기, 타산적인 인간관계 등으로 나타나기도 한다. 「내일」의 '나'는 번역에 전념하기 위해 대학교수직을 사임한 영문학 전공의 학자이다. '나'는 1년 동안 전력을 다해 번역 작업을 마치고 출판사와 교섭을 벌이지만 어느 출판사에서도 '나'의 번역 원고를 책으로 내려 하지 않는다. 출판사는 상업성이 없다는 이유로 '나'의 번역 원고를 반려하면서 돈벌이가 될 만한 번역을 '나'에게 권한다. '나'는 처음에는 출판사의 제안을 거절했으나 얼마 후 그 제안을 수락한다. '나'는 출판사가 원하는 번역을 하여 생활비라도 벌어야 할 형편이다. 교수직을 그만둘 당시의 의욕은 온데간데없고 '나'는 자포자기의 상태에서 살아간다. 그런 '나'에게 유일한 위안이 되는 것이 술이다. 그리고 술 덕분에 한 젊은 여자를 만나 연애를 하게 된다. '나'의 음주와 연애의 이면에는 속된 세태에 대한 환멸이 자리한다. 젊은 여인과의 연애가 '나'에게 낭만적 세계를 동경하게 한다. 그러나 그 동경은 현실적으로 실현되기 어렵다. 「내일」의 결말에서 '나'는 젊은 여인에게 쓴 연애편지를 찢어 버린다. 당대 현실에 대해 황순원의 단편이 보여 주는 태도는, 인정주의와 견인의 자세에서 출발하여 허무주의에 이른다. 세월이 흐를수록 현실은 더 속악하고 비정해지고 그에 따라 주체의 태도도 변한 것이다.

5 결론

황순원 단편 소설의 서정성은 선행 연구에서 지속적인 관심의 대상이 되어 왔다. 시인으로 소급되는 그의 문학적 이력이 그러한 관심과 밀접하게 관련된다. 서정성은 단편 소설의 주요 속성이므로 황순원 단편 소설의 개성으로 서정성을 지목하는 것은 당연한 사실을 특별한 것처럼 말하는 격이 된다. 서정의 보편적 면모들을 열거하면서 황순원 단편 소설의 개성이라고 주장하는 것도 그 단편의 개성을 오히려 희석시키는 결과를 빚는다. 본 논문은 선행 연구의 그러한 오류들을 반성하면서 황순원 단편 소설의 서정성이 지닌 고유한 개성으로 주술적 초월과 회화적 서사를 고찰했다.

전래 서사의 주술적 효과는 황순원 단편 소설의 중요한 구성 요소로서 기능한다. 전래 서사가 직접 인용되지 않는 경우에도 주술적 효과가 삽화로서 서사에 복무하거나 더 나아가 서사의 구성 원리가 되기도 한다. 경험 현실이 주술적으로 이해되기도 하고 현실의 고통을 주술로써 초월하려는 시도도 보인다. 제의의 방식으로 서사가 짜이기도 한다. 인상적인 장면으로 서술을 대신하는 방법도 황순원의 단편 소설에서 자주 사용된다. 장면이 그 전후의 서사적 전개를 집약하는 현상을 가리켜 본 논문은 회화적 서사로 명명했다. 서사의 통시적 전개가 회화적 현재로 수렴된다는 점에서 회화적 서사는 황순원 단편 소설의 서정성에 복무한다.

　서정은 주관 지향적이어서 현실의 객관적 재현을 위한 방법이 되기 어렵다. 현실 재현에 관한 한 황순원의 단편 소설도 그러한 일반론으로부터 자유롭지 못하다. 그의 단편 소설에서는 개관적 현실보다 현실에 대한 주관적 태도들이 재현된다. 그 태도는 인정주의와 인고에서 허무주의까지 진행한다.

　본 논문의 논의를 간추리면 이상과 같다. 본 논문은 황순원의 단편 소설에 한정하여 논의를 진행했다. 그 논의에서 고찰된 개성이 그의 장편에서 어떻게 연장되고 또한 변형되는지에 대해서도 관심을 가져 볼 만하다. 그에 관한 논의는 추후의 과제로 넘긴다.

참고 문헌

기본 자료

황순원, 『황순원 전집』 1~4, 문학과지성사, 1982

논문 및 단행본

구창환, 「황순원 문학 서설」, 『황순원 연구 총서 1』, 황순원학회 편, 국학자료원

김인환, 「인고의 미학」, 『황순원 연구 총서 3』, 황순원학회 편, 국학자료원

김현, 「안과 밖의 변증법」, 『황순원 연구 총서 3』, 황순원학회 편, 국학자료원

문흥술, 「전통 지향성과 이야기 형식: 황순원」, 『황순원 연구 총서 2』, 황순원 학회 편, 국학자료원

박진, 「황순원 단편 소설의 서정성과 현현의 결말 구조」, 『황순원 연구 총서 6』, 황순원학회 편, 국학자료원

서재원, 「황순원의 「목넘이마을의 개」와 「이리도」 연구 ─ 창작 방법으로서의 '이야기'를 중심으로」, 『황순원 연구 총서 2』, 황순원학회 편, 국학자료원

서준섭, 「이야기와 소설 ─ 단편을 중심으로」, 『황순원 연구 총서 2』, 황순원학 회 편, 국학자료원

신동욱, 「황순원 소설에 있어서 한국적 삶의 인식 연구」, 『황순원 연구 총서 1』, 황순원학회 편, 국학자료원

유종호, 「황순원론」, 『황순원 연구 총서 1』, 황순원학회 편, 국학자료원

_____, 「겨레의 기억과 그 전수」, 『황순원 연구 총서 3』, 황순원학회 편, 국학 자료원

이동하, 「전통과 설화성의 세계 ─ 황순원의 「기러기」」, 『황순원 연구 총서 4』, 황순원학회 편, 국학자료원

조연현, 「황순원 단장 ─ 그의, 전집 간행에 즈음하여」, 『황순원 연구 총서 1』,

황순원학회 편, 국학자료원

천이두, 「황순원 작품 해설」, 『황순원 연구 총서 1』, 황순원학회 편, 국학자료원

홍정선, 「이야기의 소설화와 소설의 이야기화」, 『황순원 연구 총서 2』, 황순원 학회 편, 국학자료원

죄르지 루카치, 김경식 옮김, 『소설의 이론』, 문예출판사, 2007

에밀 슈타이거, 이유영·오현일 옮김, 『시학의 근본 개념』, 삼중당, 1978

뿌리의 심연과 접목의 수사학[1]
황순원의 '소설-나무'들에 대하여

우찬제(서강대 교수)

1 황순원만의 연금술

이 글은 황순원 소설에 나타난 사회 상징적 나무의 상상력에 주목하면서, 그의 소설의 핵심적 특성이 상처받은 나무를 건강하게 기르려는 접목의 수사학에 있음을 논의하기 위해 기획된다. 식민지 침탈과 남북 분단에 이은 전쟁의 상처를 직접 경험하면서 작가는 인간적 삶의 진정성이 훼손됨은 물론 존재론적 근거마저 박탈당한 위기의 상황임을 직관하고 소설적 상상력을 펼쳤는데, 그의 대표적인 소설의 제목이기도 한 '나무들 비탈에 서다'는 그런 상황을 심도 있게 표상한 것이라고 할 수 있다. 비탈에 선 나무들의 위기 상황을 황순원은 뿌리의 심연으로부터 천착하고 접목의 상상력

---

1) 이 글은 2015년 5월 7일 대산문화재단과 한국작가회의가 주최한 '2015 탄생 100주년 문학인 기념문학제'에서 발표한 것을 수정 보완한 것이다. 토론 과정에서 귀한 도움을 주신 김종회 교수께 감사한다. 특히 작가 황순원의 제자인 김종회 교수는 황순원이 생전에 나무에 대해 언급한 육성을 전해 주었다. 제자들과 함께 용문사에 갔다가 오래된 은행나무를 보면서 황순원은 이렇게 말했다고 한다. "뭔가를 기르고 키운다는 것은 중요하다. 1년을 내다보고 농사를 짓고, 10년을 내다보고 나무를 심으며, 100년을 내다보고 사람을 기른다."

을 구사했음을 밝히고, 그 심층에서 배려의 문학 윤리를 확인하는 것을 주된 과제로 삼고자 한다.

시인으로 출발한 황순원은 광복 후 간행된 「목넘이 마을의 개」로 단편 작가로서 기반을 다지고, 『별과 함께 살다』, 『카인의 후예』, 『인간 접목』, 『나무들 비탈에 서다』, 『일월』, 『움직이는 성』, 『신들의 주사위』 등의 장편 소설을 통해 한국 소설의 정신사와 형식사를 공히 혁신했다.[2] 간결하고 정확하면서도 세련된 문장과 다채로운 기법적 장치들로 나름의 소설 미학을 창안했다. 겨레의 기억과 집단 무의식 및 전통적 삶에 대한 애정을 웅숭깊게 보여 주었으며, 승화된 휴머니즘의 벼리를 보이는 데 부족함이 없었다.

황순원은 한국 근대 소설의 유년기부터 소년기, 장년기를 거쳐 노년기까지 두루 보여 준 작가다. 그만큼 폭넓고 웅숭깊은 문학 세계를 지니고 있다. 그런 면에서 그를 "말한다는 것은 해방 이후 한국 소설사의 전부를 말하는 것과 다름없다."[3]라는 권영민의 지적도 그리 과장된 게 아니다. 그만큼 황순원의 문학은 글 읽는 이들의 욕망을 자극한다. 그것은 앞으로도 계속될 것이다. 본고 역시 그런 욕망의 소박한 표시에서 출발하되, 생태학적 상상력의 측면에 초점을 두고 고찰하여 황순원 소설의 핵심 특성을 포착해 보고자 하는 것이다.

그동안 황순원의 문학에 대해 "간결하고 세련된 문체, 군더더기 없는 구성과 훈기 있는 여운"[4], "서정미가 넘치는" "우리말이 갖는 아름다움의 한 극치"[5], "서정적 소설로서의 특이한 색채"[6], "한국 산문 문체의 모범으로

---

2) 작가 황순원의 문학적 연대기는 김종회의 「문학적 순수성과 완결성, 또는 문학적 삶의 큰 모범: 황순원의 「나의 꿈」에서 「말과 삶과 자유」까지」(황순원학회 편, 『황순원연구총 서 1』, 국학자료원, 2013)를 참조 바람.
3) 권영민, 「황순원의 문체, 그 소설적 미학」, 황순원 외, 『말과 삶과 자유』(문학과지성사, 1985), 148쪽.
4) 유종호, 『동시대의 시와 진실』(민음사, 1982), 311쪽.
5) 이형기, 「유랑민의 비극과 무상의 성실」, 『황순원 문학 전집』 1권 해설(삼중당 1973), 376쪽.
6) 이재선, 『한국 현대소설사』(홍성사, 1979), 404쪽.

정평이 나 있는 그의 문장미는 서정성과 절제로 충만"[7], "적은 말로 현실의 많은 느낌을 표현할 수 있는 능력"[8], 서정적인 감각성과 지적 절제에 의한 세심한 문학적 의장(意匠), 보여 주기를 통한 핍진성 제고, 서사적 거리 인식과 내면화된 문체 등등 여러 논의가 많았다. 황순원은 확실히 하나의 텍스트를 형성하는 텍스트적, 심리적, 사회적, 정보 처리적 요인들을 매우 정치하면서도 종합적으로 구성해 낸 작가였던 것으로 보인다.[9] 특히 텍스트 요인으로는 문체소들의 대조와 반복 조직을 통한 종합적인 결속성을, 심리적인 요인으로는 타자와 융섭(融攝)하려는 의도의 배치와 그것의 용인 과정 및 기억의 환기 원리를, 사회적 요인으로는 현실을 내면에 투사시켜 상황을 상징적으로 조작하는 형상화 원리를, 정보 처리적 요인으로는 역동적 결말 방식을 통해 독자를 해석학적 순환 과정 안으로 끌어들이면서 정보의 정서적 소통을 기획하는 장치, 등등을 효과적으로 구안하고 형성했던 드문 작가였다. 이런 점들을 고려하면서 나는 예전에 "황순원은 정련된 '말무늬'로 아름다운 영혼의 '숨결'을 상상적으로 포착하여 세심한 '글틀'을 짜 내려고 한 작가"[10]라고 말한 적이 있는데, 지금도 비슷한 생각이다. 그에게 있어서 이 '말무늬', '숨결', '글틀'은 따로 떨어져 존재하는 게 아니다. 한

---

7) 김병익, 『상황과 상상력』(문학과지성사, 1988), 131쪽.
8) 이남호, 『문학의 위족 2』(민음사, 1990), 350쪽.
9) 『담화·텍스트 언어학 입문』의 저자들은 단순한 일련의 문장 연쇄로 텍스트를 보지 않았다. 하나의 통합적 유의적 총체로서 텍스트를 보기를 소망했다. 그래서 그들은 텍스트를 구성하는 네 가지 요인으로 텍스트적 요인으로서의 언어, 심리적 요인으로서의 인간 정신, 사회적 요인으로서의 현실, 정보 처리적 요인으로서의 커뮤니케이션 등을 상정했다. 그리고 각각의 텍스트 구성 요인으로부터 산출되는 텍스트성(textuality)의 기준 일곱 가지를 마련했다. 결속 구조·결속성(텍스트적 요인), 의도성·용인성(심리적 요인), 상황성·상호 텍스트성(사회적 요인), 정보성(정보처리적 요인) 등이 바로 그것이다.(Robert A. de Beaugrande & Wolfgang U. Dressler, 김태옥·이현호 공역, 『담화·텍스트 언어학 입문』(양영각, 1991), 역자 해설 및 1~15쪽 참조)
10) 졸고, 「말무늬', '숨결', '글틀」, 『타자의 목소리: 세기말 시간 의식과 타자성의 문학』(문학동네, 1996), 268쪽.

데 어우러져 조화를 이루며 역동적인 텍스트를 생성해 낸다. 그리고 그것들은 한국 현대소설사의 중요한 가닥과 맥락을 형성한다. 단편에서 특히 그러하거니와 장편에서도 황순원만의 연금술은 매우 독특한 진정성의 빛을 발한다.

이러한 황순원 소설의 문체적 특장과 연금술은 그 자체로 빛나는 것이 아니다. 그의 말무늬와 글틀은 그의 문학 정신의 숨결과 긴밀하게 호응하면서 중요한 소설사적 궤적을 형성한 것임을 거듭 강조하지 않아도 좋을 터이다. 이를 위해 그가 보인 나무의 상상력에 주목하고, 나무와 관련된 역사적 비유와 사회적 상징을 분석적으로 논의하고자 한다. 주로 다룰 텍스트는 『카인의 후예』, 『인간 접목』, 『나무들 비탈에 서다』 등이다. 가장 문제적인 시기 중의 하나였던 광복 전후사 특히 북한에서 월북한 작가이기에 더욱 문제적으로 실감했을 토지 개혁 전후사를 배경으로 한 『카인의 후예』는 왜 이 시기에 인간 존재들이 '비탈에 선 위태로운 나무'처럼 되지 않으면 안 되었던가를 환기하는 배경적 텍스트로 주목된다. 이를 바탕으로 표제에서 이미 나무의 수사학과 관련된 사회 상징적 의미를 잘 드러낸 『인간 접목』, 『나무들 비탈에 서다』를 논의하고, 그 심층의 문학 윤리를 가늠하기 위해 단편 「물 한 모금」을 살피게 될 것이다. 그 밖에 논의에 필요한 「산」, 「나무와 돌, 그리고」를 비롯한 몇몇 단편들을 추가적으로 논의할 예정이다.

2 나무의 사회 상징적 의미

"나무는 훌륭한 견인주의자(堅忍主義者)요 고독의 철인이요 안분지족(安分知足)의 현인이다." 널리 알려진 이양하의 수필 「나무」의 한 구절이다. 나무의 덕성에 대한 그윽한 성찰이 돋보이는 대목이다. 나무는 동서고금을 막론하고 인간과 더불어 숨 쉬는 생물이다. 윤선도의 「오우가(五友歌)」를 비롯한 수많은 시편들에서 다각도로 나무가 조명된 것은 매우 자연스럽다.

길게 설명할 필요도 없이 동서고금을 막론하고 나무는 자연적이면서도 신화적이고 상징적인 존재였다. 인간과 더불어 존재하면서 윤리적 도덕적 의미를 함축하기도 했으며, 사회문화적 정치경제적으로도 의미 있는 식물이다. 최근에 나무는 '오래된 미래'라는 생태학적 의미가 강조되면서 인간중심주의적 문명 개발에 대한 반성적 사유의 기제가 되기도 한다. 그러므로 나무는 문학에서 자연스럽게 인간과 자연, 사회의 징후를 드러내는 중요한 기제가 된다. 흔히 널려 있기에 두드러져 보이지 않았을 뿐이지, 때로는 상징으로 때로는 은유로 때로는 제유로 중요한 메시지를 환기하는 것이 바로 나무이다.

『나무의 신화』에서 자크 브로스는 "나무는 인간의 의식을 포착할 수 있는 길이요, 우주에 생기를 부여하는 생명의 통로"[11]라고 강조한 바 있다. 그보다 앞서 에밀 뒤르켐은 나무의 상징화가 외적 물질적 기호로 관념을 표현하고자 하는 인간의 욕구를 반영한다고 주장한 바 있다.[12] 그의 연구에 따르면, 호주 원주민들은 토템에 대한 관념을 형상화하려는 욕망으로 토템을 조각하거나 문신으로 새기거나 그림으로 그렸다. '사고를 물질로 옮기고자 하는' 욕망에 주목하면서 뒤르켐은 자신의 사회 이론을 전개하는 데 있어 외적 표현, 형상화, 육체성(물질성)의 타당성을 고찰하게 되었으며, "집단적 감각(collective sentiment)은 특정한 실체적 사물에 고정되어야만 드러날 수 있다."[13]라고 언급했다. 이런 뒤르켐을 통하여 로라 라이벌은 이렇게 논의한다. "물질적 형식들의 물리적 표명(manifestation)이 지닌 사회적 영향력과 관련해 물질적 형식에 대한 고찰 및 사회의 물질적 구성(material constitution)에 이론적 초점을 두는 것은 매우 생산적임이 입증되

---

11) 자크 브로스, 주향은 옮김, 『나무의 신화』(이학사, 1998), 11쪽.

12) Émile Durkheim, *The Elementary Forms of the Religious Life*(London: Allen & Unwin, 1915/1976), p. 127.

13) Ibid., p. 236.

었다."14) 즉 나무는 "사회 과정이나 집단 정체성을 나타내는 가장 뚜렷하고 강력한 상징"15)이다. 세계미술사를 장식한 수많은 나무 그림들도 그런 맥락에서 이해할 수 있거니와, 황순원의 소설 또한 그런 맥락에서 접근하면 새로운 이해의 지평에 도달할 수 있을 것으로 기대한다.

두루 짐작할 수 있는 것처럼 나무는 살아 있는 유기체로서 물리적으로 현존한다. 그러기에 어떤 면에서는 사회적 상징 이전에 자연적 상징으로 존재한다. 자연의 상징은 주로 인간의 생리(physiology)와 신체적 물질(bodily substances)에서 유래한다고 보았던 메리 더글라스가 정의한 바대로, 자연의 상징은 동물과 유사한(신체) 동시에 신과 유사한(정신) 인류의 이중적 본성을 반영하고 있다. 많은 경우 토템과 동물 종의 연관성을 강조하는 레비스트로스 이전 시대의 토테미즘 이론들과는 달리 위와 같이 자연의 상징을 규정하는 것은 잉여적(residual)이고 생물학적인 수성(animality)과 발달하는 인간성이라는 양극성에 방점을 둔다.16) 문학에서는, 특히 복합적으로 인간과 자연을 다루는 소설에서는 나무의 사회적, 형이상학적, 역사적, 자연적 상징들이 중층적으로 문제될 수 있다. 이런 문제의식을 바탕으로 할 때 접목의 수사학의 접근 지평은 넉넉하게 확보된다. 살아 있는 유기체인 나무에 접목을 하는 행위는 나무의 생장 촉진과 건강성 혹은 수확성 확장을 위한 인공적 기획의 일환으로 볼 수 있는데, 이는 나무에게도 이롭고 접목 행위를 수행하는 인간에게도 이로운 공생의 방식이기도 하다. 곧 생태적인 공생의 기획에 속한다. 황순원이 소설 제목을 '인간 접목'이라고 한 것도 비탈에 선 위기의 나무를 구하고, 나무를 구하면서 인간도 함께 구하기 위한, 그러니까 상처받은 남을 위로하면서 스스로도 위로받으려는 상상적 노력이 아니었을까 짐작한다.

---

14) Laura Rival, "Trees, from Symbols of Life and Regeneration to Political Artefacts", *edited by Laura Rival, The Social Life of Trees*(Oxford/NY.: Berg, 1998), p. 2.

15) Ibid., p. 1.

16) Ibid., p. 2.

3 상처의 뿌리, 그 심연의 성찰

먼저 작가 황순원이 접목의 수사학에 공들이지 않으면 안 되었던 역사적 배경을 천착하기 위해 『카인의 후예』를 살펴보기로 하자. 이 소설은 그런 맥락이 아니더라도, 1950년대 문학을 대표하는 소설의 하나로서, 그리고 황순원의 소설적 특징이 잘 드러난 장편으로서 주목에 값한다. 한국 전쟁 중인 1953년 정월에, 이데올로기와 원한이 상충하는 전쟁 현실 속에서 상징적인 화해 방식으로 따스한 인간미를 빼어나게 보여 준 단편 「학」을 썼던 황순원이었다. 왜 덕재와 성삼이는 그럴 수밖에 없었을까. 그 둘의 갈등과 다툼을 무척 안타까워했던 작가는 결국 성삼이로 하여금 옛 학 사냥의 기억을 되살리게 하여 끌고 가던 벗 덕재를 풀어주는 결구로 마무리한다. 그럼에도 작가는 분단된 민족 상황에 대한 안타까움을 접을 수가 없었다. 왜 그럴 수밖에 없었을까? 이 물음이 장편 『카인의 후예』를 낳게 한 것이 아닐까.

『카인의 후예』는 광복 이후 토지 개혁이 진행된 북한을 배경으로 한 이야기이다. 작가의 고향에서 벌어졌음직한 일들이 이모저모 엮여 있다. 단편 「학」에서는 친구 사이였지만, 『카인의 후예』에서는 장편답게 사정이 훨씬 복잡해졌다. 박훈은 지주의 아들이고 도섭 영감은 박훈의 아버지를 헌신적으로 섬기던 마름이었다. 박훈의 사촌 혁이 어린 시절 물에 휩쓸려 죽을 고비에 처했을 때 목숨을 걸고 구해 준 이도 바로 도섭 영감이었다. 게다가 어린 시절부터 도섭 영감의 딸 오작녀와 박훈은 서로 좋아하는 마음을 지녀 왔다. 안타깝게도 오작녀는 신분상의 관습적 벽을 넘지 못한 채 다른 남자와 결혼했다가 불행에 빠져 현재는 친정에 돌아와 아버지의 뜻에 따라 박훈의 집에서 그를 돌보는 일을 하고 있다.

광복 후 공산 정권이 들어서면서 지주―마름―소작인이라는 옛 생산관계가 전복된다. 1946년 3월 '북조선 토지 개혁에 관한 법령'이 공포되고, 이를 바탕으로 사회주의적 생산 관계 정립을 위한 토지 개혁이 실시되면서 숙청과 보복의 비극들이 많이 벌어졌는데, 『카인의 후예』는 이 시점을 주밀하게 파고든다. 박훈과 도섭 영감이 균열을 일으키는 것도 바로 그 토지 개혁 때문이었다. 특히 소작인들에게 가혹하게 했던 과거를 덮기 위해 도섭 영감은 더욱 토지 개혁에 헌신하는 열성을 보이는데, 그럴수록 옛 지주 박훈과의 균열은 심화될 수밖에 없었던 것이다. 계급적 적대 관계에 있는 박훈과의 관계만 일그러지는 게 아니다. 도섭 영감의 경우 가족 관계도 좋지 않게 된다. 특히 딸 오작녀는 아버지의 변신을 전혀 이해하지 않을 뿐더러, 박훈이 자신과 결혼했다는 결정적 허위 진술로 아버지가 추진하는 박훈 숙청과 토지 개혁 작업을 방해한다. 아내나 아들 삼득이와의 관계 역시 원만치 못하다. 이런 희생을 감수하면서도 그는 새로운 사회 조직과 생산 관계에서 자기 이익을 추구하고 권력의 발판을 마련하고자 했으나, 그조차 여의치 못하다. 이용만 당하다가 퇴출된 형국이랄까, 그래서일까. 마지막 부분에서 보이는 그의 광기는 사뭇 자연스럽다. 물론 이와 같은 토지 개혁 전후사의 비극은 비단 도섭 영감에서 그치지 않는다.

숙청당했다가 결국 죽음에로 이르는 박훈의 숙부 박용제 영감은 물론이려니와 함께 숙청당한 윤초시 영감과 같은 지주 계급의 비극적 몰락이 다루어진다. 시종 관조적인 성격을 보이다가 막판에 행동적으로 돌변하는 지주 집안 지식인 박훈의 내면 또한 비극으로 일렁이기는 마찬가지다. 아버지의 숙청과 죽음을 경험한 혁이 도섭 영감을 죽이겠다고 결심하는 것도, 토지 개혁 전후사의 황무지와도 같았던 마음의 풍경을 증거하는 대목이다. 그렇다고 해서 그 반대편 인물들이 행복의 가능성을 찾는 것도 아니다. 농민위원장을 맡았다가 피살된 남이 아버지는 물론 그다음 위원장이 되었다 숙청된 도섭 영감도 결코 그 범주에 속할 수 없다. 새로 위원장을 맡은 홍수 역시 거기에서 예외일 것 같지 않다.

험악한 난세의 풍경을 작가는 월남한 지식인의 시선에서 가능하면 차분하게 형상화하려 한 것으로 보인다. 바로 이 지점에 이 소설의 특성과 한계가 들어 있다. 박훈은 토지 개혁 전후사의 난세에 자신이 처한 즉자적 현실에 대해서는 크게 개의치 않으려 한다. 윤 초시처럼 토지를 덜 빼앗기려고 자작농으로 꾸미려 한다든지 하는 어떤 현실적 행동도 하지 않는다. 다만 시속의 흐름을 받아들이면서 조용히 물러나는 모습을 보인다. 토지와 집을 내어주면서 대신 그 자리에 사람과 사랑을 새롭게 발견하여 채우려 한다는 점에, 박훈과 이 소설의 개성이 들어 있다. 사랑의 대상 인물인 오작녀를 향한 열정과 불안의 상호 작용, 오작녀의 남편 최 씨가 펼치는 연애의 진정성과 관련된 담론, 그리고 끝부분에서 삼득이를 통해 드러나는 순수한 인간성의 벼리 등등 이런 것들과 관련한 박훈의 성찰이 현실을 넘어서는 현실성을 획득하면서, 즉자적 현실을 넘어선 대자적 성찰의 지평을 확대 심화하고 있는 모양이다.

황순원은 인류 최초의 살인자였던 카인의 맥락을 토지 개혁 전후사의 현실로 가져와, 사람을 살리게 하는 것과 죽이게 하는 것의 근원 혹은 심연을 천착했다. 이기적 욕망, 질투심 따위가 살인으로 치닫게 한다면, 진정한 사랑은 죽임의 현실을 살림의 미래로 바꾸어 줄 수 있는 소망스러운 덕목이다. 안타까운 시선으로 작가 황순원은 그 심연 깊숙이 서사적 그물을 드리웠던 것이다.

4 상처받은 나무와 접목의 수사학

이처럼 황순원의 『카인의 후예』는 토지 개혁 전후사의 고단한 여정을 예리하게 성찰한 소설이다. 앞에서 언급한 것처럼 이 소설에서 박훈의 성찰은 역사철학적 현실성을 환기함과 동시에 그것을 넘어선 대자적 성찰의 지평을 확대한다는 점에서 의미심장하다. 그렇다면 박훈의 성찰의 특별함은 어디에서 오는가? 그는 다른 인물들에 비해 가시적 현상에 미혹되거나 이끌리지 않는다. 그보다는 현상 이면의 다양한 관계망들을 헤아리면서, 그 현상의 뿌리를 심연으로부터 탐문하고자 한다. 가령 이런 대목을 보자.

훈은 시골 나와 이 과수원에서 비로소 나무의 잎눈이나 꽃눈이 언세 생겨나 어떻게 큰다는 걸 알았다. 그때까지 그는 나무의 눈이란 봄에 생겨나 잎과 꽃이 되는 것이라고만 알고 있었다. 그러나 그렇지가 않았다. 가을에 단풍이 들어 낙엽이 지기 전에 벌써 눈들을 장만해 놓은 것이었다. 이 작고 연약한 눈이 그대로 추운 겨울을 겪고 나서 봄에 싹이 트고 잎과 꽃을 피우는 것이었다. 처음 이것을 발견했을 때 훈은 무슨 신기한 것이나 발견한 것처럼 혼자 가슴까지 두근거렸던 것이다.[17]

나무의 눈에 대한 성찰 대목이다. 흔히 잎눈이나 꽃눈이 봄에 생겨나리라 짐작하곤 하지만 그렇지 않다는 것, 이미 가을에 낙엽 지기 전에 그 눈들을 예비해 놓고 있었다는 생명의 철리에 대한 성찰은 범상한 듯 비범하다. 이 박훈의 눈을 통해 나는 작가 황순원이 구사한 나무의 수사학을 헤아리게 된다. 그 누구보다도 묘사에 능했던 작가 황순원은 산의 풍경이나 나무 묘사에서도 인상적이었다.

산에는 단풍이 들어 있었다. 산 중턱까지는 검푸른 전나무와 잣나무 소나무로 둘리고, 그 위로는 하아얀 자작나무와 엄나무 피나무 느릅나무 숲인데, 그 사이에 단풍나무가 타는 듯이 물들어 있는 것이었다. 그리고 이 검푸르고 하얗고 누렇고 붉은 빛깔은 가까운 산에서 먼 산으로 멀어짐에 따라 그 선명한 빛깔을 잃어 가다가 나중에는 저쪽 하늘가에 뽀오아니 풀려 버리고 마는 것이었다. 어디를 보나 마찬가지 산이요, 또 산이었다.
길이란 게 있을 리 만무했다.[18]

단풍 든 산의 풍경을 묘사하면서 "길이란 게 있을 리 만무했다."라고 적었다. 압축미에 농축된 의미의 용장도가 참으로 어지간하다. 단풍 든 나무

17) 황순원, 『별과 같이 살다/ 카인의 후예: 황순원 전집 6』(문학과지성사, 1981/1994), 342쪽.
18) 황순원, 「산」, 『학/ 잃어버린 사람들: 황순원 전집 3』(문학과지성사, 1981/1994), 195쪽.

들 때문에 길이 없다는 것을 보는 눈은 또 다른 맥락에서 다양한 길을 성찰하는 것 같다. 앞에서 인용한 『카인의 후예』에서 박훈은 낙엽이 지기 전에 새 봄을 위해 잎눈이나 꽃눈을 예비하고 있음을 보았다. 생명의 길에 대한 성찰의 세목이다. 그런데 그것을 결코 단순하게 준비되지 않는다. 나무는 자신이 틔우고 기른 몸들을 버리면서 새로운 생명을 잉태한다. 예컨대 다음 은행나무의 경우를 보자.

> 석양 그늘 속에 은행나무는 한창 황금빛으로 물들어 있었다. 가을이 온통 한데 응결된 듯만 싶었다. 얼마든지 풍성하고 고요했다.
> 그 둘레를 서성이고 있는데 난데없는 회오리바람이 일어 은행나무를 휘몰아쳤다. 순식간에 높다란 나무 꼭대기 위에 새로운 장대하고도 찬란한 황금빛 기둥을 세웠는가 하자, 무수한 잎을 산산이 흩뿌려 놓았다. 아무런 미련도 없는 장엄한 흩어짐이었다. 뭔가 그는 속 깊은 즐거움에 젖어 한동안 나뭇가를 떠날 수 없었다.[19]

"아무런 미련도 없는 장엄한 흩어짐"을 통해 "새로운 장대하고도 찬란한 황금빛 기둥"을 예비하는 존재가 바로 이 소설에서 은행나무다.[20] 이런 방식으로 황순원은 나무와 관련해 직접적으로 그 형상을 묘사하는 것에서 비유적이거나 상징적으로 형상화하기까지 다양한 수사학적 전략을 구사한다. 그 어떤 경우라도 기본은 나무의 뿌리로부터, 그 심연에서부터, 문제를 발본적으로 성찰한다는 점이다.

『카인의 후예』 이후 장편인 『인간 접목』과 『나무들 비탈에 서다』는 그 표제부터 나무의 수사학과 관련하여 관심을 끈다. 한국 전쟁이 할퀴고 간 상

---

19) 황순원, 「나무와 돌, 그리고」, 『탈/기타: 황순원 전집 5』(문학과지성사, 1976/1997), 238~239쪽.
20) 이승준은 이 대목을 "자연의 순환에 대한 깨달음"(이승준, 「한국 현대 소설에 나타나는 '나무' 연구」, 《문학과환경》 4, 2005. 10, 96쪽)으로 해석했나.

처로 인해 순수한 이상주의자든 실리적 현실주의자든 할 것 없이, 온통 기울기가 심한 비탈에서 허우적대는 형국일 수밖에 없었다는 가슴 아픈 이야기, 표제가 상당 부분 암시하는 것처럼 비탈에 선 인간 존재론의 이야기, 인간관계가 배려와 공감 혹은 이해와 감사의 지평에서 이루어지기보다는 상처와 독선 내지 만인 대 만인의 투쟁 관계로 점철되었을 때의 비극성을 환기하는 이야기를 통해, 우리는 존재의 위기론에 대한 이런저런 생각을 하지 않을 수 없게 된다. 『나무들 비탈에 서다』에서 동호나 현태, 윤구, 숙이 등 대부분의 인물들은 비탈의 존재들이다. 그것도 무척 가파른 비탈에 가까스로 존재하는 인물들이다. 작중 윤구의 말처럼 날카로운 유리 조각에 찔려 고통받는 존재들로 그려진다.[21] 날카로운 유리 파편이 속살을 파고드는 것만 고통스러운 상황으로 동호를 비롯한 여러 인물들은 받아들인다. 어쩌면 삶이 죽음보다 더 고통스러울 수 있는 상황에서라면, 전쟁터에서 전사하든, 거기서 살았지만 고통을 못 이긴 채 끝내 자살하든, 위악적으로 폭력을 저지르든, 모두 유리 조각에 깊숙이 찔린 비탈의 존재론을 넘어서지 못한다. 전쟁 상황에서 뿌리뽑힌 존재들이기에 온전한 생명의 나무가 되기 어렵다. 그렇듯 비탈에 선 나무들을 위해서는 '접목' 서비스가 필요하다고, 작가 황순원은 생각한 것 같다. 『인간 접목』에서 최종호는 그 자신도 전쟁에서 희생된 상이 군인이면서도 접목이 필요한 소년들을 위해 접목에의 의지를 실천하면서 희망의 윤리를 견인한다. 소년원의 아이들, 그러니까 남준학, 김백석, 짱구대가리, 배선집 등은 이런저런 상황과 이유로 삶의 본바탕에서 뿌리 뽑힌 상처받은 나무들이다. 그 상처받은 어린 나무들을 위해 혼신의 노

---

21) "유린 참 무서운 거야. 살에 박히기만 하면 자꾸 속으로 파구 들어가거든. 어렸을 때 잘못해서 파리통을 밟았는데, 그 아픈 건 칼에 찔린 유가 아니야. 그런데 말이지, 백힌 유리 조각을 빼 버렸는데두 그냥 따끔거리구 콕콕 쑤시지 않겠어? 그날 밤 한잠두 못 자구 이튿날 병원엘 갔드니 좁쌀알만 한 게 둘 남아 있었어. 글쎄 그게 상당히 깊이 들어가 있잖어. 밤새두룩 따끔거리구 아팠든 것두 그게 오물오물 살 속을 파구 들어가느라구 그랬지 뭐야."(황순원, 「나무들 비탈에 서다」, 『인간 접목/나무들 비탈에 서다: 황순원 전집 7』(문학과지성사, 1981/1993), 197쪽)

422

력을 경주한다. "어디까지나 아이들의 인간성을 되살려 줘야 한다는 자신의 소신"[22]을 실천하기 위해 애쓰지만 "애들 가슴속의 흐려진 거울을 닦아 주기에는 자기의 손이 자라지 못하는 것"[23]이라는 반성을 한다. 때때로 "그만큼 사람과 사람 사이의 혼의 교섭이란 거의 불가능하도록 힘이 드는가 보"[24]다며 회한에 젖기도 하지만, 인간에 대한 기본적인 신뢰를 바탕으로 접목에의 의지를 놓지 않으려 한다. 그 결과 소년원의 아이들도 점차로 감화되고 자존감을 획득해 나가게 된다. "천사의 그림이 붙었던 어두운 벽 쪽을 가리키며" 준학이 하는 말이 결구로 인상적인 것은 이와 관련된다. "저기 있든 천사의 날개보다도 더 희었어. 그걸 우리가 모두 달고 있었어. 너도 달고 있고 나도 달고 있고. 그리고 저, 짱구대가리도."[25]

전쟁 상황에서 상처받은 인간들을 치유하고 새로운 생명의 나무로 자랄 수 있도록 해 주기 위해 도입한 기제가 바로 접목의 수사학이었다. 최근의 접속의 수사학은 접속 주체의 유희 욕망과 관련되지만, 주체의 주체성과 타자의 타자성도 휘발되기 쉽다.[26] 반면 1950년대에 황순원이 구사한 접목의 수사학은 상처받은 타자를 환대하고 치유하면서 공동으로 희망의 원리를 탐문하려 했다는 점에서 윤리적이다. 접목을 통해 타자를 치유하면서 스스로도 힐링하고 자기를 정립해 나가려 했던 것이다.[27]

---

22) 황순원, 「인간 접목」, 『인간 접목/나무들 비탈에 서다: 황순원 전집 7』, 168쪽.

23) 위의 책, 180쪽.

24) 위의 책, 180쪽.

25) 위의 책, 183쪽.

26) 접속의 수사학에 대해서는 졸고, 「접속하는 프로테우스의 경험과 상상력」, 「접속 시대의 사회와 탈(脫)사회」, 「접속 시대의 최소주의 서사」 등을 참조하기 바람.(졸저, 『프로테우스의 탈주: 접속 시대의 상상력』(문학과지성사, 2010), 13~72쪽)

27) 널리 알려진 장 지오노의 『나무를 심은 사람』에서 나무를 심은 사람은 이렇게 설명된다. "그의 행동이 온갖 이기주의에서 벗어나 있고, 그 행동을 이끌어 나가는 생각이 더없이 고결하며, 어떠한 보상도 바라지 않고, 그런데도 이 세상에 뚜렷한 흔적을 남긴 것이 분명하다면, 우리는 틀림없이 한 잊을 수 없는 인격과 마주하는 셈이 된다."(장 지오노, 김경온 옮김, 『나무를 심은 사람』(두레출판사, 1995), 11쪽) "숯을 파는 것을 놓고,

5 타자와의 융섭(融攝)[28]과 '물 한 모금'의 문학 윤리

황순원은 한 산문에서 이렇게 쓴 적이 있다. "타자와의 관계 속에서 나를 확인해 보려고 지금 여기까지 걸어왔다. 한데 아직도 막막하기만 하다."[29] 황순원 문학의 특징은 아마도 이토록 막막한 진실을 계속해서 탐문하고자 했다는 데 있지 않을까 싶다. 그런 점에서 인상적인 단편이 바로 「물 한 모금」이다. 시골 간이역 건너편 초가집 헛간. 갑작스러운 소나기를 피하려 몰려든 여러 행인들의 행색이 퍽 스산하고 을씨년스럽다. 흰 수염을 기른 노인, 딸네 집을 찾아가는 노파에서 젊은 청년에 이르기까지 행인들은 제각각이지만 근심 걱정은 한가지다. 비는 좀처럼 그칠 줄 모르는 데다 한기까지 스며들 뿐만 아니라 주인의 허락도 없이 헛간을 찾아든 시간도 제법 흘렀기에, 혹시 주인이 쫓아내면 어쩌나 우려해야 했던 것이다. 그런데 그런 걱정과는 달리 뜻밖의 장면이 연출된다. 집주인이 따뜻한 차를 들고 나와서 비를 피해 제집 헛간에 든 행인들에게 한 잔씩 권하는 풍경이 바로 그것이다.

교회의 자리를 놓고 경쟁"하고, "미덕(美德)들을 놓고, 악덕(惡德)을 놓고, 그리고 선과 악이 뒤엉클어진 것들을 놓고 끊임없이 경쟁"(같은 책, 25쪽)하는 세상에서, '나무를 심은 사람'은 오로지 황무지가 되어 가는 땅을 살리기 위해 나무를 심는다. "그는 나무가 없기 때문에 이곳의 땅이 죽어 가고 있다고 판단했다."(33쪽) 그는 땅의 생명을 되살리기 위해 사심 없이 나무를 심었다. 오랜 시간이 지난 뒤 그 결과는 사뭇 창대했다. "모든 것이 변해 있었다. 공기까지도. 옛날에 나를 맞아 주었던 건조하고 난폭한 바람 대신에 향긋한 냄새를 실은 부드러운 미풍이 불고 있었다. 물 흐르는 소리 같은 것이 저 높은 언덕에서 들려오고 있었다. 그것은 바람 소리였다. 게다가 더 놀라운 것은 못 속으로 흘러 들어가고 있는 진짜 물소리가 들리는 것이었다. 나는 샘이 만들어져 있는 것을 보았다. 물은 풍부하게 넘쳐흘렀다. 그리고 나를 가장 감동시킨 것은 그 샘 곁에 이미 네 살의 나이를 먹었음직한 보리수나무가 심어져 있는 것이었다. 이 나무는 벌써 무성하게 자라 있어 의문의 여지없이 부활의 한 상징임을 보여 주고 있었다."(61~62쪽) 이렇게 '나무를 심은 사람'의 행위는 상처받은 땅을 대상으로 생명의 접목을 한 것으로 해석될 수 있다.

28) '융섭'이란 단어는 사전에 등재되어 있지 않다. 타자와 서로 긴밀하게 스미고 짜이는 내밀한 상태를 지시하기 위해 융합과 상호 포섭이란 개념을 혼합한 융섭이란 신조어를 사용했다.

29) 황순원, 「말과 삶과 자유」, 황순원 외, 『말과 삶과 자유』, 21쪽.

"찻종에 붓는데 김이 어린다. 그 김을 보기만 해도 속이 녹는 것 같다. (중략) 단지 그것이 더운 맹물 한 모금인데도, 그러나 그것은 헛간 안의 사람들이나 밖에 무표정한 대로 서 있는 주인이거나 모두 더운 물에 서리는 김 이상의 뜨거운 무슨 김 속에 녹아드는 광경이었다."[30]

어떤 경우든 집을 떠나 길을 나서면 고단할 수 있다. 하물며 예기치 않은 비를 맞은 행인들의 행색은 그 고단함을 더욱 진하게 느끼게 한다. 그런 이들에게 초가집 주인의 '물 한 모금'은 무거운 고단함을 덜게 하는 확실한 청량제였다. "노파도 이제는 비도 가늘어졌지만 물 한 모금에 기운을 얻어 사람들 틈을 빠져나와 떠날 준비를 차릴 수 있었다."[31] 물 한 모금에 기운을 얻을 수 있었다고 했다. 시간이 제법 흐른 과거의 이야기지만, 그래서 시대착오적인 예화처럼 보이기도 하지만, 그럼에도 "더운물에 서리는 김 이상의 뜨거운 무슨 김"의 속 깊은 의미는 오래된 미래의 진실을 환기한다고 생각한다. 사람과 사람 사이의 따스한 정에 기반한 진실한 교감의 징표가 아닐까 싶다. 나눔으로써 커지는 인간 영혼의 위대성의 상징이기도 하다. 따스한 말 한마디, 작은 정성과 배려가 어려운 처지의 이웃들에게 줄 수 있는 힘은 결코 작지 않다는 진실을 어김없이 환기한다.

황순원의 단편 「물 한 모금」은 그런 소설이다. 갑작스러운 소나기로 자기 집 처마 밑을 찾아든 나그네들에게 따뜻한 물 한 모금을 나누어 주는 배려의 윤리를 웅숭깊게 형상화한 소설이다. 그것은 오래된 겨레의 나눔과 껴안음의 심성에 의지한 이야기였다. 이쯤 되면 초가집 주인은 썩 괜찮은 '인간-접목사'가 아니었을까 싶다. 상처받은 나무에 따스한 물 한 모금으로 접목의 이니시에이션을 수행하려 한 주인의 초상에서, 우리는 작가 황순원의 진면목을 어렵지 않게 발견하게 된다. 수생목(水生木)이라고 했던가. 황

---

30) 황순원, 「물 한 모금」, 『늪/기러기: 황순원 전집 1』(문학과지성사, 1980/1992), 283~284쪽.
31) 앞의 책, 284쪽.

순원의 '소설-나무'들은 그런 '물 한 모금'에서 접목되고 자라났던 것으로 보인다.

6 맺음말

이상에서 살펴본 것처럼 황순원은 식민 상황과 분단, 그리고 전쟁의 참상을 경험하면서 인간적인 것의 가능성을 문학적으로 고민한 작가다. 그의 소설에서 인간들은 종종 상처받은 나무들로 비유된다. 그런 나무들의 외양에 대한 관찰이나 묘사에서 머물지 않고, 그 뿌리의 심연으로부터 발본적으로 탐문하여 상처를 주고받는 다양한 관계망들을 헤아리고자 했다. 『카인의 후예』, 『인간 접목』, 『나무들 비탈에 서다』 등 여러 장편들에서 황순원은 한국 전쟁이 할퀴고 지나간 후에 남겨진 상처로 인해 순수한 이상주의자든 실리적 현실주의자든 할 것 없이, 경사가 심한 비탈에서 위태롭게 허우적대는 형국이라는 사실을 형상화한다. 비탈에서 위기에 처한 존재론의 이야기, 인간관계가 배려와 공감 혹은 이해와 감사의 지평에서 이루어지기보다는 상처와 독선, 내지 만인 대 만인의 투쟁 관계로 점철되었을 때의 비극성을 환기하는 이야기를 통해, 작가는 존재의 위기론에 대한 각성을 낮은 목소리로 촉구한다.

이렇게 위기의 존재들, 상처받은 인간들을 치유하고 새로운 생명의 나무로 자랄 수 있도록 해 주기 위해 도입한 기제가 바로 접목의 수사학이다. 상처받은 타자를 환대하고 치유하면서 공동으로 희망의 원리를 탐문하려한 그의 문학 정신의 핵심을 「물 한 모금」에서 확인할 수 있다. 상처받은 나무에 따스한 물 한 모금으로 접목의 이니시에이션을 수행하려 한 인물의 초상에, 황순원 특유의 배려와 환대의 윤리가 잘 나타나 있다. 결국 황순원에게 있어 소설 쓰기는 나무 기르기, 혹은 상처받은 나무에 새로운 생명을 접목하기와 통한다고 하겠다.

전체적으로 황순원 소설의 핵심 특성을 포착하는 데 중점을 두었기 때문에 각각의 작품들에서 보이는 나무의 상징적 의미의 변별성을 따로 논의하지 않았다. 예컨대 「산」에서 단풍 든 나무와 「나무와 돌, 그리고」에서 잎을 떨구는 나무는 각기 다른 자연적 상징을 보이는 것이 사실이다. 그러나 그 의미론적 구조의 차이를 논의하는 것이 이 글의 목적이 아니었기에 전체적으로 비탈에 선 위기의 나무를 위한 접목의 마음과 그 심연에서 '물 한 모금'을 건네주는 문학 윤리를 다룬 것이다. 여기서는 미처 다루지 못했지만, 다른 소설에서도 나무의 수사학 내지 접목의 수사학과 관련하여 함께 논의할 작품들이 많다. 『별과 같이 살다』, 『움직이는 성』, 『일월』 등 여러 작품들을 더욱 면밀히 심층적으로 논의한다면, 황순원 소설에 나타난 접목의 수사학을 더욱 심화할 수 있을 것으로 기대한다.

참고 문헌

황순원, 『인간 접목/나무들 비탈에 서다: 황순원 전집 7』, 문학과지성사, 1981/
1993

황순원, 「물 한 모금」, 『늪/기러기: 황순원 전집 1』, 문학과지성사, 1980/1992

황순원, 「나무와 돌, 그리고」, 『탈/기타: 황순원 전집 5』, 문학과지성사, 1976/1997

황순원, 「산」, 『학/잃어버린 사람들: 황순원 전집 3』, 문학과지성사, 1981/1994

황순원, 『별과 같이 살다/카인의 후예: 황순원 전집 6』, 문학과지성사, 1981/1994

권영민, 「황순원의 문체, 그 소설적 미학」, 황순원 외, 『말과 삶과 자유』, 문학
과지성사, 1985

김병익, 『상황과 상상력』, 문학과지성사, 1988

김종회, 「문학적 순수성과 완결성, 또는 문학적 삶의 큰 모범: 황순원의 「나의
꿈」에서 「말과 삶과 자유」까지」, 황순원학회 편, 『황순원 연구 총서 1』, 국
학자료원, 2013

우찬제, 「'말무늬', '숨결', '글틀'」, 『타자의 목소리: 세기말 시간 의식과 타자성의
문학』, 문학동네, 1996

우찬제, 『프로테우스의 탈주: 접속 시대의 상상력』, 문학과지성사, 2010

유종호, 『동시대의 시와 진실』, 민음사, 1982

이남호, 『문학의 위족 2』, 민음사, 1990

이승준, 「한국 현대 소설에 나타나는 '나무' 연구」, 《문학과환경》 4, 2005. 10

이재선, 『한국 현대소설사』, 홍성사, 1979

이형기, 「유랑민의 비극과 무상의 성실」, 『황순원 문학 전집 1』, 삼중당 1973

자크 브로스, 주향은 옮김, 『나무의 신화』, 이학사, 1998

장 지오노, 김경온 옮김, 『나무를 심은 사람』, 두레출판사, 1995

Beaugrande, Robert A. de & Dressler, Wolfgang U., 김태옥·이현호 공역, 『담
화·텍스트 언어학 입문』, 양영각, 1991

Durkheim, Emile, *The Elementary Forms of the Religious Life*, London: Allen &

Unwin, 1915/1976

Rival, Laura, "Trees, from Symbols of Life and Regeneration to Political Artefacts", edited by Rival, Laura, *The Social Life of Trees*: *Anthropological Perspectives on Tree Symbolism*, Oxford/NY.: Berg, 1998

제6주제에 관한 토론문

김종회(경희대 교수)

강헌국 교수의 「주술적 초월과 회화적 서사의 세계」는, 황순원 초기 단편의 특성을 새롭게 분석한 인상적인 발표문이었다. 소설의 단편 장르가 가진 양식적 성격을 전제로, 그것이 황순원 소설에 적용되는 방식을 구명했다. 서정성, 주술적이거나 회화적인 서사, 현재성 등의 용어는, 그러한 분석의 방식을 드러내는 데 적절히 동원된 개념들을 보여 준다. 이 토론문은 강 교수의 논지에 원칙적으로 찬동하면서 다음과 같은 몇 가지의 질문을 드리고자 한다.

첫째, 서지상의 문제다. 발표문 첫머리에 "첫 단편 소설을 발표하기 전까지 황순원은 스무 편이 넘는 시를 발표했고 두 권의 시집을 간행했다."라고 되어 있다. 황순원의 첫 단편 소설은 1937년에 발표된 「거리의 부사」이고, 두 권의 시집은 1936년에 간행된 『방가』와 1937년에 발표된 『골동품』이다. 『방가』에는 27편의, 『골동품』에는 22편의 시가 실려 있다. 시집에 실린 시 대개가 다른 지면에 발표된 것들이었고, 그동안 이 시들 외에 발굴된 시 작품도 70여 편에 이르고 보면, 여기에서의 '스무 편이 넘는'은 수정이 필요하다.

또한 결론 바로 앞 대목에서 단편 「곡예사」를 언급하면서 어깨에 무등을 탄 '막내딸'이라는 표현을 사용했는데, 소설에서나 실제에서나 그 딸은 막내딸이 아니다. 물론 이러한 점들은 사소하고 소설 분석에 영향을 미치지 않을 터이나, 사실 관계 확인을 위해서 점검해 두어야 하리라 본다.

둘째, 단편「소나기」를 언급하는 곳에, "두 주인공의 만남에 성적인 의미를 명시적으로 부여하는 서술이「소나기」의 본문에 전혀 나오지 않는다. 그럼에도 그 만남이 순수한 연애를 넘어서 성적인 의미까지 내포하게 된 것은 물의 심상들이 조성한 서정적 울림에 힘입기 때문이다."라는 분석이 있다. 물의 심상을 작품 분석에 적용한다고 하더라도, 1950년대 초반 한국 경기 북부의 농촌 지방을 배경으로 한 이 소설이 공들여 추구하고 있는 바와는 사뭇 방향이 다르다. 혹시 오늘날의 두 주인공 세대가 이를 받아들이는 수용 미학적 차원이라면 그럴 수도 있겠다.

셋째, '4 객관 현실과 서정적 태도' 소제목의 바로 앞의 문장에서 단편 소설의 양식적 특성 가운데 가장 주요한 것을 서정성이라고 보고, "황순원 단편 소설의 회화적 서사는 통시성보다 현재성이 두드러진다. 그 현재성이 회화적 서사를 서정성의 하위 개념이 되도록 한다."라고 기술하고 있는데, 황순원 또는 다른 작가들의 작품에 있어서 회화적 서사가 서정성의 하위 개념이 되지 못하는 사례, 더 나아가 서정성을 양식적 특성으로 하지 않는 사례는 어떻게 분석할 것인지 의문이다. 이 분석의 틀은 황순원 초기 소설 가운데 서정성이 짙은 작품을 해명하는 데 매우 유익하나, 일반적이고 객관적인 분석의 도구가 되기에는 조금 위험해 보인다.

넷째, 황순원 단편 소설에서 볼 수 있는 인정주의, 견인의 자세, 현실을 인고하는 것 등을 주요한 특성이라고 보고 그다음 단계의 허무주의를 예시하는 것은, 작가의 성향과 시대 현실의 관계를 내다본 탁견이다. 장편『나무들 비탈에 서다』와 『움직이는 성』 등이 그 구체적 실례에 해당한다. 이 논문은 질문을 위한 몇 가지 이의 제기에도 불구하고, 황순원 초기 단편의 세계를 소설의 양식적 특성과 더불어 새로운 시각으로 조명한 수작으로 읽힌다.

우찬제 교수의 「뿌리의 심연과 접목의 수사학」은, '나무'를 매개로 황순원 소설의 특성을 적출하면서 『카인의 후예』, 『인간 접목』, 『나무들 비탈에 서다』 등의 장편, 또 단편 작품들을 분석하고 있는 비평문이다. 이 토론문은 우 교수의 비평적 논지를 두고 특별히 제기할 반론을 갖고 있지 않다. 다만 논의의 활성화와 축적을 위해 다음 질문들에 대한 답변 및 보충 설명을 요청한다.

첫째, 두 번째 단락에 "험악한 난세의 풍경을 작가는 월남한 지식인의 시선에서 가능하면 차분하게 형상화하려 한 것으로 보인다. 바로 이 지점에 이 소설의 특성과 한계가 들어 있다."라고 되어 있다. 『카인의 후예』를 두고 하는 말이다. 그 이후의 서술에서 그에 연동된 이 소설의 '특성'은 여러모로 기술되어 있으나 '한계'에 관한 언급은 잘 보이지 않는다. 그렇게 기술이 완결되지 않은 부분에 대한 의견을 요망한다.

둘째, 세 번째 단락에서 '상처받은 나무와 접목의 수사학'이란 중간 제목 아래 『카인의 후예』와 「산」, 「나무와 돌, 그리고」의 '나무'를 분석하는 대목은 주제론적 측면에서 산뜻하고 설득력 있는 접근을 보여 준다. 그런데 세 작품 중 앞의 둘이 나무의 생명력이나 울창함을 말하고 있으나 「나무와 돌,. 그리고」는 은행나무의 잎을 흩뿌리는 '장엄한 흩어짐'에 대한 묵상이다. 이 또한 나무가 가진 암시적 덕목임에는 틀림없지만, 작품의 실체적 주제에 있어서는 노년의 품격을 지키려는 작가 자신의 다짐을 소설로 형상화한 것이다. 이런 다짐은 「기운다는 것」을 비롯한 후기 시나 후기의 함축적인 단편들에서 보다 직접적으로 볼 수 있다. 각기 다른 작품의 각기 다른 나무들이 가진 의미론적 구조가 좀 더 분별되었으면 한다.

셋째, 이 발표문은 황순원의 일부 장편과 단편을 선택적으로 다루면서 그 작품들이 가진 최대공약수로서 '소설―나무'의 의미를 드러내 보여 주었다. 황순원이 버린 초기의 시, 1931년 《동광》에 발표한 「나의 꿈」 이전의 시들을 모두 제외하고서도 그에게는 104편의 시, 104편의 단편 소설, 1편의 중편 소설, 7편의 장편 소설이 있다. 발표자의 시각으로 이 작품 세계 전체를 관류하는 문학 정신, 또는 작가 정신은 무엇이라고 판단하는지 알고 싶다.

넷째, 특히 황순원 소설과 시대 현실과의 관계를 어떻게 보며, 오늘날의 문학적 관점에 비추어 황순원 문학의 가치는 무엇이라고 생각하는지 문의하고자 한다.

1915년	3월 26일, 평남 대동군 재경면 빙장리 1175번지에서 부친 황찬영과 모친 장찬봉의 맏아들로 태어남.
1919년	3·1 운동 발발. 평양 숭덕학교 고등과 교사로 재직하던 부친이 태극기와 독립선언서를 평양 시내에 배포한 책임자의 한 사람으로 일경에 붙들려 징역 1년 6개월 실형을 받음.
1921년	평양으로 이사.
1923년	평양 숭덕소학교 입학.
1929년	3월, 숭덕소학교 졸업. 정주 오산중학교 입학. 남강 이승훈 선생을 만남. 9월, 건강 때문에 평양 숭실중학교로 전학.
1930년	동요와 시를 쓰기 시작.
1931년	7월, 시 「나의 꿈」을 《동광》에 발표.
1934년	3월, 숭실중학교 졸업. 일본 동경 와세다제2고등학원 입학. 동경에서 이해랑, 김동원과 극예술 단체인 '동경학생예술좌' 창립. 11월, 첫 시집 『방가』 간행.
1935년	1월 17일, 양정길과 결혼. 조선총독부의 검열을 피하기 위해 시집 『방가』를 동경에서 간행했다는 이유로 여름 방학 때 귀성했다가 평양경찰서에 붙들려 29일간 구류 당함. 유치장에서 풀려난 후 동인지 《삼사문학》의 동인이 됨.
1936년	3월, 와세다제2고등학원 졸업. 와세다대학교 문학부 영문과 입학. 동경에서 발행하는 《창작》과 《탐구》의 동인이 됨. 5월, 제2시집 『골동품』을 '동경예술학생좌'에서 간행.

1937년	7월, 단편 「거리의 부사」를 《창작》 3집에 발표.
1938년	4월, 장남 동규 출생.
1939년	3월, 와세다대학교 졸업.
1940년	7월, 차남 남규 출생. 8월, 단편집 『늪』 간행. 원응서와 친교를 맺음.
1943년	9월, 평양에서 향리인 빙장리로 소개. 11월, 딸 선혜 출생.
1946년	1월, 3남 진규 출생. 5월, 월남. 9월, 서울중고등학교 교사 취임.
1948년	12월, 단편집 『목넘이마을의 개』 간행.
1950년	2월, 장편 『별과 같이 살다』 간행. 한국 전쟁이 발발하자 경기도 광주로 피란.
1951년	1·4 후퇴 때 부산으로 피란. 원응서와 부산에서 상봉. 부산 망명 문인 시절 김동리, 손소희, 김말봉, 오영진, 허윤석 등과 교유함. 8월, 광복 전 창작된 작품들만 모은 단편집 『기러기』 간행.
1952년	6월, 단편집 『곡예사』 간행.
1953년	8월, 피난지에서 환도.
1954년	12월, 장편 『카인의 후예』 간행.
1955년	3월, 『카인의 후예』로 아시아 자유문학상 수상. 서울중고등학교 교사 사임. 11월, 《현대문학》 추천 작품 심사위원에 피촉.
1956년	12월, 단편집 『학』 간행.
1957년	4월, 경희대 문리대 교수로 취임. 예술원 회원 피선. 10월, 장편 『인간 접목』 간행.
1958년	3월, 단편집 『잃어버린 사람들』 간행.
1959년	5월, 단편 「소나기」가 유의상의 영역으로 영국 *Encounter* 지에 게재됨.
1960년	9월, 장편 『나무들 비탈에 서다』 간행.
1961년	7월, 장편 『나무들 비탈에 서다』로 예술원상 수상.
1964년	5월, 단편집 『너와 나만의 시간』 간행. 12일, 『황순원 전집』 전

	6권을 창우사에서 간행.
1966년	3월, 장편 『일월』로 3·1 문화상 수상. 단편 「소나기」가 인문계 중학교 3학년 국어 교과서에, 단편 「학」이 실업계 고교 3학년 국어 교과서에 수록됨. 3·1 문화상 심사위원에 피촉.
1968년	《월간문학》 편집위원에 피촉. 한글 전용 심의위원에 피촉.
1969년	5월, 『황순원 대표작 선집』 전 6권을 조광출판사에서 간행.
1970년	6월, 국제펜클럽 제37차 서울대회에서 한국 대표로 주제 발표. 8월 15일, 국민 훈장 동백장 받음.
1971년	'외솔회' 이사에 피촉.
1972년	12월 19일, 부친 별세.
1973년	5월, 장편 『움직이는 성』 간행. 11월 7일, 친구 원응서 별세. 12월, 『황순원 문학 전집』 전 7권을 삼중당에서 간행.
1974년	1월 10일, 모친 별세.
1976년	3월, 단편집 『탈』 간행.
1980년	경희대학교 교수 정년 퇴임과 동시에 명예 교수로 취임. 12월, 문학과 지성사가 낱권으로 기획한 『황순원 전집』 전 12권 중 제1권 『늪/기러기』, 제9권 『움직이는 성』 간행.
1981년	5월, 『황순원 전집』 제2권 『목넘이마을의 개/곡예사』, 제6권 『별과 같이 살다/카인의 후예』 간행. 12월, 『황순원 전집』 제3권 『학/잃어버린 사람들』, 제7권 『인간 접목/나무들 비탈에 서다』 간행.
1982년	8월, 『황순원 전집』 제4권 『너와 나만의 시간/내일』, 제10권 『신들의 주사위』 간행.
1983년	7월, 『황순원 전집』 제8권 『일월』 간행. 12월, 장편 『신들의 주사위』로 대한민국 문학상 본상 수상.
1984년	4월, 『황순원 전집』 제5권 『탈/기타』 간행.
1985년	3월, 『황순원 전집』 제11권 『시선집』, 제12권 『황순원 연구』 간행.

1987년	10월, 제1회 인촌상 문학 부문 수상. 12월, 예술원 원로회원으로 추대.
1989년	7월, 영역 단편집 *The Book of Masks*가 영국 READERS INTERNATIONAL사에서 간행.
1990년	1월, 영역 단편집 *Shadows of A Sound*가 J. Martin Holman의 편집으로 미국 MERCURY HOUSE 사에서 간행. 8월 15일, 선친이 건국 훈장 애족상에 추서됨. 11월, 장편 『일월』의 영역본인 *Sunlight, Moonlight*이 설순봉 번역으로 시사영어사에서 간행.
1996년	정부의 은관 문화 훈장 수여 거부.
2000년	9월 14일 오전 4시, 서울시 동작구 사당동 자택에서 별세.

황순원 작품 연보

발표일	분류	제목	발표지
1931. 7	시	나의 꿈	동광
1931. 9	시	아들아 무서워 마라	동광
1931. 12. 24	시	묵상	조선중앙일보
1932. 1	시	젊은이여	동광
1932. 4	시	가두로 울며 헤매는 자여	혜성
1932. 5	시	넋잃은 그의 앞가슴을 향하여	동광
1932. 7	시	황해를 건너는 사공아/ 잡초/등대	동광
1933. 1	시	떨어지는 이날의 태양은/ 1933년의 수레바퀴/강한 여성/ 옛사랑/압록강/황혼의 노래	신동아
1934. 9	시	이역에서	
1934. 11	시집	방가	
1934. 12. 18	시	밤거리에 나서서	조선중앙일보
1935. 1. 2	시	새로운 행진	조선중앙일보
1935. 1. 25	시	귀향의 노래	조선중앙일보
1935. 3. 11	시	거지애	조선중앙일보
1935. 4. 5	시	새 출발	조선중앙일보
1935. 4. 16	시	밤차	조선중앙일보

발표일	분류	제목	발표지
1935. 4. 25	시	가로수	조선중앙일보
1935. 5. 7	시	굴뚝	조선중앙일보
1935. 6. 16	시	고향을 향해	조선중앙일보
1935. 6. 25	시	우후의 일편	조선중앙일보
1935. 7. 5	시	고독	조선중앙일보
1935. 7. 26	시	찻속에서	조선중앙일보
1935. 8. 22	시	무덤	조선중앙일보
1935. 10. 15	시	개미	조선중앙일보
1935	시	종달새/반딧불/코끼리/나비/게/오리/사람/맨드라미/앵두/해바라기/옥수수/호박/꽈리/갈대/선인장/팽이/담뱃대/빌딩/지도/우체통/괘종/공	골동품
1936. 3	동인지	창작	창작
1936. 4	시	도주/잠	창작 2
1936. 5	시집	골동품	
1936. 7	시	칠월의 추억	신동아
1937. 7	소설	거리의 부사	창작 3
1938. 10	소설	돼지계	작품 1
1938. 10	시	과정/행동	작품 1
1938. 10~1940. 6	소설	늪/허수아비/배역들/소라/지나가는 비/닭제/원정/피아노가 있는 가을/사마귀/풍속	
1940. 6	시	무지개가 있는/소라껍데기가 있는 바나	

발표일	분류	제목	발표지
1940. 6	시	대사	단층
1940. 8	단편집	늪	
1941. 2	소설	별	인문평론
1941. 가을	소설	저녁놀	
1942. 3	소설	그늘	춘추
1942. 여름	소설	애	
1942. 가을	소설	머리	
1943. 봄	소설	세레나데	
1943. 가을	소설	물 한 모금	
1944. 겨울	소설	눈	
1945. 8	시	당신과 나	
1945. 10	시	신음소리	
1945. 11	시	열매/골목	
1946. 1	시	그날	관서시인집
1946. 7	시	저녁 저자에서	민성 87
1946. 8	소설	집	
1946. 11	소설	별과 같이 살다	
1946. 12	소설	황소들	
1947. 2	소설	술: 술이야기-발표시	신천지
1947. 2	소설	아버지	문학
1947. 4	소설	두꺼비	우리공론
1947. 9	소설	담배 한 대 피울 동안	신천지
1948. 3	소설	목넘이 마을의 개	개벽
1948. 8	소설	청산가리	
1948. 12	단편집	목넘이 마을의 개	

발표일	분류	제목	발표지
1949. 2	소설	몰이꾼: 검부러기-발표시	신천지
1949. 6	소설	무서운 웃음:	신천지 5·6월
		솔개와 고양이와 매와-발표시	합병호
1949. 7	소설	산골아이	민성
1949. 8	소설	맹산할머니	문예
1949. 9	소설	황노인	신천지
1949. 12	소설	노새	문예
1950. 1	소설	기러기	문예
1950. 2	소설	병든 나비	혜성
1950. 2	소설	이리도	백민
1950. 2	장편 소설	별과 같이 살다	
1950. 3	소설	모자	신천지
1950. 4	소설	독 짓는 늙은이	문예
1950. 10	소설	참외	
1950. 12	소설	아이들	
1950. 12	소설	메리 크리스마스	영남일보
1951. 2	소설	어둠 속에 찍힌 판화/	신천지
		솔메마을에 생긴 일	
1951. 6	소설	골목 안 아이	
1951. 8	단편집	기러기	
1951. 10	소설	그	
1952. 1	소설	곡예사	문예
1952. 5	소설	목숨	주간문학예술
1952. 6	단편집	곡예사	
1952. 8	소설	두메	

발표일	분류	제목	발표지
1952. 10	소설	매	
1952. 12	시	향수	조선시집
1952. 12	시	제주도말	조선시집
1953. 1	소설	과부	문예
1953. 5	소설	소나기	신문학 4
1953. 5	소설	학	신천지
1953. 10	소설	여인들: 간도삽화-발표시	신천지
1953. 11	소설	맹아원에서: 태동-발표시	문화세계
1954. 1	소설	왕모래: 윤삼이-발표시	신천지
1954. 2	소설	사나이	문학예술
1954. 5~9	장편 소설	카인의 후예	문예 5회 연재 후 중단
1954. 12	장편 소설	카인의 후예	
1955. 1~12	장편	『인간접목』:『천사』-발표시	새가정 1년 연재
1955. 2	소설	부끄러움: 무서움-발표시	현대문학
1955. 4	소설	필묵장수	
1955. 12	시	새	
1956. 1	소설	불가사리	문학예술
1956. 1	소설	잃어버린 사람들	현대문학
1956. 1	시	나무	새벽
1956. 7	소설	산	현대문학
1956. 10	소설	비바리	문학예술
1956. 12	단편집	학	
1957. 2	소설	내일	현대문학

발표일	분류	제목	발표지
1957. 5	소설	소리	현대문학
1957. 10	장편	인간접목	
1958. 1	소설	다시 내일	현대문학
1958. 3	단편집	잃어버린 사람들	
1958. 4	소설	링반데룽	현대문학
1958. 7	소설	모든 영광은	현대문학
1958. 7	소설	이삭주이: 꽁뜨삼제-발표시	사상계
1958. 10	소설	너와 나만의 시간	현대문학
1958. 12	소설	한 벤취에서	자유공론
1959. 1	소설	안개 구름 끼다	사상계
1959. 10	소설	할아버지가 있는 데쌍: 데쌍 -발표시	사상계
	시	세레나데	한국시집
1960. 1~7	장편	나무들 비탈에 서다	사상계
1960. 9	장편	나무들 비탈에 서다	
1960. 12	소설	손톱에 쓰다: 꽁뜨삼제-발표시	예술원보
1961. 3	소설	내 고향 사람들	현대문학
1961. 6	소설	가랑비	자유문학
1961. 11	소설	송아지	사상계 문예 특집호
1961. 1~5	장편	일월 1부	현대문학
1962. 10~1963. 4	장편	일월 2부	현대문학
1963. 7	소설	그래도 우리끼리는	사상계
1963. 10	소설	비늘	현대문학
1964. 2	소설	달과 발과	현대문학

발표일	분류	제목	발표지
1964. 5	단편집	너와 나만의 시간	
1964. 8~1965. 1	장편	일월 3부	현대문학
1965. 4	소설	소리그림자	사상계
1965. 6	소설	온기 있는 파편	신동아
1965. 7	소설	어머니가 있는 유월의 대화	현대문학
1965. 11	소설	아내의 눈길: 메마른 것들-발표시	사상계
1965. 12	소설	조그만 섬마을에서	예술원보 9
1966. 1	소설	원색오뚜기	현대문학
1966. 6	소설	수컷 퇴화설	문학
1966. 8	소설	자연	현대문학
1966. 11	소설	닥터 장의 경우	현대문학
1966. 11	소설	우산을 접으며	신동아
1967. 1	소설	피	현대문학
1967. 8	소설	겨울 개나리	현대문학
1967. 8	소설	차라리 내 목을	신동아
1968. 1	소설	막은 내렸는데	현대문학
1968. 5~10	장편	움직이는 성 1부	현대문학
1969. 7	장편	움직이는 성 2부 3회분	현대문학
1970. 5	장편	움직이는 성 2부 2회분	현대문학
1971. 3~1972. 3	장편	움직이는 성 제2부 4회분	현대문학
1971. 9	소설	탈	조선일보
1972. 4~10	장편	움직이는 성 3, 4부 완결	현대문학
1973. 5	장편	움직이는 성	
1974. 3	시	동화	현대문학

발표일	분류	제목	발표지
1974. 3	시	초상화	현대문학
1974. 3	시	헌가	현대문학
1974. 7	소설	숫자풀이	문학사상
1974. 10	소설	마지막 잔	현대문학
1974. 12	시	공에의 의미	현대문학
1975. 4	소설	이날의 지각	문학사상
1975. 6	소설	뿌리	주간조선
1975. 11	소설	주검의 장소	문학과 지성 겨울호
1976. 3	소설	나무와 돌, 그리고	현대문학
1976. 3	단편집	탈	문학과 지성
1977. 3	시	돌/늙는다는 것/고열로 앓으며/ 겨울풍경	한국문학
1977. 4	시	전쟁/링컨이 숨진 집을 나와/ 위치/숙제	현대문학
1977. 9	소설	그물을 거둔 자리	창작과 비평 가을호
1978. 2	장편	신들의 주사위	문학과 지성 봄호
1979. 5	시	모란 1·2	한국문학
1980. 5	시	꽃	한국문학
1983. 3	시	낭만적	현대문학
1983. 3	시	관계	현대문학
1983. 3	시	메모	현대문학
1984. 1	소설	그림자 풀이	현대문학 30권

발표일	분류	제목	발표지
			1호
1984. 3	시	우리들의 세월	월간조선
1984. 3. 25	시	도박	한국일보
1984. 4	단편시집	탈, 기타	문학과 지성
1984. 7	시	밀어	현대문학
1984. 7	시	한 풍경	현대문학
1984. 7	시	고백	현대문학
1984. 10	시	기운다는 것	문학사상
1985. 3	단상	말과 삶의 자유	문학과 지성
1985. 9	소설	나의 죽부인전	한국문학
1985. 12	소설	땅울림	세계의 문학 겨울호
1986. 5	단상	말과 삶의 자유 2	현대문학
1986. 9	단상	말과 삶의 자유 3	현대문학
1987. 1	단상	말과 삶의 자유 4	현대문학
1987. 5	단상	말과 삶의 자유 5	현대문학
1988. 3	단상	말과 삶의 자유 6	현대문학
1992. 9	시	산책길에서 1/산책길에서 2/ 죽음에 대하여/ 미열이 있는 날 밤/밤 늦어/ 기쁨은 그냥/숫돌/무서운 아이	현대문학

1940. 8   이석훈, 「문학 풍토기 ― 평양편」, 《인문평론》

1941. 4. 3   남궁만, 「황순원 저 『황순원 단편집』을 읽고」, 《매일신보》

1955   곽종원, 「황순원론」, 『신인간형의 탐구』, 동서문화사

1958. 11   천이두, 「인간 속성과 모랄 ― 황순원의 가능성」, 《현대문
               학》 47

1958   조연현, 「서정적 단편 ― 황순원 단편집 『학』, 『문학과 그
               주변』」, 인간사

1960. 4   이어령, 「식물적 인간상 ― 『카인의 후예』론」, 《사상계》

1960. 12. 10~11 백철, 「전환기의 작품 자세 상·하」, 《동아일보》

1960. 12. 15   황순원, 「비평에 앞서 이해를 ― 백철 씨의 「전쟁기의 작품
               자세」를 읽고」, 《한국일보》

1960. 12. 18   백철, 「작품은 실험적인 소산 ― 순원 씨의 소설 작법을 수
               정함」, 《한국일보》

1960. 12. 21   황순원, 「한 비평가의 정신 자세 ― 백철 씨의 '소설 작법'을
               도로 반환함」, 《한국일보》

1961. 1~3   원형갑, 「『나무들 비탈에 서다』의 배지」, 《현대문학》
               73·74·75

1961. 4. 14   정태용, 「전후 세대와 니힐리즘 ― 『나무들 비탈에 서다』를
               읽고」, 《민국일보》

1961. 12, 1962. 1 천이두, 「『나무들 비탈에 서다』의 기점 ― 원형갑 씨의 소론
               에 수작하여」, 《현대문학》 84·85

1964	구창환, 「상처받은 세대 ― 황순원의 『나무들 비탈에 서다』를 논함」, 《조대문학》 5
1964. 11	조연현, 「황순원 단장 ― 그의, 전집 간행에 즈음하여」, 《현대문학》 119
1965	구창환, 「황순원 문학 서설」, 《조선대 어문학논총》 6
1965. 4	김상일, 「순원 문학의 위치 ― 병자의 광학」, 《현대문학》 124
1965. 5	고은, 「실내작가론 ③ ― 황순원」, 《월간문학》 2권 5호
1965. 7	김병걸, 「억설의 분노 ― 「순원 문학의 위치」를 읽고」, 《현대문학》 127
1966. 5	김교선, 「성층적 미적 구조의 소설 ― 황순원의 「원색 오뚜기」에 대하여」, 《현대문학》
1966	김치수, 「외로움과 그 극복의 문제 ― 황순원의 『일월』」, 《문학》 1권 8호
1966. 11	김상일, 「황순원의 문학과 악」, 《현대문학》 143
1966. 12	이호철, 「문학을 숙명으로서 받아들이는 자세」, 《현대문학》 144
1968	천이두, 「토속적 상황 설정과 한국 소설 ― 김동리·황순원·오유권」, 《사상계》 188
1970	천이두, 「황순원의 문학」, 『신한국 문학 전집 황순원 편』, 어문각
1970. 2·3	이보영, 「황순원의 세계」(상·하), 《현대문학》 182·183
1971	천이두, 「황순원 작품 해설」, 『한국 대표 문학 전집』 6권, 삼중당
1972	황순원, 「대표작 자선자평: 유랑민 근성과 시적 근원」, 《문학사상》 1권 2호
1973. 8	천이두, 「종합에의 의지 ― 『움직이는 성』의 기법과 명제」, 《현대문학》 224

1973. 12	김병익, 「찢어진 동천 사상의 복원」, 『황순원 문학 전집』 4권, 삼중당
1973. 12	김병익, 「수난기의 결벽주의자」, 『황순원 문학 전집』 5권, 삼중당
1973. 12	김현, 「소박한 수락 ―『별과 같이 살다』 소고」, 『황순원 문학 전집』 6권, 삼중당
1973. 12	원응서, 「그의 인간과 단편집 『기러기』」, 『황순원 문학 전집』 3권, 삼중당
1973. 12	이형기, 「유랑민의 비극과 무상의 성실 ―『움직이는 성』에 대하여」, 『황순원 문학 전집』 1권, 삼중당
1973. 12	천이두, 「부정과 긍정 ―『일월』의 문제점」, 『황순원 문학 전집』 2권, 삼중당
1973. 12	천이두, 「서정과 위트」, 『황순원 문학 전집』 7권, 삼중당
1974. 3	원형갑, 「버림받은 언어권 ―『움직이는 성』의 인물들」, 《현대문학》 231
1974. 8	이보영, 「황순원 재고 ―『움직이는 성』에 대하여」, 《월간문학》 통권 66호 7권 8호
1975.	이정숙, 「황순원 소설에 나타난 인간상」, 《서울대 대학원 논문집》
1975. 1	정창범, 「황순원론 ―『너와 나만의 시간』을 중심으로」, 『율리시즈의 방황』, 창원사
1975. 가을	염무웅, 「8·15 직후의 한국 문학 ― 소설에 나타난 시대상과 시대의식의 고찰」, 《창작과 비평》
1976	구창환, 「황순원의 생명주의 문학 ―『카인의 후예』를 논함」, 《한국언어문학》 통권 4호, 한국언어문학회
1976	홍기삼, 「유랑민의 서사극 ― 황순원의 작품 세계」, 『한국문학 대전집』, 태극출판사

1976	여름, 천이두, 「원숙과 패기」, 《문학과 지성》 7권 2호
1976. 7	김병익, 「순수 문학과 그 역사성 — 황수원의 최근의 작업」, 《한국문학》 4권 7호
1976. 7	국제펜클럽 한국본부, 「서평 — 감성의 섬세한 인화 — 『탈』 황순원 저」, 《펜뉴스》 2권 2호
1976. 9	이선영, 「인정·허망·자유」, 《창작과 비평》 11권 3호
1976. 10. 20	황순원, 「작가는 작품으로 말한다」, 《조선일보》
1977. 6	노대규, 「「소나기」의 문체론적 고찰」, 《연세어문학》 9·10
1977. 9	이기서, 「소설에 있어서의 상징 문제 — 황순원의 『움직이는 성』을 중심으로」, 고려대 《어문논집》 19
1977. 12	최래옥, 「황순원 「소나기」의 구조와 의미」, 《국어교육》 31, 한국국어교육연구회
1978	장수자, 「Initiation Story 연구 — 황순원 단편 소설을 중심으로」, 《전국대학생 학술논문대회 논문집》 3, 이화여대
1978. 3	윤명구, 「황순원 소설 세계의 변모 — 『황순원 전집』 소재 장편 소설을 중심으로」, 《국어교육연구》 2
1978. 12	김정자, 「황순원과 김승옥의 문체 연구 — 통어론적 측면에서 본 시도」, 《한국문학총론》 1
1979	김윤식, 「원초적 삶과 시대적 삶 — 황순원론」, 『우리 문학의 넓이와 깊이』, 서재헌
1979. 1	김병택, 「결말에 대한 작가의 시선 — 「운수 좋은 날」, 「금 따는 콩밭」, 「메밀꽃 필 무렵」, 「소나기」의 경우」, 《현대문학》 289
1979. 1	김희보, 「황순원의 『움직이는 성』과 무속 신앙 — M. Eliade의 예술론을 중심하여」, 《기독교사상》 247
1979. 2	이재선, 「황순원과 통과제의의 소설」, 『한국 현대 소설사』, 홍성사

1979. 2	이인복, 「황순원의 「별」, 「독 짓는 늙은이」, 「목넘이마을의 개」」, 『한국 문학에 나타난 죽음 의식의 사적 연구』, 열화당
1979. 12	구인환, 「소설의 극적 구조의 양상―『움직이는 성』을 중심으로」, 《국어국문학》 81, 국어국문학회
1980	유종호, 「황순원론」, 『동시대의 시와 진실』, 민음사
1980	이용남, 「『조신몽』의 소설화 문제―「잃어버린 사람들」, 「꿈」을 중심으로」, 《관악어문연구》 5
1980	김우종, 「3·8선의 문학과 황순원」, 『한국 현대 소설사』, 성문각
1980. 2	박미령, 「황순원론」, 충남대 대학원 석사 논문
1980. 9. 15·22	김현, 「해방 후 한국 사회와 황순원의 작품 세계―인간 존엄성 지킨 이상주의자/작중인물 심리 변화에 집요한 관찰」, 경희대 《대학주보》
1980. 9. 15	전상국, 「문학과 더불어 한평생―대담 황순원 교수와 함께」, 경희대 《대학주보》
1980. 12	김현, 「안과 밖의 변증법」, 『황순원 전집』 1권, 문학과지성사
1980. 12	이상섭, 「유랑민 근성'과 '창조주의 눈'」, 『황순원 전집』 제9권, 문학과지성사
1981	이운기, 「황순원론 시고」, 《국제어문》 2, 국제어문학회
1981	방용삼, 「황순원 소설에 나타난 애정관」, 경희대 교육대학원 석사 논문
1981. 5	김인환, 「인고의 미학」, 『황순원 전집』 6권, 문학과지성사
1981. 5	유종호, 「겨레의 기억」, 『황순원 전집』 2권, 문학과지성사
1981. 12	송상일, 「순수와 초월」, 『황순원 전집』 7권, 문학과지성사
1981. 12	조남현, 「순박한 삶의 파괴와 회복」, 『황순원 전집』 3권, 문학과지성사
1982	김성욱, 「시와 인형」, 『언어의 파편』, 지식산업사

1982	안영례, 「황순원 소설에 나타난 꿈 연구」, 중앙대 교육대학원 석사 논문
1982. 2	장현숙, 「황순원 작품 연구」, 경희대 대학원 석사 논문
1982. 2. 13	백승철, 「황순원 소설의 악인 연구」, 세종대 대학원 석사 논문
1982. 7	안영례, 『황순원 소설에 나타난 꿈 연구』, 한국문학도서관
1982. 8	권영민, 「일상적 경험과 소설의 수법 ― 황순원의 단편들」, 『황순원 전집』 4권, 문학과지성사
1982. 12	정다비, 「사랑의 두 모습」, 《세계의 문학》 7권 4호
1982. 12	천이두, 「전체 소설로서의 국면들 ― 황순원 「신들의 주사위」의 문제점」, 《현대문학》 335
1983	김전선, 「나무들 비탈에 서다에 관한 연구」, 이화여대 교육대학원 석사 논문
1983	성민엽, 「존재론적 고독의 성찰」, 『황순원 전집』 8권, 문학과지성사
1983	우한용, 「현대 소설의 고전 수요에 관한 연구 ― 『움직이는 성』과 서사무가 '칠공주'의 관련성을 중심으로」, 《국어국문학》 23, 전북대
1983	유재봉, 「황순원 소설에 나타난 주인공의 인간상」, 충남대 교육대학원 석사 논문
1983	임관수, 「황순원 작품에 나타난 자기실현 문제 ― 『움직이는 성』을 중심으로」, 충남대 대학원 석사 논문
1983	채명식, 「인간의 의지와 신의 섭리 ― 『신들의 주사위』를 중심으로」, 동국대 《국어국문학논문집》 12
1983	천이두, 「청상(靑孀)의 이미지·오작녀 ― 황순원의 경우」, 『한국 현대 소설론』, 형설출판사
1983. 5	이동하, 「한국 소설과 구원의 문제 ― 『순교자』와 『움직이는

성』을 중심으로」,《현대문학》

1983. 11   오생근,『황순원 연구』, 문학과지성사

1984   김병익,「한국 소설과 한국 기독교」, 김주연 편,『현대 문학
과 기독교』, 문학과지성사

1984   김영화,「황순원의 단편 소설 I ─ 해방 전의 작품을 중심으
로」,《한국언어문학》 23, 한국언어문학회

1984   김치수,「소설의 조직성과 미학 ─ 황순원의 소설」,『문학과
비평의 구조』, 문학과 지성사

1984   정과리,「사랑으로 감싸는 의식의 외로움 ─ 황순원의 단편
들」,『황순원 전집』 5권, 문학과지성사

1984   조남현,「황순원의 초기 단편 소설」, 전광용 외,『한국 현대
소설사 연구』, 민음사

1984. 2   전현주「황순원 단편 고찰 ─ 이니시에이션 스토리를 중심
으로」, 동아대 대학원 석사 논문

1984. 5   김영화,「황순원의 소설과 꿈」,《월간문학》 17권 5호

1984. 8   안남연,「황순원 소설의 작중인물 연구」, 한국외대 대학원
석사 논문

1984. 8   임채욱,「황순원 작품의 구조 연구 ─ 단편 소설을 중심으
로」, 원광대 석사 논문

1985   권영민,「황순원의 문체, 그 소설적 미학 ─ 단편 소설의 경우
를 중심으로」, 황순원 외,『말과 삶과 자유』, 문학과지성사

1985   김동선,「황고집의 미학, 황순원 가문」,『황순원 연구』, 문
학과지성사

1985   김병익,「장인 정신과 70대 문학의 가능성 돋보여」,《마당》 44

1985   김상태,「한국 현대 소설의 문체 변화」, 황순원 외,『말과
삶과 자유』, 문학과 지성사

1985   김치수,「소설의 사회성과 서정성 ─『별과 같이 살다』를 중

심으로」, 황순원 외, 『말과 삶과 자유』, 문학과지성사

1985   김현, 「계단만으로 된 집―『일월』의 한 문단의 해석」, 『말과 삶과 자유』, 문학과지성사

1985   변정화, 「1930년대 한국 단편 소설 연구」, 숙명여대 대학원 박사 논문

1985   오생근, 「전반적 검토」, 『황순원 연구』, 문학과지성사

1985   이보영, 「작가로서의 황순원」, 『한국 대표 명작 총서』 12, 지학사

1985   이보영, 「인간 회복에의 물음과 해답」, 『한국 대표 명작 총서』 12, 지학사

1985   이정숙, 「지속적 자아와 변모하는 삶 ― 황순원론」, 『한국 근대 작가 연구』, 삼지원

1985   이정숙, 「민담의 소설화에 대한 고찰 ―「명주가」와 「비늘」을 중심으로」, 《한성대 논문집》

1985   조남철, 「일제하 한국 농민 소설 연구」, 연세대 대학원 박사 논문

1985   천이두, 「밝음의 미학 『인간 접목』론 ― 황순원의 『인간 접목』」, 구인환 외, 『한국 소설의 문제작』, 일념

1985   최동호, 「동경의 꿈에서 피사의 사탑까지 ― 황순원의 시 세계」, 『말과 삶과 자유』, 문학과지성사

1985   홍전선, 「이야기의 소설화와 소설의 이야기화」, 황순원 외, 『말과 삶과 자유』, 문학과지성사

1985. 1   신춘호, 「황순원의 「황소들」론」, 《충주문학》 3

1985. 2   김난숙, 「황순원 문학의 상징성 고찰」, 신라대 대학원 석사 논문

1985. 2   김종회, 「황순원의 작중인물 연구」, 경희대 대학원 석사 논문

1985. 2   최민자, 「황순원 작품 연구 ― 장편 소설의 상징성을 중심

으로」, 동아대 대학원 석사 논문

1985. 2 　　 한승옥, 「황순원 장편 소설 연구 — 죄의식을 중심으로」,
　　　　　 《숭실어문》 2, 숭실대 국어국문학회

1985. 3 　　 이태동, 「실존적 현실과 미학적 실현 — 황순원론」, 『황순원
　　　　　 연구』, 문학과지성사

1985 　　 가을 진형준, 「모성으로 감싸기, 그에 안기기 — 황순원론」,
　　　　　 『세계의 문학』, 민음사

1985. 10 　　 전영태, 「이청준 창작집과 황순원의 단편 소설」, 《광장》 146

1986 　　 구인환, 「「별」의 이미지와 공간」, 『봉죽 박붕배 박사 회갑
　　　　　 기념 논문집』

1986 　　 김영환, 「황순원 소설의 작중 인물 연구」, 동국대 교육대학
　　　　　 원 석사 논문

1986 　　 김정하, 「황순원 『일월』 연구 — 전상화된 상징 구조의 원형
　　　　　 비평적 분석과 해석」, 서강대 대학원 석사 논문

1986 　　 서경희, 「황순원 소설의 연구 — 작중 인물의 성격을 중심
　　　　　 으로」, 전북대 교육대학원 석사 논문

1986 　　 신동욱, 「황순원 소설에 있어서 한국적 삶의 인식 연구」,
　　　　　 《동양학》 16, 단국대 동양학연구소

1986 　　 이동하, 「주제의 보편성과 기법의 탁월성 — 황순원의 『잃
　　　　　 어버린 사람들』」, 《정통문학》 1

1986 　　 정한숙, 「한국 전후 소설의 양상 — 긍정과 부정의 논리」,
　　　　　 『현대 한국 소설론』, 고려대 출판부

1986 　　 최옥남, 「황순원 소설의 기법 연구」, 서울대 교육대학원 석
　　　　　 사 논문

1986. 2. 14 　　 권경희, 「황순원 소설에 나타난 종교 사상 연구 — 『일월』과
　　　　　 『움직이는 성』을 중심으로」, 한양대 교육대학원 석사 논문

1986. 2. 22 　　 정창훤, 「황순원 소설의 이미지에 관한 연구」, 전북대 교육

대학원 석사 논문

1986. 3 　김윤식, 「민담, 민족적 형식에의 길 — 황순원의 「땅울림」」, 《소설문학》

1987 　구수경, 「황순원 소설의 담화 양상 연구」, 충남대 대학원 석사 논문

1987 　김종회, 「삶과 죽음의 존재 양식 — 황순원 단편집 『탈』을 중심으로」, 《고황논집》 2

1987 　김경혜, 「황순원 장편에 나타난 인간 구원 의식에 관한 고찰」, 숙명여대 대학원 석사 논문

1987 　박진규, 「황순원 초기 단편 연구 —『늪』, 『기러기』에 나타난 서정 기법을 중심으로」, 부산대 대학원 석사 논문

1987 　이호숙, 「황순원 소설의 서술 시점에 관한 연구」, 이화여대 대학원 석사 논문

1987. 2 　구수경, 『황순원 소설의 담화 양상 연구』, 한국문학도서관

1987. 7 　이동하, 「소설과 종교 —『움직이는 성』을 중심으로」, 《한국문학》

1987. 7 　홍정운, 「황순원론 —『움직이는 성』의 실체」, 《현대문학》 319

1987. 가을 　윤지관, 「『일월』의 정치적 차원」, 《문학과 비평》

1987. 겨울 　이동하, 「입사 소설의 한 모습 — 황순원의 「닭제」」, 《한글학보》

1987. 12 　이동하, 「전통과 설화성의 세계 — 황순원의 「기러기」」, 《한글새소식》

1988 　김선학, 「함께 살아온 문학의 모습 2·소설 —『땅울림』, 『고통의 뿌리』, 『강설』」, 『현실과 언어의 그물』, 민음사

1988 　방민화, 「황순원『일월』 연구」, 숭실대 대학원 석사 논문

1988 　양선규, 「어린 외디푸스의 고뇌 — 황순원의 「별」에 관하여」, 《문학과 언어》 9, 문학과언어연구회

1988	최인숙, 「황순원의 『움직이는 성』 연구」, 효성여대 대학원 석사 논문
1988	허명숙, 「황순원 장편 소설 연구 ―『일월』,『움직이는 성』,『신들의 주사위』의 인물 구조를 중심으로」, 숭실대 대학원 석사 논문
1988	현길언, 「황순원 소설에 나타난 '집'과 '토지'의 문제 ― 변동기 사회와 소설(1)」,《동아시아문화연구》 14, 한양대 동아시아문화연구소
1988. 1·2	김용성, 「한국 소설의 시간 의식」,《현대문학》 397·398
1988. 2	문영희, 「황순원 문학의 작가 정신 전개 양상 연구」, 경희대 대학원 석사 논문
1988. 3	이동하, 「파멸의 길과 구원의 길 ―『별과 같이 살다』에 대하여」,『문학사상』
1988. 3	이동하, 「말하지 않고 있는 것의 중요성」,《한국문학》 173
1988. 3	한승옥, 「황순원 소설의 색채론」,『동서문학』
1988. 5	김병욱, 「황순원 소설의 꿈 모티프 ―『일월』을 중심으로」,《문학과비평》 6
1988. 7	이부순, 「황순원 단편 소설 연구」, 서강대 대학원 석사 논문
1988. 11	조남현, 「우리 소설의 넓이와 깊이 ― 전시 소설의 재해석(2회)」,《문학정신》
1988. 12	조남현, 「우리 소설의 넓이와 깊이 ― 전시 소설의 재해석(3회)」,《문학정신》
1989	강영주, 「황순원의 성장 소설 연구」, 전남대 교육대학원 석사 논문
1989	배규호, 「황순원 소설의 작중 인물 연구」, 계명대 대학원 석사 논문
1989	현영종, 「이니시에이션 소설 연구 염상섭, 황순원, 김승

	옥, 김원일 작품을 중심으로」, 고려대 교육대학원 석사 논문
1989	홍순재, 「황순원의 『움직이는 성』 연구」, 경남대 교육대학원 석사 논문
1989. 1	이재선, 「전쟁 체험과 50년대 소설」, 《현대문학》 409
1989. 1	조남현, 「우리 소설의 넓이와 깊이 ─ 황순원의 『카인의 후예』」, 『문학정신』
1989. 4	조남현, 「우리 소설의 넓이와 깊이 ─ 『나무들 비탈에 서다』 그 외연과 내포」, 『문학정신』
1989. 8	오병기, 「황순원 소설 연구, 죽음의 양상과 의미의 변화를 중심으로」, 영남대 대학원 석사 논문
1990	권혜정, 「황순원의 액자 소설 연구」, 경북대 교육대학원 석사 논문
1990	김희범, 「황순원 소설의 인물 연구」, 경남대 대학원 석사 논문
1990	노귀남, 「황순원 시 세계의 변모를 통해서 본 서정성 고찰」, 《고황논집》 6
1990	배선미, 「황순원 장편 소설 연구 ─ 전쟁에 의한 피해 양상 및 극복 의지를 중심으로」, 숙명여대 교육대학원 석사 논문
1990	양선규, 「황순원 초기 단편 소설 연구(1)」, 《개신어문연구》 7, 개신어문연구회
1990	우한용, 「소설의 양식 차원과 장르 차원 ─ 황순원의 『별과 같이 살다』」, 『한국 현대 소설 구조 연구』, 삼지원
1990	우한용, 「소설 구조의 기호론적 특성 ─ 황순원의 『신들의 주사위』」, 『한국 현대 소설 구조 연구』, 삼지원
1990	우한용, 「민족성과 근원 구조 ─ 황순원의 『움직이는 성』」, 『한국 현대 소설 구조 연구』, 삼지원
1990	이월영, 「꿈 소재 서사 문학의 사상적 유형 연구」, 전북대

대학원 박사 논문

1990   이정숙, 「자아 인식에의 여정 ─ 황순원의 『움직이는 성』」, 『한국 현대 장편 소설 연구』, 삼지원

1991   구인환, 「황순원 소설의 극적 양상 ─ 『움직이는 성』을 중심으로」, 《선청어문》 19, 서울대 사범대학 국어교육과

1991   유종호, 「산문 정신 고」, 『현실주의 상상력』, 나남

1991. 2 서재원, 「황순원의 해방 직후 소설 연구, 단편집 『목넘이마을의 개』를 중심으로」, 고려대 대학원 석사 논문

1991. 12 양선규 「황순원 소설의 분석심리학적 연구」, 경북대 대학원 박사 논문

1992   전흥남, 「해방 직후 황순원 소설 일고」, 《현대문학이론연구》 1, 현대문학이론학회

1992. 6 나경수, 「「독 짓는 늙은이」 원형 재구」, 《한국언어문학》 30, 한국언어문학회

1993   김만수, 「황순원의 초기 장편 소설 연구」, 『1960년대 문학 연구』, 예하

1993   장현숙, 「해방 후 민족 현실과 해체된 삶의 형상화 ─ 황순원 단편집 『목넘이 마을의 개』를 중심으로」, 《어문연구》 21권 1·2호(77·78 합병호)

1993   천이두, 「황순원의 「소나기」 ─ 시적 이미지의 미학」, 이재선 외, 『한국 현대 소설 작품론』, 문장

1994   박혜경, 「황순원 문학 연구」, 동국대 대학원 박사 논문

1994. 2 박양호, 「황순원 문학 연구」, 전북대 대학원 박사 논문

1994. 8 김윤선, 「황순원 소설에 나타난 꿈 연구」, 고려대 대학원 석사 논문

1994. 8 장현숙, 「황순원 소설 연구」, 경희대 대학원 박사 논문

1994. 9 장현숙, 『황순원 문학 연구』, 시와시학사

1994. 12	방민호, 「현실을 포회하는 상징의 세계 ─ 황순원 장편 소설 『별과 같이 살다』론」, 《관악어문연구》 19, 서울대
1995	유종호, 「겨레의 기억과 그 전수 ─ 황순원의 단편」, 『동시대의 시와 진실』, 민음사
1995	이경호, 「『나무들 비탈에 서다』의 타자성 연구」, 《한국언어문화》 13, 한국언어문화학회
1995	이동길, 「해방기의 황순원 소설 연구」, 《어문학》 56, 한국어문학회
1995	이재복, 「어머니 꿈꾸기의 시학 ─ 황순원의 『인간 접목』론」, 《한국언어문화》 13, 한국언어문화학회
1995. 2	방경태, 「황순원 「별」의 모티프와 작중 인물 연구」, 《대전어문학》, 대전대학 국어국문학회
1995. 봄	김종회, 「문학의 순수성과 완결성, 또는 문학적 삶의 큰 모범 ─ 황순원의 「나의 꿈」에서 「말과 삶과 자유」까지」, 《작가세계》
1995. 봄	서준섭, 「이야기와 소설 ─ 단편을 중심으로」, 《작가세계》 7권 1호
1996	김윤정, 「황순원 소설 연구」, 한양대 대학원 박사 논문
1996	허명숙, 「황순원 소설의 이미지 분석을 통한 동일성 연구」, 숭실대 대학원 박사 논문
1996. 2	이성준, 「황순원 초기 소설의 상징 연구 ─ 단편집 『늪』을 중심으로」, 제주대 대학원 석사 논문
1996. 겨울	조현일, 「근대 속의 '이야기' ─ 황순원론」, 『소설과 사상』, 고려원
1997	김주현, 「『카인의 후예』의 개작과 반공 이데올로기의 문제」, 《민족문학사연구》 10
1997	남태제, 「황순원 문학의 낭만주의적 성격 연구」, 서울대 대

학원 박사 논문

1997   이태동, 『황순원』, 서강대 출판부

1997. 8   노승욱, 「황순원 단편 소설의 수사학적 연구」, 서울대 대학
             원 석사 논문

1998   김보경, 「황순원 소설 연구: 현실 인식을 중심으로」, 순천
             향대 교육대학원 석사 논문

1998   김종회, 『황순원』, 새미

1998   노승욱, 「황순원 단편 소설의 환유와 은유」, 《외국문학》 봄
             호, 열음사

1999   이은영, 「이니시에니션 소설의 서사 구조와 비유 연구 — 김
             남천·황순원의 단편 소설을 중심으로」, 서강대 대학원 석
             사 논문

2000   송현호, 『황순원』, 건국대 출판부

2000   서재원, 「황순원의 「목넘이 마을의 개」와 「이리도」 연
             구 — 창작 방법으로서의 '이야기'를 중심으로」, 《현대문학
             이론연구》 14, 현대문학이론학회

2000   정수현, 「현실 인식의 확대와 이야기의 역할 — 황순원의
             『목넘이 마을의 개』를 중심으로」, 《한국문예비평연구》 7,
             한국현대문예비평학회

2000. 1   김종회, 「황순원 문학의 순수성과 완결성, 그 거목의 형
             상」, 《현대문학》 550

2000. 10   권영민, 「선생의 영전에 삼가 명복을 빕니다 — 우리 소설 미
             학을 확립해 놓으신 황순원 선생을 기리며」, 《문학사상》 336

2000. 11   김용성, 「정의(正義)와 정서(情緒)와 정결(淨潔)과 정숙(靜
             肅)」, 《현대문학》 551

2000. 11   서기원, 「선생님에 대한 나의 심상(心象)」, 《현대문학》 551

2000. 11   서정범, 「영원한 잔」, 《현대문학》 551

2000. 11	서정인, 「님은 도처에」,《현대문학》551
2000. 11	신동호, 「잘난 스승, 못난 제자」,《현대문학》551
2000. 12	박진, 「황순원 단편 소설의 서정성과 현현의 결말 구조 — 서기법과의 관계를 중심으로」,《국어국문학》127, 국어국문학회
2000. 12	장현숙, 「작품 세계로 본 황순원 연보 — 생명 존엄 사상, 모성의 절대성, 인간 구원으로서의 사랑, 자유 지향성」,《문학과의식》50
2001	박진, 「황순원 단편 소설의 겹이기 구조 연구」,《현대문학이론연구》15, 현대문학이론학회
2001	박혜경, 『황순원 문학의 설화성과 근대성』, 소명
2001	곽경숙, 「한국 현대 소설의 생태학적 연구」, 전남대 대학원 박사 논문
2001. 6	김은경, 「김동리·황순원 문학의 비교 고찰 — 전통과 근대의 관계를 중심으로」,《한국현대문학연구》11, 한국현대문학회
2001. 6	박진, 「『나무들 비탈에 서다』의 구조적 특징과 서정성」,《현대소설연구》14, 한국현대소설학회
2001. 6	장인식, 「황순원의 『카인의 후예』와 너대니얼 호손의 『주홍 글자』— 두 작품 간의 유사성을 중심으로」,《현대소설연구》14
2002	심미숙, 「황순원의 『나무들 비탈에 서다』 연구」, 숙명여대 대학원 석사 논문
2002	장연옥, 「황순원 단편 소설 연구」, 서울여대 대학원 석사 논문
2002	장현숙, 『황순원 문학 연구』, 형설
2002. 2	서재원, 「김동리·황순원 소설의 낭만적 특징 비교 연구」,

	고려대 대학원 박사 논문
2003	김태순, 「황순원 소설의 인물 유형과 크로노토포스 연구」, 건국대 대학원 박사 논문
2003	박진, 「황순원 소설의 서정적 구조 연구」, 고려대 대학원 박사 논문
2003. 3	김종회, 「소설의 조직성과 해체의 구조 — 황순원 장편 소설의 작중인물을 중심으로」, 《한국문학 이론과 비평》 18, 한국문학이론과비평학회
2003. 6	김윤정, 『황순원 문학 연구』, 문학시대사
2003. 6	윤의섭, 「황순원 단편 소설 시간 구조의 의미 연구 — 「목넘이 마을의 개」와 「이리도」의 경우」, 《한국현대문학연구》 13, 한국현대문학회
2004	김보경, 「황순원 엽편 소설 연구」, 숙명여대 대학원 석사 논문
2004	김형규, 「1950년대 한국 전후 소설의 서술 행위 연구: 전쟁 기억의 의미화를 중심으로」, 아주대 대학원 박사 논문
2004	박혜련, 「황순원 소설에 나타난 타자성의 윤리 연구」, 서울시립대 대학원 석사 논문
2004	엄숙용, 「황순원 「소나기」의 기호학적 분석」, 세종대 대학원 석사 논문
2004	황효숙, 「황순원 소설 연구: 『움직이는 성』에 대한 융(Jung)적 접근」, 경원대 대학원 석사 논문
2004	이희경, 「황순원의 『카인의 후예』 연구」, 세종대 대학원 석사 논문
2004	장현숙, 「현실 인식과 인간의 길」, 『현실 인식과 인간의 길』, 한국문화사
2004	정수현, 「황순원 단편 소설의 동심 의식 연구」, 연세대 대

학원 박사 논문

2004   정원채, 「황순원 장편 소설의 인물상 연구: 「신들의 주사
              위」를 줄심으로」, 한성대 대학원 석사 논문

2004   호병탁, 「한국 현대 소설의 '대화적 상상력'」, 원광대 대학
              원 박사 논문

2005   김옥선, 「황순원 단편 소설의 동물 이미지 연구」, 경희대
              대학원 석사 논문

2005   김용만, 「황순원 소설의 인본주의 연구」, 경희대 대학원 석
              사 논문

2005   박용규, 「황순원 소설의 개작 과정 연구」, 서울대 대학원
              박사 논문

2005   유재화, 「황순원 소설의 인물 유형 연구―『나무들 비탈에
              서다』, 『일월』, 『움직이는 성』 중심으로」, 원광대 대학원 석
              사 논문

2005   윤미란, 「황순원 초기 문학 연구: 서정 지향성과 민중 지향
              성의 갈등」, 인하대 대학원 석사 논문

2005   이윤주, 「『일월』에 나타난 꿈의 서사 구조 연구」, 경희대 대
              학원 석사 논문

2005   이정화, 「황순원 단편 소설에 나타난 성 욕망 연구」, 홍익대
              대학원 석사 논문

2005. 2   장현숙, 『황순원 문학 연구』, 푸른사상

2005. 6   허명숙, 『황순원 소설의 이미지 읽기』, 월인

2005. 11   서재원, 『김동리와 황순원 소설의 낭만성과 역사성』, 월인

2005. 12. 30 노승욱, 「유랑성의 소설화와 경계의 수사학 ― 황순원의
              『움직이는 성』을 중심으로」, 《민족문학사연구》 29, 민족문
              학사연구소

2006   김보경, 「황순원 『나무들 비탈에 서다』 연구: 서술 기법

	과 인문의 현실 인식」, 안동대 교육대학원 석사 논문
2006	김효석, 「전후 월남 작가 연구: 월남민 의식과 작품과의 상관관계를 중심으로」, 중앙대 대학원 박사 논문
2006	김희정, 「황순원 소설에 나타난 여성상 연구—『별과 같이 살다』, 『카인의 후예』, 『일월』, 『움직이는 성』을 중심으로」, 군산대 대학원 석사 논문
2006	문미선, 「황순원 초기 단편 소설 연구」, 건국대 대학원 석사 논문
2006	박민숙, 「황순원 소설의 서정적 특성 연구」, 아주대 교육대학원 석사 논문
2006	손영은, 「스키마 활성화를 통한 독서 지도 방안 연구—황순원의 「소나기」를 중심으로」, 경희대 교육대학원 석사 논문
2006	오윤정, 「시점 분석을 통한 소설 교육 연구」, 연세대 교육대학원 석사 논문
2006	조순형, 「황순원 소설의 죄의식과 구원의 양상: 『카인의 후예』와 『움직이는 성』을 중심으로」, 충남대 대학원 석사 논문
2006. 1	정수현, 『황순원 소설 연구』, 한국학술정보
2006. 6. 30	노승욱, 「탈근대의 서사와 텍스트의 이중 : 황순원의 장편 소설 『일월』론」, 《인문논총》 55
2006. 10	김종회 외, 『황순원 소나기 마을의 OSMU와 스토리텔링』, 랜덤하우스코리아
2007	김주현, 「1960년대 소설의 전통 인식 연구」, 중앙대 대학원 박사 논문
2007	소형수, 「황순원의 해방기 소설 연구」, 전북대 대학원 석사 논문
2007	유미숙, 「성장 소설 연구—중학교 교과서 중심으로」, 아주대 교육내학원 식사 논문

2007	이은정, 「황순원 소설의 상징 연구 — 초기 단편 소설을 중심으로」, 아주대 교육대학원 석사 논문
2007	이재은, 「황순원의 『나무들 비탈에 서다』와 『움직이는 성』의 작중 인물 상관성 연구」, 경희대 대학원 석사 논문
2007	정영훈, 「황순원 장편소설에 나타난 악의 문제」, 《한국현대문학연구》 21, 한국현대문학회
2007	정영훈, 「황순원 장편 소설에서 역사적 사실과 해석의 문제」, 《국제어문》 41, 국제어문학회
2007	조아라, 「황순원의 성장 소설 연구」, 충남대 교육대학원 석사 논문
2007. 5	오연희, 『황순원의 일월 연구』, 한국학술정보
2008	김권재, 「문학 텍스트의 영상 콘텐츠 전환 연구 — 황순원의 '소나기'를 중심으로」, 한양대 산업경영디자인대학원 석사 논문
2008	김동환, 「초본(初本)과 문학 교육 — 「소나기」를 중심으로」, 《문학교육학》 26, 한국문학교육학회
2008	김인숙, 「황순원 소설집 『늪』의 고찰」, 동국대 교육대학원 석사 논문
2008	남보라, 「황순원 단편 소설의 모성 형상화 연구」, 성균관대 교육대학원 석사 논문
2008	민영희, 「황순원 소설을 활용한 독서 치료 연구 — '인간성 회복 제제'를 중심으로」, 아주대 교육대학원 석사 논문
2008	안서현, 「황순원 소설에 나타난 타자 인식 연구」, 서울대 대학원 석사 논문
2008	유지민, 「성장 소설 연구 — 7차 중·고등학교 국어 교과서 중심으로」, 동아대 교육대학원 석사 논문
2008	이민주, 「황순원 장편의 설화석 세계 연구 — 『별과 같이 살

다』, 『카인의 후예』를 중심으로」, 목포대 교육대학원 석사
논문

2008   이은영, 「한국 전후 소설의 수사학적 연구」, 서강대 대학원
박사 논문

2008   장양수, 「황순원의 「소나기」— 슬프고 아름다운 사랑의 수
채화」, 『한국 현대 소설 작품론』, 국학자료원

2008   정소진, 「황순원 단편 소설의 주제 의식 연구」, 수원대 교
육대학원 석사 논문

2008   황효숙, 「한국 현대 기독교 소설 연구 — 1960~70년대 소설
을 중심으로」, 경원대 대학원 박사 논문

2009   김미리, 「성장 소설을 통한 소설 교육 연구 — 1950·60년대
단편 소설을 중심으로」, 한양대 교육대학원 석사 논문

2009   김미현, 「황순원 장편 소설에 나타난 죄와 구원 의식」, 경
북대 교육대학원 석사 논문

2009   김소이, 「황순원 단편 소설의 소년·소녀 등장인물 연구」,
고려대 대학원 석사 논문

2009   김정자, 「황순원 후기 장편 소설 연구 —『일월』, 『움직이는
성』, 『신들의 주사위』를 중심으로」, 인하대 교육대학원 석
사 논문

2009   김주성, 「황순원 소설의 샤머니즘 수용 양상 연구」, 경희대
대학원 박사 논문

2009   박지혜, 「황순원 장편 소설의 서술 기법과 수용에 관한 연
구」, 아주대 대학원 박사 논문

2009   서경덕, 「황순원 초기 단편 소설 연구 — 결핍과 그 극복 양
상을 중심으로」, 전남대 교육대학원 석사 논문

2009   안유미, 「황순원 소설에 나타난 죽음의 양상 고찰 — 제7차
국어과 교과서 수록 작품을 중심으로」, 중앙대 교육대학원

석사 논문

2009   오수연, 「우언적 사유와 매체 언어를 활용한 소설 교육 방안 연구」, 단국대 교육대학원 석사 논문

2009   이지은, 「「소나기」의 교육적 가치와 교수 방안 연구」, 한양대 교육대학원 석사 논문

2009   최미정, 「황순원 단편 소설의 전래 동화적 요소 연구」, 강릉대 교육대학원 석사 논문

2009   한진주, 「매체 활용을 통한 소설 교수 학습 방안 연구—「소나기」를 중심으로」, 경희대 교육대학원 석사 논문

2009. 8   김윤식, 『신 앞에서의 곡예』, 문학수첩

2010   김민주, 「천관녀 설화를 통해 본 창작 교육 방안」, 아주대 교육대학원 석사 논문

2010   김아영, 「가치 교육의 방법 연구—황순원의 「목넘이 마을의 개」를 중심으로」, 고려대 교육대학원 석사 논문

2010   노승욱, 「황순원 문학 연구」, 서울대 대학원 박사 논문

2010   류광현, 「황순원 장편 소설의 기독교적 상상력 연구」, 서울대 대학원 석사 논문

2010   방금단, 「황순원 소설 연구—유랑 의식을 중심으로」, 성신여대 대학원 박사 논문

2010   이보라, 「고등학교 문학 교과서의 소설 교육 양상—황순원 소설 「학」, 「목넘이 마을의 개」를 중심으로」, 충북대 교육대학원 석사 논문

2010   임옥환, 「이데올로기 대립이 나타난 소설 교육 방안 연구—황순원 소설을 중심으로」, 이화여대 교육대학원 석사 논문

2010   한미애, 「황순원 소설의 문체 번역 가능성—「소나기」를 중심으로」, 《번역학연구》 11권 1호, 한국번역학회

2010	가을 박진,「주체의 내면성과 책임의 윤리: 황순원 후기 장편 소설에 나타난 주체의 문제」,《문학과사회》통권 91호 23권 3호, 문학과지성사
2010. 5	박양호,『황순원 문학 연구』, 박문사
2010. 10	노승욱,『황순원 문학의 수사학과 서사학』, 지식과 교양
2011	김국이,「황순원 문학의 회화(繪畵)적 시각 고찰: 시·단편 소설을 중심으로」, 경희대 대학원 석사 논문
2011	김윤화,「죽음을 통해 본 황순원 단편 소설의 현실 인식」, 영남대 교육대학원 석사 논문
2011	김종호,「『일월』의 원형적 구조 분석」,《어문연구》39, 한국 어문교육연구회
2011	김종호,「단편 소설의 작중 인물 심리 분석 — 황순원의 『나무들 비탈에 서다』를 중심으로」,《어문논집》48, 중앙 어문학회
2011	김종회,『황순원 선생 1930년대 전반 작품 대량 발굴, 전란 이후 작품도 수 편 — 동요·소년시·시 65편, 단편 1편, 수필 3편, 서평·설문 각 1편 등』, 제8회 황순원문학제 황순원문학세미나 주제 발표
2011	노승욱,「황순원의『움직이는 성』에 나타난 통전적 구원 사상,《신앙과 학문》16권 3호, 기독교학문연구회
2011	노승욱,「황순원『인간 접목』의 서사적 정체성 구현 양상」,《우리문학연구》34, 우리문학회
2011	노승욱,「황순원 장편 소설의 대칭적 서사 구조 —『신들의 주사위』와『카인의 후예』를 중심으로」,『한국현대문학회 학술발표회 자료집』2, 한국현대문학회
2011	문홍술,「전통 지향성과 이야기 형식: 황순원」,『언어의 그 늘』, 서정시학

2011   박덕규, 「6·25 피난 공간의 문화적 의미 — 황순원의 「곡예사」 외 3편을 중심으로」, 《비평문학》 29, 한국비평문학회

2011   박은영, 「성장 소설의 서사 모형을 통한 황순원 소설 연구 — 황순원의 성장 소설 중, 초기 단편을 중심으로」, 고려대 교육대학원 석사 논문

2011   박태일, 「전쟁기 광주 지역 문예지 《신문학》 연구」, 《영주어문》 21, 영주어문학회

2011   박홍연, 「황순원 장편 소설에 나타난 소외 의식 연구」, 울산대 대학원 석사 논문

2011   송주현, 「황순원 소설에 나타난 근대성과 여성성 — 『나무들 비탈에 서다』를 중심으로」, 《여성학논집》 28, 이화여대 한국여성연구원

2011   유성호, 「견고하고 역동적인 생명 의지 — 황순원의 시」, 《한국근대문학연구》 23, 한국근대문학회

2011   이명재, 「인생 고독과 사랑, 예술 — 황순원 「필묵 장수」 감상과 이해」, 『한국 문학의 다원적 비평』, 작가와비평

2011   이진아, 「사회·문화적 맥락을 활용한 분단 소설 교육 연구」, 한양대 교육대학원 석사 논문

2011   이호, 「한국 전후 소설과 중국 신시기 소설의 비교 연구: 황순원과 왕멍의 작품을 중심으로」, 경희대 대학원 박사 논문

2011   이호, 『한국 전후 소설과 중국 신시기 소설의 비교 연구: 황순원과 왕멍(王蒙)의 작품을 중심으로』, 국학자료원

2011   정지아, 「한국 전쟁의 특수성이 한국 전후 소설에 미친 영향」, 중앙대 대학원 석사 논문

2011   최영자, 「권력 담론 희생자로서의 아버지 복원하기 — 황순원 『일월』, 김원일 『노을』, 문순태 『피아골』을 중심으로」, 《우리문학연구》 34, 우리문학회

2011	한미애, 「문학 번역에 대한 인지 시학적 접근 ― 황순원의 「학」을 중심으로」, 《번역학연구》 12권 4호, 한국번역학회
2011	호병탁, 「『일월』에 나타나는 카니발의 세계관」, 『나비의 궤적』, 황금알
2012	김병익, 「시대 인식과 삶의 방식 ― 황순원 장편 소설의 주인공들」, 『이해와 공감』, 문학과지성사
2012	김용희, 「스토리텔링과 한류 동양주의 ― 황순원의 소설 「소나기의 경우」, 『사랑은 무브』, 글누림
2012	김윤식, 「학병 세대와 글쓰기의 기원 ― 박경리·황순원·선우휘·강신재의 경우」, 『한일 학병 세대의 빛과 어둠』, 소명
2012	김호기, 「황순원과 리영희: 지식인의 개인적 책임과 사회적 책임」, 『시대정신과 지식인: 원효에서 노무현까지』, 돌베개
2012	박선옥, 「황순원 성장 소설의 교수 학습 방안 연구」, 동국대 교육대학원 석사 논문
2012	석혜림, 「황순원 소설의 국어 교육적 의의 연구」, 고려대 교육대학원 석사 논문
2012	에바라티파, 「한국과 인도네시아 전후 소설 비교 연구 ― 황순원과 누그로호의 작부를 중심으로」, 경희대 대학원 박사 논문
2012	오태호, 「글과 삶과 장유의 행복한 만남, 그리고 영면 ― 황순원 후기 문학론」, 『환상통을 앓다』, 새미
2012	유옥평, 「황순원과 심종문 소설의 서정성 비교 연구 ― 향토 소재 소설을 중심으로」, 한양대 대학원 석사 논문
2012	이수빈, 「황순원 소설의 동화적 상상력 고찰」, 경희대 대학원 석사 논문
2012	이혜원, 「황순원 시와 타자의 윤리」, 《어문연구》 71, 어문연구학회

2012	정미영,「독서 활동과 연계한 '소나기 마을' 체험 활동 방안 연구」, 단국대 교육대학원 석사 논문
2012	한승옥,「아우구스티누스의『신국론』을 통해 본 황순원 장편 소설의 두 도성적 특질 연구」 숭실대 기독교대학원 석사 논문
2012	황현지,「고등학교 문학 교과서에 수록된 황순원 소설 연구 — 교육 과정 변천에 따른 소설 수록 양상 중심으로」, 고려대 교육대학원 석사 논문
2012. 2	박덕규,「황순원, 순수와 절제의 극을 이룬 작가」,《한국사 시민강좌》50, 일조각
2012. 6	적위기,「황순원의「소나기」에 대한 발화 행위 이론적 분석 — 소년과 소녀의 대화를 중심으로」,《인문과학논집》23, 강남대 출판부
2012. 8	임신희,「황순원 전후 소설의 휴머니즘 성격」,《현대소설연구》50, 한국현대소설학회
2012. 8	최배은,「황순원의 첫 작품「추억」연구」,《한국어와 문화》12, 숙명여대 한국어문화연구소
2012. 9	오양진,「6·25 전쟁과 애도의 문제 — 이호철의「나상」과 황순원의「비바리」를 대상으로」,《한국학연구》43, 고려대 한국학연구소
2012. 12	이익성,「황순원 초기 단편 소설의 서정적 특질 — 단편집『늪』을 중심으로」,《개신어문연구》36, 개신어문학회
2012. 12	이재복,「황순원과 김동리 비교 연구 —『움직이는 성』과『무녀도』의 샤머니즘 사상과 근대성을 중심으로」,《어문연구》74, 어문연구학회
2012. 12. 31	노승욱,「황순원의『카인의 후예』에 나타난 중층적 상호 텍스트성」,《문학과 종교》17권 3호, 한국문학과종교학회

2013	김종호, 「순원 소설의 '플롯' 분석과 소설 교육 ─『그늘』을 중심으로」,《한국문예비평연구》41, 한국현대문예비평학회
2013	박수연, 「황순원의 일제 말 문학 의식 ─ 동양과 향토에 대한 자의식」,《한민족문화연구》42, 한민족문화학회
2013	유성호, 「해방 직후 북한 문단 형성기의 시적 형상 ─「관서 시인집」을 중심으로,《인문학연구》46, 조선대 인문학연구원
2013	장현숙,『한국 문학사에서 본 황순원 문학 연구』, 푸른사상
2013	황순원학회,『황순원 연구 총서 1-8』, 국학자료원
2013. 2	김미나, 「황순원 소설의 문학 교육적 의의 연구: 고등학교 문학 교과서에 수록된 황순원 소설 중심으로」, 고려대 교육대학원 석사 논문
2013. 2	김하영, 「현대 소설의 서술사에 관한 연구」, 고려대 교육대학원 석사 논문
2013. 2	박학희, 「황순원의 성장 소설에 나타난 통과 제의적 양상 연구 ─ 초기 단편 소설을 중심으로」, 중앙대 예술대학원 석사 논문
2013. 2	손승희, 「학습자 중심의 소설 지도 방안 연구 ─ 황순원의 「소나기」를 중심으로」, 경성대 교육대학원 석사 논문
2013. 2	심승주, 「황순원 장편 소설 인물의 방어 기제 연구:『인간 접목』,『나무들 비탈에 서다』를 중심으로」, 건국대 교육대학원 석사 논문
2013. 2	이현정, 「1950년대 소설 연구 ─ 고등학교 문학 교과서에 수록된 작품을 중심으로」, 연세대 교육대학원 석사 논문
2013. 2	최용석, 「황순원 단편 소설 연구 ─ 문학적 지향을 중심으로」, 고려대 교육대학원 석사 논문
2013. 2	최은정, 「소설 작품을 활용한 죽음 교육 연구 ─ 중학교 교과서 수록 단편 소설을 중심으로」, 서강내 교육대학원 석

사 논문

2013. 2 한미애, 「인지시학적 관점의 문체 번역 연구 — 황순원의 단 편 소설을 중심으로」, 동국대 대학원 박사 논문

2013. 3 이수현, 「첫사랑의 다른 이름, '순수' 혹은 '관능' — 황순원 「소나기」와 고영남 「소나기」를 대상으로」, 《한국극예술연 구》 39

2013. 여름 김종회, 「동란 직전, 그리고 1970년대 초입의 세태와 황순 원 문학 — 새로 확인된 황순원 단편 소설·콩트·수필·발표 문 등 4편에 붙여」, 『문학의 오늘』

2013. 8 강가영, 「고등학교 문학 교과서 수록 성장 소설에 나타난 통과 제의 양상과 학습자 수용」, 단국대 교육대학원 석사 논문

2013. 8 김서영, 「성장 소설의 문학 교육적 가치 — 중학교 교과서 수록 작품 중심으로」, 고려대 교육대학원 석사 논문

2013. 8 신경빈, 「해방 공간 소설의 교육적 의미에 관한 연구 — 7차 및 2009 개정 문학 교과서 수록 작품을 중심으로」, 국민대 교육대학원 석사 논문

2013. 8 신아현, 「황순원 소설에 나타난 폭력 양상 연구」, 고려대 대학원 석사 논문

2013. 8 왕명진, 「황순원과 왕멍 소설의 인물 비교 연구: 전후 소설 과 신시기 소설을 중심으로」, 아주대 대학원 석사 논문

2013. 8 조혜숙, 「문학 교육과 '선악'의 문제에 관한 연구」, 고려대 대학원 박사 논문

2013. 12 노승욱, 「황순원 소설에 나타난 농촌 사회의 갈등 양 상 — 『카인의 후예』와 『신들의 주사위』를 중심으로」, 《어문 연구》 160

2013. 12 노승욱, 「황순원의 『나무들 비탈에 서다』에 나타난 예레미

야의 표상」,《문학과종교》18권 3호, 한국문학과종교학회

2013. 12   박태일, 「황순원 소설 「소나기」의 원본 시비와 결정본」,《어
            문론총》59권, 한국문학언어학회

2013. 12   오태호, 「황순원의 전후(戰後) 단편 소설에 나타난 '생명주
            의적 지향' 연구 ─ 「학」, 「비바리」, 「모든 영광은」을 중심으
            로」,《한국언어문화》52

2013. 12   이익성, 「전쟁기 황순원 단편 소설 연구」,《개신어문연구》
            38, 개신어문학회

2014   김주성, 『황순원 소설과 샤머니즘』, 나남

2014   성은혜, 「「산골 아이」의 문학 교육적 의미와 가치 연구 ─ 정
            신분석학 관점에서의 내용 분석과 가치 내면화 과정을 중심
            으로」,《문학교육학》45, 한국문학교육학회

2014   정재림, 「『움직이는 성』에 나타난 종교의 주체적 수용 양
            상」,《한국문예비평연구》43, 한국현대문예비평학회

2014   장현숙, 「이상의 글쓰기 방식 수용 양상 연구 ─ 이상, 황순
            원, 김승옥, 최인호의 서술 기법을 중심으로」,《현대소설연
            구》57, 한국현대소설학회

2014. 2   곡관녕, 「한·중 소설에 나타난 서정적 특성 비교 연구 ─ 황
            순원과 심종문의 소설을 중심으로」, 경희대 대학원 석사 논문

2014. 2   김정자, 「문학 작품을 활용한 한국어 교육 연구」, 인하대
            대학원 박사 논문

2014. 2   김주혜, 「청소년의 통합적 성장을 위한 문학 치료적 국어
            교육 방안 연구 ─ 황순원 「소나기」, 이청준 「눈길」을 중심
            으로」, 경희대 교육대학원 석사 논문

2014. 2   박태민, 「모둠 독서 활동을 통한 국어과 교수 학습 방법 연
            구: 단편 소설 「물 한 모금」(황순원) 수업을 중심으로」, 고
            려대 교육대학원 석사 논문

2014. 2   손선희, 「황순원 소설의 모성 원형 연구 — 분석심리학 이
                 론을 중심으로」, 경희대 대학원 박사 논문

2014. 2   쪼고에 다니엘라 안드레아, 「한국 소설의 루마니아어 번역
                 연구 — 황순원 단편 소설을 중심으로」, 한국학중앙연구원
                 한국학대학원 석사 논문

2014. 6   이재용, 「국가 권력의 폭력성에 포획당한 윤리적 주체의 횡
                 단 — 황순원의 『카인의 후예』론」, 《어문논집》 58

2014. 8   김명순, 「황순원 문학에 나타난 죽음 의식 연구 — 후기 단
                 편을 중심으로」, 경희대 대학원 석사 논문

2014. 8   박정이, 「가와바타 야스나리 『이즈의 무희』와 황순원 『소나
                 기』 비교 — 시공간과 인물을 중심으로」, 《일어일문학》 63

2014. 8   에바 라티파, 「한국과 인도네시아 문학의 풍자와 유머 — 황
                 순원과 누그로호의 전후소설을 중심으로」, 《국제한인문학
                 연구》 14, 국제한인문학회

2014. 8   이경민, 「황순원과 도스토옙스키 장편 소설 비교 연구」, 서
                 울대 대학원 석사 논문

2014. 8   이호, 「한·중 낭만주의 소설의 비교 연구 — 황순원의 전후
                 소설과 왕멍(王蒙)의 신시기 소설을 중심으로」, 《국제한인
                 문학연구》 14, 국제한인문학회

2014. 8   조우임, 「중학교 국어 교과서 수록 성장 소설의 적절성 연
                 구 — 황순원의 「소나기」, 박완서의 「자전거 도둑」, 김유정
                 의 「동백꽃」 중심으로」, 중앙대 교육대학원 석사 논문

2014. 8   진혜남, 「황순원 단편 소설의 인물 연구 — 현실 대응 태도
                 를 중심으로」, 고려대 교육대학원 석사 논문

2014. 10   김한식, 「해방기 황순원 소설 재론 — 작가의 현실 인식과
                 개작을 중심으로」, 《우리문학연구》 44

2015   박가현 외, 「역사적 인물 콘텐츠를 활용한 통합 브랜드 개

발 — 황순원의 「소나기」를 중심으로」, 《숙명디자인학연구》 20, 숙명여대 디자인연구소

2015 유희석, 「상속 행위 로서의 비평 황석영의 중단편과 동아시아 문학의 연대」, 《Comparative Korean Studies》 23권 1호, 국제비교한국학회

2015. 2 박민경, 「황순원 소설의 서정성 연구 — 단편 소설을 중심으로」, 고려대 교육대학원 석사 논문

2015. 2 산구마의, 「황순원 시 연구」, 한국학중앙연구원 한국학대학원 석사 논문

2015. 2 신희교, 「문학 교과서 수록 「독 짓는 늙은이」의 개작 양상 연구」, 《국어문학》 58

2015. 2 이평전, 「황순원 소설의 서정성과 내면화 의미 연구 — 1940~1960년대를 중심으로」, 《호서문화논총》 24

2015. 2 정효진, 「황순원 곡예사의 교육적 가치와 지도 방안 연구」, 고려대 교육대학원 석사 논문

2015. 3 박수연, 「모던과 향토의 공동체 — 황순원의 동요와 초기 시에 대해」, 《비평문학》 55

2015. 4 노승욱, 「황순원 소설에 나타난 디아스포라의 지형도(地形圖)」, 《한국근대문학연구》 31

2015. 4 신덕룡, 「「술 이야기」에 나타난 노동 운동 양상 연구 — 해방 직후 노동자 공장 관리를 중심으로」, 《한국문예창작》 통권33호 14권 1호, 한국문예창작학회

2015. 4 이창수, 「n-gram 분석을 활용한 황순원 작 「나무들 비탈에 서다」의 두 번역문 간 문체 차이 연구」, 《통번역학연구》 19권 2호, 한국외대 통역번역연구소

작성자 강헌국 고려대 교수

격동기, 단절과 극복의 언어

탄생 100주년 문학인 기념문학제 논문집 2015

1판 1쇄 찍음 2015년 12월 24일
1판 1쇄 펴냄 2015년 12월 31일

지은이 이숭원·강헌국 외
펴낸이 박근섭, 박상준
펴낸곳 (주)민음사

출판등록 1966. 5. 19.(제16-490호)
주소 서울특별시 강남구 도산대로 1길 62(신사동)
　　　강남출판문화센터 5층(우편번호 06027)
대표전화 515-2000, 팩시밀리 515-2007

www.minumsa.com
www.daesan.org

이 논문집은 대산문화재단과 한국작가회의가 기획, 개최한
'탄생 100주년 문학인 기념문학제'의 일환으로 제작되었습니다.

ISBN 978-89-374-3240-8 03800